教育部人文社会科学重点研究基地
黑龙江大学俄罗斯语言文学与文化研究中心 学术丛书

亚洲学曙光：
威廉·琼斯亚洲学会纪念日演讲集

［英国］威廉·琼斯（William Jones） 著

李葆嘉 王晓斌 译著

河海大学出版社

·南京·

图书在版编目(CIP)数据

亚洲学曙光：威廉·琼斯亚洲学会纪念日演讲集／
(英)威廉·琼斯(William Jones)著；李葆嘉,王晓
斌译著. -- 南京：河海大学出版社, 2024. 8. -- ISBN
978-7-5630-9234-5

Ⅰ. H0-09
中国国家版本馆 CIP 数据核字第 2024CN9121 号

书　　名	亚洲学曙光：威廉·琼斯亚洲学会纪念日演讲集
	YAZHOUXUE SHUGUANG：WEILIAN·QIONGSI YAZHOU XUEHUI JINIANRI YANJIANGJI
书　　号	ISBN 978-7-5630-9234-5
责任编辑	张　媛
特约校对	周子妍
封面设计	徐娟娟
出版发行	河海大学出版社
地　　址	南京市西康路1号(邮编:210098)
电　　话	(025)83737852(总编室)
	(025)83722833(营销部)
经　　销	江苏省新华发行集团有限公司
排　　版	南京布克文化发展有限公司
印　　刷	苏州市古得堡数码印刷有限公司
开　　本	787 毫米×1092 毫米　1/16
印　　张	15
字　　数	410 千字
版　　次	2024 年 8 月第 1 版
印　　次	2024 年 8 月第 1 次印刷
定　　价	85.00 元

目录 Contents

导读：十八世纪晚期欧洲学者笔下的亚洲概观 ……………………… 李葆嘉（001）

关于成立亚洲历史、民事、自然、古迹、技艺、科学和文献调研学会的演讲（1784年1月15日）
……………………………………………………………………………………（030）
第二年纪念日演讲（1785年2月24日）………………………………………（034）
第三年纪念日演讲：关于印度人（1786年2月2日）…………………………（041）
第四年纪念日演讲：关于阿拉伯人（1787年2月15日）……………………（066）
第五年纪念日演讲：关于鞑靼人（1788年2月21日）………………………（082）
第六年纪念日演讲：关于波斯人（1789年2月19日）………………………（104）
第七年纪念日演讲：关于中国人（1790年2月25日）………………………（122）
第八年纪念日演讲：关于亚洲的边民、山民和岛民（1791年2月24日）………（137）
第九年纪念日演讲：关于民族的起源和家族（1792年2月23日）……………（152）
第十年纪念日演讲：关于亚洲民事和自然的历史（1793年2月28日）………（162）
第十一年纪念日演讲：关于亚洲人的哲学（1794年2月20日）………………（177）

附录：琼斯演讲所引论著钩沉 ……………………………………… 李葆嘉（192）

后记 ………………………………………………………………………… 李葆嘉（199）

导读:十八世纪晚期欧洲学者笔下的亚洲概观

李葆嘉

长期以来,威廉·琼斯的《第三年纪念日演讲》(1786年2月2日)闻名学界,尤其在语言学界,威廉·琼斯被奉为"历史比较的先驱""比较方法的创始人""现代语言学之父",被誉为"比较语言学的伽利略、哥白尼和达尔文"。然而,很少有人阅读过该次演讲全文,更无论置于琼斯11次演讲的语境中深入理解。换言之,仅引《第三年纪念日演讲》中的那段(第十自然段,一个英语复杂句,全句共计141个单词)"语文学家讲辞"(philologer's passage)[①],难免断章取义。我们翻译这部书,起初缘于追溯比较语言学史的需要,给琼斯的相关论述以符合史实的公允评价和切实定位。

威廉·琼斯爵士(Sir William Jones,1746—1794),英国亚洲学家、东方学家、法学家、翻译家、语文学家。1764年进入牛津大学的大学学院读书。1772年成为皇家学会会员。1773年成为当时文坛盟主约翰逊(Samuel Johnson,1709—1784)创办的文学俱乐部会员,同年获文学硕士学位,次年成为伦敦诉讼律师和巡回律师。1783年被任命为英国东印度公司孟加拉最高法院法官并授予爵士勋位。1783年4月,琼斯携新婚妻子安娜·玛丽亚(Anna Maria)起程,远涉重洋,9月到达加尔各答,琼斯开始大展酝酿已久的"东方研究"之宏图。1784年,与哈尔赫德(Nathaniel Brassey Halhed,1751—1830)和科尔布鲁克(Henry Thomas Colebrooke,1765—1837)一起创办孟加拉亚洲学会及《亚洲研究》[②]。在司法工作之余,琼斯翻译了梵文典籍《摩奴法典》《罗摩衍那》《沙恭达罗》、阿拉伯语典籍《穆罕默德继承法》以及《诗集》(译自波斯、印度、阿拉伯等语言的诗歌),从而获得"东方

---

① Garland H. Cannon. The Correspondence Between Lord Monboddo and Sir Willim Jones. *American Anthropologist*, 1968, 70(3):559–562.

② 该刊全名《亚洲研究;或者,孟加拉研究会亚洲历史和文物、艺术、科学和文学汇刊》(*Asiatic Researches; or, Transactions of the Society Instituted in Bengal, for Inquiring into the History and Antiquities, the Arts, Sciences, and Literature, of Asia*)。

琼斯"的美誉。琼斯治学不已而积劳成疾,1794 年不幸英年早逝,其生平和著述见《威廉·琼斯爵士著作集》(Lord Teignmouth ed.,*The Works of Sir William Jones*. London:J. Stockdale and J. Walker,1807)。

琼斯的著述是当时英国学者的亚洲学研究最新成果,在亚洲学会的每届纪念日和年会上,琼斯都要发表主题演讲,从 1784 年到 1794 年共有 11 次。就演讲题目而言,其中的单词 anniversary 需要辨析。比如,对于学术界常常提及的"The Third Anniversary Discourse",汉语中通常译为"三周年演讲"。根据汉语的理解,"三周年"是满三年(36 个月)之日。而孟加拉亚洲学会成立于 1784 年 1 月 15 日,该次演讲在 1786 年 2 月 2 日,即学会满两周年、进入第三周年之际(25 个月)。也就是说,"The Third Anniversary Discourse"不宜译为"三周年演讲"。今据英语词源在线(https://www.etymonline.com/search? q=anniversary),英语的 anniversary(n.)见于 12 世纪,含义是"一年中的年度回归的某天",最初特指一个人的去世日或圣徒的殉道日(满 12 个月)。该词来自中世纪拉丁语的名词 anniversarium<[①]形容词 annuversarius(每年回归的),由 annus(年)+versus(回归)构成。versus 是拉丁语 vertere(回归)的过去分词。vertere 源自原始印欧语词根 * wer-(返回)。anniversary(n.)的古英语单词是 mynddæg,字面义是"冥想日、纪念日"(mind-day)。据此,"The Third Anniversary Discourse"可以译为"第三年纪念日演讲"。这个纪念日是在第三年的开始,而非第三周年的结束。

毋庸置疑,琼斯的 11 次演讲就是一部 250 年前欧洲学者撰写的百科全书式亚洲概观。作者的演讲,主要围绕亚洲学主题旁征博引,涉及种族民族、语言文字、文学文献、神话传说、历史考古、宗教、法律、哲学、技艺、地理天文、医学、植物学、动物学、矿物学等诸多领域。当然,要成为这样的学者,无疑需要通晓多种语言,进行广泛阅读和深入思考。作者的风格,"大略如行云流水,初无定质,但常行于所当行,常止于所不可不止"(苏轼《答谢民师书》)。其文稿,常常半页或一纸才一个句号,一个自然段可能就是好几页。其演讲内容,涉及太多的古代地名、人名和典故等。因此,我们在翻译过程中务必增加大量译注(原文无注释),并在每篇之后还附有备查,以提供知识背景、历史语境和当今新知。这些译注和备查不但在我们翻译时对理解文意非常必要,而且也可为有兴趣的读者提供方便。

需要提醒的是,虽然作者的演讲饶有趣味,然而这些论述、铺陈、设想、论证、推阐等只能基于 18 世纪 80 年代以前的知识(作者所能看到的)。用现代知识的眼光来看,其中不免存在若干误说或臆断。最明显的,一是对涉及两河流域、尼罗河流域文明相关情况的误说,而亚述考古学、苏美尔考古学、埃及考古学的重大发现要等到 19 世纪才成形;二是对中国(包括日本)概况的误说,由于琼斯并不精通汉语和日本语,仅据当时几位汉学家的介绍(作者所能看到的),不可能对中国古代史或华夏文明起源作出可靠的追溯。关于此类专题的深入研究,除了依据中国古代文献,还要等到 20 世纪以来东亚考古学(尤其是中国考古学)的一系列重大发现。

---

① 本文中的符号<,表示前者来自后者;符号>,表示前者演变成后者。

围绕亚洲种族(民族)史研究的旨趣,琼斯关于语言关系的若干论述,主要散见于《第三年纪念日演讲》(1786)到《第九年纪念日演讲》(1792)之中。在《尘封的比较语言学史:终结琼斯神话》(李葆嘉、王晓斌、邱雪玫,北京:科学出版社,2020)之前,皆未见对这些演讲内容的系统介绍和切实评议,常见的就是辗转引用的《第三年纪念日演讲》中那段"语文学家讲辞",难免郢书燕说。

要全面理解并切实评价琼斯的这些相关论述,务必基于其演讲思路和讲辞上下文(以及不同演讲专题之间的关联),沉浸于其背景知识和历史语境之中。现就 11 次演讲撮要引介,以显示琼斯的总体旨趣、研究重点和主要观点,并对其讲辞略加简评。

一、第一讲:成立调研学会

在亚洲学会成立之日,即 1784 年 1 月 15 日,琼斯发表《关于成立亚洲历史、民事、自然、古迹、技艺、科学和文献调研学会的演讲》。该演讲提出学会的总体设想即其酝酿已久的"东方研究计划",包括创立学会动机、调研亚洲地理、学会名称确定、预期目标和研究领域、学会管理和学术交流。

琼斯提出,在这些广大区域进行调研的对象是人与自然,而学术研究的三个主要分支就是历史、科学和技艺。其一,通过研究历史,既可知晓对自然物产的描述,也能了解以往的如实纪录;其二,理论数学和应用数学的整个领域以及伦理学和法律;其三,包括所有美好意象和富有魅力的创造,它们都是通过遣词造句或由色彩、形象、音乐表现的。具体任务包括:修正欧人的亚洲地理知识;追溯亚洲国家编年史,揭示各种形式的政体及其民事机构和宗教团体;查考其算术、几何、三角、测量、力学、光学、农学和物理方面的改进和方法;查考其道德、文法、修辞和方言;查考外科和医药技艺以及在解剖和化学方面的进步;探讨农业、制造和贸易;了解音乐、建筑、绘画和诗歌。

琼斯强调:"我始终认为,语言仅是从事实际研究的工具。"其"东方研究计划"的主体是撰写一部亚洲种族(或民族)史,而语言只是一种与哲学和宗教、雕塑和建筑,以及科学和技艺文献一起使用的信息资源。琼斯的根本兴趣在于种族史,而非语言史。美国学者特劳特曼(Thomas R. Trautmann)在《威廉·琼斯爵士的生平》(The Lives of Sir William Jones. In: A. Murray ed. , Sir William Jones 1746—1794: A Commemoration. Oxford: Oxford University Press)中指出:

具有讽刺意味的是,虽然琼斯不止一次说过,他不希望自己仅被视为语文学家,并且一再提及语言只是实现其他意图的工具,但是他却以对语言学的贡献最为人想起。基于这一背景,关于印欧语的著名(语文学家)讲辞十分明确地显示了他在语言学之外的目的。……这些"每年纪念日演讲"合在一起,则形成了他对亚洲种族学的广泛探索。(Trautmann, 1998: 106)

因此,与其说琼斯是语文学家或语言学家,不如说琼斯是借助多学科资料探索亚洲种族史的亚洲学家或文化人类学家。

二、第二讲:阐明调研任务

1785年2月24日,琼斯在《第二年纪念日演讲》中进一步说明,学会的任务是对亚洲的天然物产、人文艺术和自然科学展开调研。接着从四方面展开阐述:(1)民事调研,包括地理知识及天然物产。(2)应用技术调研,包括梵文医书、农艺文献、化学应用技术。(3)人文艺术调研,包括东方绘画、阿拉伯和波斯音乐、诗歌、韵文,以及印度教和穆斯林的建筑风格和遗址。(4)自然科学调研,包括天体学、几何与算术、法理体系。最后论及调研目标和方法等,其中值得注意的是目标。

我们不必以竞争为动力,顽强地追求这些目标。然而,我无法克制自己表达一种愿望,那就是不要让法国人在相同领域的探究活动超过我们。并且希望,凡尔赛宫廷聘用索纳拉特先生长达七年,让他在如此良好条件下搜集我们正在寻找的那些资料,也可以点燃而不是扑灭我们的好奇和热情。(Jones,1807 Ⅲ:20)[①]

法国博物学家索纳拉特(Pierre Sonnerat,1748—1814)所著《1774至1781年奉国王之命往东印度群岛和中国旅行》(*Voyage aux Indes orientales et à la Chine, fait par ordre du Roi, depuis 1774 jusqu'en 1781*,1782)富有影响。琼斯的语气虽然委婉,但是其目标相当明确——赶超法国人在相同领域的探索成就。

三、第三讲:关于印度人

1786年2月2日,琼斯的演讲题目是《第三年纪念日演讲》,由此进入专题研究。其演讲或行文结构大体上都是总→分→总,即前有导言、主体分论、后为结语。从此届年会开始,每次演讲围绕一个专题。琼斯的计划是:

现在我建议,把这些基本内容一无遗漏地囊括在概述之内,而概述务必简洁明确……我的计划就是为我们年会准备一系列短文,其标题和主题不一定有连贯性,而全部旨趣在于从有价值的真相追溯中发现相当重要的共同点。(Jones,1807 Ⅲ:25)

在导言部分,琼斯表示推崇英国文史学家布莱恩特(Jacob Bryant,1715—1804)的论著,但"其中最不令人满意之处,似乎与对亚洲语言若干词语来源的考证有关"。词源在历史研究中具有一定作用,然而也可能成为荒谬证明的媒介。在民族亲缘关系论证中,词源并没有为我们打好基础,只有在可能已经得到坚强支持的其他方面增加微弱证据。琼斯对词源研究的作用贬多褒少,但未提出革新方法。

接着,琼斯道出此次演讲的主要内容及总体思路:

---

① *The Works of Sir William Jones*:Vol. Ⅲ,London:J. Stockdale and J. Walker,1807.

居住在亚洲广袤大陆以及许多附属岛屿上的印度人、中国人、鞑靼人、阿拉伯人和波斯人这五个主要民族,作为各自民族的传承,可用不同历史阶段划分其内部——他们各自从何处、在何时来到这里,他们如今居住在何处,他们凭借何种优势把更完善的知识传到我们欧洲世界。我相信,在五篇探究不同对象的文章里我将阐明这些,最终主题将揭示这五大民族之间相互联系的多样性,并回答他们是否具有共同起源这一重大问题。(Jones,1807 Ⅲ:27)

"五篇探究不同对象的文章"指《第三年纪念日演讲》到《第七年纪念日演讲》,"最终主题"的讨论是《第八年纪念日演讲》(相互联系)和《第九年纪念日演讲》(共同起源)。

琼斯提出民事史研究的四种途径:第一,他们的语言和文字;第二,他们的哲学和宗教;第三,他们留存至今的古老雕塑和建筑遗迹;第四,他们关于科学和技艺的书面记载。此次演讲的主体包括四部分。

第一部分,印度的语言和文字 主要阐述的是:(1) 梵语与希腊语、拉丁语等在动词词根和语法方面存在明显的亲缘关系。(2) 印度斯坦语的主要成分,特别是动词的屈折变化和支配关系不同于梵语。(3) 纯粹的印地语,无论源于鞑靼语还是迦勒底语,应是上印度的原初语。而梵语是在遥远的古代,由征服者带到此处的。(4) 希伯来字母与迦勒底方形字母来源相同;腓尼基字母与印度天城体字母、阿拉伯字母具有相似起源。这一部分的第十小节也就是被频繁转引的"相似-同源讲辞",提到梵语与希腊语、拉丁语,以及哥特语、凯尔特语、古波斯语的同源关系。此节讲辞受到后世诟病的是,琼斯强调梵语与希腊语、拉丁语同源,但认为梵语与印度斯坦语(有些来自早期古雅利安语,有些从古雅利安方言演变而来,有些从梵语俗体演变而来)没有亲属关系。

在这部分,琼斯的缺失在于没有首先概述印度的不同种族及其语言状况。据研究,印度次大陆及附近岛屿有五类人种及其语言。第一类尼格利陀人种,如马勒尔人、潘尼安人。第二类原始澳大利亚人种维达类型,如南印度的比尔人、蒙达人以及斯里兰卡的维达人,或称"前达罗毗荼人",其中有些人群说南亚语。第三类达罗毗荼人,约前第四千纪至前第三千纪从地中海沿岸或小亚细亚到达印度次大陆,与当地人混合而成。他们说达罗毗荼语(约20种语言,分为南部、中部和北部三个语族),其中有一支使用象形文字并创造了哈拉巴文明。第四类雅利安人,原是南俄草原上的古老民族,约前17—前15世纪南下旁遮普,驱逐了当地的达罗毗荼人并创造了吠陀文化,把古雅利安语带到印度。第五类蒙古利亚人种,不同时期从北部和东北部进入,主要分布在印度东北部的阿萨姆、那加兰、曼尼普尔、梅加拉亚等,他们说藏缅语或侗台语。这一缺失,导致其演讲概念不清、论述含糊,比如"上印度的原初语"应为达罗毗荼语,而非纯粹的印地语。

第二部分,印度的宗教和哲学 古印度哲学达生那(Darśana,意为见道、神示)的经典已经阐明"六派哲学"(弥曼差、吠檀多、数论、胜论、正理论、瑜伽)要义,涵盖了古希腊亚历山大利亚学派、斯多噶学派、亚里士多德学派中探讨的所有本元学(Metaphysicks)问题;还提及印度人的历史阶段,以及秘鲁人与印度人的血统和宗教相同。

第三部分,印度的建筑和雕塑 古印度留存下来的建筑和雕塑,可证与非洲之间存在早期联系。由此猜测居住在埃塞俄比亚和印度斯坦的人是同一种族。

第四部分,印度的文献和发明　主要介绍的是:关于艺术和制造的《工巧宝典》(Silpi Sástra);宣讲道德和智慧的《尼提圣典》(Níti Sástra)、《五卷书》(Pilpay)和《嘉言集》(Hitopadeśa);还提及古印度的三大发明(寓言式教化、十进制、国际象棋)以及诗歌、医书、天文学和数学著作。

在结论部分,琼斯断言,对印度人的这些粗略观察,其结论就是——他们与古波斯人、埃塞俄比亚-埃及人、腓尼基人、希腊-托斯坎人、斯基泰人(即哥特人),以及凯尔特人、中国人、日本人,还有秘鲁人(指印第安人)之间存在远古亲缘关系。凡引用"相似-同源讲辞"的,往往并未看到这一结论。而琼斯此处提及的种族亲缘关系,与"相似-同源讲辞"中所提梵语与希腊语、拉丁语等同源并不一致,增加了埃塞俄比亚-埃及人、腓尼基人以及中国人、日本人和秘鲁人。如果承认远古种族亲缘和语言亲缘具有一定的平行性,那么琼斯的提法就前后龃龉,而琼斯恰恰认为,种族亲缘和语言亲缘之间存在某种平行关系(详见《第九年纪念日演讲》)。

四、第四讲:关于阿拉伯人

1787年2月15日,琼斯演讲的题目是《第四年纪念日演讲:关于阿拉伯人》。在导言中指出,阿拉伯人与印度人并非同出一源。

主体包括四部分。**第一部分,阿拉伯人的语言和文字**　欧人能掌握阿拉伯语言主要受惠于17—18世纪上半叶尼德兰莱顿大学的几位东方学家的研究成果。阿拉伯语的词汇或结构与梵语毫无相似之处。**第二部分,阿拉伯的宗教和道德**　阿拉伯古代宗教信仰是半岛地区流行的崇拜天体的赛比教。在阿拉伯教徒的信仰和印度教徒的宗教之间可以发现极其相似之处,但不能证明两个民族存在亲缘关系。除了道德标准,没有发现阿拉伯人在大迁徙(622)之前有任何哲学思想的痕迹。**第三部分,阿拉伯的历史、血统和口才**　研究中缺少古代阿拉伯历史的有关资料。阿拉伯人与印度人出自完全不同的血统。阿拉伯人的口才出众。**第四部分,阿拉伯的科学和技艺**　阿拉伯人给星星取名出于乐趣。阿拉伯人的两大技艺是诗歌和修辞。阿拉伯人有其习惯法规。也门人可能拥有更多的手工技艺或更高的科技。阿拉伯乐器有其特色。

在结语部分,琼斯表明,虽然其研究的主要对象是印度法律,然而闲暇之时则致力于梵语文献,希望能在其他科学领域有所发现。

五、第五讲:关于鞑靼人

1788年2月21日,琼斯演讲的题目是《第五年纪念日演讲:关于鞑靼人》。导言中提及:进入该主题缺乏自信,因为对鞑靼语一窍不通。我们不能充分精通其语言,也就不可能对这些民族作出满意的描述。本次演讲在最广范围上考虑鞑靼,即不限于突厥和蒙古。

主体包括四部分。**第一部分，鞑靼的文字和语言**　与鞑靼有关的称呼有斯基泰、突厥斯坦、图兰等。琼斯反对法国历史学家巴伊（Jean-Sylvain Bailly，1736—1793）提出的技艺和科学源于鞑靼的观点。鞑靼人有许多群体，在其方言特征上必定不同，但从总体上有别于印度人和阿拉伯人。鞑靼和蒙古历史的研究限于成吉思汗之前，欧洲汉学家借助汉语文献展示了对鞑靼人早期的可信记述。鞑靼人没有古代文献，突厥人无文字。鞑靼语与阿拉伯语或梵语毫无相似之处，一定是由与阿拉伯人或印度人不同的种族发明的。

琼斯认为，鞑靼人包括突厥人、斯基泰人（含斯拉夫人）。但据语言比较研究，突厥语属阿尔泰语系（此前，斯塔伦贝格1730年提出鞑靼语系，包括突厥-鞑靼语族），斯基泰语属印欧语系（更早，伯克斯洪1647年提出斯基泰语系）。琼斯似乎不清楚，6—10世纪，突厥、回鹘、黠戛斯等已经使用鄂尔浑-叶尼塞文。《周书》列传第四十二云："突厥者，盖匈奴之别种……其书字类胡（粟特文——引注）。"在琼斯演讲之前，尼德兰学者威特森（Nicolaas Witsen，1641—1717）在《鞑靼的北部和东部》（Noord en Oost Tartarye，1692）中首次提及西伯利亚发现的古突厥碑铭；德裔瑞典学者斯塔伦贝格（Philipp Johann von Strahlenberg，1676—1747）在《欧洲和亚洲的北部和东部》（Das Nord und Östliche Theil von Europea und Asia，1730）中首次公布了古突厥碑铭。

但在《第八年纪念日演讲》中讨论缅族时，琼斯提及鞑靼人在皈依阿拉伯宗教之前尚无文字，而回鹘、唐古特和契丹原居民已有文字。相传约889年起，中亚鞑靼人皈依伊斯兰教。其中喀山鞑靼语，920年以前使用鄂尔浑-叶尼塞文，920年始借用阿拉伯字母。如果琼斯的"鞑靼"在此指蒙古，那么就是，1204年蒙古俘虏乃蛮国师即回鹘人塔塔统阿，成吉思汗命他基于回鹘文字母创制蒙古文。此外，回鹘文是8世纪高昌回鹘转用粟特文形成的。唐古特文或西夏文是李元昊称帝前（1036），命大臣野利仁荣所创制的。契丹大字则创制于辽太祖神册五年（920），稍晚的契丹小字相传为耶律迭剌所造。

第二部分，鞑靼的宗教和道德　琼斯反对巴伊提出的鞑靼人把宗教哲学、语言文字以及艺术科学带到南方，而是指出，并未发现亚洲斯基泰人比古代阿拉伯人有更多的哲学遗存。斯基泰哲学家阿纳卡西斯（Anacharsis，约前589年来到雅典），其母是希腊人，其父半希腊化。斯基泰民族的智慧、友谊和公正值得赞扬。成吉思汗时代的"大扎撒"法令（即《成吉思汗法典》），似乎是习惯法或传统法。

第三部分，鞑靼的宗教、科学史和工艺　巴伊有理由推断鞑靼人距今4 000年前就居住在那片土地上，但是无论黄金饰品还是铜制工具，都无法证明鞑靼与印度宗教和科学之间具有密切关系。回鹘是勇敢的民族，工匠心灵手巧。

第四部分，鞑靼的技艺和科学　古代遗迹无法证明鞑靼人受过良好教养，更不用说依靠他们来教养世界。也没有理由推定他们很早就掌握了艺术和科学，甚至诗歌这种最普遍和最自然的文艺，也没有发现出自他们创作的诗篇。帖木儿帝国的创立者——突厥化的蒙古贵族帖木儿（Tēmōr，1336—1405）是个文盲，但他所掌握的波斯语、突厥语和蒙古方言知识已经足够使用。蒙古人和鞑靼人在他们征服印度和波斯之前几乎全是文盲，他们没有艺术或科学。13 世纪末期,自然哲学的许多分支是在当时赛里斯(Sêres)的大都市甘州(Cam-Cheu)发展起来的。鞑靼人在许多方面就像远古阿拉伯人,无非更加嗜好豪饮烈酒,在诗歌诵读和语言能力方面也与阿拉伯人一样。

琼斯的结论是:远古时期,已经有人栖息在亚洲的大部分广袤土地上。三个主要民族是印度人、阿拉伯人和鞑靼人,其中每个民族都可进一步细分为数量众多的分支。

六、第六讲:关于波斯人

1789 年 2 月 19 日,琼斯演讲的题目是《第六年纪念日演讲:关于波斯人》。导言提及:波斯之名应为伊朗。后人对其历史所知甚少,是由于希腊人和犹太人不看重伊朗文学、波斯档案或历史文献亡佚。波斯诗人菲尔多西(Firdausi,935—1020)的《列王纪》(Shāhnāmah)提供了一些传说。克什米尔学者穆赫萨尼·法尼(Mohsani Fání,?—约 1670)的《达毕斯坦-马扎赫布》(Dabestān-e Mazāheb,以下用意译《宗教流派》),为伊朗和人类早期史提供了一些资料。伊朗君主国是世界上最古老的政权之一,第一位国王是鞑靼人。波斯人与印度、阿拉伯、鞑靼三个种族之间的关系迷雾重重,或许来自第四个种族。在仔细探究语言文学、宗教哲学以及技艺科学之后,应对这些问题给出准确答案。

第一部分,波斯人的语言和文字　7 世纪有两种语言在伊朗帝国流行:时称达里语的宫廷语言,以及书写大部分学术书籍的帕拉维语。祭司和哲人还通晓古老的禅德语(即东伊朗的阿维斯陀语)。此外,《列王纪》所用的帕尔西语如今已成为混合语。

我们先提供一些背景知识。约前 20 世纪,古雅利安人(Aryans,Arya)在南俄草原上游牧,擅长骑射,有父系氏族组织并崇拜多神教,后迁移至阿姆河、锡尔河一带。约前 15 世纪或前 17 世纪,有一支南下旁遮普,后向东扩张到恒河流域。前 10 世纪(也许更早),另一支西迁伊朗高原,其自称"伊朗"(Iran),与"雅利安"同源。"波斯"(Persia,意为边陲)则是亚述人对他们的称呼。上古波斯语有两种:一是伊朗西南部的楔形铭文语,即波斯帝国(前 550—前 330)的宫廷语言(用楔形字母);二是伊朗东部的阿维斯陀语,即撰写《阿维斯陀经》的语言(用阿拉米字母)。波斯人与闪米特人毗邻又相互征服,彼此间存在着千丝万缕的联系。不但阿拉米语文曾是波斯帝国官方语文,而且巴比伦语文也曾是中央和行省的行政语文。西伊朗语的元音特征与闪米特语一致,而东伊朗语则有丰富的元音,还保有颚音和啮音。故有语言学家认为西伊朗语和东伊朗语本为不同语言,西伊朗语应归入闪米特语。前 4 世纪亚历山大灭波斯,其后上古波斯语演变为中古波斯语(前 250—651),即帕拉维语(Pahlavi)。在帕提亚帝国(前 247—224)时期,帕提亚人(Parthia<Persia)大多说东伊朗语,即帕提亚语(Pathian)或北帕拉维语(用帕拉维字母)。而萨珊王朝(224—651)的帕尔西语(Parsi)则称为南帕拉维语。7 世纪,阿拉伯人灭萨珊。此后萨曼王朝(874—999)的建立者是来自伊朗东北部的帕提亚后裔,南北帕拉维语融合成新的波斯语,即达里语(Dari)。萨曼王朝的中心在河中地区,由此又融合了粟特语等。萨曼王朝的兴旺促使达里语通行于中亚、西亚和印度北方。达里语(用阿拉伯字

母)有近60%的词汇来自阿拉伯语。8—10世纪,一部分坚持信仰琐罗亚斯德教的波斯人移居印度西海岸古吉拉特一带。他们被称为帕尔西人,所用语言即帕尔西语。

关于波斯语的来源,琼斯提出,波斯地区最古老的语言是梵语和迦勒底语;禅德语来自梵语,帕拉维语来自迦勒底语;波斯语和梵语相似,纯正的波斯语没有阿拉伯语痕迹;帕拉维语与阿拉伯语极为相似,是迦勒底语的方言;帕尔西语来自禅德语或源于婆罗门语(即梵语)的方言。而据我们了解的资料,就琼斯的广义伊朗而言,最古老语言是伊朗高原南边属于阿卡德语的亚述方言(约前26世纪起),而来到该地区的、与雅利安语同源的古波斯语要晚得多(约前10世纪)。禅德语(即阿维斯陀语)、帕拉维语、帕尔西语是波斯语的不同阶段,由此禅德语、帕尔西语不可能来自梵语。前539年,波斯灭迦勒底,由此帕拉维语不可能是迦勒底语的方言。

在此务必注意,琼斯对"迦勒底人"(Chaldean)、"迦勒底语"(Chaldaick)、"迦勒底字母"(Chaldaick letters)的理解与使用含混不清,主要因为缺少闪米特语言及其文字知识。琼斯在《第九年纪念日演讲》(1792)中用含姆(Ham)和闪姆(Shem)指称人类的分支。[①] 据琼斯行文,所言"迦勒底语"盖指阿拉米语,如《第八年纪念日演讲》(1791)中说:阿富汗人来自犹太人,"他们的语言明显是来自《圣经》手稿的迦勒底语的方言";库尔德人"仍然说《圣经》手稿的迦勒底语"。然而,历史上只有书写《圣经》后期篇章的阿拉米语,不存在所谓"《圣经》手稿的迦勒底语"。迦勒底语属两河流域的闪米特北支,阿拉米语属黎凡特地区(源于拉丁语Levare"升起",指日出之地,相当于东地中海地区)的闪米特西北支。传统上闪米特语分为东、西两支,按现代分类法,东支闪米特称北支。从两河流域北部南下苏美尔地区的东闪米特人,先后有阿卡德人、亚述人、迦勒底人(新巴比伦),所说语言是阿卡德语。西支闪米特又分为三:西北支(现称北中支)分布在巴勒斯坦、叙利亚、美索不达米亚北部,为阿摩利人(古巴比伦)、迦南人(腓尼基人、犹太人)、阿拉米人,影响最大的为阿拉米语;中支(现称南中支)源于阿拉伯半岛北部,为阿拉伯人,所说语言为阿拉伯语;南支分布在阿拉伯半岛南部,古代有赛巴人(赛伯伊人)、卡塔班人、哈德拉毛人以及迁入北非的古埃塞俄比亚人。

继续提供闪米特人的背景知识。前第三千纪至前第一千纪,闪米特人向两河流域和地中海东岸进行了三次大迁徙。首先是阿卡德人(Akkadia),前3000年来到两河流域北部。其首领萨尔贡(Sargon,约前2371—前2316年在位)南下统一苏美尔地区,建立阿卡德王国(约前2371—前2154),定都阿卡德(巴比伦城前身)。前第三千年代中期,阿卡德的一支北抵底格里斯河上游,与原先在此的胡里安人融合为亚述人。前第三千纪后期,阿摩利人(Amorite)进入叙利亚,此后南下两河流域南部建立古巴比伦国(前1894—前1595)。前第二千纪,迦南人迁入黎巴嫩和叙利亚一带,其中的腓尼基人发展了航海贸易和创制了字母,以色列人则创立了犹太教和编撰了《摩西五经》。前第一千纪中叶,阿拉

[①] 1781年,德国学者施勒策尔(August Ludwig von Schlözer,1735—1809)用"闪米特"(Semiten)统称希伯来人、阿拉米人和阿拉伯人及其语言,取代了传统术语"东方方言"。

米人迁入叙利亚地区,使用阿拉米字母(<腓尼基字母)。前9世纪亚述帝国征服阿拉米并借用阿拉米语文。再以后才是波斯人(印欧人)的崛起,前6世纪建立阿契美尼德王朝(前550—前330)。大流士一世(前558—前486)时把阿拉米语文(与波斯语属不同语系)定为官方语文,由此取代了通行于该地区1 700多年的阿卡德语的两种方言——北部亚述语和南部迦勒底语。前5世纪,一些犹太学者转用阿拉米语文,故《圣经》的后期篇章用阿拉米语文书写。琼斯所言"迦勒底字母"实指阿拉米或古叙利亚字母的证据还有,"许多希伯来文献改写为迦勒底方形字母的形式,但是这些字母的来源是相同的"(《第三年纪念日演讲》)。一方面,闪米特字母的形成与流播线索是:前16世纪出现原始迦南字母,前15世纪演变为腓尼基字母,前9—前7世纪派生古希伯来字母与阿拉米字母,前6世纪出现方形希伯来字母,前5世纪犹太人转用阿拉米字母。另一方面,两河流域南部的阿卡德王国→古巴比伦王国→新巴比伦或迦勒底王国(迦勒底人)的闪米特诸语,使用的是源于苏美尔的楔形文字。亚述语(阿卡德语方言)和波斯语(古雅利安语)早期也都借用楔形文字,后来才改用当时更为通行的阿拉米字母。

关于伊朗地区的古国,琼斯提出,菲尔多西《列王纪》中记载,在波斯建立的第一个君主政权便是俾什达迪王朝(或亚述)。而穆赫萨尼·法尼的《宗教流派》记载,在亚述君主凯尤莫尔兹(Cayumers)登基前,已有一个强大的马哈巴德王朝在伊朗建立多年。

凯尤莫尔兹很可能与马哈巴德人是不同种族。琼斯进一步臆断,俾什达迪王朝是印度人种建立的君主国,其历史被印度人牢记。琼斯所据《列王纪》《宗教流派》的资料,多为传说。《列王纪》追溯波斯经历了俾什达迪、凯扬、安息和萨珊王朝。传说中的俾什达迪王朝的国王世系如下:凯尤莫尔兹→胡山→塔赫姆列斯→贾姆希德→扎哈克→费利顿→马鲁吉赫尔→努扎尔→塔赫玛斯帕→戈尔沙斯帕。此处,琼斯说前8世纪或前9世纪凯尤莫尔兹登上波斯王座,而在《第九年纪念日演讲》中却说:"古老的迦勒底王国被凯尤莫尔兹统治下的亚述所推翻"。实际上,消灭迦勒底的是波斯居鲁士大帝,时在前539年。

据历史考古研究,最早在底格里斯河流域建立王国的是亚述人。先后建立第一王朝伊沙库(约前26世纪—前1906年,开国者图迪亚)、第二王朝阿淑尔(前1906—前1380,开国者伊里舒姆)。约前1800年,来自亚美尼亚山区的胡里安人打败亚述,在喀布尔河流域建立米坦尼王国(前1550—前1350)。此后,亚述的乌巴利特一世(前1365—前1330年在位)击败米坦尼,古亚述进入帝国时期(前1400—前1078)。尼努尔塔一世(前1294—前1208年在位)击败赫梯和古巴比伦占领两河流域。在新亚述帝国(前935—前612)时期,经过萨尔贡二世(前721—前705年在位)、辛那赫里布(前704—前681年在位)、伊萨尔哈东(前680—前669年在位)的四处征战,亚述成为第一个地跨亚非的帝国。前第二千纪,米底人(可能与波斯人同源)来到伊朗高原。前700年,迪奥塞斯(约前700—前675年在位)建立米底帝国(前700—前550)。前10世纪初,迦勒底人来到两河流域南部的巴比伦尼亚(并非伊朗),前626年建立迦勒底王国(前626—前538)。前612年,米底与迦勒底联合消灭亚述帝国。波斯人在前10世纪进入伊朗高原,附庸于米底。前550年居鲁士消灭米底,建立波斯阿契美尼德王朝(前550—前330),前539年波斯灭迦勒底王国。因此,琼斯所言伊朗高原古国史资料含混不清,所论波斯地区最古老语言是梵语和迦勒底语皆为移花接木。

关于波斯人的文字,琼斯的看法是:粗放的帕拉维字母,经琐罗亚斯德或其门徒改善成优雅的文字。其行款与迦勒底字母一样,显然来自迦勒底。实际上,大流士一世时期记功铭刻用波斯文、埃兰文和古巴比伦文三种楔形文字。古波斯语文仅限于宫廷诏令和记载国事,其余行政语文则用阿拉米语文。前2世纪波斯人据阿拉米字母仿制帕拉维字母。生活在前628至前551年的琐罗亚斯德,怎么可能改善此后的帕拉维字母呢?

第二部分,波斯的宗教和哲学 前8世纪,凯尤莫尔兹奉行胡桑教。琐罗亚斯德继承该教并加入圣火崇拜。波斯哲学与其宗教紧密联系,崇拜各种天体;苏菲派有更精微的本元论。波斯诗人的宗教信仰与印度吠檀多哲人的宗教体系,可证波斯与印度的关系密切由来已久。当婆罗门从伊朗迁徙之时,其复杂的神学已经取代天体和圣火崇拜。**第三部分,波斯的雕刻和建筑** 对波斯雕刻和建筑古迹已有诸多考察。**第四部分,波斯的科学和艺术** 古代波斯的科学和艺术似乎没有完整的证据存在。用帕拉维语创作的古诗,保存下来的只有残句。

琼斯将印度人的早期地理位置定在伊朗高原,由此强调,第一波斯帝国的语言来自梵语,不但禅德语和帕尔西语,而且希腊语、拉丁语和哥特语也都来自梵语。至于琼斯认为"亚述语的双亲是古迦勒底语和帕拉维语",则不合史实。一方面,亚述人约前26世纪至前1380年建立王朝,前9世纪亚述征服阿拉米后采用其语文,"古迦勒底语"怎么可能是亚述语的双亲之一呢?另一方面,波斯人前550年才建立帝国,前3世纪后古波斯语才演变为帕拉维语,帕拉维语又怎么可能成为亚述语的双亲之一呢?关于亚述学、两河流域考古文化以及文字的起源和传播研究,要到19世纪才相继兴起。1761年,丹麦学者尼布尔(Carsten Niebuhr,1733—1815)摹绘了古波斯首都遗址的楔形文字。1802年,德国学者格罗特芬德(Georg Friedrich Grotefend,1775—1853)释读了部分文字。1835—1837年,英国学者罗林森(Henry Creswicke Rawlinson,1810—1895)破译《贝希斯敦铭文》中的古波斯语。1857年,罗林森破译阿卡德语的巴比伦方言。1905年,法国学者蒂罗-丹然(François Thureau-Dangin,1872—1944)开启了苏美尔文字释读的序幕。因此琼斯仅凭当时看到的资料,也就不可能得出可信的结论。

琼斯的以上论述,就是为了证明其"伊朗中心论"。在历史上的黎明,发现了三个有区别的人类种族,即后来的印度居民、阿拉伯半岛居民和鞑靼居民,他们从共同的故土伊朗向四方迁徙。琼斯进一步展开,从权威论著中获悉,不列颠的最初居民来自亚美尼亚;而晚近的一位博学者断定,哥特人即斯基泰人均来自波斯;而另一位学者竭力主张,无论爱尔兰人还是古布列吞人,都是从里海沿岸各自出发来此的。琼斯的这三个引用来自17世纪以来流行的斯基泰假说,即印欧民族来自中亚北部的大草原。所谓"权威论著""晚近的一位博学者""另一位学者",皆语焉不详。

对古代西欧学者而言,斯基泰指生活在庞蒂克草原-里海地区的远古族群。6世纪中叶,拜占庭历史学家约尔丹尼斯(Jordanes,？—约552年之后)在《哥特人的起源和事迹》(*De origine actibusque Getarum*)中提出北方为"民族子宫和国家摇篮",由此衍生出欧洲族群。16世纪,佛罗伦萨公爵坎帕纳(Francesco Campana,1491—1546)的《厄勃隆尼斯记事》(*Eburonis chronicon*),记录了哥特人、匈人从北方草原迁到西欧的历史,为北方是"种族蜂巢和民族子宫"提供了更多证据。1569年,尼德兰贝卡努斯(Johannes Goropius Becanus,1518—1572)的《安特卫普语或贝尔吉卡辛梅里安语的起源》发现希腊语、拉丁语、日耳曼语和北印度语之间的关系,提出其始源语是斯基泰语。1639年,寓居莱顿的德国艾利奇曼(Johannes Elichmann,1601—1639)提出日耳曼语、拉丁语、希腊语和波斯语等在词汇和形态上皆有相似之处,来自"共同源头"。1643年,艾利奇曼的朋友、莱顿大学教授萨马修斯(Claudius Salmasius,1588—1653)论述了拉丁语、希腊语、波斯语、日耳曼语及北印度语都是从一个已消失的共同祖先流传下来的。1647年,莱顿大学教授伯克斯洪(Marcus Zuerius van Boxhorn,1612—1653)提出的斯基泰假说,囊括了希腊语、拉丁语、日耳曼语、波斯语、凯尔特语、斯拉夫语和波罗的语以及印度语。(详见李葆嘉、王晓斌、邱雪玫《尘封的比较语言学史:终结琼斯神话》,北京:科学出版社,2020)琼斯对这些略有所闻、一知半解。

总体而言,琼斯所见资料有限,由此未明古雅利安人迁徙线索,未明伊朗高原古代民族的历史层次(胡里安人→亚述人→米底人→波斯人),未知亚述人种及其语言,未厘清波斯语的历史发展阶段(古波斯语:西部楔形铭文语/东部阿维斯陀语→中古波斯语:帕拉维语/帕尔西语→新波斯语:达里语)。再加上把印度人说成最古老的民族并且移位于伊朗高原,从而导致此次演讲概念含混、误说丛生。

七、第七讲:关于中国人

1790年2月25日,琼斯演讲的题目是《第七年纪念日演讲:关于中国人》。琼斯在开篇提出:中国人从来不用"恰衣纳斯"(Chinese)指自己,而是自称"汉"(Han)。从来不用"恰衣纳"(China)指其国家,而是称为"中国"(Chúm-cuë)。此次演讲的主体,琼斯没有切分为几部分。该篇译文分为三部分,是我们根据内容切分的。

分论一,关于中国人的来源 琼斯归纳了当时西方学者的四种观点:本土原初种族论、闪姆血统论、原始鞑靼演化论、印度血统论。后三种观点都是18世纪西方学者的臆断,琼斯则倾向于中国人可能来自摩奴的后裔(即古雅利安)并与鞑靼人混合。据中国考古文化研究,距今7 000年左右,中国境内的新石器时期三大考古文化系统大致形成。处于东南沿海及湖泽平原的是以植稻农业为特征的水耕文化系统;处于西北黄土河谷地带的是以种粟农业为特征的旱耕文化系统;处于河套大漠草原的是以游牧为特征的北方细石器文化系统。[①] 三大考古文化系统的创造者都是蒙古利亚人种,但体质特征有所区别。

---

① 石兴邦《中国新石器时代考古文化体系及其有关问题》,《亚洲文明论丛》,成都:四川人民出版社,1986年。

东南文化的创造者是南亚型;西北文化的创造者新石器时代是东亚型与南亚型,青铜时代是东亚型;北方文化的创造者早期是北亚型,晚期有北亚型和东亚型混合的趋势。[1] 东南考古文化系统溯黄河而上,西北文化考古系统沿黄河而下。经过 1 000 多年的接触,大约前 4000 年,在今河南地区形成庙底沟氏族部落文化,迅速而有力地融合着附近的氏族部落,由此形成中国文化的原始共同体。[2] 而距今 4 000 年前,印度雅利安人的祖先还在南俄草原上游牧。约前 17—前 15 世纪,雅利安人才抵达旁遮普。

分论二,中国人的文字和语言 琼斯臆断中国文字是最初的中国人即出走的印度人发明的。在琼斯的时代,他不可能了解中国商代甲骨文(1899 年发现),最早是盘庚迁殷(约前 1320)至纣王(约前 1075—前 1046)之间的卜辞。而其时,印度雅利安人尚无文字。直到前 7 世纪,印度商人与中亚闪米特人接触,才将阿拉米字母带到印度。约前 5 世纪,印度人才仿制为婆罗米字母。琼斯提及中国语是单音节词,其通语为了形成吟诵调要发出重音(不知汉语声调的特点),这些知识来自传教士或早期汉学家。

分论三,中国人的宗教和哲学 琼斯提出:

> 印度佛陀(Buddha)无疑就是中国的佛(Foe);但是中国人的伟大祖先也命名为伏羲(Fo-hi),其中的第二个音节看上去是个陪衬。……当时那个军事部落的祖先,印度教徒称其为旃陀罗般萨即月神之子,根据他们的《往世书》或传说,步陀(Budha)即水星的守护神,所传第五代王子叫作特鲁亚(Druhya)。特鲁亚被其父雅亚提放逐到印度斯坦东部,……被流放的王子名字特鲁亚……虽然我不敢推定其最后一个音节变成了"尧"(Yao),然而我注意到尧是伏羲的第五代。……尧的父王帝喾(Ti-co),就像印度国王雅亚提(Yayati)一样,是首个娶几个妃子的君王。(Jones,1807 Ⅲ:152)

琼斯臆断印度的佛陀/佛(Foe)就是中国的伏羲(Fo-hi),印度王子特鲁亚(Druhya)可能是尧(Yao),尧的父王帝喾(Ti-co)就像印度国王雅亚提(Yayati)。用佛、伏羲、尧、帝喾的明清语音(传教士汉语罗马字转写)与印度语音对应,可见琼斯不谙历史比较法的原则。传说,华夏始祖伏羲生活于约前 7593—前 7527 年,而佛陀释迦牟尼生活在约前 566—前 486 年。帝喾生活于约前 2480—前 2345 年,尧生活于约前 2377—前 2259 年。传说中的婆罗多王朝(约前 1700—前 1400)世系为:雅亚提(Yayati)→豆扇陀(Dushyanta)→婆罗多(Bharata)→维度罗(Vidura)。[3] 显然,双方传说人物在年代上差距太大。总体而言,琼斯对中国古代的信仰、哲学、科技和艺术所知甚少。

分论四,关于日本人 德国医生肯普法(Engelbert Kæmpfer,1651—1716)提出现代日本人来自鞑靼,琼斯却认为日本人来自原本印度人的尚武阶层,只是东迁的时间比到中国更晚些。他们通过与各种鞑靼部落的通婚,不知不觉地改变了其特征和性格。这些想法得不到考古的支持。1949 年,日本发现岩宿旧石器文化遗址表明,距今 10 万年前日本

---

[1] 详见格勒《中华大地上的三大考古文化系统和民族系统》,《新华文摘》,1988 年第 3 期。
[2] 石兴邦《中国新石器时代考古文化体系及其有关问题》,《亚洲文明论丛》,成都:四川人民出版社,1986 年。
[3] 此据百度贴吧《印度历代帝王年表》(https://tieba.baidu.com/p/3570640144)。

列岛已有人类活动。关于日本北方诸岛的阿伊努人,人类学家认为是蒙古人种南亚类型和赤道人种澳大利亚支系之间的混合型。除了新石器时期的早期移民,从夏商到周秦,中国东南沿海居民有陆续迁入日本的。前3世纪,日本进入弥生文化时代,据考证与秦朝徐福(山东半岛东夷)东渡带来周秦文明有关。九州弥生文化遗址出土的人类遗骨,从脸长、颧骨高的测量,可推定来自朝鲜半岛和东亚大陆。1996年,"江南人骨中日联合调查团"对江苏境内出土的60个古人遗骸的头骨、大腿骨和牙齿进行研究。这些遗骨中有28个属新石器时代、17个属春秋战国时代、15个属西汉时期。通过提取DNA,与日本福冈、山口出土的古人遗骨比较,发现江苏新石器时代古人遗骨与日本古人遗骨不同,而春秋战国到西汉时期古人遗骨与日本弥生人的遗骨极为相似。徐州"梁王城遗址"出土的古人遗骨中的DNA,与日本福冈出土的弥生人遗骨中的DNA一致。[①]

在结论中,琼斯表示,他似乎已经完成了调查亚洲民族起源的设想,然而对试图讨论的这些问题,他并没有为其严格分析论证做好准备。琼斯提到,"我将依次考察现代中国人的语言和文字、宗教和哲学,同时增加一些古迹和科学的内容并论及其艺术,包括不拘一格的艺术和手工技艺",然而他对中国历史和文化知之甚少,只是通过臆想揣测。至于汉语和汉字,琼斯的了解就是从几位传教士的书中看到的知识,如单音节词、象形文字。即使对中国古音一窍不通,却还要做"梵汉对音"。与西方汉学家相比,琼斯没有探讨这一专题的学术功底——直接阅读汉语传世文献的能力。

八、第八讲:关于亚洲的边民、山民和岛民

1791年2月24日,琼斯演讲的题目是《第八年纪念日演讲:关于亚洲的边民、山民和岛民》。开篇即言如果不关注阿拉伯、波斯、印度、中国和鞑靼边缘的若干民族,忽略多山地区的未开化部落,并对亚洲附属岛屿上的居民视而不见,那么亚洲历史研究必然留下缺憾。环游亚洲的路线从靠近埃拉尼提海湾的以土买出发,然后依照主题调整路线,最终返回此处。这篇演讲的主体,琼斯也没有切分。现将环游亚洲的过程大体归纳为七大地区(21个站点)。换言之,此次演讲涉及21个族群的地理、历史和语言等。

(一)起点:亚非毗邻区

第一站,厄立特里亚人:印度人种的一支

对于厄立特里亚人(即以土买人、腓尼基人)的种族,琼斯先断定,仅从语言、宗教和习俗推测,他们不是印度人、阿拉伯人、鞑靼人,后提出他们是印度人血统,而且希腊和罗马人是其移民的后裔。琼斯的推论是:∵ 字母和天文知识都是印度家族发明和传播的,

---

① 参阅王心喜《江南地区新石器时代文化对日本影响的蠡测》,《南昌大学学报(人文社会科学版)》,1987年第4期;张敏、汤陵华《江淮东部的原始稻作农业及相关问题的讨论》,《农业考古》,1996年第3期;潘其风、朱泓《日本弥生时代居民与中国古代居民的人种学比较》,《华夏考古》,1999年第4期;周蜜《日本人种论》,吉林大学考古学及博物馆学博士论文(导师朱泓),2007年。

∵以土买人首次给星星起名并造船航行,∴他们只能是印度人种的一支。琼斯还提出,早期与母体血统分离的小家族没有文字、词语贫乏,居住在荒凉地区,经过四五个世纪必然形成一种新语言,其祖先语言的痕迹逐渐消失,并以此作为以土买人(闪米特语)、腓尼基人(闪米特语)与印度人(印欧语)的语言之间没有相似之处的理由。

远古时代,在造船航海、天文导航和制定字母方面处于领先地位的都是腓尼基人。自古埃及第六王朝(约前24—前22世纪)起,腓尼基商船逐渐遍及地中海,不仅造船技术处于世界首位,而且航海技术发达,开创了人类利用天文导航的时代。随着古埃及和克里特岛的衰落,腓尼基遂成地中海霸主。前18世纪,西地中海海岸,特别是西班牙和北非已经遍布其迁徙地,前12世纪初达到极盛。前8世纪左右,腓尼基开始衰败,而希腊城邦此时强盛起来,夺取了腓尼基在地中海的迁徙地和市场。但是,希腊文明的直接来源就是腓尼基文明。希腊人是约在前15世纪从北欧进入爱琴海一带的印欧人。罗马人则更晚,是在约前10世纪穿越阿尔卑斯山和亚得里亚海到达意大利的。

第二站,阿比西尼亚人:与最初埃及人及原始印度人同种

阿比西尼亚人即埃塞俄比亚人。首先,琼斯根据相同词语及相似语法结构,提出埃塞俄比亚语与阿拉伯语、希伯来语是姊妹语言。但是并非如琼斯所言,埃塞俄比亚语是迦勒底语的一种方言。在琼斯之前,1738年,尼德兰东方学家斯库尔滕(Avec Albert Schultens,1686—1750)已经论证这些语言属于同一语族(琼斯知其研究)。更早,即1648年,德国东方学家拉维斯(Christian Ravis,1613—1677)在伦敦出版的《希伯来语、撒玛利亚语、迦勒底语、叙利亚语、阿拉伯语和埃塞俄比亚语语法大全》(*A Generall Grammer for the Ebrew, Samaritan, Calde, Syriac, Arabic, and Ethiopic Tongue*),已经指出这六种语言实际上就是一种语言。其次,琼斯认为印度天城体字母和埃塞俄比亚字母起初在形式上非常相似,由此推定埃塞俄比亚人与古埃及人、原始印度人同种。实际上,天城体出现在12世纪,是悉昙文的变体(6世纪悉昙文<4世纪笈多文<前4—前3世纪婆罗米文<前6—前5世纪阿拉米字母)。埃塞俄比亚的吉兹(Ge'ez)字母(对古埃及文字的改制),可以追溯到4世纪,远远早于印度天城体字母。据考,埃塞俄比亚的最早居民是来自阿拉伯半岛南部的闪米特人。1世纪至976年建立埃塞俄比亚帝国。1270年建立所罗门王朝,其国号来自阿拉伯语的哈巴施(Habash,意为混血),因埃塞俄比亚的闪米特人和尼格罗人混血。该词拉丁文作哈巴塞尼亚(Habsesinia),葡萄牙文作阿巴西尼亚(Abassia, Abassinia),后变为阿比西尼亚(Abyssinia)。不可能如琼斯所言,埃塞俄比亚语(南部闪米特语)是迦勒底语(北部闪米特语)的一种方言。

第三站,也门附近岛屿的居民:阿拉伯人和阿比西尼亚人

也门附近岛屿的居民,都属于闪米特人。琼斯认为此处居住的是印度人种(阿比西尼亚人、古埃及人)和阿拉伯人种。如果把闪米特的一些族群视为印度人种,则混淆了高加索人种和闪米特人种,也就搞乱了印欧语系和闪-含语族(或亚非语系)。

(二) 中亚区

第四站,托罗斯山的库尔德人:仍说《圣经》手稿所用迦勒底语

琼斯提出,库尔德人是居住在托罗斯山支脉或幼发拉底和底格里斯河畔的独立民族。他们既没有书面语,也没有来源确凿的任何记录。而旅行者已经断言,他们是迪亚巴克尔地区的一支游牧民,仍然说《圣经》手稿的迦勒底语。实际上,《圣经》晚期手稿语言是阿拉米语(闪米特语东支),并非迦勒底语(闪米特语西支)。库尔德语属印欧语系伊朗语族西支,《圣经》晚期手稿的语言与之无关。

第五站,四处流动的土库曼人:保留着鞑靼土语痕迹

琼斯猜想,四处流动的土库曼人仍保留着鞑靼土语的一些痕迹。从波斯湾到库尔河和阿拉斯河,都没有出现与阿拉伯人、波斯人或鞑靼人不同的任何种群孑遗,由此揣测,在伊朗山地不存在另外的种群。据后人分类,土库曼语属阿尔泰语系的突厥语族(乌古斯语支)。

第六站,阿富汗人来自犹太人:语言来自《圣经》迦勒底语的方言

琼斯相信阿富汗人来自犹太人,其理由是相传以色列部落逃难到此。前722年,亚述侵占以色列并将其人民掳走,史称"以色列失踪十支派"。亚述王把他们流放到幼发拉底河以东,此后他们向更远的东方迁徙。

据说他们来到阿富汗中部的古尔山区,邻近民族称之为"巴尼阿富汗"(Bani Afghan)和"巴尼以色列"(Bani Israil)。据《以斯拉书》(*Esdras*)所记,以色列十部落逃到阿撒特(Arsareth),即阿扎特(Azareth),该地区被认为是如今的哈扎拉哈(Hazaraha),即哈扎特(Hazaret)。然而,阿富汗的主体是普什图人(Pushtun),印地语称帕坦人(Patan),波斯语称阿富汗人(Afghan)。使用阿拉伯字母的普什图语属印欧语系伊朗语族东支,受印度语言的影响较大。此外还吸收了很多阿拉伯语和波斯语借词。并非如琼斯所言,其语言明显来自《圣经》迦勒底语的方言。

(三) 南亚区

第七站,印度河口的桑伽尼亚人:语言来自梵语

靠近印度河口的一个区域,在亚历山大大帝的将军尼阿库斯(Nearchus,前360—前300)的杂记中称作"桑伽达"。法国地理学家丹维尔(Jean-Baptiste d'Anville, 1697—1782)提出,此为桑伽尼亚人的所在地。琼斯认为,桑伽尼字母是天城体的一种,就像其他印度方言那样,桑伽尼语显然来自梵语。

第八站,奇特的民族吉普赛:几乎未曾变化的纯粹梵文词

琼斯指出,英国人以为吉普赛人(Gypsy)是从埃及直接渡过地中海到达欧洲的,而被误称为"埃及人"(Egyptian)。琼斯引用德国语言学家格雷尔曼(Heinrich Grellmann, 1756—1804)1783年的研究,证实吉普赛人的语言中包含许多梵文词。这些词都是几乎未曾变化的纯粹梵文词,但是词语收集者在印度斯坦土话中却找不到对应词。有人提

议,这些特别的词语很可能来自古老的埃及语。琼斯就此提出,我们没有其他证据表明古埃及和古印度流行的方言具有强烈的密切关系,似乎更有可能,吉普赛人在某次周游中登上了阿拉伯半岛或非洲海岸,由此他们可能游荡到埃及,最终迁徙而进入欧洲。

第九站,印度西部莫普拉人:穆罕默德时代之后到此的阿拉伯人

生活在印度西部的莫普拉人,琼斯看过他们用阿拉伯文字书写的书籍,并由此信服,他们是在穆罕默德时代之后来到此地的阿拉伯商人和水手。其实并非如此,莫普拉人生活在印度喀拉拉邦西边的阿拉伯海东南部的拉克沙群岛上,属于达罗毗荼人种。7世纪以来,有阿拉伯人进入该群岛。12世纪,控制该群岛的焦尔王朝的公主嫁给穆斯林,该群岛遂成为喀拉拉地区穆斯林唯一统治的地区。虽然莫普拉人和阿拉伯人逐渐混血,但他们通用的是达罗毗荼语系南部语族的马拉雅兰语。

第十站,印度次大陆北部山民:源于古老的印度血统

琼斯提出,在维帕萨河即哈帕斯河以西,与特里普拉丘陵和迦摩缕波丘陵以东之间的地区及喜马拉雅山北部,发现了若干未开化人群。在最古老的梵语文献中,他们被称为萨卡、吉拉特、库拉、普林达和巴尔巴拉。虽然其中的一些人与来自鞑靼地区的最初漫游者很快混血,其语言似乎是现在莫卧儿人所说语言的底层,但是有理由认为他们源于古老印度的血统。

印度次大陆北部山民的种族复杂,琼斯没有分清,只能猜测都源于印度血统,其中的一些与鞑靼混血。并且进一步推测其语言是莫卧儿人语言的底层。有蒙古血统的突厥人建立的莫卧儿帝国(1526—1857)崇尚波斯文化,其官方语言为波斯语。莫卧儿人的母语属于乌兹别克、回鹘等民族中通行的突厥语东支,从帖木儿(1336—1405)时期始称察合台语。察合台的文学语言,从阿尔泰地区到莫卧儿帝国,许多突厥民族都使用过。换言之,琼斯错误地断言北部山民的语言是察合台语的底层。

(四) 南方海岛区

第十一站,锡兰岛:洪荒时期就有印度种族居住

我们来到印度群岛,加速赶到锡兰(现称斯里兰卡)东南部的岛屿。正如我们从其各种居民的语言、字母、宗教和古老遗迹中得知,锡兰在洪荒时期就有印度种族居住。从前他们也许延伸到更远的西部和南部岛屿,甚至包括陆地。

斯里兰卡的原居民是达罗毗荼的维达人、泰米尔人。相传前6世纪,印度梵伽国公主之子僧诃巴忽,率领一支雅利安部落从大陆渡海进入该岛,建立僧伽罗国。在《第三年纪念日演讲》中,琼斯未对印度次大陆的人种和语言加以概述,可能因为当时尚未得及搜集资料,但在5年后的该次演讲中仍未厘清,说明也许他就没有查找原居民的资料。

第十二站,巴厘岛:主要居住的是印度人

琼斯采纳福利斯特船长的说法,发现巴厘岛主要居住的是印度人。岛上居民崇拜的神像,与福利斯特在印度看到的印度教神像相同,认为此地居住的是通晓梵语的民族。

据研究,巴厘人是古南岛人的后裔,约前2500年与此地更早的居民混血。在夏连特拉王朝(Shailendra,8—9世纪)时期,佛教及印度教经爪哇岛传入巴厘岛。在满者伯夷王

国(Majapahit,1293—1518)时期,印度教大规模传入,信奉印度教的爪哇教徒开始统治巴厘岛。在淡目王国(Demak,1478—1586)期间,很多印度教的精英又纷纷逃亡到该岛。虽然巴厘岛居民大都信奉印度教,但通行的是属于南岛语系的印尼语。

第十三站,苏门答腊语与南方海岛语:其根源只能是梵语

英国东方学家马斯登(William Marsden,1754—1836)已经证实,从马达加斯加到菲律宾,甚至到近来发现的最遥远群岛,在这些南方海洋所有岛屿的方言中,可以识别某一古代语言留下的清晰痕迹。琼斯则从马斯登搜集的苏门答腊语资料中错误地推断,这些语言的根源只能是梵语,可能是因为琼斯从这些语料中看到的多为梵语借词。

从马达加斯加到印尼、菲律宾,直到最遥远群岛的南太平洋语言都属于南岛语系。1620年,尼德兰航海家勒梅尔(Jacques Le Maire,1585—1616)的航海记录刊行,其中记载了马达加斯加、东印度群岛、科科斯群岛等地的词表。在琼斯此次演讲的80多年前,尼德兰东方学家雷兰德(Adriaan Reeland,1676—1718)在《远东岛屿的语言研究》(*Dissertatio de linguis insularum quarundem orientalium*,1708)中,根据这些资料已经揭示马来语和西太平洋岛屿语言之间的联系,推测马达加斯加、东印度群岛、科科斯群岛诸语同源。遗憾的是,琼斯没有吸收这些理论,而仅仅根据一些借词推定。此后,马斯登在《论波利尼西亚语或东部岛屿语言》(*On the Polynesian, or East-insular Languages*,1834)中,把南太平洋一带的语言称为"近波利尼西亚语",把印尼群岛的语言称为"远波利尼西亚语"。

(五) 藏缅区

第十四站,藏族:藏语古代属于梵语

琼斯首先援引,意大利圣方济会士卡西亚诺(Cassiano da Macerata,1708—1791)在藏民中居住了很久,我们从其研究中得知,西藏人是印度教徒,在其古老神话信仰中增加了来自异域的佛陀教义。卡西亚诺考察了他们的语言和字母,以及崇拜的信条和仪式。藏人字母显然来自印度,但其书写的字母要比口语发音多一些。虽然藏语在古代属梵语且为多音节词,但似乎受汉语影响也含有许多单音节词。为了形成单音节词,在通常口语中有必要节缩一些音素,而我们在其文献中仍可看见这些被节缩的字母。由此我们能在其书面语中追溯到若干梵文的单词和短语,而这些在其口语里已相当难以识别。

琼斯臆断藏语在古代属梵语。通常认为,藏语文献中的梵文词语为借词。藏语文献中的多音节词在口语中节缩一些音素,主要是藏语自身的语音变化。藏语的演变趋势之一是后缀音节与主元音合并,变成复元音韵尾而单音节化。如:"针",古藏语 ka-bo(bo 轻声)>ka-b(bo 的 o 脱落)>kai(后缀 b 发作 i)。许多藏语单音节词看似单音节,实为多音节。如:nzhor"走",藏文写成 n-zho-r;ongoo"头颅",藏文写成 on-goo。还有许多词语介于单音节和多音节之间,在藏人心目中是两个音节而在口语中连读为一个。如:qi-wu"鸟">口语 qiu;ta-wa"烟">口语 tuo。

第十五站,缅族:可能源于印度部族

琼斯指出,正如鞑靼人承认的,他们在皈依阿拉伯宗教之前还没有文字,而回鹘、唐古特和契丹的原居民已经拥有文字,甚至据说发展了人文科学。琼斯由此不禁怀疑,回鹘等可能并非来自鞑靼部族,而是源于印度部族。并且对缅族,琼斯也持有同样的看法,引证他们被梵学家称为"梵天的止那人"(Brahmachinas)。也许,他们在印度周围游荡,是来自东部半岛北方人群的后裔,带来了如今在阿瓦语中使用的字母。这些字母不过是来自方形天城体字母的圆形化。

琼斯不但怀疑回鹘等原居民源于印度部族,而且认为缅族也可能如此。当时对缅族及其语言的研究尚未深入,琼斯的这些提法也就难免想当然。

(六) 北亚区

第十六站,北方乐土之民:哥特人和印度人原语言相同

我们现在向东转到亚洲的极远土地,从东北部环绕俄罗斯,直接通向北方乐土之民。从全部听说的关于其古老宗教和习俗来看,他们似乎像马萨革特人,以及通常被认为是鞑靼的其他几个部族。他们似乎是真正的哥特式种族,也就是印度人种。故而琼斯认为,哥特人和印度人原来的语言相同。比如,他们给恒星和行星的命名一样,膜拜同样的神灵,举行同样的血祭,并且信奉关于死后受到赏罚的观念。

马萨革特人为斯基泰的一支(分布于咸海以南,东至伊犁河)。一方面,琼斯认为斯基泰人即哥特人(《第三年纪念日演讲》),把斯基泰混同于鞑靼,"鞑靼语与阿拉伯语或梵语之间毫无相似之处,并且一定是由与阿拉伯人或印度人截然不同的人发明的"(《第五年纪念日演讲》);另一方面,琼斯在此处却提出,北亚居民是真正的哥特式种族即印度人种,并且仅凭恒星和行星的命名,就断言哥特人和印度人的语言原来相同。

第十七站,斯拉夫语:各分支都归于鞑靼语

琼斯不赞同巴伊的观点,仅仅因为芬兰人和哥特人语言中的"船"词形相同,就认为芬兰人来自哥特人。琼斯认为,芬兰语的其他成分,似乎与哥特通用语中的形式完全不同。多种语言主祷文的编辑者①,都把芬兰语和拉普语描述成密切相似的语言,而认为匈牙利语与之完全不同,但这肯定不正确。不知是否确凿,据说不久前一位俄罗斯学者从匈牙利语远古所在的里海到黑海之间进行追踪考察,最远抵达拉普兰。既然公认匈人来自鞑靼,我们就可以推定,除了哥特语,所有北方语言就像通常归属于斯拉夫语的各个分支那样,它们都源自鞑靼语。

---

① 1555 年,瑞士格斯纳(Conrad Gesner,1516—1565)编有《语言大全,世界各民族仍在使用和拥有的古今不同语言》(*Mithridates de differentiis linguarum tum veterum tum quae hodie apud diversas nationes in toto orbe terrarum in usu sunt*)。1741 年,德国亨泽尔(Gottfried Hensel,1687—1767)编有《所有语言概览:包括世界各地语言的主要群体及其亲和性奥秘,从字母、音节、自然发音和结构衰变加以对比》(*Synopsis universae philologiae, in qua miranda unitas et harmonia linguarum totius orbis terrarum occulta, e literarum, syllabarum, vocumque natura & recessibus eruitur*)。1784 年,西班牙赫尔伐斯(Lorenzo Hervás y Panduro,1735—1809)编有《已知语言编目及其亲属关系和异同》(*Catalogo delle lingue conosciute e notizia della loro affinità e diversità*)。

在琼斯演讲之前的250年,德国学者缪恩斯特(Münnster,1544)已发现芬兰语、拉普语和爱沙尼亚语具有亲属关系。其后,瑞典裔芬兰学者维克雄纽斯(Wexionius,1650)、瑞典学者斯提恩希尔姆(Stiernhielm,1671)、德裔瑞典学者谢费尔(Scheffer,1673)、德国学者艾克哈特(Eckhart,1711)等进一步加以证明。瑞典学者老鲁德贝克(Rudbeck the Elder,1717)提出匈牙利语与芬兰语有许多词根相同;小鲁德贝克(Rudbeck the Younger,1727)进一步提出爱沙尼亚语、芬兰语和拉普语的100个同源词。通过这些努力,乌拉尔语系(或语族)已经初步建立。1769年6月,匈牙利天文学家沙伊诺维奇(János Sajnovics,1733—1785)在前往挪威测量金星凌日时,发现能听懂当地的拉普语,次年发表《匈牙利语和拉普语相同的证据》(Demonstratio Idioma Ungarorum et Lapponum Idem Esse,1770)。琼斯所言对匈牙利语的追踪考察抵达拉普兰,盖来自关于此事的传闻。

至于琼斯认为,除了哥特语之外,所有北方语言都源自鞑靼语,似乎把斯拉夫语归于鞑靼语。与之可以互证的是,琼斯的印欧语"相似-同源讲辞"(《第三年纪念日演讲》)中没有斯拉夫语。当时的琼斯,尚未分清地处欧亚北方的乌拉尔语(爱沙尼亚语、芬兰语、拉普语、匈牙利语等)、阿尔泰语(突厥语、蒙古语等)与斯拉夫语之间的关系。

第十八站,亚美尼亚语:基础是古波斯语

琼斯说,关于亚美尼亚语,他从来没有研习过。然而从孟加拉能获得的可靠资料使他确信,其基础是古波斯语,与禅德语的印度语血统一样。自从亚美尼亚不再是伊朗的一个行省,其语言才逐渐发生变化。现在的亚美尼亚语字母,被认为相当晚近才出现。如果不是来自帕拉维字母,那么很可能是5世纪中叶的亚美尼亚人发明的。

据研究,亚美尼亚语几乎没有任何相似的语言,只是其词汇在历史上受到帕提亚语、希腊语、拉丁语、古法语、阿拉伯语和土耳其语的影响。有人将其定为印欧语系中的独立语族,有人将其归入伊朗语族(琼斯的说法类似于此),亦有人将亚美尼亚语、弗里吉亚语、希腊语及阿尔巴尼亚语合为巴尔干语族。亚美尼亚字母是亚美尼亚神学家圣梅斯罗布(Saint Mesrop Mashtots,362—440)为翻译《圣经》在405年创制的,据其字母表排序可能是以希腊字母表为基础的。

(七) 小亚细亚

第十九站,弗里吉亚人:与希腊语有亲缘关系,有些词与梵语相同

在环绕亚洲大陆及其岛屿的旅行之后,我们返回地中海沿岸。首先值得我们注意的是重要的古老民族希腊人和弗里吉亚人,虽然他们在风俗习惯、方言土语上有些区别,但是在宗教及语言方面却具有明显的亲缘关系。弗里吉亚人膜拜的崇高对象是众神之母,而母神在印度人中被赋予若干形式和称号。在梵语和弗里吉亚语里,鼓都称为"丁蒂玛"(dindima),母神狄恩杜美奈(Dindymene)的称号好像是从这个词派生而来的。

琼斯认为,弗里吉亚的大母神崇拜来自印度,弗里吉亚语有些词与梵语相同,也就隐含着弗里吉亚人及其语言与印度人及其语言有亲属关系。弗里吉亚人原居于巴尔干半岛中部,约前12世纪迁到安纳托利亚。约前9世纪建立王国,前690年被吕底亚王国兼并。弗里吉亚语与色雷斯语、亚美尼亚语、希腊语比较接近。弗里吉亚借用了腓尼基字母,但现存的弗里吉亚铭文仍未被破译。

第二十站,腓尼基人:印度血统的一支

琼斯认为,腓尼基人与印度人一样,崇拜太阳并信奉水乃为最初造物。叙利亚、撒玛利亚和腓尼基一带或地中海东南沿岸的狭长陆地,在古代居住着印度血统的一支,尔后该地区才被阿拉伯人占据。英国法学家塞尔登(John Selden,1584—1654)认为,亚述人的宗教信仰最古老,撒玛利亚字母似乎最初与腓尼基字母一样,但是叙利亚语保留了丰富的遗存。布匿语我们有古罗马喜剧作家普劳图斯(Plautus,约前254—前184)所描述的清晰样本以及不久前披露的铭文。这些都证明这几种语言来源于迦勒底语或阿拉伯语。

在环游亚洲的起点,琼斯已断言厄立特里亚人或腓尼基人是印度人血统。在环游亚洲的终点,琼斯又强调叙利亚、撒玛利亚和腓尼基一带,古代居住着印度血统的一支。叙利亚语(琼斯误以为是亚述语)、布匿语(移民迦太基的腓尼基语)、迦勒底语(琼斯可能实指阿拉米语)、阿拉伯语都属于闪米特语族的姊妹语言,不存在这些语言源于迦勒底语或阿拉伯语的问题。

可能囿于当时知识,琼斯把叙利亚人(Syrian)混同于亚述人(Assyrian),即把叙利亚语混同于亚述语(参见《第九年纪念日演讲》中"犹太人、阿拉伯人及亚述人",即琼斯认为的说古叙利亚语的第二代波斯种族)。古亚述人和古叙利亚人(阿拉米人)都属于古闪米特北支。前第三千年代中叶,亚述人已建立亚述王国。前9世纪,已成为横跨亚非的帝国,使用的语言有阿卡德语、阿拉米语等。前612年亚述帝国被灭,此后再未有独立国家,但其民族仍在其祖居地生活。当今的亚述人是信奉东方礼教会的基督徒,说现代阿拉米语。前第二千纪中叶,叙利亚民族的主体阿拉米人定居于幼发拉底河中游,但从未建立统一帝国。古阿拉米人逐渐与阿摩利人、亚述人、迦南人、迦勒底人融合,并混有赫梯人、希腊人和罗马人的成分。前4世纪至3世纪活跃于黎凡特地区。阿拉米语成为当时的通用语。直到今天,阿拉米语还残留于叙利亚和黎巴嫩的一些偏远村庄。

第二十一站,犹太人:语言与阿拉伯语关系密切

琼斯宣布,最早的腓尼基人所在地已经扩张到我们一开始出发的以土买,现在我们已经完成了对亚洲的环行。但是,正如英国神学家巴罗(Isaac Barrow,1630—1677)观察到的,我们不可以对勤奋好学的希罗多德《历史》中未曾关注的一个非常特别的民族——犹太人不置可否。琼斯强调,犹太人的语言与阿拉伯人的语言关系密切,而其习俗、文献和历史更比其他一些民族高出一筹。

犹太语与腓尼基语为姊妹方言。犹太人和腓尼基人都是来自原始迦南人,说的是迦南语的两支方言。而在论述腓尼基的上文中,琼斯却认为腓尼基是印度血统的一支,腓尼基语来源于迦勒底语或阿拉伯语。换言之,琼斯把本属于一族的两支后裔及其语言,说成来源不同的民族及其语言。

在结论部分,琼斯说明,作为第一位希伯来史家,《圣经》的最初作者摩西证实了我们对民族谱系探究的结果,打算在下次年会上再详细阐述。虽然琼斯宣称"神学上的探究并非我当前话题的一部分",但他认为摩西对民族谱系的记载"是真正的预言,从而富于灵感"。换言之,琼斯要为其种族研究提供信仰的支撑。与其说摩西的记述"证实了"琼斯对民族谱系探究的结果,不如说琼斯试图将其探究的谱系置于《圣经》框架之内。

九、第九讲:关于民族的起源和家族

1792年2月23日,琼斯演讲的题目是《第九年纪念日演讲:关于民族的起源和家族》。开篇即言:"当我追溯三大种族的唯一中心,这些民族似乎从这里出发,然后就他们可能前往其领土的不同迁徙路线冒昧提出一些推测……而我们发现,在所有真实历史的黎明之际,他们已经定居于其现在生活的领土上。"该次演讲,琼斯未划分成几部分。根据内容,我们归纳为六大分论。

分论一,三大原始种族

波斯人和印度人是第一代种族,对此可以加上罗马人、希腊人、哥特人,以及古埃及人或埃塞俄比亚人。他们原本说着相同的语言并拥有同样的民间信仰。犹太人、阿拉伯人及亚述人作为波斯地区的第二代种族,说的是叙利亚语。还有阿比西尼亚的许多部落,使用一种与刚才提到的语言完全不同的原始方言,琼斯确信对此无可争议。但是关于中国人、日本人与印度人同根共源,仅仅是很有可能。至于所有鞑靼人,则是第三个独立分支,和其他两支在语言、习俗上完全不同。这一看似合理的推测尚未得以明确解释,因此目前仅作为一种假设。

琼斯假设的种族-语言谱系是:(1) 第一代种族:波斯人、印度人,可以加上罗马人、希腊人、哥特人,以及古埃及人或埃塞俄比亚人,他们原本说相同的语言;(2) 波斯地区第二代:犹太人、阿拉伯人、亚述人等,他们说古叙利亚语;(3) 第三个独立分支鞑靼人,语言上与前两者完全不同。据此,可概括为波斯-印度语族、叙利亚语族、鞑靼语族。

分论二,人类迁徙形成不同方言

我们可以有把握地假定,如果人类是一种自然物种,那么他们一定也是从最初的一对发展而来。无论如何选择,他们一定只能在最初可停留之处及时居住下来,并且随着其后代的大量繁衍,自然而然地会以分离的氏族或部族为单位进行迁徙。久而久之,他们逐渐遗忘了其共同祖先的语言,而各自形成表达简单或复杂新观念的新方言。

分论三,三大原始语言起先都在伊朗

我们所看到的人类五大种族,无论人口数量还是疆域面积,在穆罕默德的时代,区别还都特别明显。不过,我们将其简化为三大种族,因为在有些种族中,就语言、宗教、习俗和其他已知特征而言,并没有发现更多的本质区别。如今这三大种族,不论其目前的分布或杂居状况如何不同,他们最初必定都是从作为一个中心的领土上迁徙出去的。由此可见,三大原始语言起先必定集中在伊朗地区。由此可以证明亚洲的居民,从而可能证明地球上的居民都是源于三大种族中的一支。

琼斯把他认定的五大民族(波斯人、印度人、中国-日本人、阿拉伯人、鞑靼人)简化为三大种族(印度人、阿拉伯人、鞑靼人),三大原始语言起先必定集中在伊朗地区。琼斯进一步断言,地球上的居民都源于三大种族中的一支。这些就是琼斯多次演讲和数年研究的主要结论,也就是琼斯研究亚洲种族学(包括语言关系)的总体成果。

分论四,三大原始种族与诺亚三子

人类的最古老历史见于用希伯来语写成的著作(即《圣经》),开篇记录的是对原初世界的简明看法。诺亚全家进入方舟,在大洪水后存活下来,其三支后裔以不同方式四处迁徙并繁衍。从斯拉夫人的姓名迹象及其扩张来看,雅弗(Yafet)的子孙似乎扩散到遥远而广袤的区域,衍生出鞑靼种族。含姆(Ham)和闪姆(Shem)的后裔几乎同时建立了各自的迁徙地。在闪姆分支中,发现很多古代姓氏在阿拉伯人中保留下来,与之一脉相承的人们,我们称为阿拉伯种族。而在含姆中最强大的,当数库施(Cush,含姆的长子,指古埃塞俄比亚人)、密斯尔(Misr,即古埃及人)和罗摩(Rama,指印度雅利安人)的后裔,他们是印度种族。这三大分支源于共同血统,在经历了全球的普遍动荡和大洪水之后,这一血统奇迹般地延续下来。

琼斯依据"姓名迹象及其扩张"或"古代姓氏保留"等,将其三大种族与圣经故事联系起来:雅弗的后裔是鞑靼种族,闪姆的后裔是阿拉伯种族,含姆的后裔是印度种族。而通常认为,雅弗是印欧人的祖先,闪姆是闪米特人的祖先,含姆是含米特人(库施人、古埃及人)的祖先。

分论五,诺亚的语言已经消失

琼斯认为,虽然布莱恩特借助词源研究得出的主张得到重要创获和扎实功底的支持,但是对其论证却徒劳无益,通常没有哪种推理模式比词源研究更为脆弱。无论谁宣称一种语言的词语源于其他语言,必定使自己陷于不断出错的危险之中,除非他对两种语言都了如指掌。琼斯就布莱恩特《古代神话新体系或新分析》(1774,1775)中的50个根词追溯词源,其中有18个仅源于阿拉伯语,有12个仅源于印度语,有17个既见于梵语又见于阿拉伯语但含义不同,还有2个仅见于希腊语,1个来自古埃及或未开化部落的语言。

至此,琼斯给出自己的看法。如果竭力主张这些词根是原始语的珍贵痕迹,如果坚持所有的其他语言皆源于这种原始语,那么他只得宣布他的信奉——诺亚的语言已经不可挽回地消失了。琼斯保证,经过用心搜寻,在伊斯兰教徒发动征战引发语言混合之前,他没有发现一个单词是阿拉伯人、印度人和鞑靼人共同使用的。而含姆语有着非常明显的痕迹,可能有数百个单词,原来被该种族的大多数民族杂乱地使用。琼斯此处的"含姆语"指的是古印度语。虽然他认为"诺亚的语言已经不可挽回地消失了",但主张古印度语保留了始源语的明显痕迹。

分论六,摩西是印度种族的祖先

琼斯进一步的大胆揣测是,如果词源的追溯允许这样做,那么几乎所有语言或民族都可能源于同一种语言或民族。实际上,当我们发现在不同语言中出现相同的词语,每个字母丝毫不差且意义准确相同,几乎可以毫不犹豫就认为它们的来源相同。当我们在梵天的子孙中,看到库施(Cush)或库斯(Cus)的名称,其古老血统在印度人先祖中是最早的。在罗摩氏族中再次见到备受尊崇的名称库施,我们几乎无法怀疑跋弥(Válmic)在《罗摩衍那》中提及的库施与摩西是同一个人,并且就是印度种族的祖先。琼斯为了进一步认定印度种族最古老,不惜把犹太教先知摩西混同为梵天的子孙库施。作为一个反对乱推测词源的人,琼斯的证据就是Cush(库施)与Moses(摩西)音近。

最后,琼斯给我们描述了他所设想的历史画卷。大洪水之后,唯一的人类族群在伊朗北部落地生根。随着不断繁衍而形成三大分支,而各自起初保留的一些共同原始语逐渐丢失,对其新观念各自赋予新表达。首先,雅弗的一支不断生出许多嫩枝,蔓延到亚欧大陆的北部,远至黑海和里海,最终在航海初期跨越了两边的海。他们没有孕育人文科学,也没有使用字母,但是形成了一系列方言,因为他们的部落在不断分化。其次,含姆的子孙在伊朗建立了第一个迦勒底人的君主国,发明了字母,观察苍穹天体并为之命名,并且构造了古老的神话系统。他们扩散到陆地和海洋,密斯尔人、库施人和罗摩人定居于北非或印度。其中一些部落发展了航海技艺,越过埃及、腓尼基和弗里吉亚的濒临海面而抵达意大利和希腊半岛。同时,来自同一地区的一大群人选择了向北行进,抵达斯堪的纳维亚。而另一群人则从阿姆河下游出发,穿过意貌山即帕米尔高原山口进入喀什噶尔、回鹘、契丹与和阗。甚至远抵古代中国的秦地(指甘陕一带)和唐古特地域,那里的人们已经使用文字,并具有历史悠久的耕作技艺。他们中的一些人,发现了从亚洲远东群岛抵达墨西哥和秘鲁的路径。由此,在美洲发现了类似于埃及与印度的原始文学和神话的痕迹。此外,古迦勒底王国被凯尤莫尔兹统治下的亚述推翻,导致人群纷纷转徙,尤其是迁往印度。再次,闪姆的后裔有些原先定居于红海一带,此后散布于阿拉伯半岛,向北逼近叙利亚和腓尼基。最终,从三大族群中涌现出许多勇敢的冒险者,他们率领其部族到处游荡,直至漂泊到遥远的海岛,或定居于沙漠和山区。大体而论,王国和帝国直到西元①之前的1 500年或600年才呈现出规则形态。而且在这一时期中,没有什么历史不混杂传说成分,除了从亚伯拉罕一支流传下来的犹太民族的历史,虽然他们颠沛流离和世事多变。

这就是琼斯描绘的大洪水之后的人类迁徙历史。无论种族(民族)关系、语言谱系,还是历史事件,只能使人眼花缭乱。

十、第十讲:关于亚洲民事和自然的历史

1793年2月28日,琼斯演讲的题目是《第十年纪念日演讲:关于亚洲民事和自然的

---

① 西元即西历纪元,正式名称为"基督/耶稣纪元",意大利天文学家里利乌斯(Aloysius Lilius,1519—1576)基于儒略历(凯撒前45年颁行)改革而成。1582年,教皇格列高利十三世(Pope Gregory XIII,1502—1585)颁行,专供基督教世界使用。迄今并无任何国际公约要求各国使用西元,很多国家一直沿用其传统的犹太历、伊斯兰历、波斯历、印度历、泰国历、缅甸历等。国家纪年是其民族文明久远的时间维度,采用基督纪元实为"去本土化"(不排除辅助使用)。至于西元称"公元"则为语盲,就像西瓜、西餐、西装、西医、西乐、西学不得称"公瓜、公餐、公装、公医、公乐、公学"一样。

历史》。在导言部分讨论了:(1) 关于"利益"或"实效"的含义;(2) 此次演说仅限于民事史和自然史①;(3) 从亚洲五大种族(或三大种族)的民事史入手,包括其地理学、天文学等知识,由此引向动物志、矿物志和植物志,最后讨论如何利用这些丰富的自然资源。

第一部分,关于民事史 三大种族从同一地区向不同方向迁徙,约在四百年期间就建立起遥遥相距的政权和各类社会形态。埃及人、印度人、哥特人、腓尼基人、凯尔特人、希腊人、拉丁人、中国人、秘鲁人和墨西哥人,全都从同一细嫩的茎秆中纷纷吐蕊抽条。他们看上去几乎同时启程,相继占据了由其命名或从中获得其名的国土。希腊人越出其先民地盘入侵印度河流域,占领埃及并企图称霸世界。但罗马人认为自己更适合取代希腊帝国并攻占不列颠岛屿。在这个眼花缭乱的时代,哥特人又将罗马政权的笨重塑像砸成碎片,夺取了除荒山僻野以外的整个不列颠。在所有这些事件发生的同时,阿拉伯人长期盘踞在红海两岸,掌控着先民发祥地并不断扩大范围。一方面取道非洲进入欧洲腹地。由于生物学及其新的分支学科不断发展,19 世纪后半期以来,博物学的综合性的意义已地,另一方面越过印度边界把大片地盘纳入版图。同一时期,广泛分布于其他地域的鞑靼人像蜂群一样聚集于亚洲东北部,迅速攫取了君士坦丁大帝的疆域,进而征服中国(可能指蒙古人灭金亡宋)。他们还在印度人的地域上建起强大王朝(莫卧儿帝国),并像其他两大种族一样洗劫了伊朗属地。此时的美洲人与许多探险前来的族群混杂,已经散居于美洲大陆及其岛屿上。这片大陆是在欧洲旧政权恢复元气之后,西班牙人发现并部分征服的。但旋即北美又被一群来自不列颠岛国的殖民者占据。同时,另一部分不列颠人则使莫卧儿帝国臣服,而这就是当年亚历山大的常胜军也不敢进攻的印度。

在此节中,琼斯所构想的变革起伏时期的动荡画卷,也就是《第九年纪念日演讲》关于民族起源的继续。作为英国人,其描述中既包含了对罗马人用武力攻占不列颠的耿耿于怀,也洋溢着不列颠占据北美、征服印度的暗暗得意。据现有资料,其恢弘画卷与之迥然不同。人类最早文明出现在两河流域,前第四千纪起,苏美尔人创造了天文历法、神庙、城邦、文字、贵族议会、公民大会、法律等。其后主要是闪含人称霸:埃及人(前3100 年建立王朝)、阿卡德人(前 2334 年建立帝国)、亚述人(前 18 世纪建立王国,前10 世纪成为横跨亚非的帝国)、阿摩利人(前 1894 年建立古巴比伦)、腓尼基人(前 20 世纪商船遍布地中海,前 15 世纪创制辅音字母)、希伯来人(前 18—前 13 世纪创立犹太教)、迦勒底人(前 626 年建立新巴比伦)。高加索人也陆续登场:古提人(前 2191 年灭阿卡德帝国)、赫梯人(前 17 世纪建立帝国,前 1595 年洗劫巴比伦,前 14 世纪发明冶铁)、胡里特人(前 15 世纪建立米坦尼王国,使用马拉战车)、印度雅利安人(前 17—前 15 世纪入侵印度河流域,创立吠陀文化)、米底人(约前 20 世纪出现在北伊朗,前 7 世纪建立王

---

① 所谓民事史(civil history),琼斯主要指种族或族群的迁徙、征战及记载其史文献,以及地理、天文和法律知识等。civil history 或译"文明史",但据其论述内容(如征战、称霸等)不得称"文明"。所谓自然史或博物志(natural history),主要包括动物志、矿物志、植物志。英语的 history(事件关系的真假),14 世纪晚期来自古法语的 estoire(纪事、编年史、历史),源自拉丁语的 historia(对过去事件的记述),来自希腊语的 historia(调研报告、知识、历史描述、记录)。

国)、波斯人(约前10世纪出现在北伊朗,前550年建立帝国)、希腊人(承传腓尼基文明,前8—前6世纪建立雅典等城邦国家)、罗马人(前2世纪建成横跨欧亚非的帝国)。约前10世纪初,凯尔特人出现在塞纳河、罗亚尔河和莱茵河、多瑙河上游地区。前7世纪已定居法国东部和中部。前5世纪起开始向全欧洲渗透,把铁器带往欧洲各地。2世纪,哥特人还在乌克兰草原上游牧,4世纪分裂为西哥特(居住在罗马尼亚境内)和东哥特(一直到达多瑙河下游)。此后匈人西迁,375年对东哥特发起进攻,东哥特的西迁迫使西哥特人进一步西迁。接下来,半岛闪米特人登上历史舞台。6世纪,阿拉伯人横扫伊朗高原和中亚,建立横跨亚非欧的阿拉伯帝国。13世纪,蒙古崛起于北方草原。第一次西征(1219—1223)越过高加索山脉,进入顿河流域;第二次西征(1236—1242)横扫南俄草原,饮马多瑙河;第三次西征(1253—1258)灭阿拉伯帝国,直到受挫于埃及军队,由此形成大蒙古帝国。而美洲原居民,距今2万~1万年前从南岛漂洋或经白令海峡迁去,建有玛雅城邦(前15—16世纪)、阿兹特克帝国(14—16世纪)和印加帝国(13—16世纪)。由此观之,不存在琼斯的伊朗中心论和三大种族论。琼斯构想的画卷中没有东亚(除了蒙古征服中国)等,因为他不了解华夏大地上的重大历史事件。[①]

第二部分,关于博物志 包括动物志、矿物志和植物志等。**第三部分,关于医学与工艺 第四部分,关于汉语文学习** 琼斯提出,为了掌握语言的足够知识,所需要的是强烈的爱好。然而,如果对汉字数量庞大以及难以理解信以为真,即使最用功的学生也不免望而却步。这种难度无疑夸大到失实地步。我们可以借助傅尔蒙(Étienne Fourmont, 1683—1745)的中国语法及汉拉词典学习汉字,任何有志者也都不难买到柏应理(Philippe Couplet, 1623—1693)直译的孔夫子原文、便于对照阅读的书。而专心致志地迈出第一步之后,他会发现已经事半功倍。琼斯言过其实了。汉语言文字并非依靠语法书和双语字典,及原文和译文对照阅读就可以掌握的。据法国汉学家马若瑟(Joseph de Prémare, 1666—1736)的体会,掌握中文要靠大量阅读和抄写。

十一、第十一讲:关于亚洲人的哲学

1794年2月20日,琼斯演讲的题目是《第十一年纪念日演讲:关于亚洲人的哲学》。导言中阐述,依据人类心智的正常发展及记忆力、想象力和推理力的发展过程讨论亚洲人的科学。科学应理解为通过人类推理发现并可还原为基本原理、公理的先验命题集,从中可以按照规则把这些推导出来。我们智力关注的对象有多少种就有多少门学科。

为避免误解,务必追溯英语 philosophy 的语义演变。今据英语词源在线(https://www.etymonline.com/search?q=Philosophy),13世纪的含义是"知识、学术、著作、知识体系"<古法语 filosofie(知识、思想体系)<拉丁语 philosophia<希腊语 philosophia(爱知识、求

---

① 有兴趣的读者可参阅李葆嘉《中国语的历史和历史的中国语》,日本《中国语研究》,1996年总38号;李葆嘉《中国语言文化史》,南京:江苏教育出版社,2003年。

智慧、系统调研)。从14世纪中期,英语philosophy的含义是"理性推测或潜心思考的学科"。14世纪末,其含义是"自然科学",也被称为"神秘知识"。在中世纪,该词被理解为包含所有的推测性科学。"人生哲学"的含义见于1771年。现代意义上的"最高真理的本体,最基本问题的科学"是从1794年开始的。由此可见,琼斯所理解的"哲学"似乎是"知识体系"或"理性思考的学科"。

第一部分,关于医学 在亚洲的任何语言中,没有出现过把医药视为科学的原创论著。虽然这些地区的医药知识自古已有,但仅是基于经验的诊断与疗法史。琼斯介绍了印度的生命知识《阿育吠陀》(*Ayurveda*)。**第二部分,关于本元学与逻辑学** 琼斯强调的是婆罗门的本元学与逻辑学早于古希腊。《吠檀多》行文优雅但内容晦涩。据《宗教流派》作者所言,有另一传统盛行于旁遮普和波斯的几个行省。婆罗门将逻辑技巧传给希腊人,由此成为亚里士多德逻辑方法的基础。在婆罗门哲学论著中屡次看到三段论,而且在他们的口头辩论时常听到。**第三部分,关于伦理学与法学** 琼斯批评有人认为伦理学与法学都可还原为科学,但道德原则简明扼要,并在每一场合都会显示,因此科学手段在道德论著中的实际价值大受怀疑。法律体系几乎有一半内容与伦理知识紧密相关。
第四部分,欧人仿效印度学术 在波斯文献中,虽然事物之间的相互吸引的"吸引子"(Attractor)概念还模糊不清,但值得思考的是,英国牛顿(Isaac Newton,1643—1727)的著作(*Mathematical Principles of Natural Philosophy and Its System of the World*,1687),其最后一段是否就是该哲理的深化,后来的实验是否意在阐明如此深奥的主题。如果认为以往的所有欧人中,唯独阿基米德(Archimedes,前287—前212)能够仿效这些,这将是一种无益的虚荣。琼斯进一步统计关于印度的天文、代数和几何知识,以及这些自然科学文献的翻译问题。此处琼斯认为,牛顿的万有引力定律受到古老东方知识的启发。

本次演讲的结语,主要强调神圣精神。琼斯提出,从人和自然的所有属性,从科学的所有分支,从人类理性的所有演绎,印度人、阿拉伯人、鞑靼人、波斯人和中国人都承认,总的推论是存在一种至高无上的创造一切、保存一切的精神,这种精神充满了无限智慧、仁慈而健强,并且无限地超过其所造最高生灵的理解力。在任何语言中(古希伯来语除外),都没有比阿拉伯语、波斯语和梵语作品中,尤其是《古兰经》所引萨迪、尼扎米和菲尔多西的诗歌,四大《吠陀》和大量《圣典》中的若干章节,对"存在之存在"(the being of beings)所表达的虔诚和崇敬更多,对其精彩属性的列举更多,或对其辉煌创造的赞美更多。然而,祈求和赞美并不能满足吠檀多派和苏菲派神学家的无限想象,他们将不确定的本元与宗教原则结合起来,自以为能够推测神圣精神的特定性质和要素。在十分遥远的古代,他们就提出了后世印度教徒和穆斯林断言的许多内容,即所有的精神都是同质的,神圣精神与人类精神在种类上一样,虽然程度上不同。由于物质的实体只是人们的错觉,在宇宙中仅有一种总的精神实体,它是所有次要原因和所有表象的唯一根本原因。古印度全知神伐楼拿(Varuna)在与其子的交谈中讲道:"此种精神,从中开始创造生灵。通过此种精神,由此开始他们的生活。朝着此种精神他们前行,并最终为这种细察可知的精神所吸引。此种精神就是伟大的一。"

天马行空,洋洋洒洒,自然属性、神圣精神、理性演绎、伟大的一,琼斯的第 11 次演讲落下帷幕。其中值得关注的,琼斯提出:亚里士多德的三段论来自婆罗门的正理论与因明;牛顿的引力理论来自波斯的吸引子概念;阿基米德和一些古代欧洲人仿效东方学术。这些都是为了进一步支持琼斯的观点——古印度才是哲学和科学的发源地。在本次演讲开始,琼斯提到,有关技艺专题的内容留待下次年会探讨。不幸的是,琼斯在此后两个月,即 1794 年 4 月 27 日溘然离世……

十二、琼斯提出的种族-语言谱系

作为读者,在浏览 11 次演讲之后,我们要对其研究主旨,或者就琼斯提出的种族-语言谱系,贯通各次演讲中的相关内容加以系联和概括。在此以《第九年纪念日演讲》中的三分说为主,结合其他演讲中的相关内容(有些含混不清、相互龃龉)图示如下。

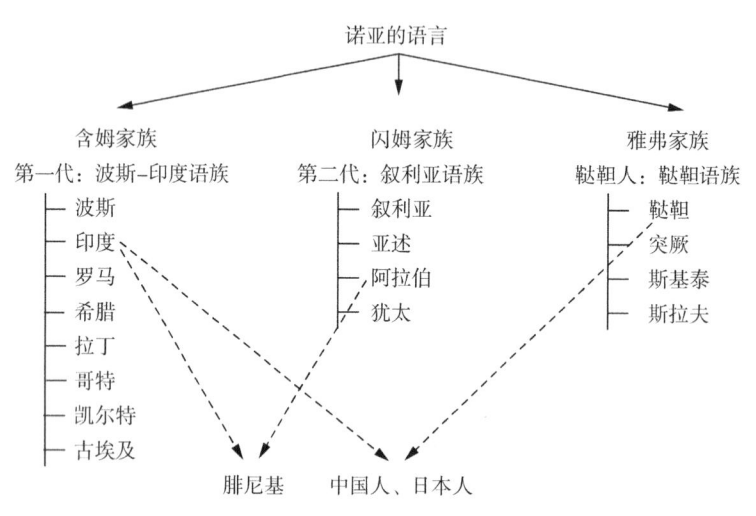

```
                    诺亚的语言
         ┌─────────────┼─────────────┐
      含姆家族        闪姆家族        雅弗家族
   第一代:波斯-印度语族  第二代:叙利亚语族  鞑靼人:鞑靼语族
    ├─ 波斯          ├─ 叙利亚         ├─ 鞑靼
    ├─ 印度          ├─ 亚述           ├─ 突厥
    ├─ 罗马          ├─ 阿拉伯         ├─ 斯基泰
    ├─ 希腊          └─ 犹太           └─ 斯拉夫
    ├─ 拉丁
    ├─ 哥特
    ├─ 凯尔特
    └─ 古埃及
           ↘         ↓         ↙
           腓尼基   中国人、日本人
```

图 1　琼斯的种族-语言谱系图示

需要说明的是:(1) 根据《第八年纪念日演讲》,琼斯认为天城体字母和埃塞俄比亚字母起初在形式上非常相似,由此推定埃塞俄比亚人与古埃及人同种,与原始印度人同种。(2) 依据《第五年纪念日演讲》《第八年纪念日演讲》,鞑靼语系包括突厥语、斯基泰语、斯拉夫语。(3) 依据《第八年纪念日演讲》,琼斯错误地认为腓尼基人是印度人的血统,而腓尼基语来源于迦勒底语或阿拉伯语。(4) 依据《第七年纪念日演讲》,琼斯错误地认为中国人、日本人来自印度并且与鞑靼混血。在琼斯的"种族-语言谱系"假说中,最明显的错误是:(1) 把古埃及语(实属闪含语系)归于波斯-印度语家族(实属印欧语系);(2) 把斯基泰语、斯拉夫语(实属印欧语系)归于鞑靼语家族(实属阿尔泰语系);(3) 臆断中国人、日本人来自印度。

琼斯依据圣经故事设计的"三大种族",与人类学家的人种划分截然不同。1684 年,法国医生伯尼耶(François Bernier,1620—1688)分为欧洲人、远东人、美洲原住民、撒哈拉以南的非洲人、拉普人(乌拉尔人)。1775年,德国人类学家布鲁门巴赫(Johann Friedrich Blumenbach,1752—1840)分为高加索、蒙古利亚、马来、埃塞俄比亚(后更名尼格罗)、印第安人种。20世纪下半叶,最常见的分法是美国人类学家科翁(Carleton Stevens Coon,1904—1981)1962年提出的:刚果(黑种)、高加索(白种)、蒙古利亚(黄种)、澳大利亚(棕种)、开普(居于非洲南部的霍屯督人、布须曼人等)人种。琼斯认为"三大原始语言最初必定集中在伊朗地区",不但亚洲居民,而且地球上的居民都源于三大种族中的一支,换言之,琼斯以为其种族-语言谱系具有全球价值。这就是文化史家之误解,以为无须严格的语言历史比较(如今还要参照基因等)就能给出一份种族-语言谱系。综上所述,亚洲学家琼斯的研究旨趣是种族关系,语言关系仅仅作为证明种族关系的工具之一。

距离琼斯的亚洲学会年纪念日演讲已经过去了250年。显而易见,在此之后,东西方学术界对于亚洲各国及其民族的历史都有了一系列重大发现和研究,特别是近年来分子生物学取得突破,关于现代人类的起源、迁徙及其分化有了新的依据。即使如此,作为西方学者对亚洲学的早期探索,琼斯的探索仍有一定参考价值。也许我孤陋寡闻,总觉得迄今尚未有一本建立在一系列重大发现和研究基础之上的,并像琼斯演讲这样的百科全书式的亚洲学巨著。

2022年10月谨识于千秋情缘

关于成立亚洲历史、民事、自然、古迹、技艺、科学和文献调研学会的演讲

(1784年1月15日)

先生们,当去年8月在海洋上,向我长期热切盼望访问的国度的航行中,夜幕降临,回想当天所见,我感觉到印度①就在我们的前方,而波斯位于我们的左边,同时从阿拉伯半岛吹来的微风几乎触及我们的船尾。② 这一情景如此令人陶醉,且对我来说如此新鲜,不能不使我心潮澎湃。很早我就对这种思索习以为常,乐于遐想东方世界变幻莫测的历史与令人兴奋的戏剧化情节。此情此景让我感到难以言传的愉悦,发觉自己仿佛为亚洲的广袤地域所环绕,似乎置身于古雅的圆形大剧场中。这里有受人尊崇的科学发祥地,有富有魅力的发明家和实用技艺,还有盛大庆典的活动场面、人类天赋的丰硕成果,以及到处可见的天然奇观。宗教和政府形式也极其多样,不仅在法律、礼仪、习俗和语言上存在差异,而且在人们的特征和肤色上也是如此。我不禁留意到,有多么重要和广阔的地区尚未涉足,有多少固体的资源未被利用。而在这一受条件所限、并非完美而动荡不安的生活环境中,我努力地思考,对这些地区及其资源的勘探和提炼,只有通过许多人的共同努力才能完成,而没有迫切的诱因或强烈的冲动,人们并非就可能轻易地志同道合。我用一丝希望宽慰自己,也许说出来的似乎是恭维之辞,在任何国度或社会,如果此类学会有可能产生影响,那么便发生在我在孟加拉的同胞中。我与其中的一些人已有密切交往,共享熟悉之乐,并且渴望与大多数同胞共同分享。

---

① 中国文献对印度的最早记载,见于司马迁《史记·大宛传》,时称身毒,与后来所记天竺、信德等,均为梵语Sindhu的对音。唐玄奘据Indu的读音改译:"详夫天竺之称,异议纠纷,旧称身毒,或曰贤豆。今从正音,宜云印度。"另,波斯语称印度为Hindhu,希腊语称印度为India。
② 1783年4月12日,琼斯和妻子安娜·玛丽亚乘"鳄鱼号"帆船从朴次茅斯起程。先从大西洋沿非洲西海岸南行,绕好望角北上。7月底到达非洲东海域的科摩罗群岛。8月1日转东北方向驶入印度洋。

先生们,为了展开亚洲的历史、民事、自然、古迹、技艺、科学和文学①调研,诸位为学会成立奠定了基础。此刻这一希望已经实现,甚至关于我的愿望也早在诸位的意料之中。我可以充满信心地展望,这样一个可能为人类提供可采纳建议并传播知识的团体,定会日臻成熟,无疑仅具阶段性。作为英国皇家学会,该组织起初也只是牛津大学几个文友的聚会②,逐渐才发展到辉煌顶峰。在皇家学会的发展过程中,哈雷曾任秘书,而牛顿曾任会长③。

虽然此为愚见,但我还是想说,为确保学会的成功和经久不衰,我们必须在懈怠轻视与急躁从事之间保持中间道路。而诸位种下的这棵树,可喜可贺,如果不是一开始就在刺眼的阳光下暴晒,日后将会绽放赏心悦目的花朵、结出高雅无比的果实。然而,我还是冒昧地敬请诸位,关心一下我们学会计划的总体想法。可以保证,无论阁下的意见是拒绝或赞成,这些高见都会给我带来欣喜和教诲。如同阁下现在聚精会神的倾听已经令人愉悦,已经使我无上光荣。

我认为,诸位的构思将为各位学术调研赢得足够大的空间,它们只受限于亚洲的地理边界。因为印度斯坦被认为处于中心,而要使阁下的视野转向与北方有关的概念。在诸位右边,东部半岛上有许多重要的王国,比如古老而神奇的中华帝国以及鞑靼④的属国等,还有日本以及诸多珍奇的岛屿。在这些地方,许多奇异的珍品隐藏得太久了。在诸位面前,这些可以远眺的磅礴逶迤的山脉,以前或许曾是抵挡大海狂风巨浪的屏障。⑤ 山脉的那边是令人充满好奇的吐蕃,再远就是一望无际的鞑靼地区。在这些土地上,就像诗人所说的特洛伊木马,涌现出许多武艺高强的勇士。鞑靼的疆域,至少从伊利苏斯⑥河岸延伸至恒河口。在阁下左边,是伊朗或波斯的美丽而著名的行省。还有无边无际,也许无法丈量的阿拉伯沙漠,以及曾经繁荣昌盛的也门王国。在阿拉伯人占领或实行殖民之前,他们拥有美好的群岛。再进一步往西,是土耳其苏丹的亚洲领土,其月亮似乎正在迅速走向亏缺。面对这一广袤的范围,对诸位有用的研究地区都已囊括其内。但是,既然埃及与中国不存在远古联系,那么埃及与我们所在之国印度无疑具有远古联系,既

---

① 根据历史语境理解历史术语,此"文学"指人文学科、文献记录。
② 英国皇家学会(Royal Society)初创于1660年,由语言学家、自然哲学家威尔金斯(John Wilkins,1614—1672)发起。初由12名科学家组成,有医师戈达德(Jonathan Goddard,1617—1675)、细胞学家胡克(Robert Hooke,1635—1703)、天文学家雷恩(Christopher Wren,1632—1723)、古典政治经济学创始人配第(William Petty,1623—1687)和近代化学创始人波义耳(Robert Boyle,1627—1691)等。
③ 哈雷(Edmond Halley,1656—1742)1692年任学会秘书。牛顿(Isaac Newton,1643—1727)1703—1727年任会长。
④ 在西方,"鞑靼"(Tartar)名称的使用始于拜占庭帝国。当时拜占庭人和斯拉夫人最先接触到的蒙古大军多自称鞑靼。此后欧人之"鞑靼",泛指蒙古人与在蒙古帝国扩张时期随之入欧的其他游牧民,以及后来与之融合的当地居民。琼斯理解的"鞑靼"是生活在亚洲北方的突厥人、斯拉夫人和蒙古人等。
⑤ 此指喜马拉雅山脉。该地区在20亿年前是一片汪洋。到第三纪末期,强烈的造山运动使该地区逐渐隆起,形成了世界上最雄伟的山脉,其南部印度次大陆也由此形成。
⑥ 伊利苏斯河(Ilissus)是古希腊雅典的一条河流,现在大部分处于地下。该河源于伊米托斯山(Hymettus)西坡,汇入溪流穿过雅典,在其附近的塞隆尼克湾(Saronic Gulf)入海。

然阿比西尼亚人①的语言和文学,显得与亚洲这些地区的关系更为密切,既然阿拉伯曾在沿地中海的北非海岸大获全胜,甚至在欧洲大陆建立了强大王朝,②诸位不可能不乐意间或追随亚洲学术之潮流,稍稍跨越自然地理的边界。并且,如果出于必要或方便,我们学会应该赋予一个简洁的名字或称号,以便在国际学术界能够识别。"亚洲的"(Asiatick)这一词,显得即经典又恰当。无论我们是否考虑我们团体的地点或目标,其含义更倾向于"东方的"(Oriental),但是该术语实际上仅与"西方的"相对,虽然在欧洲普遍使用,却没有传达清晰的概念。③

如果有人要问,在这些广大区域,何为我们调研的预期目标,我们则会回答——人与自然,无论是由一方执行,还是由另一方产生。人类具有记忆、推理、想象三大心智,凭借这些能力可完美分析知识。我们总是发现,这三大能力运用于观念的梳理与承传、比较与辨析、组合与变化。这些观念主要来自我们的感觉或我们的反思,因此学术的三个主要分支就是历史、科学和技艺。其一,通过研究历史,既可以领悟自然物产的描述,也能了解帝国与诸国的如实纪录;其二,包括理论数学和应用数学的整个领域以及伦理学和法律,就这些学科而言,主要依赖于推理能力;其三,包括所有美好的意象和富有魅力的发明,它们通过遣词造句或由色彩、形象、声音来表现。

这种分析令人愉快,诸位将探究自然界庞大体系中的稀有事物等,将会依据新的观察和发现而修正关于亚洲的地理知识。诸位将追溯这些国家的编年史乃至传统,这些国度时而有人居住,时而荒无人烟,并将揭示其各种形式的政体以及其民事和宗教机构。诸位会查考他们在算术和几何,在三角、测量、力学、光学、农学和一般物理学方面的改进和方法;会考察其道德体系、文法、修辞和方言;以及他们在外科手术和医学方面的技能,还有其解剖和化学方面的可能进步;等等。如果阁下还附加探究其农业、制造业和贸易,并同时乐意调研其音乐、建筑、绘画和诗歌则更好。这些所谓不登大雅之堂的技艺不可忽视,它们可以缓解苦痛,甚至弥补或改善高雅的社交生活。诸位或许已经感觉到,我未提及他们的语言,是因为语言的多样性和难度成为我们进一步提升有用知识的无可奈何的障碍。但是我始终认为,语言仅仅是从事真正学术研究的工具,并且认为把语言与学识本身混为一谈则大错特错。即使如此,掌握这些语言也是绝对必要的。如果懂得波斯语、亚美尼亚语、突厥语和阿拉伯语,有可能还不仅加上梵语,那么现在我们就可望看到敞开的宝藏。而如果甚至懂得中国语、鞑靼语、日本语以及各种偏僻地区的土语,那么巨

---

① 阿比西尼亚人(Abyssinians)即埃塞俄比亚人。埃塞俄比亚具有3 000年文明史。最早的居民是来自阿拉伯半岛南部的闪米特人。1世纪至976年建立埃塞俄比亚帝国;1270年建立阿比西尼亚帝国。

② 8世纪初,西哥特人的王位竞争者寻求摩尔人(阿拉伯和北非柏柏尔的穆斯林)的帮助以争夺王位,由此导致伊斯兰攻占西班牙,建立了伊斯兰统治的安达卢斯国(Al-Andaluz,711—1492)。

③ 古闪米特人活动于爱琴海地区,称海东为"日出地"即"亚细亚",海西为"日落处"即"欧罗巴"。Asia源自腓尼基语asa(上升→日出处→东方);Europa源自腓尼基语ereb(下降→日落处→西方)。琼斯所选的Asiatick(亚洲的),其实是一个远古的外源词。而琼斯所认为"概念不清"的Oriental却来自古印欧语。英语Orient来自拉丁语的Oriens<orior(上升、东方),希腊语为Anatole(即Anatolia"安纳托利亚")。与Orient相对的Occident(西方)也来自拉丁语的Occidens<occido(下降、西方)。

大的富矿将会向我们开放。在此,我们将怀着同样的欣喜劳作与获得收益。

在此向诸位提交的关于我们学会未来的限定和目标,这些设想还不完美。我请求允许我,在当前设想尚未成熟的情况下,增加一些关于如何实施的建议。

琉善①在一篇反对历史学家的讽刺性文章的开篇宣称,在其作品中唯一真实的命题,就是应当绝不包含任何真实。独特的见解不可能即刻出现,或许为了防止感情用事,研究之初只制订一个规则即毫无规则,这才是明智的。我于此之意仅是,在任何学会的起步阶段,应该没有任何束缚,没有任何干扰,不收取任何会费,更没有任何不必要的规章。如果诸位愿意,就目前情况而言,可以在这个大厅每周举行一次晚间聚会,以便能够倾听原创论文的口头发表,所论主题应属我们调研的范围。让我们请求所有爱求知和有学识的人士,将文章提交给我们秘书,对此我们向他们致谢。并且如果可能,在每年年底,我们应把具有丰富价值的资料编辑成册,那么就让我们把《亚洲研究》(Asiatick)杂志呈献给文坛。人们已从肯普法②令人愉悦的著作中获得许多惊喜和信息,与之相比,虽然我们几乎不可能提出更好的模式,但是大家渴望接受任何与之同类的新颖乐趣。除了本地作者提交的那些未发表的随笔或论文,诸位也许不可能倾向于认可仅为翻译的长篇大论。但是无论阁下是否注册了多少个本地学会的会员,从今以后,当在有些情况碰巧同时发生时,你都务必做出决定。我相信,所有重要问题都应通过投票方式,由三分之二的多数决定,而且有必要为此类决定成立一个九人组成的理事会。然而,先生们,以上这些看法以及我提交的其他事项,由诸位做出最终决定。我没有任何个人想法,也不会出于任何个人要求而坚持鄙人的投票权高于其他人。只是有一件事,对诸位的尊严必不可少。我认真地建议,就是绝不接纳没有自愿入会愿望的新会员。在此情况下,我想,诸位不会提出比热爱知识及提高求知热情更具资格的任何其他要求。

我相信,诸位的学会将自然而然地成熟。一旦阁下的调研对象广为人知,诸位在聚会时就会充分得到别人提供的有价值和有创意的论文。或许,这些论文的题目不够精彩,但有很多论文因其研究的重要性,我不会不寄予厚望。而且,仅就做事总有效益而言,我真诚地承诺,如果在我专门研究的法学范围或其他知识领域之内,我有闲暇之时,自当无意中有此幸运,收集有价值或合意的果实或鲜花,我将怀着如同地球上最伟大的统治者一样的尊重和热情,向诸位的学会献上我卑微的亲近。

---

① 琉善(Lucian von Samosata,120—180),罗马帝国时代的希腊语讽刺作家和哲人。在其《真实的故事》(True Stories)中,讥讽当时的历史、游记、诗歌、哲学等论著。
② 肯普法(Engelbert Kæmpfer,1651—1716),德国医生和探险家。从俄罗斯(1683)、波斯(1684—1686)、阿曼(1687)到印度(1687)、爪哇(1688)和暹罗(1690),再抵达日本(1690—1693),收集了关于科学、地理、政治和行政的大量知识。所著《日本史》(Geschichte und Beschreibung von Japan)在西方影响极大,1727年出英译本。

第二年纪念日演讲

（1785年2月24日）

先生们，印度教徒相信，凭借奇妙的赎罪券就能从神灵那里理所当然地满足其正当祈求。如果神灵去年就应允满足我的热切愿望，我唯一的强烈渴求莫过于学会的成功。因为我的心愿无非是把普遍善行放在首位，而诸位的计划似乎打算出版一些有益而有价值的册子。这些论著因篇幅短小不能单独刊行，本可能束之高阁或无声无息。虽未向卡马德奴①祈祷，但我的愿望已经实现，学会已顺利渡过襁褓期并欣欣向荣。其实我的反应是，我不能确定自己是暗暗庆幸还是过于惊讶，诸位之前探讨的内容已涉及亚洲的历史、法律、礼仪、艺术及考古，其主题可谓丰富多彩。我毫不隐瞒想法，诸位的成果已远超出我的期待。虽然对一些杰出学者的流失深为遗憾，他们不久前刚离开这座首府，但就我们预期取得的广泛贡献而言，我深信，我们的亚洲研究队伍还会不断扩大。不久前我走访贝拿勒斯②，了解到诸位中有不少会员居住得很远，还得利用闲暇准备其他的参会文章。若非我过于乐观，诸位将很快从学会快讯的多个新话题中获得启发。

最主要的工作是广开信息资源，我早就考虑从繁忙的事务中抽身，进行一趟恒河考察之旅。虽然我已经圆满考察了印度宗教和文学的两个古代地区，但途中染疾多日，没有力气在那里久留以继续调查。我离开了那里，就像埃涅阿斯③伪装在夜色中离开，当向导让他回想无法挽回的时光，其好奇心高涨，然遗憾难以言表。

无论谁在亚洲旅行，尤其是如果他熟悉他所经过国度的文学，他自然会注意到欧洲人才的优势。事实上，这种观察至少与亚历山大的年代一样古老。虽然我们不能同意这

---

① 卡马德奴（Cámadhénu），印度神话里的神牛苏罗毗。在《吠陀》中为"实现心愿之牛"。
② 贝拿勒斯（Banares），位于恒河和瓦鲁那河及亚西河交汇处，是印度教的圣地。
③ 埃涅阿斯（Æneas），特洛伊王子。特洛伊失陷后，他与同伴寻找新家园。航船在迦太基海岸遇难，迦太基女王狄多（Dido）爱上了他。后来在亚平宁半岛建立新国，被奉为罗马的始祖。

位雄心勃勃王子的睿智导师所说的"亚洲人生而为奴"①,然而,当这位雅典诗人将欧洲描绘成一位独立的公主,而将亚洲描绘成其婢女时,他似乎完全正确。②但是,即使女主人是超然端庄,也不可否认婢女天生百媚而气质独特。古人习惯于对自己的国民推崇备至,而以贬损其他所有民族为代价,这也许出于通过赞扬以激励国人奋发图强的政治观点,但是这种手段并无必要。即使如此,其实他们也未必就能建成一个唯真是求、质朴无华的社会。诚然,我们应当意识到,在实用知识的所有门类上,我们高出一筹,但是不应因此而蔑视亚洲人民。他们在自然探索、艺术作品及特技发明等方面,皆可为我们的改进和受益提供不少宝贵的启示。实际上,如果这些并非属于诸位的学会的首要目标,那么除了仅能带来好奇心的满足则别无他益。我也不应以贡献微薄之力而洋洋自得,毕竟是诸位允许,我才有幸推动调查研究的进展。

要对东西方世界的作品与行为进行准确对比,必须依靠并非微不足道的付出。但是,我们总体上可以认定,理性和体察是欧人心智的显著特点,而亚洲人则在想象的天地驰骋翱翔。亚洲人辽阔帝国的民事史志,尤其是印度的民事史志,对于我们的共同国度而言,必定极具吸引力。但是我们的近期兴趣,在于了解对这些难以估量的省份的传统统治模式,而我们的国家利益及个人利益似乎十分依赖这些地区的繁荣。不仅是孟加拉和巴哈尔③的详细地理知识,而且出于明显理由,与之相邻王国的详细地理知识都与这些地区历次变革的记述有着密切关系。这些地区的天然物产,尤其是植物系统和矿物系统,对于帝国中具有平等人格的工商百姓,确为研究的重要对象。

如果说植物学可以凭借来自该科学本身的隐喻加以描述,我们就可有理由充分地断言,对植物在分类系统中的纲、目、属、种之类的细微了解,不过是植物学的花。只有把这些知识应用于合适的生活,才能使这门学科结出果。尤其是食物,借助食疗可以预防疾病,进而运用于医药,借助医疗以治愈疾病。至于提高上述这些技艺,将比其他学科更有益于人类。另外,应该确切地知道矿物质的效用。古代印度人是如此重视医术,相传众天神借助曼陀罗山猛搅海洋,所创造的14位显灵的或珍贵的奇迹之一便是博学的天医。④印度古籍记载的这些内容,我们当然应当抓紧发掘,以免错失良机。唯恐论著中典雅而古奥的语言,由于缺乏对之研究的强烈诱因,将来甚至受过最好教育的本族人也可

---

① 前324年,亚里士多德(Aristotle)任亚历山大(Alexander)的导师。亚里士多德曾说:"有些人天生自由,有些人天生为奴;对后者而言,役使不仅有益而且公正。"(参见颜一、秦典华译《政治学》,中国人民大学出版社,2003:10)卢梭《社会契约论》中转述:"亚里士多德也说,人是天生不平等的,有人生而为奴,有人生而为主。"琼斯所言"亚洲人生而为奴",应为误说或曲解。

② 古希腊的文字、城邦制和元老院、工艺皆来自腓尼基。泰勒斯(Thales,约前624—约前547)就是小亚细亚米利都的腓尼基人,其哲学思想源于两河流域和尼罗河流域文明。创立斯多噶学派的芝诺(Zeno of Citium,约前334—前262)是来自塞浦路斯的腓尼基后裔。该学派集大成者克利西普斯(Chrysippus of Soli,前279—前206)出生在小亚细亚的奇里乞亚,也是腓尼基后裔。

③ 巴哈尔(Bahar)即比哈尔(Behár,Bihar),历史上曾为笈多王朝(Gupta Empire,320—540)的统治中心。比哈尔之名来自该城9世纪所修神庙的名称"维哈尔"(Vihar),后泛化为地区名称。古代摩揭陀国就在此地区,王舍城、华氏城、菩提伽耶都在这一带。

④ 此说出于印度神话,详见备查关于《搅拌乳海》。

能不再完全理解。身为医师的贝尼耶①推荐了学界认可的梵文医书,并引用其中的一些警句,不失为明智和合理。然而,我们能够预期,从印度或穆斯林医生论著中了解到的,最重要的莫过于简明的药物知识,因为这些必定来自实践。我已经看过由54味以及64味药材组成的印度处方,但这类复方总令人生疑,因为一种成分可能破坏另一种成分的药效。最好还是先发掘某种单一的叶子或浆果的记述,其价值明显高于成分复杂的混合物,除非它们经过大量实验已证明行之有效。从蓖麻籽中提取出来的贵重泻药油以及香脂的系列产品,科伦坡②出产的用于制作高效健胃药的根茎,还有上乘的止血药,却被可笑地称为"日本土",实为印度的某种植物煎制而成。这些东西无不为亚洲人长期使用。谁能预测,我们学会将有幸发现怎样的其他油脂、根茎和滋补果汁呢?如果金鸡纳树皮在这个国家是否总有效验也不能确定,那么其作用,或许可以被同样具有杀菌功能且更适应气候的一些本地植物所取代。我不了解,是否有这些印度邦富有经验的本地人撰写的农艺论著。然而,既然西班牙王室希望找到埃斯科里亚尔修道院③收藏的一本阿拉伯文的书,从中发现有用内容以用于耕作该王国的土地,那么我们应当也能找到此类性质的作品,审察其中我们能够获取的内容。

化学这门崇高的科学,我称之为神奇的尖端,作为开启丰富自然宝藏之钥,必须纳入研究范围。但是我们不可预知,究竟能在多大程度上提高我们的产品质量,尤其能否保持染料的色彩。我们需要的不是绚丽夺目,而是如何使其华彩更为耐久。再如,在多大程度上能够促成金属溶解与合成的这类新工艺,据称不但印度,还有中国都拥有比我们高超而完美的技艺。

在这些被称之为精致而自由的高雅艺术领域,虽然其一般用途不如机器操作,但令人惊叹的是,有一个民族长期傲居四海——我指的是古希腊人。我们所见的希腊宝石和大理石精致塑像的遗物,现代加工的塑像无法与之媲美。古希腊的建筑风格,我们只能毫无独创性地、存在明显悬殊地模仿,却绝对难以不破坏其优雅简朴的风格又加上一些创意。古希腊的诗歌依然为青年人喜爱,也同样令成年人赏心悦目。对于古希腊的绘画和音乐,我们有如此多的严谨学者倍加赞赏,以至于不相信和怀疑其卓越成就则显得荒唐。作为一门富有想象力的艺术,绘画通常堪称出自天赋,在东方民间似乎尚处于初级阶段。但我认为,印度音乐的合调原则比我们精准。本地作曲家的一切技艺,无不以其艺术的伟大目标为依归,自然而然地对其强大的保护神倾注其情感,为此往往牺牲旋律,虽然其中有些曲调也为欧人爱听。阿拉伯和波斯音乐体系差不多可以同样如此评价。对民族音乐题材的优秀典籍加以正确的阐述,或许很大程度上可以重建古希腊音乐理论。

---

① 贝尼耶(François Bernier,1620—1688),法国医生、哲学家。1659—1669年寓居印度。著有《大莫卧儿帝国最近改革史》(1670)、《贝尼耶先生大莫卧儿帝国回忆录》(1671)。

② 科伦坡(Columbo)位于锡兰岛西南岸。僧伽罗人称为Kolaamba-thota(芒果港)。元朝汪大渊《岛夷志略》(1349)中音译"高朗步"。1517年葡萄牙人来到此地,为纪念哥伦布写成音近的Columbo。

③ 埃斯科里亚尔(Escurial)修道院,位于马德里西北的瓜达拉马山南坡。西班牙国王菲利普二世下令修建(1584年竣工),其图书馆藏有4 000份手稿和40 000册书籍。

阿拉伯人和波斯人的诗作,众所周知,在风格和形式上存在惊人差别。就其可能没有争议的评价而言,虽然对其优点存在不同看法,但是我们仍然可以保险地说,就如阿布·法德尔①对《摩诃婆罗多》(Mahábhárat)的评价一样:"虽然充斥着过度的想象和描述,但在娱乐性和教化性方面均已达到最高水平。"最伟大的天才诗人,如品达②、埃斯库罗斯、但丁、彼特拉克③,以及莎士比亚、斯宾塞④都富于想象,而几近荒诞不经的边缘。但是,如果不顾对其才华和尊严的冒犯,把上述名家,或菲尔多西⑤、尼扎米⑥等诗作中的丰富编织剪除,如此截肢的做法势必丧失我们的许多美感。如果我们可能从已经呈示的样品中对梵文诗歌做出公允的评价(虽然我们只能通过原著才能做出合理的评论),我们禁不住渴望得到毗耶娑⑦的全部作品。我们学会的某君在座,我不必多言,在适当的时候他会使大家满意。在诗歌艺术中,马图拉⑧就是印度"诗文学的"⑨土壤,孕育了温柔和平实的格调。然而,阿格拉⑩附近地区的居民及陶布⑪的大多数人,其口才据说在印度各族中超群出众。他们创作的许多令人愉悦的故事和情歌广泛流传至今。这些是用巴沙语⑫即乌拉加话⑬的方言写成的,不会被人遗忘。我们不能指望从各民族中找到真正口才横溢的样本,实际上各国政体都排斥流行文采的理念,但是自远古时代起,在高雅与温和的调节之间,亚洲已经发展出的写作艺术——无论《吠陀经》(Véda),还是《古兰经》(Alcoran),皆用

---

① 阿布·法德尔(Abúl Fadl,1551—1602),印度历史学家。所著《阿克巴赞颂》记载了从阿克巴登基到1602年的编年史。
② 品达(Pindar,前518—前438),古希腊抒情诗人。其诗中充满生动的比喻,并具有某种扑朔迷离的神秘色彩,其中后期的诗作尤其晦涩难懂。
③ 彼特拉克(Francesco Petrarca,1304—1374),意大利学者。以十四行诗著称,被后世尊为"诗圣"。其个性豪放不羁,喜探奇览胜,与当时基督教的清规戒律相悖。
④ 斯宾塞(Edmund Spenser,1552—1599),英国文艺复兴时期的诗人,被称为"诗人中的诗人"。作为讽喻传奇,其长篇史诗《仙后》具有象征意义:一方面是道德寓意,另一方面是历史讽喻。
⑤ 菲尔多西(Firdausi,935—1020),波斯诗人。所著《列王纪》(Shāhnāmah)为波斯民族史诗,在前人散文体草稿基础上完善为经典文本。
⑥ 尼扎米(Nizámi,1141—1209),波斯诗人。在其《五卷诗》卷五《亚历山大颂》(Eskander namah)中,把亚历山大大帝描绘为圣哲形象。
⑦ 毗耶娑(Vyása,意为分析者),亦称广博仙人(Krsna Dvaipayana,约前1500?)。自幼深居丛林,林中隐士授以《吠陀》,尔后亦教亦僧。晚年梳理《吠陀》,编纂《往世书》。在般度与俱卢两个王族的战争后,毗耶娑在脑海中浮现出史诗,可无法边说边记。经梵天指点,找到象头神用其神笔记述。神笔写坏了,象头神折断其右牙沾上墨水继续书写,得以完成《摩诃婆罗多》。
⑧ 马图拉(Mathurà)位于今印度北方邦西南部亚穆纳河西岸。作为一座圣城,印度教徒相信黑天大神出生于此。
⑨ "诗文学的"(Parnassian)一词来自同根词纳塞斯山(Parnassus)。该山位于希腊中部,在希腊神话中是太阳神和文艺女神聚集的灵地、缪斯的家乡。
⑩ 阿格拉(Agra)位于今印度北方邦西南部的亚穆纳河西岸。1504年,德里洛迪王朝的第二代皇帝塞坎达尔·洛提定都此。1566—1569年和1601—1658年两度为莫卧儿帝国首都。
⑪ 陶布(Duab),盖为阿格拉南部的陶尔布尔(Dholpur)。
⑫ 巴沙语(Bháshá,本义"语言")是一种由通用词汇组成的北印度古雅利安语,广泛用于圣徒诗人传达敬神或道德的信息。
⑬ 乌拉加话(Vraja),即现代印地语前身的布拉杰语(Braj Bhāshā)。

富有节奏的散文写成。而伊索克拉底①的作品,比阿拉伯和波斯的一流作家并不更为循规蹈矩。

关于印度教和穆斯林的建筑风格,在巴哈尔尚能见到许多壮丽的遗址,马尔达②附近也有一些。而我不能不认为,甚至仅就这些遗迹,我相信,诸位得到的正确示意图,也可能为我们的建筑师提供美丽和庄严的新理念。

在此,请允许我就恰当意义上的科学略谈几句。在这方面必须承认,与我们西方国家相比,亚洲人至今尚处于童年时代。我们当代的一位睿智人士萨缪尔·约翰逊③,我希望,他能推进科学发展并为之增色。他曾对我说:"如果牛顿生活在古希腊,他一定会被奉为神明。"如今,假如牛顿的杰出论著能为克什米尔或贝拿勒斯的梵学家研读理解,他将会受到印度斯坦民族何等狂热的崇拜!

我曾经看过一本十分古老的梵文数学书,但从图表中就很快得知全书只包含简单原理。在亚洲的良好氛围中,确实有可能出现过孜孜不倦的天体观察者,而且其观察记录应当毫不犹豫地加以刊行。然而我们不能指望,伊朗、土耳其斯坦或印度的这些几何学家能够提供新的曲线分析法。如果阿基米德,这位西西里岛的牛顿④,其论著能够凭借阿拉伯版本恢复其本真面貌,那么我们或许有理由为自己成功的科学调研而欢欣鼓舞。或者,如果通过卡尔丹⑤所夸海口,只要自己掌握了阿拉伯人的方法就可以追溯代数学的持续提高和各种规则的形成过程,那么现代数学史就能得到有力的说明。

印度教徒和穆斯林的法理体系可以用更直接的用途获得。如能从梵文和阿拉伯文中准确翻译某些标准的法律条文,我们希望及时看到一部完整的印度法律要义,当地人之间的所有纠纷在有把握的情况下裁定。对司法科学而言,无把握实为耻辱,虽然有人讽刺这些为虚荣。

先生们,这些调查目标一定让诸位获得很大启示,稍加暗示即已足够。我们不必以竞争为动力,顽强地追求这些目标。然而,我无法克制自己表达一种愿望,那就是不要让法国人在相同领域的探究活动超过我们。并且希望,凡尔赛宫廷聘用索纳拉特⑥先生长达七年,让他在如此良好的条件下搜集我们正在寻找的那些资料,也可以点燃而不是扑灭我们的好奇和热情。

如果诸位同意,正如我相信诸位都会这样,对上述这些意见,诸位也自当赞成推动这

---

① 伊索克拉底(Isocrates,前436—前338),古希腊教育家。前392年,在雅典吕克昂附近开办修辞学校。他称颂希腊人的光荣历史。希望通过战争掠夺东方财富以解决希腊各城邦的矛盾。
② 印度的马尔达(Malda)与孟加拉的诺瓦布甘杰(Nawabganj)毗邻,此处有高乔古城遗址。
③ 萨缪尔·约翰逊(Samuel Johnson,1709—1784),英国文学家、词典编纂家。琼斯1773年加入他组织的文学社。后约翰逊把琼斯关于东方诗歌的论著推荐给英属印度总督黑斯廷斯(Warren Hastings,1732—1818),由此促成琼斯被派往印度任孟加拉最高法院法官。
④ 古希腊哲学家阿基米德(Archimedes,前287—前212),出生于西西里岛。
⑤ 卡尔丹(Jerome Cardan,1501—1576),意大利文艺复兴时期的百科全书式学者。据说,他71岁时通过占星术推算自己将在1576年9月21日去世。虽然到那天还很健康,但为保全名声而自杀。
⑥ 索纳拉特(Pierre Sonnerat,1748—1814),法国博物学家。所著《1774至1781年奉国王之命往东印度群岛和中国旅行》(1782)富有影响。

些目标的实现。既然我心中对此产生一些想法，我也就不揣冒昧，全盘托出，敬请诸位评判。

无需别的，关于这些研究的书面报告，都是支持本学会必不可少的贡献。此外，如果我们每人时常精读或审阅一些署上成稿日期和作者姓名的文稿，加上简明描述后贡献给本会，并且提出所想到的关于亚洲艺术、科学、自然或民事此类问题的解决方案，那么我们就应该拥有一份不必太费力，也不宜过细的东方书籍的丰富目录。这份目录，要比迄今列出的书籍更完整。将我们对这些进行直接调查的主要见解，告知我们的通信会员。我深信，与本地学者的交流应大受其益。不论律师、医生，还是私人学者，初次邀约时，他们就会热情地送给我们各类专题的"玛卡梅"和"莱撒拉"[1]。其中的一些学者为的是推进一般知识的发展，但他们中大多数人的愿望是为了获得关注，并自荐所喜爱的研究。此实属常情，且无可厚非。考虑到有益于我们自己的倾向，并将他们的潜隐科学知识纳入我们的考察范围，用波斯文和印地文打印和传播简要的备忘录，以阐明我们学会的构想，可谓明智之举，但体例上应适合他们的习惯与喜好。今后也不是不可能，每年颁发奖章，在正面刻上波斯文，背面刻上梵文。作为奖品，以表彰优秀论文或论文作者的贡献。教导他人是对博学的婆罗门[2]规定的义务，如果他们家道殷实则不收酬谢，但他们全都会受到褒奖。穆斯林不仅鼓励教导他人，而且可以劝导其立法者，不论身处天涯海角也要不断追求学问。对为我们使用的印度论著翻译，提议达到如何正确和流畅的程度，纯属多余之举。因为如今的欧洲国家，对印度语言的了解比以前更普及，并有更深的理解。

我这么滔滔不绝的演讲，耽误诸位时间了，虽然我力求全面综合而不失简洁。就我粗略概述的那些主题，应该觉察到，如果细致调研都是无穷无尽的探究对象。诸位的研究范围除了"亚洲"这一地界，是没有任何限制的。我可能要不适当地结束此次演讲了，借用一位法律评论家[3]为我们国家宪法的祈祷——祝学会永远长存。

备查

关于《搅拌乳海》

关于印度神话《搅拌乳海》(Samudar-manthan)，《摩诃婆罗多》《罗摩衍那》皆有记述。天界主宰因陀罗(Indra)得罪了毁灭之神湿婆(Shiva)的化身，湿婆的诅咒致使天众、三界失去活力而日渐枯槁。维护之神毗湿奴(Vishnu)决定撮合湿婆与阿修罗(Asura)同

---

[1] 阿拉伯语玛卡梅(Mekámát)，意为聚会，引申为讲故事或说唱文学。该体裁交替使用 Saj' 作为句子间隔，成为阿拉伯文学中一种讲究骈韵的散文体。阿拉伯语莱撒拉(Risálah)，意为资料、小册子或书籍。

[2] 婆罗门(Bráhman，意为净行、梵行)是印度种姓制度的最高层(祭司和学者)。婆罗门教(Brahmanism)源于古印度的吠陀教，以《吠陀》为圣典，崇拜梵天、湿婆、毗湿奴三大主神，把种姓制度作为核心教义。婆罗门的一生分为四期：梵行期，八岁就师，其后十二年学《吠陀》，习祭仪；家住期，结婚生子，营俗务；林栖期，修苦行，专思维；遁世期，披粗衣，持水瓶，游行遍历。

[3] 此指英国法学家布莱克斯通爵士(William Blackstone, 1723—1780)，著有《英格兰法评注》(1765—1769)。琼斯与这位法学大师的观点相左颇多。布莱克斯通认为，至高无上的权力就是绝对命令；而琼斯认为，真正的最高权威是人民集体意志的产物。

做法事，以复苏甘露。毗湿奴令诸神把草药投入大海，以曼陀罗山作搅海之杵，以龙王婆苏吉(Vasuki)为搅杆之绳。毗湿奴化为巨龟托起曼陀罗山，又以其法身坐镇山巅灌注神力。诸阿修罗持龙头，诸天神持龙尾，来回拉扯，转动曼陀罗山，搅海几百年使海水呈乳状。从乳海里首先出现的是神牛苏罗毗(Surabhi)，其后是酒神梵琉尼(Varuni)，接着是乐园香树、一轮新月、七头长耳天马，直至天医川焰(Phanwantari)手托不死甘露出现。最后现身的是幸运女神吉祥天(Laksmi)。有了不死甘露，天众、三界又恢复了生机。

第三年纪念日演讲:关于印度人

(1786年2月2日)

先生们,此前我荣幸地致以诸位的演讲,是关于我们学会研究重点的构想和目标。我有意将其限制在一般性话题中。首先瞻望我们已经跨进的宏伟事业远景,此后进一步展示关于科学和艺术在亚洲传播的轮廓。虽然并未深入描述科学和艺术史上的各种得益,但是或许我们是期待阁下从亚洲文献的研究中发现这些。现在我建议,把这些基本内容一无遗漏地囊括在概述之内,而概述务必简洁明确,避免冗长乏味。如果我的健康状况一直折磨我,使我在这种气候中不能长期坚持工作,希望得到诸位的宽容。我的计划就是为我们的年会准备一系列短文,其标题和主题不一定具有连贯性,而全部旨趣在于,从有趣的真相探究过程中发现相当重要的共同点。

在我们这一时代,或许其他时代已经刊行的所有上古世界史论著中,首次描述地球上适宜人居之地种群的作品,我怀着尊敬和热爱之情,推崇雅各·布莱恩特[①]先生的大作。其中不但有凭借其深厚学养巧妙使用的高度赞许,并且还运用新理论,在最广泛的范围上使无数光线聚焦,对这些人类种群的情况加以恰当地阐明。然而,就像每部作品皆非尽善尽美,必然有可能过时一样,布莱恩特的论著也显得有些落伍了。其中最令人不满意之处,似乎就与亚洲语言若干词语来源的考证有关。毋庸置疑,词源在历史研究中具有一定作用,然而也可能成为荒谬证明的媒介,以至于阐明某一事实却带来一千个模糊以及更多令人可笑的貌似接近,这样得出的结论并非都很可靠。这种方法不仅难以在词音相似或字母相似的基础上,赋予证据及确凿的内部说服力,而且常常在完全得不到这些优势支撑的情况下,却以不容争辩的方式,试图通过并非固有的证据强化证明。我们所熟悉的、凭借经验就明白的例子是:fitz 和 hijo 这两个词属于性质不同的两种语

---

① 布莱恩特(Jacob Bryant,1715—1804),英国文史学家。著有《古代史各部分观察和探究》(1767)、《古代神话的新体系或新分析》(1774—1776)等。

言,却都是从 filius 演变而来①;uncle(英语的舅舅、叔叔、伯伯)这个词来自 avus②,而 stranger(陌生人)则源于 extra(外面的);凭借意大利语可以推定,jour(怨妇)这个词来自 dies(死亡);rossignol(浪漫的夜莺)源于 luscinia(歌鸲)③或"树丛中的歌手";而 sciuro、écureil 和 squirrel(松鼠)④这些词,则是由希腊语中描述动物的两个词合成的。虽然这些词源不能先验地证明,但是可能有助于作为确认(如果认为必要)一个庞大语言帝国成员之间相互联系的证据。不过,当我们从波斯语中借用 hanger(短挂剑)一词时,因为旅行者的无知而错拼成 khanjar(阿拉伯弯刀),使之实际上成为含义不同的另一种武器。又如,sandalwood(檀木)这个词来自希腊语,因为我们可以假设,sandals(凉鞋)有时用檀木制作。在民族亲缘关系的论证中,我们并没有打好语言的基础,只有在可能已得到可靠支持的其他方面提供微弱证据。再看看词语 Cús(库施)⑤,可以肯定的是古代商人讹成 Cút(库特),并且有可能被其他人写成 Cás(卡斯)。由此成为许多专有名称的组成部分,而我们合情合理地相信这些。阿尔赫西拉斯⑥这个名称,无疑来自阿拉伯语的"岛屿"。然而,当我们在欧洲得知,印度的某些地区和省邦显然是用这些词语来命名时,我们首先不能不看到,我们现在聚会的这个城市,写成并读为"加尔各答"⑦是合适的。毫无疑问,"各答"(Cátá)和"库特"(Cút)这两个词都意味着"力量之地",或者就一般而言,意味着以任何方式的"围占"。而"加尔各答"和"杰兹拉"⑧至少在发音上相差甚远,就像其地理位置相距遥远一样。

就《古代神话的分析》⑨而言,另一个例外情况(占三分之一,几乎未被任何坦诚的批评发现)是,该学术著作采用的推理和话题布局方法与其题目不很相称,而几乎完全是综合的。虽然综合法在纯粹科学中可能是较好的模式,因为科学中的原则不容否认,但综合法在历史探讨中似乎很难完全令人满意。因为在史学研究中,每个理所当然的假定都有可能遭到拒绝,每一解释都有可能引发争议。这或许是一个缺憾,但是这门学科本身极有意思,并且证据完善,让所有的讲理者心悦诚服。因此用纯粹科学的分析方法讨论

---

① 法语中的 fitz,意为"某人之子"(前加其父名属格),是诺曼血统姓氏的标号。西班牙语中的 hijo,意为"儿子"。它们都来自拉丁语的 filius(儿子)。
② 拉丁语中的 avus,意为"爷爷"。
③ 歌鸲(luscinia),以雄鸟在繁殖季节的夜晚发出悦耳的鸣声而闻名,故又称夜莺。
④ 松鼠,希腊语 sciuro(skiouro),法语、意大利语 écureil,英语 squirrel。
⑤ 库施(Cús),古代北非民族。前11世纪在纳帕塔(Napata)建立政权。前7世纪中期,库施国王皮耶征服埃及并建立二十五王朝。前591年,二十六王朝法老普萨美提克二世洗劫纳帕塔。前530年,库施都城南迁麦罗埃(Meroë)。约350年,被阿克苏姆王国所灭。
⑥ 阿尔赫西拉斯(Algeciras),西班牙南部港口城市,邻近直布罗陀。711年,摩尔人征服伊比利亚半岛建立安达卢斯国,用阿拉伯语命名该城。
⑦ 加尔各答(Kolkata),旧名 Calcutta,此处琼斯写成 Calicátà。从1772年到1911年,加尔各答一直是英属印度的首府。
⑧ 杰兹拉(Jezirah,Jazira),通常指"上美索不达米亚"。位于今土耳其吉兹雷(Cizre)和底格里斯河支流波坦河一带。
⑨ 《古代神话的分析》(Analysis of Ancient Mythology),为布莱恩特的《古代神话的新体系或新分析》(A New System or an Analysis of Ancient Mythology)的简称。

同一或类似的理论,在一开始介绍众所周知或已无争议的证据之后,再对其定论进行考察,就如同刚开始时几乎什么也不认定一样。这样做或许并非徒劳无功。

居住在亚洲广袤大陆以及许多附属岛屿上的印度人(Indians)、中国人(Chinese)、鞑靼人(Tartars)、阿拉伯人(Arabs)和波斯人(Persians),这五个主要民族,作为各自民族的传承,可用不同历史阶段划分其内部。他们各自从何处、在何时来到这里,他们如今居住在何处,他们凭借何种优势把更完善的知识传到我们欧洲世界。我相信,在五篇探究对象不同的文章里我将阐明这些。最后的问题是,将揭示这五个主要民族之间相互联系的多样性,并且回答他们是否具有共同起源这个重大的问题,以及这一起源是否与我们通常认为的相同。

我从印度地区开始探究,不是因为我有充分理由相信它是人口或知识的真正中心,而是因为我们现在居住的国家是印度,并且从这里我们可以最方便地调查周围地区。用流行的话来说,当我们谈到升起的太阳及其沿着黄道运行时,虽然很久以前就已经猜测到,但是现在已经证明太阳本身就是我们行星系统的中心。请让我在此以之为前提,对印度历史进行总体探究。我将其年代下限,设定于11世纪初伊斯兰教对印度的征服,并且尽可能地向前延伸,直到关于人类种族的最早可信记录。

所谓"印度",对如今所了解的最大范围,古人似乎就已知道。印度是由在每个方向上接近四十度的区域组成,几乎与整个欧洲的面积一样大。在西部,阿拉霍西亚①一带的山脉把印度与波斯隔开,其东部直到远东半岛与中国的接壤之处,而北部抵达鞑靼的荒野,其南部延伸至遥远的爪哇岛。由此,这个不规则四边形区域的周围是蕃伊德或吐蕃②的崇山峻岭、克什米尔的美丽谷地,以及古老的印度-斯基泰③的所有疆域。还有尼泊尔和不丹、迦摩缕波④即阿萨姆等,连同暹罗⑤、阿瓦⑥、拉康⑦,以及与之接壤的王国。远至印度人称为的"止那"(Chína)⑧,或阿拉伯地理学家所说的"丝尼"(Sín)⑨。还要提到

---

① 阿拉霍西亚(Arachosian)包括今阿富汗东南部及巴基斯坦和印度西北的部分地区。该地区古代曾属米底王国。后成为塞琉西帝国、希腊-巴克特里亚王国的领土。
② 蕃伊德(Potyid),蕃域(Pot 为蕃,yid 为地区),即吐蕃。元明称"乌斯藏",清初称"卫藏",康熙年间起称"西藏"。西方语言中称西藏为 Tibet,源于突厥人称呼吐谷浑的"土伯特"(Tibot)。
③ 印度-斯基泰(Indo-scythians)指前2世纪中叶到4世纪迁移到南亚中部和北部地区的斯基泰人。这些地区和国家有索格底亚那、巴克特里亚、阿拉霍西亚、犍陀罗、信德、克什米尔等。
④ 迦摩缕波国(Cámrùp,350—1140),故里位于今印度阿萨姆邦的高哈蒂。1228年,掸人在此建阿洪姆国(Ahom)。1947年成为阿萨姆邦(Asàm<Asom<Ahom)。
⑤ 暹罗(Siam,泰语 Sayam),为泰国(13世纪开国)古称。
⑥ 阿瓦王朝(Ava,1364—1604),傣族先民在伊洛瓦底江中下游地区所建古国,都城在阿瓦城(今缅甸曼德勒附近)。1527年被笼川王室替代,1604年被缅族东吁王国所灭。
⑦ 拉康(Racan),藏语意为"神庙",拉康盖指今西藏山南(吐蕃王室发祥地)一带。今该地区洛扎县有拉康镇,乃东区有吐蕃王朝赤德祖赞时始建的古寺"吉如拉康"。
⑧ 本书行文用"止那",而不用"支那"(除了列举止那、脂那、支那等不同译名,以及遵循历史原则引用古代文献保持原貌)。在魏晋隋唐汉籍中,Cīna 汉译为"止那"在前,而"支那"在后。
⑨ 阿拉伯语称呼中国的 Sín 来自波斯语的 Čín。印度语的 Cīnā/Chína 可能来自中亚。详见备查关于印度文献中的 Cīnā。

的是整个西部半岛和闻名的僧伽罗①岛,或居住在其南端的狮子族。就印度而言,简言之,我的意思是,在整个国土上,当今流行的印度原始宗教和语言不同程度地包含纯正的古老成分。同时,或多或少地偏离其原始形体的天城体字母②仍然在这一地域流通。

印度人对其国土的地名都信以为真,"马德雅玛"即中央之地,"旁雅普胡弥"为圣德之地③,这些地方曾是婆罗多④的一部分。婆罗多兄弟九个,其父拥有对整个大地的统治权。他们居住的地区接近北部的喜马拉雅山。其西部是文底耶山⑤,希腊人也称作温迪安山(Vindian)。越过这块土地,印度河汇聚几条支流奔向大海,这些支流几乎都在德瓦拉卡的对面交汇。此地是著名的"牧羊神"⑥所在之处。在东南方,流淌着伟大的娑罗室伐底河⑦,该河流的名称可能意味着"阿瓦"。该地区有一条支流叫作爱罗婆提河⑧,并且萨巴拉海湾的古称也可能由此赋予。⑨ 他们认为,婆罗多居住的是赡部洲⑩的中心地带,西藏人也称此地为"赞布(Zambu)之地"。这个名称非常值得注意,因为梵语词的"赡部"(Jambu)⑪指的是一种美味水果,穆斯林称作"赡安"(Jáman),我们叫作"玫瑰苹果"(roseapple)。而最大的、最饱满的一类称作"甘露",即长生不老之药。西藏的神话学家用同样的词语描述结满芬香水果的天堂神树。这些神树周围有四块巨大的岩石,许多圣河的源流就是从这些岩石中形成的。

---

① 僧伽罗(Sinhala)即今斯里兰卡,详见备查关于僧伽罗。
② 印度相传,婆罗米字母为大梵天所创。据研究,婆罗米字母源于前5世纪西亚商人带来的阿拉米字母。4世纪演变为笈多体,6世纪出现悉昙体,至11世纪出现天城体。英语译作 Sanskrit alphabet。
③ 马德雅玛(Medhyama),其中的 Medhya 含义是中央。该地位于印度德干高原与恒河平原之间。旁雅普胡弥(Punyabhúmi),盖指印度古城斯赫里贡达,该地被描述为"圣人之地"(Santanchi Punyabhumi)。
④ 古印度人自称"婆罗多"(Bharat,Bhārata),源自俱卢族先祖"婆罗多大王"(Bhāratas Mahārāja)之称,其领土称"婆罗多之地"(Bhāratavarsa)。"印度"这一名称来自印度河(Indus)。
⑤ 文底耶山(Vindhya)位于印度次大陆中西部,将印度次大陆分为北印度(中央平原)和南印度。作为印度教的圣山之一,文底耶山在吠陀和史诗中常被提及。
⑥ 印度神话中未见有牧羊神(Shepherd God)。《圣经》中认为上帝就是牧羊神,也许琼斯在此以之比喻印度的婆罗多天神。详见备查关于牧羊神。
⑦ 娑罗室伐底河(Sarasvatya,Sarasvati,或译萨拉斯瓦蒂河)在印度河东边。前2000—前1000年逐步枯竭,现塔尔沙漠中仅存河床痕迹。该河流在吠陀时代极受尊崇,被称为河流七姐妹(旁遮普5条河以及印度河、娑罗室伐底河)中的最伟大者。在《梨俱吠陀》中是河神,有三首颂歌献给她;在《梵书》《摩诃婆罗多》中是掌管诗歌、音乐的辩才天女;在《摩诃婆罗多》中被誉为智慧的化身。
⑧ 爱罗婆提河(Airávati)即"五河之地"的伊拉瓦提河(Irāvatī)。据印度神话,爱罗婆多(Airāvata)是天神因陀罗(Indra)的坐骑白象,也被称为 abhra-Matanga(白云之象)、Naga-malla(战斗之象)和 Arkasodara(太阳的兄弟)。爱罗婆多意为"编织云彩",白象用鼻子吸地狱的水,喷洒到云中,因陀罗使之下雨。由此大象成为水的象征并用为圣河之名。相传爱罗婆多是梵天之子迦叶(Kashyapa)和卡德鲁(Kadru,意为"大地")的三子,而伊拉瓦提(Iravati)是他们的女儿,也与神圣河流有关。
⑨ 萨巴拉海湾(gulf of Sabara),今莫塔马海湾,为缅甸伊洛瓦底江(Irrawaddy,本地克钦人称 Mali-Nmai-Hka)的入海处。伊洛瓦底江之名来自旁遮普的爱罗婆提河(梵语 Airávati,巴利语 Irāvatī),故琼斯将二者联系起来。Sarasvatya(娑罗室伐底)中有 ava,娑罗室伐底河的支流 Airávati(爱罗婆提)也有,据此推定都与 Ava(阿瓦)有关。
⑩ 赡部洲(Jambudvipa),四大洲之南洲。原指印度之地,后泛指人间世界。详见备查关于古印度的四大洲地理说。
⑪ 赡部(Jambu),传统音译阎浮,原产地印度的一种植物。四五月间开花,花色金黄,属桃金娘科蒲桃属。中国称"海南蒲桃"。

洛德先生①用我们古代语言特有的诗情画意,极其细致地描述了生活在这片广袤土地的居民:"一个民族在诉说,展现在我眼前的是穿着斜领的亚麻衣。他们的服装和仪态,正如我愿意所言,优雅而略带柔和。羞涩的面容使人觉得有些疏远,却用微笑表达其友善和腼腆的热情。"印度历史学家奥姆②先生则把每种精致艺术的优雅品味与亚洲式的准确知识结合在一起,从其高雅的草拟文稿中可以看到:"自古以来,这片国土上一直居住着一个民族,无论在相貌还是风俗方面,他们都与其毗邻民族毫无相似之处。"并且如此,"虽然征服者在印度的不同时期、不同地区施行过统治,但是本地居民却几乎极少失去其原初本性。"实际上,我们早期探险家已经确证的古印度人对自己的描述,以及我们个人对他们的了解,也几乎验证了这些印象。正如你从狄奥尼修斯③地理诗中所感受到的博大精神一样。布莱恩特《古代神话的分析》中翻译了这段文字:

在东方的迷人国度幅员宽广,
印度的边界依偎辽阔的海洋;
此处的红日,曙光喷薄于大海之上,
微笑着恳求,卸妆第一缕东方之光。
居民肤色黝黑,头发乌亮,
显示紫蓝色风信子的彩光。
各行各业:有的勘探岩石,
从矿井中开采黄金的蕴藏;
有的用巧妙的技艺辛勤细纺,
制作亚麻布;还有的善雕刻,
用最细致的匠心把象牙磨光;
人们聚集在河滩上,纷纷涉水,
寻找闪耀的绿柱石于河床,
或璀璨的钻石。时常寻得翡翠,
葱绿而透亮;也有黄玉
闪烁安详和祈愿的光芒;最后还有
可爱的紫水晶,组成一串串
浑然紫色的温柔幽光。富贵的金箔,

---

① 洛德先生(Mr. Lord),未详。
② 奥姆(Robert Orme,1728—1801),英国东方学家、印度史专家。作为英国东印度公司的医生,1743 年来到孟加拉。1754—1758 年被任命为马德拉斯的圣·乔治要塞委员会成员。1769 年被任命为英国东印度公司史料编纂。著有《莫卧儿王朝的历史片段》(1782)。琼斯此处提到的"草拟文稿",指奥姆 1752 年所写《印度斯坦政府和人民概要》,其完稿刊于 1805 年再版的《莫卧儿王朝的历史片段》。
③ 狄奥尼修斯(Dionysius Periegetes,生平未详),可能生活在亚历山大里亚,著有《已知世界之旅》(Περιήγησις τοῦ οἰκουμένης),用希腊语六声韵描述宜居世界。该书创作于罗马帝国哈德良(Hadrian,76—138)时代,在中世纪享有很高的知名度。拉丁诗人阿维恩努斯(Rufus Festus Avienus,4 世纪)和文法学家普里西安(Priscian,约 480—560)将该书译为拉丁语。

历经千河万流的冲刷,从四面八方
将财富无休止地倾泻给当地人。

甚至在经历过多次革命和征服之后,其财富资源仍然丰富无比。在棉布纺织业方面,他们仍然领先于世界,其产品特点很可能自狄奥尼修斯时代就一直保持下来。在早期,他们的艺术辉煌、武器精良、政体协和、法规明智,且他们精通各种知识,我们没有理由怀疑,如今的印度人可能出现了退化和衰落。但是,既然他们从当今向前超过 19 个世纪的中间阶段的民事史①包含在大量传说中,那么,为了满足我们的好奇心,似乎只有借助四种通常的途径加以理解。也就是说,第一,他们的语言和文字;第二,他们的哲学和宗教;第三,他们留存至今的古老雕塑和建筑遗迹;第四,他们关于科学和技艺的文献记载。

一

令人遗憾的是,无论跟随亚历山大大帝远征进入印度的希腊人,还是巴克特里亚君主治下长期与印度接触的人们②,都没有给我们留下任何途径,以便能够准确了解他们在抵达这个帝国时所接触的当地语言。我们知道,当时伊斯兰教徒③听到的是正宗印度斯坦人所说的,或在印度有限范围内所说的巴沙话,即一种结构非常简明的活语言。它是如今阿格拉附近地区的纯粹方言,并且主要以马图拉的诗意化语言为基础。这就是通常称为乌拉加语的一种俗语,或许这种语言中的六个词就有五个来自梵文。在关于宗教和科学的梵文著述中,似乎已经形成了精细的语法格式。正如其名称自身所表明的那样④,梵文来自某种未经润饰的土语。然而,印度斯坦语⑤的主要成分,特别是动词的屈折变化和支配关系,普遍不同于这两类著述的梵文,它们之间的关系正如阿拉伯语不同于波斯语,或德语有别于希腊语一样。既然武力征服的一般作用,是使被征服者的当时语言在其基础上保持不变或变化甚微,仅在事物和行为的表达上混入相当数量的外来名称,如同在每个国家发生的一样,由此我可以联想,从未有征服者能够一直保持其母语,而不与当地土著语言融合的,就像入侵希腊的突厥人以及占据不列颠的撒克逊人一样。这一类

---

① 琼斯可能将印度史分为三大阶段:当今(18 世纪);中间阶段的 19 个世纪(17 世纪到前 2 世纪);更为远古的阶段(前 3 世纪之前)。
② 前 329 年,亚历山大征服帕米尔以西一带,部分希腊人和马其顿人留此。塞琉古王朝(前 312—前 64)更将大批希腊人和马其顿人移居此地。前 255 年,巴克特里亚总督狄奥多图斯一世宣告独立,是为巴克特里亚(Bactria)王国。详见备查关于印度-希腊王国。
③ 8 世纪初,阿拉伯人征服印度西北部的信德。11 世纪始,突厥进一步征服印度。
④ 梵文(Sanscrit)的字面意为"完全整理好的",表明它是一种经过规范的文学语言。
⑤ 印度斯坦语(Hindustáni)即印度-雅利安语(Indo-Aryan language)。如今有两种正式语言:用天城体字母书写的印地语(Hindi)和用阿拉伯字母书写的乌尔都语(Urdu)。前者的词汇基本上源于梵语。后者中有许多来自波斯语和阿拉伯语的借词。

比使我们相信,纯粹的印地语,无论源于鞑靼还是迦勒底①,都应是上印度的原初语言②,而梵语是在非常遥远的古代,由其他王国的征服者带到此处的。③ 我们毫不怀疑,在这片国土广泛使用的吠陀语,此前曾用于描述这片土地,在该国与梵天④宗教流行的年代一样久远。

梵语这种语言,无论如何古老,都是一种绝妙的结构;比希腊语更完善准确,比拉丁语更丰富能产,并比二者更精致优雅,然在动词词根和语法形态两方面与它们皆有强烈的亲和力,这种关系不可能是偶然形成的;确实显而易见,以至于审察过这三种语言的语文学家,没有不相信它们来自某个共同源头,或许,该源头已不复存在:虽然不完全有说服力,但有类似理由,可以假定哥特语⑤和凯尔特语⑥虽与一些迥然不同的土话混合,仍与梵语具有相同源头;倘若此为讨论波斯古代史问题的场合,古波斯语也可加入同一家族。

最初用于书写印度语言的字母被称为天城体,该术语有时添加前词"天神"(Déva),这一名称来自地名纳加拉⑦。因为那里的人们相信,他们是由神(Divinity)亲自教导的。来自天堂的神的声音规定了人世间的秩序。这种字母的书写从直线到曲线,或与之相反。与传入印度的库法字母⑧相比,天城体的形式几乎没有变化。现在仍然在二十多个王国和省邦使用,并且从喀什嘎尔⑨与和阗河⑩的边界到罗摩海桥⑪,从印度河到暹罗河,都通行这种字母。我也不得不相信,虽然优美而典雅的梵文天城体字母,可能不像阇拉散陀⑫石窟中的铭文字母那么古老,而许多希伯来文献改写为迦勒底方形字母的形式⑬,

---

① 鞑靼人(Tartarian)说突厥语或蒙古语。迦勒底人(Chaldean)说闪米特语,前1000年初来到两河流域南部定居。
② 上印度(Upper India)或高地印度,指印度北部。印度次大陆的最初居民是达罗毗荼人,雅利安人在前17—前15世纪进入。上印度的原初语言应为达罗毗荼语。详见备查关于雅利安。
③ 琼斯认为印度斯坦语或印地语是当地原初语言,梵语是其他王国的征服者(即古雅利安)带到此处的,二者没有亲属关系。实际上,印地语来自古雅利安的梵语俗体。
④ 梵天(Brahmà)是印度婆罗门教的创造神,相传创制梵文字母。
⑤ 哥特语(Gothick),哥特人使用的古日耳曼语。哥特语的最早文献可追溯到4世纪(银色《圣经》抄本,使用哥特式字母书写)。6世纪中期开始衰微,在伊比利亚半岛存活至8世纪左右。9世纪早期还在下多瑙河地区和克里米亚的偏僻山区使用。
⑥ 凯尔特语(Celtick),曾广泛分布于欧洲的中、北、西部。现存于不列颠群岛的一些地区和法国布列塔尼半岛(5世纪从不列颠回迁大陆)。凯尔特语分为大陆凯尔特语支(5世纪已消亡)和海岛凯尔特语支。其基本词汇保留了印欧语早期的若干共同词。
⑦ 天城体字母的全称(Déva-nágarí)由两个梵文单词组成,Déva的意思是"天神",nágari的意思是"城市",整个含义是"天神的城市",即"天城"。
⑧ 库法字母(Cufick,Cùfah),6世纪书写《可兰经》的阿拉伯字母。详见备查关于库法字母。
⑨ 喀什嘎尔(Cashgar,Cashghar,意为玉石集中地),西汉(前2世纪)至唐代中期(7世纪末)为西域疏勒地。8世纪初,疏勒之称渐被喀什嘎尔代替。清朝设喀什嘎尔道。
⑩ 和阗河(Khoten),今称和田河。主流玉龙喀什河源于昆仑山北,次流喀拉喀什河源于喀喇昆仑山北,汇合后称和阗河。北流入塔里木盆地,穿过塔克拉玛干大沙漠汇入塔里木河。
⑪ 罗摩海桥(Rama's bridge)见于诗史《罗摩衍那》,是位于塔莱曼纳岛与罗美斯瓦伦岛之间的一连串沙洲,绵延48公里。美国航天局的地球影像图中,可以清晰地看到这道狭长的海底沙梁。
⑫ 据《摩诃婆罗多》,阇拉散陀(Jarasandha,前6世纪)是摩揭陀国诃黎王朝的第一位国王。
⑬ 前626—前538年,迦勒底人(Chaldaick)或新巴比伦人使用的是意音式楔形文字(古巴比伦楔形文字<阿卡德楔形文字<苏美尔楔形文字)。详见备查关于迦勒底文字。

但是这些字母的来源是相同的,即从相同的原型衍生而来,都含有印度和阿拉伯字符①。腓尼基字母与之具有相似的起源,通过形体变化和倒写的希腊和罗马字母来自腓尼基字母②。而卡纳拉③的铭文,诸位现在已有最准确的摹写本,似乎是天城体字母和埃塞俄比亚字母的结合。无论是从左到右的书写行款,还是元音附着于辅音的特有习惯,都表明它们之间具有密切的关系。这些看法可能有助于一些人津津乐道的观点,即所有的语音符号起初可能只是对发音器官粗略轮廓的不同描摹,具有共同的起源。如今中国和日本使用的观念符号,以及原来埃及和墨西哥④可能用过的字符,具有完全不同的性质。但值得注意的是,汉语文法中的语音规则与在藏语文法中看到的语音规则差不多一致,几乎没有差别,而印度教徒则认为藏文字母是其神灵发明的。

二

关于印度宗教和哲学,在此我稍微提及。因为每一专题的完整叙述都需单独成篇,在本专题演讲中提出没有争议的假定足以够矣。我们现在生活在神灵崇拜者之中,诸神在古希腊和意大利以不同的名称供人顶礼膜拜,而在那些公开表达其信仰的哲人学说中,爱奥尼亚和阿提卡的著作家⑤,以其优美的语言表达力阐明了所有的精妙。一方面,我们看到海神尼普顿的三齿叉,主神朱庇特的雄鹰,酒神巴克斯的随从萨提尔⑥,爱神丘比特的弯弓以及太阳神的战车;另一方面,我们听到众神之母瑞亚⑦的大钹鸣响,艺术之神缪斯的迷人歌声和阿波罗·诺缪斯⑧的田园传说。在更为幽静的氛围中,在树林里,在学术的发源地,我们可能会结识革利免⑨提及的婆罗门和沙门⑩。他们以逻辑方式争辩,探讨人类快乐的昙花一现,或灵魂的永垂不朽。人们从灵魂的永恒心智中散发精神力

---

① 婆罗门字母形成于前5世纪(<阿拉米字母),阿拉伯字母形成于4—5世纪(<阿拉米字母)。使用希伯来字母(前9—前7世纪)、迦勒底楔形文字(前625—前539)时,印度和阿拉伯字母尚未出现。
② 约前9世纪,希腊字母来自腓尼基字母。约前8世纪,伊特鲁斯坎字母来自希腊字母。约前7世纪,罗马字母来自伊特鲁斯坎字母。
③ 卡纳拉(Canárah)在今印度卡纳塔克邦。曷萨拉王朝(978—1346)时期修建的神庙,其装饰和浮雕的复杂及精细度在印度首屈一指,西方人称作"印度的巴洛克"。
④ 此"墨西哥"指代玛雅文明。玛雅文明分布于今墨西哥东南部、危地马拉、洪都拉斯一带,使用象形文字(约八百个)。在危地马拉丛林蒂卡尔出土的有日期记载的第一块石碑是292年的作品。
⑤ 爱奥尼亚(Ionick,Ionioi)指安纳托利亚西岸中部地区和爱琴海东部诸岛,古希腊重要城市米利都、以弗所在此。曾出现泰勒斯、阿那克西曼德等哲学家。阿提卡(英语Attika,希腊语Atticé)半岛伸入爱琴海,其首府雅典是古希腊学术中心。曾出现苏格拉底、柏拉图、亚里士多德等哲学家。
⑥ 萨提尔(Satyr),希腊神话中的山林之神。半人半羊,是酒神的随从或伴侣。
⑦ 瑞亚(Rhea),希腊神话中的母神,大地女神盖亚与天空神乌拉诺斯之女,宙斯之母。
⑧ 阿波罗·诺缪斯(Apollo Nomius),诺缪斯为阿波罗的称号之一。
⑨ 革利免(Titus Flavius Clemens,150—215),亚历山大学派晚期的基督教神学家。
⑩ 沙门(Sarmane,Shramana,意为勤恳、净志),是对"非婆罗门教派"的总称。沙门思潮出现于古印度列国时代,兴于恒河中下游地区,主要有顺世论、耆那教、佛教等。

量,心灵的堕落与放荡漫游,最终复归于其来源。达生那的经典已经阐明"六派哲学"要义①,涵盖了古老学艺院、斯多噶、雅典学园学派②中探讨的所有本元学③问题。如果不能理解毕达哥拉斯和柏拉图从与印度圣哲相同源泉中衍生而来的崇高理论,那么也就不可能读懂《吠檀多》④,或领悟其中的许多精美章节。斯基泰人和北方乐土之民⑤的信仰和神话,也可以在欧亚东部各地寻到踪迹。我们也无法怀疑,沃德或奥登⑥的信仰,就像北方历史学家所认为的,是外来种族引进斯堪的纳维亚。佛陀的宗教也一样来自外族,其仪式很可能也在那时进入印度⑦,虽然在更晚以后才东传中国,并把佛陀的名称软化为"佛"(Fo')。

由此我们可以有合适的地点以确定印度年代学的重要细节,即参照佛教高僧前往古代中华帝国内地和西藏的确切年代,无论其出现是确凿的还是推定的。对于他们通过书面文献保存的这些信息,基督教传教士和我们当代的学者都可加以比较。柏应理⑧、德经⑨、乔吉⑩和巴伊⑪,对这一时代的说法有所不同,而柏应理的看法似乎最为正确。权衡四位无论以何种途径各自提出的年代,我们可以确定佛陀生活的时间,或毗湿奴⑫的第九

---

① 古印度的哲学称"达生那"(Darśana),意译"见道",梵文中释为"神示"。作为印度心灵哲学不同学派的基础,达生那即本元世界观,意味着通向世界真实本质的视界。六派哲学(Ṣaddarśana),指兴起于笈多王朝时期的六个婆罗门教学派:弥曼差、吠檀多、数论、胜论、正理论、瑜伽。六派哲学共同尊奉《吠陀经》,亦称为正统派(Astika)。

② 古老学艺院(old Academy)指亚历山大学派。前280年,托勒密一世、二世修建亚历山大利亚学艺院及其图书馆,许多学者在此研究学术。斯多噶(Stoa,意为画廊)学派,为芝诺于前300年左右创立,因在雅典集会广场的画廊讲学而得名。雅典学园(Lyceum)指亚里士多德学派。前335年,亚里士多德建立雅典学园,以其家乡色雷斯阿波罗神殿附近的杀狼者"吕刻俄斯"命名。

③ 本元学(metaphysicks),日本井上哲次郎(1881)译为"形而上学",不妥。详见《第十一年纪念日演讲》的备查关于本元学。

④ 吠檀多(Védānta),由Veda(吠陀)和anta(终极)组成,是印度最古老且最主要的哲学流派。相传创始人是跋陀罗衍那(Badarayana,约前1世纪),其经典是《吠檀多》。

⑤ 斯基泰人(Scythian),远古在庞蒂克-里海一带草原上的游牧,后逐步扩展到欧洲、中亚、南亚、西域和东亚,成为印欧人的祖先。北方乐土之民(Hyperborean),希腊神话中指住在北方乃至极北地区的人们。

⑥ 沃德(Wod)或奥登(Oden),指北欧神话中的诸神之父奥丁(Odin):古诺斯语óðinn,盎格鲁-撒克逊语Wōden,德语Wotan,阿勒曼尼语Wuoden,伦巴底语Odan或Gotan。

⑦ 琼斯误认为佛陀并非印度本土人,臆想佛陀(Buddha)就是北欧的奥丁。

⑧ 柏应理(Philippe Couplet, 1623—1693),比利时汉学家。1656年来华传教。著有《中华帝国历史年表》(1686),参照《圣经》记载解释中国历史,确立了耶稣会对中国古代史的看法。

⑨ 德经(Joseph de Guignes, 1721—1800),法国东方学家。在《匈奴和突厥的历史溯源》(1748)中提出,入侵罗马帝国的匈人即中国历史上记载的匈奴,北匈奴西迁和匈人出现于东欧的时间接近。

⑩ 乔吉(Augustino Antonio Giorgi, 1711—1797),意大利东方学家。所撰《使徒西藏传教初步》(1762),首次详细描述了西藏的宗教、历史、地理和风土人情等。

⑪ 巴伊(Jean-Sylvain Bailly, 1736—1793),法国天文学家、历史学家。著有《关于科学的起源和亚洲民族》(1777)、《关于柏拉图的亚特兰蒂斯和亚洲古代史的通信》(1779)和《印度和东方天文学论著》(1787)等。

⑫ 毗湿奴(Vishnu),印度教三大主神之一的维护神。常化身成各种形象拯救危难的世界,通常认为有十个:巨鱼摩蹉(Matsya)、大龟俱利摩(Kurma)、野猪筏罗诃(Varaha,从洪水中拯救大地女神昔弥)、人狮那罗希摩(Narasimha,狮面人身)、侏儒筏摩那(Vamana,也被传作孩童,毗湿奴的第一个人形化身)、持斧罗摩(Parashu Rama)、十车王之长子罗摩(Rama,《罗摩衍那》中的罗摩)、黑天、佛陀(Buddha)和迦尔吉(Kalki,字面意"时间""不灭者""秽物破坏者")。另一说法,第九化身是大力罗摩(Balarama)。十个化身各属不同时代。

化身是在基督诞生之前的1040年,抑或在基督诞生之前的2799年。如今,克什米尔人炫耀他们是其古国的后裔,声称在印度太阳神黑天[①]之后约200年,他们出现在世界上,黑天果断地让他们参加了《摩诃婆罗多》中记载的战争。然而,如果词源学家要对以下传说,雅典人美化的关于潘狄翁被逐以及其子埃勾斯复国的史诗[②],与般度和其子坚战的亚洲传说[③]加以揣摩,那么其中没有一种说法,他们可以明确地加以肯定。我不会贸然嘲笑其猜想——可以确认的是,希腊人把般度曼德尔[④]称为潘狄翁王国,因此通过将黑天的时代大约定于距今3 000年前,我们也就可以确定另一个令人关注的时间。而且,因为毗湿奴初期的三个化身(巨鱼、大龟、野猪)或其后裔,无疑应与大洪水有联系。在这场洪水中仅八个人获救,除了第四个化身(人狮)因为不敬神受到惩罚,第五个化身(侏儒)因为傲慢而蒙羞。我们姑且假定,印度人的第二个时代即白银时代,是在修建巴别塔的人们纷纷溃散之后。这样也就使我们仅有约1 000年的时间模糊不清,而这段时期的印度人,正忙于土地的扩张、王国或帝国的创立,以及民间社会的教化。在这个神的伟大化身年代,有两个化身都称为罗摩[⑤],但各自称号不同。其中一个与印度的酒神[⑥]有相似之处,有几部英雄史诗的主题就是描述他的战争。这里的罗摩是苏利耶,即太阳神的后代、悉多的丈夫、憍娑厘耶[⑦]公主之子。值得注意的是,秘鲁的印加人[⑧]炫耀与印度人拥有相同的血统,意为他们最盛大的节日叫"罗摩斯陀"[⑨]。由此我们可以猜想,南美洲居住的印加人与印度人的种族相同,就是这个种族把关于罗摩的历史和仪式传到了距离亚洲极其遥远的南美洲,这些非常令人好奇。虽然我不能认同牛顿所言,古代神话只不过是披着诗意外衣的历史事实,以及培根所言古代神话仅仅包含了道德和本元的寓意,也不能赞成布莱恩特提出的,所有异教的神质只是太阳或祖先亡灵的不同属性和表征,并且认为,宗教寓言系统就像尼罗河一样,来自不同的几个源头,但是我不得不赞成,地球上四分之一的可居住地区,所有神像崇拜的伟大来源和源泉都是人类对熊熊火焰的崇拜,"其唯一的统治

---

① 黑天即印度教的克利须那神。生于雅德夫族,幼年时屡发神力消除恶魔。
② 据传说,雅典国王潘狄翁(Pandion)被同族墨提翁之子篡权,流亡到阿提卡的墨伽拉,娶国王皮拉斯之女皮利亚为妻,生下埃勾斯(Ægeus)等四子。潘狄翁死后,埃勾斯及其三兄弟夺回雅典。
③ 在《摩诃婆罗多》中,国王般度(Pandu)的长子坚战(Yudhisthira),先后成为天城、象城的国王。
④ 希腊人称婆罗多国(Bharatavarsa)为"般度曼德尔"(Pándumandel)。Mandel,盖为古印度神话中的圣山曼陀罗(Mandara)。"般度曼德尔"即"般度国"。据《摩诃婆罗多》,月亮王朝的国王福身王和恒河女神生了儿子毗耶娑。后来,福身王又与渔家女贞信生养了儿子奇武。奇武病故,留下两位遗孀。恒河女神找到毗耶娑,让他替奇武传种,生下了持国和般度。持国天生眼睛,般度继承王位。持国生有百子,长子是难敌;般度生有五子,长子为坚战。这便是婆罗多族的两支后裔俱卢族和般度族。毗耶娑隐居森林,目睹了持国百子和般度五子的殊死斗争。
⑤ 毗湿奴的第六个化身为持斧罗摩,在《摩诃婆罗多》中是武士。第七个化身为十车王之长子罗摩,即《罗摩衍那》中的主人公。下面提到的是后者。
⑥ 印度神话中的酒神叫苏摩(Soma),掌管祭祀、药草、苦行和星座,后演变为月神。
⑦ 苏利耶(Súrya)是印度神话中的太阳神。悉多(Sitá,意为犁沟)在《犁俱吠陀》中被奉为农神。罗摩的人间父母是十车王(Dasaratha,音译"陀娑罗多")和憍娑厘耶(Caúselyá)。
⑧ 印加人(Incas,意为太阳子孙),南美古印第安人。主要生活在安第斯山脉中段,以秘鲁的库斯科城为中心。信奉多神,以天神(太阳、风景、雷雨等)为主。
⑨ 罗摩斯陀(Ramasitoa)为印加人的太阳节。每年夏至6月24日,印加人的后裔克丘亚人在印加遗址萨克萨瓦曼城堡祭奉太阳神。印加人认为其祖先曼科·卡帕克来自太阳神。

权似乎像这个世界的上帝"。而另一方面是对强大而贤德祖先祭祀的过度迷信,特别是王国的建立者、立法者和勇士们,热衷于把太阳或月亮想象为父母。

三

印度留存下来的建筑和雕塑,在此我只是视为古代遗迹,而并非古代艺术的典范。这些似乎可以证明该国和非洲之间早期存在联系。帕萨尼亚斯①和其他作家描述的古埃及的金字塔、巨大雕像、狮身人面像及赫耳墨斯之犬②雕像,后者与筏罗诃③即毗湿奴的化身野猪极具相似性,表明具有同样耐心的工匠风格及其信奉的神话。印度人在卡纳拉建成巨大的石窟、各种寺庙和佛像,以及在迦耶④或附近地区不断发掘到神像,就像我之前提出的,许多古迹上的字母显示其部分源于印度,部分来自阿比西尼亚即埃塞俄比亚字母⑤的形体。所有这些无可置疑的事实,都可能得出并非毫无充分理由的观点,即居住在埃塞俄比亚和印度斯坦或移民到此的人群,都是同一个非凡的种族。为确认这一观点,还可以增加旁证,孟加拉和巴哈尔的山民,尤其是嘴唇和鼻子的特征,几乎与现代阿比西尼亚人无法区分。⑥ 阿拉伯人把现代阿比西尼亚人称作库施的子孙。根据斯特拉波⑦的观点,古印度人与非洲人没有什么不同,只是他们的头发笔直而光滑,非洲人的头发卷曲或像绵羊毛。如果不是全部相同,其主要差异则来自各自环境的干湿度影响。因此,根据古人的有限知识,接受第一缕阳光的人们,一般认为是阿普列乌斯⑧所称为的阿吕人(Arü)和埃塞俄比亚人,通过这个称呼,他明确指出在印度的某些国家,我们经常看到头发卷曲的佛陀塑像,明显是受其自然环境影响所形成的特征。

---

① 包撒尼雅斯(Pausanias,115—180),罗马时代的希腊地理学家、旅行家。著有《希腊道里志》(Περιήγησις)。记述古典时代的希腊重要城邦,介绍当地的雕塑、建筑、神话、历史及艺术品。
② 琼斯所言"赫耳墨斯之犬"(Hermes Canis),承袭误说。赫耳墨斯是畜牧之神,被描绘为手持双蛇杖。古希腊把猎犬座描绘为牧杖,阿拉伯人译为"带钩的牧杖",再回译到西欧语文中却误成"犬"。
③ 筏罗诃(Varaha,Varáhvatár)是毗湿奴的第三个化身野猪。
④ 迦耶(Gayá)位于今印度比哈尔邦。前545年,诃黎王朝所建都城王舍城遗址距今迦耶40公里。前450年,诃黎王朝在恒河南岸建华氏城(今巴特那),其后难陀、孔雀与笈多王朝曾都于此。
⑤ 古印度婆罗门字母的来源与埃塞俄比亚字母无关。婆罗门字母来自阿拉米字母(<前13世纪的腓尼基字母)。埃塞俄比亚的阿姆哈拉语使用的斐德字母(总数345个)来自古吉兹字母。这种字母是对古埃及文字的改制,其历史可追溯到4世纪。
⑥ 古老的印度人是达罗毗荼人,属尼格罗-澳大利亚人种。详见备查关于古老的印度人。
⑦ 斯特拉波(Strabo,前64—23),罗马帝国的古希腊地理学家、历史学家。生于小亚细亚的阿马西亚(Amaseia),后移居罗马。游历意大利、希腊、埃及和埃塞俄比亚等地,曾在亚历山大城图书馆任职。著有《历史学》《地理学》。
⑧ 阿普列乌斯(Lucius Apuleius,124—170),罗马帝国北非努米底亚人,马柏罗拉图派哲学家、修辞学家。所著《金驴记》(Golden Ass)对后世影响深远,对古代宗教仪式研究具有一定价值。

四

《工巧宝典》①即关于艺术和制造的著作大全,一定包含了有关死亡观念、绘画和冶金技艺等有用知识的宝藏,遗憾的是,长期以来一直未能引起足够重视。即使有所关注,也很少能够见到原书。然而,印度出产的织布机和缝衣针到处受欢迎。亚麻细布不可能猜想为向来称为的"辛顿"②,该词源自亚麻精美加工地点附近河流的名称科尔基斯③,当地人也以纺织业而著名。而埃及人更负盛名,正如我们从《圣经》手稿一些章节中了解到的,尤其是《以西结书》④的精彩章节包含了对古代贸易的最真实描述。提尔⑤曾是当时的主要商业中心。印度人纺织丝绸的历史十分久远,虽然通常将此归功于赛里斯人⑥或唐古特人⑦,他们语言中可能有"赛尔"一词⑧。希腊人用"蚕蛹"转指黄金,如今西藏也有这种观念。我们有很多理由相信,印度人是早期的商人。而在他们的第一个神圣法典中,相传数百万年前的摩奴⑨已经制定了这些法规。我们从中发现了一段关于货币法定利率的专门条款,并根据不同情况而限定利率,只有海上商贸活动属于例外。虽然并非在查理一世⑩统治时期之前,我们国家的法律体系就已充分认可海事契约,人们也赞成例外的看法,但是海事契约对商贸活动绝对需要。

希腊作家告诉我们,印度人是所有民族中最聪明的,在道德智慧上,他们无疑誉满天下。古印度《尼提圣典》⑪或伦理系统仍然保存至今。而我们显得很荒谬,却把毗湿奴·

---

① 《工巧宝典》(*Silpi Sástra*)是有关庙宇设计及雕刻彩绘的一部吠陀。详见备查关于《工巧宝典》。
② 辛顿(Sindon),优质布料,尤指优质的裹尸布。
③ 科尔基斯(Colchis)位于今格鲁吉亚西部。在希腊神话中,阿尔戈英雄到这里寻找金羊毛。
④ 《以西结书》(*Ezekial*)在《圣经》中列为第 26 卷。其作者以西结(Ezekial)是以色列的先知,活动年代约为前 592—前 570 年。
⑤ 提尔(Tyre),古腓尼基海港城邦和商业中心,紫色颜料的诞生地。始建于前 3000 年初,最初由大陆定居区和离岸不远的岛屿组成。前 10 世纪,提尔国王海拉姆通过填海造陆将岛屿连接起来。前 815 年,提尔的商人在北非建立迦太基。遍布地中海和大西洋沿岸的海上贸易,为提尔带来了繁荣。
⑥ 前 5—前 4 世纪,古希腊学者克泰夏斯的《印度志》记载:"据传闻,赛里斯人和北印度人身材高大。"古希腊语赛里斯(Sêres),比较古汉语"丝"*sīr/*ser 意为丝绸、丝国人、丝国。详见备查关于丝尼(Čīn)、赛里斯(Sêres)和止那(Cīna)。
⑦ 唐古特(Tancùt)即中国古代西北的党项羌,后成为对青海甚至甘肃一带部落群体的通称。唐古特(Tangut)最早见突厥文(《毗伽可汗碑》,735),蒙古人称党项人及其西夏政权为唐兀惕。
⑧ 古罗马地理学家包撒尼雅斯(Pausanias,115—180)《希腊道里志》记载:"唯赛里斯人制衣之线,并非来自植物皮茎……其国有小虫,希腊人称为赛尔,而赛里斯人则有另外的名称。"赛尔(Sêr),比较古汉语"丝"*sīr/*ser。汉语的吐丝小虫叫"蚕"。
⑨ 摩奴(Manu,Menu),又译摩努、摩罗(摩,汉语古音读 ma),相传是印度的人类始祖。摩奴受梵天启示编制《摩奴法典》(*Mānava-dharma-śāstra*),再由婆利古(Bhrgu)传播。第一章为创世说,其余十一章分述婆罗门的行为规范、王法、种姓法、赎罪法和因果报应说。
⑩ 查理一世(Charles I,1600—1649),17 世纪中期的英格兰国王,在位 24 年。
⑪ 《尼提圣典》(*Nīti Sāstra*,*Chanakya Nīti*),据说是阇那迦(Cāṇakya,前 370—前 283)选编的印度教圣典的格言集。Nīti 可译为"生命的智慧行为",Nīti Sāstra 可意译为"人生智慧宝典"。

沙尔玛的寓言集称为《五卷书》①。该书如果不是世界上最古老的,那么也是世界上最美妙的道德故事集。在6世纪,最先把这些故事从梵语译出的伯若尔库米赫是一位首席医师,后为伟大的艾奴施尔旺的大臣②。该书如同太阳光芒四射,由此被译为二十多种语言,以不同的书名流传于亚欧各国③,但是其原作标题是《嘉言集》④,即"有益的教导"。正如伊索⑤的来历——阿拉伯人认为他是阿比西尼亚人一样,欧洲最早的道德寓言的来历相当可疑。当然,我并非不想推定,欧洲最早的道德寓言可能来自印度或埃塞俄比亚。

据说,印度人以三大发明而自豪:通过寓言的教化方法、所有文明国家现在采用的十进制、具有一些奇特棋谱的国际象棋。所有这些发明都令人钦佩。然而,如果他们关于文法、逻辑、修辞、音乐的若干作品都留存至今并可以获得,都可用一些通常所知的语言加以解释,人们就会发现,他们对富有创造力天才的赞美应当有更高的盛誉。他们精巧的诗歌,生动而优雅;他们的史诗,壮丽而崇高;他们的《往世书》⑥,以无韵诗体描述了一系列神话历史,包括从创世纪到所谓佛陀的化身。他们的《吠陀》即所谓《奥义书》⑦,就我们据其概要的判断而言,从其在本元研究方面的深邃思想中,可以看到关于生命和上帝属性的论述。他们最古老的医书题名《阇罗迦本集》⑧,据说是湿婆的作品。在他们的每种三大主神的组合中,至少有一个神圣成员被认为是湿婆。然而,仅仅就人类历史和地理论著而言,即使据说喀什米尔现在还保存这些,但不在我可获得的能力之内。他们的天文学和数学著作中所包含的内容,我相信,不会成为永久的秘密。这些著作易于获得,并且其重要性毋庸置疑。被称为"希腊大师"的这位哲人⑨,据说其著作中构设了基于引力原理和太阳中心说的宇宙系统。我们得知他曾到爱奥尼亚旅行。如果这是真的,很

---

① 《五卷书》(Pilpay, Pañcatantra)为传授治国安邦之策,用梵文写成的五卷古印度故事集。现存最早版本可上溯到2世纪。传统认为编者是毗湿奴笈多(Vishnugupta),但一些学者认为,其作者是前3世纪的毗湿奴·沙尔玛(Vishnu Sharma)。

② 伯若尔库米赫(Buzerchumihr, Bozorgmehr, 5—6世纪),波斯萨珊王朝库思老一世艾奴施尔旺(Chosrau I Anōscharwān)的医师和大臣。菲尔多西《列王纪》中记有伯若尔库米赫前往印度获得《五卷书》的经过。

③ 详见备查关于《五卷书》以不同书名流传于亚欧各国。

④ 《嘉言集》(Hitopadeśa)并非《五卷书》原作的标题,琼斯误把后世改编的简本(四卷)当作原本。《嘉言集》流行于孟加拉一带,编者是约10世纪的那罗衍(Narayan)。为教育年轻人学习世道及梵文,将《五卷书》增删为四卷:《结交篇》《绝交篇》《作战篇》《缔和篇》。1787年,威尔金斯(Charles Wilkins, 1749—1836)把《嘉言集》译为英文。

⑤ 伊索(Eso, Esop,前620—前560),周游四方的古希腊寓言家。前3世纪,雅典哲学家地美特利阿斯(Demetrius Phalereus,前350—前280)编有《伊索故事集》(已佚)。14世纪,拜占庭修士普拉努得斯(Maximus Planudes, 1260—1310)重编《伊索波斯故事集》。

⑥ 《往世书》(Puránás,意为古老的)用梵文的韵文体写成,相传出自毗耶娑之手。其内容包括宇宙论、神谱、帝王世系和宗教活动。后世成为一类文献的统称,流传最广的是《薄伽梵》(Bhagavat)。

⑦ 《吠陀》(Vèdas,意为知识)是婆罗门教的主要经典。广义的《吠陀》,包括4部本集及附加文献《梵书》《森林书》《奥义书》等。已知的奥义书(Upanishat)约有100多种,现存最古老是《歌者奥义书》(据说成于前7世纪)。奥义书关注"实在",将知识作为求得本体并与之融合的途径。

⑧ 阇罗迦(Caraka, 120—162),相传是贵霜王朝国王迦腻色迦(Kaniska)的御医。所著《阇罗迦本集》(Caraka Samhita)是古印度最著名的医学著作。书中提及药物500种,探讨诊断、疾病预后和疾病分类,并把营养、睡眠与节食视为健康三要素。

⑨ "希腊大师"(Yavan Achárya),爱奥尼亚哲人。生活在亚历山大(前356—前323)远征印度或此后印度-希腊王国时期,曾任宫廷占星家。西方占星家认为印度占星术来自希腊。

可能是与毕达哥拉斯交谈过的某位哲人。至少不可否认,有一本用梵语写成的题为《希腊占星术》①的天文学书,可能与爱奥尼学派②有关系。这也不是毫无可能。行星和黄道星座的名称最初是由在希腊和印度居住、同样富有创造才华和勇于进取的种族发明的③,后来阿拉伯人才从希腊语中借用了这些名称,而我们在最古老的印度记录中发现了它们。印度这个民族,如同狄奥尼修斯所描述的:

  ……首先探测海水的深度,

  然后将多余的商品运往未知的海滨。

  那些人,最先记录了满天星斗的合唱,

  观察其运行轨迹,并用其名词作为称呼。

  对印度人的这些粗略考察,可能需要通过多卷论著加以扩展和说明,其结论就是——他们与古波斯人、埃塞俄比亚人和埃及人、腓尼基人、希腊人和特乌斯坎人④、斯基泰人或哥特人,以及凯尔特人、中国人、日本人,还有秘鲁人,都存在远古的亲缘关系。由此似乎没有理由认为,印度人是来自这些民族中任一民族的移民,或者这些民族中任一民族来自印度人。我们可以公正地推定,他们都是从某个中央领土出发向外迁徙的,对他们的进一步研究将会是我未来演讲的目标。并且,我有一个乐观的希望,诸位本年度搜集的资料将为许多有益的发现提供启示。虽然一些富于开拓性的欧洲学者已经领先一步,首先开启了梵语文献这一无价宝藏,然而这也往往会使我们从中获得的并非准确可靠的印度语言和古代历史信息。

备查

1. 关于印度文献中的 Cīna(止那)

  《摩诃婆罗多》(约成书于前4—4世纪)中有Cīna。《摩奴法典》(约成书于前2—2世纪)中有Cīnas、Thsin。《罗摩衍那》(成书不早于前2世纪)"地志"中列举位于印度之北的二十国,标出Cīna和Aparacīna(外止那)。这些经典是漫长时期的累积物,难以确定Cīna见于梵语文献的具体年代。有学者认为,古印度两大史诗中的地理部分成书较晚,可能不早于中国两汉(前202—220)。

  印度的Cīna这个词可能来自中亚语言。波斯帝国(约前550—前330)称中国为Čīn/Čēn(比较上古汉语"丝"*sīr/*ser),《弗尔瓦丁神赞美诗》(前5—前4世纪)作

---

 ① 详见备查关于古印度的占星术作品。
 ② 爱奥尼学派(Ionic Sect),指希腊哲学和科学之父泰勒斯及其弟子阿那克西曼德和阿那克西米尼。他们认为,一切千变万化之中有一种始终不变的本元,试图用理性的解释取代想象和神秘力量。
 ③ 前7世纪,巴比伦天文学西传希腊,此后东传印度。详见备查关于天文学起源于苏美尔。
 ④ 特乌斯坎人(Tuscan)即伊特鲁斯坎人(Etruscan),前10世纪起生活在亚平宁半岛,可能是从小亚细亚渡海过来的一支古希腊人。其文明中心位于亚诺河和台伯河之间,早在前9世纪已会制造铁器。早期罗马曾长期为他们主导。前616年,伊特鲁斯坎的老塔克文成为罗马第五任国王。前4世纪起,罗马逐步侵占伊特鲁斯坎城邦。前89年,伊特鲁斯坎并入罗马帝国版图并逐步同化。罗马字母来自伊特鲁斯坎字母。

Sāini。古印度学者阇那迦（Cānakya，前370—前283）《政事论》中有cīnapattasca（成捆的丝）、cīnabhumijah（产在中国），提到cīnasi（止那丝，即商品名）、cīnapatta（止那帕塔，即止那丝绸）。此处的Cīna除表丝、丝绸，也表中国称呼。在两晋南北朝隋唐文献中，来到中土的西域僧人先将胡语的Čynstn汉译为震旦、真旦等，此后东南亚、天竺僧人和玄奘等才将梵语的Cīna汉译为止那、脂那、至那、支那等。

2. 关于僧伽罗

前5世纪，僧伽罗人从印度次大陆迁至南部海岛，其族名来自梵语Simhalauipa（狮人，狮子的后裔）。法显（334—420）《佛国记》意译"师子国"；玄奘（602—664）《大唐西域记》音译僧伽罗国。相传印度梵伽国公主被雄狮劫往深山生儿育女。儿子僧诃巴忽长大后带领其母和妹逃离。雄狮四处寻找并危害百姓。僧诃巴忽杀死其父，娶其妹为妻。此后，其长子维阇耶（Vijaya）带领人们漂流到兰卡（今斯里兰卡），建立维阇耶王朝（前5—1世纪）。其臣民皆自称僧伽罗。

3. 关于印度河

据琼斯的用词Sindhu应译信德河，即印度河（Indus）。其干流源于中国西藏境内凯拉斯峰，上游为狮泉河，在印度境内向西北流，进入巴基斯坦境内，与吉尔吉特河汇聚后转西南，右岸交汇喀布尔河等，左岸汇入旁遮普的诸支流，南下卡拉奇入海。旁遮普（Pañjāb）意为"五河之地"。据《梨俱吠陀》记载，萨达德鲁河（Satadru）、维帕萨河（Vipasa）、伊拉瓦提河（Iravati）、坎德拉跋伽河（Candrabhaga）和维德斯达河（Vistasta）流经此地毗卢树林，这片土地称为阿拉塔（Aratta）。此五河今称：萨特莱杰河（Sutlej，象泉河）、比亚斯河（Beas，双鱼河）、拉维河（Ravi）、杰纳布河（Chenab）和杰赫勒姆河（Jhelum）。

4. 关于牧羊神

牧羊神形成于依赖羊群生活的游牧时期。最早的牧羊神，见于前3000年苏美尔泥版书记载的杜穆兹（Dumuzi，生长之神）。巴比伦时期演变为与生命之树有关的太阳神塔穆兹（Tammuz）。古希腊的潘恩（Pan）是一位长着山羊角和胡子，吹着角笛的牧羊神。山林之神萨提尔（Satyr）半人半羊，是酒神的伴侣或随从。此外，宙斯之子赫尔梅斯（Hermes）也是牧羊神。古罗马的牧羊神法乌努斯（Faunus）人身羊足有角，源自古希腊的潘恩。据希罗多德（Herodotus，约前480—前425）和斯特拉波（Strabo，前64—23）记载，尼罗河三角洲门德斯（Mendes）等地崇拜潘恩和山羊，奉山羊门德斯（goat Mendes）为生殖神。

5. 关于古印度的四大洲地理说

佛教基本经典《长阿含经》（*Dirghagama-sutra*）记载，人间世界的中心是须弥山（Sumeru）。须弥山之外环绕七金山，七金山之外是广阔的咸海，咸海中有四大部洲。《大唐西域记》译为：东毗提诃洲（Videhadvipa）、南瞻部洲（Jambudvipa）、西瞿陀尼洲（Godaniyadvipa）、北俱芦洲（Kurudvipa）。意译是：东胜身洲（长寿之洲）、南金树洲（盛长阎浮树）、西牛货洲（以牛为货币）、北高胜洲（高明之洲）。南瞻部洲盛产阎浮树

(jambu),赡部即该树名的音译。此树花色金黄,故又称金树。相传该洲有四大河,皆源于阿耨达池(Anavatapta,意译清凉池)。东有恒伽(Ganga,恒河),从牛口出,从五百河入东海(孟加拉湾);南有新头(Sindhu,信德河),从狮口出,从五百河入南海(阿拉伯海);西有婆叉(Vaksu,今阿姆河),从马口出,从五百河入西海(里海);北有斯陀(Sita,今锡尔河),从象口出,从五百河入北海(咸海)。"南赡部洲"原指印度四周之地,后泛指人间世界。

6. 关于雅利安

雅利安人(Aryans)或自称"雅利阿"(Arya)的部族,原在庞蒂克-里海地区一带的草原上游牧。后迁移至中亚草原,即阿姆河、锡尔河一带。此后,各分支推进到帕米尔高原西部和喀喇昆仑山脉一带的阿富汗高原。约前17—前15世纪,有一支抵达南亚次大陆西北部的旁遮普,驱逐了当地的达罗毗荼人,并创造了吠陀文化。《梨俱吠陀》展示了当时的情形:一系列有亲属关系的部落,主要定居在旁遮普及其邻近地区。他们使用共同的语言,信仰共同的宗教,自称"雅利安"(高贵的)。在后来的《吠陀》《梵书》描述中,可以看到雅利安人主要向东方扩张,直到恒河流域。

前10世纪,另一支古雅利安部落,自称"伊朗"(Iràn<Aryan),西迁至伊朗高原东部。前9世纪中叶,亚述人称他们为"波斯"(Persia<Fars"地名法尔斯")。古雅利安的远祖为古斯基泰人,发源于顿河与多瑙河之间、黑海以北的东欧大草原。此前进入伊朗高原的米底人(Medes),也源出古斯基泰。前14世纪,斯基泰的后裔游牧于伏尔加河流域。前10世纪游牧于中亚草原。前7世纪以来与亚述、波斯和希腊发生接触。远古斯基泰的分支,迁徙地区极其辽阔,西自黑海以北,东至伊犁河下游,乃至华夏河西地区和北方草原地带。除了匈奴考古文化,陕西神木石峁遗址(距今4 300年)等处也发现斯基泰要素的孑遗。

7. 关于印度-希腊王国

前329年,亚历山大大帝(Alexander,前356—前323)征服印度西北部,部分希腊人和马其顿人留此。塞琉古王朝(Seleucid Dynasty,前312—前64)更将大批希腊人和马其顿人移居此地。前255年,巴克特里亚总督狄奥多图斯一世(Theodotus Ⅰ,约前256—前248年在位)趁安息人反叛之机宣告独立,建立希腊-巴克特里亚王国。约前230年,欧西德穆斯(Euthydemus,约前230—前189年在位)夺得王位。前200年,其子德米特里一世(Demetrius Ⅰ,约前200—前185年在位)大举南侵,阿拉霍西亚、犍陀罗和喀布尔河谷回归希腊人的统治,开始进入印度-希腊王国(Indo-Greek Kingdom)时期。当时印度人称希腊人为"耶婆那"(Yavana),可能来自希腊语的"爱奥尼亚"(Ionioi)。德米特里一世去世后,其将军阿波罗多特斯一世(Apollodotus Ⅰ,约前180—前160年在位)宣布独立,统治印度-希腊王国的西部和南部。德米特里二世(约前185—前155年在位)继续扩张。欧克拉提德一世(Eucratides Ⅰ,前170—前159年在位)篡夺巴克特里亚王位后,统治印度北部的一部分。米南德一世(Menander Ⅰ,约前155—前130年在位)将欧克拉提德的势力逐出北印度,成为统治疆域最大的印度-希腊王国,亦是皈依佛教的第一个印度-希腊君主。前130年,巴克特里亚亡于来自帕米尔东部的塞人和大月氏。约前100年到前80年,塞人逐渐侵占印度-希腊王国,约前80年,塞人首领毛伊兹建立印度-斯基泰王国。

8. 关于库法字母

库法字母(Cufick,Cùfah),6世纪用于书写《可兰经》的阿拉伯字母。其特点是棱角分明,原称"棱角体"。其前身是阿拉伯半岛北部的希拉体和安巴尔体,这些字母源自纳巴泰(al-Anbāt)草书体。656年,第四任哈里发阿里(598—661)定都库法(Kufa),8—10世纪库法成为伊斯兰学术和文化中心,这种字体遂名"库法体"(Kufi)。在倭马亚王朝(Umayyad Caliphate,661—750)时期有50种变体。此后,民间采用的是叙利亚人的盘曲体(nash),又称"誊抄体"。10世纪成为阿拉伯文的正式手写体。

9. 关于迦勒底文字

迦勒底文字为楔形文字,与阿拉米文字不同。约前4000年,苏美尔人发明楔形文字(意音文字)。约前2371—前2154年,闪米特的阿卡德人(Akkadia)建立阿卡德王国,沿用楔形文字。约前2000年,阿摩利人(Amorite)建立的古巴比伦王国继承了苏美尔-阿卡德文化,形成巴比伦楔形文字(总体上是意音文字,但有几百个音节符号)。此后的亚述人和建立新巴比伦王国(前626—前538)的迦勒底人皆沿用楔形文字。前539年,波斯征服巴比伦后,既将阿拉米语文(<腓尼基字母)定为官方和商业语文,又从埃兰和米底那里承袭了楔形文字传统(41个符号,包括36个音符、4个表意符号和1个隔词符)。阿拉米语文不但是当时的通用语文,而且用于书写后期《圣经》,由此促使阿拉米字母到处传播。印度婆罗门字母形成于西元前6—4世纪(<阿拉米字母),阿拉伯字母形成于西元后3—5世纪(<阿拉米字母)。

关于腓尼基人、犹太人、阿拉米人的民族和语言文化背景梳理如下。腓尼基人、犹太人(两者都属迦南人)、阿拉米人(古叙利亚人,与腓尼基人关系密切)都是闪米特人,居住在地中海东岸的以色列-约旦-黎巴嫩-叙利亚一带。前第3千纪到前第1千纪,闪米特人向该地区进行了三次大迁徙。前3000年,首先是阿卡德人来到两河流域北部。萨尔贡(Sargon,约前2371—前2316年在位)南下统一苏美尔地区,建立阿卡德王国(约前2371—前2154),定都阿卡德(巴比伦城前身)。前第三千年代中期,阿卡德的一支北抵底格里斯河上游,与原先在此的胡里安人融合为亚述人。前第3千纪后期,一支阿摩利人进入叙利亚一带并建立城邦。前第2千纪前后,迦南人迁入以色列-黎巴嫩-叙利亚一带。腓尼基人发展航海贸易,创制腓尼基字母,称霸地中海1 000年,此后的古希腊人继承了腓尼基文明。前第2千纪中期,以色列人创造了犹太教。前第2千纪到前第1千纪中叶,阿拉米人迁入叙利亚,前12世纪建立了以大马士革为首都的王国,吸收了古巴比伦和迦南文化。前第2千纪至前6世纪,先后进入叙利亚地区的还有喜克索斯人(闪米特)、胡里安人(古印欧)、古埃及人(含米特)、赫梯人(古印欧)、亚述人(闪米特)、迦勒底人(闪米特)和波斯人(古印欧)。善于经商的阿拉米人,其足迹遍布新月地带。前6—前5世纪,阿拉米语文(<腓尼基字母)逐渐取代阿卡德-巴比伦语文(楔形文字)而成为西亚的官方及商业语文。犹太人也转而采用阿拉米字母,形成希伯来新字母。前333年,亚

历山大大帝击溃波斯占领叙利亚。塞琉西王国时代(前312—前64)形成希腊化的叙利亚文化。前64年到272年,叙利亚帕尔米拉人(Palmyra)建立的帕尔米拉帝国,在东西方贸易中发挥了活跃的中介作用。阿拉米语言和文化影响了整个近东甚至更远地区(亚述、新巴比伦、中亚及其以远)。

10. 关于斯基泰

斯基泰(Scythia,Scythian,Scyth)是古史记载中最早的游牧民族之一,远古时期就在庞蒂克-里海地区一带的草原上游牧。据记载,斯基泰自称斯古罗陀(Skolotoi)。古亚述称之为阿息库兹(Ashkuz),希伯来文转写为亚实基拿(Ashkenaz)。古波斯、古印度称之为萨卡(Saka),分为戴尖帽的、饮豪麻汁的、海那边的萨卡。古希腊称之为斯古泰(Skutai)、西古提(Skuthoi)或萨凯(Sacae)。中国古籍称之为"塞种",其首领为"塞王",其地域为"塞地"。班固《汉书·西域传》:"昔匈奴破大月氏,大月氏西君大夏,而塞王南君罽宾。塞种分散,往往为数国。自疏勒以西北,休循、捐毒之属,皆故塞种也。"又"休循国……在葱岭西。……民俗衣服类乌孙,因畜随水草,本故塞种也"。又"(捐毒国)西北至大宛千三十里,北与乌孙接。衣服类乌孙,随水草,依葱岭,本塞种也"。又"(乌孙)东与匈奴、西北与康居、西与大宛、南与城郭诸国相接。本塞地也,大月氏西破走塞王,塞王南越县度。大月氏居其地。后乌孙昆莫击破大月氏,大月氏徙西臣大夏,而乌孙昆莫居之,故乌孙民有塞种、大月氏种云"。此外,史家还把里海东北的斯基泰人称为奄蔡(Aorsi)、阿兰(Alani)。司马迁《史记·大宛列传》记载:"奄蔡在康居西北可二千里,行国,与康居大同俗。控弦者十余万。"范晔《后汉书·西域传》记载:"奄蔡国,改名阿兰聊国,居地域,属康居……民俗衣服与康居同。"据匈牙利语言学家切梅雷诺(Oswald Szemerényi,1913—1996)考证,伊朗四种斯基泰族的名称"Scythian,Skudra,Sogdian,Saka"皆源于原始印欧语的 *Skuda,意为"弓箭手"。(*Four old Iranian ethnic names:Scythian,Skudra,Sogdian,Saka*,1980)

远古斯基泰的早期分支迁徙地区极其辽阔,西迁的到安纳托尼亚、欧洲,南下的到中亚两河流域、伊朗高原和印度次大陆,东进的到伊犁河下游、天山南北、北方草原、河湟流域等。晚期斯基泰人,前8世纪—3世纪活跃于中亚的广大区域。前9—7世纪以来,与亚述、波斯和希腊发生接触。希罗多德、斯特拉波和尤斯丁(Marcus Junianius Justinus,3世纪)等均有记述,他们称斯基泰是远古北方海上(黑海-里海流域)的民族。犹太历史学家约瑟夫斯(Titus Flavius Josephus,37—100)及早期基督教学者认为,斯基泰人是诺亚第三子雅弗的后代。斯基泰人身材高大,蓝眼隆鼻多须。据人种考古和基因分析,其祖先是分布在东欧森林-草原交界地带的原始欧洲人(人类 Y 染色体 DNA 单倍群 R1a1,由基因标记 M17 定义。约 1 万~1.5 万年前,一个携带 M17 的男人诞生)。他们很早就居住在伏尔加河-顿河流域(中纬度地区的冰后期从 1 万年前开始,估计在此阶段从亚洲南部迁来)。他们善于养马驯马(发明马拉车),以游牧部族为主,也有农耕部族。据希罗多德《历史》记载,当时的斯基泰人主要包括三支:色雷斯靠近多瑙河之处的萨凯(Sacae)或革泰(Getae),里海以东阿拉克斯河对岸草原上的马萨革泰(Massagetae),塔奈斯河一带的徐萨革泰(Thyssagetae)或萨尔马泰(Sarmatia)。"革泰"大概是族称,Massa 即塞语的 masa/mase(巨大的)。据考,Getae 即 Get-tae、Gat-ti(月氏)。Massagetae 可能即司马迁《史记·大宛列传》中所称"大月氏"。作为总称,Massagetae 大体相当于汉代的月氏人、乌孙人、康居人和匈奴人等。前 530 年,居鲁士大帝(Cyrus,约前 600—前 530)侵犯马萨革泰,杀死马萨革泰女王托米丽司(Tomyris)之子。托米丽司奋起反击,大破波斯军,杀死居鲁士。

1647 年,尼德兰莱顿大学教授伯克斯洪(Marcus Zuerius van Boxhorn,1612—1653)提出"斯基泰语系"(即"印欧语系"),囊括了希腊语、拉丁语、日耳曼语、波斯语、凯尔特语、斯拉夫语和波罗的语以及印度语。伯克斯洪认为斯基泰是印欧语的最古老居民,因此以之命名这一横跨欧亚的庞大语系。关于原始印欧人的形成和扩展路径,目前广为接受的是立陶宛裔美国考古学家金布塔斯(Marija Gimbutas,1921—1994)通过对南俄和中亚草原古代坟冢规格、葬制和陪葬品的比较,提出的库尔干假说(Kurgan hypothesis)。此从考古文化角度进一步佐证了伯克斯洪的斯基泰假说,并得到人类分子生物学的验证。据金布塔斯的《原始印欧语文化:西元前第五、第四和第三千纪的库尔干文化》(*Proto-Indo-European Culture: The Kurgan Culture during the Fifth, Fourth, and Third Millennia B. C.*,1970),原始印欧人的形成和扩展分为四大阶段:第一阶段是前 5000—前 4500 年左右,伏尔加-顿河流域的萨马拉文化和塞罗格拉佐沃文化;第二阶段和第三阶段是前 4500—前 4000 年,北高加索迈科普文化、乌东地区的斯列德尼·斯托格文化,此时出现了马拉战车;第四阶段是前 4000—前 3000 年,以分布更为广泛的坟冢文化为代表。原始印欧人西支的主要扩张有三次:第一次是从伏尔加河下游扩张到顿河流域;第二次是从北高加索扩张到北欧;第三次是从南俄草原向欧洲腹地扩张,远达匈牙利的多瑙河地区。前 3000—前 2400 年,从伏尔加河到莱茵河一带出现的绳纹器文化,其创造者就是西支印欧人,即凯尔特、日耳曼、拉丁、希腊的祖先。前 3000 年始,原始印欧人东支向东南迁徙,扩张到中亚,远达波斯、印度、西域、西伯利亚和东亚。

11. 关于古老的印度人

古老的印度人应为达罗毗荼人。作为南亚现存最古老居民,达罗毗荼属尼格罗-澳大利亚人种。其中的维达型(如托达人、科塔人、奥朗人)和尼格利陀型(如马勒尔人、潘尼安人、卡达尔人)为南亚次大陆最古老居民,有时称"前达罗毗荼人"。据说,前 4000—前 3000 年,欧罗巴南欧型的一支从地中海沿岸或小亚细亚到达印度次大陆,与当地人混合形成新达罗毗荼人。其中一部分滞留在次大陆西北部,保留较多的欧罗巴人种体征(如布拉灰人)。一般认为,达罗毗荼人与印度河流域的哈拉巴考古文化有关。雅利安入侵后,达罗毗荼人被赶到次大陆南部,其后建立了安度罗、潘地亚、朱罗、哲罗等王国。

12. 关于《工巧宝典》

《工巧宝典》(*Silpi Sástra*),其 Silpa 意为建筑雕绘工巧,Sástra 意为经书,此为有关庙宇建筑设计及雕刻彩绘的吠陀文献。据中观的《佛教艺术之起源印度》(http://www.baohuasi.org),印度的雕刻彩绘与土木建筑殊难分离。除非宗教关系,否则无雕画之像。

像成当奉安神殿,绘画亦装饰殿堂,神域内门栏浴池等土木作业,悉工巧家所司。又因建筑用意,工巧家须习历算等六十四科。印度的"五明"包括:声明(语言文字明通);因明(万法起因明通);医方明;工巧明(文词赞咏、城邑营造、工程建筑,以及农田商买、音乐、卜算、天文、地理);内明(佛法内典明通)。

13. 关于丝尼(Čīn)、赛里斯(Sêres)和止那(Cīna)

前6世纪,波斯阿契美尼德王朝(前550—前330)文献中称中国为"丝尼"(Čīn/Čēn,比较汉语"丝"的上古音 * sīr/ * ser),《弗尔瓦丁神赞美诗》(*Farvardin Yasht*,前5—前4世纪)中作"赛尼"(Sāini),-na 在东伊朗语中是表族名或地名的后缀。波斯萨珊王朝(224—651)3世纪的钵罗婆语(即帕提亚语)文献称中国为"丝尼斯坦"(Čīnistān/Čīnastān/Čēnastān),-stān 是印度–伊朗语族表领土或国家的后缀。《波斯古经·创世记》(成书于9世纪)用帕拉维字母书写的中国作 Sīni。中古波斯语称中国为 Čīnī。粟特文书(约为6—11世纪)的中国名称为 Cyn、Cynstn(<波斯语 Čīnistān)。唐德宗建中二年(781),波斯传教士景净所撰《大秦景教流行中国碑》,其叙利亚文称中国为 Sinstan(<波斯语 Čīnistān),称中国人为 Sinaya。亚美尼亚文(约405)称中国为 Čen(<波斯语 Čēn)、Čenastan(<波斯语 Čēnastānn)。希伯来语、叙利亚语没有辅音 Č 而发成 s。

上古时期的波斯人可能与中亚、西域的斯基泰人早有贸易,而斯基泰人可能转销来自东亚的货物。丝织品由此进一步传到欧洲。西方古文献中多次提及或描述"赛里斯":古希腊语 Sêres(比较上古汉语"丝" * sīr/ * ser)、拉丁语 Sērica、Sīnae,意为丝织品、丝国人、丝国。前5—前4世纪,克泰夏斯(Ctesias of Cnidus)在《印度志》(*Indica*)中记载:"据闻,赛里斯人和北印度人身材高大。"他在阿契美尼德王宫任御医多年,对印度和赛里斯的了解来自波斯人。古罗马地理学家斯特拉波(Strabo,前64—23)的《地理志》(*Γεωγραφικά*)云:"印度的地势呈菱形,其北端是高加索山(兴都库什山——引注)……这一山脉把北部的塞种人、斯基泰人、赛里斯人与南部的印度人分开。"古罗马地理学家梅拉(Pomponius Mela,1世纪)的《地理书》(*De situ orbis*)描述:"从亚细亚出发,在亚洲遇到第一批人就是印度人、赛里斯人和斯基泰人,赛里斯人住在临近东海岸(里海东部——引注)的中心一带,而印度人和斯基泰人却栖息于两边的地区。""在辽远之处便是高耸入云的陶鲁斯山脉。两山之间的空隙地带居住的是赛里斯人。他们是一个正直的民族,也以其奇特的沉默交易方式而闻名。"罗马学者老普林尼(Gaius Plinius Secundus,23—79)在《博物志》(*Naturalis Historiæ*)中提到赛里斯"林中产丝,闻名世界"。这些作者并未到过中亚和东亚,只是根据传闻笼统地知道遥远的东方有赛里斯。

1世纪中期,罗马帝国亚历山大利亚城的某商人用希腊语撰《厄立特里亚海航行记》(*Périple de la Mer Erythrée*),此厄立特里亚海当时指印度洋。该商人到东方做生意,书中提到盛产丝绸的"支奈"(Thinai)。"经过这一地区(今苏门答腊岛,意为金洲——引注)之后,就到达最北部地区,海水流到一个可能属赛里斯的地区。此地有一座很大的内陆城市叫支奈。那里的棉花、丝线和称为赛里斯丝绸(Sêrikon)的纺织品,被商队经大夏陆运到婆卢羯车,或通过恒河运至利莫里亚。要进入该国并非易事,从那里来的人也极为罕见。赛里斯恰好位于小熊星座之下,而且据说与蓬特(Pont,盖指帕提亚——引注)和里海对岸的地区毗邻。"对于赛里斯的位置,托勒密(Claudius Ptolemaeus,约90—168)《地理志》(Geographiacae Enarrationis Libri octo,150)有进一步的描述:"如果把富尔图内斯群岛(Iles Fortunées,即加那利群岛 Islas Canarias——引注)看作西部边界,那么东部边界就在更远的东方,即赛拉、丝奈、卡蒂加拉。"赛拉(Sera)是赛里斯国都。丝奈(Sinai)或支奈(Thinai)为丝奈国首府,卡蒂加拉(Kattigara)是丝奈国的港口。所谓"丝奈",即汉武帝元鼎六年(前111)所设日南郡(越南语 Nhật Nam),辖地包括今越南横山以南到平定省以北一带地区。治所在西卷县(今越南广治省东河市),即丝奈国首府。卡蒂加拉即《晋书》所载屈都乾,今越南芽庄一带,屈都乾为梵文 Kauthagara 的对音,即屈都人(Kautha)之城(Gara)(详见牛军凯《都元、屈都乾与卡蒂加拉考》,《海交史研究》,2001年第2期)。在"托勒密世界地图"上,赛里斯国(Serica)位于帕米尔高原更远的区域。托勒密写道:"塞种人的东部边界与斯基泰接壤,其边界沿阿斯卡坦卡斯山直至位于14°43′之处遥对意貌山石塔为止一线而划定,前往赛里斯国的人都从该地出发。"托勒密描述:"赛里斯国的四至如下:西部是意貌山外侧的斯基泰……北部是未知之地,与图勒(Toul,法国城市——引注)位于同一条纬度线上;东部也是未知之地,沿一条子午线方向延伸,该子午线两端的方位是180°和63°、180°和35°。其余是外恒河以南的印度另一部分,按照同一条纬度线延伸到180°和63°的地点,最后是丝奈。"

西方常常把赛里斯人和丝绸、蚕儿联系在一起。古罗马地理学家包撒尼雅斯(Pausanias,115—180)在《希腊道里志》(Περιήγησις)中说:"唯赛里斯人制衣之线,并非来自植物皮茎,而是另有来源。其国有小虫,希腊人称为赛尔(Sêr),而赛里斯人则有另外的名称。"罗马历史学家马塞利努斯(Ammianus Marcellinus,325—391)在《往事》(Res Gestae)中记叙:"他们随心所欲地使用这种柔软而又纤细的绒毛,用水冲洗。这就是人们称之为的 sericum(赛里斯织物)……赛里斯人高度文明,互相之间和睦相处,但却避开与外人接触,甚至拒绝与其他民族保持贸易关系。"大约在6世纪,几个印度僧人从于阗把中国蚕种藏于其行路杖中,带到东罗马拜占庭,从此欧洲才有了蚕丝业。也才完全明白"产丝者乃虫也,丝从口中天然吐出……虫以桑叶养之"。以上古代欧洲人所言赛里斯,具体而言,多指当时与中国丝绸相关的西域和西域人(中国文献中的塞种人);广义而言,即指当时他们尚未到过的遥远中国。

虽然古印度《摩诃婆罗多》中有 Cīna,《罗摩衍那》"地志"中标出"止那"(Cīna)和"外止那"(Aparacīna),《摩奴法典》中有 Cīnas、Thsin,但这些经典都经过多人加工,难以确定 Cīna 见于梵语文献的准确年代。斯里兰卡的印度学家欧利维勒(Patrick Olivelle)甚至认为,在前1世纪之前,印度人不可能知道 Cīnā 这个词,他赞同该词可能来自中亚语言。(King,Governance,and Law in Ancient India:Kautilya's Arthasastra,2013)古印度的 Cīna、Cīnisthāna,可能来自古波斯语的 Čīn、Čīna、Činistan,但年代要早于前1世纪。居鲁士大帝的疆域延伸到印度河西岸,波斯的官方语文是阿拉米语文。前4—前3世纪,犍陀罗国受其影响制定佉卢字母,如今发现最早的是阿育王时期的《法敕刻文》(前251)。古印度婆罗米字母同样来自阿拉米字母,据说是通过中亚商人传入的。最早文献可溯源于前3世纪(婆罗米字母的形成要早些)。这些都是古波斯词可能传到印度西北部的历史背景。

德国印度学家雅可比(Hermann Jacobi,1850—1937)在《阇那迦论著中所见文化及语言资料》(Kultur-, Sprach-und Literarhistorisches aus dem Kautilīya,1911)中指出,Cīna一词见于阇那迦的《政事论》(Arthashastra)。文中有"Kauseyam(蚕茧)cīnapattasca(成捆的丝)cīnabhumijah(产在中国)"。据印度梵文学家沙马萨斯特里(Rudrapatna Shamasastry,1868—1944)所译英文版《政事论》(Arthashastra,Bangalore:Government Press,1915),有两处提到Cīna,一处是108页:"纱姆拉、止那丝(Chinasi)和纱姆丽是从巴赫拉瓦采购的面料。纱姆拉是36角长和黑色的;止那丝是赭色和灰色的;纱姆丽是浅黄色的。"另一处是110页:"以上介绍的名叫缟奢耶的丝绸,以及中国制造的丝织品止那帕塔。""缟奢耶"(kauseya)指野蚕丝织品。止那帕塔(chīnapatta)也就是"止那丝绸"。在尼雅遗址出土的佉卢文书(梵语和尼雅俗语)中有pata(丝线束、丝卷),该词在中亚和印度等地区泛指各类丝织品。在古印度医术《妙闻本集》的修订本(4世纪)中有kauseya、patrorna、cīnapatta三个词,都可指丝绸。在2世纪及其以前的梵文作品中,还有一个同根词Cīna-nsuka指丝绸衣服(查娅·哈斯奈尔撰、苏玉敏译《尼雅文书中有关织物的名词及其对应的印度语含义》,《新疆文物》,2004年第4期)。

一般认为,《政事论》的成书时间在前3世纪。英国梵文学家史密斯(Vincent Arthur Smith,1848—1920)说:"《政事论》是孔雀王朝的真正古代作品,盖为阇那迦所著。当然这一看法并不排除现存此书可能经后代增改,但大部分肯定是孔雀王朝时所写。"(Early History of India,1914)英国梵文学家基思(Arthur Berriedale Keith,1879—1944)认为:"可以断定《政事论》是前1世纪的作品,而其内容主旨很可能比前1世纪还要古老。"(Imperial Unity and the Dominions,1916)美籍德国东方学家劳费尔(Berthold Laufer,1874—1934)在《中国伊朗编》(Sino-Iranica,1919)中注:"对China这个名称起源于秦国持有怀疑态度的人比比皆是,因此莫迪(Jivanji Jamshedji Modi. Asiatic Papers,1905)推测《弗尔瓦丁神赞美诗》可能早于前5—前4世纪就已写成。他说:如果这一古代文献中称中国为Sāini,那么就使人推测此名称出现于秦国之前的前3世纪。"

至于现代西方广为使用的中国称呼China(可能来自中古波斯语Čīnī),始见于葡属印度公司官员巴尔博扎(Duarte Barbosa,1480—1521)的《东方见闻录》(Livro Das Coisas Do Oriente,1516),其中有一章题为"伟大的中华帝国"(O Grande Reino da China)。1555年,英国学者伊登(Richard Eden,1520—1576)在《近几十年来的新世界或西印度》(The Decades of the Newe Worlde or West India)中转译为"伟大的中国,其国王被认为世界上最伟大君主"(The great China whose kyng is thought the greatest prince in the world)。

1655年,意大利汉学家卫匡国(Martino Martini,1614—1661)在《止那新地图集》(Nuvus Atlas Sinensis)中提出,秦国之"秦"转变为梵语Thin、Chin,成为希腊语与拉丁语的Sinae,最终成为China。此后,法国汉学家瞿亚姆(M. Guillaume Pauthier,1801—1873)也认为,Sin、Chin、Chini之称起于梵语,源于中国秦朝之"秦",Chin后的a是葡萄牙人加上表地域的。法国汉学家伯希和(Paul Pelliot,1878—1945)在《止那名称之起源》(1912)中支持此说。这些学者不知,"秦"的汉语上古音是 *zin/ *dzjin,其浊声母与 Chin 的清辅音 ch[tʃ]不对应。"秦"在近代才变为清声母 tɕʰin。20 世纪以来,一些学者提出,Chin 来自楚国的别称"荆",但不知"荆"的上古音是 *keŋ。还有主张来自春秋时代的"晋"(上古音 *ʔsin),但是未考虑丝尼(Čīn /Čēn)、赛里斯(Sêres)来源于"丝"(*sīr/ *ser)。

综上,无论中亚的 Čīn/Čēn(波斯语)、西亚的 Sin/Sinim(希伯来语)、欧洲的 Sêres(古希腊语)、Sērica/Sīnae(拉丁语),古印度的 Cīna(丝、丝绸、中国),虽然在流传过程中发生音变,但词根皆源于上古汉语"丝"(*sīr/ *ser)的记音,与秦王朝(前221—前206)的"秦"(*zin/ *dzjin)等无涉。早期的"赛里斯"是模糊而笼统的概念(甚至包括一些误说或混淆),此后逐步相对清晰。这符合西方人对遥远东方的认知过程。

14. 关于《五卷书》以不同书名流传于亚欧各国

古印度的《五卷书》(Pañcatantra)为传授治国安邦之策,用梵文写成的五卷故事集。现存最早版本可上溯到 2 世纪。570 年,波斯萨珊王朝的伯尔如亚(Borzūya)奉库思老一世之命,把《五卷书》译成帕拉维文,题名《卡里拉和达玛那》(Karirak ud Damanak)。此后,叙利亚诗人布德(Bud)转译成古叙利亚文,题名《卡里来和德姆内》(Kalile va Demne)。750 年左右,阿拉伯学者穆加法(Abdullah Ibn al-Muqaffa,724—759)依帕拉维文版本译成阿拉伯文,题名《卡里拉和笛姆那》(Kalīla wa Dimna)。10 世纪该书又从阿拉伯文译成新利亚文,1080 年从阿拉伯文译成希腊文。1121 年,波斯诗人阿卜尔·马里(Abu'l Ma'ali Nasrallah)译成新波斯文。1252 年被转译成西班牙文。12 世纪乔尔(Rabbi Joel)转译成希伯来文。依据希伯来文本,1270 年意大利翻译家约翰(John of Capua)转译成拉丁文,题名《人类生活宝典》(Directorium Humanae Vitae),成为此后大多数欧洲译本的底本。1483 年,哈勒敦(Ibn Khaldun)的德文译本《明镜之典》(Das Buch der Beispiele)成为古腾堡印刷《圣经》之后的最早印刷品之一。1552 年,意大利作家多尼(Anton Francesco Doni,1513—1574)译成意大利文。1570 年,英国诺斯爵士(Sir Thomas North,1535—1601)以意大利文为底本,译成英文的《多尼的道德哲学》(The Morall Philosophie of Doni)。

据1914 年的统计,《五卷书》共译成30 种亚洲语言(其中印度的语言15 种)、22 种欧洲语言、2 种非洲语言。而且很多语言并不止一种译本,英、法、德文的译本各自至少10 种以上。因此,它被称为最广为流传的非宗教书籍。

15. 关于古印度的占星术作品

梵文占星术的最早作品是《吠陀支占星术》(Vedanga Jyotisha),估计主要内容来自巴比伦。最早引入希腊占星术的梵文作品是《希腊占星术》(Yavanajātaka)。据平格里(David E. Pingree)研究,该书是依据希腊星书的梵文诗体译作(Jyotihsastra:Astral and Mathematical Literature. Wiesbaden:Otto Harrassowitz,1981)。最早译本是在西克沙塔帕王国(Western Kshatrapa)的鲁陀罗卡曼一世(Rudrakarman Ⅰ,178—197)统治时期,149—150 年由亚瓦涅斯瓦拉(Yavanesvara)所译。该版本已佚,其中的大部分诗作保存在鲁陀罗塞那二世(Rudrasena Ⅱ,256—278)统治时期的斯普伊德瓦耶(Sphujidhvaja)的译本中。此外,传统上亚瓦涅斯瓦拉和斯普伊德瓦耶被理解为指代同一人,据婆什迦罗(Bháscara Acharya,1114—1185)等的说法,前者是后者的绰号。马克(Bill M. Mak)认为,《希腊占星术》的成书年代在4—6世纪。(*The Date and Nature of Sphujidhvaja's Yavanajātaka Reconsidered in the Light of Some Newly Discovered Materials*,2013)

16. 关于天文学起源于苏美尔

最早的天文记录见于前3000年的苏美尔泥版文书,其中已有星座名称。如标志春夏秋冬四季来临的金牛座、狮子座、天蝎座和山羊座。历史学家认为,人们命名星座的时间比这些记录至少要早1000年。幼发拉底河和底格里斯河的泥沙冲积形成平原,河水的灌溉带来庄稼的丰收。天上形状最为方正的四颗星就是天上的田地,两边的一些小星组成两条大河。苏美尔人勾勒的这片星空,正是太阳穿过春分点前向上爬升的地区。经历了漫长严冬,太阳越升越高,除了带来温暖还有雨水。究竟是谁将太阳越拉越高?苏美尔人认为,鹿和马才有此能力,由此设立了鹿星座和马星座。面对河水泛滥,鱼儿游来游去,于是河水和鱼成了河水座(或宝瓶)和双鱼座。神鱼发现河中巨蛋,鸽子飞来孵出女神则成了鸽星座。此外还有农夫、犁沟等星座。

1845—1847年,英国考古学家莱亚德(Austen Henry Layard,1817—1894)在亚述首都尼尼微遗址中,发现了一块圆形星座图的泥版文书。据《扬子晚报》(2008年4月1日)报道,有两名英国科学家通过计算机重建数千年前星空图,从而破解了这块泥版文书的奥秘。他们认为,这是古亚述人在前7世纪的复制品,最早的版本应来自一位距今5 000多年的苏美尔天文学家,他用星座图和楔形文字记载了发生在西元前3123年6月29日的一次"小行星撞入地球"事件。泥版上描绘的是一个巨大物体穿过双鱼座的轨迹,根据其角度,这颗小行星落在阿尔卑斯山的科菲尔斯地区。

前6000年,苏美尔人根据月相和潮汐的变化确定了七天一周制;前3000年形成最初的太阴历。苏美尔人相信天体按照神的意志运行,根据星象运行制成四季的星座历,以预测人类命运。前12世纪,巴比伦国王尼布甲尼撒一世(Nebuchadnezzar Ⅰ,前1124—前1103年在位)时期的土地界石上,刻有人马、天蝎和长蛇星座。前13世纪,巴比伦人记录了从春分点开始,黄道附近的十二星座依次为:白羊、金牛、双子、巨蟹、狮子、室女、天秤、天蝎、人马、摩羯、宝瓶、双鱼,把苏美尔人的"农夫""犁沟"改称"白羊""室女"。前10世纪,巴比伦人已提出30个星座。此外,《圣经·约伯记》里提到大熊、猎户等星座。前8世纪,希腊诗人赫西奥德(Hesiod)和荷马(Homer)的著作中提及大熊、猎户和昂星团。

据称,早在苏美尔-阿卡德王萨尔贡一世(Sargon Ⅰ,前2371—前2316年在位)时代就已有占星学文献。在亚述国王巴尼拔(Aššur-bāni-apli,前685—前627)的尼尼微图书馆遗址泥版文书中发现了70份占星表。在迦勒底人的新巴比伦王国(前626—前538)时期形成征兆星占学。其《征兆结集》的基本结构是"观察到的天象+该征兆的意义",如"若金星移近天蝎座,将有不可抗拒之大暴风雨袭我国土"。他们对五大行星的运行轨道、周期以及互相之间的位置进行测算,形成了复杂的星占学体系。马尔杜克神庙的大祭司贝罗索斯(Berosus,前350—前270)所撰《巴比伦史》(*Babyloniaca*)中,第一卷专论宇宙结构及占星之学。晚年移居希腊科斯岛传授占星学(astrologia)或天文学(astronomia),编撰教材《别卢斯之眼》(*The Eye of Belus*)。"迦勒底人"成为"星占学家"的同义词。

前270年,希腊诗人阿拉托斯(Aratus,前315—前240)将欧多克索斯(Eudoxus,约前400—前347)的《天象》(*Phenomena*)改写成韵文,描述了47个星座。从所记星区推断,记录的是前2000年之前的星空,根据未记录的空白区,推定观察者应在北纬35°~36°附近。由此证明,把星空分为星座的正是两河流域的苏美尔人。2世纪,托勒密在《天文学大成》(*Almagest*,140前后)中,基于巴比伦星座表和综合当时研究,编制了古希腊48星座表。希腊人根据其神话赋予一些星座以新名。后世的天文学术语有些来自古希腊。比如,"行星"(planet)的含义是"漫游者";"黄道"(ecliptic)是从"日蚀"(ecliptic,eclipse)延伸而来;"宫"(zodiac)源于zoidiakos,意为"动物圈"。

西元前后,古希腊的占星术或天文学传到东方。9世纪,托勒密的《天文学大成》被阿拉伯博物学家伊斯哈格(Hunayn ibn 'Ishāq,809—873)译为阿拉伯语,题名《至大论》(*al-Majistiyy*)。964年,伊斯兰天文学家苏菲(Abd al-Rahman al-Sufi,903—986)以该书为基础编撰了《恒星星座》(*Kitab suwar al-kawakib al-thabita*)。如今世界通用的星名,多数源于阿拉伯语。此后,经过德国巴耶(Johann Bayer,1572—1625)的《测天图》(*Uranometria*,1603)、波兰赫维留(Johannes Hevelius,1611—1687)的《普罗德罗姆斯天文学》(*Prodromus astronomiae*,1690),以及法国拉卡伊(Nicolas Louis de laCaille,1713—1762)的《天文学基础》(*Astronomiae Fundamenta*,1757;包含398颗恒星的标准星表)等一系列研究,在两个世纪内最终完成了为地球南方天空星座命名的任务。

第四年纪念日演讲：关于阿拉伯人

（1787年2月15日）

先生们，去年有幸向诸位公布我的意图，在我们年会期间讲述居住在亚洲大陆及其群岛上的五个主要民族。通过历史和文献分析，从五个分支的各自兴起和中心地区，以及由此出现的继续扩张等方面，以追溯其古代起源。上次向诸位奉上关于印度古代居民的一般介绍之后，诸位可能就此期待，我现在要奉上对其他民族的感觉。就这些民族的语言、宗教、艺术、习俗与之相似性而言，或许认为他们与印度人有过早期交往。但是，既然我们发现一些亚洲民族就这些细节相互迥然有别，既然通过直接而密切的比较，这些差别更是无可辩驳，那么我现在打算扼要介绍一个令人惊叹的民族。他们似乎与印度原居民在各方面都形成明显的对比，因为他们自古以来必定是一个与之有别的独立种族。

就演讲旨趣而言，我最大范围且仔细斟酌的所谓印度，指的是位于波斯、止那、鞑靼和爪哇之间的这一区域。而为了同样的意图，我现在使用的阿拉伯半岛这个名称，与阿拉伯地理学家常用的一样，描述的是广袤的半岛——红海[①]将其与非洲隔开，奔腾的亚述河[②]将其与伊朗隔开，在远古时期由厄立特里亚海[③]的泥沙淤积而成。排除其西边的茫茫大海部分，也不包括插入地中海与科尔佐姆海之间的地峡[④]。这片土地我统称为阿拉伯

[①] 红海（Red Sea），指阿拉伯半岛和非洲大陆之间的狭长海域。据《旧约·出埃及记》（15∶4），摩西率领以色列人所过之海，希伯来语记为yam（海）或yam-suph'（芦苇海），指红海北部某浅海湾。

[②] 亚述河（Assyrian river）指底格里斯河。底格里斯河（阿卡德语Idiklat，《圣经》Hiddekel，希腊语Trigres，波斯语Tigra）源自安纳托利亚山区，与幼发拉底河汇合注入波斯湾。

[③] 厄立特里亚海（Erythrean Sea）为希腊文的英译。希腊文Erythrá Thálassa（红色海洋），见于希罗多德的《历史》（Ἱστορίαι），包括后世所谓的红海、亚丁湾、波斯湾、阿曼湾，直到阿拉伯海以远的印度洋。罗马地理学家梅拉（Pomponius Mela，1世纪）始用"印度洋"之名。

[④] 科尔佐姆海（Sea of Kolzom）应为红海北端的东支海湾（西支是亚喀巴海湾）。详见备查关于科尔佐姆海。此地峡今称苏伊士地峡。

半岛。此地居民使用的是阿拉伯语言和阿拉伯字母①,或者使用的是在无法追溯的远古时期曾与之存在亲缘关系的一些语言。

由此,阿拉伯半岛与印度被浩瀚的海洋,至少被辽阔的海湾隔开,在航海和贸易未曾相当发达之前,双方几乎很少往来。然而,印度人和也门人很早就都是商贸民族,很可能是他们首先向西方世界转运黄金、象牙和印度香料。② 还有阿拉伯语中称为"阿鲁瓦"(àlluwwa),或梵语中称为"阿古鲁"(aguru)的一种香木,这种香木盛产于安南或交趾止那③。极其可能,有些阿拉伯人的神像崇拜与印度人同出一源,但是如此交往可能仅限于局部或出于偶然。与16年前相比,我现在更不相信(阿拉伯人与印度人同出一源),那时我不揣冒昧,责难坎特米尔亲王④《历史》中的一段。他认为,突厥人有理由把也门海岸视为印度的一部分,并将其居民称作黄种印度人。

阿拉伯人⑤从未被完全征服过。除其一些边境地区,也没有外界对其造成任何明显影响。实际上,腓尼基人、波斯人、埃塞俄比亚人和埃及人,以及现代奥斯曼帝国的鞑靼人各自占领过阿拉伯的一些土地。但除此之外,希贾兹⑥和也门的原居民,长期独占其沙漠和草地、山岭和富饶的山谷。从而,姑且勿论其他人种,这一特别的民族无疑保留了其原初的习俗和语言、特色和性格,并且始终与印度人一样不同寻常。我在欧洲所知的来自叙利亚的所有真正阿拉伯人,以及在信如安岛⑦上看到的也门人,很多是从马斯喀特⑧过来做生意的,还有在孟加拉碰到的希贾兹人。这些人都与这些地区的印度居民形成鲜明对比。其目光炯炯有神,其言谈流畅清晰,其举止强壮庄重,其理解敏捷迅速,他们总是镇定自若和聚精会神。即使他们之中处于最底层的人,其行为举止也都流露出一种独立精神。人们在文明观念上总是有所不同,各自以其国家的习惯和成见来衡量其他

---

① 阿拉伯语源自古闪米特语。5世纪前后,在北方方言的基础上,逐步形成统一的文学语言。7世纪后,以《古兰经》的语言为标准语。现阿拉伯语方言有八大分支。此阿拉伯字母指的是源于阿拉米字母的阿拉伯字母,即琼斯下文所提书写《可兰经》的库法字母。详见备查关于更古老的书写阿拉伯语的字母。

② 也门的索科特拉岛(Socotra),曾发现前4000—前3000年的石器遗址。早在远古时代,古印度人就到此获取乳香、龙胆、芦荟、麝香猫等。该岛名称来自梵语,意为"极乐岛"。

③ 安南(Anam)为越南古名,来自唐代所置的安南都护府。交趾,古代地名。前111年汉武帝灭南越国,并在今越南北部地方设立交趾、九真、日南三郡。交趾止那(Cochinchina)是法国殖民地时代对越南南部、柬埔寨东南方地区的法语称呼,首府是西贡。

④ 坎特米尔亲王(Prince Dimitrie Cantemir, 1673—1723),曾任摩尔多瓦总督,为哲学家、史学家、语言学家、民族学家和地理学家的百科全书式学者,用拉丁文著有《奥斯曼帝国兴衰史》(1714—1716)。1756年,廷德尔(N. Tindal)译成英文在伦敦出版。

⑤ 阿拉伯人(Arabs)自认为是亚拉伯罕之子以实玛利的后裔。详见备查关于阿拉伯。

⑥ 希贾兹(Hejāz,亦译汉志),位于今沙特阿拉伯王国的西部沿海地带,因境内有希贾兹山而名。伊斯兰教的发祥地麦加和麦地那都在该地区。

⑦ 科摩罗群岛的第二大岛昂儒昂岛(Anjouan),史称信如安岛(Hinzuàn)、乔安娜岛(Johanna),位于莫桑比克海峡北口。4世纪,马来-波利尼西亚人到此。12世纪下半叶,波斯的设拉子移民南下东非沿岸定居于此。15世纪,东非、印尼和阿拉伯半岛有人来此定居。1783年7月27日,琼斯乘坐的"鳄鱼号"到过此岛。

⑧ 马斯喀特(Maskat,阿拉伯语Masqaṭ),东南濒阿拉伯海,东北临阿曼湾。1世纪就以东西方交通重要港口闻名于世,曾称为米斯卡(古波斯语,意为香料之地)。其南部的哈拉潘陶器作坊遗址,显示出当地与印度河流域文明存在远古联系。

文明。但是，如果谦恭和礼貌、热爱诗歌和文采以及具有高尚美德，是衡量完美社会的更公正惯例，那么我们有确凿证据表明，阿拉伯民众，无论居住在原野还是城市，无论身处共和制还是君主制，在他们征服波斯以前的若干年前就已经高度文明化。

  遗憾的是，这样一个伟大种族的古代史，在德尤·也真①时期之前的细节知之甚少，超日王②时期之前的印度史同样如此。即使阿努瓦利和姆鲁玉达哈③的历史巨著，或者马苏第④的《黄金草原》中，虽然包含希姆叶尔、卡桑、希拉王朝⑤的章节，有其历史年表及王朝简况，且许多古代阿拉伯诗人的诗歌前附有家谱，可进一步查考历史年表，但是由于这些写本错误百出，就是最好的写本也有若干讹误，以至于我们无法放心地依靠传统文献，而必须求助于我以前研究印度历史采用的同样方法来研究阿拉伯历史。换言之，必须借助其语言、文学和宗教及其古代遗迹，以及确定无疑由古代流传下来的技艺。在每一节开头，我将扼要地提到上述条件。我的考察范围，一般限制在非同凡响的阿拉伯变革开始的7世纪之前。从比利牛斯山到多瑙河，到印度帝国的边鄙，甚至到远东群岛，这场变革引发的巨大影响，迄今我们依然能够看到。

一

  任何爱好阿拉伯语言知识的欧洲人都可获得该方面知识，我们主要受惠于尼德兰莱顿大学的学者。虽然有几位意大利学者在同一广阔领域锲而不舍，但是其成果与在尼德兰印行的更为博大精深的著作相比，显得几乎毫无价值。相反，虽然波考克⑥满腹经纶，堪称无所不通，然而他崇尚的学术悠游及追求神学的热衷，却使其预计付梓的关于麦伊达尼⑦研究的重要著作未能杀青。即使对阿拉伯语文学的丰富宝矿了如指掌，也不可能

---

  ① 525年，阿克苏姆帝国（Aksum）入侵希木叶尔王国（Himyarite，前115—525）。570年，希木叶尔王室后裔德尤·也真（Saif bin dhu Yezen, 516—574）求助波斯萨珊王朝，库思老一世派遣战船赶走埃塞俄比亚人。德尤·也真成为国王，但发现自己并无实权。
  ② 超日王（Vicramáditya）即旃陀罗笈多二世（Chandragupta Ⅱ, 375—415年在位），古印度笈多王朝的第三代君主。
  ③ 阿努瓦利（Alnuwairi）、姆鲁玉达哈（Murùjuldhahab），历史学家。具体情况未详。
  ④ 马苏第（Almasùùdi, Abu Hasan Alial-Masudi, 9世纪末—957年，有译麦斯欧迪），阿拉伯历史学家、地理学家。曾游学于叙利亚、埃及、伊朗、印度、锡兰、阿拉伯半岛、东非海岸、马达加斯加、阿塞拜疆和阿姆河以北地区。著有《历代史记》（943），流传下来的是第二部的缩编《黄金草原》（Golden Meadows）。
  ⑤ 希姆叶尔（Himyar，前115—525）在古罗马老普林尼（Gaius Plinius Secundus, 23—79）的《博物志》（Naturalis Historiæ）中称为Homeritai。卡桑（Ghasàn）可能指卡特班王国（Qatabàn，前400—前50），为哈德拉毛国所灭。希拉王国（Hirah, 242—633），由北迁两河流域的南部阿拉伯人唐努赫部族的赖赫米族在幼发拉底河畔建立，故又称赖赫米王国。
  ⑥ 波考克（Edward Pocock, 1604—1691），英国《圣经》学家、东方学家，早年在廉姆斯勋爵学院、牛津大学和基督圣体学院学习。1630年到叙利亚阿勒波（Aleppo）任牧师，研习阿拉伯语。1636年夏到奥斯曼帝国君士坦丁堡专门研究三年。琼斯对他颇有微词。
  ⑦ 麦伊达尼（Ibrāhīm Maydānī, ?—1124），阿拉伯学者，著有《谚语集》（Majma'al-Amthāl）。

与哈里利①的五十篇故事相提并论。第一代斯库尔腾②对这些著作翻译并注释,虽然他将其中的一部分论著送往国外发表,其余部分则由其杰出的孙子完成,也许麦伊达尼也可期望从他的其余作品获得声誉。但是,文学这一分支所获得的骄傲却始于果利乌斯③,其著作同样深刻和优雅。而且方法上如此清晰明白,查阅时从不觉得麻烦,读起来也不会乏味,其内容翔实丰富。以至于如果从其导师埃尔佩尼乌斯④编撰的极好语法书开始,随后使用果利乌斯无与伦比的词典,阅读伊本·阿拉布沙撰写的帖木儿历史⑤,任何人都能完全掌握这部恢宏著作的内容。比起那些造诣极深的君士坦丁堡学者或麦加学者,他们更能从学术上阐述阿拉伯。由此,阿拉伯语言差不多尽在我们的才智范围内。无可非议,阿拉伯语是世界上最古老的语言之一,在词汇数量和措辞精密上肯定不亚于人类的其他语言。但同样真实和令人惊奇的是,在其词汇或结构方面,它与梵语或印度方言的伟大祖先毫无相似之处。关于这两者之间的差别,我将提及两个明显的例子。首先,与希腊语、波斯语和日耳曼语一样,梵语喜欢用复合词,而在更高层次,如确实不加限制,我能造出一个包含二十几个音节的词。这种完美的严谨表达,使用在最庄重的场合和最优雅的著作中,绝非阿里斯托芬⑥描绘的宴会小丑组成的那种滑稽之语。然而,阿拉伯语及其姐妹语言却厌恶词语复合,总是用含蓄委婉的方式表达复杂的观念。以至于如果在阿拉伯半岛的纯正语言中找到一个复合词(如"齐默达尔"⑦出现在《哈马萨》⑧中),那么该词在发音上就会像一个外来词。

再次,梵语的天性,与具有亲缘关系的其他语言一样,其动词词根几乎普遍地由双辅音骨架组成,由此50个印度字母可以组成五百到两千个这样的词根。但是,阿拉伯语的

---

① 哈里利(Harīrī,1054—1112),阿拉伯诗人、语言学家,生活在巴斯拉城。其著作《哈里利集会诗》或《玛卡梅》(*Maqāmāt*),包括五十篇故事,涉及伊斯兰世界各阶层风貌。

② "斯库尔腾"为17—18世纪尼德兰东方学研究三代承传世家。第一代斯库尔腾是艾维克·斯库尔腾(Avec Albert Schultens,1686—1750)。详见备查关于尼德兰东方学研究的"斯库尔腾"三代承传。

③ 果利乌斯(Jakob Golius,1596—1667),尼德兰东方学家。在莱顿大学二十年,他在神学、古典语言、哲学、医学、数学及阿拉伯语方面都师从于厄尔潘纽士。曾在摩洛哥从事外交工作多年,获得很多重要手稿,后藏于莱顿大学图书馆。他去过叙利亚、美索不达米亚、阿拉伯,也访问过君士但丁堡。著有《阿拉伯语-拉丁语词典》(*Lexicon Arabico-Latinum*,1653)。

④ 埃尔佩尼乌斯(Thomas Erpenius,1584—1624),尼德兰东方学家。在威尼斯学习阿拉伯语、波斯语、土耳其语和埃塞俄比亚语。1613年返回莱顿讲授阿拉伯语。可谓17世纪尼德兰东方学的鼻祖。主要著作有《阿拉伯语教程》(*Rudimenta Linguae Arabicae*,1620)、《迦勒底和叙利亚文法》(*Grammatica Chaldaica et Syria*,1628)、《阿拉伯文法》(*Grammatica Araba*,1631)等。

⑤ 伊本·阿拉布沙(Muḥammad Ibn 'Arabshāh,1389—1450),叙利亚历史学家。出生于大马士革,帖木儿入侵叙利亚后被迫迁居到撒马尔罕。后到河中地区供职于奥特曼苏丹穆罕默德二世(Muhammad Ⅱ,1432—1481)朝廷。著有《帖木儿浩劫余生记》(*Aja'ib al-Maqdur fi Nawa'ib al-Taymur*,1435)。

⑥ 阿里斯托芬(Aristophanes,约前446—前385),古希腊喜剧之父。

⑦ 齐默达尔(Zenmerdah),姓氏。

⑧ 哈马萨(Hamásah,意为英武)本为阿拉伯诗歌的一种题材,记述在战争荣耀和胜利过程中立下汗马功劳的武士。

词根基本上都是三辅音骨架①，由此28个阿拉伯字母能够组成近两千到两万个语言要素，这足以显示其惊人程度。至于虽然有大量词根显然束之高阁，有的甚至从未用过，然而，如果我们推测可达一万个（四辅音骨架不计），而且每个只要容许五个变体，一个与另一个合在一起构成复合派生词，即使这样，一本完善的阿拉伯语词典也应包括五万个词，其中的每个词都可以根据语法规则具有多种变化。梵语中的复合派生词明显更多，但是在此进一步比较这两种语言并无必要。因为无论我们怎么观察，它们显然完全不同，必定是两个不同种族的各自发明。我也无法记起，在它们之中有某个相同的单词，除了Suruj，其复数Siràj，含义是"灯"或"太阳"。仅在孟加拉的梵文名称中，Suruj的发音是Sùrja。乃至这一相似性也可能纯粹出于偶然。我们可以断言，这些印度人，甚至因陀罗②本人及其天国家族，更不要说任何凡人，其心智也永远无法理解其神圣语言中包含如此的词语海洋。而对阿拉伯人而言，缺少灵性的人不可能完全掌握阿拉伯语。实际上，我以为，如今生活在欧亚大陆的任何人，如果不攻读古代阿拉伯诗集中的上百个对句③，就不可能阅读阿拉伯语文献。我们知悉，《卡摩斯》④的伟大作者，从阿拉伯乡村的一个孩童口中偶然学会了三个词的意思，而他要向声望最高的语法学家求教或从书籍中寻找这些词义，只能耗费时间却徒劳无功。这两种珍贵语言的知识，虽然各自只能无限地逼近，却不可能完全掌握，然而，只要适当地集中精力就可以了解足够的知识，在无限逼近的阶段中获得乐趣并引导我们进步。我推定以下要点以提醒诸位注意，埃塞俄比亚方言的性质似乎表明，阿拉伯人早期就定居在埃塞俄比亚的部分地区⑤。他们后来被逐出该地区，甚至在自己的领土上受到阿比西尼亚人的入侵。而在穆罕默德（Muhammad，约570—632）出生前一个世纪，阿比西尼亚人曾应邀作为帮手来反抗也门的暴君。

对于阿拉伯人书写古代作品的字符，我们知之甚少，除了最初见于《可兰经》的库法字母，现代阿拉伯字母及其衍生的优雅变体皆出于此。毫无疑义，库法字母和希伯来字母或迦勒底字母具有共同来源。但是，至于希姆叶尔字母⑥，或那些以穆罕默德名义提及的字母，我们还是全然无知。遗憾的是，探险家尼布尔⑦被禁止参观也门的一些古代遗

---

① 闪含语词根通常是三辅音骨架（triliteral），通过元音屈折表形态变化或派生单词，如希伯来语"书写"的词根 k-t-b，可构成 Kataba（他写了）、Yaktubu（他正在写）、Uktub（你写!）、LamYaktub（他未写）、La Yaktubu（他不写）等动词，又可构成 Katib（书写者、作家）、Maktub（书信、文章）、Kitab（书、经书）、Maktab（书房、书桌）等派生名词。
② 因陀罗（Indra），印度教的雷电与战斗之神，后被佛教奉为护法神。
③ 对句（couplets），两行对称连贯的诗句。阿拉伯语称为"贝特"（bayt），一个贝特即一个诗联。
④ 卡摩斯（Kámùs）意为词典。盖来自希腊字母之神腓尼基王子卡德摩斯（Kadmos）之名。
⑤ 埃塞俄比亚的最早居民是从阿拉伯半岛南部迁入的含米特人。前975年，孟利尼克（Menelek）一世称王。前8世纪建立努比亚（Nubia）王国。此后先后建立埃塞俄比亚帝国、阿比西尼亚帝国。阿比西尼亚人即埃塞俄比亚人。
⑥ 古代也门王国的南部闪米特语使用的希姆叶尔字母（Himyarick）即木斯奈德字母（Musnad），约前12世纪来自西奈字母。
⑦ 尼布尔（Carsten Niebuhr，1733—1815），德国旅行家。1761年、1767年两次参加丹麦到也门的探险的唯一幸存者。1772刊行德文版《阿拉伯记述》。1773年刊行法文版《阿拉伯记述》。1773—1780年刊行《阿拉伯半岛游记》。

迹,据说这些遗迹上留有铭文。如果这些字母与天城体字母非常相似①,并且如果现在印度流传的一个故事是真的,即有些印度商人在阿拉伯听到有人说梵语感到高兴,那么我们可以更加肯定,海岸两边的两个民族之间很久以前就存在一定交往。但是,没有理由认为他们起源于密切相关的同一语族。正如许多欧洲人转写的"哈姆叶尔"(Hamyar),其第一个音节可能会使词源学家得出也门阿拉伯人来自印度人的伟大始祖,但我们必须看到,"希姆叶尔"(Himyar)是那些阿拉伯人的特定称呼,并有很多理由一起证明,这个词纯粹是阿拉伯语。在印度和阿拉伯边境之间,有一些专有名词是相似的。比如,有一条河叫阿拉比斯(Arabius),也有一个地方叫阿拉巴(Araba),有一个民族叫阿拉贝斯(Aribes)或阿拉比艾斯(Arabies),还有另一个民族叫赛伯伊(Sabai)。这些现象确实都值得注意,并且以后可为我提供一些重要的观察结果,但是与我现在的观点毫不抵牾。

二

一般认为,阿拉伯人的古代宗教信仰是赛比教,但是我完全找不到与赛比教信仰有关的确凿信息。甚至就这个词的意义而言,我也不敢涉及该话题。② 至少可以肯定,也门人很快就陷入了通常如此且命中注定的崇拜太阳和上天的错误。甚至与拿鹤一样古老的约坦③血统的第三代,也采用了埃都闪姆(Abdushams)即"太阳之仆"作为族姓。我们可以保证,其家族特别崇拜发光天体,其他部落对行星和恒星也都顶礼膜拜。但是诗人的宗教信仰,至少看上去拥有纯正的有神论。对此我们确定无疑,因为我们看到的肯定从古代流传下来的阿拉伯诗歌,包含了对善良和正义,对全知全能和无所不在的真主④或神虔敬膜拜的情感。如果在也门大理石上发现的铭文真实可信,那么这个国家的古代居民承传了希伯⑤的宗教,并坚称信仰神的奇迹和未来天国。

我们亦知,在阿拉伯异教徒和印度教徒的宗教之间可以发现极其相似之处。或许这些是真实的,但对太阳和星星崇拜的一致性并不能证明两个民族存在亲缘关系。神力以女性神灵⑥形象出现,还有石头崇拜⑦以及所称乌德的神像,这些都令我们猜测,一些印度

---

① 希姆叶尔字母十分古老,约前12世纪来自西奈字母。印度字母天城体形成于11世纪,其祖先婆罗米字母(前6世纪)>阿拉米字母(前8世纪)>腓尼基字母(前15世纪)。
② 赛比教(Sabian,意为拜星者),来自巴语的Sabaean。详见备查关于赛比教。
③ 拿鹤(Nahor)相传为闪(Shem)的后代,犹太人始祖亚伯拉罕的祖父。约坦(Yortan)为希伯(Eber)之子,法勒(Peleg)的兄弟。
④ 阿拉伯人的"真主"(Allah)称呼来自月神称号Al-ilah(那位神灵)。阿拉伯半岛的月神崇拜源自苏美尔。麦加的首要神灵即Al-ilah,前伊斯兰时期缩略为Allāh(安拉)。
⑤ 希伯(Eber,意为迁徙者)是沙拉之子,法勒、约坦之父。
⑥ 琼斯不知阿拉伯月亮神(下文所举为米奈人的月神乌德)是阳性,太阳神才是阴性。
⑦ 麦加的克尔白自古奉黑陨石为圣物。阿拉伯人崇拜石头、泉水和植物。沙漠里有石头,就可能有泉水(如克尔白附近的Zamzam),有泉水就有植物。有此三者则宜居。

教的信奉早已渗入阿拉伯半岛。虽然我们在阿拉伯历史上没有发现像伟大的塞萨克①这样的征服者或立法者的踪迹,据说他在也门和恒河口还立有石柱,然而我们知道,释迦就是"佛陀"的称号②。但我猜想,佛陀就是沃登③,因为佛陀并非印度本土人。并且因为塞萨克和释迦处于同一时代,我们似乎可以合理地推测他们其实是同一人。在基督之前的一千年,他从埃塞俄比亚往东跋涉,不是作为一个好战者,而是作为一个立法者。我们现在看到的,其礼仪远播尼分之国,也就是中国人称为日本④的那个国家,"尼分"和"日本"这两个词的含义皆为日出之处。"释迦"很可能来自意为"力量"的词,或者从另一个意为"素食"的词而来,因此这个名号不能确定他是英雄或哲人。但是"佛陀"这个称号即"夫人"⑤,可能使我们相信,对其同类而言,他是一个施恩者,而并非毁灭者。假如其宗教,无论以什么方式真的引进阿拉伯部分地区,也不可能在这些国家普及。并且我们有把握断言,在穆罕默德变革以前,阿拉伯贵族和学者都是有神论者,而愚昧的神像崇拜仍在下层社会人群中流行。

除了道德信条,我没有发现阿拉伯人在大迁徙⑥之前有任何哲学思想的痕迹。乃至在其道德体系中,虽然似乎也有一些杰出的部落首领仁慈宽宏,但在穆罕默德一个世纪前,大体上是可悲的堕落。他们反复灌输和实践,所宣扬的杰出德行就是蔑视财富,甚至鄙视死亡。而到"七诗人"⑦时代,他们的慷慨已偏离为疯狂的奢靡,他们的勇气已扭曲为残忍,他们的忍耐已变成无所顾忌的固执。但是,我避开阐述这一时期的阿拉伯习俗,因为那些题为"阿尔姆拉卡"⑧的诗歌已经译成我们的语言,细致地描绘了其美德和恶习、智慧和愚蠢。由此显示,在没有法律控制和信仰约束很少的情况下,一群心胸坦荡而热血沸腾的人们,他们可能不断期望得到什么。

---

① 塞萨克(Sesac),盖指古埃及第二十二王朝法老塞萨克一世(ššnq,前945—前922年在位)。希伯来文《圣经》作שישק(Shishak);希腊文《圣经》译本作Σουσακιμ(Susakim)。

② 释迦(Sácya)并非佛陀的称号,而是其民族名称。详见备查关于释迦。

③ 沃登是日耳曼神话主神,相当于北欧神话的奥丁。琼斯通过乌德(Wudd)猜想佛陀(Buddha)是沃登(Woden)。琼斯是这样联系的:Sesac(古埃及法老?)=Sácya(佛陀称号,实为族名)→Buddha(佛陀)→Wudd(阿拉伯月神)→Woden(日耳曼主神)。

④ 日本早期自称"和"或"倭"(yamato)。"日本"之称始于7世纪,《新唐书》:"咸亨元年(670)……后稍习夏音,恶倭名,更号日本。使者自言,因近日所出以为名。"日本南山大学梁晓红教授赐教,"日本"(Japuen)古读尼本(Nipon),但有人发成尼分(Nifon),把双唇不送气清塞音[b]发成双唇清擦音[ɸ]。琼斯所谓西元前1000年,塞萨克或释迦往东跋涉到日本传教,纯属臆想。

⑤ 琼斯此处的Wife指阿拉伯月神,琼斯误以为阴性。琼斯是这样联系的:月神Wudd(阳性)→误以为Wife(阴性);既然Wudd=Buddha,所以Buddha→Wife(夫人)。

⑥ 西元622年,穆罕默德在麦加受到迫害。应麦地那人的邀请,穆罕默德令信徒分批秘密迁往麦地那,并在此建立伊斯兰教政权。伊斯兰教史把此年称为"伟大的迁徙之年"。

⑦ 流传下来的古老的阿拉伯诗歌,最著名的是8世纪初哈马德·拉维耶(Hammad al-Rawiyah,694—772)搜集的《悬诗》七篇。7位诗人是:乌姆鲁勒('Umrual,497—545)、安塔拉('Antarah,525—615)、祖海尔(Zuhayr,530—627)、塔拉法(Ṭarafah,543—569)、哈里斯(al-Ḥārith,?—580)、阿慕鲁('Amru,?—600)和拉比德(Labīd,560—629)。

⑧ 阿尔姆拉卡(Al-moállakát),悬诗的音译。阿拉伯人把赛诗会评选出来的佳作,用泥金描绘起来悬挂在克尔白圣庙的墙上,故称之为"悬诗"。

三

在阿拉伯半岛,只有很少古代遗迹保存下来,而其中即使保存得最好的,所提供的信息也不很确定。但是我们知道,在半岛的很多地方发现了刻在石头和山上的铭文。对于这些,假如属于某种已知语言并且可以获得准确的摹本,我们就可以用简单而绝对可靠的规则加以译解。

在斯库尔腾保存的阿拉伯古代记录中,其所有作品中最赏心悦目的是两首情调哀伤的短诗,据说是7世纪中期以前写成的。短诗是在靠近亚丁湾的哈德拉毛①宫殿庙宇废墟的断石残碑上发现的,其年代虽不能精确断定却非常古老。人们自然而然地会询问:这些铭文是用什么字符书写的?何人释读的?为什么斯库尔腾的书中未附原文,这些诗句出自何处?那块石碑的遭遇,是否被当时的也门总督阿卜杜拉赫曼(Abdurrahman)送给了巴格达的哈里发?如果这些铭文是真实的,那么就可以证实,当初也门人是"牧人和武士,栖息在水土肥沃、猎物丰富的国土上,靠近充满鱼类的美好海洋,在君主政府的治下,人们穿着绿色绸衣或绣花背心"。这些丝绸是他们自己制作的,或者是从印度输入的。这些诗句的措辞技巧可谓完美无瑕,至少在我看来,该诗句的方言与古莱什②方言难以区分。因此,如果阿拉伯作者热衷于文学作伪,那么我会强烈怀疑它们是晚近的作品。这些诗歌讲述了人的荣耀变化无常以及不信宗教的后果,可以希姆叶尔王子为例。斯库尔腾引用的第一首诗也有此类质疑,他把作者归于所罗门③时代的阿拉伯人。

据说这座庙宇,人们所称的赛莫德④,在出土石碑上仍可看到此铭文。并且在大不里士文法学家⑤的年代,也门还有一个城堡上刻有阿拉巴特(Aladbat)的名字,此人是吟游诗人兼鼓吹战争者。我们得知,他率先组建了一支叫作"阿拉卡米斯"⑥的军队,包括五部分,凭借其深谋远虑,在远征萨那⑦的战斗中打败了希姆叶尔的军队。

至于塞萨克入侵也门所树立的石柱,我们发现在阿拉伯历史中无人提起。或许此事

---

① 哈德拉毛(Hadramùt)位于阿拉伯半岛南部亚丁湾一带,前1000年左右立国。3世纪末,为希姆叶尔国王沙玛尔·尤哈里什所灭。
② 古莱什(Kuraish,Quraysh,意为发财),以麦加地区为统治中心的阿拉伯部落主要从事商贸。先知穆罕默德是古莱什人,书写《可兰经》的是古莱什方言。
③ 所罗门(Solomon,约前970—前930年在位),以色列王国的第三位国王。
④ 赛莫德(Thamùd),阿拉伯部落,居住在也门与阿曼之间的沙丘地区。相传安拉派遣使者撒立哈劝其崇拜真主,他们企图谋害撒立哈,全族为雷击毁灭。
⑤ 盖指阿萨迪·图西(Asadi Tusi, Persian:طوسی اسدی احمد بن علی ابونصر; c., 1000—1073),波斯诗人、语文学家,去世于大不里士。曾主编现存最古老的达里波斯语词典(1050)。
⑥ 阿拉卡米斯(alkhamis),阿拉伯语。其中的 khamis 含义是"五"。
⑦ 萨那(Sanaà,意为要塞)古城位于阿邦山和纳卡穆山之间的山谷里。前10世纪就是赛伯伊王朝的要塞。2世纪逐渐成为当地宗教和贸易中心。4世纪成为也门的政治、经济和宗教中心。6世纪时为希姆叶尔王朝首都。

没有根据,不见得比牛顿①所引希腊人讲述的故事更可靠,这个故事说的是阿拉伯人崇拜乌拉尼亚②。甚至就"巴克斯"③这个名字而言,据阿拉伯人说,在其语言中的含义为"伟大",但是我们无法发现他们在何处获得这个词。其实,与"巴克斯"近似的"贝加"表众多而激昂的人群,就此含义而言,该名词通常称呼的是圣城"麦加"④。

克尔白圣殿⑤即麦加的方形房子,无疑非常古老。它的原初用途以及建筑者名字,在传统的时光蹉跎中早已烟消云散。一位阿拉伯人严肃地告诉我,这是亚伯拉罕修建的,而我告诉他,亚伯拉罕从未到过那里。另外有人更可能归功于以实玛利,或者其后代中的某位修建的。但是修建起来究竟是用作拜神之处,还是用作堡垒或灵堂,抑或作为阿拉伯半岛的远古掌权者与凯达尔之子之间签署条约的纪念建筑,文物研究者对此可以争辩,但是无人能够断定。雷兰德⑥则认为,这是古代部落长老的宅邸,由此才为其后代所崇敬。然而,假如我们聚集在克尔白这样的空间,相当于一座整体的阿拉伯宏伟建筑,并且如果大得足以作为父权制家族的居所,那么似乎不适合凯达利特⑦草原牧人的生活习惯。有一个波斯作家坚称,麦加的真正名称是麦加达(Mahcadah),即月神庙⑧。虽然我们可以对其词源知识一笑了之,但是我们不得不认为,很有可能,克尔白最初就是为宗教意图设计的。在阿拉伯史中引用的这座建筑的三副对句,写法极其质朴,不可能像其他的同类诗句有作伪之嫌。这些诗句被认定为阿萨德(Asad)所作,他是一位托巴即王位继承者⑨。一般认为,阿萨德在基督诞生之前统治了也门128年。人们不用任何诗意形象来纪念君主的高贵庄严,而是用条纹布和亚麻布把圣洁的庙宇装饰起来,并为大门配了金锁和钥匙。然而,这个庙宇的圣洁性由穆罕默德恢复。在其出生之前曾被莫名其妙地亵渎,当时庙宇的墙上按照惯例悬挂各种各样主题的诗歌⑩,常常是关于阿拉伯勇敢行为的

---

① 英国物理学家牛顿(Isaac Newton,1643—1727),据说是犹太人,认真研究过《圣经》、犹太哲学、希腊神话以及古王国(埃及、以色列、希腊、罗马)年表等,留下若干遗稿。
② 乌拉尼亚(Urania)崇拜源于苏美尔,流行于两河流域,阿拉伯人接受了这一影响。详见备查关于乌拉尼亚。
③ 巴克斯(Bacchus),罗马酒神和植物神,来自希腊酒神狄奥尼索斯。希腊神话<巴比伦<阿卡德/苏美尔神话。苏美尔月神伊南娜之子是舍拉(Shara),阿拉伯人在皮特拉供奉的杜舍拉,后与希腊传入的葡萄树结合为酒神,继承了狄奥尼索斯-巴克斯的特性。
④ 麦加(Meccah)在托勒密《地理志》(150)里称为Macoraba,源于赛伯伊语的Makuraba(圣地)。早在西元前的赛伯伊王国时期,麦加已成为宗教中心。琼斯在此将巴克斯(Bacchus)、贝加(Beccah)与麦加(Meccah)随意联系。
⑤ 天房克尔白(Cábah,al-Kábah,意为方形房子)位于麦加城禁寺中央的卡巴圣殿。相传,克尔白是亚当依照天上的原型建筑的。大洪水后,亚伯拉罕和以实玛利重建。亚伯拉罕(Abraham)是希伯来人和阿拉伯人的共同祖先,其子以实玛利是阿拉伯人的祖先。
⑥ 雷兰德(Adriaan Reeland,1676—1718),尼德兰东方学家。先后在乌特勒支、莱顿学习东方语言。1699年任哈德维克大学东方语言教授。1701年任乌特勒支大学东方语言与教会古代史教授。所著《穆斯林宗教》(1705)多次重印,并被译成多种欧洲语言。
⑦ 凯达利特(Kedarites,即Qedarites/Kedar)是阿拉伯部落联盟,琼斯上文提到的凯达尔(Kidar)为部落联盟首领。其名称来自以实玛利的二儿子,即阿拉伯人的南方祖先Qedar(Qahtan)。
⑧ 月神崇源自苏美尔,两河流域万神庙的首要神是月神,日神是其配偶。前8世纪,示巴(Sheba)首都的主建筑即月神庙。麦加月神的称号为Al-ilah(那位神灵,众神之主神),即真主的原型。
⑨ 阿拉伯作家称赛伯伊、希姆叶尔国王及其后继诸王为托巴(Tobba,Tobbar)。
⑩ 古莱什人把克尔白变成圣庙。经过赛诗会评选出来的每篇佳作悬挂在克尔白的墙上。

凯旋,以及称赞叙利亚商人带到沙漠中出售的希腊葡萄酒。

由于缺乏阿拉伯古史主题的资料,我们要准确列出阿德南①时期之后以实玛利后代系统的年表非常困难,"篡夺者"②是从阿德南传下来的第二十一代后裔。并且,虽然我们有埃尔卡马哈(Alkamah)家谱,以及其他高达三十代的希姆叶尔吟游诗人的家谱,即至少可向上追溯900年时间,但是迄今,我们仍然不能依靠这些资料建立按年代顺序排列的完整系统。无论如何,如果下推,我们可以确定相当重要的几点。关于也门的通常传说是,希伯之子约坦的家族首先定居于这片土地。据欧洲公认的计算方法,时间在距今3 600年前。几乎与此同时,印度人在罗摩③的带领下征服了其地区的边远居民,把印度帝国的版图从阿逾陀即阿乌德④的领土扩展到僧伽罗即锡兰⑤地区。根据这一计算,古也门国王努曼(Nuuman)是希伯之后的第九代,与圣约瑟⑥是同时代人。并且,如果那位王子写的诗,真的被阿布·菲达⑦引用过,在口头传统中就能很容易地保留下来。由此证明,阿拉伯语使用韵律写诗可谓源远流长。以下就是那副对句的译文:"当你掌权谦恭行事,你就得到崇高的荣誉;谁是最尊贵的,谁的命令就为人们服从。"我们得知,此对句里的一个典雅动词,成为这个王室诗人的姓氏阿尔姆阿费尔(Almuâáfer),其含义即"谦恭"。如今相信这几行诗是真实的理由是,相当简洁,容易记忆,并且所宣扬的美德众所周知。我们还可以附加一点,这一方言似乎很古老,与希贾兹的成语仅有三个词不同。而怀疑的理由是,阿拉伯人有时把未确定的古代警句和诗歌都归功于显赫人物所作。他们甚至在亚伯⑧去世时,竟然引用了所谓亚当的感伤挽歌,但却是纯正的阿拉伯语和正规音步⑨。这些都是可疑之处,对于这样的主题必然如此。不过,我们并不需要古迹或传统来证实我们的分析,换言之,阿拉伯人,包括希贾兹和也门的阿拉伯人,与印度人出自完全不同的血统,并且他们在各自国家即如今发现他们之处最初定居,几乎同时期发生。

我在结束本节时不得不注意到,丹麦国王的阁僚们在指示丹麦探险家到阿拉伯搜寻史籍,而不必忙于寻找阿拉伯诗歌时,他们必定愚昧无知⑩。唯一有价值的古代阿拉伯历史的遗物就是一批诗歌残篇和对其的评论,阿拉伯所有令人难忘的事件都记录在诗歌之

---

① 阿德南(Adnan)是阿拉伯人的北方祖先,是以实玛利(亚拉伯罕之子)的后代。
② 此似指穆罕默德。阿拉伯先知穆罕默德生于麦加城古莱什部落的哈希姆家族,哈希姆是该部落创立者库赛伊之孙。阿拉伯宗谱学家把古莱什人划入"归化的阿拉伯人",属北方祖先阿德南的后裔。
③ 罗摩(Rama)在《罗摩衍那》中是阿逾陀国王子。
④ 阿逾陀(Ayódhyà),印度古国。阿乌德(Audh)为其音变。都城阿逾陀为印度教朝圣中心之一。
⑤ 僧伽罗(Sinhala,Simhalauipa)意译狮子国。锡兰(Silàn)为其音变,源自古阿拉伯语称其为Sirandib,宋代赵汝适《诸蕃志》音译为细兰,明朝马欢《瀛涯胜览》音译为锡兰。
⑥ 《新约》中的圣约瑟(Joseph),是耶稣的养父。
⑦ 阿布·菲达(Abu al-Fida, 1273—1331),库尔德贵族,阿拉伯历史学家、地理学家。编撰《诸国地志》(*Taqwīm al-buldān*, 1321)、《人类史纲要》(*Mukhtaṣar tā'rīkh al-bashar*, 1329)。
⑧ 亚伯(Abel)是亚当(Adam)和夏娃的次子。
⑨ 阿拉伯诗歌源于占卜者惯用的有韵散文。在民间则来自驼夫的赶骆驼号子,这种号子与骆驼的步伐节奏一致。阿拉伯语的歌手(hādi)和驼夫(sā'iq)是近义词。
⑩ 诗歌只能研究4世纪以来的阿拉伯历史,而阿拉伯古国史研究需要考古发现。详见备查关于阿拉伯半岛的考古发现。

中。阅读《哈马萨》①、胡第尔《诗歌集》(Diwàn)中的诗歌,以及欧拜杜拉有价值的书②,比翻阅一百卷散文能知道更确切的事实,除非这些诗句确实已被历史学家中的权威所引用。

四

据我们所知,希贾兹阿拉伯人的礼仪从所罗门时期已延续至今,他们并不崇尚艺术的教化,并且就科学而论,我们也毫无理由认为他们知道什么③。至于给星星取名只不过是种乐趣,这对于他们漫游于沙漠中放牧或掠夺、观察天气大有用处,几乎不能认为是天文学的重要部分。仅有的技艺,就是他们自诩为擅长(我排除了骑术和军事造诣)的诗歌和修辞。在《可兰经》以前,我们不赞同他们在散文上有什么艺术佳作,诗歌和修辞可能归功于他们拥有的一份创作技巧,有益于他们对诗歌音步的偏爱,而灵动流畅的诗句便于记忆④。他们讲述的故事完全可以证明,阿拉伯人相当能言善辩,并且巧舌如簧、出口成章,无需许久酝酿和刻意准备。我一直未能发现,他们那本叫作《拉瓦西姆》⑤的书究竟是什么内容,但我猜想,可能是他们通行或习惯法规的汇编。他们之中很少有人掌握书写,我们现在看到的古老诗歌,几乎都是最初未有文字记录时的口头作品⑥。并且我倾向于认为,塞缪尔·约翰逊关于未有文字记录的语言是极不完美的语言的说法,未免过于笼统。因为任何一种语言,即使只有口头表述,也可能被一个民族反复打磨得光彩熠熠。就像这些古代阿拉伯人不断完善与其民族相关的谚语箴言,为展示其诗歌才华组织盛大的集会,⑦并且认为教会儿童背诵一致公认的佳作是其义务。

也门人可能拥有更多的手工技艺和较高的科学技术。虽然他们的港口处于埃及和印度之间,或者是与波斯部分地区交通的相当重要的商贸中心,但是我们依然没有确凿证据可以表明他们精通航海技术,乃至制造行业。⑧ 我们从他们那里了解到,生活在沙漠中的阿拉伯人有着自己的乐器,为不同的音阶定名,并且享受着旋律带给他们的巨大愉

---

① 琼斯此处盖指阿布·塔马姆(Abu Tammam,788—845)的《英武诗集》(Kitab al-Hamásah)。
② 胡第尔(Hudhail)、欧拜杜拉(Obaidullah)都是阿拉伯诗人,生平不详。
③ 阿拉伯人崇尚诗歌教化,并且有其科技(部分继承两河流域的文明)。
④ 阿拉伯人酷爱诗歌。详见备查关于阿拉伯人的诗歌。
⑤ 《拉瓦西姆》(Rawásim,意为推测),可能是古代占星术之类的预测书。
⑥ 阿拉伯人有口耳相传和熟记在心的传统。《旧约》中能读到人们如何"听到"上帝的话,而犹太先知通常也以"耶和华说"开始布道。穆罕默德时代,北方阿拉伯人才形成完善的书写体系。据说书写《古兰经》定本时,阿拉伯半岛仅17人会写阿拉伯文。穆罕默德的启示口授,门徒主要靠背诵。其经书"可兰"(Qur'ān)的含义即"诵读"。
⑦ 阿拉伯流传下来的最早诗歌,是纳季德、希贾兹等地部落诗人(4世纪)创作的。一个部落若出现能言善辩的诗人,如同拥有奇珍异宝。在每年十月的赛诗会上,如乌卡兹(sūq'Ukāz)集市,各部落英雄纷纷登场,大声诵读诗作,由民众推选优胜,而最佳作品即"悬诗"。
⑧ 古代也门的赛伯伊人,可谓南海(即阿拉伯海)的腓尼基人,他们了解航线、港口、暗礁、季风,在前1250年间独占南海贸易。赛伯伊王朝(前750—前115)时,他们对沿海水文知识了解得更多,船队利用印度洋季风,把货物远销到东非和印度。

悦。但是他们的鲁特琴和管乐器大概很简单,并且他们的乐曲,我猜想,与他们朗诵哀诗歌的凄楚和情歌的悦耳差不多。① 他们的语言具有单纯性,或许使其避开复合词。培根②的想法可作为他们在艺术上没有突破的证据,培根认为:"需要各种各样的组合,才能表达其中呈现的复杂观念。"但是这种独特性,或许应该完全归结于这种语言的天性,以及说这种话的人们的体验。既然德国人对艺术一窍不通③,却似乎仍以诗歌和演说中的复合词为乐趣,那么人们可以设想,可能的需要如同任何富有特定价值的艺术。

伟哉!总体而言,不管天生自得还是后天习惯的能力,那些阿拉伯人的部分生命力,竟如此卓尔不凡,以至于我们不得不为之震撼。当我们看到他们迸发出来的天赋烈焰,他们张开双臂,就像其阿里姆大坝崩塌④,冲决古代疆域,排山倒海,一泻千里,直至淹没庞大的伊朗帝国。⑤ 对于塔齐部落,即波斯人称之为的"猎犬"⑥,他们"喝着骆驼的奶,吃着蜥蜴的肉,还可能通过征服费利顿王国⑦而自娱自乐"。伊嗣俟⑧军队的将军,把他们看成命运无常和性情多变的最强壮部落。然而菲尔多西⑨,一个对亚洲习俗研究造诣极高、毫无偏见的大师,把费利顿时代的阿拉伯人描绘成:

拒绝对君主的任何法统,
为其自主而欢欣,以其辩才为乐趣,
慷慨行事,且尚武建功。
以致于整个大地,
诗人如斯说:
抛洒敌手鲜血如葡萄酒染红泥膏,
揭举己方长矛似魔杖林直冲云霄。

---

① 关于阿拉伯人的鲁特琴、管乐器以及他们的乐曲,详见备查关于阿拉伯人的音乐。
② 培根(Francis Bacon,1561—1626),文艺复兴时期英国最重要的哲学家、散文家,著有《论人类的知识》《培根随笔》等。
③ 琼斯认为德国人对艺术一窍不通,可德国有许多杰出的音乐家和诗人。不过,据德国《时代周刊》问卷调查的结果,有一半的德国人认为自己对艺术一窍不通。大部分人表示,他们经常在一件艺术作品面前摸不着头脑[《欧洲时报(德国版)》,2015-08-17]。
④ 阿里姆大坝(Sudd al-Arim)指赛伯伊王国马里卜城外的古老水坝,始建于前7世纪中期。6世纪中期,洪水冲毁千年水坝。此大坝的数次溃堤,导致南部阿拉伯人不断外迁。
⑤ 632年春,阿拉伯人出现在美索不达米亚边境。633年,哈立德统率的军队攻占该地。次年,萨珊王朝在河桥战役中击败阿拉伯人。637年,阿拉伯人在卡迪西亚会战中击败波斯,萨珊王朝召集兵力抵抗,但在纳哈万德战役中全军覆没。651年,伊嗣俟三世在呼罗珊东部被刺,萨珊王朝灭亡。
⑥ 塔齐(Tazi)即"阿富汗猎犬",现存最古老的纯种犬之一。平时端坐昂头,眼睛凝视远方。塔齐常把骑马的猎人远抛在后面,自己追踪猎物。原产阿拉伯地区,后沿通商路线传至阿富汗。塔齐部落驯养这种猎犬,故波斯人把这种猎犬称为塔齐。
⑦ 据伊朗传说,费利顿(Feridun)国王年迈之际三分国土:长子图尔(Tur)统辖东方,为突厥之祖先;次子萨姆(Salm)统治西方,为罗马之祖先;小儿子伊拉(Iraj)执掌中央,为雅利安之祖先。在《阿维斯陀经》中,这三人的名字分别为Tuirya、Sairima、Airya。
⑧ 此指波斯萨珊王朝的伊嗣俟三世(Yezdegird Ⅲ,632—651年在位)。
⑨ 菲尔多西(Firdausi,935—1020),代表作是民族史诗《列王纪》。与萨迪(Sádi)、哈菲兹(Háfez)和莫拉维(Moolavee)被誉为"波斯诗坛四柱"。

凭借如此性格,他们能够对付前来侵袭的国家。如果亚历山大大帝入侵他们的领土,毫无疑问,他们将负隅顽抗,并且很可能抵抗成功。[①]

先生们,抱歉,就我感兴趣的这个民族,耽误了诸位这么长的时间,希望我们下次年会,与诸位穿越到亚洲的另一部分漫游,展示与印度人和阿拉伯人明显不同的另一群人。同时,我将关注和负责学刊的出版。在这方面,只要欧洲在学术上的期望值不是过高,我相信他们不会感到失望——这不包括我自己的不完善短文。除此之外,虽然其他事务妨碍我出席去年学会交流的大部分日程,使我成了一个不受约束的例子,但是没有我的参加,学会照样会繁荣兴旺。虽然我的主要对象是印度法律知识,然而如今我在闲暇之时致力于梵语文献。我仅希望能在其他科学领域有所发现,我将虚心地请诸位赐教,希望得到诸位海涵。

备查

1. 关于科尔佐姆海

今考,科尔佐姆海(Sea of Kolzom)应为红海北端的东支海湾(西支是亚喀巴海湾)。《圣经》中就有此名。另有科尔佐姆山和科尔佐姆镇。网络检索:There they load their goods on camelback and go by land to al-Kolzom (Suez). They embark in the Red Sea and sail from al-Kolzom to al-Jarwani. 含义是:"在此他们把货物装上骆驼背,并沿陆路去科尔佐姆(苏伊士)。他们登上了去红海的船,从科尔佐姆启航驶向贾瓦尼。"今按:埃及的东海即科尔佐姆,约今苏伊士。贾瓦尼在阿曼境内。

2. 关于更古老的书写阿拉伯语的字母

琼斯此处提及的阿拉伯字母,即琼斯下文所言的书写《可兰经》的库法字母(28个辅音字母)。该字母来自纳巴泰字母(<阿拉米字母)。此次演讲前,已在阿拉伯半岛发现更古老的书写阿拉伯语的字母。而在1772年,精通阿拉伯语的德国历史学家尼布尔(Carsten Niebuhr,1733—1815)已经宣布,在阿拉伯半岛发现了更为古老的南方阿拉伯语铭文。

进一步的发现和研究在19世纪中期。1837年,德国东方学家、哈雷大学教授勒迪格(Emil Rödiger,1801—1874)发表《关于希姆叶尔文字及其双层字母表的说明》(*Notiz über die himjaritische Schrift nebst doppeltem Alphabet derselben. Wiener Zeitschriftfür für die Kunde des Morgenlandes*,1:332-340)。1841年,勒迪格和其师哈雷大学神学教授格泽纽斯(Wilhelm Gesenius,1786—1842)几乎同时发文,都提出破译希姆叶尔文字的方法。勒迪格破译的铭文更多,表明希姆叶尔语采用的是29个辅音字母(可能是西奈字母的早期分支)。1869—1870年,法国东方学家哈尔埃维(Joseph Halévy,1827—1917)在也门纳

[①] 亚历山大大帝(Alexander,前356—前323)统一希腊全境,横扫中东,占领埃及,荡平波斯,远征印度河,但是未能进入阿拉伯半岛。前24年,罗马帝国皇帝凯撒·奥古斯都(Julius Caesar Augustus,前63—14)曾从埃及派遣万人远征军,由迦拉斯(Gallas)大将统率,在纳巴泰人(Nabateans)的协助下,进攻希姆叶尔却大败而归。欧洲强国深入阿拉伯腹地的重要进攻此为第一次,也是最后一次。

季兰等37个地点搜集到685件铭文,由其导游哈布舒什(Hayyim Habshush)用萨纳尼(Sanani)阿拉伯语写成《也门游记:记约瑟夫·哈尔埃维1870年的纳季兰旅程》(*Travels in Yemen:An Account of Joseph Halévy's Journey to Najran in the Year* 1870. Paris,1872)。1882年和1894年,奥地利考古学家格拉泽(Eduard Glaser,1855—1908)四次到也门科学考察,获得两千多件铭文(其年代可追溯到前7世纪),著有《阿拉伯和非洲的阿比西尼亚人》(*Die Abessinier in Arabien und Afrika*. Munich,1895)。

3. 关于阿拉伯

阿拉伯人(Arabs)自认为是亚拉伯罕之子以实玛利(Ishmael)之后。闪米特语的"阿拉伯"('Arab)一词,出现于前9世纪,含义为"沙漠""沙漠人"。见于《以赛亚书》《耶利米书》的希伯来语的Ereb(与'Arab同源),含义相同。作为专名,'Arab始见于《耶利米书》(25:24)。耶利米先知(前626—前586)所言"阿拉比亚(Arabia)诸王",概指北部阿拉伯人的和叙利亚沙漠中的"长老"(Shaykh)。前3世纪,'Arab被用作称呼阿拉伯半岛居民。旧约《历代志下》(21:16)中"靠近埃塞俄比亚人的阿拉比亚",指的是也门的赛伯伊人。古代阿拉比亚有四个著名王国——麦因、赛伯伊、哈德拉毛和卡特班,前三个王国见于《圣经·旧约》。

4. 关于尼德兰东方学研究的"斯库尔腾"三代承传

18世纪的尼德兰东方学得到重大发展。其中最突出的是"斯库尔腾"三代承传。第一代,艾维克·斯库尔腾(Avec Albert Schultens,1686—1750),通晓闪米特语言,曾任莱顿大学图书馆馆长、阿拉伯语欧洲首席教授。斯库尔腾坚称,《圣经》中的希伯来语并非上帝教给人类的神圣语言,该语言必须与阿拉伯语、叙利亚语和迦勒底语等通盘考虑。第二代,其子雅各布·斯库尔腾(Jan Jacob Schultens,1716—1788),1742年获莱顿神学博士学位,任赫尔博恩大学东方学教授,后继任其父的莱顿大学阿拉伯语教席。第三代,其孙亨德里克·斯库尔腾(Hendrik Albert Schultens,1749—1793),在莱顿大学学习东方学,任阿姆斯特丹大学和莱顿大学东方学教授。琼斯提及的斯库尔滕的"杰出孙子",即亨德里克。1772年,亨德里克在牛津和剑桥大学学习期间,他们之间有交往。1782年夏,琼斯到大陆旅行,前往莱顿拜访亨德里克及莱顿大学的语文学家。

5. 关于赛比教

赛比教(Sabian,意为拜星者)一词,来自阿拉伯半岛赛巴语的Sabaean(赛巴人,即赛伯伊)。阿拉伯半岛崇拜月神:赛伯伊人称伊隆古姆(Ilumqum<月亮qumar),哈德拉毛人称为辛(Sin),米奈人称瓦德(Wadd),卡特班人称阿托姆(Atom)。两河流域万神庙的首席月神(阳性),其配偶日神闪姆斯(Shams<阿卡德语Shamash)是阴性,其子是金星阿斯泰尔(Athtar<阿卡德语Asrtar)。月神崇拜源自苏美尔,其名称有南娜(Nanna)、尼南娜(Ninanna)、伊南娜(Inanna)、苏恩(Suen)。亚述语、巴比伦语、阿卡德语的Sin<苏美尔语的Suen,阿拉伯语的西奈(Sina,即月神)来自Sin。在阿拉伯语中,月神的称号又为Al-ilah(那位神灵,众神之主神),麦加的首要神灵即此。前伊斯兰时期缩略为Allāh(安拉),"真主"一词即源于此。琼斯时代缺少两河流域月神崇拜的知识,由此导致下文

误说。

6. 关于释迦

释迦(Sácya)并非佛陀(Buddha)的称号,而是其民族称呼。迦毗罗卫国王子悉达多(Siddhārtha,前565—前486)在菩提树下大彻大悟,被称为 Buddha(觉者),尊称为释迦牟尼(Śākyamuni,意为释迦族之圣者)。玄奘《大唐西域记》将 Śākya 译为"释种"。法国学者郭鲁柏(Victor Goloubew, 1878—1945)《西域考古记举要》作释迦(Çaka)。释迦牟尼之称,犍陀罗文作Śakamuni,大夏文作Sakamano。释迦(Śāk),东汉支谶译为"释",牟融译为"塞"。Sácya、Śākya 当即 Saka(萨卡、塞种),悉达多为斯基泰后裔。

7. 关于乌拉尼亚

乌拉尼亚(Urania)崇拜源于苏美尔,流行于两河流域,阿拉伯人接受了这一影响。乌拉尼亚后来成为希腊神话的九缪斯之一,在罗马神话中成为爱神阿芙洛狄忒(Aphrodite)的别名。希罗多德的《历史》记载,亚述称阿芙洛狄忒为米利塔(Mylitta<巴比伦的爱情、生育及战争女神<阿卡德/苏美尔的 Ishtar),波斯人称密特拉(Mitra),阿拉伯人称阿利拉特(Alilat<Al-lāt<al-Ilāhah,即安拉),斯基泰称阿金帕萨(Argimpasa<苏美尔 Asimbabbar)。包撒尼雅斯《希腊道里志》记载,亚述是最早崇拜乌拉尼亚的民族,传入塞浦路斯的帕福斯、叙利亚的腓尼基,然后传入希腊南部的塞西拉岛。琼斯所言"希腊人讲述的故事",盖指希罗多德、包撒尼雅斯的记载。

8. 关于阿拉伯半岛的考古发现

阿拉伯的诗歌只能研究4世纪以来的阿拉伯历史(保存至今最早的几首古诗,约492年创作),而阿拉伯古国史研究需要考古发现(尤其是铭文)。1761年和1767年,尼布尔两次参加丹麦组织的也门探险。在琼斯演讲(1787)前,1772年已宣布发现南方阿拉伯语铭文。19世纪的考古发现,终于揭开了阿拉伯古国的神秘面纱。主要有麦因王国(Me'īn,前1200—前650)、赛伯伊王国(Sabaean,前750—前115)、希姆叶尔王国(前115—525)等。由此可见,丹麦国王的阁僚们指示丹麦探险家不必忙于寻找阿拉伯诗歌,而是要搜寻考古遗迹和史籍等自有道理。

9. 关于阿拉伯人的诗歌

世界上大概很少有像阿拉伯民族这样赞扬诗歌,并为之感动的热烈场面。他们以诗歌去衡量人的聪明才智。诗人不但是本部落的先知和代言,而且是史学家和科学家。阿拉伯人崇尚诗神,称诗人为"沙仪尔"(shā'ir,意为通灵者),因为诗人的知识是神魔昭示的。诗人与无形的势力结盟,凭其诅咒就能使敌人遭殃。战争时,诗人的舌头和战士的勇气具有同样的功效;和平时,他的舌头能唤醒整个部族行动起来。穆罕默德曾说"修辞中有神奇,诗歌中有智慧",其妻也是诵诗能手。

10. 关于阿拉伯人的音乐

早在前伊斯兰时期,阿拉伯半岛就流传弦鸣(米兹哈尔、吉朗、柏尔布德)、气鸣(米兹玛尔、库夏巴)、膜鸣(弹拨尔、达卜)以及体鸣(匈鸠、吉拉吉)乐器,其中一些是从波斯和叙利亚传入的。阿拉伯音阶以其特有的四分之三音的乐制,区别于其他民族的音阶。欧洲的鲁特琴(lute)来自阿拉伯的乌德琴(al'ud,原意"木头";土耳其语 ud 或 ut,希腊语 ούτι,英语 oud)。这种古老的拨弦乐器,最早记载见于苏美尔泥版文献(前 4000)、埃及石雕文献(前 1400)。约 9—10 世纪,经伊斯兰教徒传入欧洲后演变为鲁特琴。阿拉伯最重要的吹孔气鸣乐器是用竹管或芦苇秆制成的纳伊(Ney),已有 4 500~5 000 年历史。

早在西元前,阿拉伯半岛上的古国王宫里就有音乐艺人。早期音乐多半是祭祀音乐、部落俗调及歌谣。古朴单调的商旅歌谣称为"胡达",源于沙漠中的商队,骆人随着骆驼行走的节拍发出吆喝和吟唱。手持乐器的阿拉伯游吟诗人,传播了诗歌、音乐与乐器。阿拉伯集市吸引了更多音乐人,包括称为"卡伊纳"的职业歌女。伊斯兰教形成初期,与伊斯兰教有关的音乐,只有《古兰经》的吟唱以及呼报祈祷时刻的招祷调,继承了古代诗歌的朗诵风格,注意词音的轻重缓急、腔调的抑扬顿挫,还可能受到早期世俗歌谣的影响。琼斯此处的猜想,可能与伊斯兰教的吟诵有关。

第五年纪念日演讲:关于鞑靼人

(1788 年 2 月 21 日)

先生们,在上次演讲结束之际,我曾向诸位预告这次介绍有关亚洲某一族群的构想,他们在诸方面显得与印度人和阿拉伯人截然不同,而后两个民族已经证明彼此不同。我的意思是,这次要报告的族群就是我们称为的鞑靼①。然而,进入当前主题我极其缺乏自信,因为我对鞑靼语言一窍不通。欧洲作者运用亚洲文献的疏漏讹误,一直使我确信,我们对其语言若不充分精通,也就不可能对这些民族作出令人满意的描述。虽然如此,通过细心阅读和谨慎探索,我现将已经获得的证据给诸位奉上。因为我不得不使用这些证据来支持我的评论,现全盘托出敬祈诸位指正。

与以往描述阿拉伯和印度采用的方式一致,出于本次演讲旨趣,我也是在最广泛的范围上考虑鞑靼。请诸位注意,我所追溯的可认定的鞑靼最大边界——可以把从鄂毕河②口到第聂伯河③之间的距离设想为一条线,向东穿过黑海再折回头,以便包括克里米亚半岛;沿着高加索山麓延伸,通过库拉河和阿拉斯河④到达里海;再从里海的对岸沿着质浑河⑤流域和高加索山脉,直到意貌山⑥;由此继续顺势越过中国长城一带,直到白山和

---

① 鞑靼(Tatar),详见备查关于鞑靼。琼斯所指鞑靼或"大鞑靼",除了突厥和蒙古等,还包括斯基泰、斯拉夫等北方族群。琼斯不了解原始斯基泰为印欧人的祖先,由此导致误说丛生。
② 鄂毕河(Oby)源出阿尔泰山西南坡,上源为中国境内额尔齐斯河,在西西伯利亚南部形成鄂毕河,注入北冰洋喀拉海。
③ 第聂伯河(Dnieper)源出俄罗斯瓦尔代丘陵南麓。向南流经白俄罗斯、乌克兰,注入黑海。
④ 库拉河(Cur,Kura)源于克瑟伦达格山西北坡,经土耳其、格鲁吉亚和阿塞拜疆等注入里海。其最大支流阿拉斯河源于宾格尔山,经穆甘草原汇入库拉河。
⑤ 质浑河(Jaihun)即阿姆河。在古代,大部分河水流入花剌子模一带的沼泽,余下注入里海。17 世纪后,质浑河不再流向里海,全部注入咸海。详见备查关于质浑河或阿姆河。
⑥ 意貌山(Imaus)为托勒密命名,马其顿人称高加索山脉为意貌山,此处指帕米尔高原。德国学者克吕乌尔(Philipp Clüver,1580—1622)在《全球地理引介·斯基泰和亚洲鞑靼》(1624—1629)中标注的"斯基泰境内意貌山"(Scythia Intra Imaum),即帕米尔高原。

虾夷①的地区。这一"大鞑靼"地区,不但与波斯、印度、中国、高丽接壤,而且还包括俄罗斯的一部分,以及位于冰川海②和日本海之间的地区。德经先生关于匈人的巨著③充满了真才实学,无论以何种夸张之辞,呈现给我们的都是这片广阔地域的壮丽景色。如果把它描述为宏伟的建筑群,那么其栋梁和立柱就是若干崇山峻岭,其圆顶则是一座巨大的高山,就我所知,中国人赋予其"天堂之山"④的称号,周边流淌着数量众多的宽阔江河。如果这座山如此令人崇敬,那么围绕它的土地则相称地四处延伸,然而更异彩缤纷。某些部分被冰壳覆盖,其他部分被炎热的空气烤干,并覆盖着同类的火山熔岩。在这里,我们会面临无边无际的沙漠,以及无法穿越的森林。这里还有花园、丛林和草甸,充满着麝香的芬芳。无数溪流滋润着这片土地,处处盛产水果花卉。从东至西,有许多相当广阔的地区,与盘旋其上的山丘相比,显得处于山谷之中。实际上,这些地方则是世界,或至少是亚洲最高山脉的平坦顶峰。这片广袤的区域有近四分之一的地区,与希腊、意大利和普罗旺斯的气候一样迷人,另外四分之一的地区,与英国、德国和法国北部的气候一样。但是就地球气温的现状而言,极北土地的美丽则很少值得推荐。这片区域的南部,在伊朗边境是粟特⑤谷地,那里有撒马尔罕和布哈拉⑥这样的名城。在靠近吐蕃的那边,则是喀什嘎尔、和阗、吉格尔⑦和契丹⑧,这些地区都以盛产香料和居民俊美而闻名。止那的那片疆土在古代是强大的秦国,"秦"的名称和"契丹"的名称一样,在现代被用于称呼整个中华帝国,而在中国如此称呼会被认为出言不逊。⑨ 我们切不可遗漏唐古特这片美丽的土地,此地区以赛里斯之名为希腊人所知,并被视为这个可居住星球的最遥远东极。

---

① 据上文,此白山(White Mountain)盖指长白山。虾夷(Yetso, Yezo)为北海道古称。原住民5世纪被称为"毛人",7世纪被称为"虾夷"。约从14世纪中叶,改称阿伊努(Ayinurn,阿伊努语的"人")。
② 冰川海(Glacial sea)指北冰洋南部一带。1650年,德国地理学家瓦伦纽斯(Bernhardus Varenius, 1622—1650)把此海域划成大北洋。1845年伦敦地理学会命名为Arctic Ocean(正对大熊星座的海洋),汉译北冰洋。
③ 德经著有《匈奴和突厥的历史溯源》(1748)、《匈奴、土耳其、蒙古和其他鞑靼诸国通史》(1756)。
④ 天堂之山(Celestial)指天山。详见备查关于天山。
⑤ 粟特(Soghd,古波斯语 Suguda,意为圣地),故地在锡尔河与阿姆河之间的泽拉夫尚河(Zarafshon)流域。中心都市为撒马尔罕。汉文古籍记为修利、窣利、粟弋、肃特等,疏勒即粟特的音译。粟特人擅长经商,粟特语文曾是西域、中亚一带的通用语文。
⑥ 撒马尔罕(Samarkand)和布哈拉(Bokhárà, Bukhara),都是粟特人建于前7—前6世纪的古城。撒马尔罕是东西方古商道上的最重要枢纽,布哈拉曾为萨曼王朝的首都。
⑦ 吉格尔(Chegil),以其居民俊美而闻名的鞑靼地方。详见备查关于吉格尔。
⑧ 契丹(Khatá, Cathay, Khitan),最早记载见于北魏铭文《慰喻契丹使韩贞等造窟题记》(辽宁义县医巫闾山北魏石窟东区第5窟)。《魏书·契丹传》曰:"契丹国在库莫奚东,异种同类,俱窜于松漠之间。"契丹大辽和西辽(喀喇契丹)先后统治中国以北和新疆部分地区,以及中亚。详见备查关于西方人在历史上对"中国"的称呼。
⑨ 琼斯在《第七年纪念日演讲:关于中国人》中提到,中国人从不用"秦"指自己及其国家,他们自称为"汉"。对于秦王暴政,中国百姓深恶痛绝。他们认为自己出自温和而善良的朝代"汉"。

一

"斯基泰"①可谓一般的统称,此为古代欧洲人给予他们尽可能知道的那个地区的称呼。然而,无论该词如何派生而来,正如老普林尼②似乎暗示的,Scythia 源于 Sacai(萨凯),希腊人和波斯人以与之类似的名词称呼这些所知人群。或者正如布莱恩特所设想的,该词来自 Cuthia(古提亚)③,或者就像瓦兰西④上校坚信的那样,"斯基泰"源于表示航海的词,或者还可能是有人假定的,来自隐含"愤怒"和"凶猛"之义的希腊词根。至少可以确定,就如"印度、中国、波斯、日本"这些名称,都不是以居住在那些国土上人们的语言赋予的一样,"斯基泰"和"鞑靼"也并非我们现在所考虑的那一地区居民表明自己的称呼。其实,鞑靼斯坦是波斯人用于指称西南部斯基泰的地名,据说在那里麝香鹿很常见。一些人认为,鞑靼是某一部落之名。还有人认为,仅为一条小河的名称。而图兰⑤则与伊朗完全不同,似乎指的是阿姆河东北部古代阿夫拉西阿卜⑥的这片领土。当我们的概念脱离名称也很清晰时,再也没有什么比名称的争辩更显得无聊,毕竟名称无足轻重。何况,我已经提出检验该族群的正确概念,用"鞑靼"这个通名来称呼,我不应有所顾忌。虽然我意识到正在使用的这个术语,无论在读法和用法上都不适当。

总而言之,根据老普林尼的观点,鞑靼包含"难以胜数的不同民族"。在欧洲和亚洲的部分地区,他们泛滥于不同时期,由此展示各种眼花缭乱的画面,被比作"北方蜂群的巨大巢穴,孕育势不可挡千军万马的温床",并且还有一个更震撼的隐喻"人类种族的制造工场"⑦。然而,作为令人惊叹的天才和活跃的著作家,巴伊似乎最早认为,鞑靼是我们

---

① 斯基泰(Scythia)是古史记载中最早的游牧民族之一。远古在黑海–里海一带的草原上游牧,此后扩展到欧洲、中亚、南亚和东亚,成为印欧人的祖先。据记载,斯基泰自称斯古罗陀(Skolotoi)。古亚述称之为阿息库兹(Ashkuz),古波斯和古印度称之为萨卡(Saka)。详见《第三年纪念日演讲》的备查关于斯基泰。

② 老普林尼(Gaius Plinius Secundus, 23—79),古罗马时期的百科全书式作家,以《博物志》著称。其中,第三至六卷讲自然地理、历史地理和民族志。

③ 古希腊称斯基泰为斯古泰(Skutai)、西古提(Skuthoi)或萨凯(Sacae)。此 Cuthia(古提亚)与 Skutai、Skuthoi 词形对应。

④ 瓦兰西(Charles Vallancey, 1731—1812),驻爱尔兰的英国测量员。从事爱尔兰古物和语言研究。

⑤ 图兰(Túràn,与 Turk "突厥"同源),中亚地区的古称,来自波斯人对中亚游牧民的泛指"图尔亚"(Tuirya)。相传,俾什达迪国王费利顿的长子图尔(Tŭr)曾统治这片土地。

⑥ 阿夫拉西阿卜(Afrasiab)古城,遗址在今撒马尔罕北郊。唐高宗永徽年间(650—655)以其地为康居都督府,授其王拂呼缦(Varxuman)为都督。今建遗址博物馆所藏大食壁画,北壁绘有骑马的唐皇和侍女拥围的皇后,西壁绘有各国使者朝拜康居国王拂呼缦。居中的大唐使者手持蚕茧丝绸,西域各国和东北亚各国使者分列左右。

⑦ 此处,琼斯把斯基泰(印欧人)混同于鞑靼。对17世纪西欧学者来说,斯基泰指的是生活在北方庞蒂克草原–里海地区的远古族群。6世纪中叶,拜占庭历史学家约尔丹尼斯(Jordanes)在《哥特人的起源和事迹》中提出北方为"民族子宫和国家摇篮",从这里衍生出欧洲族群。16世纪,佛罗伦萨公爵坎帕纳(Francesco Campana, 1491—1546)的《厄勃隆尼斯记事》,记录了哥特人、匈人从北部草原迁到意大利和西欧的历史,为"北方"(斯基泰)是"种族蜂巢和民族子宫"提供了更多证据。

人种的摇篮,并且支持如下主张,整个古代世界是从斯基泰最北部,尤其是从叶尼塞河①沿岸,或者从极北地区,通过传播科学给各地带来文明。关于古希腊、意大利、波斯和印度的所有传说,巴伊都认为源于北方。② 必须承认,他以其敏锐和学识维护了这个似是而非的观点。伟大的学识和极端的敏锐,伴随迷人风格的魅力,对一个试图让人接受的体系确实是必需的。该体系设置了一个人间天堂,就像赫斯珀洛斯③的花园、马卡利亚斯的岛屿④,即使不是伊甸园,也是因陀罗的天堂。至于波斯,即波斯诗人们描绘的仙境,拥有钻石之城,以及得名快乐和喜爱的沙德坎⑤之国。人类常识中所认为的娱乐技艺,不是出现在任何气候中,而是出现在鄂毕河口。在冰冷的海中,在一个只能与之相称的地区。但丁的疯狂想象力,使他想将最恶劣的罪犯置于死后的惩罚状态,但是他无法做到。他说,想到这些就不寒而栗。⑥ 在普鲁塔克⑦的一本小书中,有一段关于天体月亮的神奇描绘,自然地诱导巴伊把奥杰吉厄岛⑧置于北方。他断言北方岛屿,像其他人的荒唐推定一样,就是柏拉图所言的亚特兰蒂斯⑨。然而,茫然不知所措,到底是冰岛还是格陵兰岛,抑或斯匹次卑尔根岛⑩还是新地岛⑪。在具有吸引力的如此众多对象中,要选出一个确实很难。而我们的哲人,虽然与伊达山的牧羊人⑫把金苹果裁定给哪位美人感到困惑一样,但是总体上似乎认为新地岛最配得上"金苹果"。因为无可争辩,它是一个岛屿,并且对面是大陆濒临海洋的一条峡谷,有许多河流于此汇入海洋。巴伊先生看上去似乎同样烦恼,要在五个真真假假的地方,确定何为希腊人所谓的亚特兰蒂斯。在这两种情况下,其结论必定使我们想起伊顿市镇上玩杂耍的人。他指着其箱子,里面是世界上所有戴着王冠的头像。学校的男生问到,透过玻璃能看出哪个是帝王,哪个是罗马教皇,哪个是苏丹

---

① 叶尼塞河(Jenisea, Yenisei)是流入北冰洋的三大西伯利亚河流之一。位于亚洲北部,是西西伯利亚平原与中西伯利亚高原的分界。其上游原属中国,古称谦河。
② 巴伊曾提出,埃及、巴比伦、中国和印度的古代文化是远古知识体系的后裔。前4600年大洪水之后,远古文明仍然保存在北欧或北方,后来流传到埃及等地区。
③ 赫斯珀洛斯(Hesperus),希腊神话中掌管黄昏时升起金星的神。
④ 马卡利亚(Macares, Macaria),爱琴海罗德岛的古名。详见备查关于马卡利亚。
⑤ 沙德坎(Shádcàm),一个令人快乐和喜悦的地方,墙上点缀着珍珠,街上铺满了琥珀;在这个迷人的地方,黄金和宝石琳琅满目,快乐的仙女尽情品尝天赐之食,畅饮美味的甘露。(*The American Journal of Science and Arts*, Vol. 27. 1835, New Haven)
⑥ 但丁(Dante)《神曲·地狱篇》:"在我战战兢兢地度过的那夜,恐惧则一直搅得我心烦意乱。犹如一个人呼呼气喘逃离大海,游到岸边,回头凝视那巨浪冲天,我也正是这样惊魂未定。"
⑦ 普鲁塔克(Mestrius Plutarch,约46—120),罗马帝国时代的希腊作家、哲学家和历史学家,以《传记集》闻名后世。
⑧ 奥杰吉厄岛(Ogygia),希腊神话中女海神科莉布索(Calypso)居住的海岛。普鲁塔克提到,科莉布索岛即奥杰吉厄岛,航行到英格兰西部约要五天时间。
⑨ 亚特兰蒂斯(Atlantics, Atlantis),又称大西洲,传说中拥有高度文明的古老濒海陆地、国家或城邦。古希腊柏拉图《对话录》中有描述,据称西元前一万年被史前大洪水毁灭。
⑩ 斯匹次卑尔根岛(Spitzberg, Spitsbergen),靠近北极,是斯瓦尔巴群岛中的最大岛屿。1596年,尼德兰探险家巴伦支(Willem Barents,1550—1597)发现该岛。
⑪ 新地岛(Novaya Zemlya, Nova Zembla),位于北冰洋巴伦支海与喀拉海之间,该岛西南海岸曾发现中石器时代遗迹。1553年,英国探险家威洛比(Hugh Willoughby,1495—1554)到达此地。
⑫ 伊达山(Ida)的牧羊人,指特洛伊王子帕里斯(Paris)。详见备查关于帕里斯裁定金苹果。

和哪个是莫卧儿大帝。他热切地回答:"请你们请猜,年轻的先生们,你们随意猜。"然而,巴伊在给伏尔泰的信中,向其友人展示了其新体系。他的朋友并没有被说服,但是绝无嘲笑之意。巴伊的总体观点是,技艺和科学都来源于鞑靼,这些构想比我本次讨论提出的看法,需要更长时间的审查。即使如此,请诸位允许我就以下依次呈示的几个关键词,简短地讨论这一问题。

虽然我们可以自然而然地假定,鞑靼人有无数的群体,他们中的一些建造了繁华的都市,有些则用流动的帐篷在草原上露宿。他们从一个牧场向另一牧场移动,在其方言特征上必定有所不同,然而他们中的一些人,尚未移居到另一国家并与另一民族混合。我们可以辨别其家族成员的面貌相似性,尤其是在其眼睛和面容及其外形特征方面,也就是我们通常称之为的"鞑靼脸"。然而,无须着急调查,这一广大地区的所有居民,从以前描绘的相似特征中,还有从帖木儿及其后代的画像原作中,我们可以得出自己的已有印象。一般来说,鞑靼人在肤色和容貌上与印度人和阿拉伯人完全不同;观察结果表明,在某种程度上倾向于证实现代鞑靼人对他们来自共同祖先的描述。不幸的是,他们的血统不能为可信的宗谱或历史文献所证实。因为他们现存的所有作品,即使以莫卧儿方言写成的,也远在穆罕默德时代之后。从而不可能把他们的真正传统与阿拉伯人的传统分开,他们在总体上全盘接受了阿拉伯人的宗教观点。在 14 世纪初期,一位加兹温[①]的当地人,名叫赫瓦贾·拉施特[②],姓氏为法德鲁拉,他编辑了一部关于鞑靼和蒙古的史书。其参考资料来自某位孛罗[③],他被旭烈兀的曾孙[④]派到鞑靼斯坦,其唯一的目的就是搜集历史资料。而这项使命表明,这位鞑靼王子对于其本族来源确实所知甚少。依据拉施特的著作以及其他资料,花剌子模国王阿布尔加奇[⑤]用莫卧儿语整理其宗谱史。某个瑞典官员成为战俘被流放到西伯利亚[⑥],从布哈拉的商人手中购得这本书,该书已被译成几种欧洲语言。书中包含了极其珍贵的内容,然而就像所有伊斯兰信徒所记载的历史那样,彰显的是代表本部族或本国家的君主个人。后来,如果不是德·托特男爵[⑦]不知从何处

---

① 加兹温(Kazvin),伊朗西北部城市,始建于 4 世纪。拉施特出生于距离加兹温不远的哈马丹。

② 赫瓦贾·拉施特(Khwájah Rashíd, Rashīd al-Dīn Faḍlullāh Hamadānī, 1247—1318),犹太人,30 岁时皈依伊斯兰教。伊儿汗国的政治家、史学家,奉命编撰《史集》(*Jami'al-Tarikh*)。

③ 某位孛罗(Púlád)应为元朝丞相孛罗(Bolod,约 1246—1313),出自尼伦蒙古朵儿边部。至元二十年(1283)出使伊儿汗国,留任宫廷文化顾问。拉施特主编《史集》,蒙古史部分多据其口述。

④ 旭烈兀(Holacu, Hülegü, 1217—1265),伊儿汗国的建立者。其曾孙或下文的鞑靼王子是第七代汗王合赞(1271—1304)。合赞是第四任汗王阿鲁浑的长子,幼时在其祖父第二任汗王阿八哈(旭烈兀的长子)身边成长。合赞知识渊博,通晓多种语言,在医学及天文学方面亦有造诣。

⑤ 阿布尔加奇(Abúlghází, 1603—1663),花剌子模国(Khwárezm)大汗,曾在波斯接受教育十年。著有《土库曼宗谱》《土耳其宗谱》《花拉子模大汗》。

⑥ 盖指德裔瑞典学者和军官斯塔伦贝格。1709 年,在波尔塔瓦战役中被俄军俘虏,流放到西伯利亚的托博尔斯克,在此十年(1711—1721)期间,对西伯利亚的地理环境及土著部落的人种、语言和习俗展开调研。1730 年刊行《欧洲和亚洲的北部和东部》,首次采用"鞑靼语系"。这部书很快被译成法语、西班牙语、英语出版。

⑦ 德·托特男爵(Baron De Tott, 1733—1793),匈牙利贵族和法国军官。1755 年任法国驻奥斯曼君士坦丁堡大使秘书,1767 年任驻克里米亚领事。著有《关于土耳其人和鞑靼人的回忆录》(*Mémoires sur les Turcs et les Tartares*, 1785)。

得到一本鞑靼史书,这份原稿他没花大价钱,那么我们很可能已经发现,拉施特和阿布尔加奇的记述从《古兰经》记载的大洪水开始,并将突厥人、止那人、鞑靼人和蒙古人列为雅弗的子孙。在我查阅过的所有书籍中,鞑靼的真实传统历史似乎是从乌古斯①开始的,就像印度的历史从罗摩开始一样。他们把其神奇的英雄和开创者排在成吉思汗之前的四千年。成吉思汗出生于1164年②,在其统治下开启了蒙古的历史阶段。相当令人惊奇,经常求助于词源证据的巴伊先生,既未从"乌古斯"(Oghúz)推及"俄古盖斯"(Ogyges),也未据"阿尔泰山"(Altai)即鞑靼的金山推及"阿特拉斯山"(Atlas)③,而这两个词可以不考虑希腊语的词尾,仅仅调换字母,对词源学家来说并非难事。

先生们,我在本次演讲中的评论,将限定于成吉思汗之前的时期。虽然德经先生博学勤奋,以及刘应④神父、冯秉正⑤神父和宋君荣⑥神父充分利用汉语文献,展示了鞑靼人早期以来的可信记述,但是中国古代史学家不仅把他们视为异族,而且通常心怀敌意。无论出于不知或恶意,这两个理由都可以用来怀疑扭曲了他们的交往。如果他们说出真相,那么鞑靼人的古代史就像大多数其他民族的历史那样,呈现给我们的就是一连串的暗杀、阴谋、叛逆和屠杀以及利己野心的必然结果。即使有此机会,我也不倾向于给诸位勾勒如此惨状。根据前面的考察,可以推定匈奴或匈人⑦第一任大王统治的起始,据刘应神父所说,大约在3 600年前,就在我先前演讲中,所确定的印度人和阿拉伯人在他们几个国家建立第一批正规机构的时间之后不久。

我们的第一步,就是看到鞑靼人的语言和文字呈现给我们的是可悲的空白,或者像其沙漠中贫瘠而沉闷的景象。总之,鞑靼人没有古代文献(所有权威学者关于这点看法

---

① 乌古斯(Oghúz,意为箭与公牛)是西突厥的最大部落联盟,居住在锡尔河-阿姆河流域和突厥斯坦周边地区,其名源自先祖乌古斯汗。拉施特《史集》记载,乌古斯汗信仰伊斯兰教,联合其堂兄弟(回鹘等)推翻其父喀拉汗的政权。乌古斯汗以24个孙子的名字命名部落,史称乌古斯24部。
② 琼斯根据当时的说法。据现在说法,成吉思汗出生于1162年。
③ 俄古盖斯(Ogyges)是希腊神话中的玻俄提亚国王。阿特拉斯(Atlas)是希腊神话双肩支撑苍天的擎天神。琼斯的意思是,通过不考虑词尾和调换字母位置,词源学家可以认为突厥语的Oghúz即希腊语的Ogyges,突厥语的Altai即希腊语的Atlas。
④ 刘应(Claude de Visdelou,1656—1737),法国耶稣会来华传教士,对中国历史和文化有精深研究。著有《大鞑靼史》(1780)。
⑤ 冯秉正(Moyriac de Mailla,1669—1748),法国耶稣会来华传教士。以朱熹的《通鉴纲目》为主并博采史书,1730年完成译编《中国通史》(7卷)。1777—1783年,格鲁贤(Jean Baptiste Grosier,1743—1823)在巴黎分为12卷付梓。
⑥ 宋君荣(Antoine Gaubil,1689—1759),法国耶稣会来华传教士。1723年抵达北京,学习满语。寓居北京36年,对中国科技史、古代史、边疆民族史、中外关系史等皆有研究。著有《成吉思汗及蒙古的历史》(1739)、《大唐史纲》及其附录《中国纪年论》(1749),译注《书经》《易经》《礼记》。有"18世纪最伟大的汉学家""耶稣会中最博学者"之称。
⑦ 对于4世纪入侵欧洲的匈人(Huns),是否是来自秦汉文献中记载的匈奴(Hyumnús),学界有不同看法。

一致),古代突厥人没有文字①。根据普罗科匹厄斯②的说法,匈人从未听说过他们。然而,赫赫有名的成吉思汗,其帝国囊括近80平方度③的地域。正如最杰出的学者告知我们的,发现蒙古人中无人能为成吉思汗书写④。而帖木儿,天生强悍的野蛮人,酷爱听人给他读史,自己却目不识丁。伊本·阿拉布沙提到德尔巴津⑤的一套字符,在契丹中确实用过。他说:"见过这些字符,发觉是由41个字母组成,每个长短元音都有独特的符号,还有每个硬软辅音,或以其他方式变化的发音。"然而,位于靠近印度疆域的南部鞑靼地区的契丹⑥,从对那些地方所用字符的描述,我们禁不住怀疑它们曾是吐蕃的字母,这些字母显然来自印度,比孟加拉语的字母更类似天城体字母。博学雄辩的阿拉伯人补充道:"在契丹的鞑靼人,用德尔巴津字母书写其所有的传奇和历史,他们的日志、诗歌和杂录,以及外交、国家和司法文书,还有成吉思汗的法令、其公务事件记载和每种文艺作品。"如果这是真的,那么契丹的民众肯定是优雅的,甚至是拥有文字的民族。然而,这些并不影响一般的看法,鞑靼人可能真的是文盲。伊本·阿拉布沙声称契丹人是雄辩家,如果不完全相信其写作目的在于用流畅和协和的声音显示词语的力量,也就不可能读懂原文。阿拉布沙进一步说,在察合台的奥兀儿⑦人——正如他所说:"只有十四个字母的系统,他们以其族名称为奥兀儿字母。"这些字符,许多学者假定借自蒙古人。阿布尔加奇仅仅告诉我们,成吉思汗用回鹘本地人担任优秀的笔吏。然而汉人却说,成吉思汗不得不任用他们,因为在其土生土长的臣民中没有会写字的人。有许多证据使我们相信,忽必烈汗(Kublaikhán)诏令一位吐蕃人为其民族创立字母,由此他获得了首席喇嘛⑧的尊荣。回鹘字母的数量很少,可能使我们相信,它们来自波斯的禅德字母或巴拉维字母。

---

① 6—10世纪,突厥人已用鄂尔浑-叶尼塞文。琼斯上文提及的"某个瑞典官员成为战俘被流放到西伯利亚"即斯塔伦贝格,他在《欧洲和亚洲的北部和东部》(1730)中首次公布了突厥文碑铭。琼斯误认为"鞑靼人没有古代文献,古代突厥人没有文字",由此引发一系列误说。详见备查关于突厥文字。

② 普罗科匹厄斯(Procopius,约500—565),东罗马帝国的历史学家。527年左右到君士坦丁堡教授修辞学,不久被东罗马大将贝利撒留聘为记室,随其远征15年。542年,任帝国政府高官和元老院议员。著有《查士丁尼战争史》《论查士丁尼时代的建筑》《秘史》。

③ 1平方度概指地球上南北1度、东西1度的地面面积。成吉思汗及其子孙在征战中,占有东起日本海、西抵地中海、北跨西伯利亚、南至波斯湾的疆域。大蒙古帝国极盛时期(13世纪末)的国土面积达3 300万平方公里。

④ 1204年,成吉思汗命乃蛮人的掌印官、回鹘人的塔塔统阿,教会王子、诸王用回鹘字母书写蒙古语,形成回鹘式蒙古文(蒙文字母<回鹘字母<粟特字母<阿拉米字母)。1269年,忽必烈颁行蒙古新字。元顺帝返北(1368)后,蒙古人依旧使用回鹘式蒙古文。

⑤ 琼斯所言"德尔巴津字符"(Dilberjin),盖指书写巴克特里亚语的阿拉米字母。详见备查关于德尔巴津字符。

⑥ 靠近古印度疆域的南部鞑靼地区的契丹,盖指喀喇契丹(西辽)及其后代。

⑦ 回鹘(Eighur)、爱兀儿(Aighur)、奥兀儿(Oighur)、畏兀儿(Uyghur),是不同时期、不同语言对同一称呼的音变。汉籍中亦有不同译写。东晋和五胡十六国作"袁纥",隋唐作"韦纥、乌纥、回纥、回鹘",南宋到明代作"畏兀儿",明朝又叫察合台人(Jaghatai,当时新疆是东察合台汗国)。1940年定名维吾尔(Uighur)。

⑧ 此为西藏高僧八思巴(Phags-pa,1235—1280)。1260年,忽必烈封八思巴(意为圣者)为国师。1264年,命八思巴兼管总制院事、统辖藏区事务。1265年起返回西藏三年,其间奉命依藏文30个字母创制"蒙古新字"。1268年晋升为帝师,加封大宝法王。

在费利顿的子孙统治时期①,这一地区肯定通用古波斯字母。如果豪特亚斯②先生把这份字母表归属于回鹘人是正确的,那么我们可以放心地断定,其字母的许多方面,既与禅德字母相似,又与叙利亚字母类似,明显的差异在于其组合方式。然而,因为我们几乎不可能有望看到这些文字的真实样本,由此对于其形式和来源,我们务必心存疑虑。海德③以之作为契丹文写本所展示的那页记录,显然出自残破的库法④城堡。而完好的原稿藏于牛津大学。从中看出,与他猜测所记录的内容相比,鞑靼法令更可能是关于门德安⑤宗教主题的作品。这位学识渊博的学者在给我们展示的一页蒙古文作品中,似乎犯下了一个更严重的错误,该页中的字符有日文或残缺汉文字符的形体。

正如我们有充分理由相信,如果鞑靼人总体上没有书面记录,他们就不可能那么令人敬重。他们的语言就像美洲印第安语言,应当一直处于不断变化的,就如海德提供的可靠资料,在莫斯科公国和中国之间的鞑靼人说五十余种方言。阿布尔加奇列举出了许多鞑靼亲属部落,即各地的方言分支。关于这些方言的性质,以及它们是否真的来源于同一血统,我们或许可以求教于帕拉斯⑥先生,以及俄国宫廷聘用的其他勤学者。正是从俄罗斯人那里,我们一定期望得到有关亚洲问题的最准确信息。我个人相信,如果他们的调查审慎并如实报告,那么其结果将证明,全部鞑靼人的所有语言都来自一个共同源头。通常除了漫游者或山地人的土语之外,正如长期从民族主体中分离出来的人们一样,鞑靼人在时代进程中必定形成他们自己的独特方言。我仅有的鞑靼语知识是关于君士坦丁堡的土耳其语,然而无论这种语言怎样丰富多样,如同聪明的作者使人相信的那样,通晓土耳其语的任何人,都能很容易地理解鞑靼斯坦的其他方言土语。我们从阿布尔加奇搜集的材料中得知,他也许会发现在卡尔梅克人⑦和莫卧儿人之间,语言理解的难度很小。我不想列举这些不同语言中的相似词语的枯燥条目,让诸位听上去感到厌烦,然而进一步的仔细探究使我确信,正如印度人和阿拉伯人的语言分别来自各自的共同根源,因此鞑靼语也许可以追溯到与此二者原本不同的古代枝干。实际上,从阿布尔加奇

---

① 相传俾什达迪国王费利顿的长子图尔,曾统治中亚地区的游牧部族(主要是突厥)。
② 豪特亚斯(Le Roux des Hautesrayes,1724—1795),法国东方学家,法国皇家学院阿拉伯语教授。冯秉正译编《中国通史》(1777—1785)出版的编辑。
③ 海德(Thomas Hyde,1636—1703),英国东方学家。曾协助神学家沃尔顿(Brian Walton,1600—1661)校勘阿拉伯语、波斯语和叙利亚语的《圣经》版本。任阿拉伯语、希伯来语皇家讲座教授。著有《古代波斯宗教史》(1700)。
④ 库法(Cúfick),伊拉克南部古城。8—10世纪,此地伊斯兰学者云集,学派林立,在古兰经学、圣训学、语文学、文学等方面涌现出大批学者。
⑤ 门德安(Mendean)原为地名,亦指当地的原始生殖崇拜。在尼罗河三角洲,如门德斯(Mendes)、赫尔莫波利(Hermopolis)和吕科波利(Lycopolis)等地,崇拜希腊神话中的牧羊神潘恩,奉山羊门德斯(goat Mendes)为生殖神。一些古代作品中提到的山羊,就是门德斯或门德安公羊。
⑥ 帕拉斯(Peter Simon Pallas,1741—1811),德国生物学家。19岁时取得莱顿大学博士学位。1767年,应俄国叶卡捷琳娜大帝(1729—1796)之邀任圣彼得堡科学院成员。1768年和1774年,远征俄罗斯中部、里海、西伯利亚,探索乌拉尔和阿尔泰山脉等。1793年和1794年,第二次远征俄罗斯南部的克里米亚、黑海与第聂伯河谷地。1786和1789年,在叶卡捷琳娜大帝策划下,帕拉斯主编的两卷本《全球语言比较词汇》出版,共收语言和方言200种。
⑦ 卡尔梅克人(Calmac)是欧洲人对厄鲁特人(Eleut),即卫拉特(Oyratt)蒙古人的称呼。

叙述的情况来看，维拉特人①和蒙古人之间的语言互相不能理解，但不会比丹麦语和英语之间的理解更难，虽然后两者无疑是同一哥特语树干上的分支。帖木儿及其后裔的历史最初是用莫卧儿方言书写的，在印度是这么称呼这种方言的。当我使用另一个词"土耳其"时，一位博学的当地人纠正我的说法，莫卧儿方言与奥托曼帝国②的土耳其语并非完全一样。而这二者之间的差异，也许比不上瑞典语和德语，或者西班牙语和葡萄牙语之间的差异，当然也比威尔士语和爱尔兰语之间的差异更小。抱着查明这一点的希望，我长期搜寻据说是帖木儿和巴布尔撰写的原作③，但迄今毫无结果。然而，我在这个国家，与之交谈过的所有莫卧儿人，都类似于他们所流行寓言中的那只乌鸦。虽然长期模仿山鸡走路，而最终不仅未学会这种高雅的鸟的雅姿，同时几乎忘掉了自己平时的天然步态。换言之，他们未曾学会波斯方言，反而全然忘记了其祖先的语言。相当大部分的古老鞑靼语言在亚洲很可能已经消亡，却有幸在欧洲保存下来。如果西部土耳其语的基础，把附加装饰的波斯语和阿拉伯语的成分剥离，那么只是被丢失的乌古斯语的一个分支。我可以自信地断言，鞑靼语与阿拉伯语或梵语之间毫无相似之处，并且一定是由与阿拉伯人或印度人截然不同的人发明的。仅仅这一事实就颠覆了巴伊先生的体系，他认为梵文（他在几处对梵文作出荒谬的解释）是"一座精美的纪念碑，就像其原始斯基泰人是人类的先行者，甚至在印度，他们也是崇高哲学的播种者"④。因为巴伊认为这是一个无可争辩的事实：一种语言的死亡就意味着一个民族的毁灭。他似乎认为，如此推理就是该问题的完美结论，而不必依据天体变化的论据或古代体制的活力。就我而言，我不寄希望于得到比这更好的证据，正如婆罗门人所言，山区的野蛮人——古代中国人恰当地称为鞑靼——与好学的、温和的、好沉思的印度平原居民，在远古时代总体上完全不同。

二

巴伊先生的地理推论，即使在某种程度上并不自相矛盾，也许还难免失之肤浅。他说："对太阳和火的崇拜必然起源于严寒地区。因此对印度、波斯和阿拉伯而言，这种崇拜一定并非原有的，故而这种崇拜一定来自鞑靼。"我相信，任何人在冬天穿越巴哈尔旅

---

① 维拉特人（Virāt）即布里亚特人（Buryats），本为生活在西伯利亚丛林中的不里牙惕部落。1207年，术赤率军西征遂成其部属，后逐步蒙古化。其祖先可能是扶余。其中一支西迁成为东芬人，即俄罗斯境内的科米人、乌德穆尔特人、马里人和卡累利阿人，以及芬兰的拉普人。

② 奥斯曼土耳其帝国（Osmanlı İmparatorluğu），冠以开国君主奥斯曼（Osman）之名。英文名奥托曼帝国（Ottoman Empire）、土耳其帝国（Turkish Empire）。

③ 后人所知帖木儿（Taimúr, Timur, 1336—1405）的传奇史，大多来自他生前完成的《帖木儿口述史》，以及阿里·亚兹德（Sharaf ad-Dīn Alī Yazdī）编撰的《胜利之书》（1424—1428）。巴布尔（Zahir-din Muhammad Babur, 1483—1530）是帖木儿的五世孙，莫卧儿帝国的开国君主。巴布尔之母（费尔干纳的统治者）是成吉思汗的嫡系血亲，但巴布尔不讲蒙古语，而是说突厥语和波斯语。

④ 巴伊可能认为斯基泰是印欧人的祖先，而琼斯误认为斯基泰人属于鞑靼。据研究，古雅利安人是原始斯基泰南迁的一支。约前17—前15世纪，经中亚陆续远迁，南下进入旁遮普-恒河流域的称雅利安（Aryan），向西进入伊朗高原的称米底（Medes）、波斯或伊朗（Iran）。

行,乃至在热带的加尔各答度过寒冷季节,都不会怀疑,阳光的温暖是人人时常需要的。也许在这种气候下,蒙昧人群才认为太阳值得崇拜,或者春天的归来益发值得致敬,这些都是从波斯和印度诗人那里知道的。无须依赖于确凿的历史证据,著名的勇士和吟游诗人安塔拉①,实际上就冻死在阿拉伯的一座山上。即使如此,反驳的理由是,遇到可能自愿居住在北方寒冷地区且数量惊人的原始种群该如何解释,巴伊只得求助于布封②先生的假说。其推测是,我们的整个星球起初是一个炽热的星球,后来从两极到赤道渐渐变冷,所以极北乐土的气候曾经令人舒适,并且当时的西伯利亚甚至比我们如今的温带气候更暖和。换言之,根据巴伊的最初主张,气候炎热照样会形成对太阳的原始崇拜。我绝不会坚持,那些地区的气温随着漫长时间的流逝一直不变,但是我们几乎不能从气温的变异就武断地推出科学的萌发及其传播路径。即使像我们如今在孟加拉看到的同样多的雌象和母虎原在西伯利亚的森林里产仔,如果随着地球变冷,它们的幼崽到南方气候中寻求适宜的温暖,那么也不能由此推定,出于同样原因并沿着同样方向迁徙的其他野蛮人,把宗教和哲学、语言和文字以及艺术和科学带到了南方地区。

阿布尔加奇告诉我们,人类生灵的原始宗教,或者对于唯一造物主的纯粹崇拜,从雅弗开始的第一代期间就在鞑靼地区流行。然而,在乌古斯③出生之前的时期却中断了,是乌古斯在其领土上恢复了这种崇拜。在其后的若干年代,蒙古人和突厥人堕入粗陋的神像崇拜。但是成吉思汗是一神论者,在与穆斯林医生的交谈中,承认他们关于神的存在和属性的论点不容争辩,同时他对先知使节的证据提出质疑。我们从古希腊经典中得知,马萨革泰人④崇拜太阳。从查士丁⑤到可汗或皇帝期间,他们当时居住在靠近额尔齐斯河⑥源头的美丽溪谷里,并且提及鞑靼人引导罗马使者参与两堆火之间的净化仪式。那时的鞑靼被描绘成四大元素的崇拜者,并且是无形神灵的信徒,他们把公牛和公羊奉献给神灵。近代探险者描述,在一些鞑靼部落的传统节庆里,他们把几滴神圣的液体滴在神像上。此后,祭司把余下的一些分为三次,朝南方洒落以祭祀火,朝西方和东方洒落以祭祀水和气,并且常常朝北方洒落以祭祀土,土包含了他们已故祖先的孑遗。⑦ 既然所

---

① 安塔拉(ʹAntarah ibn Shaddād,525—615),阿拉伯贾希利叶时期的悬诗(悬挂在神庙中的优秀诗歌)诗人。以之为原型,阿拉伯民间形成广为流传的《安塔拉传奇》。描述了安塔拉由奴隶变成阿布斯部落的英雄,继而成为阿拉伯民族的英雄,后又征服苏丹、埃塞俄比亚、印度、埃及等。

② 布封(Georges-Louis de Buffon,1707—1788),法国博物学家。所著《自然史》认为地球与太阳有许多相似之处,地球是冷却的小太阳。

③ 乌古斯(Oghúz)可汗,被奉为各突厥语民族的祖先。有人认为,乌古斯可汗就是中国史书中记载的冒顿单于。

④ 马萨革泰(Massagetae),斯基泰的一支。生活在里海以东阿拉克斯河对岸的草原上。详见《第三年纪念日演讲》备查关于斯基泰。

⑤ 查士丁(Justin,518—527年在位),查士丁尼王朝的创建者。出生行伍,据说目不识丁。依靠战功及忠诚升任,68岁时登上东罗马皇帝宝座。

⑥ 额尔齐斯河(Irtish),汉籍古称"翼只水"。该河源自阿尔泰山西南坡,奔流出中国新疆,将喀拉额尔齐斯河等支流汇入后,经斋桑湖流入鄂毕河。

⑦ 在卡拉库姆沙漠南部边缘的哥诺尔古城遗址,曾发现拜火神庙和圣水祭祀的遗存。详见备查关于拜火神庙和圣水祭祀的遗存。

有这些都可能是真实的,也就无须证明鞑靼和印度的民族类同。至于阿拉伯人崇拜天体和自然力,他们制作雕像,虽然把酒洒在黑石头上奠祭,再转身朝天地的不同方位祈祷,但是我们确定无疑地知道,阿拉伯与鞑靼是明显不同的种族。当然我们不妨假定他们属于同一种族,因为各自都是游牧民或牧场流浪者,并且因为土库曼①自称为鞑靼。伊本·阿拉布沙曾描述过,如同大多数阿拉伯部落一样,土库曼人是游牧而好战、好客而慷慨的,严冬和盛夏移居不同的草原,牲畜茁壮,马匹和骆驼成群。但是其生活方式的一致性缘于各自游牧沙漠的相似性,以及对类似的自由漫游生活方式的选择,并不表明来自一个同源的共同体,他们几乎没有保留至少是共同语的某些残存。

虽然我们知道,已经发现有许多喇嘛或佛法大师居住在西伯利亚,但是几乎难以相信,这些喇嘛是从西藏长途跋涉到此的。既然我们知道,藏文书写的经卷甚至是从里海边缘地区传过来的,由此很有可能,佛陀的宗教是从北方传入南部或中国和鞑靼地区的。依据印度人的说法,佛陀本人的肤色介于白皙和红润之间,如果了解印度的传统说法,也许会让巴伊先生深信,最后的伟大立法者和东方之神是一位鞑靼人。但是中国人认为他是印度的原居民,婆罗门坚持佛陀出生于迦耶附近的树林中②。有许多理由可能使我们质疑,佛教是从西部和南部传到那些流行佛教的东部和北部国家的。总的来说,我们在斯基泰很少或根本没有看到印度教仪式和信仰的痕迹,或者梵文诗歌所修饰的诗性神话。我们可以认为,鞑靼人比任何南方人有更多理由崇拜太阳,而不必认定他们是这种普遍愚昧之举的唯一原初发明者。我们甚至可以怀疑他们对四大元素崇拜的独创性,这四大元素形成了琐罗亚斯德所引进仪式的主体。出生于古什塔夫统治时期的琐罗亚斯德③,是波斯拉伊的原居民。帕尔西人④认为,其子帕苏藤(Pashùten)长期居住在鞑靼一个叫作坎基迪兹(Cangidiz)的地方。据说那里有一座宏伟的宫殿是居鲁士之父⑤建造的,波斯王子是新宗教的狂热信徒,自然会向毗邻的鞑靼人传播拜火教的教义。

在任何哲学中,除了最粗俗的社会需要和经验所教导的自然伦理,我们在亚洲并没有发现斯基泰比古代阿拉伯留下更多的痕迹。如果阿纳卡西斯⑥未被某人指引访问雅典和吕底亚,也就不会有与斯基泰人相联系的哲学家了,而这一指引是其出生地的人无法提供的。阿纳卡西斯是一位希腊妇女之子,其母教他希腊语,他很快就学会了希腊语并

---

① 土库曼(Turcman,Turkmen)本意为"突厥之地",土库曼人自称突厥人。在古代汉籍中称为乌古思。土库曼语属阿尔泰语系突厥语族的乌古斯语支。
② 佛陀诞生于古印度迦毗罗卫国蓝毗尼花园的娑罗双树下(今尼泊尔境内)。迦耶古城位于今印度比哈尔邦,城南的菩提迦耶是释迦牟尼悟道之处。佛陀的称号释迦牟尼,其"释迦"是族名,源于原始斯基泰的一支。
③ 在琐罗亚斯德教里,德黑兰称为拉伊(Rai,Ray),但拜火教之祖琐罗亚斯德并非生于此处。详见备查关于琐罗亚斯德。
④ 帕尔西人(Pársi,Parsee)是8—10世纪移居到印度古吉拉特邦坚持拜火教信仰的波斯人。
⑤ 居鲁士之父是冈比西斯一世(Combyses Ⅰ),当时臣属于米底王国。
⑥ 阿纳卡西斯(Anacharsis,前6世纪),斯基泰哲学家。其母希腊人,其父格努罗司(Gnurus)是半希腊化的酋长,居住在西米里族(Cimmerian)的博斯普鲁斯海峡一带。阿纳卡西斯约在前589年来到雅典。梭伦等视其为智者和哲学家,他粗犷和坦率的言谈成为当时皆知的"斯基泰人话语"。据说阿纳卡西斯是犬儒学派的先驱,但其作品没有流传下来。

轻视其本族语。无可非议,阿纳卡西斯是一个理解力健全的人,并且是其佼佼者。他为自己在希腊赢得智者名声的生动语录,第欧根尼·拉尔修①有所引述。当有雅典人指责阿纳卡西斯是斯基泰人时,他回答:"我的祖国确实使我蒙羞,但是你的技艺则使你的祖国耻辱。"他的祖国如何,就习俗和公民义务而言,我们可以从他在其国家的宿命略知一二。当他从雅典归来,试图引入其友人梭伦②的英明法律进行改革时,他却在狩猎活动中被一箭射死。这一箭来自其兄长,一位斯基泰酋长。这就是巴伊先生的亚特兰蒂斯理论基础,所谓第一个最文明的民族!然而,《达比斯坦》的渊博作者③使我们相信,成吉思汗及其后裔治下的鞑靼人热爱真理,甚至不会为了活命而背弃真理。德经把所有的美德之母、与之同样的朴实,都归功于匈人;而斯特拉波可能只是通过赞美蛮夷来鞭策希腊人,正如贺拉斯④赞扬流浪的斯基泰人仅为讽刺自己的奢侈国人。由此告诉我们,凭借其智慧、英雄友谊和公正,斯基泰民族值得赞扬。基于其权威性,对这种赞扬,我们可能乐意承认,但是不必假定他们一直是人类的导师。

至于扎摩尔西斯⑤的法律,就其事迹我们知之甚少,就像我们对斯基泰的丢卡利翁⑥,或极北乐土的阿巴里斯⑦,以及希罗多德的这些不可信记述一样。我不禁哀叹,由于种种原因,以致于这些法律即使存在过,而竟然也未保留下来。诚然,被称作"大扎撒"(Yájác)⑧的法令体系,自成吉思汗时代以来一直传扬。据说成吉思汗在其帝国重新颁布了这些法律,正如其制度后来为帖木儿所沿用并进一步强化一样。然而,这些似乎是习惯法或传统法,并且直到成吉思汗征服一个会读写的民族之前,很可能没有提炼为文字记录。

三

如果印度人的宗教观点和寓言传说确实是从斯基泰那里借来的,那么探险家肯定会在这些地区发现他们的一些古迹。例如奇形怪状的雕塑、神像和神使画像,以及石柱上或洞穴中的铭文,类似于西部阿拉伯半岛各处留存的那些文物,或者就像我们许多人在

---

① 第欧根尼·拉尔修(Diogenes Laertius,约前400—前325)即锡诺帕的第欧根尼(Diogenēs o Sinopeus),古希腊哲学家,犬儒学派的代表人物,受阿纳卡西斯的影响。
② 梭伦(Solon,约前640—前558),古希腊时期雅典城邦著名的政治家。
③ 17世纪中期,克什米尔穆斯林学者穆赫萨尼·法尼(Mohsani Fání)用波斯语撰有《宗教流派》(Dabestān-e Mazāheb)。
④ 贺拉斯(Quintus Horatius Flaccus,前65—前8),罗马帝国时期的诗人、文艺批评家。
⑤ 希罗多德《历史》提及,扎摩尔西斯(Zamolxis)是一个半神话色彩的社会和宗教改革家,盖塔人或达契亚古国(地处今罗马尼亚中北部和西部)的最高神。
⑥ 丢卡利翁(Deucalion),传说为普罗米修斯和克吕墨涅之子、皮拉的丈夫、希腊人的始祖。古希腊人认为他是第一个建立城市与神庙的人,同时也是古希腊的第一位国王。
⑦ 阿巴里斯(Abaris)是极北居民。详见备查关于阿巴里斯。
⑧ 古代蒙古部落首领对大众发布的命令称"扎撒"(Zasag)。成吉思汗建立大蒙古国后,将原有训令编写成法规并于1219年颁行,史称《大扎撒》(Yehe Zasag)。其中包括儿童必须学习畏兀儿文字,尊重宗教信仰,任何宗教都不得享有特权等。

巴哈尔和巴纳拉斯①见到的。但是(除了裂成几块的一些神像),唯一的鞑靼大型遗迹,就是在里海西部和东部的一排壁垒。一些缺乏历史知识的穆斯林确实认为那是耶朱哲和马朱哲②或戈格和玛戈格③,也就是斯基泰人的遗迹。但是显而易见,这些壁垒应是迥然不同的民族,为阻挡越过高加索关隘前来掠夺的侵犯者而建造的。中国的长城是西元前210年死亡的一位皇帝诏令建造或完善的。④ 这些壁垒的结构和建造意图大致相似。而其他地区的一些土丘壁垒,很可能是古波斯人建造的。虽然就像许多来历不明的工程一样,它们被认为是塞坎德人⑤,而非马其顿人留下的,然而有人提出是一位更远古的英雄贾姆希德⑥建造的。与之有关的是,在鞑靼斯坦即西部斯基泰地区发现了金字塔和古墓冢,在塞凡湖⑦发现了一些宏大建筑的遗址。最近,一些俄罗斯人在里海和鹰山附近发现了一座荒废城市的孑遗。在楚德斯人⑧的乡村,发掘出黄金饰品和器具,麋鹿和其他兽类的造型,以及各种各样的武器,甚至还有用铜而并非铁制造的采矿工具。由此,巴伊先生有充分理由推断该民族很古老。毋庸置疑,鞑靼人非常古老,他们在四千年前就居住在那片土地上。然而,我们在探究其古代宗教和哲学时,无论是黄金饰品,还是铜制工具,都无法证明他们与印度的宗教仪式和科技之间具有密切关系。黄金器具可能是鞑靼人自己制造的,但也有可能是从罗马或从中国带来的,来自外国使节拜见回鹘国王的偶尔机会。在10世纪末,中国皇帝曾派遣一位使臣拜见称号为阿厮兰的王公。⑨ 在君士坦丁堡的土耳其语中,阿厮兰的含义是"狮子",他居住在金山附近的牙帐。或许6世纪中叶,回鹘人也在此处接待过罗马使者。中国使者回国禀报,回鹘人是勇敢的民族,肤色白皙,工匠勤劳,不仅在金银铁制作,而且在碧玉和稀有玉石加工方面皆心灵手巧。并且罗马人早先曾描述过,他们在用中国产品装饰的富丽堂皇的宫殿里举办豪华宴会。不过,这些时期已经相当靠近现代,并且据说回鹘人被一位伊德库特⑩即同族君主统治了近两千

---

① 巴纳拉斯(Banáras)位于恒河流域,是维斯瓦纳特神庙的所在地。
② 相传耶朱哲(Yájúj)和马朱哲(Májúj)都是在中亚作恶的野蛮人。犹太人和基督教常将他们与世界末日联系在一起。伊斯兰教沿袭此说,认为他们横行各地之日即世界末日来临之时。
③ 据说戈格(Gog)和玛戈格(Magog)是《圣经》记载的魔鬼。他们出来就要挑唆四方民族,让人们聚集在一起争战。
④ 秦始皇死于前210年。战国时期,列国已修筑长城。秦灭六国后,始皇三十二年(前215)派大将蒙恬率30万大军北击匈奴,其后筑成万里长城。
⑤ 塞坎德(Secander)是波斯语中的战神。塞坎德人可能指波斯人。
⑥ 贾姆希德(Jemshíd)是传说中古波斯俾什达迪的国王。
⑦ 塞凡湖(lake Saisan)是高加索最大的高山湖泊。前6世纪,来自安纳托利亚的哈依克部落迁徙至此。在古亚美尼亚城堡遗址,发现了前2世纪的护墙废墟和1世纪的爱奥尼亚柱式庙宇遗址。
⑧ 楚德斯人(Tshudes)远古居住在阿尔泰山一带。后在乌拉尔山脉以北的索西瓦河、孔达河流域狩猎,其范围包括鄂毕河的托博尔斯克,甚至额尔齐斯河。
⑨ 据《宋史》载,西域高昌国即西州(今吐鲁番盆地)回鹘。其王称号为阿厮兰(Erslan),《辽史》译为阿萨兰或阿思懒。北宋太平兴国六年(981),高昌王向宋太宗上书,自称"西州外甥"。是年五月,宋太宗派遣供奉官王延德、殿前承旨白勋等出使高昌。
⑩ 伊德库特(Idecùt),未详。据汉籍记载,回鹘部首领骨力裴罗(?—747),唐玄宗天宝三年(744)统一九姓诸部,与拔悉蜜、葛逻禄等部联合攻破后突厥,建回鹘汗国,设牙帐于乌德鞬山(今鄂尔浑河上游杭爱山之北山)与嗢昆河(今鄂尔浑河)之间。四年后再破突厥,杀白眉可汗。受唐朝册封为骨咄禄毗伽阙怀仁可汗。奄有突厥故地,称雄漠北。

年。即使我们应当承认,他们在很早时期就是精通文学且优雅的民族,也无法赞扬北京以北地区的匈奴、突厥、蒙古和其他蛮族。他们似乎从古到今,在穆罕默德时代之前,一直是同样的凶猛残忍和目不识丁。

如果对里海附近发现手稿的真实性没有核查,也就不可能提出关于它们的正确见解。然而,其中的一份手稿被描绘为写在蓝色丝绸上,用像希伯来语那样的金银色字母书写,很可能与藏文作品的性质类似。在额尔齐斯河源头附近,我相信,卡西亚诺①获得了第一个精美稿本——这是另一份手稿。如从对其描述来看,那么我们可以判断,很可能记录的是现代突厥语。在这些手稿中,并没有年代特别古老的。

四

因此从古代遗存中,我们无法证明鞑靼受过良好教养,更不用说依靠他们来教导世界。我们也没有强有力的理由,从其总体生活方式和性格中推断,他们很早就掌握了艺术和科学。甚至诗歌,这种最普遍和最自然的文艺,我们也没有发现真正出于他们创作的篇章。除了亚兹德的阿里②用波斯语记录了一些令人恐怖的军歌,而这些可能是阿里自己创作的。在与波斯人争霸以后,蒙古王公确实鼓励学习,甚至在撒马尔罕进行天文观测。随着与波斯人和阿拉伯人的融合,突厥人变得优雅起来,虽然其本性难移。正如他们中的一位著作家以前承认的,他们似乎是无药可救的精神紊乱者,他们的心智被无知的密云笼罩。中国的清朝皇帝一直倡导治学和作文,乾隆皇帝是一位杰出的汉文诗人,未知是否还健在。③ 在所有这些历史事件中,鞑靼人与罗马人类似。罗马人在征服希腊之前简直是战争中的猛虎,但是在科学与艺术方面,则是半人半羊的农牧民即林中人。

在我离开欧洲之前,我在与人交谈时坚持,这本《帖木儿武功记》即戴维④少校翻译的,帖木儿本人绝不会这样写,至少不会像凯撒那样还加上注释评论。原因很简单,那个时代的鞑靼国王都不会写字。⑤ 为了支持我的观点,我援引伊本·阿拉布沙的记述,虽然

---

① 卡西亚诺(Cassiano da Macerata,1708—1791),意大利圣方济会士、历史学家。著有《唐古特或吐蕃字母》《吐蕃游记:1738—1745》。
② 亚兹德的阿里或阿里·亚兹德(Ali of Yezd, Sharaf ad-Dīn Alī Yazdī,？—1454),波斯历史学家。1424—1428年奉帖木儿之孙易卜拉欣(Ibrahim Sultan ibn Shahrukh,？—1435)旨意,撰写记述帖木儿生平的《胜利之书》。
③ 琼斯此次演讲是1788年,为清乾隆五十三年,时乾隆78岁。
④ 戴维(William Davy,1737—1784),英国东方学家,曾任孟加拉总督黑斯廷斯的波斯文秘书。1780年,他将波斯文的《帖木儿武功记》译成英文《帖木儿文治武功实录》(*A Specimen of the Civil and Military Institutes of Timour, or Tamerlane*, 1783)。
⑤ 17世纪30年代,莫卧儿学者阿布(Abu Talib Husaini)在也门国王贾法尔·帕沙的藏书室中,发现了用察合台突厥文写成的《帖木儿口述史》(*Tuzak-i Timuri*)。阿布译成波斯文《帖木儿武功记》(*Malfūzāt-e Tīmūrī*),献给沙贾汗(Shah Jahan,1627—1658年在位)。沙贾汗阅后发现其中有误,1637年命阿富扎尔(Mohammad Afżal)修订。戴维依据的波斯文抄本有缺。大英博物馆后从哈密尔顿将军的藏书室(原藏印度勒克瑙王室图书馆)得一完整抄本。

因其故乡之城大马士革惨遭毁坏①,他有十足的理由对残暴成性的鞑靼持有敌意,但是仍然赞叹帖木儿的才能和真正的伟大心智。不过附加说明:"他完全是一个文盲,既不会读,也不会写。虽然对于波斯语、突厥语和莫卧儿方言,他所掌握的知识已经足以达到其目的,但他对阿拉伯文一无所知。帖木儿常常喜欢听别人给他读历史书,并且反复地听一本书,以至于凭记忆就能纠正读书者的读错之处。"这段话对《帖木儿武功记》的翻译者没有产生任何影响,印度的伟大博学者曾向译者保证,这件作品是真实的,他的意思是这本书是征服者本人编撰的。但是这个国家的大人物盖目不识丁,而读书人又不可能是大人物,足以回答英国询问者反对带有倾向的任何诱导性问题。而且,在这两种情况下,由于没有目击者的名字,所以对他们的笼统提法很难被认为是确凿的证据。② 就我而言,我要提到一位我们都知道的穆斯林,他具有足够的声誉和学识,可以公正并令人满意地裁定该问题。那瓦布(Nawwàb)的莫扎菲·扬(Mozaffer Jang)主动告诉我,印度斯坦没有一个明智的人相信这本书是帖木儿本人写的。该书是被赐名"印度沙"③的宠臣所撰,他以写过该书并赞助其他著作而闻名。在与许多埃米尔④的多次私下交谈后,也许几乎可以用这些王公和他本人的话来说:这些只是故事,任职帖木儿宫廷的亚兹德的阿里,给予我们的是华丽的颂词而非历史。通过证实这位阿拉伯人记述的后半部分,以及对其主人的文学作品完全保持沉默,很可能就是这样。确实如此,戴维支持的一个富有才华但贫困潦倒的本地人,给了我一份关于该主题的书面回忆,他在其中提及帖木儿是两本突厥语著作的作者。但是其信息的可信度,却被也门国王⑤离奇的传奇故事所推翻。这位国王说,他入侵过埃米尔的领地,并且手稿是后来在其藏书室里发现的,译者是奉帖木儿孙子

---

① 1400年10月,帖木儿攻入叙利亚,直逼大马士革。城中教士和学者前往议和,帖木儿虽然将前来的突尼斯史学家哈尔顿(Ibn Khaldun,1332—1406)奉为上宾,但以诡辩者和屠杀者的双重面貌出现。最终屠杀毁城,在城外垒起数十万人头的骷髅塔。1401年3月,将城中工匠、大批文人强迫迁到撒马尔罕。迁居撒马尔罕的阿拉布沙后著《帖木儿浩劫余生记》(1435)。

② 帖木儿死后二十年,即1424—1428年,阿里·亚兹德撰成《胜利之书》(*Zafarnama*)。据其前言:本书基于准确而真实的记录描述帖木儿的一生。帖木儿宫廷里有博学而虔敬的回鹘和波斯记室,奉帖木儿之命,对其起居及国家、宗教大事和突发事件,以及大臣言行皆如实记录,汇编成册。所有事件必须按原样记录,不得夸大或缩小,不必有顾虑或偏袒,尤其是关于帖木儿的事迹和品质的记录。饱学之士将记录加工润色成诗文,呈请陛下听过,经认可方盖印收藏。帖木儿宫廷的此做法来自中国朝廷的"起居注"。现存最早的《起居注》为李渊大将军府记室参军温大雅随军撰成。《胜利之书》与《帖木儿口述史》所记事件和前后次序相同,《帖木儿口述史》出自平实的编年史家手笔,记叙更详,而《胜利之书》由娴熟作者所写,文风巧饰,辞藻华丽。琼斯所言为其臆断。

③ 琼斯所言"印度沙"(Hindu Sháh),未详。1404年,在帖木儿去世的前一年,其大臣尼扎姆·沙米(Nizam ad-Din Shami)据宫廷史官的大事记完成了波斯文的《胜利之书》(*Zafarnama*)。该书成为阿里·亚兹德撰写更著名的《胜利之书》的基础。1937年,捷克东方学家陶尔(Felix Tauer,1893—1981)用法文翻译沙米的书,题名《"胜利之书"的帖木儿征战史》(*Histoire des conquetes de Tamerlan intitulee Zafarnama*)出版。

④ 埃米尔(Emir)是穆斯林酋长的称号以及穆罕默德后裔或突厥高官的尊称。

⑤ 琼斯所说的也门国王,即也门当时的统治者贾法尔·帕莎(Jáfar Pãsã)。

的首相阿利舍尔①之命翻译的。戴维少校本人在离开孟加拉之前告诉我,他在古老而确凿的《帖木儿武功记》抄本中发现了许多含糊之处,其旨趣是加上重要注解出版,尤其说明,关于他自己对死的预感,毫无疑问是帖木儿写的。因此,已经举出的证据不能动摇我的观点,蒙古人和鞑靼人在他们征服印度和波斯之前完全是文盲。虽然情形很可能是,即使没有艺术或科学,他们也就像匈奴那样,在基督诞生前的几个世纪,在其国家就既有勇士又有立法者。

如果印度的北部地区在远古时期已经萌发了学术,那么我就有理由质疑,这些技艺最初并非形成于北纬35度和45度之间的回鹘、喀什噶尔、契丹、秦地、唐古特,以及中国北方其他地区的鞑靼。而我将在另外的演讲中为此说法提供理由,这些国家的民众是与印度人有关的种族,或者至少受到与之毗邻的印度和中国的影响。然而在唐古特,其一些地区附属于吐蕃,甚至在古老的赛里斯中,我们也没有发现具有非凡才能或实行重大改进的确凿记述。实际上,他们为人诚实,履行道德义务,以性情平和与长寿而闻名,长寿常常是对忍耐美德和温和脾气的回报。但是,据说他们在先前阶段对于高雅艺术,甚至贸易都漠不关心。② 虽然法德鲁拉(Fadlúllah)已经告知,在13世纪末期,自然哲学的许多分支是在当时赛里斯的大都市甘州(Cam-Cheu)③发展起来的。

我们可以乐意地相信那些人,他们使我们确信,游牧鞑靼人的一些部落具有把药草和药石用于对症治疗的真正技术,并且自称善于巫术。但是其民族的一般性格,看起来好像是——他们自以为是猎人或渔夫。详细的理由是他们在森林里或靠近大河边活动,居住在草棚或简陋的帐篷中,或者栖息于用牲畜从一处拉到另一处的大车上。他们是机灵的弓箭手、高超的骑士、大胆的好斗者,经常为了再次发起掠夺的攻击而落荒而逃。他们大口喝马奶,大块吃马肉,因此在许多方面就像远古的阿拉伯人。他们无非是更加嗜好豪饮烈酒,在诵读诗歌和提高其语言能力方面与古老的阿拉伯人一模一样。

由此已是无可争议的证明,就我的看法而言,从无法追溯的远古,就已经有人栖息在亚洲的大部分广袤土地上。由三个主要民族所拥有,因缺乏更好的名称,我们可以称之为印度人、阿拉伯人和鞑靼人,他们中的每个民族都可以进一步细分为数量众多的分支。三个主要民族在体形和容貌、语言、风俗习惯和宗教方面皆不相同,以至于如果来自同一根源,必定在很久以前就已分离。无论可能发现多于这三个原始血统,还是换言之,中国

---

① 阿利舍尔(Alishir, Alisher ibn Ulus, 1441—1501)是博学者和诗人。他曾与帖木儿之孙、后来的呼罗珊帖木儿王朝的苏丹侯赛因·巴亚卡拉(Sultan Husayn Mirza Bayaqara, 1438—1506)同学。侯赛因统治时期,邀阿利舍尔任首相。《帖木儿口述史》的翻译与他们无关。17世纪,阿布从察合台所译波斯文《帖木儿口述史》(1637),是献给帖木儿九世孙沙贾汗的。莫卧儿皇帝的世系:五世孙巴布尔(1526—1530年在位)、六世孙胡马雍(1530—1556年在位)、七世孙阿克巴(1556—1605年在位)、八世孙贾汉吉尔(1605—1627年在位)、九世孙沙贾汗(1627—1658年在位)。琼斯此处有可能张冠李戴。

② 这些评价来自西方古代记载。罗马地理学家梅拉(Pomponius Mela, 1世纪)云:"赛里斯国即界居二山之间。其人诚实,善于经商。"罗马历史学家马塞利努斯(Ammianus Marcellinus, 325—391)评价:"赛里斯人最喜欢安静地修身养性,是最容易和睦相处的邻居。"此赛里斯人,多指与当时丝绸贸易相关的西域塞种人。

③ 参见备查关于赛里斯的大都市甘州。

人、日本人和波斯人与他们完全不同,抑或与其混合形成,如果诸位迁就我的看法,我都将继续孜孜不倦地探索。至于这些探索将会导致怎样的结论,我仍不能清楚地知道。但是如果它们导向真相,我们将不会后悔穿越古老历史模糊不清区域的旅途。在这一过程中,当我们一步一步地前进,追踪每一道闪烁特定光芒的微光时,我们必须谨防那些虚幻的光线和发光的水汽。这些水汽以闪闪发光误导亚洲旅行者,而在附近的地方发现的却是沙漠。

备查

1. 关于鞑靼

鞑靼(Tatar,意为强悍者)之称,汉籍中先后有达怛、达靼、塔坦、鞑靼、达达等记音,其指称范围(种群及其地区)随时代有异。最初的"鞑靼"为塔塔尔人(属高加索或突厥种)的自称,他们在呼伦贝尔与贝加尔湖一带游牧(据说,中国东北地区至今还有少量原居民)。据苏联突厥语学家巴斯卡科夫(Николай Александрович Баскаков, 1930—1994)的《突厥语功能的发展史及其分类》(Очерки истории функционального развития тюркских языков и их классификация. Ашхабад: Ылым, 1988),塔塔尔语属突厥语族西匈语支。

4世纪后期,柔然汗国崛起于北亚草原,第十位可汗名大檀(414—429年在位),与Tatar音近。作为部族之称的突厥文"达怛",始见于《阙特勤碑》(732)Otuz-Tatar(三十姓达怛)、《毗伽可汗碑》(735)Toquz-Tatar(九姓达怛)。回鹘汗国灭亡(840)和回鹘西迁后,达怛进入大漠南北。8世纪以来陆续内迁到阴山的,史称"阴山达怛",属东胡系的室韦(林中人)。9世纪上半叶,中原地区从回鹘人那里获悉室韦又被回鹘称作"达怛"。

唐武宗会昌二年(842),"达怛"之名始见于汉籍。李德裕(787—850)《会昌一品集》卷五《赐回鹘嗢没斯特勒等诏书》:"卿及部下诸官,并左相阿波兀等部落,黑车子达怛等,平安好。"僖宗中和二年(882),沙陀人李克用率达怛诸部入援以讨黄巢。欧阳修(1007—1072)《五代史》为达怛立传。宋人文献中,往往将蒙古高原各部概称鞑靼,又别为黑鞑或蒙鞑(指蒙古诸部)、白鞑(指汪古部)。1202年,成吉思汗征服塔塔尔部,大部分并入蒙古人。元代文献中,蒙古人一般自称"蒙古",但民间汉文却仍称其"达达"。一些蒙文文献的汉译亦以"达达"译写蒙古一词,于是又成为汉人对蒙古族的俗称。

在西方,"鞑靼"这个名称是拜占庭帝国(395—1453)的学者开始使用的,起初指南俄草原的各种游牧、半游牧的突厥人。金帐汗国(1243—1502)时期,克里米亚突厥人始自称克里米亚鞑靼(Qirim Tatar)。1264—1265年,金帐汗国与保加尔人结盟,进攻拜占庭。当时的拜占庭人和斯拉夫人不称蒙古帝国为蒙古,而称"鞑靼",因为他们最先接触到的蒙古大军多自称鞑靼(九姓鞑靼、白鞑靼)。在蒙古第二次西征的列格尼卡战役(1241)之后,欧人用Tartars命名强大到恐怖的蒙古士兵,据说因为该词使人联想到希腊神话中的地狱之神塔尔塔洛斯(Tartarus)。此后,欧洲人使用"鞑靼":狭义的指西部突厥的一支塔塔尔人；广义的指蒙古人及在蒙古帝国扩张时期随之西迁的其他游牧民。

15—16世纪，金帐汗国分裂为白帐、蓝帐、喀山、阿斯特拉罕、克里米亚、西伯利亚等汗国。同时形成了鞑靼的各分支：保加尔、阿斯特拉罕、克里米亚、西伯利亚、乌拉尔、卡西莫夫、楚利姆、梁赞州、高加索、米萨、立陶宛、白俄罗斯、波兰、托博尔斯克、沃洛格达、雅罗斯拉夫、努尔喀特（Norqat）、彼尔姆、芬兰等鞑靼人。这些鞑靼人的来源与文化有所不同。克里米亚鞑靼源于古代哥特人等，受乌古斯影响大。阿巴坎鞑靼是哈卡斯人。米努辛斯克鞑靼是吉尔吉斯人留在西伯利亚的部分。西伯利亚鞑靼是由西伯利亚汗国与部分蓝帐汗国的人混合而成的。据说，北高加索山区还有7个很小的鞑靼部落，说不同的突厥语和高加索语。据研究，全世界有57支不同的鞑靼人，有些像白种人，有些像黄种人，有些是混血。

2. 关于质浑河或阿姆河

中亚的阿姆河（Amu-Darya），波斯语古称质浑河（Jaihun），希腊语古称乌许斯河（Oxus），源于粟特语的Wxwsw（河神）。阿姆河为突厥语词，Amu来自沿岸城市阿姆，因原居民阿马德人（Amard）而得名；Darya为古突厥语的海子或大河。阿姆河源于帕米尔高原东南部高山冰川，流经阿富汗与乌兹别克、土库曼边境，转向西北图兰平原，在乌兹别克的木伊纳克附近流入咸海。希罗多德的《历史》记载，居鲁士征讨马萨革特人时渡过的阿拉克塞河（Araxes）即阿姆河，大部分水量流入花剌子模一带的沼泽，余下注入里海。前4世纪以前的阿姆河就是如此。直到1715年，俄罗斯探险队考察里海，才知阿姆河只注入咸海，不再注入里海。1789年，琼斯仅知质浑河以前注入里海，尚不知其主流一直注入咸海。

3. 关于天山

天堂之山（Celestial）指天山。《穆天子传》记载周穆王西游，西王母与之宴会天池。匈奴谓之天山。"天"，匈奴语 *Teaŋri"撑犁"，突厥语Tengri"腾格里"。《隋书·列传·卷四十八·高昌》（629—636）："北有赤石山，山北七十里有贪汗山，夏有积雪。此山北，铁勒界也。"贪汗山即"天（可）汗山"。汉语的"天"（古音 *tʰiən）可能与 *Teaŋri、Tengri等同源。德国东方学家霍梅尔（Fritz Hommel, 1854—1936）在《古代东方地理与历史地图》（*Grundriss der Geographie und Geschichte des Alten Orients*, Munich：The Beck, 1904）中考定，Tengri来自苏美尔语𒀭（DIĜIR），其语义引申轨迹：星星（物）→明亮（视）→天空（空间）→天堂（虚拟处所）→神（虚拟实体）。

4. 关于吉格尔

7世纪，阿拉伯人向中亚扩张时把见到的中亚人都称作"吉格尔"（Chegil）。10世纪初，佚名《世界境域志》（*Hudūd al-'Ālam*, 983）中作Chigil。从书中可知，作者为法里功王朝（Farighunids，10世纪位于阿富汗北部护时犍地区）官员，该书始撰于回历372年（982）并献给国君阿布·哈里斯·穆罕默德（Abu Harith Muhammad ibn Ahmad ibn Farighun）。或推测作者是出身于法里功王室的学者萨尔雅（Ša'yā/Isaiah ibn Farīḡun），其时，西方已知吉格尔（又作Chihil, Jigil, Djikil）是居于伊塞克湖（Issyk Kul，今吉尔吉斯境内)一带的突厥部落,被认为是悦般(Chuban,今哈萨克斯坦境内)的"六个处玉(Chuy)部落"中的两个,即处月(Chuyue,意为月神所住处)和处密(Chumi,意为日神所住处)的后裔。今考:yue 似乎来自汉语"月";mi 为粟特语 Mīr(七日一周制的第一天),来自波斯的光明神 Mīhr、Mīthra(密特拉,即琐罗亚斯德教信奉之神)。此外,乌古斯曾把阿姆河流域与北中国的突厥人称为吉格尔。

通常认为,西方的 Chigil(Cigil)一词来自汉语"职乙""处月"的译音。该族名始见于《隋书·北狄列传·铁勒》(629—636),"伊吾以西,焉耆之北,傍白山,则有契弊、薄落、职乙……等",其中的职乙即 Chigil。唐代以为是沙陀突厥的旧名。《旧唐书·突厥传》(945):"至其北庭。……其人杂有都陆及弩失毕、歌逻禄、处月、处密,伊吾等诸种。风俗大抵与突厥同,唯言语微差。"《新唐书·沙陀传》(1060):"沙陀,西突厥别部处月种也。……处月居金娑山(今新疆博格多山)之阳。蒲类(今新疆巴里坤湖)之东,有大碛(今古尔班通古特沙漠)名沙陀,故号沙陀突厥云。"武则天长安二年(702),处月分布于今乌鲁木齐东北,处密分布于今乌鲁木齐西北,沙陀分布于今巴里坤湖东。此后,处月部西迁碎叶水西,东留故地者称沙陀。琼斯此处的吉格尔,盖指处月部的东留故地。

5. 关于马卡利亚

马卡利亚(Macaria,意为神佑)是爱琴海罗德岛的古称,来自神灵罗德(Rhodes)的古称。该神灵有四子:马卡(Macar)移居莱斯博斯岛(Lesbos),其他三兄弟分别居住在希俄斯岛(Chios)、萨摩斯岛(Samos)和科斯岛(Cos)。这四个岛屿统称马卡利斯(Macares)。莱斯博斯岛是女诗人萨福(Sappho,约前630—约前560)的出生地。希俄斯岛是荷马(Homer,约前9世纪—前8世纪)的出生地。萨摩斯岛是毕达哥拉斯的出生地,希罗多德在此完成《历史》。科斯岛是医学之父希波克拉底(Hippocrates,前460—前370)的出生地。15世纪,意大利海洋学家比安科(Andrea Bianco)所绘《世界地图》(*Bianco World Maps*,1432—1436),把马卡利斯描绘为伊甸园。岛上有一栋建筑,刻有铭文 Ospitius Macarii。相传十字军返回时,三个僧侣书写于此。他们在渡海时看到天地在此交汇,认为马卡利斯为人间天堂。

6. 关于帕里斯裁定金苹果

在希腊神话中,"伊达山的牧羊人"指特洛伊王子帕里斯(Paris)。特洛伊王后赫卡柏产前梦到所生儿子化为大火烧毁王宫。预言者说此子将带来灾祸。国王普里阿摩斯命侍从杀掉此儿,侍从不忍心,将其扔于伊达山中。先是母熊哺育,后牧羊人收养,长大后相貌英俊和力大无穷。宙斯之孙佩琉斯(Peleus)邀请众神参加婚礼,但未请女神厄里斯(Eris,意为不和),她便设计报复。在婚礼上,一个金苹果从天而落,上刻"给最美丽的女人",赫拉、雅典娜和阿芙洛狄忒都想要。宙斯说:"住在伊达山中的帕里斯是人类最英俊的男子,就让他裁定。"阿芙洛狄忒承诺"将把人类最美的女子给你为妻",于是帕里斯将金苹果裁定给她。此后帕里斯去斯巴达,爱上国王墨涅拉俄斯的妻子海伦。帕里斯在阿芙洛狄忒的帮助下拐走海伦,特洛伊战争的序幕由此拉开。

7. 关于突厥文字

6—10世纪，突厥、维吾尔、黠戛斯等族使用鄂尔浑-叶尼塞文。该文字通行于北亚鄂尔浑、叶尼塞流域以及中国今新疆、甘肃一带。一般认为有38~40个字母，大部分字母来自粟特文。《周书·列传第四十二·异域下》云："突厥者，盖匈奴之别种……其书字类胡。"《北齐书·列传第十二》记载："后主命世清作突厥语翻《涅槃经》，以遗突厥可汗。"1692年，尼德兰学者威特森（Nicolaas Witsen，1641—1717）在《鞑靼的北部和东部》（*Noord en Oost Tartarye*）中首次提到西伯利亚的这些古碑铭。1730年，德裔瑞典学者斯塔伦贝格（Philipp Johann von Strahlenberg，1676—1747）在《欧洲和亚洲的北部和东部》（*Das Nord und Östliche Theil von Europea und Asia*）中首次公布突厥文碑铭。1889年，芬兰考古学家阿斯培林（Johan Reinhold Aspelin，1842—1915）出版《芬兰考古学会收集出版的叶尼塞碑铭》（*Inscriptions de l'Ienissei recueillies et publiees par la societe finlandaise d'archeologie*）。1889年，俄罗斯学者雅德林采夫（Николай Михайлович Ядринцев，1842—1894）在蒙古和硕柴达木湖畔发现《阙特勤碑》（732）和《毗伽可汗碑》（735）。1890年，芬兰民族学家海克尔（Axel Olai Heikel，1851—1924）发现《九姓回鹘可汗碑》（814）。1894年，丹麦语言学家汤姆逊（Ludvig Peter Vilhelm Thomsen，1842—1927）刊行《鄂尔浑和叶尼塞碑铭的解读——初步报告》（*Dechiffrement des Inscriptions de l'Orkhon et de l'Ienissei—Notice Preliminaire*）。

8. 关于德尔巴津字符

琼斯所言"德尔巴津字符"，盖指书写巴克特里亚语（东伊朗语支的东北次语支）的阿拉米字母。德尔巴津（Dilbarjin）古城遗址在今阿富汗北方的巴尔克（Balkh）附近。该城可能建于波斯阿契美尼德王朝（前550—前330）时期，印度贵霜帝国（30—375）时成为地方中心，波斯萨珊王朝（224—651）期间废弃。城镇东北角神殿的许多壁画，一些纯粹是希腊风格，在此发现了包括"巴克特里亚文字"在内的多种铭文。巴克特里亚语最初用阿拉米字母书写，在月氏统治时期采用希腊字母书写。

9. 关于拜火神庙和圣水祭祀的遗存

20世纪70年代，苏联考古学家萨瑞阿尼迪（Виктор Сарианиди，1929—2013）于卡拉库姆（Karakum）沙漠南部边缘的哥诺尔古城（Gonur-Tepe，前2400—前1600）遗址，发现拜火神庙和圣水祭祀遗存。在乌鲁格（Ulug-Tepe）也发现了制作圣水的类似工具。《梨俱吠陀》中称圣水为苏摩（soma），《阿维斯陀》中称圣水为呼玛（haoma），二者同源词。拜火崇拜和饮用圣水（致幻剂）是古雅利安人的特征，而婆罗门早期宗教仪式与拜火信仰相似。

19世纪起，西方的植物学家开始研究"圣水"的原材料。有人认为是蘑菇-毒蝇鹅膏菌，其菌丝体只寄生在桦树、松树、栎树的根部。在举行萨满教仪式时，西伯利亚原居民嚼食毒蝇鹅膏菌或饮用此物的浸泡液，饮用者的尿液有致幻作用和鲜味。雅利安宗教仪式中也有此饮尿项目，苏摩和尿液见于《梨俱吠陀》中的同一诗句。《阿维斯陀》记载，琐罗亚斯德谴责邪恶的祭师引诱人们喝"黑暗之灵"的尿液。据古希腊文献和中东考古，米底人和波斯人约前6—7世纪已信仰拜火教。圣火崇拜可能源于生活在北方的远古斯基泰人。

10. 关于琐罗亚斯德

德黑兰称为拉伊(Rai, Ray)，与《波斯古经》中的刺伽(Rhaga)有关。关于琐罗亚斯德(Zeratusht，阿维陀语 Zarathushtra，波斯语 Zartosht，希腊语 Zōroastrēs，约前628—前551)，一说出生于伊朗北方波斯部落的贵族家庭，一说出生于米底库尔德地区的贵族家庭。他在42岁到巴克特里亚拜见总督乌什塔斯帕(Vishtaspa, Hystaspe，大流士大帝之父)，琼斯所言的古什塔斯帕(Gushtasp)盖此。另据拜火教百科全书《信仰启示录》(Denkard，9世纪)，琐罗亚斯德出生于巴克特里亚的贵族家庭，皈依拜火教的是克兰斯米亚(Chorasmia)的国王。由此推定琐罗亚斯德创教在伊朗之东的阿姆河流域。关于花剌子模(xworzam，意为太阳之地)，波斯史上称克兰斯米亚，古代汉籍称"呼似密""火寻"，13世纪始称"花剌子模"或"回回国"。

11. 关于阿巴里斯

希罗多德的《历史》提及，阿巴里斯(Abaris)是极北地区的居民，无须饮食，而靠一支箭飞往世界各地。通古斯语作阿巴兹(Abači，意为树木精灵)，突厥文《阙特勤碑》作Apar，《史集》作 āūšir。相传阿巴里斯还是阿波罗(Apollo)的祭司，两者的词干发音相似。Apollo的语源来自阿卡德语 abullul(城门、把守城门之神)。据赫西俄德(Hesiod，前8世纪)的《神谱》，希腊太阳神原是赫利俄斯(Helios)。前5世纪后，希腊人才把阿巴里斯与阿波罗融为一体。

12. 关于赛里斯的大都市甘州

"甘"的古音谈部见母(*kam)。甘州(Cam-Cheu)地处河西走廊中部，为古代西北地区的交通商贸重镇。远古就有西戎(塞种人等)在此游牧。春秋战国时，乌孙与月氏共居河西，其后月氏逐乌孙。汉初，匈奴破月氏。汉武帝元狩二年(前121)，在河西昭武置武威、酒泉、张掖、敦煌四郡，隶属凉州刺史部。西魏废帝三年(554)改西凉州为甘州(因甘峻山得名)。隋唐时，西域诸国商人在此互市。元朝时，中国古代科技从甘州西传中亚，故有琼斯引用法德鲁拉关于"自然哲学的许多分支是在当时赛里斯的大都市甘州发展起来的"之说。

据琼斯所言，法德鲁拉(Fadlúllah)是姓氏，其名叫赫瓦贾·拉施特(Khwájah Rashíd，1247—1318)，即伊儿汗国政治家，奉命编撰关于鞑靼和蒙古史的《史集》(Jami'al-Tarikh，1310)。余大钧、周建奇据俄文版所译《史集》(北京：商务印书馆，1983)介绍其全名为拉施特·阿丁·法兹勒·阿拉赫(Rashīd al-Dīn Faḍl Aliāh)。甘州(Cam-Cheu)的俄文为Гам-джоу(Гань-чжоу)。查该译本第一卷第二分册317页(底本231)有"占领了甘州、肃州、河州和斡罗孩等城"；第二卷333页(底本182)有"甘州省，这也是唐兀惕地区的城"。未见"自然哲学在甘州发展起来"。

13. 关于西方人在历史上对"中国"的称呼

中亚、西亚和西方对中国的古老称呼，最早(前6—前3世纪)见于古波斯文献的"丝尼"(Čīn、Čen,比较上古汉语的"丝"＊sīr/＊ser)和Sāini。从南北朝到隋唐,中亚到欧洲对中国的重要称呼是"拓跋"(Tabgac,又音译桃花石)。386—557年,鲜卑拓跋氏建立北魏王朝,统领中国北部、蒙古高原及中亚毗邻地区,以至于北魏及其灭亡后的北中国都以之相称。法国历史学家格鲁塞(Rene Grousset,1885—1952)称拓跋是中华文化的捍卫者,隋唐两代政权在血缘和政治上都是拓跋的传人。

此后,另一个对中国的称呼是契丹(Khitan)。"契丹"之名最早见于北魏铭文《慰喻契丹使韩贞等造窟题记》(辽宁义县医巫闾山北魏石窟东区第5窟),记景明三年(502)之事。北齐魏收所撰《魏书·契丹传》(554):"登国三年(388),契丹为北魏所破。"契丹的汉译,亦作吉答、乞塔、乞答、吸给等。916年,辽太祖耶律阿保机建国称大汗,国号"契丹"。947年,辽太宗耶律德光在开封登基称帝,改国号"辽"。983年更名"大契丹",1066年辽道宗耶律洪基恢复"辽"。契丹辽国全盛时,其疆域西至阿尔泰山以远。10世纪,"契丹"开始取代"拓跋",在中亚和西亚成为中国称号。其广为流传,与喀喇契丹(Qara-Khitay)即西辽的征战相关。1125年辽国为金国所灭。耶律大石(1087—1143)召集残部,1132年在叶密立(今新疆额敏)称帝,史称西辽。随后向西域、漠北、中亚扩张,建都于虎思斡鲁朵(今吉尔吉斯斯坦的托克玛克东南布拉纳)。在卡特万之战(1141)中,击败塞尔柱帝国联军后称霸中亚,威名远播欧洲。俄语以Китай称中国约在12世纪。拉丁文献中以"契丹"称中国不晚于1255年。《马可波罗游记》(1298)以"契丹"(Cathay)称呼北中国,更为欧洲人熟知。

"契丹"作为中国(或北中国)称呼的另一原因是,经过辽金两代民族融合,"契丹"已成为华北主要各族(汉人、契丹、女真、渤海等)的总称。《蒙古秘史》中常见的"乞塔"(Kitat,蒙古语"契丹人"复数形式)和"合拉乞塔"都指汉人。明万历三年(1575),西班牙神父拉达(Mardin de Rada,1533—1592)访问福建,他在《中国纪事》(*Relación de las cosas de la China*,1576)中写道,我们通常称之为China的国家,即威尼斯人马可波罗所称的Cathay。

"契丹"之名的流传,大体上可分三系:(1) 契丹语Qiduni,突厥语Qïtany,喀山鞑靼语Qitay,蒙古语Kitat,哈萨克语Kita,吉尔吉斯语Ketay,阿拉伯语Kitay/Khita,维吾尔语Xitay,波斯语Xitä'i,亚美尼亚语Гatayik'。(2) 俄罗斯语Китай(Kitay),白俄罗斯语、保加利亚语、克罗地亚语与之同;乌克兰语Китай(Kytay),马其顿语、塞尔维亚语、瑞典语、丹麦语、挪威语、冰岛语Kina,拉脱维亚语、匈牙利语Kīna,芬兰语Kiina,立陶宛语Kinija,波兰语Kitaj,斯洛文尼亚语Kitajska。(3) 东罗马拉丁语Catai/Kitai/Catayo/Catay,希腊语Kitala,意大利语Chataio/Catai,西班牙语Catayo/Catay,葡萄牙语Cataio,法语、德语、尼德兰语、英语Cathay。

第六年纪念日演讲：关于波斯人

(1789年2月19日)

先生们，我欣然转到山脉广袤和沙漠无垠的图兰①。去年我们曾前往旅行，但对旅途尚无完整认识，现在请诸位陪我同行于这个世界上最负盛名的美丽国度，体验一场文献之旅。这个国度的历史与语言，无论古今，我都潜心研究多年。可以毫不夸张地向诸位承诺，我从图兰获得的正面资料比从反目成仇且胸无点墨的鞑靼人那里获得的更多。我的意思是，欧洲人不恰当地将仅为省份名称"波斯"用于称呼整个伊朗帝国，其现在的本地人和居住在这些英国领土上的所有博学的穆斯林②，都正确地称其为"伊朗"③。为了让诸位对其辽阔疆域有所感受，按照与我前几次描述印度、阿拉伯和鞑靼一样的愉悦模式，波斯处于其中间地区。让我们从伟大的亚述人的河流——幼发拉底河(Euphrates)开始（依据习惯，希腊人乐于误称为Foràt"发拉底"），从河流两岸相当重要的区域和城镇，一直向下流入青海即波斯湾。随之看到的是波斯沿海地带，如此称呼也适合，当然这里还有伊朗的其他一些省份。向东我们抵达印度河或印度河三角洲。由此向北爬上喀什噶尔山脉，我们发现了印度河的水源以及质浑河的源头。下行的质浑河把我们导向里海，以前可能注入其中，虽然如今其河水已经消失在花剌子模的沙漠与湖泊之中。④ 下一

---

① 图兰(Turanian)源自古波斯对突厥斯坦的称呼Turkistan。图兰平原指哈萨克斯坦西南部和乌兹别克斯坦、土库曼斯坦西北部的广袤低地，为锡尔河和阿姆河下游流经的土地。

② 穆斯林(Muslim)，意为顺从安拉者，为伊斯兰教徒的通称。早期英国作家使用Mussulman、Musselman或Mussulmaun。

③ 波斯(Persia<Parsuash，意为边陲人)是亚述人对最初迁到伊朗高原南部的伊朗人的称呼，伊朗(Iràn<Aryan，意为雅利安)是波斯人的自称。自萨珊王朝起，其国名改称伊朗。详见备查关于波斯的名称。

④ 琼斯此处沿袭旧说。希罗多德《历史》记载，质浑河即阿姆河的大部分水量流入花剌子模一带的沼泽（咸海附近），余下注入里海。但在17世纪后，质浑河已全部注入咸海。

站我们从可萨人①生活的海边出发,从库拉河即居鲁士河②的岸边,沿着高加索山脊可抵达黑海之滨。再由此出发,不远处就是地中海。我们不能不把低地亚细亚纳入这个轮廓,因为它无疑曾是波斯的一部分,即使不是古老的亚述帝国的一部分。我们知道,它曾经受盖·库思老③的统治。并且我们发现,狄奥多罗斯④提到,特洛伊在亚述时期是独立的王国,普里阿摩能从亚述王透塔摩斯那里求到援兵。⑤ 与其他亚述王的名字相比,透塔摩斯与塔姆拉斯⑥很接近。由此,我们可以将眼光投向这一最壮丽的岛屿(希腊人和阿拉伯人如此称呼它)——伊朗,至少是这个宜居星球上最壮丽的半岛。如果巴伊先生将其确定为柏拉图的亚特兰蒂斯⑦,那么相比于他赞成新地岛,该主张可获得更多的有力论据。实际上,如果亚特兰蒂斯不被认为是一个纯粹的埃及词,或被描述为虚构的乌托邦,我会更倾向于将之归属于我熟知的伊朗,而不是其他任何地区。

似乎有些奇怪,一个在古代历史上如此辉煌的帝国,如今却知之甚少。而我们对之茫然,有其充分的理由。主要是希腊人和犹太人对之认识肤浅,还有波斯档案或历史文献的亡佚。在色诺芬⑧之前,希腊作家对波斯并不熟悉,他们的了解全部来自传闻,而这些传闻之间自相矛盾、夸大失实,以至于不可能认真保存下来。但是,无论战争还是和平时期,希腊与波斯的联系实际上通常仅限于与其接壤王国的封地王子。至于第一位波斯大帝,人们对其一生和性格的了解还是相当明确的,他就是伟大的居鲁士⑨,而我不怕别人反驳,把他称为"盖·库思老"。因为我怀疑菲尔多西提及的库思老就是第一位希腊历史学家称之为的居鲁士,也是最古老政治和道德传奇中的英雄。这正如我认为路易·夸托雷斯(Louis Quatorze)和路易十四是同一位法国国王一样。这完全不可思议,波斯的两位王子⑩各自出生在不同的敌对国土上,因为真实或虚构的不祥之梦,各自在生下来便被其外祖父下令处死。而各自因命中注定,受到被指派凶手的同情而得以保命,又各自以牧人之子身份,在牧人中接受相似的教育之后,找到重返父亲王国的途径。在漫长征战之后,从入侵的暴君手中夺回权力,复兴故国,其权力和辉煌达到巅峰。如此传奇的故事,不论在历史上是否真实存在,作为如《伊利亚特》一样的壮观完整的史诗主题,我们可

---

① 可萨(Khazaria)也称卡赞、哈扎尔,一般指西突厥民族。2世纪时,可萨人已出现在南俄与里海以北。中世纪早期,在里海、伏尔加河流域和顿河平原建立可萨帝国。
② 居鲁士河(Cyrus),是希腊语对库拉河(Cur,Kura)的称呼。
③ 盖·库思老(Cai Khosrau,意为公正的荣耀),波斯诗人菲尔多西《列王纪》中的人物。
④ 狄奥多罗斯(Diodorus Siculus,前1世纪),古希腊历史学家,著有《历史丛书》(Bibliotheca Historica)四十卷。第二部分(卷七至卷十七)记述从特洛伊战争到亚历山大大帝时期的历史事件。
⑤ 在特洛伊(Troas)战争末期,特洛伊国王普里阿摩斯(Πρίαμος)用一根金葡萄藤为报酬,向其同父异母的兄弟亚述王透塔摩斯(Τευταμος)求援。透塔摩斯命门农率兵驾驭两百架战车赶来支援。
⑥ 塔姆拉斯(Tahmúras)是波斯神话中第一位君王郝什安迦之子,发明纺纱、编织、飞鸟占卜及书写。
⑦ 巴伊曾撰《关于柏拉图的亚特兰蒂斯和亚洲古代历史的通信》(1779)。
⑧ 色诺芬(Xenophon,约前430—约前355),古希腊历史学家。前401年,加入希腊雇佣军协助小居鲁士争夺波斯王位未遂,次年从巴比伦返回雅典。著有《长征记》《希腊史续编》。
⑨ 居鲁士(Cyrus,约前600—前530)打败了米底、吕底亚和迦勒底,建立了从印度到地中海的波斯帝国。《圣经》中记载的塞鲁士王即居鲁士王。
⑩ 一位是居鲁士,另一位是萨珊王朝的阿尔达希尔。详见备查关于波斯两位王子的命运。

能倾向于怀疑,但是没有理由否认其情节与孤胆英雄有关。他是与欧洲历史之父对话的亚洲人,根据传统惯例记录的是真名,虽然用希腊字母无法准确表达,但是姓名之别不会有影响,因为希腊人并不看重真名,他们甚至乐于为此牺牲语言的优雅和耳朵的听清。如果能让外来词听上去顺耳,绝不会费尽心思使之准确。因此,他们可能将冈巴赫什改成冈比西斯①;或者重视头衔而非重视姓名,将王子和勇士的施鲁伊说成薛西斯②。施鲁伊王子见于《列王纪》的施尔沙(Shirshah)王朝,这个王朝的名称也可能来自一个头衔。因为亚洲王子在人生的不同时期或不同场合,会不断更换新的头衔或封号。这一习俗仍然盛行于我们时代的伊朗和印度,甚至在《圣经》手稿记录的巴比伦事件中,也由此成为很多困惑的缘由。实际上,不论希腊人还是犹太人,都以其清晰的音节适应波斯人的姓名。不过,希腊人和犹太人似乎都无视伊朗的本土文学,而没有文学作品,对这个国家的了解至多是大概的,而不可能完整。就波斯人而论,他们和犹太人、希腊人处于同一时代,由此一定熟悉当时的历史以及过去的传统记载。然而,因为某个至今仍然存在的原因,他们将凯尤莫尔兹③视为帝国的奠基者,并且在推翻达拉(Dárá)之后,尤其是在击败耶兹底格德(Yezdegird)的大革命之后,随之出现了许多纷纭繁杂的事件,致使其民间历史亡佚。印度也曾遭此不幸,那些心急如焚的祭司,作为其知识的唯一保管人,倾其所有来保全其法律和宗教书籍。正是因为发生了如此巨变,萨珊王朝④之前的真实波斯史荡然无存,除了为《列王纪》提供资料的一些乡村传统和传说,这些至今应仍存在于帕拉维语中。俾什达迪王朝或亚述的编年史模糊不清且令人难以置信。而卡雅尼(Cayání)家族或米底人和波斯人的编年史,则富有英雄气概和诗意化。虽然据说托勒密提到,通过月蚀计算确定了保护琐罗亚斯德的古什塔斯帕⑤王子的年代,但是对于阿尔沙克即阿萨息斯⑥传下来的帕提亚国王,我们知道的也仅限于名字。然而,萨珊人与罗马和拜占庭皇帝交往甚久,他们的统治期间可以称作一个历史时代。在试图弄清亚述帝国的开端时,无数事例中随意使用的名字和称号使我们如坠烟海。编年史家已经确定,在波斯建立的第一个君主政权便是亚述⑦。并且牛顿发现,在大洪水后第一个世纪中出现的一些事件,却

---

① 冈比西斯二世(Cambyses Ⅱ,前529—前522年在位)是居鲁士二世之子。冈巴赫什(Cambakhsh)与之发音相近。

② 薛西斯一世(Xerxes Ⅰ,前485—前465年在位)是大流士一世与居鲁士大帝之女的儿子。波斯语的薛西斯意为"战士"。施鲁伊(Shiruyi,意为勇士)与之意义相近。

③ 传说中的俾什达迪王朝的第一任国王是凯尤莫尔兹(Cayúmer),为善神阿胡拉·玛兹达创造的第一个人,即波斯人的始祖。

④ 萨珊王朝(Sāsānian dynasty,224—651)也称波斯第二帝国。萨珊家族崛起于伊朗西南部,其王朝始祖萨珊是琐罗亚斯德教的祭司。224年,阿尔达希尔一世推翻帕提亚帝国,建立萨珊波斯帝国。萨珊王朝的居民称萨珊王朝为"伊朗沙赫尔"(Iranshahr)。

⑤ 古什塔斯帕(Gushtasp)见于《列王纪》。据说,琐罗亚斯德42岁到大夏(Bactria),首相引荐给总督乌什塔斯帕(Vishtaspa,Hystaspe,大流士大帝之父),盖古什塔斯帕。

⑥ 帕提亚即安息帝国的第一代王,波斯语称阿尔沙克一世(Arshac,?—前246),希腊语称阿萨息斯一世(Arsaces)。

⑦ 详见备查关于亚述人及其国家。

无法通过年代推算将其进一步延伸到基督之前的790年。如果舍弃部分远古的传说内容，而采用剩下的部分，那么结论就是，亚述王在所罗门之后的两百年左右开始统治。而在此之前的年代，伊朗高原的政权早已有几个小国与公国。我一直持有这一观点，如果对穆斯林和噶布尔①的未开化年代忽略不计，那么我认可十一个俾什达迪国王②统治的最长合理持续时期，而不能增加牛顿计算超出的100多年。这似乎真的令人费解，虽然亚伯拉罕在埃及建立了正规的君主制，虽然也门王国自诩非常古老，虽然在我们地区之前的12个世纪，中国人至少已接近其广袤疆域的现在形态，虽然我们几乎不能想象第一位印度君主已经统治近三千年，然而波斯，这些国度中最适宜人居、最精致袖珍、最令人向往的国家，这么多年来居然一直未能安定，处于四分五裂之中。对此我曾长期深感绝望，在其他任何地方几乎都看不到曙光。一个幸运的发现即刻拨云见日，我首先感谢印度一位最睿智的穆斯林——密尔·穆罕默德·侯赛因（Mír Muhammed Husain），他提供的书向伊朗和人类原始史投上了一缕光芒。

这本罕见而有价值的书涉及十二个不同宗教派系，题目是《宗教流派》，由伊斯兰教的旅行者，一位叫作穆赫桑③的克什米尔本地人编撰的，但与另一个名叫法尼（Fani）的，弄虚作假或取宠一时的书有别。开篇是关于胡桑④教的令人惊奇和感兴趣的章节，胡桑教比琐罗亚斯德的拜火教要早得多，而且仍有很多博学的，甚至是作者同时代的波斯人继续秘密信仰该教。其中有几位最杰出的，因许多观点与噶布尔相左而受到其国家统治势力的迫害，只得退隐印度。在此，他们编著了许多书籍，如今所剩却寥寥无几。穆赫桑精研过这些书籍及其作者，或者与其中的很多作者建立了亲密的友谊。穆赫桑从他们那里了解到在凯尤莫尔兹登基之前，有一个强大的君主国早在伊朗建立多年。这个政权称作马哈巴德王朝⑤，其缘由我们马上会提到。这个王朝有很多王子，其中七八个命名为"达毕斯坦"，而他们中间的马布尔（Mahbul）或马哈毕利（MaháBeli），曾将其帝国推向人类荣耀的顶峰。如果我们信赖在我看来无懈可击的这一证据，那么伊朗君主国一定是世上最古老的政权之一，然而它与印度、阿拉伯、鞑靼三个种族之间的关系仍然迷雾重重。据说，伊朗的第一位国王是鞑靼人⑥，或者他们是来自与这三个种族不同的第四个种族。关于这些问题，我可以预想到，当我们仔细探究了语言和文学、宗教和哲学，再兼及艺术和科学，将能给出准确的答案。

---

① 噶布尔（Gabr）是对琐罗亚斯德教信徒的称呼。
② 传说中的俾什达迪王国（Pishdadi，历时2441年）的国王世系如下：凯尤莫尔兹→胡山→塔赫姆列斯→贾姆希德→扎哈克→费利顿→马鲁吉赫尔→努扎尔→塔赫玛斯帕→戈尔沙斯帕。
③ 《宗教流派》的作者，此处写作穆赫桑（Mohsan，省略了Fani），下文全名是穆赫萨尼·法尼（Mohsani Fáni）。由此琼斯提醒，与另一个也叫法尼（Fani）弄虚作假的书有别。
④ 据菲尔多西《列王纪》，胡桑（Húshang）是统治世界的第二个国王萨汗。在《阿维斯陀经》中，为传奇人物郝桑哈（Haošyaṇha）。
⑤ 马哈巴德王朝（Mahábádian dynasty），盖据穆赫桑书中记载的波斯传说。详见备查关于马哈巴德王朝。
⑥ 琼斯所言"伊朗的第一位国王是鞑靼人"，盖指马哈巴德王朝开国者。在伊朗高原，亚述第一王朝伊沙库王朝（约前26世纪—前1906年）的开国者图迪亚（Tudiya）是闪米特人。

一

我要提出的关于伊朗古代语言和文字的评论既新颖又重要。我觉得,诸位一定会认为,在这种场合下,对我的一家之言要另作证明是不可能的。如果我只是重复一系列干巴巴的不连贯词语,为诸位呈上一份词表而非一篇专论,我将请求诸位宽容。但是,因为我不必维护任何系统,也不让任何空想干扰我的判断;因为我习惯于基于证据,从文明仅有的坚实基础出发,对人物和事件加以判断,所以经验才是真实的知识。并且,因为我已经充分考虑了要讨论的问题,我劝诸位不必怀疑我的论证,或者认为我言过其实。我可以向诸位保证,我不能圆满论证的问题绝不会贸然维护。穆罕默德出生时,被称为"公正之王"的艾奴施尔旺正在波斯称帝①。有两种语言在辽阔的伊朗帝国流行。一种是时称达里语②的宫廷语言,这只是帕尔西语③的一种精致优雅的方言,来自如今省会在设拉子的行省。另一种是大部分学术书籍采用的帕拉维语④,这种语言源于从前说这种语言的英雄,或者来自帕尔乌,据说伊拉克许多相当重要的城市都位于这一狭长地区。我相信,一些行省的乡村人仍在说这两种语言的粗俗土语,比如赫拉特⑤、扎布尔⑥、锡斯坦⑦以及其他省份中的许多乡村人。典型的惯用语都是本地话中特有的,这在每个疆域辽阔的国家都不免如此。除了帕尔西语和帕拉维语,祭司和哲人还通晓一种非常古老而难懂的语言,即所谓的禅德语⑧。因为他们推崇一本关于宗教和道德义务的书,该书的题目使人着迷,就写作"禅德"。关于该书的评注本《帕禅德》⑨,以更通用的帕拉维语写成。但是,拜火教的一位博学信徒巴赫曼(Bahman)不久前在加尔各答离世,他曾在此以波斯学者的身份和我相处三年。他自信地告诉我,其先知书所用的字母,正确的叫法是"禅德"。《阿维斯陀经》的语言文字就像《吠陀》一样,其词语是梵文,而字符是天城体字母,或者就像古老的《萨迦》⑩和冰岛诗

---

① 穆罕默德出生于570年,当时的波斯萨珊王朝正处于库思老一世艾奴施尔旺(Chosrau I Anōscharwān,531—579年在位)执政期间。库思老的含义是"公正之荣耀"。
② 达里语(Deri,Dari,意为宫廷语)是7世纪后帕拉维语与帕提亚语融合而成的新波斯语。
③ 帕尔西语(Parsi)是中古波斯语(Persian)的一种。8—10世纪,一些坚持信仰拜火教的波斯人移居印度古吉拉特邦,被称为帕尔西人。所用帕尔西语保留了古波斯语的一些特征。
④ 帕拉维语(Pahlavi)或译巴列维语、钵罗钵语,通行于3—10世纪的中古波斯语,使用帕拉维字母。琼斯认为帕拉维语源于帕尔乌(Pahlu,Pahlavi 盖源于此)地方的方言。
⑤ 赫拉特(Harat)位于阿富汗哈里河中游右岸。
⑥ 扎布尔(Zabul)位于阿富汗南方。
⑦ 锡斯坦(Sistan)位于伊朗东南部边境。
⑧ 此处的禅德语(Zend),盖指阿维斯陀语,是波斯古经《阿维斯陀》(Avestà)成书时(前4世纪)所用的上古波斯语。
⑨ 现存《帕禅德》(Pàzend)即《阿维斯陀评注》,是9世纪后搜集的琐罗亚斯德教文本的汇编,用帕拉维语写成。由此也称帕禅德语(通常避开阿拉伯语要素),成为中古波斯文的一种书写系统。
⑩ 《萨迦》(Saga,意为话语)是北欧传说故事集,"萨迦"是北欧神话中的历史女神。13世纪前后,冰岛人和挪威人用文字记载古代民间口传故事,汇编为《萨迦》。该故事集包括神话、家族和英雄传奇,反映了古代斯堪的纳维亚人的社会生活、宗教信仰和精神风貌等。

歌是用鲁纳字母①记录的一样。无论如何，直到我们能找到，应该很快能找到更为合适的名称之前，按照习惯，我们还是称呼波斯的这种神圣语言为"禅德"。古代的禅德语和帕拉维语，如今在伊朗几乎完全消失。其中，主要居住在亚兹德②和塞尔门的六七千噶布尔，他们中间已经极少有人能阅读帕拉维语，甚至几乎无人自称懂得禅德语。而帕尔西语在《列王纪》中还一直保持纯正，如今也已经成为混合语，渗进了许多阿拉伯词语以及许多不易觉察的变化。许多优秀作家在散文和诗篇中精心打磨出一种新的语言，这就类似于拉丁语在罗马帝国颠覆后逐渐分化为欧洲的不同方言。但是，我们现在探究的不涉及现代波斯语，我所限定的时期在穆罕默德征服之前。自从我致力于古印度文学研究，已经把菲尔多西的著作认真阅读了两遍。我可以自信地向你保证，帕尔西语中有许多名词是纯粹的梵文词，但没有在巴沙话或印度当地方言中可以大量察觉到的那些变化。波斯语的许多祈使句的动词就是梵语的动词词根。甚至波斯语实义动词的情态和时态，以及所有其他的这些范式，都可以按照清晰的类比规则从梵语中轻易地类推出来。我们可以由此推定，像诸多印度方言一样，帕尔西语也源于婆罗门语。并且我必须补充，在纯正的波斯语中，我没有发现任何阿拉伯语的痕迹，除了目前所知的，尤其是从巴赫拉姆③时代开始的波斯人和阿拉伯人的交往，可能发现有阿拉伯语影响的痕迹。菲尔多西是在阿拉伯接受的教育，他创作的阿拉伯诗歌至今犹存，一并传下来的还有他用达里语写作的英雄诗体，其中很多被视为以阿拉伯韵律创作波斯诗歌的首次尝试。然而，无须求助于其他证据，仅凭这些作品中的词语，波斯才子对之如此喜爱，而阿拉伯人对之如此厌恶，就已经是证明帕尔西语源自印度语，并非来自阿拉伯语族的关键证据。有鉴于语言是知识的工具，同时有强烈理由怀疑是否确有用禅德语或帕拉维语书写的书卷（尤其在见多识广的《宗教流派》作者看来，确认琐罗亚斯德的作品已经亡佚，补上的是之后的晚近作品）。虽然我有机会，但是我没有学习这些残留的古代语言的动机，而我经常与我的朋友巴赫曼谈到这些语言。我们在深思熟虑后确信，禅德语和梵语极为相似，而帕拉维语和阿拉伯语极为相似。④ 在我的请求下，巴赫曼将古列斯坦王宫⑤居鲁士王冠上的精美铭文

---

① 鲁纳字母又称北欧字母。相传日耳曼众神之父奥丁（Odin）用失去右眼的代价换取了鲁纳的智慧。鲁纳（Rune）一词可能源于哥特语的 runa（秘密耳语）。该种字母起初用于书写咒语，刻在木石金属材料上。现存最早铭文见于西元150年左右。

② 亚兹德（Yazd）是伊朗中北部的城市，始建于5世纪，为伊朗拜火教的最大中心。

③ 巴赫拉姆五世（Bahrám V，420—440年在位），外号"古尔"（Gor，意为喜爱狩猎野驴），萨珊王朝皇帝。萨珊灭亡后，被奉为神话中的英雄由阿拉伯人流传。古尔年轻时在阿拉伯，当其父王病逝的消息传到阿拉伯时，波斯大臣已拥立他人为帝。古尔从阿拉伯借兵讨伐，波斯大臣只得答应其要求，但提出要求，古尔必须从两头狮子中间取得王冠。古尔做到而继承了王位。

④ 上古波斯的禅德语与梵语同属印度-伊朗语族，其相似来自同源。中古波斯的帕拉维语与阿拉伯语（闪米特语族），其相似来自接触。

⑤ 古列斯坦王宫（Gulistan）最早叫作德黑兰城堡（Arg），始建于波斯萨法维王朝塔赫马斯普一世（Tahmasp Ⅰ，1524—1576年在位）统治期间。恺加王朝（Qajar dynasty）的阿迦·穆罕默德汗（Agha Mohammad Khan，1789—1797年在位）定都德黑兰后，将德黑兰城堡改建为古列斯坦王宫。

译成帕拉维语，而我有耐心去阅读《贾汉吉尔词典》①附录中的《帕禅德》词表。通过这种查考，我完全确信帕拉维语是迦勒底语的一种方言②，并且我将就这个奇妙的事实展示简明的证据。迦勒底人的语言，其特点是大部分词都以第一个长元音 a 结尾，如 shemia（天）。我们在帕禅德语中发现了一个字母也没改动过的特定词，如 laila（夜）、meyda（水）、nira（火）、matra（雨），还有大批来自阿拉伯语或希伯来语的其他词，明显带有迦勒底语的长元音词尾。zamar 这个词就是如此，zamar 来自修剪树枝的巧妙隐喻，在希伯来语中意为唱歌时诗句缀合之间的轻松过渡。而在帕拉维语中，我们知道动词 zamruniten 的含义是歌唱，其变化形式是 zamrunemi（我唱）和 zamrunid（他唱），也就是把波斯语的动词词尾加到迦勒底语的词根上。既然所有这些词语都是波斯语的一部分，那么阿拉伯语的动词和名词嫁接到现代波斯语中并非偶然。这一特点让我确信，巴赫曼曾给我的多种书面样本，把噶布尔方言冒充为琐罗亚斯德的方言，这些是他们的祭司后来编造的，至少是在其后穆斯林入侵期间才编造的。正如巴赫曼一向主张的，虽然亚兹德附近的井底出土的几片铅铜薄板上可能还保存了一些圣书文字，然而作为征服者，不仅在精神上，而且在政治利益上也会迫害一个好战、粗犷、桀骜不驯，且与之势不两立的被征服对象的民族。一定要等很长时间过去，隐藏的经文手稿才能安全面世，只是那时能完全理解经文的学者却鲜在人世。然而，由于继续宣扬先人的宗教信仰，对于姆贝德③而言，用新作品补充已佚或残缺的立法者作品成了权宜之计。这些新作品部分来自零星回忆，部分来自搜集的道德和宗教知识，更多的很可能来自与之交往的基督徒。晚近的噶布尔的书卷是否在阿拉伯入侵之前就已存在，为了回答这一问题，我们可以公平地基于一条规则吗？出现在噶布尔书中的阿拉伯名词，只因迦勒底土语的原因改动的，我们可以当作古帕拉维语的词，如将 werta 改作 werd（玫瑰），将 daba 改作 dhahab（金子），或将 deman 改作 zeman（时间）。但是，当我们遇到明显根据阿拉伯语法构成的动名词或不定式时，我们可以确定，这些短语出现在晚近的现代。而巴赫曼给我看的宗教书里却没有一段与该测试相符。

现在我们来看看禅德语。在此必须告知我最近的一个发现，从中我们可能得出最有价值的结论。昂克蒂尔④先生只是为了重新获得琐罗亚斯德的作品，年轻气盛时就建立了航行印度的丰功伟绩。如果不是因过度虚荣且心怀恶意而丢脸，其同胞中的友善者都与之疏远，他在法国也就更为声名显赫。昂克蒂尔题名的《禅德阿维斯陀》(*Zend-Avestà*)

---

① 波斯语词典《贾汉吉尔词典》(*Farhang-e Jahāngīr*, 1608) 是胡赛因·安朱 (Ḥosayn Enjū, ? —1626) 所撰，以莫卧儿第四代皇帝贾汉吉尔 (1569—1627) 之名命名。
② 迦勒底语 (Chaldaic) 与亚述语、腓尼基语、犹太语、阿拉米语都是闪米特语。约前 550 年，波斯帝国占领叙利亚后，借用当时中东通用的阿拉米语文 (闪米特语) 作为官方和商业语文；前 538 年，波斯帝国灭掉迦勒底 (新巴比伦王国) 后，可能受到迦勒底语文 (闪米特语) 的影响，但是帕拉维语 (印欧语) 不可能是迦勒底语的方言。
③ 在伊朗民族史诗中，姆贝德 (Mubeds) 为最优秀的人物。此处盖指学者。
④ 昂克蒂尔 (Abraham Anquetil, 1731—1805)，法国东方学家。1754 年和 1761 年赴印度寻求帕尔西人之圣典。1771 年出版法译本《禅德-阿维斯陀经》(*Zend-Avesta*)，其中收录了拜火教圣典、琐罗亚斯德生平以及归于其名下的作品残稿。琼斯对其研究不屑一顾。

著作中,展示了禅德语和帕拉维语的两种词表,这是他在被认可的流传下来的作品集,或在现代波斯语的传统作品片段中发现的。昂克蒂尔关于帕拉维语的看法无需多言,它有力地证实了我关于帕拉维语来自迦勒底语的看法。但是当我仔细研读了禅德语词表,竟发现十有六七的词是纯粹梵语的。① 我的惊讶实在难以言表,甚至一些屈折都是根据梵语语法规则构成的,例如梵语第二人称代词的复数形式 yushmad(你们),其复数属格是 yushmacam(你们的)。既然昂克蒂尔先生肯定对梵语一无所知,波斯编者很可能也不懂梵语,因而不可能发明一系列梵语词,所以真正的禅德语词汇保存在古老的书中或通过口耳相传。由此可知,禅德语至少是梵语的一种方言,差不多与帕拉克里塔语②或其他通行的土语一样接近梵语。我们知道,帕拉克里塔语在两千年前的印度已经使用。从以上种种事实可以得出必然的结论,波斯的最古老语言是迦勒底语和梵语。而且,只有当它们不再是本地话时,帕拉维语和禅德语才各自从中衍生而来,而帕尔西语来自禅德语,或者直接源于婆罗门方言。但是所有的语言都可能混合了鞑靼语的成分,最优秀的词典编纂者坚持,古波斯语中有无数词来自辛梅里安人③的语言,或钦察人④的鞑靼语。在前几次演讲中,我们已经考察过这三个种族的血统,其结果是鞑靼人和阿拉伯人匆匆赶赴其沙漠,后来又从各自所居之地转回伊朗高原,很有可能,伊朗就是他们最初的迁徙起点。而印度人在很早年代便将迁徙起点遗忘,其立法者明令禁止重返那片故土,然而在此之前,他们在伊朗已经留下明显的踪迹。我要靠近这个中心加以观察,因为如果仅仅假定这些民族之间纯属政治或商贸往来,也就不能解释我们在古波斯语中所发现的梵语和迦勒底语的词汇。原因之一,它们数目很多,不可能仅仅通过政治或商贸往来等途径引入;原因之二,它们不是野兽、物品或艺术此类名词,而是有关物质要素、身体部位、自然事物及其关系、心智的情感,以及全人类共有的其他观念。

如果有人极力主张,印度的民族曾经占据并统治过伊朗,那么我们应该能在如今称作"贾姆希德宝座"⑤的庙宇或宫殿的古老废墟中发现一些天城体字母的铭文,或者至少在埃勒凡达岛⑥的石刻上找到一些字符,那里的雕刻无疑是印度人制作的,或者在位于印

---

① 欧洲学者在17世纪已发现梵语和波斯语同源。琼斯所言"禅德语是梵语的一种方言"不切。
② 帕拉克里塔语(Pracrit,梵文 prākṛta)是印度中部及北部方言,在古代与梵文并存或源于梵文。
③ 辛梅里安人(Cimmerian,意为流动的马队),一支古老的印欧游牧民,其语言属伊朗语族。约前12世纪,居住在高加索山脉和黑海以北的草原上。前750—前700年,辛梅里安人进入安纳托利亚,前695年征服弗里吉亚,前652年攻克吕底亚首都萨迪斯,前637或前626年被吕底亚国王阿利亚德击溃。
④ 钦察人(Kipchak)是古代欧亚的游牧民族,其领地西起第聂伯河(包括克里米亚),东北为伏尔加河中游地区直抵不里阿耳,东南到乌拉尔河。俄罗斯称其为波洛维赤人,拜占庭称其为科马洛伊人,阿拉伯称其为库曼人。1120—1221年,钦察人常与格鲁吉亚人联盟以对付伊斯兰教徒。
⑤ 贾姆希德(Jemshīd),古波斯传说中的著名君主。大流士一世(前522—前486年在位)下令建造第五座都城"贾姆希德宝座"(Takhti Jemshīd)。希腊人称之为波斯波利斯(Persepolis,意为波斯之都)。该城在亚历山大大帝东征时被焚毁,遗址在今设拉子省东北。
⑥ 埃勒凡达岛(Elephanta)位于印度孟买湾。岛上有数座印度教石窟寺庙,西边大石窟造于7—9世纪。中央窟有三面湿婆神像、拉瓦那神像、巴尔瓦济女神像等。

度中央的菲鲁兹①国王的权杖或旗杆上找到。如果贾姆希德宝座这座大型庙宇并非婆罗门从伊朗迁至印度之后建造的,并且我们下面要提及其时波斯的宗教四分五裂,这样的铭文我们可能会发现。虽然伊斯塔卡尔②或波斯波利斯的建筑广为人知,但是没有确凿证据表明建于贾姆希德时代。这一事实本来很容易口耳相传下来,而我们很快就会有充分证据,表明这座庙宇的建造晚于印度君主统治。成排的柏树实际上代表了列队的雕像,也许会让《列王纪》的读者相信,那些雕刻和琐罗亚斯德引进的新信仰相关。但是由于柏树是一种美妙的装饰,并且很多雕像显得与改革过的圣火崇拜并不一致,我们必须寻找更有力的证据,以证明贾姆希德宝座的庙宇是在凯尤莫尔兹之后建立的。富兰克林③先生不久前考察过这座建筑,并考查了上面的铭文。他告诉我们,尼布尔高度准确地描摹了这些文字,而没有如此证词,我会怀疑摹本的准确性,因为这位丹麦探险家曾用现代波斯语披露过两幅铭文,其中一幅即来自于此,却未能准确转录。这些铭文是尼扎米④和萨迪⑤的优雅诗句,讲述人类荣耀的变幻莫测。但是这些诗句,不论雕刻还是复制的皆不如人意。以至于如果不是早已对这些诗句了然于心,我也无法读懂。伊斯法罕的鲁塞奥(Rousseau of Isfahan)先生曾译过这些诗句,但不忍卒读,他一定是被不准确的摹本蒙骗了,否则绝不会通过构成 Jem 的一个词及其前缀,生造一位新国王瓦卡姆(Wakam)的名字。无论如何,假设我们认为从尼布尔刊出的铭文中得出的推定,与从遗址本身得出的一样具有决定性,如果它们现在展示在我们面前,那么我们可能一开始就会注意到。但是,正如查尔汀⑥在现场的评价一样,它们与噶布尔在其《辟邪经》(Vendidad)写本中的字母毫无相似之处。在与巴赫曼的一次友好辩论中,我曾尽力主张,这可以作为禅德字母是晚近发明的证据。但他对我的说法似乎毫不惊讶,坚持说我所提及的字母他经常看到。这些字母从不用于撰写书籍,而是刻在不朽的纪念碑上,或者是用于故意隐藏的百姓的秘密宗教仪式,或者是为了有意识地炫耀雕刻家的艺术,就像阿拉伯和印度的几座纪念碑上所装饰的库法字母和天城体字母一样。巴赫曼对有人认真怀疑帕拉维字母是古代遗物感到惊讶。尼布尔给我们看到的鲁斯塔姆⑦马雕背后的铭

---

① 菲鲁兹·沙·图克鲁克(Firuz Shah Tughluq,1309—1388),北印度德里苏丹国图克鲁克王朝的苏丹。其统治期间连年东征西伐。恢复军事采邑制、征收人头税、迫害异教徒,但兴办学校,建造清真寺,发展伊斯兰文化。著有自传《菲鲁兹苏丹的胜利》。

② 伊斯塔卡尔(Istakar,Ishtar)是古巴比伦的爱与战争之神(原型母牛),也是亚述君主的守护神。此处为地名,据《苏莱曼圣人的故事》(河州老马新浪博客 2014-04-07):从大马士革到伊斯塔卡尔是快马一个月路程。

③ 富兰克林(Benjamin Franklin,1706—1790),美国著名的政治家、科学家。多次来到英国,为英国皇家学会成员。琼斯与之有交往。

④ 尼扎米(Nizámi,1141—1209),波斯诗人。其《五卷诗》(Kamseh),包括劝世诗和史诗共 3 万对句。对阿塞拜疆、伊朗、阿富汗斯坦和塔吉克斯坦等国的语言文学均有重要影响。

⑤ 萨迪(Sádi,1208—1291),中古波斯诗人,著有《果园》《蔷薇园》。通过对花鸟、山水、美女、静夜的描写,寄托了对大自然的热爱和美好人生的向往。其诗语言凝练,韵律抑扬,成为波斯文学的典范。

⑥ 查尔汀(Jean Chardin,1643—1713),法国珠宝商和旅行家,著有《查尔汀骑士的波斯之旅》(1686)。琼斯认为,查尔汀该书是描述伊斯兰国家的好书。

⑦ 鲁斯塔姆(Rustam),萨珊王朝的大将。637 年夏,在卡迪西亚与阿拉伯大将萨阿德(Saad)大战。

文，显然是真实的帕拉维文字，但要译解出来可能还要一些功夫。这些字迹极其粗放，像是出自罗马人和阿拉伯人的多种手笔。我记得，在伟大的解剖学家威廉姆·亨特①的博物馆，曾看到一套罕见的古波斯硬币。虽然我相信其铸印文字是帕拉维字母，而且毫不怀疑这套硬币是帕提亚国王时期的硬币，然而，当时的时间有限，我不可能用更多时间细读这些铭文，只能比较字母的不同并确定其中各自所占的比例。这种粗放的帕拉维字母，经琐罗亚斯德或其门徒改善成优雅而清晰的字母，《阿维斯陀》便以该文字写成。与迦勒底字母一样，两者的行款都是从右往左，因为它们显然都有迦勒底语言的起源。但是禅德语有一个独到优势，即在每个词语上用清晰记号表达所有的长短元音，而所有的词之间以黑点隔开。因此，如果现代波斯语不与阿拉伯语混合，可能就会以禅德字母的方式书写，只要抄写几页《列王纪》便可充分感受到其便利。至于贾姆希德宫殿里的未知铭文，有理由怀疑它们是否包含了曾为某一民族使用过的字母系统。其中有五篇用黑点隔开词语的写本，大概包含四十个字母，至少我分辨不出原本有更多不同。并且，所有字母看上去都像是一条直线上的规则变体和组成成分，像是一杆标枪顶端的角状物，或是像心形或长矛状的一片树叶（植物学家这样描述）。很多北欧古代铭文似乎也以类似的要素构成。通过观察发现，波斯波利斯的字母笔迹和爱尔兰人称为的欧甘字母②有明显相似之处，梵文中的"埃甘"（Agam）意为神秘知识。但是我不敢确定这两个词是否具有相同的词源，而仅仅想要提出，如果所谈论的字符真的是按照字母顺序排列，那么它们很可能充满神秘色彩，并且是祭司使用的。或者可能仅为计数之用，而只有祭司才掌握这些知识。如果这种语言确定是已知的，我以为，也只有祭司才能破译这些字母。然而，所有其他同样种类的铭文，其字符太复杂，并且变体不计其数，必须承认，它们可能是表达清晰声音的符号。实际上，天城体字母系统，其中不同的字母比任何已知的字母表的字母都要多，它由49个单纯的字母组成，其中有2个仅用于替换，有4个在梵文或其他任何语言中都很少使用。然而，尼布尔展示的字母更为复杂，其数目堪比"中文之钥"③。汉字仅表达意思，有些汉字的字形和伊斯塔卡尔的古代波斯文字相似。这位丹麦探险家从其亲眼所见，确信这些文字和印度诸国的所有文字一样，是从左开始书写的。但是，我在离开这个不得其解的模糊不清的主题之前，必须给我自己原先作出的评论提供证据，即在波斯古代遗迹中发现的少数几个正方形的迦勒底字母，似乎和天城体字母原本相同。正如我们现在所见，与世隔绝之前的天城体字母是方方正正的。

---

① 威廉姆·亨特（William Hunter，1718—1783），苏格兰解剖学家和医师。
② 欧甘字母是爱尔兰和威尔士中世纪前期使用的字母，"欧甘"（Ogham）一词可能来自爱尔兰语的 og-úaim（由硬器尖端划出的痕迹）。该字母主要书写的是古威尔士语，有时用于书写布立吞语。爱尔兰和英国西部现存约400座书写欧甘字母的石碑。
③ 德国学者米勒（Andreas Müeller，1630—1694）、门采尔（Christian Mentzell，1622—1701）曾提出学习汉语言文字的所谓"中文之钥"（Chinese keys，拉丁文 Clavis Sinica），其灵感来自明代学者张自烈《正字通》的214部首。

二

如果我们信赖穆赫萨尼·法尼①的权威证据,那么,伊朗的原始宗教就是牛顿称为的所有宗教中最古老的宗教(也许称为"最高尚的"更恰当):"坚定地相信一位至高无上的神,用其力量创造了世界,并以远见卓识一直管理世界;虔诚地敬畏他、爱戴他,并且崇拜他;对父母和长者秉持应得的尊重;对所有人类民族心怀兄弟之情,甚至对横暴者也待以同情的温和。"一个如此纯粹而崇高的奉献体系,几乎不可能在人世间长期持续。我们从《宗教流派》中了解到,在胡桑教统治下的伊朗人普遍崇拜的是纯粹的赛比教。"赛比教"这个词,我无法给出确定的词源,但它由文法学家从"赛巴"②一词中推出,"赛巴"即圣体,特别是天空的圣体或天体。赛比教徒的仪式,被认为是对天体的崇拜组成。在上面提及的这本博学作品中,有这样的描述,波斯供奉太阳和星球的几座神殿是人们崇拜的象征,还描述了在规定节庆日里浩浩荡荡的队伍。贾姆希德城废墟中的雕刻,可能反映出此处是其中的一座神殿。但是波斯的行星崇拜,似乎只是更复杂宗教仪式的一部分,在印度的一些省份,如今我们发现了这一宗教。穆赫桑让我们相信,波斯最博学的人认为,对胡桑的信仰与伊朗第一位最高统治者琐罗亚斯德以及整个地球上的信仰都不同。其倡导者马哈巴德(Mahábád,明显的梵文词)把人分为四类:虔诚的信教者、军人、商人和奴隶。他为这四类人确定的名称,无疑与印度现在种姓制度的四个等级③同根共源。他们还补充,马哈巴德从造物主那里得到一本以神圣语言写成的圣书并在人间传播,穆斯林编者为该书起了一个阿拉伯语的题目《迪萨特》(Desatir),即"规章",但是并未提及该书的原名。第十四个马哈巴德曾经公开露面,即以人形化身统治世界。现在我们知道,印度人信仰的第十四位摩奴,或具有相似功能的第一位天神留下了一部法典或神圣法令④,他们将之与《吠陀》相提并论,相信其语言是神的语言。我们几乎无法怀疑最纯粹而最古老宗教中的首次讹误,会出现在婆罗门创立的印度宗教体系中并在其区域广为传播。马哈巴德或摩奴之书仍是此时所有宗教和道德义务的标准。基督之前的第八个或第九个世纪,凯尤莫尔兹登上了波斯王座,似乎恰逢政权和宗教的重大革新。很可能,他与之前的马哈巴德人是不同种族,或许开始了全国新的胡桑信仰体系,名义上是正式而全面的,但是宗教改革只是局部的。因为,一方面人们反对前人的复杂多神论,一方面保留了马哈巴德法规以及对太阳、星球和火焰的崇拜。因此,类似于印度教的绍拉教派和

---

① 穆赫萨尼·法尼(Mohsani Fání),《宗教流派》的作者。琼斯上文写作 Mohsan(穆赫桑)。
② 赛巴(Sabà)的本义是赛巴人,阿拉伯半岛的古老居民,曾建立赛伯伊王国(Sabaean,前750—前115)。赛巴人崇拜天体,故此教称为赛比教(Sabian)。
③ 印度种姓制度是在后期吠陀时代(前600)形成的。原本并非出于划分贵贱,而是要确保雅利安的执政权和各种社会工作都有一定人数。包括4个等级:婆罗门(僧侣贵族)、刹帝利(军事和行政贵族)、吠舍(雅利安自由平民)和首陀罗(绝大多数是原居民)。
④ 此处指相传为印度人始祖摩奴(Menu,Manu)制定的《摩奴法典》。

萨尼卡教派①,此刻在贝拿勒斯仍有很多,在那里,许多拜火仪式仍然是连续燃烧。萨尼卡信徒走进其祭司堂,用两片硬木点燃一簇火焰,从婚礼仪式到庄严的献身行为,从离世祖先的葬礼到自己的火化柴堆,这簇火焰在其一生中一直燃烧着。琐罗亚斯德继承了这一非凡的仪式,他对古老宗教进行改革,加入了神灵或执掌月份和日子的天使,加入了通过圣火展示崇拜的新仪式。他自称有一本从天堂得到的新作,并且首先建立了对至高无上的神的实际崇拜。据穆赫桑所言,琐罗亚斯德出生在拉伊②地区。正是他到达印度,而非阿米亚诺斯③所言的其保护者古什塔斯帕,由此可能从婆罗门教中得到神学和伦理知识。毕达哥拉斯④在伊拉克首都⑤结识琐罗亚斯德几乎不可能,这位希腊圣人彼时一定年事已高,我们也没有这两位哲人之间有过往来的确凿证据。改革后的宗教在波斯继续盛行,直到其国土被穆斯林占领。即使从未学习过禅德语,在几部声称现代波斯语的作品中,我们也可以得到丰富的相关信息。当提及琐罗亚斯德时,巴赫曼总是心怀敬畏。而他实际上是一个纯粹的一神论者,并且强烈否认任何对于火或其他元素的崇拜。他拒绝把同时代的两个基本信条——至善和至恶,作为他信仰的一部分。巴赫曼经常在燃火的祭坛前反复诵读菲尔多西的诗句,以表达对居鲁士和其祖先的恭敬:"不要认为他们是火的崇拜者,因为该元素仅为崇高的物体,他们将目光投向其光彩。他们在神的面前谦卑整个一周,而且如果你的理解力极少发挥,那么必须承认你对至高纯洁的存在的信赖。"在萨迪的故事中,在其精彩的《布斯坦》(Bústàn)接近结尾处,关于崇拜神像是苏摩努特还是摩诃提婆⑥,他混淆了印度教徒的宗教与噶布尔的信仰。他说婆罗门不仅诵读《莫格斯》(Moghs)(《玛斯纳维》⑦中有一段诗歌可以为证),而且还是《禅德经》和《帕禅德经》的阅读者。这种混淆是出于真的无知还是装的懵懂,现在我无法判断,但是我坚信,《禅德经》的教义与《吠陀经》的教义截然不同。正如我所认为的,我们每天交谈中都提及的婆罗门教,在凯尤莫尔兹执政之前就盛行于波斯。从帕尔西人怀有敬意的记忆中,凯尤莫尔兹被认为是人类中的第一个,虽然他们相信在其统治之前到处洪水泛滥。

  古代波斯人的哲学(就我们了解的)与其宗教紧密联系。按照穆赫桑的观点,古代波

---

  ① 绍拉教派(Sauras)来自古老的吠陀传统。绍拉教的追随者崇拜作为婆罗门上帝的太阳神苏里亚(Surya)。萨尼卡教派(Sagnicas)崇拜行星和火,主要盛行于贝拿勒斯。
  ② 德黑兰在琐罗亚斯德教里称为拉伊(Rai,Ray),但琐罗亚斯德并非出生于此。
  ③ 阿米亚诺斯·马塞利努斯(Ammianus Marcellinus,325—391),罗马帝国历史学家。曾在高卢和波斯服役,著有晚期罗马帝国最重要的史料《往事》(Res Gestae)。
  ④ 毕达哥拉斯(Pythagoras,前580—前500),古希腊哲学家。九岁时被父亲送到腓尼基的提尔,向叙利亚学者学习东方宗教和文化。曾游历小亚细亚、巴比伦、印度和埃及。
  ⑤ 此处所谓"伊拉克首都",指新巴比伦王国(前626—前538)的巴比伦城。
  ⑥ 苏摩努特(Sómanóth),月亮守护神。摩诃提婆(Mahadeva),毁灭之神湿婆。琼斯认为前者是琐罗亚斯德教信徒噶布尔信仰的神,后者是印度教徒信仰的神。不过,印度西部古吉拉特邦的苏摩努特神庙,也是供奉湿婆的最神圣庙宇之一。
  ⑦ 《玛斯纳维》(Mesnavi)意为"深刻精神内涵的押韵对句",是六本阿拉伯语系列诗歌集的名称。作者巴尔希(Jalal al-Din Muhammad Balkhi,1207—1273)以别名鲁米(Rumi)而闻名。作为教导苏菲派如何实现真爱与神灵目标的作品,《玛斯纳维》(1258—1270)是苏菲主义和波斯达里语文学中最著名和最有影响力的作品之一。

斯人是发光体的孜孜不倦观察者,他们崇拜并辨认了各种发光天体。依据穆赫桑的研究,他们在某种程度上弥补了贝罗索斯①的不足之处,用许多人为命名的不同天体的运行周期,似乎揭示了当时循环出现的昼夜平分点的知识。据说古代波斯人还掌握自然界的最奇妙力量,因此享有魔法师和巫师的名声。但是我仅仅略作评论,波斯和印度的众多教派从古至今一直宣传本元论的宗教体系,还有部分流传到希腊。即使现在,甚至在博学的穆斯林中依然流行,他们有时会开诚布公。持有这种信念的现代哲人被称作苏菲派②,此名来自希腊语中一位神的称呼③,或者源于波斯某些省份过去常戴的羊毛斗篷。其基本信条在于,除了神,没有任何事物绝对存在;人类的灵魂是其本质的发散,虽然有时与其神圣来源分离,但是终将再度合一。这种重聚将会带来最大可能的愉悦。在这个短暂的人世间,人类的主要好处就是,凡人的累赘躯壳将与永恒的灵魂完美地结为一体。为此目的,他们应该断绝一切外在联系(或者他们所谓的 taálluk),从而无牵无挂地经历生命的旅程,就像游泳者在海洋中自由地劈波斩浪,丝毫不受衣服的羁绊。他们应该像柏树一般挺直而自由,其果实几乎看不到,而不会因太重而坠落,就像依附于棚架的果树。因此,如果仅仅尘世间的符咒就足以影响灵魂,那么天国之美的想法更能令人震撼,让人欣喜若狂。因为缺少恰如其分的语言来表达神圣的完美和奉献的激情,我们必须借助其他表达,最大限度地接近我们的想法,从超凡脱俗和神秘感悟来谈论美和爱。就像芦苇从天然的河岸拔起,就像蜂蜡从美味的蜂蜜中分离,人类的灵魂用柔和的音乐与世间的悲伤分离,并且洒下滚烫的泪水。燃烧的烛芯热情激昂,蜡炬成灰泪始干,就像挣脱尘世的羁绊,返回唯一挚爱身边的途径。其中的一部分内容(我省略了《宗教流派》提及的苏菲派更精微的本元论),是现代波斯诗人原始质朴而充满热情的宗教信仰,尤其是悦耳的哈菲兹④和伟大的毛拉⑤的信仰。这就是印度吠檀多哲人和最优秀吟唱诗人的宗教体系。这一体系在两个国家的年代都非常久远,因此可能成为众多其他证据之外的又一证据,证明二者关系密切由来已久。

---

① 贝罗索斯(Berosus,前350—前270),新巴比伦王国马尔杜克神庙大祭司、占星学家、历史学家。著有《巴比伦史》,第一卷论宇宙结构及占星学。希腊罗马时代的著作家经常提到这部书。贝罗索斯晚年在科斯岛开办占星术学校。从罗马帝国直至文艺复兴,贝罗索斯占星学一直是欧洲的主流。
② 苏菲派(Sufis)是伊斯兰教的派别。该词源自阿拉伯语 Suf(羊毛),最早的苏菲派人士穿羊毛大袍。或认为该词源于 Sufa(清静)。苏菲派主张,人生就是认识自己与真主、万物本是一体。把禁欲苦修、克己戒骄和行善视为自我修炼的法门。重要仪式齐克尔即反复诵读颂主经文。通过不断的颂主、歌唱、跳舞和旋转,使信徒进入陶醉状态,形成与真主合一的体验。
③ 古希腊的智慧女神之一叫苏菲亚(Sophia),来自希腊语 sophos(智慧)。有人认为,苏菲亚本为犹太教神话中的智慧女神。在古老的犹太典籍里,上帝的女friend名为智慧女神。
④ 哈菲兹(Háfez,1320—1389),波斯诗人。他的诗对专制和暴虐、道德沉沦等加以揭露和嘲讽。他还咏叹春天、鲜花和爱情,呼唤自由公正的生活。
⑤ 毛拉(Maulav)源于阿拉伯语 Mawla(保护者),后成为伊斯兰宗教人员和学者的通称。

三

我们对波斯的雕刻和建筑古迹已有诸多考察,这些对我们的目的而言已经足够。如果诸位和我一样相信,贾姆希德宝座是在凯尤莫尔兹时代之后兴建的,那么对于印度教盛行的埃勒凡达岛与仅有赛比教的波斯波利斯,你也不会惊诧两地的人种多样性。当婆罗门从伊朗迁离时,他们的复杂神学已经取代了单纯对天体和圣火的崇拜。

四

至于古代波斯的科学和艺术,我没有多话可言,这方面似乎没有完整的证据存在。穆赫桑不止一次谈论帕拉维语的古代诗歌,而巴赫曼向我证实,只有零星的断篇残句保存下来。他们的音乐和绘画,其中尼扎米的最为著名,但已无可恢复地消失了。至于摩尼①,那位画家和骗子,其画册叫"阿尔唐"(Artang),他冒充为上天所赐,应该已在中国毁掉了。摩尼教曾在中国寻求避难②。整个事件太现代了,并不能为我们前面关注的国家起源和世界原始居民的问题提供任何启迪。

显而易见,已有明确证据和清晰推理证明,在亚述或俾什达迪统治之前很久,伊朗已经建立了一个强大的政权。虽然实际上是印度人的君主国,即使称为库施人、迦勒底人③或斯基泰人,我们也不会仅就民族名称在此辩论。这一政权延续了若干世纪,并且已经嫁接到印度人的历史上,他们建立了阿逾陀④古国和因陀罗⑤之城的君主制。第一波斯帝国的语言是梵语之母,因此禅德语和帕尔西语皆来自此种语言,希腊语、拉丁语和哥特语同样如此。亚述语的双亲是迦勒底语和帕拉维语,并且原初鞑靼的语言也在同一帝国内通用⑥。但是鞑靼人没有文献,甚至没有字母传世,所以我们无法准确地追踪其质朴而多变的惯用土语。由此,在历史上最早的黎明,我们在波斯发现了三个有区别的人类种

---

① 摩尼(Máni,216—274),24 岁时自称受到神的启示,创立摩尼教。先在波斯北部和印度传教。回波斯后,把教义作品献给萨珊国王沙普尔一世(200—270),获准在萨珊传教。声称是释迦牟尼、琐罗亚斯德和耶稣的继承者,派使徒到罗马和东方传教。沙普尔之子巴赫拉姆一世(274—277 年在位),受拜火教大祭司卡提尔的唆使将摩尼处死。

② 武则天延载元年(694),波斯人的一位拂多诞(Furstadan,意为"侍法者")密赫拉-霍马兹德(Mihr-Ohrmazd)将摩尼教传入中原。玄宗开元年间(713—741)下令严禁。安史之乱后,因回纥助唐平乱有功,摩尼教徒藉其支持传教。代宗大历三年(768)敕准于长安建大云光明寺。武宗灭佛时(841—845)"敕天下杀摩尼师",没收其资产与书籍神像等。

③ 库施人(Cusian),琼斯又写为 Cús、Cúsh。迦勒底人(Chaldean),琼斯此处误为 Casdean。

④ 阿逾陀(Ayodhyā,意为不可战胜)古国的都城也叫阿逾陀。相传印度始祖和立法者摩奴是此城的创始人。此城曾是《罗摩衍那》中的英雄罗摩王国的都城,故被印度教徒视为圣城。

⑤ 因陀罗(Indra,意为最优秀的),《吠陀》中所载的天神之王,被尊为婆罗门教、印度教之创造天地大神。在《摩诃婆罗多》中,因陀罗城(Indraprestha)是般度(Pandavas)王国的首都。

⑥ 琼斯基于所见资料猜测,并未做语言历史比较,也未区别同源相似与接触相似。详见备查关于波斯的语言、关于亚述人及其国家。

族。在前面的场合我们已经分别描述过印度人种、阿拉伯人种和鞑靼人种。他们是从遥远的地方聚集于伊朗,还是以伊朗为共同中心四散开来,根据下文的考量很容易判定。我们首先观察到伊朗处于中央位置,与阿拉伯半岛、鞑靼地区和印度次大陆接壤。阿拉伯半岛仅和伊朗毗邻,而与鞑靼地区相去甚远,与印度次大陆的边缘甚至被巨大海湾隔开。因此除了波斯,似乎没有别的国土有可能将其移民遍布亚洲各国。婆罗门不可能从印度迁徙至伊朗,因为迄今,他们现存的最古老法律仍然专门规定禁止他们离开所居地区。而阿拉伯人在穆罕默德之前没有移居波斯的传统,实际上也没有什么诱惑可以吸引他们离开美丽而广袤的领土。至于鞑靼人,直到米底入侵伊朗高原,我们没有发现他们在历史上离开平原和森林的踪迹。根据词源,米底人是玛代的后裔,甚至他们也听从亚述家族的王子指挥。[1] 因此,我们已经描述的这三大种族(我们尚未发现比这三种更多的种族),从他们共同的故土伊朗纷纷向四方迁徙。因此,关于撒克逊人的历史,我根据杰出的权威人士的推测,不列颠岛的最初居民来自亚美尼亚地区。晚近的一位渊博学者,在其潜心研究后断定,哥特人和斯基泰人均来自波斯。另一位学者也竭力主张,无论爱尔兰人还是古代不列颠人,都是从里海沿岸各自出发来此的。[2] 来自不同研究领域、完全没有联系的学者得出一致的结论,如果他们没有基于可靠的原则,这几乎是不可能发生的。因此,我们可以坚定不移地持有这一主张——伊朗,即最广泛意义上的波斯,本是人类、知识、语言和艺术的真正中心。此处的先民不是仅仅向西迁徙,或出于想象的假定向东行进,更可能出于相同的理由,向四面八方扩展到世界各地,而印度种族以各种教派定居于各地。亚洲从未孕育过有别于印度人、阿拉伯人和鞑靼人的其他种族,抑或来自这三个种族不同比例的混合民族,如果有这些,不可能不留下任何明显的差异。这些肯定是未来探索的主题。

还有一个更紧迫的重要问题,先生们,只有诸位才能决定,也就是:"我们可以通过什么方式防止我们的学会慢慢衰退,因为它已经逐渐发展到现在的(我应该说繁荣还是衰弱呢?)状态。"学会已经维持了五年,直到我们会刊第一卷的出版,都没有给会员带来任何费用。如果比较孟加拉和英格兰货币的不同价值,那么这卷会刊的出版经费,我们不会超过皇家学会成员每年缴纳的费用,他们对于认可的各种经费可能没法选择。我提到这点,并非出于我们任何人都可提出反对至少购买一份的想法,而是出于希望,反复说明我们在这里和伦敦,共同努力促销会刊的必要性。作为一个文学团体,如果我们的聚会不再提供原创论文和调查报告,我们的交流将是徒劳的。如果我们收集的最有价值的论文不能偶尔辑集出版,并避免印刷公司主管(同意他们印刷承担的风险)面临相当大损失

---

[1] 据《圣经》记载,米底人(Medes)是雅弗之子玛代(Madai)的后裔。英语的 Medes 和古波斯语的 Madai 是同词异写。米底王国(即玛代王国)的建立者是戴奥塞斯(Deioces,前728—前675年在位),其子普拉欧尔特斯(Phraortes,前675—前653年在位)在与亚述的战争中丧生。此后,从高加索地区进入伊朗的斯基泰人首领马地乌斯(Madius)与亚述合力击败米底,成为米底第三任君主(约前653—前625年在位)。此后,普拉欧尔特斯之子基亚克萨雷斯(Cyaxares,前625—前585年在位)成为米底国王。前609年米底联合新巴比伦灭亚述。前553年居鲁士起兵反叛,前550年灭米底王国。

[2] 详见备查关于不列颠的最初居民及哥特人、爱尔兰人。

的危险,那将是无益的。通过共同努力,法国人已经汇总建设了庞大的世界知识资源。唯有齐心协力,我们才有希望与之匹敌,也就是将我们《亚洲研究》的光芒照射到我们国家和欧洲其他地区。

备查

1. 关于伊朗高原的古国

古代伊朗高原先后有米底人、波斯人、帕提亚人和斯基泰人等迁入立国。前第2千纪,米底人(古雅利安种)从中亚草原来到伊朗高原,定居于其西北部里海以南之处,前700年建立米底帝国。与新巴比伦王国联合,前612年灭亚述。前10世纪左右,波斯人(雅利安种)进入伊朗高原,定居于其西南部靠近波斯湾的法尔斯(Fars,"波斯"来自该地名)。"波斯"(Persia)是亚述人对他们的称呼。前550年,居鲁士灭米底,建立阿契美尼王朝。在塞琉西帝国结束时,伊朗高原东北部的一支波斯人即帕提亚人(雅利安种)建帕提亚帝国(即安息帝国,前247—224)。"帕提亚"(Parthia<Persia)是罗马人对他们的称呼。前8世纪—前7世纪,斯基泰(原始印欧人)的一支迁徙到伊朗高原。其首领马地乌斯(Madius)入侵米底,建立斯基泰王朝(前653—前625)。又入侵叙利亚和巴勒斯坦南部,兵锋达埃及边境。前4世纪,斯基泰以克里米亚为中心建立帝国。

2. 关于波斯的名称

"波斯"(Persia)之名,始见于前844年亚述国王沙尔马内塞尔三世(前858—前824年在位)年间的记载。对于前10世纪左右移到南伊朗的游牧民,亚述人也称他们为"帕尔苏阿什"(Parsuash,源自 Parsava,意为边陲)。Parsuash 在古波斯语中转为"帕尔萨"(Pârsa,今伊朗语 Farsi)。前6世纪,希腊人用"佩尔赛思"(Perses、Persis、Persica)称呼居鲁士帝国。《圣经》中的较晚作品,称波斯为"帕拉斯"(Paras,希伯来语פרס)。从萨珊王朝(224—651)起,自称其国为"伊朗沙赫尔"(Iràn shahr)。18世纪以来,欧人发现印度人在其《吠陀》和伊朗人在其《阿维斯陀》中都自称"雅利安"。1935年,帕拉维王朝国王礼萨汗·帕拉维(Reza Khan Pahlavi,1925—1941年在位)把国号改为"伊朗"。

3. 关于波斯两位王子的命运

第一位王子是阿契美尼德王朝的创立者居鲁士(Cyrus,前550—前530年在位)。据希罗多德记载,米底国王阿斯提阿格斯(Astyages,前585—前550)梦见女儿生子将夺其王位,将她嫁给臣属的波斯部落王子冈比西斯一世。此后又梦见女儿肚子里长出的葡萄藤覆盖亚细亚。居鲁士一出生,米底国王就命牧人弃野,牧人妻刚产下死婴则留下居鲁士。居鲁士10岁游戏时被推为国王,其身份暴露。祭司说已扮作国王,不会再成为真的,米底国王遂将居鲁士送回波斯部落。前550年居鲁士灭掉米底,还是应验了国王的噩梦。

琼斯提到的另一王子,盖指萨珊王朝的创立者阿尔达希尔(Ardashir,180—242)。亚历山大东征后,萨珊的后裔逃亡印度。伊斯法罕皇帝把女儿嫁给其后代,生下阿尔达希尔。安息国王阿尔达班邀他陪伴其王子,阿尔达希尔因与王子发生争执而被罚养马,心生怨恨。阿尔达希尔逃到波斯组建军队,杀死阿尔达班并娶其公主为妻。两个故事都是说被收养的王子成年后却灭掉收养他的王国。

4. 关于亚述人及其国家

亚述人(Assyrian)的祖先闪米特人,据说在前第三千纪中叶已北上底格里斯河上游并建立亚述古国。在两河文明几千年历史上,亚述是历史延续最完整的国家,留下了从约前2000年开始到前605年连续的亚述国王名单。亚述第一王朝的君主号称伊沙库(约前26世纪—前1906年),从图迪亚(Tudiya,约前2500)以下共传33个伊沙库。第二王朝阿淑尔(前1906—前1380),共传6个伊沙库、29个天下之王和7个篡位者。约前1800年,来自亚美尼亚山区的胡里安人(Hurrian)打败亚述,在卡布尔河流域建立米坦尼王国(Mitanni,前1500—前1380)。胡里特语是与乌拉尔图语、亚美尼亚语有亲缘关系的黏着语。此后,亚述的乌巴利特一世(前1365—前1330年在位)击败米坦尼,进入古亚述帝国(前1400—前1078)时期,胡里安人融入亚述人。至尼努尔塔一世(前1294—前1208年在位)击败赫梯和巴比伦,占领两河流域。西元前900年前后,亚述空前强大。新亚述帝国(Assyrian empire,前935—前612)时期,经过萨尔贡二世(前721—前705年在位)、辛那赫里布(前704—前681年在位)、伊萨尔哈东(前680—前669年在位)的征战,先后征服小亚细亚东部、叙利亚、腓尼基、巴勒斯坦、巴比伦尼亚和埃及等地,亚述成为历史上第一个横跨亚非的帝国,国都在尼尼微(今伊拉克摩苏尔附近)。亚述帝国使用的语言有阿卡德语、阿拉米语等。前612年,米底王国和迦勒底王国联合消灭亚述。亚述帝国被灭后,不再有独立国家,但其民族仍在祖居地生活。当今亚述人是信奉各东方礼教会的基督徒,使用现代阿拉米语。

5. 关于马哈巴德王朝

琼斯所言的马哈巴德王朝(Mahábádian dynasty),盖据穆赫桑转述的波斯传说。今马哈巴德是位于伊朗西北部库尔德人居住的城市。库尔德人相传是米底人的后代。前8世纪,米底人建立米底王国。前6世纪中期,米底被居鲁士大帝征服。此后,米底人与一些波斯人融为库尔德人。

6. 关于波斯的语言

琼斯所言"第一波斯帝国的语言是梵语之母,因此禅德语和帕尔西语皆来自此种语言,希腊语、拉丁语和哥特语同样如此。亚述语的双亲是迦勒底语和帕拉维语,并且原初鞑靼的语言也在同一帝国内通用"皆为臆说。波斯语和梵语属印欧语系印度-伊朗语族,源自古雅利安语;而禅德语和帕尔西语是古波斯语的两种方言。希腊语(属爱琴语族)、拉丁语(属罗曼语族)、哥特语(属日耳曼语族)都属印欧语系。亚述人所说的是阿卡德语、阿拉米语(属闪米特语),其双亲不可能是迦勒底语(闪米特语)和帕拉维语(印欧语)。琼斯所言原初的鞑靼语盖指古突厥语(当时的突厥人还活动在东北亚),不可能在波斯帝国通用。

上古波斯语的代表为阿维斯陀语(Avestà,意为知识)和楔形铭文语。前者为东部波斯语,是琐罗亚斯德教书写《阿维斯陀》(古本)的语言(用阿拉米字母);后者为西南部波斯语,是波斯帝国(前550—前330)的宫廷和铭文语言(用楔形文字书写)。前4世纪,亚历山大灭波斯帝国后,上古波斯语逐渐演变为中古波斯语即帕拉维语(Pahlavi),成为萨珊王朝(224—651)的官方语言。7世纪,阿拉伯人灭萨珊王朝。其后,帕拉维语与帕提亚语(Pathian)融合成新的波斯语即达里语(Dari,意为宫廷语)。在8—10世纪,一部分不愿改信伊斯兰教,坚持信仰琐罗亚斯德教的波斯人移居到印度西海岸古吉拉特一带。这些移民被称为帕尔西(Parsi,Parsee,Persians),所用帕尔西语保留了中古波斯语的部分特征。帕尔西人后来所说的当地古吉拉特语(Gujarati language),是源于通俗梵语的一种方言,其标准语形成于12世纪。

7. 关于不列颠的最初居民及哥特人、爱尔兰人

琼斯所言"不列颠的最初居民来自亚美尼亚。……哥特人和斯基泰人均来自波斯。……无论爱尔兰人还是古代不列颠人,都是从里海沿岸各自出发来此的"。据考古研究,前30世纪,伊比利亚人从比利牛斯半岛来到不列颠东南,以巨石文化著称,其祖居可能在北非。

前10世纪,说印欧语的凯尔特人出现在塞纳河以及罗亚尔河、莱茵河、多瑙河上游地区。前5世纪,大陆凯尔特人迁往不列颠群岛,其中一支称为"不列吞"(Brythons,"不列颠"之名源于此)。449年以后,居住在易北河口和丹麦南部的盎格鲁人(Angles)、撒克逊人(Saxons)及莱茵河下游的朱特人(Jutes)等日耳曼部落征服不列颠,同化了部分凯尔特人。盎格鲁人把不列颠称为"盎格兰"(Angland,意为盎格鲁的土地,"英格兰"之名来自此)。此外,原居于波罗的海沿岸和石勒苏益格(丹麦语Slesvig)地区的一支日耳曼人,后迁至德国境内的下萨克森(Niedersachsen)一带,被称为萨克森人。5世纪初北上渡海,在高卢海岸和不列颠海岸登陆入侵。史学界为了区分,把定居于不列颠的萨克森人称为撒克逊人。

哥特人是东日耳曼的一支,原居住在斯基泰、达契亚(喀尔巴阡山和特兰西瓦尼亚)、外潘诺尼亚与黑海北岸的乌克兰草原。1世纪移居多瑙河流域。或以为,从波罗的海哥特兰岛(Gotland)南渡至中欧。此后一部分成为西哥特,居于罗马尼亚境内;另一部分成为东哥特,迁到多瑙河下游。375年,匈人对东哥特人发起进攻,致使东哥特人西迁,西哥特人进一步西迁。

爱尔兰人是早期进入不列颠的凯尔特人,当时可能使用青铜器,其语言属戈伊迪利语支(Goidelic,包括爱尔兰语、盖尔语、马恩盖尔语或曼克斯语)。前5世纪进入不列颠的则是使用铁器的不列吞语支,戈伊迪利语支的人群被驱往不列颠岛的北部、西部及爱尔兰岛。或认为,戈伊迪利语的先民可能从欧洲大陆循古老航路,从南面绕过不列颠岛进入爱尔兰,然后又移徙苏格兰高地和不列颠西部沿海。

第七年纪念日演讲：关于中国人

（1790年2月25日）

先生们，虽然此刻我们比在印度斯坦最远边缘的一些英国人更靠近中国边境，然而，我们踏上此次哲学之旅的第一步，即这次年会上我为款待诸位提出的看法，将带领我们到达古代希腊和埃及最杰出地理学家已知的这个地球上适宜人居的最远边缘。① 我们将超越我们的知识范围，从印度北部山脉顶峰，去远眺囊括十五行省、几近正方形的这一帝国。② 我并不打算指出这个帝国的精确边界，但是考虑到本次演讲的意图，需要指出的是鞑靼地区和印度斯坦从两边将其环绕，同时大海将其与与欧洲贸易体系有着重要关系的各个亚洲岛屿分开。附属于这片广袤大陆的是高丽即朝鲜半岛，作为一个椭圆形大盆地，与之隔海相望的是"尼分"（Nifon），即日本。作为一个著名的岛屿帝国，日本崇尚的技艺和武士道使其保持优势，而不是接受被统治的福祉。日本在东方王国中出类拔萃，类似于西方国家中的英国地位。在如此广袤的东亚大陆上，有着许多不同类型的气候。中国的主要商贸是在亚热带的以北地区，而其大都会③则像撒马尔罕的气温那样宜人。内地十五行省的土壤也各不相同，一些地区沃野千里，适于耕种，人口众多，而另一些地区则荒山秃岭，干旱缺水，以至寸草不生。就像斯基泰的许多地区一样，平原荒凉而丘陵陡峭。这些地区或者荒无人烟，或者居住的是未开化部落。虽然他们一直是附庸的，但最近被一位精于谋略的君主并非靠其武力所制服。一首中国诗歌中记载了该事，我看过这首诗的译文。

---

① 详见备查关于古希腊-罗马对中国的了解。
② 1655年，尼德兰制图师布劳（Joan Blaeu,1596—1673）在阿姆斯特丹印行《中国新图志》（Novus Atlas Sinensis），总图是明代两京和十三布政使司。1734年，法国地图学家丹维尔（Jean-Baptiste d'Anville,1697—1782）绘制"中国汉地十五省图"，收录于法国汉学家杜赫德（Jean-Baptiste du Halde,1674—1743）的《中华帝国全志》（1735）。
③ 此处大都会，指元代的大都或明代的北京。

一

就"恰衣纳"(China)①该词而言,我要提出一些新的看法。众所周知,对于居住在那里的人们,我们称"恰衣纳斯"(Chinese)。但是,他们自己(我与了解他们的学者交谈过)从来不用这个词指自己及其国家。根据刘应神父的说法,中国人自称"汉"(Han),一些名门望族通过祭祀祖先的活动增强其家族的自豪感。他们称其国家为"中国"(Chúm-cuë),即"中央帝国",代表在其心目中,国家正好具有四边平分的形象特征。在其他场合,他们则用"天下"(Tien-hia)这个词与国家相区别,"天下"意味着世界的全部。由于从未给出适合的定位,如果知道欧洲作者在谈论他们时,或备加赞扬,或百般谴责,那么也就不必抱怨。有一些欧洲人,赞美他们是所有民族中最古老和最智慧的,也是最有学识、最心灵手巧的;而另外一些欧洲人,则讥讽他们吹嘘其历史悠久,指责其政府令人憎恶,批评其陋习毫无人性。② 甚至认为他们没有纯粹的科学或艺术,由此也就不应称为人类中历史更悠久、文明更卓越的民族。事实可能处于我们通常认为的这两个极端之间,但在此批评或维护、贬低或褒奖他们,并不是我的打算。我会把自己限制在讨论与我之前论述的相关问题中,与迄今开始讨论的任何问题相比,这远非轻而易举。"在被鞑靼征服之前③,长期统治中国的那些非凡之人从何而来?"这个问题的解决,确实与我们的政治和商业利益无关,但是如果我没有搞错,它与更高一层的本性兴趣有重要关系。此前已经有人提出四种观点,与其论点和支持的论据相比,所有这些断言都相当武断。一些学者极力主张中国人是一个原初种族,即使并非一开始就住在如今拥有的领土上,那么也已经在此生息若干年代。另外一些学者,主要是传教士,则坚称中国人源自与希伯来人、阿拉伯人有着同样血统的族群。第三种观点是阿拉伯学者和波夫④先生提出来的,他们自以为无可置疑,即中国人是由从意貌山⑤的陡峭山区迁徙下来的原始鞑靼人发展而来的。第四种观点至少与前面任一观点在口气上同样武断,这是婆罗门学者提出的,他们决不考虑其他人的任何意见,而认为"止那人"(Chínas,他们以梵语这样命名⑥)是印度的刹帝利即军人,或处于某个较高阶层的人群。这些人放弃了部落特权,迁徙到孟加拉东北的各地,逐渐忘记了其祖先的仪式和宗教,建立了分离之后的王国。这个王国后来才囊括了他们现在拥有的平原和山川。如果后三种看法中任何一种是正确的,那么第一

---

① 清末薛福成(1838—1894)《出使英法义比四国日记》(1891)记载:欧洲各国称中国之名,英人曰"采依纳"(一作恰衣纳)。详见备查关于近现代各国通用的中国称呼 China。

② 欧洲人对中国的看法,可以 18 世纪上半叶为分水岭。17 世纪以赞赏为主,18 世纪中期转向批评。详见备查关于近代欧洲人对中国的看法。

③ 宋时的鞑靼泛称蒙古各部。1206 年成吉思汗对外扩张。1271 年忽必烈建立大元;1279 年崖山海战,元军灭南宋。

④ 波夫(Michiel Reiniersz Pauw,1590—1640),尼德兰学者,曾任尼德兰西印度公司主管。

⑤ 意貌山(Imaus),此处指帕米尔高原。

⑥ 汉籍对梵语 Cīna 的最早汉译是"止那"。详见备查关于 Cīna 的两晋南北朝隋唐文献记音。

种看法就必须放弃。但在这三种看法中,第一种看法不可能成立,因为依靠的不是坚实的支持,而是无知的话语。无论是真是假,"生"(Sem)在汉语中意味着生命和生育。因为茶树和棕榈的区别不比中国人和阿拉伯人的区别更大——他们确实都是人,正如茶和棕榈属于植物。但我相信,人类的聪明才智无法发现它们之间的任何其他相似之处。实际上,据雷诺多①译编的阿拉伯人从印度到中国的航海游记,中国人不但比印度人英俊潇洒(据作者的审美观),而且在其特性、服饰、车马、行为举止和礼节方面,甚至更像其阿拉伯同胞。而这可能是真的,除了穿着和肤色,中国人和阿拉伯人的相似之处实际上无须证明。与波夫可能出于想象相比,以下的说法与婆罗门更为有关。虽然波夫明确告诉我们,他指的斯基泰意味着突厥或鞑靼,然而,从标准的传说中的龙(dragon)以及其他一些特征中,他推定古代鞑靼人和中国人之间的亲缘性更为明显,无疑属于斯基泰,众所周知斯基泰是哥特人。而哥特人与印度人具有显而易见的共同血统。正如所有人都赞同的,仅就波夫论著前言中的语言相似性论证则无可反驳。有人坚持,这两个民族在行为举止和技艺方面总体上有所不同,但与之相比,尤其据其记载,鞑靼人从未孕育出具有想象力的艺术,虽然我目前还不能反驳中国人来自古老鞑靼人种的说法。然而,如果我能提出令人信服的有力理由,即原初中国人实际上属于印度种族,那么就可以表明波夫和阿拉伯人的观点是错误的。在我看来,关于这个新观点的讨论很有价值,接下来我将把讨论限制在此范围内。

虽然印度人信奉梵天之子摩奴制定的民间和宗教义务的梵文法规,但是我们发现了如下的奇怪变化:许多军事阶层的家族却逐渐抛弃了《吠陀》的宗教戒律及其婆罗门同伴,而处于堕落状态。比如,榜葛剌②人、奥德拉③人,以及达罗毗荼④人和柬埔寨人,还有印度称之为的耶婆那⑤和萨卡⑥、帕拉达⑦和帕拉瓦⑧,以及中国和其他国家的人。在本演讲中,对此作出完整的评论势必多余。但是,由于有一位印度学者——并不是一位非凡的要人,而像一个古老的法学家、道德家和史学家——他的论证是直接而正面的、公正的和可信的。所以我认为,在我们澄清该问题之前,假如我们确定,"止那"指的是中国,正

---

① 雷诺多(Eusèbe Renaudot,1646—1720),法国神学家和东方学家。著有《印度和中国的古代关系:两位穆罕默德旅行者见闻》(Anciennes Relations des Indes et de la Chine, de deux Voyageurs Mahométans,1718)。
② 榜葛剌(Pundura),南亚古国,其都城位于今印度西孟加拉邦马尔达的北部。
③ 奥德拉(Odra),南亚古国,位于今印度奥里萨邦。唐时汉籍称羯陵伽(Kalinga)。
④ 达罗毗荼(Dravidian)为印度次大陆最初居民。以往认为,该词是英国传教士考德威尔(Robert Caldwell,1814—1891)在《达罗毗荼语比较语法》(The Comparative Grammar of the Dravidian Languages,1856)中最早使用的,但琼斯此次演讲(1790)中已出现 Dravira。该词来自 7 世纪泰米尔语的 drāvida,可能源于梵语 drava(海洋),即住在海边的人。
⑤ 耶婆那(Yavana),古印度对希腊人的称呼。可能来自希腊语 Ionian(爱奥尼亚)。前 2 世纪,耶婆那在古印度西北和北部建立许多希腊化王国。
⑥ 萨卡(Saka),古波斯人和印度人对斯基泰的称呼。
⑦ 帕拉达(Parada,Varadi),原是阿姆河和锡尔河流域的斯基泰部落。前 1 世纪中期,占领印度河谷地后建立印度-帕提亚王国。早期以喀布尔为都,后迁印度河谷的塔克西拉城。
⑧ 帕拉瓦(Pahlava),南印度古国。据传 3 世纪建国。国王信奉毗湿奴。其建筑和雕刻开创了达罗毗荼风格,代表作是马哈巴利普兰(Mahabalipuram)遗址群的拉塔寺。

如我分别请教过的所有梵学家都异口同声地坚持,他们使我确信,摩奴后裔的中国人定居在高尔东北部的一个美丽国家①,以及迦摩缕波②和尼泊尔的东部。中国人早就是且如今依然是心灵手巧的工匠。这些梵学家亲眼见过中国的古老圣像,在佛像前部打眼,显然与印度的原始宗教有联系。一个学识渊博的梵学家给我看过一本用克什米尔字母书写的梵文典籍。他说这本书的内容是湿婆亲自启示的,题为《萨克蒂桑伽玛》(Sactisangama)。他把其中一章读给我听。该内容是有关对止那的一些不同看法,据作者所言,中国人分成近两百个部族。然后我在他面前打开一幅亚洲地图,当我指着说克什米尔时,他马上把手指向中国西北部省份,说止那起初就建立于此。但他补充到,在其梵文书中也提到扩展到东边和南边大海的摩诃脂那③。然而我相信,正如我们现在所称的中华帝国,在《摩奴法典》汇编之前尚未形成。而由于该看法与一般观点不一致,我务必提出自己的理由。如果近两千年的历史和年表梗概都是确凿的追溯(我们不必以固执的怀疑论者眼光去质疑),迦梨陀娑④的诗歌是在西方纪元开始前创作的。既然内部和外部证据都一清二楚,那么《罗摩衍那》和《摩诃婆罗多》比迦梨陀娑的诗歌要早得多,看上去是摩奴《法规圣典》(Dharma Sástra)的风格和韵律,由此使其写作年代上推到跋弥⑤或毗耶娑⑥时代之前,其后者(《法规圣典》)的名声更大。因此,如果把这些法规的汇编,推定为在基督前1 000~1 500年之间,我们认为并非夸张,尤其是年代相当确定的佛陀在其中并未提到。但是在我们纪元之前的20世纪,中国帝国至少已处于摇篮之中。我们需要证明这一事实,我的第一个证人是孔夫子本人。在波夫对孔夫子以及草率翻译者冷嘲热讽以后,我知道引用这位哲人的话来彰显我的观点多么具有讽刺意味,但是孔夫子的作品是有价值的。我还是毫无顾忌地引用了《论语》,我有这本书最早的白话译文,而且对于我现在的目标而言,我以为这本书已经足够正宗。在该书第二章,孔子宣称,"虽然他和其他人一样,如果只是作为道德教育,那么他能叙述第一和第二王朝的历史,而要进一步加以论证,他则不能给出肯定的说法"⑦。既然中国人对孔夫子时代的历史遗存未曾作伪,那么大约在基督之前一千年,他们的第三个王朝出现了。我们也就可能公正地得出,武王的统治尚处于其帝国初期。在这位国君之后的一些年内,该帝国很难一下子完

---

① 印度西孟加拉邦马尔达北部和孟加拉国交界处有高尔(Gaur)古城,尼泊尔南部有高尔地区。据《摩奴法典》,西元前千余年前,有人从印度迁到中国西部成立支因国(Thsin)。法国汉学家波迪埃(Guillaume Pauthier,1801—1873)也有此说。

② 迦摩缕波(Kamarupa,Cámrùp,350—1140),南亚古国,故都位于今印度阿萨姆邦的高哈蒂。沙畹(Edouard Chavannes)《魏略·西戎传笺注》:迦摩缕波即《后汉书》之"滇越"。

③ 摩诃脂那(Mahachina)为古印度对中国的称谓,唐代僧人音译。Maha 意为"大",意译则为"大中国"。

④ 迦梨陀娑(Calidas,Kālidāsa,约4—5世纪),旃陀罗笈多二世(Chandragupta Ⅱ,380—414年在位)时期的宫廷诗人和剧作家,有"印度诗圣"之称。

⑤ 跋弥(Válmic),相传为《罗摩衍那》(Rámáyan)的作者。印度人认为,梵文的第一首诗是跋弥发出的慨叹。跋弥因静坐修行数年不动,身上成为蚂蚁窝土丘,故又名"蚁垤"。

⑥ 毗耶娑(Vyasa),相传为《摩诃婆罗多》的作者以及《吠陀》《往世书》的编者。

⑦ 《论语·八佾》:"子曰:夏礼,吾能言之,杞不足征也。殷礼,吾能言之,宋不足征也。文献不足故也。足,则吾能征之矣。"

全成熟。一些学识渊博的欧洲人坚称,即使对于名声彰显的第三王朝而言,也没有那时建造的不受质疑的纪念性遗迹。不到我们救世主出生之前的8世纪,一个小国在陕西建立了,其都城差不多位于北纬三十五度,在西安以西的五度。这个国家及其都城皆称为"秦"。① 作为一个诸侯国,其统治区域逐渐扩展到东部和西部。秦国的一位君主,在撒马尔罕成为阿夫拉西亚布②盟友中的重要人物,我推测这位国王就是上面提到的秦国君主。秦国有一条河,常被诗人称为东部地理的分界线,似乎就是黄河,中国人在其传说史的开端就提及黄河。我有兴趣对这么有价值的话题详细阐述,但是现在的场合不允许展开,只让我补充一点。在13世纪中期,蒙古可汗③去世了,在忽必烈后来占领宋朝的城市之前,伊朗诗人总会暗讽,蒙古人在那些地区以及吉格尔④与和阗大肆庆祝,因为那里的山坡上有大量的麝香动物活动。古代印度人、波斯人,还有中国人,将秦国领土的名字(Chin)命名为该皇帝的族群,而希腊人和阿拉伯人由于发音有缺陷而不得不讹为"辛"(Sin)⑤。秦国皇帝的暴政使人们怨声载道,以致于中国的现代百姓对该词"秦"深恶痛绝,并且说起他们自己时,总认为是出自一个更温和、更善良朝代⑥的百姓。但是整个民族更可能是从摩奴后裔的止那人演变而来,并且与鞑靼人混合,他们分散居住在河南和更南部省份的平原上。我们现在把这个不同人种融合而成的国家,视为亚洲最尊贵的帝国。

为了支持这一观点,我要提出深思熟虑的结果,我将依次考察现代中国人的语言和文字、宗教和哲学,同时增加一些古迹和科学的内容并论及其艺术,包括不拘一格的艺术和手工技艺。虽然他们的古代口语一定经过若干年持续不断的变化,但是没有通过表音清晰的通常字母保存下来。他们的"字母",如果我们可以这样称呼,只是观念的符号。他们流行的宗教是在相对晚近时期从印度传入的。他们的哲学似乎还处于粗放状态,难以给予学科的名称。他们不存在能从中追溯其起源的古代遗迹,甚至貌似可信的可供推测的遗迹。他们的自然科学完全是舶来品。他们的手工技艺以家庭作坊为特征,没有什么特别之处。这些都无关紧要,在一个天生具有高度情调的国家,没有什么不可能被人们发现或加以改善。他们确实有民族音乐和民族诗歌,而且两者都含有凄丽的伤感。但是对于作为艺术想象力的绘画、雕塑或建筑,他们似乎(与其他亚洲人一样)不甚了解。因此,与其对这些内容进一步分别阐述,不如我姑且质询,中国的文学和宗教实践在多大程度上支持或反对我提出的主张。

---

① 秦国都城不叫"秦"(Chin)。西周后期,其部族祖先非子因养马有功,被周孝王封于秦(今甘肃天水)。前771年,秦襄公打败犬戎。次年护送平王东迁雒邑,被封为诸侯并赐予岐山以西。前350年,秦孝公由栎阳(今西安武屯)迁都咸阳。

② 阿夫拉西亚布(Afrásiyáb),是琐罗亚斯德教中传说的图兰暴君,凯扬王朝的死敌。

③ 此蒙古可汗(Mangukhán)指成吉思汗。

④ 此处吉格尔(Chegil)指古突厥人处月部族活动的金娑山(今新疆博格多山)之南、蒲类海(今巴里坤湖)之东的一带地区。

⑤ 波斯人称呼中国Čin/Čen(来自汉语"丝"的上古音 *sīr/ser),印度人发音为Chin。希腊人、阿拉伯人的语音中没有č,故发成Sín。

⑥ 这个更温和、更善良的朝代指汉朝。

在我们讨论这个话题前,德经公开发表的坚定观点,几乎与婆罗门学者的意见有联系,他坚持认为中国人是来自埃及的移民。埃及人或埃塞俄比亚人(因为他们明显是同一族群)无疑与印度古老本地人有着共同血统,因为他们的语言、他们的宗教和政治体系可以充分表明。既然中国人不是波斯人,也不是阿拉伯人、鞑靼人或印度人,却认为他们是在我们纪元前的几个世纪来自尼罗河畔的移民,这样的迁徙会使人觉得自相矛盾,有学识的人更不可能支持这一观点。并且,既然基于事实能单独决定这个问题,我们也就有权要求更明确的证据和更有力的论证,而不是像德经那样的简单列举。埃及象形文字确实和印度的神话雕塑绘画存在强烈的相似之处,但是似乎与中国人的象形文字体系完全不同。中国文字可能很容易由个人发明出来(据他们所言)[1],也可能是最初的中国人即"出走的古印度人"的很自然发明,发明者从来未知或已经遗忘其睿智祖先的字母符号。[2] 至于伊西斯[3]的圣坛和半身塑像,似乎是已经被抛弃的现代赝品。如果真实性无可争议,也就不会有此特殊用意。塑像上的文字好像有意按照某种字母设计的,其伪造者(如果真在欧洲伪造的)极其得意,因为有两三个字母恰好与印度北部金柱上的文字完全一样。在埃及,如果我们能够信赖希腊人的证据,那么埃及人除了自己的语言不学习其他的语言。他们有两套字体:一套是大众用的,就像在印度各省的不同字母;一套是僧侣专用的,就像梵文的天城体字母,特别是我们在《吠陀》中看到的形体。他们神圣雕刻的两个城堡中,一个城堡中是像佛陀的单纯神像以及三个罗摩神像;而另一个城堡中是寓意神圣智慧的神象迦尼萨[4],以及象征自然的神像伊萨尼[5],带有他们典型的伴随物。但是中国人的真实文字显得与埃及的书写体系完全不同,前者是通俗的,后者是神圣的。德经所想象的中国复杂字符,最初并不比腓尼基字母的组合更多。由此我们希望他放弃漫无边际的幻想,他可能没有对其他文字考察过,只是为了显示其智慧和学问才如此想象。

基于直观证据,我们认为,汉语为数不多的基本字形(像我们的天文或化学符号),最初来源于可视物体的图形或轮廓,即他们用最智慧的组合和最生动的比喻来表现的简单观念的具象符号。因为这个系统是独特的,我相信,对他们和日本人而言,如今在此基础上进一步扩大会是无益的膨胀。就以上已经列出的理由,既没有使我竭力支持的观点更加牢固,也没有使之弱化。中国人的口语可能真的同样如此,如果不考虑在若干年代中

---

[1] 西汉刘安(前179—前122)《淮南子·本经训》:"昔者苍颉作书,而天雨粟,鬼夜哭。"东汉许慎(约58—约147)《说文解字序》:"黄帝之史仓颉,见鸟兽蹏迒之迹,知分理之可相别异也,初造书契。"

[2] 根据考古发现和研究,前14世纪中国已有甲骨文。而古印度的文字出现很晚,约前5世纪中亚或波斯商人带来阿拉米字母,印度人才模仿阿拉米字母制定婆罗米字母。

[3] 伊西斯(Isis,Iset),古埃及丰饶女神。对其崇拜也流行于希腊和罗马,被奉为母亲和妻子及自然和魔法的守护神。

[4] 迦尼萨(Ganésa),又名象头神,是湿婆神与雪山女神帕尔瓦蒂(Parvati)之子。世人相信迦尼萨会带来成功,进行任何活动前均先礼拜迦尼萨,从而成为印度商店里的供奉神。在泰国被视为财神。西藏密宗中有红象头王,民间称红财神。

[5] 自然神伊萨尼(Isáni,Isani)以及下文中提及的伊萨(Isa)、伊西西(Isisi)等,皆源于古埃及的伊西斯(Isis)和奥西里斯(Osiris)。奥西里斯是古埃及最重要的九神之一,主宰冥界,还是复活、降雨和植物之神。

经常发生的波动变化,那么其特征不像其他民族连发四、五个音节,而是节缩为单音节。他们通过这些单音节词表达观念,而书写这些观念的字符则非常复杂。我想,这应该来自该民族的独特习惯。虽然他们的通用语为了形成一种吟诵调而发出带有音乐般的重音①,但还是需要语法重音。如果没有这些,那么所有人类语言都会变成单音节词。因此"阿弥陀"(Amita)在第一个音节上有重音,该词的含义在梵语中为"无量",孟加拉本地人发成"噢弥托"(Omito)。然而,当摩耶②之子佛陀的宗教传到中国时,该国百姓不称其新神灵的名号而叫他"佛"③。他们把摩耶之子的名号 Amita(阿弥陀)分为三个音节,即 O-mi-to(阿-弥-陀)④,并赋予他们的特定想法,书写时用三个不同的汉字来记录。从该例我们可以判断,能否通过中国话的口语与其他民族的语言比较以推断其语源。我举出此例,是为了说明我用类比法得出一个论点。这个论点仅是我推测的,但我思考越多就越觉得貌似合理。印度的"佛陀"(Buddha)无疑就是中国的"佛"(Foe),而中国人的伟大祖先也名为伏羲(Fo-hi),其中的第二个音节似乎是个衬音⑤。当时那个军事部落的祖先,印度人称其为旃陀罗般萨⑥,意为月神之子。根据《往世书》或传说,步陀(Budha)⑦即水星的守护神。所传第五代王子叫特鲁亚,他被其父雅亚提放逐到印度斯坦东部,并且受到"你的子孙将不知道吠陀"的诅咒。被流放的王子名字特鲁亚(Druhya),现代中国人已不能正确地叫出。虽然我不敢推定其最后一个音节变成了"尧"(Yao)⑧,然而我注意到尧是伏羲的第五代,或者至少是第一帝国王朝的第五代。在此之前的所有中国历史,中国人都自认为是诗意性或神话般的。尧的父王帝喾(Ti-co),就像印度国王雅亚提(Yayati)一样,是首个娶了几个妃子的君王⑨。根据中国人的说法,作为该种族的首领,伏羲居住在西部,并且掌管的是秦国的疆域,而印度立法者所提到的流放者就被认为定居

---

① 琼斯《第十年纪念日演讲》提及法国汉学家傅尔蒙的《简明语法》(应为《中国官话》),书中有汉语声调的说明。琼斯可能未看懂,而误解为类似于西语的"重音"。

② 摩耶(Máyá,Moye),佛陀之母。佛陀之父是迦毗罗卫的国王首图驮那。据当时风俗,摩耶应回母家分娩,在途经蓝毗尼花园(今尼泊尔南部波险利耶村)的罗美德寺院处生下佛陀。

③ 汉末六朝先后把 Buddha(觉者,指释迦牟尼)记音为"浮屠、浮图、浮头、浮陀、步他、没驮、佛驮、佛陀"等。南朝宋时范晔(398—445)《后汉书·西域传》:"西方有神,名曰佛。"此简称"佛"(Bud)读音近似今音"博"。唐宋时"佛"音变为 fo。琼斯不明汉语古今音变化。

④ 据汉末六朝古音,"阿弥陀"读 A-mi-ta。后世读[ē mí tuó]。

⑤ 伏羲(Fo-hi),又写作伏牺、包牺、宓羲等。相传人首蛇身,与女娲生儿育女。琼斯把 Fo-hi 的第二个音节处理为陪衬,试图在伏羲和"佛"(Foe)之间建立联系。但汉语上古音无 fo。伏(並纽职韵)拟音 * biək、包(帮纽幽韵)拟音 * peu、宓(明纽质韵)拟音 * met。

⑥ 此旃陀罗般萨(Chandravansa)即月神之子。旃陀罗(Chandra,意为明亮)是印度月神(阳性,源自两河流域),一手持权杖,一手托甘露,一手执莲花,一手处于防御状态。

⑦ 上文是创立佛教的摩耶之子佛陀(Buddha,意为觉者),此处是神话中的月神之子步陀(Budha,意为水星神)。琼斯把两者联系起来,试图证明伏羲即佛陀。

⑧ 据说尧为帝喾之子。十三岁封于陶,后改封于唐,号陶唐氏。琼斯用转折口气,企图把"尧"(Yao)与特鲁亚(Druhya)的最后一个音节联系起来。

⑨ 据说帝喾是黄帝曾孙。有四妃:元妃姜嫄生弃,其后代姬发建立周;次妃简狄生契,其后代成汤建立商;三妃庆都生放勋,即尧;四妃常仪生挚,继承喾的帝位禅让于尧。琼斯进一步试图把尧之父帝喾(Ti-co)与特鲁亚之父雅亚提(Yayati)类比,以证明"尧"可能就是特鲁亚。

于此。另一个值得注意的可资对比之事,据马若瑟神父在中国神话小册子中所言①,伏羲之母是上帝之女华胥②。这位女神独自走在一个与其名称相同的水泽边时,突然被一道彩虹包围,此后便怀了孕,十二年后生下一个像她一样浑身发光的儿子。在另外的文献中,伏羲被称为"岁"③,即年度之星。如今,在印度神话系统中,居于水泽的女神罗希尼(Róhiní)掌管第四月神殿,也就是苏摩,即月神④的可爱女主人。在其众多名号中,我们发现库姆达纳亚卡(Cumudanáyaca)的含义即"令人愉悦",指一种在夜晚开放的水中花。他们的后代步陀,水星的守护者,也用其父母的名字罗希尼亚(Rauhinéya)或苏摩亚(Saumya)来称呼。虽然博学的传教士用朱庇特(Jupiter)来解释汉语的"岁"(Sui)这个词是正确的,但是这两个神话之间未能证实有精确的相似性。就我的目的而言,看上去有家族成员的表面相似性也就足够了。据印度人所说,神灵步陀和伊拉(Ilá)结婚,伊拉的父亲在大洪水中藏在神奇的方舟中。现在虽然我不能坚信,中国传说中的彩虹暗指的就是摩西记载的大洪水,也无法建立起关于神圣女娲的可靠论据,因为中国史学家对女娲的特征和性别所言都很含糊,不过,在全面探究和思考之后,我可以向诸位保证,中国人与印度人一样,相信大地曾被洪水全部淹没。在内容没有争议的可靠著作中,他们的描述是洪水汤汤,后来洪水退了,才把人类的时期分为早期与晚期。从其诗意化的历史开端的时间划分,正好是伏羲出现在秦地山川以前。而在尧统治时期的大洪水,或者局限在这个王国的低洼地带⑤。如果以上叙述总体上并非无稽之谈,或者如果其中包含对诺亚时期大洪水⑥的任何暗示,那么中国编年史家则将这些安排错了地方。

在我们纪元的第一世纪,一个新的宗教传入中国。这必定促使我们假定,无论中国制度原来如何,皆未发现不对人们加以严格约束,仅靠民俗力量就能使人不做违背良心和道德之事。若无此类限制,任何政权几乎都不可能幸运长存,因为没有任何政权可以

---

① 马若瑟(Joseph de Prémare,1666—1736),法国耶稣会来华传教士、汉学家。1731 年,向欧洲学者寄去《中国人的古代世界史》(*L'ancienne Histoire du Monde Suivante les Chinois*),此据南宋罗泌《路史》写成,认为中国远古史更像人造系统。后题名《古代中国编年史》(*L'œuvrechronique de la Chine ancienne*),宋君荣在所译《书经》(*Le Chou-king*,Paris:Tilliard,1770)中介绍了马若瑟的研究。

② 华胥(Flower-loving),伏羲和女娲之母,誉为"人祖"。《山海经·海内东经》:"华胥履大人迹,于雷泽而生伏羲。"晋代王嘉《拾遗记》:"庖牺所都之国,有华胥之洲。神母游其上,有青虹绕神母,久而方灭,即觉有娠,历十二年而生庖牺。"

③ "岁"并非伏羲的名号。《尔雅·释天》:唐虞曰载,夏曰岁,商曰祀,周曰年。又相传,伏羲以前称"载"。伏羲时期称"岁",继伏羲之后称"年"。岁星即木星,战国时已知岁星 12 年运行一周天,形成岁星纪年法。后世成为民间奉祀的"太岁"。

④ 除月神旃陀罗外,印度史诗中还有另一月神苏摩(Sóma),原为雅利安酒神,掌管祭祀、星座和药草。苏摩本指一种蔓草,浸泡其茎后榨汁,加牛乳、麦粉发酵酿酒,《梨俱吠陀》中称为天神甘露。

⑤ 《尚书·尧典》:"汤汤洪水方割,荡荡怀山襄陵,浩浩滔天。"《孟子·滕文公章句上》:"当尧之时,天下犹未平。洪水横流,泛滥于天下。"据推测,尧的年代约在前 2377—前 2259 年,与据《圣经》所推测大洪水的前 2370 年接近。

⑥ 西亚大洪水传说的母本见于苏美尔泥版。《苏美尔王表》(前 2100)将其历史分为大洪水前后两段。1929年,英国考古学家伍利(Leonardo Woolley,1880—1960)发掘乌尔古城,在两种文化遗留层之间发现了距今 4000 年前留下的冲击淤泥层,可能为大洪水遗迹。

在没有公平正义的情况下长期维持,而没有宗教的裁决则无法执行正义。对于孔夫子及其弟子拥有的宗教观点,我们可以从他们的对话翻译选文中找到一般概念。他们声称,对上天拥有坚定的信仰,并从精美而完善的天体出发证明上天的存在和天意,以及存在于现实世界整体结构中的大自然的神奇秩序。基于这一信仰,他们推出一套伦理体系。这位哲人在《论语》结尾用几句话作出总结。孔夫子说,他完全信服上天主宰宇宙,他在所有事情上选择中庸,他完全了解自己的同类,并在他们中如此行事,使他的生活和举止符合他对上天和世人的认知,也许确实可说,他履行了智者的所有职责,从而成为远超芸芸众生的贤者①。但是,这样的宗教信仰和道德观从未被普遍接受过。我们发现,中国人有一种古老仪式和迷信传统,似乎得到政府和哲人的支持,而与印度的最古老崇拜在一些地方具有明显的关系。他们都相信有魔鬼或神灵掌控星云、掌控湖泊、河流、山脉、山谷和树林,掌控某些地方和城镇,掌控所有的元素(像印度人一样,他们认为有五大元素),尤其是其中最灿烂的元素火。对于这些神明,他们会登高奉献牺牲。下面一段来自《诗经》:"即使他们以应有的敬意祭祀,也不能完全保证神灵接受其献祭;何况那些敷衍了事拜神的,他们更清楚地觉察到神的虚幻。"②这看上去十分符合婆罗门风格。以上这些,确实都是不完美的证据。在与摩奴宗教有别的名称中,有一个关于摩奴宗教和止那宗教之间关系的证据。勒让提③先生观察到,他说,中国人的葬礼和印度教的斯拉德哈葬礼④非常相似。后来巴伊先生经过研究发现,"甚至中国寓言作家创作的稚气和荒诞故事,也包含了古代印度历史的残留,以及印度早期时代的模糊轮廓"。由于佛陀确实是印度人,自然可以推测,佛教徒把这些传到中国。除了佛陀明确禁止杀生以外,也形成了所在国度的一些仪式。然而我们知道,在中国,各种生灵,甚至牛和人古代都用来做牺牲。此外,我们发现其观念与印度古老宗教有许多一致之处。比如,最明显的是三万二千四百年的时期以及六十年一个轮回,还有对神秘数字"九"的偏爱。再如,有许多类似的时节和重大祭祀日,尤其是冬至和夏至、春分和秋分。还有刚才提到的,在葬礼上为祖先的亡灵供奉米饭和水果,以至于人们生前对去世后无子嗣心怀恐惧,担心供奉中断。可能还有对红色事物的共同厌恶,印度人会把红色物品抛得远远的。如果婆罗门无法维持生计,《摩奴法典》允许他做买卖,但是绝对禁止贩卖"任何种类的红色衣服和布匹,无论是由亚麻、羊毛,还是草皮编织成的"。以上提到的文化和宗教两方面情况,似乎一起证明了中国人和印度人起源于同一种群(就此问题允许验证⑤),但是相互已经分离了近四千年,所保存的远古血统关系的明显特征显然很少。尤其是印度人还保留的古老语言和礼仪,在到中国之后不久就消失了。印度人在其内部通婚,而中国人早期就与鞑靼人发生

---

① 此段出自《论语·尧曰》。子曰:"不知命,无以为君子也;不知礼,无以立也;不知言,无以知人也。"
② 此段来自《诗经》何首何章,未能检索到。
③ 勒让提(Guillaume Le Gentil,1725—1792),法国天文学家,古印度天文学研究专家。
④ 斯拉德哈(Sráddha)葬礼,通常由长子主持。其仪式包括给小鸟喂小饭团以及火祭。中国传统葬礼要为亡灵供奉米饭、菜肴和水果,还要烧纸。
⑤ 琼斯的以上论述,以东汉(1世纪)以后佛教传入中国的外来知识和习俗为中国人来源的论据,显然错误。

混血，最终形成了与印度人和鞑靼人外貌不同的民族。

二

我相信，由于相似的原因，中国人与日本人之间出现了类似的多样性。关于我们现在即将了解的第二个国家，要在不完全熟悉汉字的情况下，尽可能地获得正确和充分的说明。肯普法夺走了蒂进①成为第一的荣誉，而蒂进从肯普法这里了解到日本。肯普法是长期寓居日本并与当地人交往稔熟的唯一欧洲人。他收集到一个隔绝国家的真实可信的自然环境和文明史资料。正如罗马人所言，我们的岛屿来自撕裂的世界，那些著名旅行者的作品会肯定和美化对方。蒂进利用在爪哇的空闲，专门搜集中国的知识。他珍藏的中国文献涉及日本的法律和变革、物质生产、艺术、作品和科学，这些都成为他采用新的重要信息而取之不尽的宝库。根据事实我并不怀疑，蒂进及其前辈都充满信心地坚持，日本文化来自比他们各种手工技艺都高超的中国，而这会使日本有辱尊严而心生怨恨，碰上武士道精神后果更严重。但我认为，日本人不会否认他们是与中国人起源相同的一个分支，并且实际上他们曾经友好竞争。这个观点可能被一个无法反驳的论点证明，假如这次演讲的前部分，关于中国人的起源被认为正好是这方面的推定。首先，日本从来既不是征服者，也不是被征服者，在交通不便和错综复杂的条件下，他们采用了中国文学的整个系统，如果两国之间并不存在远古联系似乎不可思议。换言之，如果这个勇敢而有独创性的民族，在基督之前的13世纪中期形成，在此后大约六百年建立了君主制的日本，他们并没有同时带上与中国共同掌握的文字和学术。然而，我的主要论点是，印度人或埃及人的神像崇拜，很早就在日本流行。② 据肯普法之说，在释迦即佛陀（日本也称阿弥陀）实行宗教改革之前，日本人崇拜的神像就像我们在孟加拉寺庙里每天都可看到的。特别是代表自然力的多手女神，在埃及称为伊西斯（Isis），在这里叫作伊萨尼（Isání）或伊西（Isí）。当我把德国探险家绘制的日本女神图给所有婆罗门看时，他们立刻认为这一形象融合了快乐与热情。实际上，中国人与日本人在语言和行为举止，或许智力上存在若干不同，而这种差别在所有哥特家族的国度中都可以感觉到。考虑到年代深度，我们甚至可能认为古代的差异更大，经过漫长的岁月，一些群体已从其原始所属的大印度人群中分离出来。现代日本人给肯普法留下的醒目印象是来自鞑靼人，而有理由相信，日本人来自原本印度人的尚武阶层，与中国人相比，他们进一步向东迁徙的时间更晚一些。就像中国人一样，通过与各种鞑靼部落的通婚，他们在不知不觉中改变了特征和性格。

---

① 蒂进（Isaac Titsingh，1745—1812），外科医生、尼德兰东印度公司官员。曾任与日本联系的全权代表，两次前往江户。1795年代表尼德兰访问中国，曾觐见乾隆皇帝。

② 佛教从中国经朝鲜传入日本，一般以钦明天皇十三年（552），百济圣明王进献佛像、经论、幡盖和上表劝信佛法为标记。但据日本《扶桑略纪》（1094）卷三："继体天皇即位十六年（522）壬寅，大唐汉人（梁）案部村主司马达止，此年春二月入朝，即给草堂于大和国高市郡坂田原安置本尊，皈依礼拜，举世皆云，是大唐神之。"此记载奉司马达为日本佛师之祖。

这些鞑靼部落或者在日本列岛上短期零散居住,或者后来长期定居于此。

三

既然我已在第五次演讲中揭示,阿拉伯人和鞑靼人原本属于不同种族,而印度人、中国人和日本人则来自另一古老的枝干,并且所有这三个枝干可能都源自作为共同中心的伊朗高原。经过四千多年①,这些枝干很可能在不同方向上分叉,我似乎已经完成了调查亚洲民族起源的设想。不过,对试图讨论的这些问题,并没有为其严格分析论证做好准备。将来的首要任务,有必要仔细调查所有分离或隔离人群的民族,无论是居住在印度、阿拉伯、鞑靼、波斯和中国边界处的居民,抑或是分散在高山和荒漠广阔地区中的人群。在下次年会上,我要作一个关于该项调查研究的总体论述。如果经过质询之后,发现的只是这三种原始种族,那么接下来就应当考虑,这三个枝干是否来自同一老根;并且如果他们来自同一老根,那么其祖先在地球上明显遭受多次猛烈打击的情况下,以何种方法幸存下来。

备查

1. 关于古希腊-罗马对中国的了解

古希腊希罗多德(Herodotus,约前480—前425)的《历史》,在描述斯基泰人时已涉及阿尔泰山脉,第四卷中将东亚(西域)定位于万里之遥的"北风以外",还提到米底的丝绸(Sericum,赛里斯织物)。克泰夏斯在《印度志》中记载:"据传闻,赛里斯人(Sêres)和北印度人身材高大,……他们可以寿逾二百岁。"

古罗马地理学家斯特拉波(Strabo,前64—23)《地理志》中记载:"印度的……北端是高加索山(兴都库什山——引注),从亚洲一直延伸到其最东方的边缘,这一山脉把北部的塞种人、斯基泰人、赛里斯人与南部的印度人分开。"梅拉(Pomponius Mela,1世纪)《地理书》中记载:"从亚细亚出发,在亚洲遇到第一批人就是印度人、赛里斯人和斯基泰人,赛里斯人住在临近东海岸的中心一带,而印度人和斯基泰人却栖息于两边的地区。"老普林尼(Gaius Plinius Secundus,23—79)《博物志》有云:"据云其人身材比常人高大,红发碧眼,声音洪亮,不轻易与之交谈。"1世纪中期,亚历山大城商人的《厄立特里亚海航行记》提到盛产丝绸的赛里斯。罗马帝国时代的诗人,维吉尔(Publius Vergilius Maro,前70—前19)、贺拉斯(Quintus Horatius Flaccus,前65—前8)、普罗佩提乌斯(Sextus Propertius,约前50—约15)和奥维德(Publius Ovidius Naso,前43—17),在其诗歌中都提到赛里斯人。认为这是居住在靠近东方(地中海以东)、印度和大夏的一个民族,生产漂亮的织物。对

---

① 距今5万年与3万年前,现代人类的祖先已从西亚经印度次大陆,从中南半岛迁入中国。距今2万年前,日本列岛已经出现居民。距今1.2万年前左右,日本进入绳文时代。在日本神话中,天照大神的后裔神武天皇于前660年建立日本国。

于当时的西方人来说,他们传闻的生产和贩卖丝绸的赛里斯人多为西域居民。

欧人对中国较为直接的了解,见于托勒密的《地理志》(150)。书中记载,据推罗城的地理学家马林努斯(Marinus)的《地理学》(107—114),马其顿商人马埃斯·提提阿努斯(Maes Titianus)曾记录了从幼发拉底河口,经美索不达米亚、米底亚、帕提亚(安息)、马嘉那、巴克特拉(大夏)、石塔(塔什库尔干)等进入中国的路线。提提阿努斯并委托马其顿、推罗的商人组团前往赛里斯的首府赛拉。范晔《后汉书·和殇帝纪》记载:"永元十二年(100),冬十一月,西域蒙奇、兜勒二国遣使内附,赐其王金印紫绶。"

2. 关于近现代各国通用的中国称呼 China

近现代各国通称中国的"恰衣纳"China(<阿拉伯语 Šini),始见于 16 世纪初的葡萄牙文献,其背景是由阿拉伯人拉开序幕的东西方海上交通和贸易。7 世纪起,阿拉伯语中始有 Šīn、Šini(<波斯语 Čīn、Čīnī)等中国称呼。

1502 年,在葡萄牙里斯本绘制的一张地图上,关于马六甲的说明提及:"这个城市的所有货物,……绝大部分从外面进口,即从中国人(Chins)的地方运来。"1512 年,葡萄牙地理学家罗德里格斯(Francisco Rodrigués,1580—1621)绘制了葡萄牙的第一幅中国地图《通往中国之路》(*A Caminho da China*)。1516 年,葡萄牙探险家巴尔博扎(Duarte Barbosa,1480—1521)的《东方见闻录》(*Livro Das Coisas Do Oriente*)中有一章题为"伟大的中华帝国"(O Grande Reino da China)。1516 年,葡萄牙药剂师皮雷斯(Tomé Pires,1470—1527)在《东方概要》(*Suma Oriental*)中介绍了"中华帝国"(Reino da China)。1555 年,英国地理作品翻译家伊登(Richard Eden,1520—1576)刊行《近几十年来的新世界或西印度》(*The Decades of the Newe Worlde or West India*),将巴尔博扎书中的"伟大的中华帝国"译为"伟大的中国,其国王被认为世界上最伟大君主"(The great China whose kyng is thought the greatest prince in the world)。

至于 china 的另一义项"瓷器",则缘于葡萄牙人把中国瓷器带到欧洲,欧人称之为 chinaware(中国器皿、中国瓷器)。19 世纪的英国商人简称为 china,以至于有人误以为因中国出品精致瓷器 china 才成为中国称号。

3. 关于近代欧洲人对中国的看法

13 世纪,欧洲传教士来到远东。1246 年 7 月,意大利传教士柏朗嘉宾(Jean de Plan Carpin,1182—1252)等抵达蒙古帝国首都哈尔和林(位于鄂尔浑河上游),他是欧洲近代史上第一个基于亲身经历描述中国的西方人。他在《蒙古行纪》(*Histoire des Mongalorum*)中写道:"他们的表现通融和近乎人情。世上人们从事的各行业中,再也找不到比他们更为娴熟的精工良匠了。"1254 年 4 月,法国传教士卢布鲁克(William of Rubruk,约 1220—1293)也到此地,对在大汗都城看到的各种宗教信徒和睦相处颇为赞赏。1293 年,法国传教士孟特高维诺(Giovanni da Montecorvino,1247—1328)抵达元大都,在其书信(1306 年 2 月)中赞叹:"世界上没有任何国王,能以其帝国的辽阔疆域、人数众多的居民及其巨额财富而与大汗媲美"。当时来到中国的这些欧人,都将中国描绘成一个神奇的国度。

西欧对中国的进一步了解是在大航海时代。16世纪的耶稣会士延续了前辈了解中国的事业。在利玛窦（Matteo Ricci,1552—1610）的《中国札记》（De Christiana Expeditione apud Sinas,1615）中,中国以一个祥和的国家展现在欧人面前："全国都是由知识阶层井然有序地管理整个国家。"葡萄牙传教士曾德昭（Alvare de Semedo,1585—1658）的《大中国志》（Relacao Da Grande Monarquia Da China,1636）,对中国的评价几乎与利玛窦同出一辙："该国幅员辽阔,其境内有供人们生活的必需品及各种好东西。不仅无须向别家求援,反而还有剩余之物满足邻近和遥远之家的需求。""中国人重视道德,更尊重实践德行的人。"

耶稣会教士有目的、有系统地记录中国的情况并对之研究。中国的历史、语言文字、思想文化通过他们介绍到欧洲。耶稣会士在其书信和论著中描绘了一个神奇而完美的国度,这对当时的西方思想界产生了重要影响。17世纪末,德国哲学家莱布尼茨（Gottfried Wilhelm Leibniz,1646—1716）,将中国知识在欧传播称为"当代的最大事件"。处在启蒙时代的欧洲,掀起了新一轮的"中国热"。不过,这一时期西方人眼中的"中国"开始形成两种形象。一方面,一些启蒙思想家率先赞扬中国,如法国思想家伏尔泰（Voltaire,1694—1778）在《论诸民族的道德和精神》（Essai sur les mœurs et l'esprit des nations,1756）中将中国历史作为世界史的开端,对中国政体大加赞赏,认为中国是早慧而停滞的,欧洲则是后学而富于创造的。法国重农学派的代表人物魁奈（Francois Quesnay,1694—1774）,对中国政治制度的颂扬有过之而无不及："由于中国的政治体制以无可非议和不容非议的方式,建立在自然权力基础之上,因而能够保证在合法的行政管理中拥有做好事的最高权力。"另一方面,开始批评当时的社会风气和专制政体。英国海军准将安森（Baron George Anson,1697—1762）指挥的"百夫长号"舰船闯入珠江口,在《安森准将探险实录》（An Authentic of Commodore Anson's Expedition,1744）中批评"商人欺骗,农民偷盗,官吏则敲诈勒索他人钱财",给当时欧洲的"中国热"浇了一盆冷水。而在理性主义者眼中,中国形象也并非完美无缺。孟德斯鸠（Baron de Montesquieu,1689—1755）开批评清朝政体之先河,在《论法的精神》（De L'esprit Des Lois,1748）中认为,清朝是以恐怖为原则进行统治的专制帝国。并进一步基于地理环境分析其政体、国民性和文化特征,指出诸多矛盾,如：皇帝虽开明,但却拥有过多权力；国家虽富裕,但乞丐却不绝于路；人民虽温顺,却经常反抗。德国哲学家赫尔德（Johann Gottfried Herder,1744—1803）则认为,中国文明的封闭性导致其沉浸于自鸣得意之中,对一切外来事物都采取隔绝和阻挠态度。法国思想家卢梭（Jean-Jacques Rousseau,1712—1778）甚至质疑以往耶稣会士关于中国的报道,在《新爱洛伊斯》（La Nouvelle Heloise,1761）中借主人公之口说道："我最近见到了中国人,不再为他们是奴隶而感到惊奇。他们一次又一次遭到攻击并被征服,一触即溃,并将永远如此。"18世纪后半叶的欧洲将清朝作为专制主义的典型,与欧洲所追求的政治精神相对立。孟德斯鸠最赞赏的是英国君主立宪制,认为这是由法律维护、以理性为原则的政体；而清朝是一个以恐怖为原则的专制国家,专制主义令法律失效,其专制势必愈演愈烈。狄德罗（Denis Diderot,1713—1784）和霍尔巴赫（Baron d'Holbach, 1723—1789)也都认为,专制主义是远东政体的典型特征,不足以成为欧洲的范本。

在琼斯此次演讲的两年半后,即1792年9月26日,英王特使马戛尔尼(George Macartney, 1737—1806)率领使团前往中国祝贺乾隆83岁寿辰,要求通商洽谈但被拒绝。马戛尔尼称当时的清朝"是一艘破败不堪的旧船"。1962年,马戛尔尼的《出使中国》(An Embassy to China)出版,该书题记是"没有比用欧洲标准来判断中国更为荒谬"(1794年1月15日记)。总体而言,可以18世纪上半叶为分水岭,西方看待中国的关注点及其评价形成明显的区别。

4. 关于Cīna的两晋南北朝隋唐文献记音

汉末以降,来到中土的西域僧人先将胡语(粟特语等)的Čynstn(止因斯坦)译为震旦、真旦、振旦等,此后来自东南亚、印度的僧人以及中土僧人玄奘等才将梵语的Cīna译为止那、脂那、至那、支那。

相传东汉桓帝末年(约167),月氏人支谶来洛阳译经,曾将Čynstn译为"震旦"。此后,月氏人支谦南渡东吴。从黄武二年到建兴二年(223—253)译经八十八部,曾译Cīna为"止那"。以上相传,未见所译经文出处。

西晋永嘉年间(307—313),龟兹人帛尸梨蜜多罗(约260—343)来到中原,后辗转南渡建康。所译《佛说灌顶经》卷六:"阎浮界内有震旦国"。《宋书》记载刘宋元嘉五年(428)天竺国奉表之文:"圣贤承业,如日月天,於彼真丹,最为殊胜。"梁武帝年间,僧旻(467—527)等撰集《经律异相》(535)有"振旦边王"。南梁天监五年(506),来自中南半岛扶南国人僧伽婆罗(459—524)召于建康译经。《孔雀王咒经》中写道:"有五百子,有大军大力,其最大者名般止介,住止那地。"北齐天保七年(556),北天竺乌苌国人那连提耶舍(489—589)到邺城。所译《大方等大集经》,经文里指中国的词均译为"震旦"。隋开皇三年(583)所译《法护长者经》,则将梵语Cīna译为"脂那"(或意译"大隋")。

隋开皇十年(590),南天竺罗啰国人达磨笈多(?—619)到长安。他将Mahacīni译作"大止那"(Maha,含义为"大"),遂有旧名并非正音之辨。《续高僧传·卷二·达磨笈多传》:"远传东域有大支那国焉,旧名真丹、振旦者,并非正音,无义可译,惟知是此神州之总名也。"隋开皇十七年(597),翻经学士费长房在《历代三宝纪》云:"而彼五天目此东国总言脂那。或云真丹,或作震旦,此盖取声有楚夏耳。"玄奘(602—664)《大唐西域记》(646)记载,戒日王问"大唐国在何方?"玄奘答"当此东北数万余里,印度所谓摩诃至那国(Maha-cīnasthana)是也",将Maha音译"摩诃"。唐高宗永徽年间(650—655),玄应《众经音义》卷四称:"振旦,或言真丹,并非正音,应言支那,此云汉国也。"唐高宗仪凤初(676—679),中天竺人地婆诃罗(Divākara, 613—687)来华,在《方广大庄严经》中将Cinalipi译为"支那书"。唐玄宗(685—762)《题梵书(敦煌本伯三九八六)》曰:"鹤立蛇形势未休,五天文字鬼神愁。支那弟子无言语,穿耳胡僧笑点头。"

5. 对琼斯《第七年纪念日演讲》的总评

根据此次演讲,琼斯对中国历史和文化知之甚少,只是通过主观臆想以推定中国和印度(以及日本和印度)的关系。中国和印度的文化交往主要在汉唐时期。凭这些交往留下的资料,不可能推出琼斯所认为的中印同根共源的关系。至于汉语汉字,除了从传教士和早期汉学家的几本论著中看到的基本常识,如汉语是单音节词、汉字是象形文字,连汉语的声调也没有清晰的认识。更为关键的是,不懂中国古音,还要做历史词梵汉比较,必定不可能得出正确的结论。

有人称琼斯是"英国第一个研究过汉学的人"或"英国第一位汉学家"。1785 年,琼斯在亚洲学会会议上宣读《论中国的第二部典籍》(*On The Second Classical Book of The Chinese*),介绍中国的"五经",所谓"第二部"即《诗经》。文章用大部分篇幅讨论《诗经》,并且还用直译和意译两种方式翻译《淇奥》《桃夭》《节南山》三首中的各一节。应该同时参考了《诗经》原文、柏应理的《大学》拉丁文译本等。琼斯约 21 岁时(1767)开始学习汉语,虽然下过一番工夫,但谈不上精通。(详见于俊青《威廉·琼斯对〈诗经〉的译介》,《东方丛刊》,2009 年第 4 期)

第八年纪念日演讲：
关于亚洲的边民、山民和岛民

（1791 年 2 月 24 日）

先生们，此前的五次年会，我们已对一些著名民族加以鸟瞰式描述。就这些主题可拥有的相关证据而言，我们业已证明，他们起源于三个原始血统，即我们现称为的印度人、阿拉伯人和鞑靼人。我们几乎神游走遍整个亚洲，如果该观点不是完美的巧合，至少看上去也是大体上一致。正如在人类众多群体中自然而然地预期那样，每个人都一定坚持其观点的正确性，并认为此乃自己之职责，在所有观点中采用自己的，而绝不接受那些所举证据可能并不可靠、含混不清的观点。如果我们错过关注一直居住在阿拉伯、波斯、印度、中国和鞑靼边缘的许多民族，如果我们视而不见那些生存在多山地区的未开化部落，并且对地理学家就地球划分的亚洲附属岛屿上的较文明居民置若罔闻，而今天就宣告我们的旅行结束，那么我们的历史研究会留下缺憾。

一

让我们从靠近埃拉尼提湾①的以土买②出发，然后出于我们主题的需要，调整路线而环绕亚洲。我们从此处启程，最终再返回到此。仅从语言、宗教和习俗推测，我们就能够明显发觉，这些民族既不是印度人、阿拉伯人，也不是纯种或混血的鞑靼人。但通常要记住，早期与母体血统分离的任何小家族，除了必需的物品，当时既没有文字，也几乎缺乏思想而词语贫乏。他们居住在一些山地和岛屿上，甚至此前人迹罕至的荒凉地区。迁居

---

① 埃拉尼提湾（Elanitis）位于西奈半岛东边，即以色列南边的埃拉特湾（Eilat）。现通称亚喀巴湾（阿拉伯语 Al-Aqabah，意为障碍）。
② 以土买（Idume, Idumaea）位于西奈半岛东部。曾为以东古国的领域，后称以土买。前 134 年，以土买归属于犹太人。

到新领土上的他们,经过四五个世纪必然形成一种新的语言,而这种语言中,也许没有留下可觉察其祖先语言的任何痕迹。以东①即以土买,而厄立特拉也就是腓尼基②,正如许多人相信其含义雷同,都来自指称红色的词。但是,不管该词如何引申,毋庸置疑,某个族群从远古时期就居住在以土买和米底亚③的这片土地上。最古老和最优秀的希腊作者称其为厄立特里亚人,他们与阿拉伯人完全不同,根据许多有力证据的汇聚,我们可以放心地认为他们是印度人血统。④ 德贝罗特⑤提及一个传说(实际上,他当作寓言故事),以土买人从红海北岸出发,乘船漂越地中海,迁徙到欧洲。当时的编年史确定,伊万德⑥带领阿卡狄亚人⑦进入意大利,而希腊人和罗马人都是这些移民的后裔。这一传说并非含糊不清且令人怀疑,我们必须把我们的看法建立在这种情况上。但是牛顿则认为,没有经过论证则科学无从进步,在历史上没有他认为的确凿证据。他仔细研究过权威人士的断言,以土买的航海者"带着他们的技艺和科学,其中包括他们的天文知识、航海技术和字母",他说"以土买人,在他们提到的约伯⑧时代之前,就已有字母和星座名称"。实际上,约伯即以其名命名的《约伯书》的作者⑨,他就是阿拉伯血统,正如这一崇高著作的语言无可置疑地证明那样。但是,字母和天文知识的发明和传播,都被公正地归功于印度人家族。如果斯塔拉波和希罗多德没有受到严重的欺骗,那么首次给星星命名并乘坐其制造的船只冒险长途航行的以土买人,就只能是印度人种的一支。无论如何,没有理由相信他们是第四个不同的血统。直到我们在返回此处,再次遇到他们以"腓尼基"⑩的名义出现之前,我们不必再多提他们。

---

① 以东人的始祖是以扫(Esau),据《创世记》(25.27—34),以扫(意为多毛)生下来多毛。以扫的肤色发红,又因他喝了其弟雅各的红豆汤,因此别名"以东"(Edom,意为红色)。《俄巴底亚书》(Obadiah)中斥责以东国协助巴比伦人毁灭耶路撒冷,而必将遭遇厄运。

② 希腊语的 Erythra(厄立特拉),其意红色,如 Erythrean Sea(红海)。腓尼基人自称迦南(Canaan,意为紫红),古希腊人将此名意译为希腊语的 Phoenicia(汉译腓尼基)。

③ 前第 2 千纪以来,一支雅利安部落从里海西岸分批南下,部分定居于伊朗高原西北部,后建立米底王国(Median Empire,前 728—前 550)。其领土最大时,西起小亚细亚以东,东至波斯湾北部。

④ 古厄立特里亚人(Erythrean),与埃塞俄比亚或腓尼基人种相近。他们与阿拉伯人同属闪米特人种,与印度雅利安血统不同。

⑤ 德贝罗特(Barthélemy d'Herbelot de Molainville,1625—1695),法国东方学家,著有《东方文库或东方民族知识通用词典》(1697)。

⑥ 在罗马神话中,相传伊万德(Evander)将希腊的信仰、法律和文字带到意大利一带。其妻是罗马神话中的生育和预言女神卡尔门塔(Carmenta),相传她将希腊字母改成罗马字母。

⑦ 阿卡狄亚人(Arcadian)的祖先阿卡斯,相传是宙斯与仙女卡利斯托(Callisto)所生。阿卡狄亚古国位于伯罗奔尼撒半岛中部。《荷马史诗》记述了伊俄尔科斯国王佩利阿斯与之作战的故事。

⑧ 约伯(Job,约前 2201—前 1991),美索不达米亚北部乌斯的游牧民酋长,以正直、敬虔而著称。《约伯记》在哲学与神学思考中广泛运用诗性对话。其要旨是记录希伯来人如何面对受苦,探究神的公义在世间运作的广泛性与隐晦性。

⑨ 传统认为摩西是《约伯记》的执笔者。即摩西用母语写成的,其风格也与《摩西五经》相近。

⑩ 琼斯的意思是带来技艺和科学的以土买人即腓尼基人,而其血统为印度人种。实际上,腓尼基人前 2000 年就生活在迦南与黎巴嫩一带,在地中海上经商,使用字母书写,他们是闪米特迦南人。

当我们经过浩瀚的大海时,在那些说以实玛利纯正语言的阿拉伯人①与说阿贾姆语②或那些说话叽里咕噜的未开化人的海岸之间,海浪翻滚着珊瑚床。我们在阿拉伯半岛这边,没有发现关于最初的纯种或混血的阿拉伯人的确凿遗迹。半岛的某些地方也许古代有穴居人生活,但是他们早被流动的游牧人所取代。如果我们离开预计路线片刻,到不久前探索过的红海那边,即非洲西部的国家作一短程旅行,那么这些穴居人是何种人我们就非常清楚了。

阿比西尼亚③人的书面语,我们称为埃塞俄比亚语。作为古迦勒底语的一种方言,无论从大量的完全相同的词语,还是从几种方言的相似语法结构(此为更有力证据),我们都可以确信,它是阿拉伯语和希伯来语的姊妹语言。同时我们了解,阿比西尼亚语的书写方式,就像所有印度字符那样是从左向右的。并且正如梵文天城体一样,元音附着于辅音,与辅音一起构成清晰而方便的音节体系,但是其书写方式要比如今梵文文法中体现的字母体系的人为顺序更少。由此可以恰当地推断,巴尼尼④或其门徒为之制定的字母顺序应相当晚近。从印度各地给我殷勤送来的许多刻在台柱上或洞穴里的古老铭文,就其初步查考,我毫不怀疑,天城体字母和埃塞俄比亚语字母在形式上起初非常相似。我一直主张,阿拉伯血统的阿比西尼亚人,他们没有自己发明字符以表示清晰的语音。在他们的天然洞穴,或在人工挖掘的山上洞穴的原始住所中,他们借用了希腊人称作"穴居人"的那些黑人异教徒的字符。这些黑人异教徒也许就是非洲的最初居民,他们是在某个时间来到此处的辉煌城市的建造者、科学和哲学进步发源地的奠基者,并且是象征字符的发明者(如果并非外来的)。总体上我认为,麦罗埃⑤的埃塞俄比亚人与最初的埃及人是相同人种,从而可以轻而易举地揭示他们与原始印度人同种。⑥ 激情燃烧且勇敢无畏的布鲁斯⑦先生的旅游笔记,和我对此愉快而满意的感受一致,虽然他的想法,与我对阿拉伯人的语言及其天赋的看法大不相同。而且我认为,更重要的是我们从其游记中受惠,关于从尼罗河源头到河口一带建立的那些国家的资料,他所提供的比以往欧洲学者了解到的合起来的所有信息更为准确。然而,因为他没有用心地比较作为主要证据的七种语言样本,并且我也未能抽出时间加以比较,所以我就必须对其权威性考察感到满

---

① 亚伯拉罕的长子以实玛利(Ishmael)被阿拉伯人奉为祖先。其子尼拜约(Nebajoth)是阿拉伯阿德南人(Adnan)的祖先。
② 阿贾姆(Ajam),指非阿拉伯人的未开化人。阿贾姆语,指非阿拉伯语的其他语言。
③ 阿比西尼亚(Abyssinia)即埃塞俄比亚(Ethiopia)。1270年,阿克苏姆王国阿姆拉克建立所罗门王朝。其国号"阿比西尼"源于阿拉伯语的哈巴施(Habash,意为混血),因阿拉伯人把埃塞俄比亚人视为闪米特和尼格罗的混血。该词拉丁文作 Habsesinia,葡萄牙人作 Abassia 或 Abassinia,最终演变为 Abyssinia。
④ 巴尼尼(Pāṇini,约前4—前3世纪),所撰《八章书》(Astadhyayi),今译《巴尼尼文法》。
⑤ 前530年,库施人迁都麦罗埃(Meroë)。库施人属埃塞俄比亚人种。
⑥ 埃塞俄比亚人为东含米特人种,后裔有图西人、索马里人、马塞人和厄立特里亚人。
⑦ 布鲁斯(James Bruce,1730—1794),苏格兰探险家。长期在北非和埃塞俄比亚考察,著有《尼罗河源头发现之旅》(*Travels to Discover the Source of the Nile*,1768—1773)。

意。阿高人的两个部族盖法人和盖拉人①的土语以及法拉沙人②的土语,最初肯定使用的迦勒底土话,都没有通过书写方式保存下来。阿姆哈拉语③仅在近代才有书写文献。由此这些语言在很长时间内必然处于不断变化的状态,并且可能导致对古代说这些语言的几个部族的来源没有确定结论。正如布鲁斯先生和布莱恩特先生证实的,很有可能希腊人把"印度人"这一名称既用于非洲南部国家的人们,又用于我们当今在此生活的人们。同样可以观察到,根据斯塔拉波提及的埃福罗斯④的看法,他们把这个世界的所有南方国家都称作"埃塞俄比亚",因此"印度"和"埃塞俄比亚"可作为互换词语。但是我们必须承认,一些似乎信奉神秘佛教教义的信仰者离开了埃塞俄比亚,甚至渡过浩瀚的印度洋,他们的亚洲和非洲同胞也许是最早的航海者。

对也门附近的岛屿,我们没有多少述评。现在看上去,主要是伊斯兰教徒居住于此,无论其语言还是习俗,都没有提供我要了解的任何可区别特征。然而,在没有使诸位相信以下内容的情况下,我不能就此匆匆告别阿拉伯海岸。无论如何,对安曼⑤和斯基泰的居民聚集地能够说上几句,可以想象,他们从前就一直居住于此。我从亚丁⑥城到马斯喀特⑦城的也门沿海部分,沿途既没有遇到不是阿拉伯的入侵民族,也没有遇到不是阿比西尼亚的入侵民族。

二

阿拉伯国家和伊朗高原之间有一些岛屿,在我们当前的探究中无足轻重,此处可以忽略。至于库尔德人⑧,是居住在托罗斯山支脉,或幼发拉底和底格里斯河岸的独立民族。我认为,他们既没有书面语,也没有来源确凿的任何历史记载。实际上,旅行者已经

---

① 10世纪前后,非洲南方游牧民族阿高人(Agow)入侵埃塞俄比亚,灭阿克苏姆王国。盖法人(Gafot,Goffa)居住在埃塞俄比亚南部的噶姆盖法(Gamu-Gofa)地区。盖拉人(Galla,Gerra)原为埃塞俄比亚东南部游牧民族,15世纪涌入南方热带草原,16世纪建立绍阿王朝。"盖拉"(意为奴隶)是阿姆哈拉人对他们的称呼,盖拉人自称奥罗莫(Oromo,意为勇者)。

② 法拉沙人(Falasha,吉兹语,意为外来人)为黑肤色犹太人。相传是护送赛巴女王和所罗门王(前10世纪中叶)之子孟尼利克一世回国,此后留居于赛巴王国的以色列人后裔。

③ 阿姆哈拉人(Amhara)分布于埃塞俄比亚中南部,其阿姆哈拉语(Amharick)属闪米特语族。5世纪基督教传入后,采用斐德尔(Fidel,意为字母)音节文字。这种字母由古代吉兹语(Ge'ez)的阿布吉达字母(Abugida)演变而来。14世纪以来,成为埃塞俄比亚的通用文字。

④ 埃福罗斯(Ephorus of Cyme,约前400—前330),古希腊历史学家。所著《历史》(*Historiai*),作为西方历史学的第一部通史,从宙斯之子赫拉克勒斯的后裔始,到前340年终,跨时700多年。

⑤ 安曼(Omman,Amman),西亚古城。前13世纪,信奉埃及太阳女神阿蒙的一些部落居于此地,前11世纪建立王国,其都城称"阿蒙",后逐渐演变成"安曼"。

⑥ 亚丁(Aden)位于阿拉伯半岛西南端。前3世纪至前1世纪,为希木叶尔王国的主要城市。

⑦ 马斯喀特(Maskat,Muscat)位于阿拉伯半岛东南端,濒临阿拉伯海和阿曼湾。

⑧ 库尔德人(Curd)生活在扎格罗斯和托罗斯山区数千年。居鲁士建立波斯帝国后,库尔德人在其治下。7世纪改宗伊斯兰教,在阿拉伯帝国后期曾建王朝。其后突厥、蒙古入侵,库尔德人在奥斯曼帝国境内保持半自治状态。帝国崩溃后,库尔德人分属数国。

断言,他们是迪亚巴克尔①地区的一支游牧民,仍然说《圣经》手稿的迦勒底语。② 并且我揣测,四处流动的土库曼人仍然保留着鞑靼土语的一些痕迹。但是,既然从波斯湾到库尔河和阿拉斯河,都没有出现与阿拉伯人、波斯人或鞑靼人不同的任何种群的迹象,我们就可以推定,在伊朗山地不存在另外的种群,并且我们要回到把伊朗和印度隔开的那些崇山峻岭一带。这些山区的主要居民,称作帕尔西奇人(Parsici)。由此朝西转徙的他们,称为帕尔瓦蒂人③,这个名称来自已知的梵文词;由此向东迁徙的他们,称为帕鲁帕米苏斯人④,则融入了北方的意貌人⑤。他们在古代就以"德拉达"(Derada)的名义从婆罗门中分离出来,然而,似乎被许多阿富汗人即帕坦人⑥的部落所摧毁或驱逐,其中有一支是巴罗贾人(Baloja),该名称后来成为一个多山地区的名称。在此,有非常坚实的理由相信,阿富汗人来自犹太人。因为他们虽然通常刻意隐瞒,有时却私下承认这个受欢迎的来源。他们中的穆斯林明确地坚持这一点,因为地名"哈扎特"显得好像是《以斯拉书》⑦中提及的地名"阿扎特"⑧,此为他们的领地之一。更主要地,因为他们的语言明显是来自《圣经》手稿的迦勒底语的一种方言。

三

我们现在到达印度河和以这条河命名的流域。靠近印度河口,我们发现一个区域,在尼阿库斯⑨杂记中称作"桑伽达"。丹维尔⑩先生恰当地认为,此为桑伽尼亚人⑪的所在地。这是现代探险家提及的一个野蛮成性、掠夺为生的民族,如今印度西部的人们众所

---

① 迪亚巴克尔(Diyarbecr)位于安纳托利亚东南部。迪亚巴克尔城位于底格里斯河右岸,罗马帝国、波斯帝国、阿拉伯帝国与奥斯曼帝国先后占领该城。

② 不存在琼斯所言"《圣经》手稿的迦勒底语"。前6—前5世纪,阿拉米语文取代巴比伦(即迦勒底)语文(楔形文字)而成为西亚官方语言。早期《圣经》是希伯来文,后期文稿用阿拉米文。

③ 帕尔瓦蒂人(Parveti)居住在印度北部雪山一带。帕尔瓦蒂原为印度教婚姻和幸福女神达刹约尼,因其父对其丈夫湿婆极不尊重,达刹约尼投火自尽。转世为雪山女神后,与湿婆再度成婚。

④ 帕鲁帕米苏斯人(Paropamisus)居住在帕鲁帕米苏斯山区。希腊人所称的帕鲁帕米苏斯山,包括阿姆河以南、斜贯阿富汗中部的高山,即今兴都库什山。

⑤ 意貌人(Imau),居住在意貌山(帕米尔高原)山区的族群。

⑥ 帕坦人(Patan)即普什图人(Pushtun),伊朗人和突厥人的混血。印地语称帕坦,波斯语称阿富汗(Afghan)。本为巴基斯坦西北与阿富汗接壤的瓦济里斯坦贾拉黑尔的部落,13—16世纪逐步南迁。

⑦ 《以斯拉书》(Esdras)属于六十六卷《圣经》以外的经书(Apocrypha,意为隐藏的)。前两卷是先知以斯拉(Ezra,拉丁语 Esdras,前480—440)的《以斯拉一书》《以斯拉二书》。

⑧ 详见备查关于以色列失踪十支派。

⑨ 前326年,亚历山大在希达斯皮斯河(Hydaspes)附近与波罗斯会战获胜。前325年,其将领尼尔库斯(Nearchus,前360—前300)自印度河口启航,沿阿曼海和波斯湾海岸直到幼发拉底河河口。

⑩ 丹维尔(Jean-Baptiste d'Anville,1697—1782),法国地理学家。绘有《中国地图和中亚地图》(1735)。

⑪ 网络检索:当接近贝特岛(Beyt)时,在库奇湾(Cutch)入口处,他被一群桑伽尼亚海盗(Sanganian pirates)袭击。《厄立特里亚海航行记》记载,印度古代有一种海船称桑伽拉。盖桑伽尼亚人(Sanganian)与地名桑伽达(Sangada)、海船桑伽拉(Sangana)同源。

周知。马莱特①先生现代表英国政府驻于普纳。我请他帮助找到桑伽尼字母,这是天城体字母的一种,也取得了其语言样本,就像其他印度方言那样,显然来自梵语。从我获悉的对其民众和习俗的描述中,我也毫不怀疑,他们就是帕梅拉人(Pamera)。正如婆罗门这样称呼他们,他们或者是被驱逐的印度人,在洪荒时期就与这个民族的人群分开了。看上去这是一致的,被称作"埃及人"的奇特民族吉普赛人,误以为是从埃及直接渡过地中海到达欧洲的。② 格雷尔曼③先生以大量词汇为证据,证实他们的语言是混合的,其中包含了众多的梵文词,以至于几乎无法怀疑他们来自印度。这些词汇反映的真实性建立在大批吉普赛语的单词上,例如 angár(木炭)、cásbth(木材)、pár(河岸)、bhú(土地)这样的一百多个词语。虽然我们知道这些词在每个字母上都是几乎未曾变化的纯粹梵文词,但是词语收集者在流行的印度斯坦方言中却找不到与之平行的词。这一显而易见的事实来自一位很有创见的友人,他向我提议,这些特别的词语很可能来自古老的埃及语,吉普赛人是来自底比斯④附近山岩的穴居人,那里的一群土著在习惯和容貌上仍然与之相似。然而,由于我们没有其他证据表明,古埃及和古印度流行的方言具有如此有力的密切关系,似乎更有可能,意大利人把吉普赛称作金噶罗和金噶诺,他们只不过是"下等人"而已,正如丹维尔也写成这个词。他们在某次掠夺的冒险过程中,可能登上了阿拉伯海岸或非洲海岸。由此他们可能游荡到埃及,并且最终迁徙或被驱赶而进入欧洲。我也感激马莱特先生友好提供的关于波罗斯人⑤的记述,他们主要居住在古吉拉特邦的城市中。这是一个值得注意的民族,虽然在宗教上信奉穆斯林,但是在体貌、才干和习俗上类似于犹太人。他们在所有地方都会组成独特的兄弟会,在各处以善于讨价还价而出名,并以精打细算和一心想发财而众所周知,但是他们承认对自己的来源一无所知。虽然似乎很有可能,他们的同胞起初来自阿富汗与印度的边界。他们随机学会了更爱在人口稠密的城镇找到赚钱的稳定职业,而不是消磨在山区无休止的争斗和辛勤劳作中。至于生活在印度帝国西部的莫普拉人⑥,我看过他们用阿拉伯文书写的书籍。由此信服,就像称作马来族的那些人一样,他们是来自穆罕默德时代之后的阿拉伯商人和水手。

---

① 马莱特(Charles Warre Malet,1752—1815),英国东印度公司官员。1774—1785 年驻莫卧儿帝国的坎贝(Cambay)。1785 年驻马拉塔(Mahratta)白沙瓦(Peshwas)法院。1798 年返英。
② 吉普赛人(Gypsy)15 世纪到西欧。英人误以为他们来自埃及,称为埃及人(Egyptian)。详见备查关于吉普赛人。
③ 格雷尔曼(Heinrich Grellmann,1756—1804),德国语言学家、东方学家。曾任哥廷根大学、莫斯科大学教授。1783 年首先考定欧洲吉普赛人的语言来自印度的语言。
④ 底比斯(Thebes)古城位于埃及南部的尼罗河右岸,是埃及中王国和新王国(前 2040—前 1085)的首都。当时的底比斯广厦连亘、人口稠密,荷马称之为"百门之都"。
⑤ 波罗斯人(Boras),生活在印度吉拉吉特邦和巴基斯坦旁遮普地区的古代民族。
⑥ 莫普拉人(Moplah),生活在印度喀拉拉邦西边的拉克沙群岛。7 世纪以来与阿拉伯人混血。通用马拉雅兰语。

第八年纪念日演讲:关于亚洲的边民、山民和岛民

　　在印度次大陆,维帕萨河即哈帕斯河①以西,与特里普拉丘陵②和迦摩缕波丘陵③以东之间的地区以及喜马拉雅山北部,我们发现了一些多少带有原始残忍的野蛮人群。这些诱惑使其祖先离开了平原和山谷的文明居民。在最古老的梵语文献中,他们被称为萨卡、吉拉塔、库拉、普林达和巴尔巴拉④,而这些名称都是欧洲人熟悉的。虽然并非据其实际名称,但是许多穿越其栖息地区旅行的印度朝圣者向我充分地描述了他们。虽然他们中的一些人与来自鞑靼地区的最早漫游者很快融合混血,其语言似乎是如今莫卧儿人所说语言的基础,但是我发觉,有理由认为他们源于古老的印度血统。

　　我们回到印度群岛,加速赶到锡兰即塔普罗巴奈⑤东南部的那些岛屿。正如我们从其各种居民的语言、字母、宗教和古老遗迹中得知,锡兰在洪荒时期就有印度种族居住。并且从前,也许他们延伸到更远的西部和南部,甚至包括兰卡,即印度天文学家春秋分点的地区。⑥ 我们也没有理由可以怀疑,一些同样敢于冒险的家族,在同一海洋上的马来亚维帕⑦的其他岛屿上开拓移民,马来亚维帕的名称来自马来半岛的山脉。还有摩鹿加即马利加群岛⑧,其范围很可能远远超过这些。佛利斯特(Forrest)船长向我证实,他发现巴厘岛⑨(来自印度史诗中的一个崇高名词)主要居住的是印度教徒。岛上居民崇拜的神像,与他在该地区看到的印度教神像相同。马都拉岛⑩肯定也是用梵语词命名的,就像西部半岛上众所周知的居民一样,此地居住的也是通晓梵语的民族。对于这些,我们不必感到意外,丹维尔先生不可能用托勒密古拉丁文本中提及的法巴迪奥即耶婆提⑪之名,作

---

① 维帕萨河(梵语Vipasa)又称哈帕斯河(希腊语Hyphasis),即印度河支流之一的比亚斯河(Beas,双鱼河)。源于喜马偕尔邦的罗唐山口,进入旁遮普邦后汇入萨特莱杰河(Sutlej)。
② 特里普拉丘陵(Tripura)位于印度特里普拉邦东部。现居民包括德希特里普里人(Deshi Tripuri)、利昂人(Reang)、贾马蒂亚人(Jamatia)、博多人(Bodo)、库基–钦人(Kuki-chin)。
③ 迦摩缕波丘陵(Camarupa)环绕阿萨姆邦的东、北、南三面。现居民主要是13世纪迁徙而来的阿萨姆人(傣族的一支)。
④ 吉拉塔人(Cirata, Kirata),印度特里普拉邦、阿萨姆邦的原居民。库拉人(Cola),未详。查印度语言中有Kula(其意家庭),库拉盖为部落名称。普林达(Pulinda)是居住在印度中部温迪亚山区的古老部落。巴尔巴拉(Barbara)原形容不会讲希腊语的女人,后引申为未开化的人。
⑤ 锡兰(Silan)古称僧伽罗(Simhalauipa)。古阿拉伯语称Sirandib,宋代赵汝适《诸蕃志》音译细兰;明代马欢《瀛涯胜览》音译锡兰。希腊人称此处岛屿为塔普罗巴奈(Taprobane)。
⑥ 兰卡(Lancá,意为岛屿),此处指锡兰岛。分点是每年太阳穿过天球赤道和黄道在天球上的交点,分别在春分和秋分。此处盖为印度天文学家将其分点对应于地面的兰卡。
⑦ 马来亚维帕群岛(Malayadwipas)即马尔代夫群岛(Maldives)。托勒密《地理志》中已经提到。阿拉伯旅行家伊本·巴图塔(ibn Batūta, 1304—1377)描述了当地的风土人情。
⑧ 摩鹿加(Moluccas)或马利加群岛(Mallicás),即印尼东北部的马鲁古群岛(Maluku)。其中的巴漳岛以盛产丁香、豆蔻等闻名,古代印度、中国和阿拉伯商人称之为"香料群岛"。
⑨ 巴厘岛(Bali)与东爪哇岛隔海相望。约前2500年南岛人移民该岛,巴厘人是这些南岛人的混血后裔。前300年已有青铜文化。约10世纪夏连特拉王朝时,佛教及印度教经爪哇岛传入。在麻诺巴歇王国(1293—1518)时期,印度教大规模传入。在淡目王国(1478—1586)期间,很多印度教精英逃来该岛,开启了印度教文明的繁荣。
⑩ 马都拉岛(Madura, Madoera)位于爪哇岛东北海域,被一条窄而浅的海峡隔开。岛上有马都拉古国都城的故宫和王陵遗址。
⑪ 耶婆提(Yavadwipa),拉丁文称法巴迪奥(Fabadio)。中国古籍的记音词有:(1)叶调,见东汉永建六年(131)"叶调国遣使贡献";(2)耶婆提,即东晋义熙八年(412)法显登陆之处。明朝改称爪哇(Jawa)。

为爪哇之名来自"大麦"的理由。但是我们必须钦佩,希腊人和罗马人的探究精神和孜孜不倦的研究,似乎没有什么能够逃脱他们的观察。Yava 在梵语中的含义确实是"大麦"。即使这个名称 Java 来自正常的引申,现在也仅用于地名爪哇岛。但是这位伟大的法国地理学家举出非常有力的理由,证明古代人曾用 Java 指苏门答腊岛①。无论欧洲人以何种方式书写最后提及的岛名,它显然是一个印度语的词,意味着"富裕"或"优秀"。然而我们不禁想知道,无论当地人还是看上去最优秀的梵学家用何种名义来理解其名,仍然露出与印度存在早期联系的明显痕迹。我们学会有一位博学而具有创新精神的成员,从他对这些准确而有价值的记载中,我们发觉,无须求助于任何词源推测,在苏门答腊人的主要方言中就有大量纯粹梵文词。在他们的法律中,有关"担保"和"利息"这两项建设性条文,就是从印度法学家纳勒德(Nared)和哈里塔(Harita)的文本中逐词逐句搬来的。更明显的是,拉让江②和楠榜③民间使用的字母系统,与梵文字母表的人为排序完全相同,仅在每个序列中省略一个字母,因为那些岛民的语言中从来不用这些字母。如果马斯登④先生已经证实(正如他坚信的,并且我们从其知识的准确性能够公平地推测),从马达加斯加到菲律宾,甚至到近来发现的最遥远群岛,在这些南方海洋的所有岛屿方言中,可以识别某一古代语言留下的清晰痕迹,那么我们可以从马斯登搜集的苏门答腊语资料中推断,这些语言的根源不可能是别的,而只能是梵语。⑤ 依据这一考察,对中国或日本的岛屿没有其他重要看法补充。我要离开这个大陆的最东部边缘,转向现在处于中国治下的那些王国,它们位于印度北部边界与现在仍然独立的鞑靼人的广袤区域之间。

四

卡西亚诺在藏民中居住了很久⑥。我们从其研究中得知,"蕃特依"⑦即吐蕃人,他们是印度佛教教徒,在其古老神话信仰中嫁接了来自异域的佛陀教义。卡西亚诺考察了他

---

① 苏门答腊岛(Sumatra),中国南北朝时称呵罗单国(Karitan),唐朝称诃陵国、阇婆国。李延寿《南史·夷貊传上·海南诸国》:"呵罗单国,都阇婆洲。"一说在苏门答腊,一说在爪哇,或兼指二岛。
② 拉让江(Rejang)位于马来西亚砂劳越。13 世纪以后,使用来自阿拉伯字母的爪夷文即马来文。
③ 楠榜(Lampun)位于苏门答腊岛南端。该地原住民楠榜人的楠榜语属南岛语系,其字母可能来自印度字母。
④ 马斯登(William Marsden,1754—1836),英国东方学家。1771 年到苏门答腊,任英属殖民地总督秘书。著有《苏门答腊史》(1784)、《马来语语法和词典》(1812)。
⑤ 马斯登在《论波利尼西亚或东部岛屿语言》(On the Polynesian, or East-insular Languages,1834)中,把南太平洋一带的语言称为"近波利尼西亚语",把印尼群岛的语言称为"远波利尼西亚语"。这些语言都属于南岛语系。琼斯认为这些海岛语言来自梵语的看法是错误的。
⑥ 意大利耶稣会教士卡西亚诺 1742—1745 年在西藏传教。著有《唐古特或吐蕃字母》《吐蕃游记:1738—1745》。
⑦ 琼斯称呼吐蕃人为蕃特依(Pótyid),盖来自意大利耶稣会士德西德里(Ippolito Desideri,1684—1733)的论著。1715 年,德西德里进入拉萨附近的色拉寺学习,成为学习藏语的第一欧人。撰有《吐蕃历史记录》。他曾提到,吐蕃的主要地区或称蕃域(Bodyul,藏语-yul 意为地域),其首府拉萨。

们的语言和文字以及崇拜的信条和仪式。而乔吉①把令人好奇但冗长的编译插在书中，我怀着极大耐心从头至尾读完了佶屈聱牙的九百多页。藏人字母显然来自印度，但是其现有语言有不足之处，书写词的字母比发出的音要多一些。虽然藏语在古代属于梵语且为多音节词，但是现在看上去受了汉语习惯的影响，也包括单音节词。② 为了形成这样的词，从语法派生考虑，在通常口语中有必要节缩一些音素，而我们在其书籍中仍然可以看见这些字母。由此我们能在其书面语中追溯若干梵文的单词和短语，而这些在其口语方言里已经相当难以识别。乔吉书中的两幅版画来自藏族画家的描绘，显示了埃及和印度神话体系。对于它们的完整解释，会比想象的词源给予这位饱学之士以更高声望。虽然这些想象的词源总饶有趣味，但时常流于荒唐。

正如鞑靼人坦率承认的，他们在皈依阿拉伯宗教之前完全没有文字，而回鹘、唐古特和契丹的原居民拥有自己的文字系统，甚至据说发展了人文科学。我们禁不住怀疑，他们可能并非来自鞑靼部族，而是源于印度部族。并且我把同样的评价用之于我们称之为的缅族③，然而梵学家却称他们为"梵天的止那人"（Brahmachinas），并且他们似乎拥有托勒密提及的布拉赫玛尼河④流域。他们也许在印度的四处游荡，是来自印度半岛东部北方人群的后裔，带来了如今在阿瓦语⑤中使用的字母。这些字母不过是一种来自正方形天城体的圆形字母，在这个国家，这种字母古代用于书写巴利语⑥即佛教语言。顺便提及，如果我们根据劳伯尔⑦的证据，巴利语是与梵语非常接近的语言。劳伯尔虽然总是一位敏锐的观察者，并且就一般情况而言，也是事实的忠实报道者，但是受到卡帕纽斯⑧的指责，说他误把缅文字母当作巴利文字母。当时我遇到一位阿拉干族⑨的年轻酋长，他能流利地阅读缅文书籍。当我就卡帕纽斯的权威看法谈到巴利文时，他很礼貌地纠正我的说法，并使我相信巴利文经书是祭师使用非常古老的字符书写的。

---

① 意大利东方学家乔吉所撰《使徒西藏传教初步》（1762），详细描述了西藏地区的宗教、历史、地理和风土人情等。
② 琼斯的看法明显错误。虽然藏语借用了一些梵语词汇，但是藏语不属于梵语。
③ 缅族（Barma）原居中国云南，唐朝时迁入伊洛瓦底江流域，并逐渐取代当地的骠人（Pyū）和孟人（Mons，亦称得楞、勃固），成为该地区的主体民族。
④ 布拉赫玛尼河（Brachmani），印度东部奥里萨邦的主要季节性河流。托勒密提到该河。
⑤ 阿瓦语（Ava）即泰语或掸语。阿瓦人自称泰（Tai），缅族称他们为掸（Shan）。"掸族三兄弟"推翻了缅人的蒲甘王朝（Pagan，849—1369），其后裔他拖弥婆耶（Thadominbya）在伊洛瓦底江中下游建立阿瓦王国（1364—1604）。
⑥ 巴利语（Pāli），被南传上座部佛弟子尊为佛陀的语言和圣典语，至今仍在斯里兰卡、缅甸、泰国某些地区使用。巴利文从斯里兰卡传到东南亚，泰族据巴利字母制定阿瓦字母（即泰文）。1277年僧人督英达创制傣泐文。1283年素可泰王朝国王兰坎亨创制暹罗体泰文。
⑦ 劳伯尔（Simon de la Loubère，1642—1729），法国外交官、作家、数学家和诗人。1687—1688年任驻暹罗法国大使。著有《暹罗王国》（1691）。
⑧ 卡帕纽斯（Melchior Carpanius，1726—1797），意大利传教士、东方学家。1767—1774年在仰光传教。著有第一本描述缅甸语的《阿瓦王国及其毗邻地区的缅甸语》（1776）。
⑨ 阿拉干族（Aracan），现通称若开族（Yakhain），居于缅甸西部若开邦的沿海地区。其先祖雅利安人从印度东北地区迁入，曾建立过多个雅利安文化王朝。9世纪，随着古缅人在伊洛瓦底江流域的发展，少数缅人进入若开境内。现代若开人是古若开人与古缅人的融合。大多数居民是佛教徒，自称为"释迦牟尼的最早弟子"。

五

现在让我们向东转向俄罗斯最远的亚洲领土,从东北部绕过这些领土,直接通向北方乐土之民。从所有可以了解到的关于他们古老的宗教和礼仪中,他们似乎像马萨革特人。还有其他一些通常被认为是鞑靼的民族,实际上是哥特民族,也就是印度人种。因此,我相信哥特人和印度人原来的语言相同。他们给恒星和行星的命名一样,膜拜同样的虚拟神灵,举行同样的血祭牺牲,信奉关于死后受到赏罚的同样观念。我不赞同巴伊先生的观点,仅仅因为他们语言中"船"的词形相同,就认为芬兰人来自哥特人。同时,芬兰语的其他成分似乎与哥特语的方言完全不同。多种语言主祷文的编辑刊行者都把芬兰语和拉普语描述成密切相似的语言,而认为匈牙利语与之完全不同,但是这肯定错误。如果这是真的,据说不久前,一位俄罗斯学者调研匈牙利语,从其远古所在的里海和黑海之间一直追踪到拉普兰,①而且既然公认匈奴人(Huns)来自鞑靼,我们就可推定,除了哥特语之外,所有北方语言都有鞑靼语的血统,就像普遍认为的斯拉夫语的各个分支一样。

六

关于亚美尼亚语②,我从来没有研习过,因为我没有听说过用该语言书写的任何早期作品,所以我不能提出决定性看法。然而从孟加拉能获得的最可靠资料使我确信,其基础是古波斯语,与禅德语的印度语血统一样,并且自从亚美尼亚不再是伊朗的一个行省,其语言才逐渐发生变化。如今的亚美尼亚语字母,被认为是相当晚近才出现的。借助博学的编辑者编撰的卡帕纽斯论述阿瓦文献的小册子,可以把亚美尼亚字母与巴利字母加以比较,然而,如果不像我宁愿设想的那样来自帕拉维字母,那么很可能是5世纪中叶一些博学的亚美尼亚人所发明。③ 比任何人都能够阐明该主题,霍仁纳的摩西④在其历史著作中插入了探讨亚美尼亚语的文章,如果当前场合有此需要,我们可以从中收集一些新资料。但是,对于在高加索支脉与伊朗北部边境居住的所有人种,在总体上揭晓这些凶猛而顽强部族的情况之前,我都采用以下评述——为了自由自在的生活,他们退却到山区并逐步形成各自民族,必然也通过运用新词语表达新观念的约定,而最终形成各自语

---

① 匈牙利传教士沙伊诺维奇(János Sajnovics,1733—1785)到北欧进行科学考察,发现芬兰语、拉普语和匈牙利语相似,1770年出版《乌戈尔语和拉普语相似的证据》。此前曾在哥本哈根发表该专题的演讲。琼斯所言盖来自关于此事的传闻。

② 亚美尼亚语(Armenian)没有任何近似语言,有人将其定为印欧语系的独立语族。在历史上尤其受到帕提亚语的影响,此外还受到希腊语、拉丁语、古法语、波斯语,阿拉伯语和突厥语的影响。

③ 405年,亚美尼亚神学家圣梅斯罗布(Saint Mesrop Mashtots,362—440)为翻译《圣经》创制了亚美尼亚字母。按其字母表排序推测,可能以希腊字母为基础。

④ 霍仁纳的摩西(Moses of Chorene,约410—490),亚美尼亚历史学之父,著有《亚美尼亚史》《亚美尼亚语法论集》等。

言。其条件就是，他们带来的语言没有被书写而固化，并且这种语言足够能产。斯塔拉波说过，在女神阿奈提斯①庙宇里用亚美尼亚少女作祭祀的牺牲。从其他权威专家那里我们知道，阿奈提斯就是古波斯人的娜希德，即维纳斯女神②。由于许多理由，很有可能，这一女神以及相同的宗教流行于整个居鲁士帝国。

七

在环绕亚洲大陆及其岛屿的旅行之后，我们再次回到地中海沿岸。首先值得我们注意的，是重要的古老民族希腊人和弗里吉亚人③。虽然他们在风俗习惯，或许方言土语上有些区别，但是在宗教及语言方面却具有明显的亲缘关系。移居欧洲的多利安人、爱奥尼亚人和伊奥利亚人④的家族，普遍认为他们先经过埃及。在先前的演讲中，我没有补充关于他们的任何进展。因为没有古代弗里吉亚人现存的任何文字遗迹，我只能依靠希腊人的权威著作加以评价。在该国，神圣膜拜的崇高对象是众神之母或人格化的自然，正如我们所见，母神在印度人中被赋予上千种形式和上千个名称。在弗里吉亚语中，她被称为母神（Ma），描绘为坐在狮子牵拉的车上，手握一面鼓，头戴高耸的王冠⑤，其神圣性（似乎摩西戒律⑥中提及）体现为在这些地区的秋分时节，其庄严庆典中的角色母神。作为他们所有人崇拜的大母神，她被画成骑在狮子上，在供奉她的一些庙宇中，她以头戴高耸王冠或主教法冠的形象出现。在梵语和弗里吉亚语里，"鼓"都被称为"丁蒂玛"（dindima），并且狄恩杜美奈的头衔好像是从这个词派生而来的，而非来自一座山的名称⑦。显而易见，以弗所的戴安娜⑧在扮演富饶多产的自然角色方面是与之同样的女神。

---

① 阿奈提斯（Anaitis）是波斯语阿娜希塔（Anahita）的希腊语形式。波斯人曾在米底的都城埃克巴坦纳建有埃娜（Aene）或娜娜埃（Nanaea）女神庙。罗马帝国希腊历史学家普鲁塔克认为，这座神庙属于阿奈提斯女神。
② 波斯语的娜希德（Náhíd）意为金星神，罗马神话中的维纳斯（Venus）也是金星神。维纳斯来自希腊神话的阿佛洛狄忒（Aphrodite），即从两河流域传入的苏美尔性爱、丰产和战争女神伊南娜（兼金星神）。
③ 弗里吉亚人（Phrygian）原居巴尔干半岛中部，约前1200年迁到安纳托利亚。前8世纪建立王国，前690年被吕底亚（Lydia）王国兼并。弗里吉亚语一直延续到6世纪。
④ 前19世纪左右，自北方迁入希腊半岛的首先是阿契亚人（Acheans）。前12世纪左右迁来的是多利安人（Dorian）。后期移入的是爱奥尼亚人（Ionian）与伊奥利亚人（Eolian），他们说的是古希腊语的不同方言。
⑤ 弗里吉亚的母神（Ma），可追溯到站在两头狮子背上的苏美尔女神伊南娜（Inanna）。在西亚和中亚广泛信仰的女神娜娜（Nana），其形象就是手执日月骑在狮子上。古代小亚细亚崇拜的山川河流女神西布莉（Cybele），在希腊神话中象征肥沃的土地，被尊崇为众神、人类和动物之母。阿富汗国家博物馆所藏浮雕银片（前3世纪）中，西布莉站在两头狮子拉的车上。
⑥ 摩西戒律指《圣经》的前五卷，即《摩西五经》。
⑦ 狄恩杜美奈（Dindymene）是吕底亚母神的称号。据希罗多德《历史》描述，吕底亚和波斯军队决战于萨迪斯郊外的辛布拉。赫洛斯河与几条河流穿过这一平原，汇入最大的赫尔墨斯河中，这条河发源于狄恩杜美奈母神的圣山，经过波凯亚城流入附近的大海。
⑧ 以弗所（Ephesus）位于爱琴海东岸巴因德尔河口，是吕底亚古城和希腊重要城邦。城中有古代世界最大建筑阿尔忒弥斯神庙（建于前7世纪），供奉自然、月亮、狩猎、丰产与孕育女神阿尔忒弥斯（Artimis，以百乳女神形象），也就是罗马神话中的戴安娜（Diana）。

现在我们转向叙利亚人和腓尼基人信奉的阿斯塔蒂①,我毫不怀疑,以另一形式与之相同。总体上,我要让诸位相信,塞尔登②和雅布伦斯基③关于叙利亚和埃及诸神的博学专著,他们从题名《甘地》④的一本薄薄梵文书中,要比散见于希腊语、罗马语和希伯来语文献中的所有东方神话碎片中获得更多的阐述。我们得知,腓尼基人如同印度人一样崇拜太阳,并且信奉水乃最初之造物。我们也不怀疑,叙利亚、撒玛利亚⑤和腓尼基一带,或者地中海东南沿岸的狭长陆地,在古代居住着印度血统的一支,而后才被我们如今称作阿拉伯的那个民族所占据。在所有三个民族中,塞尔登所称的亚述人,其宗教信仰最古老,而撒玛利亚字母⑥似乎最初与腓尼基字母一样。但是叙利亚语保留了丰富的遗存,还有布匿语⑦,我们有普劳图斯描述的清晰样本⑧以及不久前披露的铭文,无可争议地表明叙利亚语源于迦勒底语或阿拉伯语。⑨

腓尼基人从最早的居住地,已经扩张到我们一开始出发的以土买。现在我们已经完成了对亚洲的环行。但是,正如巴罗⑩不止一次观察到,我们不可以对勤奋好学的希罗多德未曾关注的一个特别的民族不置可否。我的意思是犹太人,其语言与阿拉伯语关系密切,而其习俗、文献和历史更比人类中的其他民族高出一筹。巴罗给他们加上了心怀恶意、不善交往、固执己见、不可信任、利欲熏心、反复无常、骚动不安这些苛刻而应得的诨

---

① 阿斯塔蒂(Astarte),古代腓尼基大母神之一,比布鲁斯城(Byblos)的守护神。4 000 年前圆筒印章上的阿斯塔蒂形象,显示了她代表"死、爱、创造",被称为"世界的真正统治者"。有时也称为"月神",预示着农夫的收获及人类的命运。占星术(Astrology)一词即来自 Astarte。基督教普及时期,阿斯塔蒂曾被形容为死神的化身。中世纪时,其名字演变成阿斯塔尔特(Astaroth),又渐受重视。

② 塞尔登(John Selden,1584—1654),英国法学家和学者。以其论著《论叙利亚的神》(1617)闻名于当时欧洲学界。

③ 雅布伦斯基(Paul Ernst Jablonski,1693—1757),德国神学家和东方学家。1714—1720 年到德、尼德兰、英、法等国游历。1721 年任法兰克福(奥德)大学文献学教授和神学教授。著有《旷野中与你同在的埃及神和以色列神》(1731)、《埃及万神殿》(1750—1753)。

④ 甘地(Chandi)为复合性印度教女神,是生命力女神拉克希米(保护神毗湿奴的阴性能量)、妙音女神萨拉斯瓦蒂(创造神梵天之妻)和多手女神杜尔伽(毁灭神湿婆之妻)的组合。

⑤ 据《圣经》记载,以色列国王暗利(Omri,前 884—前 872 年在位)向撒马购买此地建撒玛利亚(Samaria)。撒玛利亚人(Samaritan,意为乐善好施者)认为,他们是古以色列王国分裂之后的北以色列人的后裔,属以法莲和玛拿西支派。在中世纪阿拉伯文献中,称为撒米拉(Sāmirah)。

⑥ 在犹太教祭司以斯拉撰写《以斯拉书》(约前 460)的引导下,犹太人采用了阿拉米字母。而信奉原始犹太教派的撒玛利亚人坚持秉承古希伯来字母。用撒玛利亚字母书写的《摩西五经》又称《撒玛利亚五经》(*Samaritan Torah*)。

⑦ 布匿语(Punick)即迦太基语,一种腓尼基语。布匿是罗马人对移民迦太基的腓尼基人的称呼。迦太基(Carthage)一词来自腓尼基语的"新城市"(Qrt Hdst),遗址在今突尼斯城。

⑧ 普劳图斯(Plautus,约前 254—前 184),古罗马喜剧作家,写有剧本《布匿人》(*Poenulus*)。普劳图斯将一个普通布匿人称为迦太基的统帅"哈农",绰号为"小布匿人"(Poenulus)。剧本中还有另一个布匿人阿戈拉斯托克勒斯及其奴隶弥尔菲奥。哈农懂拉丁语,但在听到弥尔菲奥自称懂迦太基语后,故意用迦太基语与他们交谈。弥尔菲奥以为哈农不懂拉丁语,因而在主人面前装腔作势地瞎蒙。琼斯此处所言古布匿语的样本,即哈农所说的迦太基语。

⑨ 琼斯此段的知识含混不清。详见备查关于所谓叙利亚语源于迦勒底语或阿拉伯语。

⑩ 巴罗(Isaac Barrow,1630—1677),英国神学家、科学家和数学家,牛顿的老师。去世后被刊行的《土耳其的信仰与宗教概要》(1687),实为巴罗的收藏品,出版者误以为是其作品。该书作者是波兰音乐家阿里·乌夫基(Ali Ufkî,1610—1675),曾将《圣经》译成奥斯曼土耳其语,并著有土耳其语语法。琼斯对这些情况未知。

名。描述他们救助自己的同胞极其热心,而对其他民族则斤斤计较、处处提防。即使他们有粗鲁的堕落、愚蠢的傲慢和残酷的暴行这些表现,但在天下所有种族中,他们有其罕见的长处。在愚昧的多神教、残忍或淫秽的仪式,以及由无知产生和阴谋诡计施行的谬误的黑暗迷宫中,犹太人仍然保留着一份纯洁的理性和奉献系统。神学上的探究并非我当前话题的一部分,但是我禁不住要多说几句。我们从他们称作《圣经》的这部优秀作品荟萃的文集中,不必凭借其神圣来源,就其所包含的内容而言,与在任何时代或以任何语言书写的同样范围内的其他所有书籍中收集的内容相比,他们是具有更真正的崇高、更高雅的美丽、更纯洁的美德、更重要的历史,兼具诗意与雄辩的更出色民族。组成《圣经》的两部分是一系列作品的珠联璧合,这些作品在形式或风格上,与希腊、印度、波斯,甚至阿拉伯的学问宝库中涌现的作品毫无相似之处。没有人会怀疑其中的这些作品形成的古老年代。并且把它们用于在其发表后很久出现的事件上毫不牵强附会,这是来自信念的坚实基础,因为它们是真正的预言,从而富于灵感。然而,如果任何事物都是每一个体绝对独有的属性,那么这就是作者的信仰。并且我希望,我应当是最后活着的人们中的一员,这些人能够把用我自己的信仰干扰他人自由心智的念头藏匿起来。我的意思是仅仅假定,我相信,我们将乐意承认,他对所有民间交往的记述,与其他古老历史学家具有同等程度的声望,仅此就应为他冠以第一位希伯来历史学家的称号。在何种程度上,这位最古老的作者①证实了我们对民族谱系探究的结果,我打算在下次年会上提出这些。在遵循确定无疑的途径,以严格的古老分析方法探究证实之后,我将继续总结简明而综合的整体论据。然后将七次演讲②中的大量证据加以浓缩,如果简洁不是我的目标,除了挥笔之劳,这些证据可以毫不麻烦地扩展为七大卷。但是,借用我们一位诗人的措辞:"对于我阐明的一切,我只请求你的宽容;正因为我浓缩了证据,我才有资格得到你的谢意。"

备查

1. 关于以色列失踪十支派

前722年,亚述侵占以色列并将其人民掳走,将他们流放到幼发拉底河以东,此后他们向更远的东方迁移,史称"以色列失踪十支派"。据说,他们来到阿富汗中部偏西北的古尔(Ghor)山区,被邻近民族称为"巴尼阿富汗"(Bani Afghan)和"巴尼以色列"(Bani Israil)。据以斯拉所记,以色列十部落逃到避难之国的阿撒特(Arsareth),即阿扎特(Azareth)。该地区被认为是今哈扎拉哈(Hazaraha),即哈扎特(Hazaret)。这些地区属于古尔的一部分。

2. 关于吉普赛人

吉普赛(Gypsy)为深肤色高加索人,自称罗姆(Rom,意为人)。在6世纪的梵文文献

---

① 以上的"他""第一位希伯来历史学家""这位最古老的作者",皆指《圣经》前五卷的作者摩西。
② 这"七次演讲",盖指第二年纪念日演讲到第八年纪念日演讲。

中被称为甘达尔瓦(Gand-harva,意为音乐爱好者)。12世纪中叶,迦湿弥罗国的婆罗门学者迦尔诃那(Kalhana)在《王河》(Rājataraṃgiṇī,1148—1149)中提到,罗姆能歌善舞,其中部分人以此谋生。

5世纪就有罗姆人来到波斯。10—11世纪,由于突厥的扩张,大批吉普赛人流入波斯,被称为罗哩(波斯语 Luri,Lari,意为放荡的、可爱的、歌手、乞丐)。也有部分来到中国,记为"刺里"。《元史·顺帝纪》至正三年(1343)记载:"回回刺里五百余人,渡河寇掠解、吉、隰等州。"

吉普赛的西迁之途:一条经波斯—土耳其进入南欧;另一条经亚美尼亚—俄罗斯到达东欧。14世纪初到东南欧,15世纪到西欧。英国人误以为他们来自埃及,故称Egyptian,后演变成Gypsy。法人称波希米亚(Bohemian,中欧古地名,今捷克中西部地区,为吉普赛人聚居地)、吉坦(Gitan,来自伊比利亚半岛、北非和法国南部的吉普赛人自称Gitanos)。希腊人称为阿金噶诺(Atsinganoi,意为贱民)或金噶利(Zingari),意大利人称金噶罗(Zingaro)或金噶诺(Zingano)。西班牙人称弗拉明戈(Flamenco,源自阿拉伯语的"流民")、阿茨噶诺(Atsigano,来自希腊语)。俄罗斯人称阿茨冈(Atzigan,来自希腊语)。

1783年,德国东方学家格雷尔曼(Heinrich Grellmann,1756—1804)在《吉卜赛人,关于其生活方式和组织、习俗和该民族在欧洲的命运及其来源的历史探索》(*Die Zigeuner. Ein historischer Versuch über die Lebensart und Verfassung, Sitten und Schicksale dieses Volks in Europa, nebst ihrem Ursprunge*)中考定,欧洲吉普赛人的语言与印度语言类似,得出吉普赛人原居印度。1926年,爱尔兰语言学家桑普逊(John Sampon,1862—1931)在《威尔斯的吉普赛方言》(*The Dialect of the Gypsies of Wales*)中得出,该方言有意大利语词汇36个、英语词汇150个以及波斯到威尔斯之间诸语的词汇430个,而源于印地语的词语有518个。

3. 关于阿奈提斯女神

据古文献记载,波斯人曾在米底都城埃克巴坦纳(Ecbatana)建有埃娜(Aene)或娜娜埃(Nanaea)女神庙,后遭塞琉古国王安条克三世(Antioch,前223—前187年在位)洗劫。罗马帝国的希腊历史学家普鲁塔克提到,这座神庙属于阿奈提斯(Anaitis)女神,而Anaitis是波斯语 Anahita(阿娜希塔)的希腊语形式。

Anaitis＜Anahita＜Aene＜Nanaea＜Nana＜Inanna。女神娜娜(Nana)是两河流域最古老的神灵之一,在乌尔第三王朝(约前2113—前2006)时期,具有苏美尔神话中的性爱、丰产和战争女神伊南娜(Inanna)的特征。伊南娜是月神南那(Nanna,阿卡德语 Sin)之女,是太阳神乌图(Utu,阿卡德语 Shamash)之妹,还是乌鲁克城的保护神,即金星神。伊南娜有许多苏美尔语称呼,娜娜只是其中之一。伊南娜在阿卡德语中的对应神是伊什塔尔(Ishtar),娜娜、伊南娜、伊什塔尔实为同一神灵。在古巴比伦赞美诗中,娜娜之父是天空之神安努(Anu),在亚述帝国的赞美诗中,娜娜之父仍是月神辛(Sin)。而在古波斯的《阿维斯陀》中,阿尔达维·苏拉·阿娜希塔(Arədvī Sūrā Anāhitā,意为纯洁而伟大的河流)则是雅利安人崇拜的水神。

4. 关于所谓叙利亚语源于迦勒底语或阿拉伯语

琼斯此段的知识含混不清,今作大体梳理。撒玛利亚人(以色列的一支)、腓尼基人、古叙利亚人(阿拉米人)居住在地中海东南沿岸的狭长陆地(今黎巴嫩和叙利亚一带),他们都是闪米特西北支。更早进入美索不达米亚北部的亚述人(并非古叙利亚人)与胡里安人(前1800年来自亚美尼亚山区)混血,他们属于闪米特北支。

阿拉米字母(前8世纪)、撒玛利亚字母(前9世纪)都来自腓尼基字母(前12世纪,来自约前15世纪的原始迦南字母)。亚述人(约前1800)使用的是两河流域的楔形文字(<约前2200年阿卡德<约前3500年苏美尔)。

古叙利亚语或阿拉米语(约前10世纪)、布匿语或腓尼基语迦太基方言(约前9世纪)并非来自两河流域的迦勒底语(约前7世纪)或阿拉伯半岛的阿拉伯语。此外,这些闪米特民族都与印度血统(最初居民达罗毗荼人,后来雅利安人南下)有别。

第九年纪念日演讲：
关于民族的起源和家族

（1792 年 2 月 23 日）

先生们，诸位如此包容，莅临我这次关于亚洲五大种族，以及沿着他们各自边境或散居山区的各种各样部族的演讲。当我追溯三大种族的唯一中心，这些民族似乎从这里出发，然后就他们可能前往其领土的不同迁徙路线冒昧提出一些猜测，我不能不保证这些内容能够得到同样的关注。而我们发现，在所有真实历史的黎明之际，他们已经定居于其现在生活的领土上。

让我们首先简要回顾我们循序渐进引出的命题，并将诸如有明确证据的命题与仅仅有可能的命题加以区别。波斯人和印度人是第一代种族，对此我们可以加上罗马人、希腊人、哥特人以及埃及人或埃塞俄比亚人。他们原本说着相同的语言并拥有同样的民间信仰。依我拙见，这些有能力提供无可争辩的证据。至于犹太人、阿拉伯人及亚述人，他们是波斯地区的第二代种族，说的是叙利亚语[1]。而阿比西尼亚的许多部落，使用一种与刚才提及语言完全不同的原始方言，我相信毫无疑问，而且确信无可争议。但是，中国和日本的移民与印度人具有共同起源，仅为很有可能。至于所有的鞑靼人——这样称呼他们并不准确，则是主要的第三个独立分支，与其他两支在语言、礼仪和特征上完全不同。依据前面探索中提及的理由，这一看似合理的推测尚未得以明确的解释，因此目前仅作为一种假设。无论这些情况是否能够得到最精彩证据的核实，我想有一点毋庸置疑，那就是印度人、阿拉伯人和鞑靼人的分支或者彼此相互混血的后裔，在漫长岁月中已经自然而然地扩散到整个地球各地。

---

[1] 古叙利亚语（Syriack）属于北部闪米特语，是阿拉米语的一种方言，"阿拉米"之名来自闪（Shem）的儿子阿拉姆（Aram）。犹太人、阿拉伯人及亚述人的母语并非古叙利亚语，只是亚述人、犹太人曾经使用过阿拉米语文。前 8 世纪末，亚述帝国采用阿拉米语文作为官方语文。前 6 世纪，阿拉米语文成为西亚通用语文和书写后期《圣经·旧约》的语文。此外，阿拉伯库法字母来自阿拉米字母。

现在，我毫不犹豫地赞同林奈①的一句格言，即"起初，每个生物物种，上帝都只创造了性别不同的一对"。然而，由于这位无与伦比的自然主义者，主要从植物的形形色色多样性，以及有关地球上的水不断下沉的假说出发进行论辩，那么我斗胆提出一个更简明、更严谨的论证支持这一学说。质朴是大自然的明显属性——无效勿为，此为哲学格言。对于那些否认这一格言的人，我们不必争论。然而以较少方式便可完成之事却要大费周章，则实在徒劳无益，这是法庭上的法官从哲学流派那里接受的另一公理。因此，我们伟大的牛顿说过，我们决不可以认可那些超出真实而可充分解释自然现象的原因之外的原因。地球上的现存物种，在创造初期实际上每种至少一对。在不考虑长度的一定时期内，只要有一对人类的异性就足以繁衍地球上的人口（据律师和政治算术家的合适假设，每对祖先平均留下两个子女，而两个子女又各自生育两个），从几何级数的快速增长来看，当然显而易见。那些煞费苦心计算大量数据，推想两三千年间人类共有多少代的人也早已明白这点。于是，大自然的造物主（万物的神圣创造者）只创造了我们人类的一对。然而，如果人类未曾因为历史上记录的洪水、火灾、战争、饥荒和瘟疫（以及其他种种原因）而人口减少，那么地球上要容纳成倍递增的居民，如今也就可能没有多少空间了。我们可以有把握地假定，如果人类是一种自然物种，那么他们一定也是从最初的一对发展而来。如果完美的正义是上帝之本质属性，几乎毋庸置疑，那么人类的这对男女一定被赋予足够的智慧和善良的力量，并且在其天性允许范围内感到快乐幸福，但是意志自由可能将之导向邪恶并因此堕落。无论如何选择，他们一定只能在最初可驻留之处及时定居下来。随着其后代的大量繁衍，不论发自内心的喜好，还是意外事故的使然，他们一定要寻找新的领地。自然而然地，会以分离的氏族或部落为单位进行迁徙。久而久之，他们逐渐忘记了其共同祖先的语言，各自形成了表达简单或复杂新观念的新方言。出自天性的情感，人们一开始就会联合在一起，而互助互惠的感觉在公共荣誉和正义缺失之时，无疑是社会联合的强大且唯一的黏结剂。每当遭遇不幸时，互助通常可以成为人们得到安慰的补品，最终将他们凝聚成历时长短不等的族群。至于法律，由各自族群中的部分人提议，但是需要大家通过。根据他们自身的道德和智慧或邪恶和愚昧，政府从不同方面为治下的幸福或痛苦采取各种措施。就这样，在不到三千年的时间内，世界就会呈现出相同的面貌。这种情况，我们在这个"伟大的阿拉伯篡夺者"（the great Arabian impostor）②时代竟然还可以观察到。

在这一部分，要对我们的综合研究加以一般性限定。我们所看到的人类五大种族，无论人口数量还是疆域面积，在穆罕默德的时代，区别还特别明显。不过，我们将其简化为三大种族，因为在有些族群中，就语言、宗教、礼仪和其他已知特征而言，我们并没有发现更多的本质区别。如今这三大种族，不论其目前的分布或杂居状况如何不同，他们最

---

① 林奈（Caroli Linnæi，1707—1778），瑞典生物学家，现代生物分类方法的奠基人。著有《自然系统》（*Systema Naturæ*，1735）等。

② 据下文指穆罕默德。此说见于苏格兰牧师罗斯（Alexander Ross，1590—1654）所译《可兰经》（*The Alcoran of Mahomet*，London：Anno Dom，1649）序言第1页。

初必定(如果前文论断正确)都是从一处中央领土迁徙出去的,而这个发现就是针对我们所提出问题的解决方案。假设这一问题已经解决,那么给这个中央领土的命名就可以有随意性——如果你乐意,就称之为"伊朗"。由此可见,这三大原始语言最初必定集中在伊朗地区,而实际上,我们只有在那里才能看到它们在最早历史时期的蛛丝马迹。但是为了更准确一些,可以设想将整个伊朗帝国及其所有的山脉和山谷、平原和河流的版图都尽量地缩小。所有的民族都是从陆路迁徙,并且几乎同时出发。起初的道路是曲折的,他们不可能沿着一条直线迁徙,但是没有彼此交叉,因为这些路线不可能纵横交错。接着,如果你考虑所有迁徙民族的到达位置,将其设想为如同环状图形中的几个点,那么你会感觉到,与作为中心伊朗的相反方向,可以画出互不交叉的几条射线。但是,如果你假定这个中心在阿拉伯或埃及,或者在印度、鞑靼和中国,也就不会出现这种状况。因此,只有伊朗或波斯(我强调的是实,而非名)才是我们要寻找的中心。我之所以采取这一推理模式,并非出于科学措辞的弄虚作假(诸位且公道地相信我),而是为了简明性和多样性并力求避免路线重叠。我的论点的实质在另一篇演讲的结尾,以不同的方式详细阐述过。任何形式的争论都不会泛滥成灾,对该问题绝不允许不让争论。无论如何,这些已是综合了基于书面证词和可靠证据的证实,正如全人类对影响财产、自由和生命的决定都有足够的把握。

由此,我们可以证明亚洲居民,从而可能证明地球上的居民,都是源于三大种族中的一支。从普遍公认的事实来看,这些分支在相当短的时期内就迅速达到繁荣昌盛。在基督诞生之前的十二个世纪或最多十五、十六个世纪之前,我们没有发现民族成长、帝国和王国崛起、制定法律、建设城市、发展航海、促进商贸、艺术创造或发明文字的确凿古迹,以及任何可信的传说。而另一个无可辩驳的事实就是,有七百年或一千年时间,完全可以满足人类种族繁衍、扩散和定居的假设。

这个民族的最古老历史,也许见于世界上最古老的作品,一部用希伯来语撰写的著作。为了我们的论证,我们首先假设,这部作品的权威性不比任何其他同等古老的作品更高,因为好奇的研究意外发现了这部作品——认为是 Musha(穆萨)写的,因为他署有自己的名字。这个名字在希腊人和罗马人改写之后,我们将其改成了 Moses(摩西)[①]。显而易见,虽然作者的目的在于记录本民族历史,但他开篇记录的是对原初世界的简明看法,不过分成十一章[②]可能不合适。在心怀敬畏崇拜,对上帝创造宇宙描述之后,他声称从无到有产生了每一种动物的一对。人类的这一对强大得足以获得快乐幸福,但也有自由的痛苦。由于受到诱惑和鲁莽行事,他们违背了至高无上的恩主,而基于正义,恩主的仁慈也无法一再宽恕他们。他们受到了与不服从行为相应的惩罚,但是其后人作出的神秘承诺使之得以缓解。对于构成这一平凡历史的看法,我们不得不相信。这些事情是

---

① Moses 是英语"摩西"的写法。希伯来语是 Mōsheh,阿拉伯语是 Mūsā,希腊语是 Mōsēs,拉丁语是 Moses。英语的写法来自拉丁语。
② 《圣经》前十一章,统称《创世纪》。

从第一对人类那里口耳相传下来，而由摩西以形象化风格加以描述。这不是传说，修辞学家把传说描述为隐喻的组合；这是以东方先贤采用的象征写作模式，对历史真相加以润色并赋予崇高性的记载。如果对于这一时期都能如此描述，那么我们也可能写下与此相同的创世纪和人类堕落。从印度的《往世书》，甚至从《吠陀》中都能看到与之非常近似的象征化表达，而《吠陀》的古老年代似乎仅次于摩西《五经》。

在对大洪水之前历史的简述中，我们看到的是很多模糊情节。其后叙述的一场大洪水则毁灭了人类所有种族，仅有其四对幸存。在我们了解的所有民族的文学中，每个民族都相信这一历史事实的真实性，尤其是古印度人，他们将《往世书》的全部内容与这一事件的情节相配，通过这些相互联系，与通常一样，采取象征或寓言的形式加以叙述。我更由衷地赞成坚持如下观点的那些人，按照人口的一定比例，所提及的这一历史事实似乎与自然规律相悖。或者一言以蔽之——简直不可思议，需要更有力的证据来引导对此的理性认识。但是，我们无疑都听说过，城市因火山爆发而瞬间覆灭，大地因飓风而一扫而空，所有岛屿曾因地震而人口骤减。如果我们仰望撒满繁星的苍穹，如果我们用合理的类比来加以推断，每个星星都是一颗太阳。如同我们的地球一样，苍穹中也有人可居住的星球体系。并且，如果我们的浮想联翩与健全理性携手翱翔，把我们带到明显可见的范围之外，进入无限的太空，远窥其他广袤的空间和其他太阳系，以及四面八方数不胜数或无穷无尽的宇宙，由此我们不得不把我们小小星球的灾难视为一个微小的事件，对于不可测量的宇宙而言，它要比这个可居住地球上的一座城市或岛屿的毁灭小得多。然而，一次普通的洪水不太可能造成如此巨大的毁灭性事件，并且与之同期事件的证据也足以证明这一推想未必如实。因为无法在此详细阐明这些证据，所以我们继续讨论摩西所记载历史中的第四个重大事实。我指的是人类在不同氏族中的初次繁衍和早期扩散及其分开定居的地方。

那位正直而善良的男子，其氏族在洪水泛滥后保存下来。我们被告知，其三支后裔在可继续细分的三大区域四处迁徙并开始繁衍。从斯拉夫人①的姓名迹象及其人群扩张来看，雅弗（Yafet）的子孙似乎扩散到遥远而广袤的区域，并且衍生了一个种族，因为没有恰当的术语，我们暂时称为鞑靼。含姆（Ham）和闪姆（Shem）②的后裔几乎同时建立了各自的移民地。在后者分支中，我们发现了很多无疑是这一时期的姓氏而在阿拉伯人中保留下来，因此我们觉得佶屈聱牙而无法发出。与他们一脉相承的人们，如今我们称为阿

---

① 琼斯认为斯拉夫人（Sklavonian）与鞑靼有关。普罗科匹厄斯（Procopius，约500—565）最早用希腊语记为Σκλαβοι（Sklaboi）。今波兰境内的维斯瓦河河谷被认为是斯拉夫人的故乡。4—6世纪，斯拉夫人开始出现部落联盟，后分化为西支（称维内德人）、东支（称安特人）和南支（称斯拉文人）。

② 《圣经》记载诺亚有三子：闪姆（Shem，意为名扬天下的）为中土居民的祖先，含姆（Ham，意为炎热的、黑色的）是南方人的祖先，雅弗（Yafet，意为扩张的）是北方人的祖先。

拉伯人。而在前者分支中,最强大和勇于冒险的,当数库施①、密斯尔②和罗摩③的后裔(这些名字在梵文中至今未变,并受到印度人的高度尊崇)。他们很可能就是我称为的印度种族。也许为了更合适、更全面,我们现在可以赋予他们另外的名称。

在犹太民族历史总体介绍结束之际,下面简要描述一支特别移民人群的大胆而愚昧的尝试。他们想不借助神力,甚至似乎无视神力的存在,要建造一座宏伟的城市和一座直冲云霄的通天塔。这一工程起初似乎因计划不当而受到阻碍,最终以设计者七嘴八舌而半途而废。这一事件似乎也由古印度人记录在其两卷本的《往世书》中。我相信,在未来的某个时刻,狮子从柱子旁冲出去吞灭一个亵渎神明的巨人,而侏儒欺骗并嘲弄了高贵的贝利(Beli),将被证明是以象征方式讲述的同一故事。

如今,这些原初故事都被描述成发生在阿姆河和幼发拉底河之间,以及高加索山脉和印度边界之间,即在伊朗的范围内。虽然摩西所记名称大部分已经变动,但是这些地名的数量仍保持不变。我们在美索不达米亚发现了哈兰,探险者对将此定为古代巴比塔的地点均无异议。④

因此,对远古的追溯即《圣经》前十一章统称为的《创世纪》,仅是现存最古老民间历史的序言。基于此书,通过前提的推理,我们明白这些真相在某种程度上极有可能,并且实际上已经确有证实其事的证据。而摩西记录的历史与《福音书》,通过一系列预言联系在一起,这些睿智的预言很古老并似乎都已实现。这样的联系诱发我们思索,希伯来人叙述的不只是人类的起源,虽然以形象化语言来表达而每一部分都得到证实。很多博学且敬神者相信,正如其中最虔敬的那些人所信的,这样做不仅没有削弱信仰,而且对天启宗教的事业或许更为有效。如果摩西当时被赋予超自然的知识,这样的情况就不是可能的,而是绝对肯定的。人类的全部种族从伊朗这个中心出发迁徙,由此他们首先迁徙到三大移民区。这三大分支源于共同血统,在经历了全球的普遍动荡和洪水之后,这一血统居然奇迹般地延续了下来。

可谓殊途同归,我与布莱恩特先生的结论一致。在这些种族中,作为三支中最有才

---

① 库施(Cúsh, Cús)即古埃塞俄比亚人。详见备查关于库施。
② 阿拉伯称古埃及为密斯尔(Misr,意为辽阔之国),源于希伯来语对古埃及的称呼密斯莱姆(Mizraim)。古埃及人对其国家自称克麦特尔(Kmaiter,意为黑土地)。从前3100年始,古埃及及其都城孟菲斯(Memphis)皆称西库卜塔(Hikuptah),意为"卜塔(孟斐斯城主神)灵魂的家园"。英语的名称埃及(Egypt)<古希腊语 Aiguptos<古埃及语 Hikuptah。
③ 罗摩(Rama),印度史诗《罗摩衍那》的主人公,此处指印度人的祖先。
④ 哈兰(Harrán),上美索不达米亚的古城,位于今土耳其和叙利亚边境的巴勒克河畔。《创世纪》中多次提到,是先知亚伯拉罕的家乡。但是巴比塔(Babel)的遗址不在哈兰,而是位于今巴格达以南90公里处的幼发拉底河右岸。据德国考古学家科尔德维(Robert Koldewey, 1855—1925)1899年的发掘报告,巴比塔在汉谟拉比(前1792—前1750)时即已拆毁。新巴比伦国王那波帕拉萨尔(前658—前605)重建通天塔,其子尼布甲尼撒二世(前635—前562)加高塔身,与天齐肩。

能且最大胆的,但也是最自大、残忍和崇拜神像的,我们都推定来自含姆人①或阿莫尼亚人②的各个分支。在我以前对这项深刻而令人愉快的工作的考察基础上,我将略作补充。虽然对于布莱恩特看似合理的体系中有些不甚重要之处我不敢苟同,但布莱恩特的著作③,我已专心而饶有趣味地仔细阅读了三遍。布莱恩特的观点概括起来,似乎可简化为三条。第一,"如果摩西记载的是真实的,那时发生了大洪水,如此惊天动地,年代又如此靠近,那么这些民族留下来的遗迹,或仍可接触到的作品中必定会记录这一事件。而实际上,他们保存了这类记载。"这样的推理看似合理,并且事实上也无可非议。第二,"那些记录是在含姆人使用字母之前,以粗略的雕刻或绘画,且大多以方舟为象征图形。方舟上藏匿着八个人,而飞鸟首先纷纷逃离。"这种事实是可能的,但是我觉得无从稽考。第三,"在所有的古代神话(除了纯粹的赛比教)中,各种被误解的象征也都有其最初来源。所以,如今在象征性雕塑或绘画中保留下来的古代神话,必须以相同的原则进行解读,如果原物现在还在,我们应该首先就原物加以解读。"依我来看,布莱恩特体系中的这一部分要求显得过分了。我不能说服自己(从许多例子中举出一个),关于丘比特与普绪喀④的美丽传说竟然暗示那场遥远的洪水,而许门或者只是掩饰其先祖及其家庭的面纱⑤。虽然这些主张得到重要创见和扎实功底的支持,但是对其论证却徒劳无益。而且很遗憾,也许,出于论著本身的学术声望而不得不求助于词源推测,通常没有哪种推理模式比它更为脆弱或更具迷惑性。无论谁宣称一种语言的词源于其他语言,必定使自己陷于不断出错的危险之中,除非他对这两种语言都了如指掌。我的一位德高望重的友人,对古希腊和古罗马语言都十分精通,不过,除了希伯来语,他对其他亚洲语言却一无所知。其结果是他犯的错误,每个阿拉伯学者和波斯学者一眼就能看出。布莱恩特的50个根词(包括 ma、taph 和 ram⑥)中,有 18 个仅源于阿拉伯语,有 12 个只源于印度语,有 17 个既见于梵语又见于阿拉伯语,但是意义完全不同。还有 2 个仅见于希腊语,1 个来自埃及语或未开化部落的语言。如果竭力主张这些词根是原始语的宝贵痕迹(当然应该作出结论,但不是在分析质询之前),所有的其他语言皆源于这种原始语,或者至少随之后起,那么我只得宣布我的信奉——诺亚的语言⑦已经不可挽回地消失了。我向诸位保证,经过仔细搜寻,在穆罕默德征战引发语言混合之前,我没有发现一个单词是阿拉伯

---

① 含姆人(Hamian)即含米特人(Hamite)。一般包括北支柏柏尔人(白种),东支古埃及人(黄种)以及科普特人和库施特人(黑白混合)。

② 阿莫尼亚人(Amonian)即亚美尼亚人(Armenian),自称哈伊克(Hayk)。作为南高加索地区的古老民族,其历史可追溯到 2 500 年前,传统疆域在今高加索和土耳其东北部。

③ 英国文史专家布莱恩特著有《古代神话的新体系或新分析》三卷(1774,1775,1776)。

④ 丘比特(Cupid)是罗马的爱神,维纳斯之子。普绪喀(Psyche)是丘比特所爱的少女,人类灵魂的化身。维纳斯和丘比特被巨人堤丰追逐,跳入幼发拉底河化为鱼身逃走。

⑤ 许门(Hymen),希腊神话中的婚姻神,酒神和爱神的儿子。其形象是年轻男子,身披鲜花制成的衣服,手持象征爱情的火把。

⑥ 据核查,ma 即"妈妈/母神"(埃及语 Mather),taph 即"小丘/祭台"(希腊语 ταφος),ram 即"公羊/公羊神潘恩"(梵语 Ram)。这些词出自布莱恩特《古代神话的新体系或新分析》第一卷和第二卷。

⑦ 诺亚的语言(language of Noah),指大洪水之后留下来的人类远古语言。

语族、印度语族和鞑靼语族共同使用的。实际上,含姆语有着非常明显的痕迹,可能有数百个单词,原来曾被该种族的大多数民族杂乱地使用。但作为一个语言学家,我恳求抛开这一做法,反对历史研究中的推测性词源,主要是反对词源学家肆意在同一位置变换或插入字母,随意用其他辅音代替相同位置的另一辅音,并且完全漠视元音。

由于这种变换,一些根词会比库斯(Cus)音变成库施(Cush)更方便。因为齿音换为齿音、颚音换为颚音,coot(黑鸭)立即会变成 goose(鹅),而通过位置变换则成了 duck(鸭),所有水禽都明显具有象征性。下一个例子是在埃及受崇拜的 goat(山羊),通过音素位置调换,dog(狗)就成为天狼星的象征而受崇拜。或者,更明显的是 cat(猫),不是指家养猫,而是指一种叫作卡托斯(Catos)的船,或者多利安人的巨型海鱼。很难想象,这些讥刺意味着羞辱一位我怀有敬意而尊重的作家,但任何顾虑都不应促使我以沉默而帮助错误的散播。正如我反对的,如果词源的历史允许这样去做,那么我要争辩,结果就是几乎所有语言的词或民族都可能源于另一种语言的词语或民族。实际上,当我们发现在不同语言中出现相同的词,一个字母接一个字母,在某种意义上完全相同,我们可以毫不犹豫认为它们具有共同来源。而且不离开我们面前的例子,当我们在梵天之子中看到库施或库斯(梵文名称的发音也不尽相同)的名字时,也就是说,他在印度人的祖先中,在《罗摩衍那》保存下来的古老血统中处于领先地位。当我们在罗摩氏族中再次见到库施,当我们知道这一名称受到最高的尊崇,正如柯尼格①描述的那样,习惯于用一种神草"早熟禾"②,通过许许多多仪式作为献给圣火的祭品,这是摩奴为婆罗门献祭地区作出的规定。并且《吠陀》郑重宣称,神草在大洪水之后遍地生长,由此《往世书》将其视为支撑地球的野猪③身上的刚毛。当我们再补充说,地球上的七大洲之一或巨大的半岛也有与之同样的名称时④,我们几乎无法怀疑,摩西的库施(Cush of Moses)和跋弥是同一人物⑤,也就是印度种族的祖先。

与其重申先前六次周年演讲的所举证据,以及在诸位面前呈现附加证据,不如从此刻摆出的证据来看,大洪水之后,唯一的人类氏族在伊朗的北部落地生根。首先,随着他们的不断繁衍形成明显的三大分支,而各自起初保留的一些共同原始语后来逐渐丢失殆尽,并对其新的观念各自赋予新的表达。就雅弗的一支而言,不断生出许多嫩枝,蔓延到亚欧大陆的北部,远至西部的海和东部的海⑥,最终他们都在航海的初级阶段,跨越了他们两边的海。他们没有孕育任何人文科学,也没有使用字母,而是形成了各种方言,因为

---

① 柯尼格(Johann Gerhard König,1728—1785),波罗的海德国医生和植物学家,曾游历东印度群岛。
② 早熟禾(拉丁学名 Poa annua),一年生或冬性禾草。别称:小青草、冷草等。
③ 相传印度教三大主神之一毗湿奴,其第三个化身是野猪筏罗诃,从洪水中拯救大地女神昔弥。
④ 据《往世书》,古大陆有七大洲。以须弥山为中心,呈荷花型分为:赡部(Jambu)、普腊沙(Plaksha)、沙尔马利(Shalmali)、库沙(Kusha)、克劳恩查(Krauncha)、沙喀(Shaka)和普施喀拉(Pushkara)。琼斯认为其中的库沙(Kusha)与库施(Cush)的名字相同。
⑤ 摩西的库施(Cush of Moses)指的是《圣经》(前五经)的作者;跋弥(Válmic)是《罗摩衍那》的作者。通过以上引证,琼斯臆断他们是同一人,把以色列人的摩西变成了古印度人的跋弥。
⑥ 西部的海指黑海,东部的海指里海。

他们的部落是不同的分支。其次,含姆的子孙在伊朗建立了迦勒底人的第一个君主国,发明了字母,观察苍穹天体并为之命名。计算出印度的已知时间为四万三千二百年,或是沙罗周期的一百二十次,并且构造了古老的神话系统。其中部分富有自己的寓意,部分基于对先贤和立法者的崇拜。他们在不同周期以及通过不同移民方式,扩散到陆地和海洋。① 密斯尔人、库施人和罗摩人定居于北非和印度。其中一些部落发展了航海技艺,渡过埃及、腓尼基和弗里吉亚②所濒临的海面而抵达意大利和希腊半岛。他们发现来到此地的先前移民稀少,除了驱赶一些部落,而与其他部落融为一体。同时,来自同一聚集地的一大群人选择了向北行进,抵达斯堪的纳维亚,而另一群人则从阿姆河下游出发,穿过意貌山山口③进入喀什噶尔和畏兀儿、契丹、和阗等地,甚至远达秦地、唐古特的地域④。那里的人们已经使用文字,并具有历史悠久的耕作技艺。他们中的一些人,发现了从亚洲远东群岛抵达墨西哥和秘鲁的路径。这并非不合情理,在美洲发现了类似于埃及与印度的原始文学和神话的痕迹。再次,古老的迦勒底王国被凯尤莫尔兹统治下的亚述所推翻⑤,导致其他的人群纷纷转徙,尤其是迁往印度。而闪姆的其余后裔,其中有些原先定居于红海一带,已经散布于整个阿拉伯半岛,向北逼近叙利亚和腓尼基领土。以至于最终,从三大氏族中涌现出许多豪情万丈、四海为家的勇敢冒险者,他们摆脱了原先隶属关系的羁绊,率领其部族到处游荡,直到漂泊到遥远的海岛,或定居于沙漠和山区。大体而论,一些移民者可能在其尊崇的祖先离世之前便迁往这些地域,但是王国和帝国,直到基督纪元之前的一千五百或六百年前才呈现出正规形态。在第一千纪的这段时期中,除了从亚伯拉罕一支流传下来的民族历史,没有什么历史不混杂传说成分。虽然他们颠沛流离和世事多变,但是在这一点上尤为卓越。

先生们,关于追溯五大主要民族起源及其发展的探索现已完成。他们居住于亚洲,在穆罕默德诞生的时代,还保有几个古老国家的相当丰富的遗存,如今已经消失。简而言之,由于主题的艰深和我的资料匮乏,这些探索在本质上有其缺陷。但是从为后续研究提供基础来看,本研究足够清晰而全面。我已经尽可能清楚地向诸位展示,这些民族起源于何处,何时何地他们向着其终点站迁移。在我未来的年度演讲中,我打算就我们国家和人民的特定优势展开论述。这些优势可能源于我们对这些亚洲地区,尤其是印度英属领地的历史、科学和艺术的聚精会神的联合调研,我们可以将这项任务视为我们共同努力以增强真正兴趣的中心(而不是以人类种族研究为中心)。我相信,我们都赞同这

---

① 伊朗高原的古国是亚述。迦勒底是闪米特(并非含米特)的一支,前10世纪初来到两河流域南部(并非伊朗)定居,前626年建立迦勒底王国或新巴比伦王国。琼斯此处所言混淆不清。
② 弗里吉亚人原居巴尔干半岛中部,约前1200年迁到安纳托利亚。荷马提到他们最初居住在珊伽里俄斯河(今萨卡里亚河)流域。后来希腊人的弗里吉亚地区概念,大概指哈吕斯河(今克孜勒河)以西和密细亚(安纳托利亚西北部)、吕底亚以东。
③ 此处的意貌山山口,指帕米尔高原通往新疆的山口。
④ 此处的契丹指西辽王朝故地。此处的秦地(Chín)指中国古代甘陕一带。此处的唐古特指中国古代甘青地区。如《马可波罗游记》,"到达叫作沙州(即敦煌)的城市……是唐古特州的一部分"。
⑤ 关于迦勒底王国和亚述王国的历史,详见备查关于两河流域的古国。

一看法,促进人类的许多幸福是我们的责任,当然也是我们的事业。没有德行就无法长久快乐,没有自由就没有积极的德行,没有理性认知就没有牢固的自由。

备查

1. 关于库施

库施(Cúsh,Cús)即古埃塞俄比亚人。《创世纪》记载,库施是含的长子,库施特(Cushite)即库施后裔,原指埃及以南的居民。前25世纪,古埃及向南扩张遇到库施。此后,埃及十八王朝法老图特摩斯一世(Thutmose Ⅰ,前1504—前1492年在位)征服库施。前11世纪,库施建立政权,其中心在纳帕塔(Napata);前950年,阿拉拉(Alara)建立库施王国;前7世纪中期,国王皮耶(Piye)征服埃及并建立二十五王朝。前671年,亚述入侵埃及,库施人被逐出埃及。前591年,二十六王朝法老普萨美提克二世(Psammetichos Ⅱ)洗劫纳帕塔,前530年,库施迁都麦罗埃。约350年,阿克苏姆国王埃扎纳(Ezana)攻毁麦罗埃城,库施亡国。

2. 关于两河流域的古国

约前5000年,苏美尔(Sumer)文明出现于两河流域下游。他们自称萨各给嘎(sag-gi-ga,其意黑头人),其领土称凯恩给尔(ki-en-gir,其意文明君主之地),说一种黏着语(语系不明)。在苏美尔人来到之前,此地已有古城埃利都(Eridu)。该城靠近幼发拉底河入海口,始建于前5400年。苏美尔人建成人类史上最早的城邦国家(建立元老院、公民大会等),发明了最早的文字(楔形文字),制定了七天一周制和太阴历,颁行了最早的法典(《乌尔纳姆法典》,约前2113—前2008),创作了最早的长篇史诗(《吉尔伽美什史诗》,始于前2100),开办了最早的学校(埃杜巴,前3000年;编撰了最早的教科书)和图书馆。还有最早的神庙、神谱以及对神质的思考、最早的天文学和占星术、最早的医药学和医疗手册、最早的乐曲记谱等。

前2500年,来自北方的闪米特阿卡德人(Akkadia)进入两河流域。萨尔贡(Sargon,前2316—前2261年在位)灭苏美尔,建阿卡德君主国。约前2191年,古提人(Guti,古印欧人)灭阿卡德。前2131年,乌图赫加尔(Utu-Hengal)赶走古提。前2113年,乌尔纳姆(Ur-Nammu)建立乌尔第三王朝,自称"苏美尔-阿卡德之王"。前2006年,来自叙利亚草原的闪米特阿摩利人(Amorite)摧毁第三王朝,前1894年,苏穆-阿布姆(Sumu-abum)建古巴比伦王国。前1595年,赫梯(Hittite,古印欧人)国王穆尔西利斯一世(Mursilis Ⅰ,前1620—前1590年在位)洗劫巴比伦城。此后,原居于札格罗斯山的加喜特人(Kassites),建立加喜特巴比伦王国(前1570—前1157)。

前1235年,来自上美索不达米亚的亚述(Assyrian,主体闪米特人)国王图库尔提-尼努尔塔(Tukulti-Ninurta)夺取巴比伦王位。在前20世纪末,东部海滨平原的埃兰(Elam,达罗毗荼人)使用从阿卡德传入的楔形文字。前1176年,埃兰国王舒特鲁克-纳洪特(Shutruk-Nahhunte,前1185—前1155年在位)攻陷巴比伦。此后,本地兴起的巴比伦第四王朝(前1165—前729)击败埃兰。前729年,该王朝为亚述帝国提格拉特-帕拉沙尔三世（Tiglath-Pileser Ⅲ）所灭。前626年，闪米特的迦勒底人那波帕拉萨尔（Nabopolassar）建立新巴比伦王国（即迦勒底王国）。前612年，迦勒底联合米底（Māda，雅利安人）灭亚述。前539年，波斯帝国（雅利安人）居鲁士二世（Cyrus Ⅱ of Persia）灭迦勒底。

第十年纪念日演讲：
关于亚洲民事和自然的历史

（1793年2月28日）

　　先生们，在去年第九次演讲结束之际，我应允本次探讨我们对亚洲同时展开各种研究的具体利益。在切入正题前，似乎有必要谈及"利益"（advantage）或"实效"（utility）的准确含义。既然我们已经从大处对亚洲五大地区加以描述，并根据与之相称的重要程度拓宽了我们的概念，我们也应在最宽泛的意义上使用这些术语，以之领悟我们调研的所有成果。不仅包括固有的便利性和社会生活的舒适性，而且涵盖高雅的情趣和天真的快乐，甚至可以满足天生而可贵的好奇。虽然在这个世上，众人无疑必须劳作，但是通过辛勤努力，他不会不感受到每一自娱自乐带来的实在利益，或放松身心而趋向于安逸平和，或有所寄托而不至于无所事事。且凡有所为则必受其惠，皆可增进知识和丰富思想，无损于追求公民地位或经济义务的主要目标。即使那些微不足道的世俗功利，虽在许多人眼中无非是金钱和财富的代名词，我们也不应完全拒绝。相反，我们应将那些既具实用而又不落俗套的技艺列入有益之物，因为它们最终必将利国利民。依据对"利益"的如此解释，我们逐一全面考察艺术和科学领域，并按以下通行顺序排列——技艺和科学对心智官能的依赖及其相互联系，以及彼此相关的不同分支学科。我们的调研实际上以自然和人类为基本对象，故务必首先追溯其历史。但是，既然我们准备考察亚洲一些国家的情况，及其在科学和技艺领域取得的有效进步，我们欧洲分析家也就可以明智地把人类知识的所有分支加以压缩，将其调查研究纳入三大框架。我今天对本学会诸位的演说，仅限于民事的历史和自然的历史，或者说，侧重于观察现象和追溯其研究历史，不涉及推论。因为推论属于哲学，而模仿和改进才属于技艺领域。

　　假如某位修道院院长用创造性的智慧去描绘一幅关于普遍知识的图谱（仅限于那种崇高而庞大神学的体系，他自己只能希望通过无限接近而谦卑地了解），那么他或许会从追溯牛顿的宇宙系统开始，为我们小小地球在其中指定一个真实的位置。并且列举地球上的各类栖息者、各种所容物以及诸多物产，进而探讨人类在动物界中的天然地位，展示人类业已或可能获取的所有知识的细节。从而观察到,也许与他之前描述的其他可居住星球上的生物,具有相同的发生顺序。然而,虽然培根似乎出于类似的理由,把自然史置于人类史之前,亦即将整体置于部分之前①,但是这一方式与上述提及的主要目标如出一辙。我们不妨从亚洲五个国家的民事历史入手,务必包括他们的地理,即描述其生息的土地,以及他们的天文知识,因为这样能使我们比较准确地定位其活动年代。由此把我们引向另外的动物、矿物和植物史志,因为我们假定,他们或许在迁徙和定居之地就已经发现了这些。最后将讨论他们如何或可能使用这些丰富多样的自然资源。

一

首先,对这些有利条件我们不能置若罔闻。我们所有的历史研究皆已证实摩西记录的原初世界。在这个问题上,我们的证据应该具有更大分量,因为,如果我们观察的结果完全不同,我们就应该发表这些证据,绝非真的沾沾自喜,而是对此充满信心。真相威力无比,并且不管其影响如何,终将战胜一切谬误。然而,我们的兴趣与为天启宗教增加更坚固的证据毫无关系,我们只是采取一种更实用而理性的方式充实我们的思想,对四千多年来诸国列邦发生的历次浩大变革潜心思考。与宇宙构造和终极原因一样,这些社会变革几乎成为上帝支配万物的充分证据,从其变革的整个范围乃至细微局部,其终极原因皆清晰可辨。请诸位发挥想象力,设想一下变革起伏时期的动荡画卷。更准确地说,这是一连串密集的场景迅速变换。三大族群从同一地区向不同方向迁徙,并且在大约四百年间,就建立起遥遥相距的政权和各类社会形态。埃及人、印度人、哥特人、腓尼基人、凯尔特人、希腊人、拉丁人、中国人、秘鲁人和墨西哥人,全都从同一细嫩的茎秆中顷刻纷纷吐蕊抽条。他们看上去几乎是同时启程,相继占据了由他们命名或从中获得其名的国土。在1 200或1 300年时间内,希腊人超越了其先民的地盘,入侵印度河流域,占领埃及,并企图称霸世界。但罗马人认为自己更适合取代希腊帝国,并用武力攻占了不列颠岛屿,他们提及此事的口吻充满狂妄和蔑视。在这个眼花缭乱的时代,哥特人又将罗马政权笨重而巨大的塑像砸成碎片,夺取了除荒山僻野以外的整个不列颠岛。然而,甚至这些荒山野林,也无法幸免于同样是哥特人的其他各族的进一步侵扰。在所有这些事件中,阿拉伯人长期盘踞在红海两岸,掌控着最早先民的古老发祥地,并且不断扩大征服范围。一方面取道非洲进入欧洲腹地;一方面越过印度边界,把大片地盘纳入繁荣的帝国版图。在同一时期,广泛分布于全球其他地域的鞑靼人,像蜂群一样聚集于亚洲东北部,迅速攫取了君士坦丁大帝②的美丽疆域,进而征服了中国③,还在印度人的地域上建起辉

---

① 弗朗西斯·培根在《学术的进展》(*The Advancement of Learning*, 1605)中,将历史分为自然史、政治史、宗教史和学术史。
② 君士坦丁大帝(Constantinus I Magnus, 272—337),罗马帝国君士坦丁王朝的开创者。
③ 此处主要指女真族人建立的金朝取代北宋王朝,蒙古族人建立的元朝取代南宋王朝,满族人建立的清朝取代明王朝。

煌强大的王朝,并像其他两大族群一样洗劫了伊朗的属地。此时,墨西哥人和秘鲁人与不同种族的冒险者混在一起,已经散居于美洲大陆及其一些岛屿。这片大陆是在欧洲旧政权体制恢复元气之后,西班牙人发现并部分征服的。但旋即又被一群来自不列颠,当初被西塞罗①妄言毫无价值的岛国移民者占据,最终他们宣布了对辽阔的北美地区拥有至高无上的王权。同时,另一部分不列颠人,则在印度次大陆的最好地区获得了一个臣服的帝国,而这正是当年亚历山大大帝的常胜军也不敢进攻的印度。②此就亚洲范围而言,人类风起云涌的大概轮廓,我们不仅有望加以补充和细化,而且可以借助亚洲文献为之增添色彩。至于研究历史,如同依规行事,若可追根溯源,则不应顺流而下;若可获得一手证据,则不应采纳二手资料。我应当如此,而不应有负于诸位的聚精会神,仅仅重复一连串穆斯林历史学家的枯燥名字,他们的论著保存在阿拉伯文、波斯文、突厥文的文献中,也不应大谈特谈中国、日本的历史和功勋,他们的许多资料本会会员可以及时参阅。只有从这些资料中,我们才有望获得鞑靼古代状况的信息。至于印度的历史,自当成为我们调查研究的中心。下面向各位奉上几点浅见,唯愿不算赘言。

我们对亚洲各国民众(我通常排除希伯来人)的了解,首先见于摩西《第一经》③的庄严引言。片刻的黄昏朦胧之后,是浓重的夜色,与众不同的守夜人在深夜中隐约可见。终于我们见到一丝曙光,继而是不同地区各具特色的日出。并非印度民族,而是克什米尔人用其古老语言为我们留下了正规的历史④,不免让我们一度黯然。然而,我们英国的学者有幸从梵文文献中揭示过去,我们依然可以从中采集到历史真相的一些幽光,虽然漫长的岁月和一系列变革模糊了往昔的辉煌,也就是我们可以合情合理地期望的一个如此勤劳智慧的民族所发出的光辉。我们现已完全掌握了卷帙浩繁的《往世书》和《史传》⑤,即神话与英雄的叙诗。从中我们可能发现一些失实之处,然其价值在于描绘了古代礼仪和政权形式的画面。而印度人的通俗故事,不论散文体还是韵文体,皆包含了历史的若干碎片。甚至在其戏剧中,我们也可以发现大量的真人真事。即使英格兰的一切历史都如同印度古史不可挽回地丧失,然而正如未来时代能从我们的戏剧中发现如今情况一样,以还原历史真相。例如,苏摩提婆⑥创作的优美动人的诗篇,就包含了一系列喜闻乐见的说教故事。该诗以难陀国王及其八个儿子被杀,月护王旃陀罗笈多在波吒厘子城夺权的那场著名的革命⑦开篇。这场革命也是梵文悲剧《旃陀罗的加冕典礼》的主题,

---

① 西塞罗(Marcus Tullius Cicero,前106—前43),古罗马著名政治家、演说家。
② 琼斯描述的是基于当时所见资料的个人构想。详见备查关于古代历史画卷。
③ 《摩西五经》中的第一经即《创世记》。
④ 古印度不重视史书编撰,以至于古代印度史一片模糊。详见备查关于印度的古代史。
⑤ 《史传》或《伊提哈萨经》(Itihásas),相传是毗耶娑编纂。
⑥ 苏摩提婆(Sómadéva,1035—1085),克什米尔婆罗门、阿郎达王的宫廷诗人。据古代俗语作品《伟大的故事》编撰成梵文缩写本《故事海》(Katha-saritsagara)。该书传播到波斯,再传给阿拉伯人,并传到君士坦丁堡和威尼斯,产生了世界性影响。
⑦ 前364年,摩诃帕德摩·难陀(Mahapadma Nanda)建立难陀王朝。约前317年,月护王旃陀罗笈多(Chandragupta,前324—前300年在位)在驱逐马其顿入侵者之后,又东进攻下难陀王朝首都波吒厘子城,杀死国王达那·难陀(Dhana Nanda),建立孔雀王朝。

"旃陀罗"即这位精明大胆夺权者名字的缩略。从这些隐而不彰、如今得以披露的文献中,尤其得益于通过观察证实的有关分至圈①的位置,我们能够展示比世人已经看到的古代印度史更加精确的描绘。现已得到清楚证明,《往世书》第一卷记载了一场洪水。在这场大洪水与穆罕默德征战两件大事之间,真实的印度政权史可以得以理解。但是我们从波罗奢罗②天文著作的季节排列方式中得知,般度战争③不可能早于基督纪元的前12世纪末,由此塞琉古④的统治很可能在这场战争后的约9个世纪。既然现在确定了超日王⑤的时代,而且如果我们能找到一位印度王子,那么我们在时间轴上就会得到从罗摩或最初印度人的移民活动,到最后一个印度君主旃陀罗笈多二世在比哈尔⑥统治这两大事件之间的三个节点。其结果是,我们无从了解的模糊部分至多800年到1000年。这段时期他们必定在兴邦建国、制定法律、改善语言与艺术,同时观察天体的运动现象。有位梵学家在贝拿勒斯查考到一部用梵文记载的威名赫赫超日王的史书,他既不会骗我,本人也不可能受骗。然而持有该书的主人已不在人世,其家人也已迁徙散居于各地。虽说我在该城有几位朋友,可他们竭尽全力也没有找到该书的副本。至于开启印度近代史的莫卧儿帝国之东征西战,从亚兹德·阿里的作品、突厥文史籍(甚至包括一些征服者所撰的)的波斯文译著,到与我们相识的古拉姆·侯赛因⑦的著述,我们拥有与之相关的波斯文献中的丰富记载,而侯赛因的公正立场应予充分赞扬。虽然他不计回报的贡献,未知是否会激励当代的其他历史学家,但是套用他给我信中的一句话,如他所言,"平实真相为史籍之良"。就所有这些史料,且只能立足于此,任何一位精通梵文、波斯文和阿拉伯文的勤奋学者,都可以编纂一部完美的印度史(如仅为译编,无论如何简洁亦可冠以此标题)。然而,即使合格的学者,就其论著,我们可以完全相信的也仅为纲要。因为虽然抽象科学旨在求真,而艺术无非虚构,但我们又不得不承认,历史的细节交织着真实与虚构,以至于几乎真伪难辨。

虽然史书中提供了民事智慧和军事谋略的具体事例,人们当然可以从中总结相机行事的若干原则,但在历史上的实际作用向来夸张。甚至关于战争和革命的记述,也可提供治国借鉴并警策君主。了解历史往事,实为人之愿望,即使未来不可预测,且现实时常

---

① 分至圈(colures)或分至经线。天球上有两条子午线:(1) 二分圈是子午线通过天球南北极和两个分点(白羊宫第一点和天平宫第一点);(2) 二至圈是子午线通过天球的南北极和两个至点(巨蟹宫第一点和摩羯宫第一点)。

② 波罗奢罗(Parásara)为破灭仙人,毗耶娑之父。相传为《毗瑟奴往世书》(*Vishnu Purana*)与多种古印度文献的作者。

③ 印度史诗《摩诃婆罗多》(*Mahábhárat*)描写了婆罗多族的两支后裔,即般度族(Pándavas)和俱卢族(Kauravas)为争夺王位进行的血腥战斗。大战进行了18天,最终般度族获胜。

④ 塞琉古王朝(Seleucid Dynasty,前312—前64)又称叙利亚王国。希腊化时期的最主要国家,领土西起小亚细亚、叙利亚、美索不达米亚,东至帕米尔高原西部、印度河流域。

⑤ 超日王(Vicramáditya)即旃陀罗笈多二世。玄奘《大唐西域记》将其名字译为"月爱",将其王号译为"超日王"。

⑥ 比哈尔(Behár, Bihar)历史上曾为笈多王朝(Gupta Empire, 320—540)统治中心。

⑦ 古拉姆·侯赛因(Ghulam Husain, ?—1817),印度历史学家。著有《国王的花园》(*Riyaz us Salatin*, 1786—1788),英文版题名《孟加拉史》(*A History of Bengal*)。详见备查关于阿里的帖木儿战史和侯赛因的孟加拉史。

让人感到苦多乐少,但是读史似乎出于人心之本性。而读史者假如能纵览历史全局,从中推知一些重大结果,自是幸莫大焉。读史者不可能不觉察,人类与放牧畜群的区别在于其才能,而专制的持续后果致使失去活力和道德下降。为此,他把大多数亚洲民族(无论古今)的自卑感归咎于专制,而认为欧洲民族的幸福感得益于更开明的政体。一方面,读史者会看到阿拉伯人从崛起到取得征战荣耀,依然坚守其英勇祖先的自由箴言,而一旦抛弃这些则顿时陷入不幸。另一方面,读史者不无遗憾地感慨,共和政体倾向于产生美德与幸福,然其性质不可能永久不变,而往往为寡头政治所取代,凡善良者均不希望专制长存。接着,读史者可能像吕底亚国王一样,不免想起梭伦①。作为有史以来至贤至勇且卓有成就之人物,梭伦以四行有力的语句宣称:

就像冰雹和大雪,破坏了农夫的劳动收获。

从高空云层降下,就像毁灭性的雷霆伴随着耀眼的闪电。

就这样,一个自由的国家毁于权力膨胀、堆金积玉者之手。

而人民,由于粗陋愚昧,宁愿成为暴君的奴隶。

他们祈求逃脱若干控制,而不是通过团结和德行来保护自己免受任何形式的暴政。

既然没有一种单纯的政体既永世长存又乐在其中,而且由极坏到最好的变化,也总伴随着大量的暂时性破坏,因此有人便将英国宪法视为已制定宪法的最佳形式,虽然我们只能远远地逼近其理论上的完善(我的意思是,我们的公法不是某一特定时期的实际状况)。上帝保佑,让印度投入英国的怀抱,享受其保护和福祉。在这些土地上,当地人的宗教、礼仪和法律不包含"政治自由"这一理念,但他们可能从历史中获得其繁荣的启示,而我们国家从这个如此温顺而勤劳的民族获得了重要的利益。即使经历饥荒的破坏,其人口依然如此大幅度增加。以至于在二十四税区中的一个,方圆不算最大、发展也不是最好的税区,我指的是克利须那-纳加尔地区②,在近来一次实际统计中,其当地人口已达130万。由此可见,整个印度如今至少有3 000万黝黑皮肤的大不列颠子民。

让我们转到地理学和年代学。没有它们,历史也就失去能够把握的向导,而只会像冒出来的水蒸气,既没有确定的地点,也没有可靠的理解。出于前面提到的原因,我不想清点现存的阿拉伯文和波斯文的各种宇宙志的论著,也不想述及突厥在其语文改进以后印制的那些精美书籍,而只准备简单谈谈印度的地理学和天文学。首先必须从总体上对所有亚洲国家加以考察,而不仅仅限于欧洲学者和旅行家较为熟悉的几个国家。因此,我们要从这些国家的论著中获悉其地理知识,并且通过对同一著作几种版本的核对,我

---

① 据希罗多德《历史》记载,古希腊梭伦(Solon,约前640—前558)访问吕底亚时,国王克洛伊索斯(Croesus,前560—前546年在位)提出:"谁是最幸福的人?"梭伦回答:"您贵为国王,极为富有,但只有在听到您幸福地结束一生时才能给您答案。"克洛伊索斯被居鲁士大帝俘获后想起梭伦的话,感慨地连呼其名。居鲁士便问叫谁,他讲了梭伦与之的对话。居鲁士下令扑灭火焰。但火势太大,克洛伊索斯大声呼唤阿波罗神,天空突然下起暴雨,才把大火扑灭。

② 克利须那-纳加尔(Crĭshna-nagar)地区,相当于今印度的安得拉邦和卡纳塔克邦。

们可以对表格、专名和描述等方面的转抄讹误加以勘正。

在亚洲这一区域,地理学、天文学以及年代学有着与可信历史一样的命运,显得同样隐晦,并且一概披上神话和隐喻的奇异外衣,结果几乎无法分辨印度哲学和数学的真实体系。必须具备正确的梵文知识,同时还得与知识渊博的婆罗门学者私下交流,唯有如此,才能区分事实和寓言。我们有望从我们的两位会员那里获得更重要的发现。如果我们的学会没有其他成就,除了邀请他们公开展示其才华之外,却自以为有资格接受我们国家乃至欧洲的感谢,那么有了这两位高人的研究就可能避免尴尬。从《往世书》可以总结印度人的地理知识,威尔福德①中尉已经展现了颇有价值的此类样本,他还会及时给诸位奉上一部详论印度人所知古代世界的论文。与这些将要传播的知识之光相比,希腊人获得的辉煌将黯然失色。同时,戴维斯②先生已经向我们清晰地阐述了印度人的天算方法和天文周期,查明了天文学上的分至圈位置,有助于推算历史上重大事件的发生时间。接着,他要揭示从纳勒德、帕拉沙、迈耶③到伐罗诃密希罗④和婆什迦罗⑤的印度天文学体系。我相信,不久,他会向诸位完美地描绘印度人在南北两半球发现的全部星群。大家会觉得印度人的星群大体上就像希腊人的星座,这足以证明两个体系最初具有共同来源并大体一致,而在局部上存在差异。毋庸置疑,绝非这两个系统之间的互相模仿,由此推定必定存在一个共同的源头⑥。

印度人和阿拉伯人的法律知识,是我选定的专门研究领域,而诸位不可指望我就能拓宽大家的历史知识。我或许能为大家临时提供一点小礼品,那就是我不禁要提起的,我在研究过程中的一个意外发现。不过,我的那些论据留待为会刊第四卷撰写一篇文章,再向诸位详细汇报。为了确定波咤厘子城⑦(此城曾有几个名称)的位置,麦加斯梯尼

---

① 威尔福德(Francis Wilford, 1751—1822),东印度公司测绘局助理。著有《论印度教的年代》(*On the Chronology of the Hindus*),刊于《亚洲研究》1793年第四卷。
② 戴维斯(Samuel Davis, 1760—1819),英国外交官,曾任东印度公司主管。获得一份来自蒂鲁瓦卢尔(Tiruvallur)所给的婆罗门古印度天文表,其天文知识可追溯到前3世纪。著有《论印度的六十年周期》(*On the Indian Cycle of Sixty Years*),刊于《亚洲研究》1792年第三卷。
③ 纳勒德(Náred)、帕拉沙(Parásar)、迈耶(Meya),未详。一般认为,印度最早的天文学家是阿耶波多(Āryabhaṭa,约476—550),所著《阿耶波多文集》长期失传。1864年印度学者勃豪·丹吉获得抄本。
④ 伐罗诃密希罗(Varáhamihir,505—587),或简称伐罗问,亦作羲日,印度天文学家、数学家。旃陀罗笈多二世宫廷"九宝"之一。所著《五大历数全书汇编》(*Pancasiddhatika*,575),总结了当时印度的天文学成就。波斯史学家比鲁尼(Ahmad al-Biruni,973—1048)将其译成阿拉伯文。
⑤ 婆什迦罗(Bháscara Acharya,1114—1185),印度数学家、天文学家。所著《历数精粹》(*Siddhānta Shiromani*,1150),对印度天文学影响深远。
⑥ 该共同源头就是两河流域的星座说。距今5 000年前,苏美尔人把太阳一年运行的黄道分成十二星座,已识别星座与星名约200个。距今3 000年前,巴比伦人丰富为三十星座。
⑦ 波咤厘子城位于今印度比哈尔邦首府巴特那。地处恒河南岸,即卡克拉河(从西)、根德格河(从西北)、宋河(从西南)汇入恒河的交汇处。详见备查关于波咤厘子城。

走访该城并有记述。① 要确定其位置永远是个疑难,它不会是钵罗耶伽②,古代此处没有大都市;也不会是羯若鞠阇③,因为该词没有类似希腊语名称的修饰成分。更不会是另有拉克什曼阿瓦蒂之名的高尔④城,谁都知道那是一座比较晚近的古城,虽然其名称和许多情况与波咤厘子城类似,但是我们无法确信它就是波咤厘子城。因为这座著名的都城,处于从宋河与恒河的交汇处到巴特那的位置,但是麦加斯梯尼却认为处于恒河与埃兰诺博阿斯河的交汇处。严谨的丹维尔先生指出,埃兰诺博阿斯河就是亚穆纳河⑤。然而这个谜破解了,我在一部约两千年前的古典梵文书中发现——希兰雅巴胡(Hiranyabáhu)意为"金色的肩膀"(golden-armed),希腊人改为"埃兰诺博阿斯",即愉悦的潺潺流水,其实是"宋河"的另一名称⑥。然而麦加斯梯尼可能不知就里或一时疏忽,以为是不同的河流。这一发现带来了另一重大契机。旃陀罗笈多就像桑德拉科托斯⑦一样,从一位军事冒险家最终成为北印度斯坦的君王,其帝国实际上定都于波咤厘子城。他在此接受外国王公的使节,而这位桑德拉科托斯实际上就是旃陀罗笈多,他曾与塞琉古·尼卡特缔结和约⑧。这样一来,我们就解决了前文提及的另一问题,可将西元前1200年至300年大概视为这一时期确定的两端。以大洪水劫后几百年的罗摩征服锡兰为起点,以超日王在我们纪年前的57年死于优禅尼⑨为终点。

---

① 古希腊历史学家麦加斯梯尼(Megasthenēs,前350—前290)的《印度志》(*Indica*)记载:波咤厘子城位于恒河与埃兰诺博阿斯河(Erannobóas,Arennovoas)交汇处。据下文丹维尔所言,埃兰诺博阿斯河即亚穆纳河,则麦加斯梯尼所谓的"波咤厘子城",应为亚穆纳河汇入恒河之处的钵罗耶伽。

② 钵罗耶伽(Prayāga,意为祭祀之地)相传是梵天创世后首次献祭之处,此处有阿育王石柱(立于前240)。1583年,阿克巴大帝将该城命名为安拉阿巴德(Allahabad,意为安拉之城)。

③ 羯若鞠阇(Cányacubja,Kānyakubja)古城,位于恒河支流迦利河的东岸,今印度北方邦的根瑙杰一带。612年,戒日王(Śīlâditya,589—647)迁都于此。该城名意译为"曲女城"。《大唐西域记》(646)记载,相传国王梵授生有千子百女,时有大树仙人欲乞得一女。然王女不愿嫁貌如枯木之人,王乃送一稚女。仙人见稚女不妍而怀怒,乃以恶咒使其余之九十九女伛偻曲腰。

④ 高尔(Gaur,Gour)位于恒河下游东岸,遗址在今印度西孟加拉邦马尔达与孟加拉国诺瓦布甘杰境内。繁荣于森那王朝(Sena Dynasty,1070—1230)的国王拉克什曼(Lakshman)时期。故名"拉克什曼阿瓦蒂"(Lacshmanavati)。

⑤ 亚穆纳河(Yamunà)是恒河的姐妹河,其源头相距仅几十公里。源出本德尔本杰山西南坡的亚穆纳斯特里冰川,在格尔纳尔转东南,至安拉阿巴德附近汇入恒河。

⑥ 宋河(Sone),亦作 Son(意为儿子、孩子)。与丹维尔所言埃兰诺博阿斯河即亚穆纳河不同,琼斯提出埃兰诺博阿斯河是"宋河"。网络检索:琼斯阅读梵文剧本《楼陀罗-罗刹》(*Rudra-rakshasa*)时,看到河名 Hiranyabahu(希兰雅巴胡)冒出灵感——Erannobóas(埃兰诺博阿斯)是 Hiranyabahu 的希腊语形式。Hiranyabahu 为男孩的梵文名字,意为金色凸肩(Golden shouldered),由此琼斯推测 Erannobóas 为 Sone(宋河),则是 Hiranyabahu 的别称。

⑦ 孔雀王朝的月护王旃陀罗笈多(Chandragupta,前324—前300年在位),古希腊文献称桑德拉科托斯(Sandracottus)。

⑧ 塞琉古·尼卡特(Seleucus Nicator,前358—前281)即塞琉古一世。前305年,塞琉古王朝与孔雀王朝的旃陀罗笈多缔结合约并联姻,且派遣使节驻波咤厘子城。

⑨ 笈多王朝的超日王死于415年。优禅尼(Ujjayini)位于摩揭陀国西南,超日王的宫廷曾设于此。琼斯所言超日王死于前57年,未知何据。

二

既然上述话题难免扯得太远,接着我要谈谈与我们现在目标相关的,区别于人类史的自然史。自然史可分为关于栖息于地表的动物志、地下的矿物志,以及使大地草木繁茂并为之增色的植物志。

(一)如果只因袭布封①或林奈的计划,仅仅查明鸟兽虫鱼及爬行动物的外形、天性和特点,而无需全力以赴我们的考察目标,那么也就没有什么研究能给予我们更可靠的指导,或增添更高雅的情趣。然而,我无论能够以何种正义感或感受,怎么也无法理解或想象,仅因某只鸟的艳丽羽毛未曾细致描述过,博物学家竟然把不幸强加于这只无辜的鸟,使其幼雏可能冻死于冷巢之中。或者仅因某只蝴蝶不幸为稀有品种和令人着迷,就忍心剥夺蝴蝶的天然乐趣。我永远忘不了菲尔多西的一则对句,萨迪对此也赞赏地援引,并为逝去的生灵送上祝福:

哎!饶恕那边的蚂蚁,贮藏的谷粒丰富——
它活得悠游自在,而死得痛苦无助。

这或许只是对孱弱的一种表白,其用意想必不在于自夸拥有某种独特的情感。然而,无论他人怎样看待我的观点,都会对我的行为产生影响。以至于我无法容忍,如果谁要到我的园子里来捕捉布谷鸟,无非是要与布封的描述对比,而不顾野外布谷鸟的自然鸣叫在报告春天的来临。虽然我常常观察惹人喜爱的驯养鹦鹉,它立于窗口向我们道一声早安,而其指望的回报无非安全而已。即使有人违背我的意愿,从山里送来一只幼小的穿山甲,我也恳求放回其喜爱的岩洞。因为我发觉,远离这些岩洞,它不可能得到舒适的保护。有一些关于动物的阿拉伯文论著,中文书中也有此类非常独特的论述,并配有其外形的简洁描绘。然而,除了从波斯医药词典中搜集的一些,我未曾见过这方面的有价值的波斯文论著。我也未见过明显论述动物的梵文书籍。总体而言,虽然在整个亚洲各地都可能发现一些稀有动物,但是我建议有条件地考查研究动物,尽可能地把动物留在自然的自由环境中。如果必须限制它们,也要尽可能地保证它们活得舒服。

(二)关于矿物史志,如果仅仅考虑矿物的外观、结构和明显质地,毫无异议,这样的研究简单肤浅,然而分析矿物的内部属性要做高深的特定化学研究。这方面我们有望找到梵文的专门著述,因为古印度人无疑致力于这一富有吸引力的研究领域,甚至从他们关于炼金术的论著中,我们也可能搜集到实验的实际结果。至于古代的占星学著作,其中保存了很多与印度天体和昼夜平分点岁差有关的有价值事实。从波斯文献和梵文文献中都能找到有关金属和矿物,尤其是宝石方面的著述,而印度哲学家则将这类东西(不包括钻石)视为单纯或混合的种种晶体物质。当然,我们不应指望,亚洲的化学家能有出

---

① 法国博物学家布封(Georges-Louis de Buffon,1707—1788)著有《自然史》,包括地球史、人类史、动物史、鸟类史和矿物史等,对自然界作了精细而科学的描述和解释。

色的分析范例,因为这种分析在近来的欧洲实验室中才能看到。

（三）我们现在来谈植物学,它是自然史中最吸引人和最丰富的分支。我希望,所有关于系统的相对价值的争论,最终都注定要进入一个安静入睡的永恒之夜。我们要为自己安排更愉悦的休闲方式,莫过于以林奈的风格和方法来描述新发现的亚洲植物,或者修正那些已知的描述,虽然多数欧洲植物学家看到的仅是干燥标本或所绘图形。在自然史方面,我们还有未经勘查的丰富领域。至于阿拉伯的许多植物能公之于世,应归功于加尔西亚、阿尔皮诺斯和弗斯科尔。波斯的植物得以披露,靠的是加尔辛;鞑靼的植物是格梅林和帕拉斯介绍的;中国和日本的植物,仰仗肯普法、奥斯贝克及桑伯格;印度植物的描写,则靠范瑞德、鲁姆菲乌斯和布尔曼父子,以及为后人惋惜的柯尼格。① 虽然这些博物学家从这些国家获得珍贵的植物标本,但却无人精通这些国家的相关文献。并且药用材质,主要是与植物有关的大量梵文论著,任何一个酷爱研究自然的欧洲博物学家都从未翻阅过这些文献,乃至对此一无所知。直到英国印度公司的植物园栽满(合适的时候很有可能)产自阿拉伯、波斯以及中国的植物之前,我们很可能仅满足于考察我们各邦的本土花卉。然而,我们必须先发觉那些有名植物的梵文名称,否则既无法理解不断见于印度诗人作品的成语典故,而且(更严重)也无法发现印度医药文献中经过试验的植物实效的记载。并且(最为严重的)我们将错失良机,这些内容可能再也不会见到。即使梵学家,对这些特定植物的古代名称也几乎全然遗忘。从四百多种植物中,我竭尽全力稽考的现为两百多种,而这些名称皆见于梵文医书或诗作。令人颇为遗憾的是,就连杰出的范瑞德也不熟悉梵文。即使三位婆罗门学者用梵文为之写作短序,但似乎也理解得很不完整,而且表述也不恰当。在其全部十二卷②中,我只能想起"黄细心"③中的天城体字母大体正确,而阿拉伯行文中的印度词语则错误百出。有人可靠地告诉我,其中的马拉巴文④也就像其余部分一样不忍卒读。实际上,范瑞德的描述总体上堪称出色,而林奈本人未能从范瑞德的描述中摘录其采集的每种植物的各种特征。虽说未必是新的种属,我还是希望能对这些植物的生命体征加以描述并增加更多的新品种,但这些却是范瑞德殚精竭虑而未能实现的。我们有此类精通医药专业的会员,无疑愿意高兴地协助以上研究。当然,他们可以在闲暇之时进行观察,也可以与居住在印度各地的熟人通过书信转告其观察。而提起他们的医术,我不禁想起在通常简化为三大领域或门类中的天然物产的各种用途。

---

① 以上这些为研究亚洲植物学的早期欧洲学者,详见备查关于琼斯提及的博物学家和旅行家。
② 尼德兰博物学家范瑞德(Heinrich Adrien van Rheede,1636—1691)著有《印度马拉巴植物志》(1678—1703)。
③ 黄细心(Punarnavà),多年生蔓性草本植物。有祛瘀镇痛、消炎生肌功效。在《阿育吠陀》中是一种返老还童的药草。
④ 马拉巴人(Malabar,意为山地人)生活在印度马拉雅兰地区。所说马拉雅兰语属达罗毗荼语系南部语族。所用马拉巴字母来自泰米尔帕拉瓦王朝(580—897)的格兰塔字母。最早文献见于12世纪上半叶。该地区是印度唯一完好保存梵文、医学、天文等经典之处。

三

你不能不觉察到,法国人称为"科学"的一切学科,几乎皆以希腊文分别命名,并置于"哲学或自然哲理"(philosophy)这一总目之下,大部分都可归为史志。这样一来,在哲学、化学、物理学、解剖学,甚至本元学中,我们却几乎很少涉及人类的心智。因为在所有知识门类中,一旦我们陈述事实,我们仅为史学家;只有对之加以推理,才是哲学家。我们同样可以自信地认为,这些也适用于法律和医学,前者主要属于民事史志,而后者主要归为自然史志。为此,我下面要谈到的医学,仅限于基于实验的内容。并且无需暗示出自阿拉伯人、波斯人、中国人或印度人文献中可能记载的药材实效。当然,我们肯定希望从其著作中发现我们通过实验而证实或推翻的内容,以及若非他们如此呈示,可能我们从未想到的内容。欧洲人曾列举出两百五十多种手工技艺,凭借这些可以加工多种天然产品,以便从多方面帮助和改善人们的生活。虽然《工巧宝典》将技艺缩减为六十四科①,但阿布·法德尔②认为,估计印度人拥有三百种工艺和门类。虽然他们如今的科学门类相当少,但是可以推定,他们在古代实践过的有用工艺至少与我们欧人一样多。有几位梵学家告诉我,古印度的工艺论著,他们称之为"尤帕吠陀"③,并相信由神启而获得。这些论著并没有完全散佚,在贝拿勒斯就能发现相当多的残存资料。就这一有价值的主题,这些梵学家确定有过许多仅为古代流行而后世失传的著述。印度的有些省邦,以生产蔗糖和靛蓝而闻名已有两千多年。并且我们毫不怀疑,有关印染和冶金的梵文典籍中,包含了许多令人好奇的事实。这些或许真的要在漫长岁月中才能偶然发现的工艺,而我们可以借助印度文献很快使之重见天日。这对于制造商、工艺师,以及致力于我们国家繁荣都大有益处。与之同类的发现,可以从亚洲其他民族,特别是从中国人的文献中收集到。现在通过波斯语、阿拉伯语、土耳其语、梵语等已经容易接触到这些工艺,而要掌握这些语言的足够知识,所需要的无非是强烈的爱好。然而,如果对汉字数量以及难以理解信以为真,即使最用功的学生也不免望而却步,不敢尝试寻找走出这一巨大迷宫的途径。无论如何,这种难度无疑已经夸大到失实地步。借助我手头傅尔蒙④先生的"简明语法"(perspicuous grammar)以及详尽的"汉-拉字典"(dictionary in Chinese and

---

① 《工巧宝典》是有关庙宇建筑设计及雕刻彩绘的吠陀文献。印度的雕刻彩绘与土木建筑紧密结合,工巧家还必须学习历算等六十四科。
② 阿布·法德尔(Abúl Fadl,1551—1602),莫卧儿阿克巴大帝的首席大臣和皇家史官。奉命编撰《阿克巴赞颂》(Akbar-Namah)三卷,其中的《阿克巴概要》(Ayin-i-Akbari)包括对印度地理、环境、军事、行政和历史的描述。英国东方学家格莱德温(Francis Gladwin,1744—1812)将其译成英语,1783—1886 年刊于加尔各答。
③ 《尤帕吠陀》(Upavedas,其意应用知识)是与四种吠陀本经相联系的附属吠陀,包括医药吠陀(Ayurveda)、武艺吠陀(Dhanurveda)、乐舞吠陀(Gandharvaveda)、工巧吠陀(Silpaveda)或经济吠陀(Atharvaveda)。
④ 傅尔蒙(Étienne Fourmont,1683—1745),欧洲本土汉学的先驱。致力于中国语言文学研究,著有《中国官话》(Linguae Sinarum Mandarinicae,1742)和五部字典。

Latin),任何有志者都不难买到便于对照阅读的孔夫子原文与柏应理直译的书①,专心致志地迈出第一步之后,他可能会发现自己已经事半功倍。② 不过,如果我进一步阐述包含在亚洲文献中的知识之历史分野,那会超出本次发言规定的时间,只能留待明年我对亚洲人的哲学以及基于想象的艺术的评论。我充满信心地向诸位保证,今年之内,通过我们学会同仁和通信会员中的专业精通者,将为诸位在东方民事史志和自然史志方面的研究提供巨大协助。

备查

1. 关于古代历史画卷

据现有资料,其恢弘历史画卷与琼斯所述迥然不同。在世界史的最初中心舞台(亚非欧毗邻地区),最早的文明是两河流域苏美尔人(前30—前20世纪)创造的(文字、神庙、城邦、元老院、公民大会、史诗、神质思考、天文历法、法律、学校、乐器乐谱等)。其后闪含人出场:古埃及(前40世纪建立王朝)、阿卡德(前24世纪建立君主国)、阿摩利(前1894年建立古巴比伦王国)、腓尼基(前20—前10世纪从事海上贸易,称霸地中海,发明腓尼基字母)、希伯来/以色列(前1500年形成摩西五经、犹太教)、亚述(前935年建立第一个横跨亚非的帝国)、迦勒底(前626年建立新巴比伦王国)。与之同时,高加索人(原始斯基泰或古印欧人)也陆续登场:古提(前2191年灭阿卡德)、赫梯(前17世纪建立王国,发明冶铁)、雅利安(前16—前15世纪南下旁遮普)、米底(前700年建立王国)、波斯(前550年建立帝国)、希腊(前9—前8世纪建立城邦国家,承传腓尼基文明)、马其顿(前336年形成横跨欧亚非的亚历山大帝国)、罗马(前27年建立帝国)。此外,凯尔特人(前10世纪)、哥特人(前2世纪)、日耳曼人(前1世纪)出现在欧洲,匈人(2—3世纪)进入欧洲。7世纪,南部闪米特人即阿拉伯人(创立伊斯兰教、建立帝国)登场,进军两河流域和伊朗高原等,横扫亚欧非,中古世界格局基本确定。此后,突厥人西迁中亚(8世纪),契丹人(12世纪建立西辽帝国)横扫中亚,蒙古人(13世纪建立大蒙古帝国)横扫欧亚。由于帕米尔高原等天然屏障,处于东亚的华夏远离西亚-欧洲的主战场(但与西方保持交往),唯有来自北方草原大漠的五胡(匈奴、鲜卑、羯、氐、羌)、突厥、契丹、女真、蒙古和满人先后在不同时期建立王朝。此外,距今2万~1万年前,一部分古亚洲人,或从北方经白令海峡,或从南方海洋岛屿迁往美洲,形成玛雅文明(前10世纪,3—9世纪为其鼎盛期,城邦形态)、印加文明(11世纪建立帝国)和阿兹特克文明(15世纪建立帝国)等。

2. 关于印度的古代史

现存唯一用梵文写成的古印度史,是迦湿弥罗国的婆罗门学者迦尔诃那在12世纪

---

① 柏应理(Philippe Couplet, 1623—1693)、殷铎泽和鲁日满等合译《中国圣哲孔夫子》(*Confucius Sinarum Philosophus*, Parisiis, 1687)。详见备查关于柏应理的《中国圣哲孔夫子》。

② 琼斯言过其实。中文并非依靠语法书和双语字典,采用原文和译文对照阅读就可掌握。据法国汉学家马若瑟的亲身体会,掌握中文要靠反复阅读和抄写原文。

中叶完成的《王河》(1148—1149)。此前,印度没有正规史书。面对万物生灭,雅利安人感叹世界毁灭重生,由此形成轮回观念。对印度宗教而言,重要的是深邃的思想及其体系的记载,而非人物和事件的编年。波斯史学家比鲁尼(Ahmad al-Biruni,973—1048)所撰《印度志》(India,1030)记述印度的地理、历史、宗教、哲学、文学、天文、法律和习俗,曾说:"印度人不注意事物的历史次序。他们在述说国王年代时漫不经心,当要非说不可时也就犯糊涂,总是代之以讲故事。"面对遗留下来的器物铭文、宗教故事和民间传说的碎片,印度古代史几乎一片模糊。8世纪起,穆斯林逐步进入印度西北部和克什米尔。直至德里苏丹王朝(1206—1526)带来波斯宫廷史学和伊斯兰史学,印度才有了正规的历史记载。现今所见印度古代史,基本上是近代英国人基于印度文献中的历史片段,参考阿拉伯史书和中国史书整理而成的。

3. 关于阿里的帖木儿战史和侯赛因的孟加拉史

琼斯此处分别暗指阿里·亚兹德和古拉姆·侯赛因的历史著作。1424—1428年,阿里(Sharaf ad-Dīn Alī Yazdī,?—1454)遵帖木儿之孙易卜拉欣苏丹旨意撰写波斯文《胜利之书》(Zafarnama),记述帖木儿生平及其开疆拓土之事。1722年,法国东方学家克鲁瓦(Pétis de la Croix,1653—1713)将其译为法文版《帖木儿史:闻名天下的帖木儿大帝、莫卧儿和鞑靼的皇帝:在亚欧征服和胜利的历史记录》(Histoire de Timour-Bec, connu sous le nom de Grand Tamerlan, empereur des Mogols & Tartares: en forme de journal historique de ses victories & conquêtes dans l'Asia & dans l'Europe)。1723年,英国学者达尔比(John Darby)又从法文版转译为英文的《帖木儿史:闻名天下的帖木儿大帝、莫卧儿和鞑靼的皇帝:征服亚欧的历史记录》(The History of Timur-Bec: Known by the Name of Tamerlain the Great, Emperor of the Moguls and Tartars: Being an Historical Journal of His Conquests in Asia and Europe)。与阿里的歌功颂德不同,深受其害的叙利亚历史学家阿拉布沙(Muḥammad Ibn 'Arabshāh,1389—1450)所著《帖木儿浩劫余生记》(Aja'ib al-Maqdur fi Nawa'ib al-Taymur,1435)则辛辣讽刺帖木儿。1636年,尼德兰东方学家果利乌斯(Jakob Golius,1596—1667)将该书译成拉丁文《帖木儿的历史》(Ahmedis arabsiadae vitae et rerum gestarum Timuri, qui vulgo Tamerlanes dicitur, historia. Lugduni Batavorum, ex typographia Elseveriana. Leiden:Elzevir)出版。

印度历史学家古拉姆·侯赛因·萨里姆·扎伊德普(Ghulam Husain Salim Zaidpur,?—1817),萨里姆是其笔名,扎伊德普是其出生地。他从印度北方邦的阿瓦德(Awadh)迁居到孟加拉的新马尔达(New Malda)。在东印度公司商务专员乌德尼(George Udney)的领导下任邮政局局长。侯赛因还是当地法庭的陪审员,与大法官琼斯应当熟悉。应乌德尼之邀,从1786年到1788年用波斯语撰成《国王的花园》(Riyaz us Salatin)。此书是孟加拉穆斯林统治的第一部完整历史,涵盖了从1204—1205年巴赫蒂亚尔(Bakhtiyar)征服纳迪亚(Nadia)到1757年帕拉什(Palashi)战役期间穆斯林在孟加拉的统治。波斯文本1893年刊行加尔各答亚洲学会。萨拉姆(Maulavi Abdul Salam)所译英文版题名《孟加拉史》(A History of Bengal),1903年刊于加尔各答。

4. 关于波吒厘子城

波吒厘子城（Pāṭali-putra）位于今印度比哈尔邦首府巴特那（Patna），历史名称有 Pataliputra、Palibothra、Pushpapur、Kusumpura、Puspapura、Bankipore、Azeemabad 等。

前7世纪中叶，摩揭陀国沙依苏那加王朝（Śaiśunāga）的瓦苏摩蒂（Vasumat）建设基利乌罗耶城（Girivraja，即王舍城），后焚于火。前545年，诃黎（Haryanka）王朝的频毗沙罗（Bimbisara，前545—前491），在距旧城约4公里处建新城罗阅（Rāja-gṛha）。5世纪，法显（334—420）来此，城已破败。玄奘（602—664）《大唐西域记》音译"曷罗阇姞利呬"，书中描绘："外郭已坏，无复堵。内城虽毁，基址犹峻。"古城遗址在距今巴特那市102公里、伽耶市40公里的山地中，现名拉吉尔（Rājgir）。

前490年，阿阇世（Ajatsatru，约前491—前461年在位）命大臣苏尼陀（Sunidha）等在北方恒河南岸的波吒厘村（Patali-gram）建筑城堡，作为进攻毗舍离（Vaishali）的前哨基地。该地名来自当地盛开粉红花的波吒厘树（Pāṭali）。前450年，阿阇世之子优陀耶（Udaya）在此建成波吒厘子城，迁都于此后将王舍城布施给婆罗门。波吒厘子城别名拘苏摩补罗（Kusuma-pura），Kusuma之意为花，Pura之意为城，故玄奘意译为"华氏城"。其后难陀王朝（前364—前324）、孔雀王朝（前324—前188）、巽加王朝（前188—前73）与笈多王朝（320—540），皆曾都于此。

古希腊历史学家麦加斯梯尼（Megasthenēs，前350—前290）《印度志》（Indica）记载，波吒厘子城位于恒河与埃兰诺博阿斯河（Arennovoas）交汇处。今考，恒河在印度北方邦境内，右岸支流亚穆纳河在安拉阿巴德（Allahabad）附近汇入，左岸支流有拉姆根加河（Ramganga）、戈默蒂河（Gomati）与卡克拉河（Ghagra）。恒河流入比哈尔邦，北面主要支流有根德格河（Gandak）、布里根德格河（Burhi Gandak）、库格里河（Ghugri）与戈西河（Gexi），南面重要支流为宋河（Sone）。其中，卡克拉河上游源于中国西藏和尼泊尔赛帕尔峰南坡两处，在巴特那以西汇入恒河。根德格河上源为尼泊尔喜马拉雅山区的喀利根德格河（Kali Gandak）与特里苏利（Trisuli）河，汇合为德里苏尔根格河（Trisulganga），向西南流入印度，转向东南后在巴特那对岸注入恒河。巴特那处于的恒河南岸，此处为卡克拉河（从西）、根德格河（从西北）、宋河（从西南）汇入恒河的交汇处，而麦加斯梯尼所谓"波吒厘子城"，应为亚穆纳河汇入恒河之处的钵罗耶伽（今安拉阿巴德）。

综上，务必分清四个古城：(1) 瓦苏摩蒂所建古王舍基利乌罗耶（Girivraja，今拉吉尔村附近）；(2) 频毗沙罗距旧城4公里所建新王城罗阅（Rāja-gṛha，今拉吉尔村）；(3) 阿阇世和优陀耶在卡克拉河、根德格河与宋河交汇处所建波吒厘子城（今巴特那城）；(4) 亚穆纳河与恒河汇流处的古代圣城钵罗耶伽（Prayāga，今安拉阿巴德城）。

5. 关于琼斯提及的博物学家和旅行家

加尔西亚（Garcia de Orta，1501—1568），葡萄牙医师和博物学家，东方或印度博物学的欧洲开拓者。早年在西班牙埃纳雷斯大学和萨拉曼卡大学学习医学、艺术和哲学。曾任葡萄牙国王约翰三世的御医。1534年到达印度阿果，1538年定居于此。任印度艾迈德纳格王朝布尔汉·尼扎姆·沙一世的御医，兼葡萄牙多任总督和阿果州长的私人医生。作为热带医药学及民族植物学的研究先驱,加尔西亚用实验方法识别和使用草药。著有《印度药物简明问答》(*Colóquios dos simples e drogas da India*,1563)。植物学家克卢修斯(Carolus Clusius,1526—1609)译成拉丁文,成为药用植物标准的参考文献。

阿尔皮诺斯(Prosper Alpinus,1553—1617),意大利医生和植物学家。1580—1584年参与威尼斯驻埃及领事艾姆斯(Georg Ems)组织的考察活动。后任帕多瓦大学植物学教授。著有《埃及植物志》(*De plantiis Ægyptii*,1592)、《埃及自然史》(*Historia naturalis Ægyptii*,1735)。

弗斯科尔(Peter Forsskål,1736—1763),瑞典博物学家和探险家,林奈的朋友。曾参与丹麦学者尼布尔等组织的埃及和阿拉伯考察活动。著有《埃及-阿拉伯植物志》(*Flora Ægyptiaca-Arabica*,1775)、《东方地区旅途自然风物图谱》(*Icones rerum natuiralium quas in itinere orientale depingi curavit*,1776)。

加尔辛(Laurent Garcin,1683—约1752),法国医生和博物学家。在兰斯大学学医,曾在法属东印度公司船上担任加尔文教派牧师。后以胡格诺教派避难者身份留居瑞士纳沙泰尔。曾到好望角、马来群岛和印度等地游历。1735—1748年撰写多篇博物学文章,对布鲁斯伦(Savary de Bruslons)主编《商务词典》(*Dictionnaire de Commerce*)有贡献。

格梅林(Johan Georg Gmelin,1709—1755),德国植物学家。1733—1743年,参与俄罗斯西伯利亚考察队。著有《西伯利亚植物志》(*Flora Sibirica, sive historia plantarum Sibiriæ*,1747—1770)、《西伯利亚游记:1733—1743》(*Voyage en Sibérie fait pendant les années 1733—1743*,Paris,1767;German original,1747)。

帕拉斯(Peter Simon Pallas,1741—1811),德国生物学家。1767年,应俄国叶卡捷琳娜大帝之邀任圣彼得堡科学院教授。1768年和1774年,远征俄罗斯中部、里海、西伯利亚,探索乌拉尔和阿尔泰山脉以及阿穆尔河与贝加尔湖。1793—1794年,第二次远征克里米亚、黑海与第聂伯河谷地。著有《帕拉斯教授的俄罗斯帝国及北亚旅行记》(*Voyage du Professeur Pallas dans plusieurs provinces de l'Empire de Russie et dans l'Asie septentrionale*,Paris,1778—1793;German original,1776)。

肯普法(Engelbert Kæmpfer,1651—1716),德国医生、博物学家和旅行家,曾在北欧、俄罗斯、中亚等地长期旅居,尔后赴埃及、阿拉伯半岛、波斯、印度、荷属东印度群岛和日本等地考察。著有《恒河流域植物标本集》(*Herbarii trans-Gangetici specimen, Icones selectarum plantarum quas in Japonia collegit et delineavit Eng.*,1691)、《海外奇谈:政治·自然·医药》(*Amoenitarum exoticarum politico-physico-meedicarum fasciculi*,1712)等。

奥斯贝克(Peter Osbeck,1722—1805),瑞典博物学家和旅行家。曾在林奈博物学院深造,瑞典皇家科学院会员。著有《1750、1751、1752年的东印度之旅》(*Voyage aux Indes orientales fait dans les années 1750,1751,1752,1757*)。此外,撰写多篇博物学论文和记述,刊于《瑞典皇家科学院通报》。

桑伯格(Carl Peter Thunberg,1743—1828),瑞典博物学家,继林奈任乌普萨拉大学植物学教授。1775—1776年客居日本。著有《日本植物志》(*Flora Japonica*,1784)、《日本植物图谱》(*Icones plantarum Japonicarum*,1794—1805)。另撰《欧非亚旅行记》(*Travels in Europe, Africa and Asia*,1788—1793)、《好望角植物志》(*Flora capensis*,1823)。

范瑞德(Heinrich Adrien van Rheede,1636—1691),尼德兰博物学家。曾任尼德兰东印度公司行政官及荷属马拉巴总督。著有《印度马拉巴植物志》(*Hortus Indicus Malabaricus*,1678—1703)。

鲁姆菲乌斯(Georg Rumphius,1626—1693),德国植物学家。长期生活于荷属东印度群岛。其论著由简·布尔曼整理为《安汶岛草本志》(*Herbarium Amboinense*,1741—1755)出版。

简·布尔曼(Jan Burmann,1707—1780)和尼古拉斯·劳伦·布尔曼(Nicholas Laurent Burmann,1734—1793)父子,尼德兰植物学家,对亚洲和美洲植物群研究作出贡献。简·布尔曼不但是阿姆斯特丹植物园园长,而且是印度巴达维亚植物园创建人之一。著有《锡兰宝典:锡兰岛本地植物一览》(*Thesaurus zeylanicus, exhibens plantas in insula Zeylana nascentes*,1737)、《马拉巴植物志》(*Flora malabarici*,1769)。劳伦继承其父的阿姆斯特丹大学植物学教席,著有《印度植物志》(*Flora Indiæ*,1768)。

柯尼格(Johann Gerhard König,1728—1785),波罗的海德国医生和植物学家,曾在瑞典林奈博物学院深造。在印度特兰奎巴代表团任职,后加入英国东印度公司。游历东印度群岛。参与瑞典植物学家雷齐乌斯(Anders Jahan Retzius,1742—1821)的《植物学观察》(*Observationes botanicae eftir*,1779)编撰工作,描述阿育吠陀使用的许多植物。

6. 关于柏应理的《中国圣哲孔夫子》

1687年,比利时耶稣会士柏应理(Philippe Couplet,1623—1693)在巴黎出版拉丁文的《中国圣哲孔夫子》(*Confucius Sinarum Philosophus*),中文标题为《西文四书直解》(缺《孟子》),首次把《论语》《大学》《中庸》的译文介绍到欧洲。此书是来华传教士多年钻研的结晶,主要参与者有意大利耶稣会士殷铎泽(Prospero Intorcetta,1625—1696)、葡萄牙耶稣会士郭纳爵(Ignace da Costa,1599—1666)、比利时耶稣会士鲁日满(Francois de Rougemont,1624—1676)和奥地利耶稣会士恩理格(Christian Herdtricht,1624—1684)。1662年,殷铎泽和郭纳爵在江西建昌刊行《中国之智慧》,包括孔子传记及部分《大学》《论语》。1667年,殷铎泽在广州刻印《中庸》,两年后续刻于印度果阿,书名《中国政治道德学》,参予者还有柏应理、郭纳爵等11名耶稣会士。柏应理出版的《中国圣哲孔夫子》应得到沈福宗的协助。沈福宗(Shen Fu-Tsung,1657—1692)是南京人,入教后从柏应理学习拉丁文和神学。1681年随柏应理前往欧洲。1684年9月,柏应理、沈福宗赴凡尔赛宫晋见法王路易十四,奉赠《论语》《大学》《中庸》的拉丁文译本,并请求在法国出版。沈福宗出国时随身带有儒家经典和诸子书籍四十多部,协助西方学者从事汉学研究,把中国语文、儒家道德哲学等传到欧洲。

第十一年纪念日演讲：
关于亚洲人的哲学

（1794年2月20日）

先生们，如果依据人类心智的正常发展，按照最重要的三种力——记忆力、想象力和推理力的逐步发展过程，以梳理这些年来的学会年庆论文内容具有一定价值，那么在我论述这五个亚洲民族的抽象科学之前，呈现给诸位的必定是有关其人文科学的一些探索。至少从我个人的观察来看，似乎很明显，想象力或通过模仿与变化的各种方式、充满乐趣地组合思想的能力，通常要比需要煞费苦心划分与比较这些观念的能力发展得更早，而且成熟得更快。因此我认为，全世界所有民族都是诗人出现在纯粹哲人之前。但是，达朗贝尔①刻意将科学置于技艺之前，不过顺序的先后问题在此无足轻重。有关亚洲哲学②主题的许多新事实，据我的回顾觉得十分新鲜。现在打算与诸位讨论亚洲的科学，而将有关技艺专题的内容留待在下次纪念日会上探讨。③ 亚洲技艺历史久远，在我们通常探讨的范围内，他们有着各自的成就和不同模式。

对于科学，我的理解是通过人类推理发现的提及可还原为基本原理、公理或箴言的先验命题集，从中可以按照规则，把它们全部连贯地推导出来，从而我们智力关注的一般对象有多少种就有多少种学科。当人们开始发挥这些能力时，他的对象就是个人的自我

---

① 达朗贝尔（Jean Le Rond D'Alembert, 1717—1783），法国物理学家、天文学家、数学家，法国百科全书派的领袖。琼斯的援引可能来自其《宇宙体系若干重要问题研究》（*Recherches sur différens points importants du système du monde*, 1754）。

② 今据英语词源在线（https://www.etymonline.com/search）查考。英语的 philosophy，13世纪的含义是"知识、学术、学术著作、知识体系"<古法语 filosofie（知识、思想体系）<拉丁语 philosophia<希腊语 philosophia（爱知识、求智慧、系统研究）。14世纪中期，英语 philosophy 的含义是"理性推测或潜心思考的原理"。14世纪末，其含义是"自然科学"，也称"神秘知识"。现代意义上的"最高真理的本体，最基本问题的科学"始见于1794年。琼斯所理解的"哲学"似乎是"知识"或"理性思考的原理"，也涉及一些"自然科学"的内容。

③ 在此次演讲的两个月后，琼斯于1794年4月27日去世。有关技艺专题的探讨也就成为遗憾。

和外在的自然。他会感到的自我是由身体与心智构成的,并在其个体能力方面,他会推导其动物性构造及其外部和内部作用,会感到其中部分功能的正常发挥因受阻而失调,以及预防这些功能失调或丧失的最可能方法。他很快就感到自己的身体机能和心智官能之间的密切联系,当他向心智反省自己时,他就会描述其本质和运作。在他的社会角色中,他会分析自己的各种职责和权利,包括私人的和公共的。在闲暇活动中,完全卸下通常承担的职责,他的智力大多数指向大自然,指向自然本体的物质,指向物质的若干属性,以及指向其数量上的分离和统一、有限与无限。从所有这些客体中演绎出相关的概念、纯粹抽象概念,以及包含既定事实的一般概念,并从现象到公理、从公理到现象、从因到果、从果到因加以辨析,从而获得最初智力形成原因的证据。由此人们收集各种知识并以科学方式梳理,主要包括生理机能与医药学、本元学①与逻辑学、道德与法律、自然哲学与数学等知识。其中,自然宗教在各个时代和所有民族中(宗教的出现必须参照其历史,且历史可为之独立佐证),则成为追求崇高和令人欣慰的成果。并非自吹自擂,我在此已经提出了关于科学的逻辑定义,或者已经列举了科学研究的完整对象。关于亚洲人哲学的问题,我将限制在以下五种范围之内,大部分内容放在印度哲学取得的进展上,间或介绍阿拉伯、波斯、鞑靼与中国的科学。然而我选择的范围也许还是过于广泛,我会留意,以免诸位对这些沉闷的讨论失去耐心,超出本次会议的时间限制。

一

第一部分能够提供的内容并没有多少,因为我没有证据可以说明,在亚洲的任何语言中,出现过一种把医药视为一门科学的原初论著。在这些地区,医药知识确实远古时代就已出现。正如我们所知,如今主要是印度教徒与穆斯林关注,仅限于基于经验的诊断与治疗方法的历史。我承认,在很大程度上这些非常有效,值得专心查考,但与摆在我们面前的话题完全无关。虽然阿拉伯人在这一知识分支上主要继承希腊人的知识,而他们又被伊斯兰教的其他著述者默默地追随,但是我们仍然可以利用古印度医药传统的大量梵文文献(不必提中国,迄今我毫无把握说他们有何医书②)。如果印度医药具有理论体系,那么毫无疑问,我们可以从此类论著中收集到。《阿育吠陀》③原为一位神仙医师的作品,现已近乎亡佚。这对颇具好奇心的欧洲人而言未免有些遗憾,但对印度病人来说却为幸事。因为一门受神启示而来的科学排斥基于经验的改进,而基于经验的医药尤需一直保持开放。我本人碰巧看到这一原初著作中令人惊奇的几段,在《吠陀》文献中,我

---

① 术语 metaphysics 的传统汉译是"形而上学",今修正为"本元学"。详见备查关于本元学。
② 中国现存最早药典《神农本草经》(战国及秦汉医药家整理成书),收载药物 365 种,涉及病症 170 多种。《黄帝内经》(主要部分形成于战国),在黄老道家学说上建立了"阴阳五行""脉象""经络""病因""病机""病症""诊法"及"养生"等概念。汉代张仲景有《伤寒杂病论》(200—210)。唐代孙思邈《千金方》(682)录药 800 余种。明代李时珍《本草纲目》(1578)载药 1 892 种。
③ 《阿育吠陀》(Ayurveda),意为生命知识。详见备查关于《阿育吠陀》及医药的起源。

惊讶地发现,竟有完整讲述人体内部器官的《奥义书》。其中既有对神经、静脉和动脉知识的列举,又有对心脏、脾脏和肝脏功能的描述,还有对胎儿形成和发育的多方面研究。实际上,从最近用我们语言翻译的《摩奴法典》的定本中,我们可以认识到,古印度人喜爱以其方式思考动物繁衍的奥秘,并且把与孕育完美后代有关的胎儿性别的影响因素加以比较。从已知的对古埃及与尼罗河流域的相关探索中,我们可以搜集到一些权威性引证。他们所掌握的生理知识而引发的争议,往往导致宗教上的极大分歧,甚至酿成血腥战争。总体而言,我们并不指望从东方医药科学文献的翻检中得到许多有价值的真相。然而,如果我们希望有一部完整的普通哲学史,为欧洲学者解释亚洲哲学家所形成的重要古代观点提供真实可信的资料,那么我们就必须探究这些。实际上,我们确信,对任何学科分支的了解就只能这么多,而不可能再多。这些知识本身也是非常重要且实用的。如果除了验证人们的无限好奇,并将这种好奇集中在可获得的科学发展轨迹上,尤其是与其职能相关并能带来快乐的科学上,则不会有其他的负面影响。

二

我们接下来的这部分是一个丰富多彩的领域,一个几乎全新的领域。婆罗门的本元学与逻辑学,包含在其哲学著作《萨斯特拉》①中,并附有许多注释与评议,而欧洲人至今尚未了解。不过借助梵文,我们现在可以阅读修伽陀②、佛教、阿罗汉③教和耆那教④及其他非正统哲学家的著作。我们可以搜集到流行于中国、日本、东印度半岛以及鞑靼的许多值得思考的民族本元学说。波斯人与阿拉伯人的这些学科分支中也有一些珍贵的小册子,部分仿效古希腊人,部分由古代传下来的苏菲派教义构成。这些小册子如今在东方世界依然大量流行,而希腊人自己则谦虚地承认这些知识借自东方哲人。

这本包括四章的小册子⑤,据说是毗耶婆所作。作为唯一的哲学圣典之作,对其原始文本,我利用空闲时间与吠檀多派⑥的婆罗门细细研读过。虽然行文语句优雅规整,但其内容十分晦涩,更像一份纲目或简明概要,并非常规的系统著作。然而,所有晦涩之处,

---

① 《萨斯特拉》(Śāstra, Sàstras),意为圣典。
② 修伽陀(Saugata),即佛陀的信徒。南宋法云编《翻译名义集》第一卷:"修伽陀,秦言'好去'。……或名修伽度,此云'善逝'。""如来"是佛来此世间之真实相状,"善逝"为佛离此世间之真实相状。
③ 阿罗汉(Arahant),意译杀贼(杀尽烦恼之贼)、无生(解脱生死)、应供(应受世间供养)等。佛陀的称号之一,也是南传上座部佛教的最高果位。泛指断尽三界见、思之惑,证得尽智之圣者。
④ 耆那教(Jainas)约形成于前8世纪。尊筏驮摩那(Vardhamana,前599—前527)为创建者,其称号Jaina(耆那)由jin(战胜欲望者、圣人)演变而来。其弟子尊称他为摩诃毗罗(Mahavira),即伟大的英雄(大雄)。汉译佛典中也称为尼乾外道。
⑤ 这本包括四章的小册子,盖指上文提及的圣典《萨斯特拉》。
⑥ 吠檀多派(Védānta school),亦称"后弥曼差派"。相传最初创始人是跋陀罗衍那(Badarayana,约前1世纪),吠檀多学者认为他是该派根本经典《梵经》的作者。

幸而皆由睿智而渊博的商羯罗①逐一阐明。他对《吠檀多》②的评注,本人亦认真拜读过。不仅对文中的每个词加以解释,而且清晰地阐述了其他所有的印度学派,从迦毗罗③一直到更为晚近的非正统学派④。事实上,这本优秀的著作不可能不受到无数赞赏,而且我也确定无疑地断言,在用某一欧洲语言对其准确翻译之前,一般哲学史必定不可能是完整的。由此我很赞同此看法,即任何一本著名的印度文献的正确版本,其价值胜过基于同一主题写成的所有论文和随笔。无论如何,在本次演讲中,诸位不必期望我现在就详述印度哲学派别的多样性,即其中几位奠基人各自讲授的学说,及其一些门徒在一些特定观点上与其师相左的情况。在此只需讲到,一个最古老的宗派首领迦毗罗(据一些作者认为),其作品完整保存下来。他并非神仙人物,而是一位受人崇拜的梵天后裔。黑天在《薄伽梵歌》⑤中将自己与迦毗罗相比,但迦毗罗与创立数论派⑥即数哲学的这位贤者同名。黑天在与阿朱那⑦的谈话中对此表示怀疑,认为数哲学主要来自毕达哥拉斯⑧的本元学,部分来自芝诺⑨的神学。迦毗罗的主要学说得到实施和践行,备受尊崇的帕坦伽利⑩对之进行了一些补充,他还给我们留下了对巴尼尼文法⑪规则的精辟评议。在没有词表的情况下,巴尼尼文法规则比最难懂的神谕还要更加晦涩。在此我顺便补充一点,我指的是本元学,这是一门奇妙而重要的普遍文法的科学。关于这方面的许多专题研究,散见于古代印度人和晚近阿拉伯人的具体文法论述中。我认为,古印度哲学流派的另一创立者是乔达摩⑫,即使实际上他并非所有古印度哲学创立者中最古老的一位。据印度传

---

① 商羯罗(Sankara,约788—820),印度中古时期哲学家。师从吠檀多不二论者乔奈波陀(Gaudapda,640—690)之弟子乔频陀(Govinda)。曾在贝拿勒斯与其他哲学派别辩论。
② 《吠檀多》原指奥义书。吠檀多的三种基本经典是《奥义书》《薄伽梵歌》《梵经》。
③ 迦毗罗(Capila,前7—前6世纪),上古印度哲学家。提出五大元素说,被奉为数论派创始人。
④ 通常把承认《吠陀》权威的六派哲学称为正统派(Astika),而把顺世论(Carvakas)、佛教和耆那教等称为非正统派。六派哲学分别为:弥曼差(Mimāmsā)、吠檀多(Védānta)、数论(Sāmkhya)、胜论(Vaiśeṣika)、正理论(Nyāya)和瑜伽(Yóga)。
⑤ 《薄伽梵歌》(Bhagavad Gita,前5—前2世纪),是《摩诃婆罗多》的一部分。《薄伽梵歌》有一章记载黑天即印度教克利须那的言论,主要解释自在、存在、元素、职责和时间五大概念,宣扬无我的行为。对毗湿奴教及印度教各宗有重大影响。
⑥ 数论派是印度六派哲学中最早形成的一派,创始人相传为迦毗罗。数论派认为事物是由某些根本因转变而来。该派最重要的哲学家自在黑(Isvarakrsna,约4世纪)撰有《数论颂》。
⑦ 阿朱那(Arjuna),《摩诃婆罗多》中的般度国三王子。《薄伽梵歌》中有黑天教导阿朱那的对话。
⑧ 古希腊哲学家、数学家毕达哥拉斯,认为"万物皆数""数是万物的本质"。
⑨ 芝诺(Zeno of Elea,约前490—前425),古希腊数学家、哲学家,以"芝诺悖论"著称。
⑩ 帕坦伽利(Patanjali),瑜伽之祖。约前300年(或前150年)撰写《瑜伽经》。将瑜伽行法订为八支:制戒、遵行、体位、调息、调心、专注、冥想、三摩地。
⑪ 前4世纪后半叶或前3世纪,巴尼尼完成第一部梵语文法书《八章书》(Astadhyayi),也称《巴尼尼经》(Pāṇinisūtras)。
⑫ 乔达摩(Aksapāda Gótama,约前150—前50),相传是《正理经》的作者。《正理经》提出十六句义,包括量论、论式和论诘。五支论式是:宗(论点)、因(论据)、喻(论例)、合(结合)、结(结论)。此为古印度的逻辑学。

说,其妻阿哈尔亚由伟大的罗摩为之恢复人形①。以乔达摩为名的圣贤,在《吠陀》中屡次被提及,我们没有理由认为另有其人。伽那陀②一般遵从乔达摩的理性学说,且他们二者的哲学通常称作"正理论",即逻辑论,此名称相当合适。因为正理论比已知的任一印度古代理论都更符合人类自然推理和常识的本元学和逻辑系统。在"物质"这个词的通常用法上,他们承认"物质的实体"的真实存在,不仅包含许多纯粹化的辩证逻辑,而且包含推理的人工方法,即包含不同名称的三部分命题,甚至就是正规的三段论。在此,我不禁要介绍另一非凡的传统。据见多识广的《宗教流派》作者所言,该传统盛行于旁遮普和波斯的几个行省。"从其他的印度珍品之中,卡利斯提尼斯传给其'叔父'的是逻辑技巧系统③,这套系统是婆罗门传给爱求知的希腊人的。"并且伊斯兰学者认为,这是亚里士多德著名方法的根基。如果真的如此,这将是我在亚洲遇到的最有价值的事件之一。如果是虚构的,这样的故事竟由正直的穆赫萨尼·法尼④杜撰出来则匪夷所思。或者是头脑简单的印度帕尔西袄教徒和梵学家杜撰的,穆赫萨尼与他们交谈过。但是若无时间研究正理派的圣典,我只能使你相信,我在婆罗门哲学论著中屡次看到完整的三段论,而且在他们的口头辩论中时常听到⑤。无论乔达摩的功绩或所处时代如何,然而最著名的印度学派,如我开始所言,是由毗耶娑创立的,并在许多方面得到了其门徒阇弥尼⑥的支持。阇弥尼对一些看法持有异议,其导师已经委婉地提及。他们的几个体系,通常以第一个弥曼差派和第二个弥曼差派⑦的名目加以区分。"弥曼差派"这个词就像"正理派",指的是推理的运作和结论。但是毗耶娑的小册子,总体上是"吠檀多派"的纲目,或《吠陀》的轮廓和总结。按照收藏这些资料的哲学家的理解,毗耶娑的教义主要就建立在这些文本上。晚近时期无与伦比的商羯罗,是坚持吠檀多学派基本原则的杰出信徒,包括并不否认物质的存在,即其固体性、不可入性和延展性(否认这点是愚蠢的行为)。但是在纠正这一常用概念观念的争辩中,并没有独立于心理感知之外的本质,"存在"(existence)与"感知"(perceptibility)是同义术语。外在的表象和感觉是虚幻的,如果维持它们的这种神性能量暂停,表象和感觉则化为乌有。这一观点,埃庇卡摩斯⑧和柏拉图似乎采纳了,

---

① 在印度教神话中,阿哈尔亚(Ahalya)是乔达摩之妻。由于受因陀罗的诱惑,受到对其夫不忠的诅咒,罗摩把她从诅咒中解救出来。
② 伽那陀(Kanada,或译羯那陀,约前150—前50),《胜论经》的作者。胜论哲学的核心是原子论(称为"极微")和六范畴论(实体、性质、运动、普遍、特殊、内属)。实体有九——地、水、火、风、空、时、方、我、意,前四种是原子结合的基本形式。胜论将原子结合归因于"不可见力的规律"。
③ 卡利斯提尼斯(Callisthenes of Olynthus,前360—前327),古希腊哲学家。他是亚里士多德侄女赫罗(Hero)之子,即亚里士多德的侄外孙。作为叔公(琼斯的uncle说法不对),亚里士多德把他引荐给亚历山大大帝,被任命为远征亚洲的历史学家。
④ 穆赫萨尼·法尼1655年前用波斯语写成《宗教流派》。详见备查关于《宗教流派》及其作者。
⑤ 古印度逻辑源于辩论。详见备查关于婆罗门哲学论著中的三段论。
⑥ 阇弥尼(Jaimini,约前2世纪),弥曼差派的初祖。相传著有《弥曼差经》。
⑦ 弥曼差派研究《吠陀》的祭祀功效,吠檀多派祖述《奥义书》的哲理。两派关系密切,故弥曼差派又称"前弥曼差派",吠檀多派又称"后弥曼差派"。琼斯在此称为"第一个"和"第二个"。
⑧ 埃庇卡摩斯(Epicharmus of Kos,前550—前460),古希腊戏剧作家和哲学家。他曾写道:"逻各斯驾驭着人类,并且始终以正确的方式守护人类。"

并且十分高雅地一直保留到当今世纪,但很少得到公众的赞赏,部分原因是被人误解,部分原因来自某些不受欢迎学者的错误推理而被滥用。据说,这些学者不相信道德是神规定的,然而神无所不在的智慧和慈悲正是印度哲学的基础。关于该主题,我尚无足够的证据表明我相信吠檀多教义,或许仅靠人类理性,既无法充分证实,也不能完全否定。但是显而易见,没有什么比完全建立在最纯粹奉献之上的系统更可能远离无信仰。在我们责难这位博学而虔诚的古代《吠陀》修复者之前,必须冷静地思考,任何一个人试图要给"物质内容"下一个令人满意的定义,肯定会遇到无法形容的困难。虽然我们不得不承认,如果人类的共同观点就是哲学真理的标准,那么我们必须坚持乔达摩体系,该邦的婆罗门几乎普遍遵从这一体系。

如果吠檀多学派的本元学是狂热的而不正确的,那么可以说佛教弟子正好犯了与之相反的错误。他们被指责为否认纯粹精神的存在,并且认为除了物质内容,没有绝对而真实的存在。这一严重指控,必须在肯定和无可辩驳的证据上提出,尤其要由正统的婆罗门提出。因为佛陀的看法与婆罗门祖述的《吠陀》中确有规定的"血腥祭品"意见相左,所以可能被不公平地质疑这一指控出于浅薄且抱有成见。虽然我不相信这样的指责,但是就柯克帕特里克(Kirkpatrick)船长最近惠赠我的一本修伽陀的书,只读了几页之后,我也无法证明它是完全错误的。该书一开始,与其他印度哲学经典类似,以词语"唵"开篇,我们知道这是具有神圣特性的符号①。接着,其实就是献给自然女神的神秘赞歌,其尊号为"雅利阿"②。另外还有其他几个,婆罗门信徒不断地将这些称号献给提毗③。既然婆罗门对如此重要角色,即称为女神的"提毗"的存在其实并不清楚,并且只是借助比喻方法来表达创造、保护和更新宇宙的力量,那么我们则无法公正地推论,反对者就认为没有神的存在,而只有可见的自然。如果正在我身边的梵学家,他告诉威尔金斯④先生,修伽陀教徒都是无神论者,如果他的理解没有被唯利是图僧侣的偏执热情所蒙蔽,他不会试图抵制相反的决定性证据,这些可以通过特有方式出现在他回应咨询的文书中。对于像勤勉的布鲁克(Brucker)这样的历史编纂者来说,上面提到的这本书稿将是无价之宝(对任何有与此任务相当的学识和勤奋的好学者也是如此)。但是,让我们继续讨论亚洲人的道德和法理体系,如果在这个场合允许对该主题进行充分的讨论,我可以正确而自信地阐述这些。

---

① "唵"是六字大明咒"唵嘛呢叭咪吽"(om mani padme hūm)的首音,见于《佛说大乘庄严宝王经》。此为观世音菩萨的心咒,"唵"表佛部心,是诸佛菩萨的智慧身、语、意。

② 雅利阿(Áryá,意为高贵的),与"雅利安"同源。

③ 提毗(Dèvi)是婆罗门教的所有女神原型。著名的提毗有:萨蒂(Satī)、幻象女神玛耶(Mahamaya)、吉祥天女(Lakshmi)、雪山神女(Parvati)、辩才天女(Saraswati)和度母(Tārā)等。印度教性力派认为,女神提毗与男神提婆(Dèva)是一对。

④ 威尔金斯(Charles Wilkins,1749—1836),英国东方学家。1770年到东印度公司做印刷工,学会波斯语和孟加拉语,被任命为出版总管。1778年始习梵文,1783年到贝拿勒斯研习。1784年协助孟加拉亚洲学会工作,曾指导琼斯学习梵语。著有《梵语文法》(1808)。

三

  毋庸置疑,伦理与法理的研究都可归结为科学方法。不过,虽然这种方法终归会无限运用于一般的系统乃至国家的法学体系,但是道德原则如此简洁、如此清晰,并在每一场合都会显示,由此科学方法在道德论著中的实际价值可能大受质疑。东方道德家一般选择简洁精炼的格言来传递训诫,或以生动活泼的对比加以说明,或以喜闻乐见的古老寓言教诲人们。实际上,在阿拉伯和波斯,关于伦理的哲学论著是用基于推理和优雅睿智的文笔写就的。但在东方世界的每个地方,从北京到大马士革,具备道德的智慧并广受推崇的导师都是远古的诗人。他们的作品不胜枚举,依然保存在亚洲五种主要语言之中。我们的神圣信仰,其真实性可以由历史事实(如果历史是真实的)加以充分证明,没有必要依赖于那些愿意提供额外帮助的人。这些远古诗人提出两句伟大的箴言:第一句是"我们必须尊重他人,正如我们希望他人尊重自己"[1];第二句是"不要以恶报恶,我们要施惠于那些即使伤害过我们的人"[2]。而世间的精明人,常常对此充耳不闻。不过,利西阿斯[3]的演讲中隐含着第一个原则,泰勒斯[4]和庇塔喀斯[5]也都用不同的短语明确表述过。甚至我在孔夫子的原著中逐字逐句地看到过,并且我仔细地将之与拉丁语译文进行了比较。凡是在这方面大胆引用中国哲学家名言的人,冒失者通常会加以嘲笑和讥讽。他们非但不支持引用,反而会毫不掩饰地粗鲁地动摇这些原则(如果可以动摇)。而他们应该记住,要启示伟大的目标,正如人们明确宣称的那样,并非只是教导妇人和小人,而是要开导芸芸众生。因此,如果新教传教士与这个国家的梵学家与大毛拉交谈不和,那么他们在传授福音真理时,必须谨防断言那些梵学家与大毛拉所知道的都是错误的。前者即梵学家会引用至少我们纪元前三个世纪的优美的雅利安对句,宣称善人的责任就是,即使在他死亡之时,"不仅要原谅,而且要施惠于其毁灭者。就像檀香树一样,在被砍倒的一刻,还将香味留在砍它的斧头上"。而后者即大毛拉会再次成功地演绎萨迪描绘的"以善报善,犹如小惠"的诗句。对善良的人而言,他们用的阿拉伯语句"施惠于伤害过你的人",显然来自阿拉伯的古老格言。没有穆斯林不会背诵哈菲兹的四则对句。哈菲兹用新奇而优雅的比喻阐明了这一格言:

  向那东方贝壳学会爱你的对头,

---

  [1] 此句相当于"己所不欲,勿施于人"(《论语·卫灵公》)。
  [2] 此句相当于"以德报怨"。《论语·宪问》:或曰:"以德报怨,何如?"子曰:"何以报德?以直报怨,以德报德。"
  [3] 利西阿斯(Lysias,约前450—前380),古希腊雅典的雄辩家,曾为苏格拉底撰写《辩护词》。其演讲通常包括四部分:引言、事实陈述、证明和结论。
  [4] 泰勒斯(Thales,约前624—约前547),古希腊哲学家、自然科学家,古希腊七贤之一。
  [5] 庇塔喀斯(Pittacus,前640—前568),米蒂利尼岛的政治家和军事统帅,古希腊七贤之一。作为温和的民主政治家,他鼓励人们取得不流血的胜利。

收藏珍珠的,是你造成灾难的双手。
自由,犹如那钻石,发自深处的怨恨骄傲,
摆动身边的,是你手腕宝石的燃烧。
庆贺,恰似那树木,酬谢石头覆盖的盛况,
奉献果实的甘美,或芬芳的流淌。
自然界万物高声呼吁:"人类为何很少做到,
与攻击者和解,为谩骂者祷告?"

如今没有丝毫理由认为,这位设拉子的诗人①是从基督徒那里借用了这一教义。然而,正如基督教的事业永远不会被虚假或错误所推动,所以它永远也不会被正直和诚实所阻碍。因为孔夫子和阇那迦②,以及萨迪和哈菲兹的训导,甚至在今天,还有成千上万的中国人和印度人、波斯人与其他伊斯兰信徒对此尚未知晓,他们为日常生计而忙忙碌碌。假如原原本本地知道,也不可能得到这些老百姓的虔诚认可。因此,为了照亮那些蒙昧的心灵,并且劝阻那些堕落的沉沦,显而易见,在伟大的天意系统中,天启宗教是必要的。我导入该话题的主要动机,就在于向诸位展示古老东方的道德范例,这些包含在波斯语、阿拉伯语和梵语的大量作品之中。

法律体系几乎有一半内容与伦理知识紧密联系。但是亚洲的博学之士却认为,他们的大部分法律皆来自无可怀疑的神圣体系,而不仅仅是人类理性的结论。既然我已经准备了大量令人好奇的材料,拟用来介绍印度法律的梗概,接下来我将进入第四部分,它主要包括科学的超然性,或所谓抽象数量、它们的范围、性质和关系的知识,这些以不可抗拒的实证力量在认识上留下印象。因为所有其他知识充其量依赖于我们的易犯错误的感觉,而且在很大程度上取决于更不可信的证据,这种实证只有通过纯粹的心智抽象才能发现。虽然出于生命的所有目的,我们自身的感觉,乃至别人的可靠证词,在大多数情况下都会给予我们无论身体上还是道德上的最高程度确定性。

四

我已有机会接触过印度的自然本体的本元学。与这一最著名的亚洲学派相一致,毕达哥拉斯学派从中借用了他们的许多观点,而且从西塞罗那里了解到,欧洲古老先贤已有向心力概念和万有引力原理的设想(实际上他们从未试图证明)。虽然我无意从我们不朽的牛顿所戴的永不褪色的桂冠上摘下一片叶子,然而敢于肯定,亚洲学派的整个神学和部分哲学可以从《吠陀》中发现,甚至在苏菲派的作品中也可以看到。推想这一最微

---

① 设拉子(Shiraz),伊朗最古老的城市之一。哈菲兹其父原为伊斯法汗的商人,后全家移居设拉子。哈菲兹去世后,葬于设拉子郊外的莫萨拉。
② 阇那迦(Cāṇakya, Kautilya,或译考底利耶,前370—前283),协助护月王旃陀罗笈多建立孔雀王朝,担任王室顾问。所著《政事论》(*Arthashastra*,或译《利论》)为古印度的重要政治文献。他被认为是印度政治学和经济学的先驱。

妙的精神遍布于自然本体,隐藏在其本体之中,由此才导致吸引和排斥、发射和反射,以及光的折射、电流、辐射,感觉和肌肉运动。这些就是被印度教徒描述为赋予这些力量的第五元素。并且充满隐喻的《吠陀》中,提出了具有强制性的普遍吸引力。这种引力主要来自太阳,从而被称为"阿迭蒂亚",即吸引子①。这一名称是神话学家构想的,其含义是女神阿迭蒂的几个儿子。但是有关吸引理论的最精彩篇章,却见于令人心碎的寓言诗《希林与法哈德》②,也就是《神圣之灵》和《无私虔诚的人类灵魂》的诗篇中。《希林与法哈德》这一著作,从第一首诗到最后一首诗都洋溢着宗教之光和诗意之火。该书通篇似乎都使我充满好奇。今不揣浅陋,为诸位如实提供以下译文:

有一种强烈的本性,穿过每个原子的舞动,把微小的粒子吸引到某个特定物体。从其底部到顶点,从火到气,从水到土,吸引力贯穿这一宇宙。从所有月下尘世到全部茫茫天球,而你不可能发现逃离这种自然吸引力的一粒尘埃。这个表面上看似的一团乱麻中,第一根线的起头正是此引力原理,而其他所有原理皆无真实基础。所感知到的天体或人间物体的每一运动,都呈现如此习性。这是一种被吸引之特性,诱导坚硬的钢片从其位置跃起固定于磁石上;也正是同样之特性,驱使轻柔的稻草紧紧吸附于琥珀上。正是这种品质,规定自然界的每一物质都有接近另一物质的特性,并强制指向某个确定的位点。③

虽然这些概念确实有些模糊不清、不能令人满意,但允许我提个问题,牛顿无人能企及的著作的最后一段是否是该哲理的进一步深化,后来的实验是否意在阐明如此深奥晦涩的主题。④ 至于从这些论著中的高深天文知识和精美几何图形受到的启迪,应由亚洲数学家不同程度地接近。而认为曾经活过的所有欧洲人中,唯独阿基米德能够仿效它们,将是一种无益的虚荣。⑤ 但是,我们对印度天文知识的看法必须就此暂停,直到《苏利亚历法》⑥出现在我们的语言中。即使在那时,我们"贪婪而宽敞的耳朵"(采用西塞罗的措辞)也绝不会感到满意。为了完成关于印度天文学史的如实陈述,我们至少需要一字不漏地翻译其他三种梵文论著。作为印度科学的第一代,第一种是波罗奢罗的论著;在

---

① 在古印度神话中,阿迭蒂(Aditi)女神生有六子,总称阿迭蒂亚(Aditya)。六子之间相互联系,故引申为"吸引子"(Attractor)。详见备查关于吸引子。
② 《希林与法哈德》(Shirin and Farhád)是波斯的古老爱情悲剧,起初题目是"霍斯陆和希林"(Khusraw o Shirin)。详见备查关于《希林与法哈德》。
③ 以上译文盖来自尼扎米的《五卷诗》卷二《霍斯陆和希林》(Khusraw o Shirin,1177—1180)。这些哲理隐喻男女之间的吸引源于宇宙本性。
④ 牛顿(Isaac Newton,1643—1727)在《自然哲学的数学原理》(1687)中阐述了万有引力定律。琼斯此处认为,这些研究受到古老东方知识的启发。
⑤ 阿基米德(Archimedes,前287—前212),古希腊哲学家、科学家、数学家、物理学家、力学家。琼斯此处认为,欧洲人中,并非阿基米德一人受到古老东方知识的启发。
⑥ 《苏利亚历法》(Súrya siddhánta)见于伐罗诃《五大历数全书汇编》。该书引进了一些新概念,如太阳和月球的地平视差、远日点的移动等。

中世纪则是伐罗诃的论著,其博学的儿子为之加上丰富的评注①;而婆什迦罗撰写的论著②,时间上相对晚近。最后提到的这位哲学家,在其如今可以找到的有价值的论著中,也包含了一般的或明显的代数知识,其中至少有一章是讲几何知识的。③ 当然,通过皮什瓦(Pishwá)和辛迪亚(Scindhya)地区的一些居民,也并非找不到婆什迦罗所提到的更古老的代数书。对于这些书,戴维斯先生曾经公正地作出很高评价。然而,我们可能期望从中得到最充足和重要信息的,是题为《克舍特拉德萨》(Cshètrádersa)即"几何知识一览"的梵文著作。该书是奉显赫的阇耶僧诃④之命编纂而成的,囊括了印度神圣语言中关于该学科保留下来的知识。如今有一位梵学家正在帮助威尔福德(Wilford)中尉在西部寻找这本书。而我相信,在贾伊讷格尔⑤可能购买到,保利尔(Polier)上校在拉贾⑥得到地方首领的许可已经买到四种《吠陀》。由此我已尽最大努力,回复了普莱菲尔⑦教授彬彬有礼地对我们提出的三个基本问题:(1) 印度人是否有用梵文专门写成的几何书;(2) 他们是否有用梵文写成的同样的代数书;(3) 翻译《苏利亚历法》是否并非有关印度天文学主题的伟大梦想。就他提出的这三个系列问题,关系到论述该主题的梵文论著是否可能加以准确的概述,需要介绍印度人的天体描述并对其准确评论,需要简介古印度人所用的天文仪器,以及这些分别介绍是否有很大效用。倘若把至关重要的睿智应用于辨识这些明显源于印度的论著、星座和仪器,那么我们必须对以上三个问题作出肯定的答复。然而按照以前的说法,比如,这些知识都是由鞑靼和波斯的伊斯兰天文学家或更晚时期的欧洲数学家,从他们的国家传入印度的。

五

从人和自然的所有属性,从科学的所有分支,从人类理性的所有演绎,印度人、阿拉伯人、鞑靼人、波斯人和中国人都承认,总的推论是存在一种至高无上的创造一切、保存一切的精神,这种精神无限智慧、仁慈而健强,而无限超过其所造最高生灵的理解力。在任何语言中(古希伯来语除外),都没有比阿拉伯语、波斯语和梵语作品中,尤其是《古兰

---

① 伐罗诃(Varáha,505—587),即伐罗诃密希罗。所著《五大历数全书汇编》,包括苏利亚(Súrya)、罗马卡(Romaka)、保利萨(Paulisa)、瓦希施塔(Vasishtha)和帕塔马哈(Paitamaha)五大历法,系统阐述了吠陀占星术及希腊天文学。其子占星学家和天文学家普里图耶舍(Prithuyasas),著有《赫拉莎拉》(Horasara),即"吠陀占星术"。
② 12世纪,婆什迦罗所著《历数精粹》(Siddhānta Shiromani,1150),全面阐述了当时的算术、代数、行星数学和各种球体知识。据说,比牛顿和莱布尼兹(Gottfried Wilhelm Leibniz,1646—1716)早5个世纪构想了微积分,也比配尔(John Pell,1611—1685)早几世纪研究了"配尔方程"。
③ 婆什迦罗的著作有:斯特拉奇(Edward Strachey,1774—1832)英译的《毕雅嘎尼塔:即印度的代数学》(Bija Ganita,or the Algebra of the Hindus,London,1813)、泰勒(John Taylor,1753—1824)英译的《利拉瓦蒂:即婆什迦罗的算术与几何专著》(Lilavati,or a Treatise on Arithmetic or Geometry by Bhascara Acharya,Bombay,1816)。
④ 阇耶僧诃(Jayasinha Ⅱ,1015—1043年在位),古印度后遮娄其王朝的第四位国王。
⑤ 贾伊讷格尔(Jayanagar),印度比哈尔邦北部的边境小镇。
⑥ 拉贾(Rájá),盖指印度西部拉贾斯坦邦。英国统治时叫拉贾普达那,即拉吉普特人居住的地区。
⑦ 普莱菲尔(John Playfair,1748—1819),苏格兰数学家、物理学家。

经》所引萨迪、尼扎米和菲尔多西的诗歌,四大《吠陀》和大量《圣典》中的若干章节,对存在之存在(the being of beings)所表达的虔诚和崇敬更多,对其属性的精彩列举更多,或对其辉煌创造的赞美更多——然而,祈求和赞美并不能满足吠檀多派和苏菲派神学家的无限想象,他们将不确定的本元与毋庸置疑的宗教原则结合起来,已经自以为能够自信地推测神圣精神的特定性质和要素。在十分遥远的古代,他们就提出了许多印度教徒和穆斯林此后断言的内容,所有的精神都是同质的,上帝的精神在种类上与人类的精神一样,虽然程度上极其不同。并且,由于物质的实体只是错觉,因此在宇宙中仅有一种总的精神实体。它是所有次要原因和所有表象的有效、实质和正规的唯一原发性原因,却以最高程度赋予符合天意的崇高智慧,从中显露出来的精神以不可思议的方式运行。乔达摩从未教导过这一观点,而且我们也没有权威相信这些,但是这一观点基于无形创造者崇高智慧和永恒保护者乐善好施之教义,远远不同于斯宾诺莎①和托兰德②的泛神论,因为对一种观点的肯定不同于对它的否定。虽然上面提到的这位狂妄的哲学信仰者托兰德,卑鄙地借用圣保罗③的话语来掩饰其用意,牛顿却出于完全不同的目的引用了这段话,甚至借用了其实早见于《吠陀》的措辞,而在某种意义上,正好处于和托兰德所表达含义的相反立场。④ 我提到的这段话,见于伐楼拿与其子的交谈,他讲道:"此种精神,从中开始创造生灵。他们凭借此种精神开始生活。他们朝着此种精神前行,并最终为这种细察可知的精神所吸引。此种精神就是伟大的一。"⑤

先生们,本文的主题无法穷尽,我试图以尽量少的言辞作尽可能多的阐释。在明年年会开始时,我希望不再谈论在范围上无法界定的此类广泛性主题,也不能像今天讨论得那么深奥。我们的讨论应该更具愉悦气氛,希腊人的学术宴会似乎流行这种气氛,当然,应该在每一次研讨会中都能这样做。

备查

1. 关于本元学

哲学术语 metaphysics(英语),传统汉译"形而上学",今修正为"本元学"(自然之本元学说)。亚里士多德(Aristotle,前384—前322)的论著中并无此术语,但《形而上学·卷六·章一》中的"神学"(θεολογία)、"第一哲学"(πρώτη φιλοσοφία)与之相通,即研究

---

① 斯宾诺莎(Baruch de Spinoza,1632—1677),尼德兰犹太裔哲学家。近代西方哲学公认的三大理性主义者之一。著有《神学政治论》《知性改进论》等。
② 托兰德(John Toland,1670—1722),爱尔兰自然神论者、哲学家。其《基督教并不神秘》(*Christianity not Mysterious*,1696)曾轰动一时。琼斯对托兰德持批判和鄙视态度。
③ 圣保罗(Saint Paul,约10—67),基督教早期的传教士和神学家。其观点见于"保罗书信"(共十三卷),收录于《新约》。
④ 牛顿认为神是第一推动力。详见备查关于牛顿与天主(造物主、超自然力)。
⑤ 伐楼拿(Varuna),疑为伐罗诃(Varāha)之误。伐楼拿为仙人伽叶波与阿底提之子。在《阿闼婆吠陀》中是全知神。其身份与年代,无法与此处的父子交谈联系。只有伐罗诃与普里图耶舍父子才是天文学家。琼斯上文提及"伐罗诃的论著,其博学的儿子为之加上丰富的评注"。故推测,伐罗诃与普里图耶舍父子之间才有如此对话。

"世界上固定不变的本体"。前1世纪,古希腊哲学家安德罗尼柯(Andronicus Rhodius)把亚里士多德讨论本质、神、灵魂、意志等知识的论著汇编成册,排在其《自然》(Physiká,传统汉译"物理学")之后,冠名τά μετά τά φυσικά βιβλία(拉丁语 ta meta ta physika biblia)。其词干φυσικά的含义是"自然",而前缀μετά有多个义项:①基础;②之上;③之后;④超越。由此,引发对该题名的不同理解。虽然后世有人理解为"《自然》之后",但是传统拉丁语注解家却理解为"《自然》之上"(自然之本元),与亚里士多德"第一哲学"的概念相符。

今考:μετά(meta)与 māter(母,比较:梵 mātā、法 mère、德 Mutter、英 mother、俄 мать)同源,本义为"元"(法语保留此义)。万物来自本元则以之为基础,故有①"基础"之义。以本元为基础则万物位于其上,故有②"之上"之义。万物来自本元则时间在后,故有③"之后"之义。万物来自本元则本元超越万物,故有④"超越"之义。本元为万物之本元,故曰"终极"(现代拉丁语、意大利语保留"目的"义)。英语的 metaphysics 汉译"形而上学"是来自19世纪晚期的日源词。日本学者井上哲次郎(1855—1944)在其《哲学词汇》(1881)中,据《易经·系辞》"形而上者谓之道",将 metaphysics 译为"形而上学"。然而,"道"才是本元。

2. 关于《阿育吠陀》及医药的起源

《阿育吠陀》(Ayurveda,意为生命知识),古印度医学体系。印度神话记载,阿育吠陀由梵天创建,传授给医神双马童,又通过因陀罗再传给人间贤达。其名始见于《梨俱吠陀》(据说形成于前15—前9世纪。其时,梵语尚无文字,盖为口耳相传),其内容附于《阿闼婆吠陀》(据说辑集于前6世纪)。早期的阿育吠陀逐步分化为阿提耶(Atreya)内科派和昙梵陀利(Dhanvantari)外科派。古代外科手术者从吠陀典籍中将与阿育吠陀有关的内容单独辑集成《阿提耶集》(Atreya Samhita),其中包括八支:Kayachikitsa(内科)、Shalakya Tantra(头科)、Shalya Tantra(外科)、Agada Tantra(毒理)、Bhuta Vidya(邪病)、Kaumarabhritya(儿科)、Rasayana(长寿)、Vajikarana(生育)。据说,前5世纪妙闻撰《妙闻本集》(Sùsruta Samhita),前1世纪阇罗迦撰《阇罗迦本集》(Caraka Samhita)。亚历山大东征期间,希腊和罗马人接触到阿育吠陀,促进了欧洲医药学的发展。而随着中印交往,阿育吠陀对汉医药和藏医药也产生了影响。

然而,更早的"生命知识"却是两河流域的苏美尔-巴比伦医药学。在乌鲁克泥版文书中,已有前3000年撰写的治疗手册。乌尔第三王朝(约前2113—前2006)时期出现了"药典",记录用各种生物和矿物制作的药剂以及治病处方。巴比伦第四王朝国王埃达德(Adad-apla-iddina,前1069—前1046年在位)时期,宫廷医生伊萨基尔(Esagil-kin-apli)撰有《祛邪便览》(Exorcists Manual),该书包括六章:发现患者、检查诊断、病程治疗、神经系统症状(癫痫、中风等)、疑难杂症、妇产婴儿。

3. 关于《宗教流派》及其作者

穆赫萨尼·法尼或穆赫辛·法尼(Mohsani Fání, Muhsin Fani,?—约1670),克什米尔穆斯林和旅行家。1655年前,用波斯语写成《达毕斯坦-马扎赫布》(Dabestān-e Mazāheb,意为"宗教流派"),旨在查考和比较南亚宗教与17世纪中叶各派。琼斯在《第六年纪念日演讲:关于波斯人》(1789 年 2 月 19 日)中介绍此书。同年,波斯学者格拉德温(Francis Gladwin,1745—1812)将第一章译成英语刊于加尔各答。

此后,1809 年,拉扎尔(Nazar Ashraf)在加尔各答首印波斯文本。同年,戴尔贝格(E. Dalburg)所译德文版在维尔茨堡刊行。1843 年,谢伊(David Shea)和特洛耶(Anthony Troyer)合译英文版《达毕斯坦或礼仪流派:东方民族的宗教信仰、风俗习惯、哲学思想》(*The Dabistan or School of Manners*: *The Religious Beliefs, Observances, Philosophic Opinions and Social Customs of the Nations of the East*)在伦敦印行。他们认为,该书编者(不一定是作者)是穆赫辛·法尼,属于苏菲哲学学派。但《伊朗百科全书》(1993)提出,作者更有可能是一位祆教徒。就目前所见波斯文本而言,伊朗学者马利克(Rezazadeh Malik)认为是埃斯凡迪亚尔(Kay Khosrow Esfandiyar)所撰,他是埃斯塔克尔(Estakhr)的琐罗亚斯德教大祭司阿扎尔·凯万(Azar Kayvan,1529—1609)之子及继任者,可能属于非正统祆教。凯万在莫卧儿帝国阿克巴(Akbar,1542—1605)皇帝统治期间迁徙到印度古吉拉特。据美国学者卡梅涅茨(Rodger Kamenetz)的《莲花中的犹太人》(*The Jew in the Lotus*,1994)所言,该书是受莫卧儿王子达拉·西阔(Dara Shikoh,1615—1659)的委托所撰。

4. 关于婆罗门哲学论著中的三段论

与古希腊逻辑一样,古印度的"因明"(Hetuvidyā,音译酰都费陀)同样源于论辩。前5—前 4 世纪,耆那教的贤臂(Bhadrabqhu,约前 433—前 375)提出十支说(宗、释宗、因、释因、异宗、遮异宗、见边、质疑、遮疑、结论)。前 4 世纪,弥曼差派提出因明与语法的概念。前 3 世纪,阐那迦(Cānakya,前 370—前 283)讨论过议题、陈述、推断、类比等。前 2 世纪,顺世派研究"推究学"。乔达摩(Aksapāda Gótama,约前 150—前 50)创始正理论,《正理经》(成书于 250—350)提出十六句义,包括量论、论式和论过。论式即五支说:①山上着火了(宗)。②因它在冒烟(因)。③冒烟之物皆着火,厨房即例(喻)。④山也是如此(合)。⑤故山上着火了(结)。古因明流行于 2—5 世纪中叶。初时仍沿用五支论式,后在《瑜伽师地论》《显扬圣教论》中精简为三支论式,即将"合、结"并入"喻"。这为其后新因明完善三支论式提供了条件。

古希腊逻辑同样源于辩论,其发展线索大致如下:芝诺(约前 490—前 425)提出反证法,苏格拉底(前 469—前 399)提出辩证法(讥讽、助产、归纳、定义),柏拉图(前 427—前 347)提出属和种差的概念定义法及命题真假标准;亚里士多德(前 384—前 322)提出十范畴和四谓词理论、划分命题类型并建立三段论。根据文献,古希腊的三段论早于印度的五支式、三支式。

5. 关于吸引子

在古印度神话中,宇宙神工达萨(Daksa)之女阿迭蒂(Aditi)女神,与伽叶(Kasyapa)生有六子——密多罗、阿利耶曼、帕伽、婆楼那、德萨和庵婆,总称阿迭蒂亚(Aditya)。《梨俱吠陀》中有歌颂阿迭蒂亚的 6 支神曲。六子之间相互联系,故引申为"吸引子"(Attractor)。吸引子具有终极性、稳定性、吸引性。其中,吸引性是目的性的根本要素,没有吸引力的状态不能成为系统演化所追求的目标。

现代系统论的"吸引子"分为三类。第一类是定点吸引子。在相空间中将周围的轨道全部吸引过来。第二类是极限环吸引子,在相空间中将周围轨道吸引到周期性循环之中。揭示了在非线性系统中,自组织如何从无序中创造出有序结构。第三类是诸环面的吸引子,即混沌吸引子。系统从任一初始状态出发,最终都会演化到相空间的某一局域。外部的轨线都进入吸引子,内部的轨线迅速分开。从吸引子外部看是聚集过程,从吸引子内部看是分散过程。

6. 关于《希林与法哈德》

波斯的古老爱情故事《希林与法哈德》初名《霍斯陆与希林》。希林(Shírín)是阿拉穆国公主,霍斯陆(Khusraw)是萨珊国王子,法哈德(Farhád)是建筑师。霍斯陆梦见其祖父,说他将以希林为妻。好友沙普尔告诉他关于阿拉穆国王后及其侄女希林的事,王子坠入爱河。沙普尔把其画像带给希林,希林也爱上了王子,并前往萨珊国的国都马达因城。但她不知,霍斯陆已远赴阿拉穆国。在阿拉穆国,霍斯陆得知希林已去马达因城。沙普尔找到希林并将她带回阿拉穆国,此时传来萨珊国王的死讯,霍斯陆得回国参加葬礼。至此,两人天各一方。直到大臣巴赫拉姆篡位,霍斯陆逃亡到阿拉穆国才得以见到希林。可希林拒绝嫁给霍斯陆,除非他夺回王位。霍斯陆前往君士坦丁堡求援,凯撒大帝同意帮助霍斯陆,但条件是必须娶其女儿麦尔彦姆。霍斯陆答应了条件,在凯撒大帝的帮助下夺回了王位。麦尔彦姆千方百计使霍斯陆远离希林,而建筑师法哈德却爱上了希林。气愤的霍斯陆将法哈德发配到贝斯希顿山修石阶。法哈德仍心存希望,希望得到成婚的准许。而霍斯陆却派信使谎称希林已死,法哈德跳崖自尽。希林听到后,为之悲痛欲绝。霍斯陆十分悔恨。不久麦尔彦姆去世,霍斯陆向希林求婚。希林看到他喝得烂醉,又想到他和伊斯法军美女莎卡尔的暧昧,便将他拒之门外,并谴责他对爱情不专。经过霍斯陆数次恳求,并为救希林杀死发狂的雄狮,霍斯陆的恳求才获应允。然而,霍斯陆和麦尔彦姆所生之子席柔亚也爱上了希林,由此谋杀了其父。希林怀着对霍斯陆的爱和恨,结束了自己的生命。

该故事题材在《列王纪》中有原型,萨珊国王霍尔米兹德四世(Hormizd Ⅳ,579—590年在位)之子霍斯陆(Khosrau Ⅱ,590—628年在位),被其舅剥夺继承权。霍斯陆到拜占庭帝国寻求莫里斯一世(Mauricius Ⅰ,539—602)的帮助以期复国。当塞尔柱苏丹图格鲁二世(Tugrul Ⅱ)要求尼扎米(Nizámi,1141—1209)写一部爱情史诗时,他选择了这一"世上最令人心碎,也最使人心醉的爱情故事"。经过其精心刻画,这一浪漫故事才在文学史上登上前所未有的高度。其影响力不仅在文学领域,而且弥漫在整个波斯文化中。

7. 关于牛顿与天主(造物主、超自然力)

普通人常常为科学家相信造物主而百思不解,不清楚西方科学的来源与信仰存在内在的联系。牛顿(Isaac Newton,1643—1727)认为天主(造物主、超自然力)是宇宙的第一推动力。在《自然哲学的数学原理》修订版(*Philosophiae Naturalis Principia Mathematica*,1713)中,他增加了"一般注释",认为科学和自然之美定是在超自然的智慧和力量控制下形成的。在《光学》再版(Opticks,1718)中也写道,在动物和太阳系的美妙一致性中,肯定有超自然智慧的媒介对之干预。

年轻时的牛顿曾怀疑天主的存在,然从精密研究宇宙构造后,便深感造物主的庄严伟大。牛顿曾说:"在没有物质的地方存在什么呢?太阳与行星的引力从何而来呢?宇宙万物为什么井然有序呢?行星的作用是什么?动物的眼睛是否根据光学原理设计?岂不是宇宙间有一位造物主?虽然科学未能使我们立刻明白万物的起源,但这些都引导我们归向万有的天主面前。"又说:"我愿意以自然哲学研究来证明天主的存在,以便更好地侍奉天主。"在阐述天体构造与运行时,牛顿表示:"从诸天文系的奇妙安排,我们不能不承认这必是一位全知全能的天主之为。宇宙间一切有机无机的万象万物,都是从永生且真实天主的智慧大能而来;他是充满万有的,全知全能的;他在这无边无际、井然有序的大千世界中,凭其旨意创造万物、运行万物,并将生命、气息、万物赐给人类;我们的生活、动作、存留,都在于他。宇宙万物,必有一位全能的神在掌管。在望远镜的末端,我看到了天主的踪迹。"在谈到其科学成就时,他认为自己所做的不过是在"追随天主的思想"。

晚年的牛顿写了100万字的神学著作,以证明天主的存在——天体之所以会运动,是因为天主的第一推动。牛顿临终前,面对羡慕他智慧和称颂他科学成就的人,却谦卑地说:"我的工作和天主的伟大创造相比,只是一个在海边拾取小石和贝壳的儿童。真相如浩瀚的海洋,远非我们所能尽窥。"其墓碑上铭刻:"艾萨克·牛顿爵士于此长眠。以自己发明的数学方法及高度智慧,以揭示行星运动、彗星轨道和海洋潮汐;探究了任何人也没有预想到的光的分解和色的本性;解释了自然和古代的事。他以哲学证明了全能天主的伟大,他一生过着朴素的生活。这位值得称颂的人物,岂不是全人类的荣光?"

像牛顿这样的科学家都敬畏造物主,认为自己的发现来自造物主的启示,这与欧洲科学的产生原因及其性质有关:自然界和宇宙的事物安排得井然有序,使人们相信有造物主;为了侍奉或荣耀造物主,使人们献身于揭示事物或现象的原理;为了证明所提出原理的真伪,使人们采取实验方法和逻辑表述。

附录:琼斯演讲所引论著钩沉

说明:琼斯11次演讲皆无所引论著目录。其在讲辞中提到一些学者的名字或观点,但并未明示所引论著题目。在翻译过程中通过检索,钩沉这些学者的相关论著。关于琼斯提及或所引梵文作品(大多数作者及成书年代不明,通常为抄本)以及一些波斯、阿拉伯诗句未予查考。

第二年纪念日演讲

(1) 法国医生、哲学家贝尼耶(François Bernier,1620—1688)《大莫卧儿帝国最近改革史》(*Histoire de la dernière révolution des Etats du Grand Mogol*,1670)、《贝尼耶先生大莫卧儿帝国回忆录》(*Suite des Mémoires du sieur Bernier sur l'empire du Grand Mogol*,1671)。

(2) 印度历史学家阿布·法德尔(Abúl Fadl,1551—1602)《阿克巴赞颂》(*Akbar-Namah*,1602)三卷。其中的《阿克巴概要》(*Ayin-i-Akbari*),被英国格莱德温(Francis Gladwin,1744—1812)译成英语,1783—1886年刊于加尔各答。

(3) 法国博物学家索纳拉特(Pierre Sonnerat,1748—1814)《1774至1781年奉国王之命往东印度群岛和中国旅行》(*Voyage aux Indes orientales et à la Chine, fait par ordre du Roi, depuis 1774 jusqu'en 1781*,1782)。

第三年纪念日演讲

(1) 英国文史学家布莱恩特(Jacob Bryant,1715—1804)《古代史各部分观察和探究》(*Observations and Enquiries relating to various parts of Ancient History*,1767)、《古代神话的新体系或新分析》(*A New System or an Analysis of Ancient Mythology*,1774—1776)。

(2) 英国东方学家、印度史专家奥姆(Robert Orme,1728—1801)《莫卧儿王朝的历史片段》(*Historical Fragments of the Mogul Empire*,1782)。

（3）罗马帝国地理学家狄奥尼修斯（Dionysius Periegetes，生平未详）《已知世界之旅》（Περιήγησις τοῦ οἰκουμένης，约 1 世纪后期—2 世纪初）。

（4）比利时耶稣会士、汉学家柏应理（Philippe Couplet，1623—1693）《中华帝国年表》（Tabula chronologica Monarchiae Sinicae，1686）、《中国圣哲孔夫子》（Confucius Sinarum Philosophus，1687）。

（5）法国东方学家、突厥学家德经（Joseph de Guignes，1721—1800）《匈奴和突厥的历史溯源》（Mémoire historique sur l'origine des Huns et des Turcs，1748）、《匈奴、土耳其、蒙古和其他鞑靼诸国通史》（Histoire generale des Huns, des Mongoles, des Turcs et des autres Tartares occidentaux，1756）、《试证中国人是古埃及移民》（Mémoire dans lequel on prouve que les Chinois sont une colonie égyptienne，1759）。

（6）意大利圣方济会士、东方学家乔吉（Augustino Antonio Giorgi，1711—1797）《使徒西藏传教初步》（Alphabetum Tibetanum Missionum Apostolicarum Commodo，1762）。

（7）法国天文学家、文史学家巴伊（Jean-Sylvain Bailly，1736—1793）《关于科学的起源和亚洲民族》（Discourse on the Origin of the Sciences and the Peoples of Asia，1777）、《关于柏拉图的亚特兰蒂斯和亚洲古代史的通信》（Lettres sur l'Atlantide de Platon et sur l'ancienne histoire de l'Asie，1779）、《印度和东方天文学论著》（A Treatise on Indian and Oriental Astronomy，1787）。

（8）罗马帝国地理学家包撒尼雅斯（Pausanias，115—180）《希腊道里志》（Περιήγησις）。

（9）罗马帝国历史学家斯特拉波（Strabo，前 64—23）《历史学》（Historical Sketches）和《地理学》（Geographical Sketches）。

（10）罗马帝国哲学家、修辞学家阿普列乌斯（Lucius Apuleius，124—170）《金驴记》（Golden Ass）。拉丁文译本题名《变形记》（Metamorphoses）。

（11）以色列先知以西结（Ezekial，活动年代约前 592—前 570）《以西结书》（Ezekial, Book 26 of the Bible）。

第四年纪念日演讲

（1）奥斯曼帝国哲学家、史学家坎特米尔亲王（Prince Dimitrie Cantemir，1673—1723）《奥斯曼帝国兴衰史》（Incrementa atque Decrementa Aulae Othomanicae，1714—1716）。廷德尔（Nicolas Tindal，1687—1774）将该书译成英文（The History of the Growth and Decay of the Othman Empire，1756）。

（2）阿拉伯历史学家马苏第（Abu Hasan Alial-Masudi，9 世纪末—957 年）《黄金草原和珠玑宝藏》（Murūj al-dhahab wa ma'ādin al-jawāhir，943）。

（3）尼德兰东方学家果利乌斯（Jakob Golius，1596—1667）《阿拉伯语-拉丁语词典》（Lexicon Arabico-Latinum，1653）。

（4）尼德兰东方学家埃尔佩尼乌斯（Thomas Erpenius，1584—1624）《阿拉伯语教程》

(*Rudimenta Linguae Arabicae*,1620)、《迦勒底和叙利亚文法》(*Grammatica Chaldaica et Syria*,1628)。

（5）叙利亚历史学家阿拉布沙（Muḥammad Ibn 'Arabshāh,1389—1450）《帖木儿浩劫余生记》(*Aja'ib al-Maqdur fi Nawa'ib al-Taymur*,1435)。

（6）德国旅行家尼布尔（Carsten Niebuhr,1733—1815）德文版《阿拉伯记述》(*Beschreibung von Arabien*,1772)、法文版《阿拉伯记述》(*Decription de l'Arabie*,1773)。

（7）尼德兰东方学家雷兰德（Adriaan Reeland,1676—1718）《穆斯林宗教》(*De religione mohammedica*,1705)。

第五年纪念日演讲

（1）罗马帝国作家老普林尼（Gaius Plinius Secundus,23—79）《博物志》(*Naturalis Historiæ*)。

（2）罗马帝国历史学家普鲁塔克（Mestrius Plutarch,约46—120）《传记集》(*Parallel Lives*,希腊语 *Oἱ βίοι παράλληλοι*,96—120)，又称《希腊罗马名人列传》。

（3）伊儿汗国政治家、史学家赫瓦贾·拉施特（Khwájah Rashíd,1247—1318）《史集》(*Jami'al-Tarikh*,1310)。

（4）匈牙利贵族、法国外交官德·托特（Baron De Tott,1733—1793）《关于土耳其人和鞑靼人的回忆录》(*Mémoires sur les Turcs et les Tartares*,1785)

（5）法国耶稣会士、历史学家刘应（Claude de Visdelou,1656—1737）《大鞑靼史》(*Histoire de la Grande Tartarie*,1780)。

（6）法国耶稣会士、历史学家冯秉正（Moyriac de Mailla,1669—1748）《中国通史》(*l'Histoire générale de la Chine*,1777—1783)。

（7）法国耶稣会士、历史学家宋君荣（Antoine Gaubil,1689—1759）《成吉思汗及蒙古的历史》(*Histoire de Gentchiscan et toute la dinastie des Mongous*,1739)。

（8）东罗马历史学家普罗科匹厄斯（Procopius,约500—565）《查士丁尼战争史》(*Wars of Justinian*,希腊语 *Ὑπὲρ τῶν πολέμων λόγοι*,543—554)。

（9）英国东方学家海德（Thomas Hyde,1636—1703）《古代波斯宗教史》(*Historia religionis veterum Persarum*,1700)。

（10）古希腊历史学家希罗多德（Herodotus,约前480—前425）《历史》(*Ἱστορίαι*)。

（11）意大利圣方济会士、东方学家卡西亚诺（Cassiano da Macerata,1708—1791）《唐古特或吐蕃字母》(*Alphabetum tangutanum sive tibetanum*,1773)。

（12）英国东方学家戴维（William Davy,1737—1784）英译本《帖木儿文治武功实录》(*A specimen of the civil and military Institutes of Timour,or Tamerlane*,1783)。

第六年纪念日演讲

（1）古希腊历史学家狄奥多罗斯（Diodorus Siculus,前1世纪）《历史丛书》

(*Bibliotheca Historica*)。

（2）克什米尔文史学家穆赫萨尼·法尼（Mohsani Fání,？—约 1670）《宗教流派》（*Dabestān-e Mazāheb*,1655 年前）。

（3）波斯文史学家菲尔多西（Abu Olqasem Firdausi,935—1020）《列王纪》（*Shāhnāmah*,1009）。帖木儿之孙朱基（Timurid Muhammad Juki,1402—1445）制作的手稿曾藏于莫卧儿皇家图书馆。

（4）印度波斯语言学家胡赛因·安朱（Ḥosayn Enjū,？—1626）《贾汉吉尔词典》（*Farhang-e Jahāngīr*,1608）。

（5）法国历史学家、东方学家昂克蒂尔（Abraham Anquetil,1731—1805）法译本《禅德-阿维斯陀经》（*Zend-Avestà*,1771）。

（6）罗马帝国历史学家马塞利努斯（Ammianus Marcellinus,325—391）《往事》（*Res Gestaem*,390—392）。

（7）法国珠宝商、旅行家查尔汀（Jean Chardin,1643—1713）《查尔汀骑士的波斯之旅》（*Journal du voiage du Chevalier Chardin en Perse*,1686）。

第七年纪念日演讲

（1）法国神学家、东方学家雷诺多（Eusèbe Renaudot,1646—1720）《印度和中国的古代关系：两位穆罕默德旅行者见闻》（*Anciennes Relations des Indes et de la Chine, de deux Voyageurs Mahométans*,1718）。

（2）法国耶稣会士、汉学家马若瑟（Joseph de Prémare,1666—1736）《中国人的古代世界史》（*L'ancienne Histoire du Monde Suivante les Chinois*,1731）。

（3）德国博物学家肯普法（Engelbert Kæmpfer,1651—1716）《日本史：记述该帝国的古今状况和政府》（*The History of Japan, Giving an Account of the Ancient and Present State and Government of That Empire*,英文版 1727）。

第八年纪念日演讲

（1）法国东方学家德贝罗特（Barthélemy d'Herbelot de Molainville,1625—1695）《东方文库或东方民族知识通用词典》（*Bibliothèque orientale, ou dictionnaire universel contenant tout ce qui regarde la connoissance des peuples de l'Orient*,1697）。

（2）苏格兰探险家布鲁斯（James Bruce,1730—1794）《尼罗河源头发现之旅》（*Travels to Discover the Source of the Nile*,1768—1773）。

（3）古希腊历史学家埃福罗斯（Ephorus of Cyme,约前 400—前 330）《历史》（*Historiai*）。

（4）以色列先知以斯拉（Ezra,前 480—前 440）《以斯拉书》（*Esdras*,Book 15 of the

Bible）。

（5）法国地理学家、地图学家丹维尔（Jean-Baptiste d'Anville,1697—1782）《中国地图和中亚地图》（d'Anville's map of China and Central Asia, In: Jean Baptiste Du Halde éditer, *Geographical, Historical, Chronological, Political, and Physical Description of the Empire of China and Chinese Tartary*,1735）。

（6）德国东方学家格雷尔曼（Heinrich Grellmann,1756—1804）《吉卜赛人,关于其生活方式和组织、习俗和该民族在欧洲的命运及其来源的历史探索》（*Die Zigeuner. Ein historischer Versuch über die Lebensart und Verfassung, Sitten und Schicksale dieses Volks in Europa, nebst ihrem Ursprunge*,1783）。

（7）英国东方学家马斯登（William Marsden,1754—1836）《苏门答腊史》（*The History of Sumatra*,1784）。

（8）法国驻暹罗大使、文史学家劳伯尔（Simon de la Loubère,1642—1729）《暹罗王国》（*Du Royaume de Siam*,1691）。

（9）意大利传教士、东方学家卡帕纽斯（Melchior Carpanius,1726—1797）《阿瓦王国及其毗邻地区的缅甸语》（*Alphabetum Barmanum seu Bomanum regni Avæ, finitimarumque regionum*,1776）。

（10）亚美尼亚历史学家霍仁纳的摩西（Moses of Chorene, Movses Khorenatsi,约410—490）《亚美尼亚史》（*History of Armenia*）。

（11）英国法学家、文史学家塞尔登（John Selden,1584—1654）《论叙利亚的神》（*De Deis Syris*,1617）。

（12）德国神学家、东方学家雅布伦斯基（Paul Ernst Jablonski,1693—1757）《旷野中与你同在的埃及神和以色列神》（*Remphah Aegyptiorum deus ab Israelitis in deserto cultus*,1731）、《埃及万神殿》（*Pantheon Aegyptiorvm*,1750—1753）。

（13）古罗马喜剧作家普劳图斯（Plautus,约前254—前184）《布匿人》（*Poenulus*）。

（14）英国神学家、数学家巴罗（Isaac Barrow,1630—1677）《土耳其的信仰与宗教概要》（*Epitome Fidei et Religionis Turcicae*,1687）。该书在巴罗去世后被刊,实为巴罗收藏品而被以为是其作品。作者是波兰学者、土耳其音乐家和奥斯曼帝国龙骑兵阿里·乌夫基（Ali Ufkî,1610—1675）,即沃伊切赫·波波夫斯基（Wojciech Bobowski）。

（15）犹太教创始人摩西（Moses,约前1520—约前1400）《摩西五经》（*The Five Books of Moses*,旧约前五卷）。

第九年纪念日演讲

（1）瑞典生物学家林奈（Caroli Linnæi,1707—1778）《自然系统》（*Systema Naturæ*,1735）。

（2）苏格兰牧师罗斯（Alexander Ross,1590—1654）英译《可兰经》（*The Alcoran*

of Mahomet,1649)。

第十年纪念日演讲

（1）克什米尔诗人苏摩提婆（Sómadéva,1035—1085）梵文缩写本《故事海》（Katha-saritsagara,1081）。

（2）印度历史学家侯赛因（Ghulam Husain, ？—1817）用波斯语所撰孟加拉史《国王的花园》（Riyaz us Salatin,1786—1788）。

（3）英国测绘员、东方学家威尔福德（Francis Wilford,1751—1822）《论印度教的年代学》（On the Chronology of the Hindus,Asiatic Researches,Vol. 4,1793）。

（4）英国外交官、东方学家戴维斯（Samuel Davis,1760—1819）《论印度的六十年周期》（On the Indian Cycle of Sixty Years,Asiatic Researches,Vol. 3,1792）。

（5）古希腊历史学家麦加斯梯尼（Megasthenēs,前 350—前 290）《印度志》（Indica）。

（6）法国博物学家布封（Georges-Louis de Buffon,1707—1788）《自然史》（Histoire Naturelle,1749—1789）。

（7）尼德兰博物学家范瑞德（Heinrich Adrien van Rheede,1636—1691）《印度马拉巴植物志》（Hortus Indicus Malabaricus,1678—1703）。

（8）法国东方学家、汉学家傅尔蒙（Étienne Fourmont,1683—1745）《中国官话》（Linguae Sinarum Mandarinicae,1742）。

（9）葡萄牙医师、博物学家加尔西亚（Garcia de Orta,1501—1568）《印度药物简明问答》（Colóquios dos simples e drogas da India,1563）。

（10）意大利医生、植物学家阿尔皮诺斯（Prosper Alpinus,1553—1617）《埃及植物志》（De plantiis Ægyptii,1592）。

（11）瑞典博物学家弗斯科尔（Peter Forsskål,1736—1763）《埃及-阿拉伯植物志》（Flora Ægyptiaca-Arabica,1775）。

（12）德国植物学家格梅林（Johan Georg Gmelin,1709—1755）《西伯利亚植物志》（Flora Sibirica,sive historia plantarum Sibiriæ,1747—1770）。

（13）德国生物学家帕拉斯（Peter Simon Pallas,1741—1811）《帕拉斯教授的俄罗斯帝国及北亚旅行记》（Voyage du Professeur Pallas dans plusieurs provinces de l'Empire de Russie et dans l'Asie septentrionale,Paris,1778—1793; German original,1776）。

（14）德国医生、博物学家肯普法（Engelbert Kæmpfer,1651—1716）《恒河流域植物标本集》（Herbarii trans-Gangetici specimen,Icones selectarum plantarum quas in Japonia collegit et delineavit Eng. ,1691）。

（15）瑞典博物学家奥斯贝克（Peter Osbeck,1722—1805）《1750、1751、1752 年的东印度之旅》（Voyage aux Indes orientales fait dans les années 1750,1751,1752, 1757）。

（16）瑞典博物学家桑伯格（Carl Peter Thunberg,1743—1828）《日本植物志》

(Flora Japonica,1784)、《日本植物图谱》(Icones plantarum Japonicarum,1794—1805)。

(17) 德国植物学家鲁姆菲乌斯(Georg Rumphius,1626—1693)《安汶岛草本志》(Herbarium Amboinense,1741—1755)。

(18) 尼德兰植物学家简·布尔曼(Jan Burmann,1707—1780)《锡兰宝典:锡兰岛本地植物一览》(Thesaurus zeylanicus, exhibens plantas in insula Zeylana nascentes,1737)、《马拉巴植物志》(Flora malabarici,1769)。

(19) 尼德兰植物学家尼古拉斯·劳伦·布尔曼(Nicholas Laurent Burmann,1734—1793)《印度植物志》(Flora Indiæ,1768)。

第十一年纪念日演讲

(1) 法国物理学家达朗贝尔(Jean Le Rond D'Alembert,1717—1783)《宇宙体系若干重要问题研究》(Recherches sur différens points importants du système du monde,1754)。

(2) 波斯诗人尼扎米(Nizámi,1141—1209)《五卷诗》(Kamseh)卷二《霍斯陆和希林》(Khusraw o Shirin,1177—1180)。

(3) 英国物理学家牛顿(Isaac Newton,1643—1727)《自然哲学的数学原理》(The Mathematical Principles of Natural Philosophy,1687)。

(4) 爱尔兰哲学家托兰德(John Toland,1670—1722)《基督教并不神秘》(Christianity not Mysterious,1696)。

后 记

毋庸置疑,威廉·琼斯爵士是18世纪晚期欧洲学术史上关于东方学、亚洲学研究的杰出学者,然而却成为19世纪以来语言学史上经常提及的重要学者。1869年3月,英国牧师法勒(Frederic William Farrar,1831—1903)在英国皇家学会演讲《言语的家族》(*Families of Speech*)中赞扬琼斯是比较语文学的"伽利略"。1964年12月,美国语言学会新任主席霍凯特(Charles Francis Hockett,1916—2000)在年会致辞《语音演变》(*Sound Change*)中提出琼斯是"比较方法的创始人",其《第三年纪念日演讲:关于印度人》(简称《第三年纪念日演讲》)标志着现代语言学的诞生。1973年,英国语言学家罗宾斯(Robert Henry Robins,1921—2000)在《语言的分类史》(*The History of Language Classification*)中提出琼斯是"近代历史语言学理论和方法的直接揭示者"。1993年,美国学者坎农(Garland H. Cannon,1924—2020)在《威廉·琼斯选集导论》(Introduction, In: *The Collected Works of Sir William Jones*, Vol. Ⅰ)中强调琼斯是"现代语言学之父"。网络"世界传记/威廉·琼斯传记"评价:威廉·琼斯"1786年发表的有关梵语的论述,……正如人们称道的伽利略、哥白尼和达尔文的科学发现那样重要"。(http://www.notablebiographies.com/supp/Supplement-Fl-Ka/Jones-William.html)。

为了清楚地了解琼斯演讲中的语言"相似–同源讲辞"以及"种族–语言关系"内容,务必研读琼斯演讲的全部文本,因此有必要翻译琼斯的11次演讲全文。

一、学术史是否有真相的思考

常听说"历史是任人打扮的小姑娘",此话在20世纪50年代批判胡适时出现而流行至今,然而胡适(1891—1962)从未说过。胡适介绍詹姆士(William James,1842—1910)的实在论哲学,在其演讲稿《实验主义》(《新青年》,1919年第6卷第4号)中指出:

总而言之,实在是我们自己改造过的实在。这个实在里面含有无数人造的分子。实在是一个很服从的女孩子,他百依百顺的由我们替他涂抹起来,装扮起来。"实在好比一块大理石到了我们手里,由我们雕成什么像。"宇宙是经过我们自己创造的工夫的。(欧阳哲生编《胡适文集2》,北京:北京大学出版社,1998,第226页)

　　胡适提出的"实在"有三部分:一是感觉;二是感觉与感觉之间及意象与意象之间的种种关系;三是旧有的真理。胡适讲的是人们对所认识的"实在"改造,并非专指历史。

　　那么是谁曲解了这段话,而把"历史是任人打扮的小姑娘"安到胡适头上呢? 在20世纪50年代批判胡适的高潮中,《哲学研究》(1955年1月号)刊登过冯友兰的《哲学史与政治——论胡适哲学史工作和他底反动的政治路线底联系》(收入《胡适思想批判》第六辑,北京:生活·读书·新知三联书店,1955年,第81-98页)。冯友兰写道:"实用主义者胡适,本来认为历史是可以随便摆弄的。历史像个'千依百顺的女孩子',是可以随便装扮涂抹的。"

　　如果撇开这段历史公案,可以思考的是——"历史是任人打扮的小姑娘"这一比喻,其喻意是讥讽随心所欲的历史学家,还是认为历史实际上无真相? 现在多数人引用这句话,其含义是后者。于是问题就转化为——历史是否有真相。窃以为,所谓真相,存在于几种不同说法的对比之中。换言之,如果坚持只有一种说法,而不允许有其他不同的说法,就不可能有真相。反之,如果有了几种说法,人们就可以加以对比,自然也就有可能认清"相对真相"。在学术史研究中,真相首先必须建立在原始文献的基础上,当然对文献的理解或阐释难免存在主观性(立场角度、知识含量、价值取向、情感态度)。

　　毋庸置疑,威廉·琼斯是一位知识渊博的杰出学者,但就"历史比较语言学的创始人"这一赞誉而言,只有查阅了琼斯之前主要的比较语言学著作,在对语言历史比较的沿革(重点是16—18世纪)大体了解的基础上,才能给琼斯的"相似-同源讲辞"给予公允的评价和切实的定位。通过大量文献检索和仔细研读发现:(1)《第三年纪念日演讲》(1786)是一位博学的东方学家或亚洲学家关于亚洲种族(民族),主要是关于印度人研究的演讲,虽然提及一些语言的"相似-同源",但并非语言历史比较的专题报告。(2)琼斯11次演讲中关于语言关系的相关论述,依托的是欧洲学界以往的历史比较传统和梵文研究成果。(3)在欧洲,最早建立印欧语系假说和历史比较方法论的是尼德兰伯克斯洪(Boxhorn,1647),最早提出日耳曼辅音音变定律的是尼德兰凯特(Kate,1723)。研究芬兰-乌戈尔语族或阿尔泰语系的早期学者有:德国缪恩斯特(Münnster,1544)、芬兰维克雄纽斯(Wexionius,1650)、瑞典斯提恩希尔姆(Stiernhielm,1671)、尼德兰威特森(Witsen,1692)、瑞典斯塔伦贝格(Strahlenberg,1730)和匈牙利沙伊诺维奇(Sajnovics,1770)。如果不算犹太语法学家库莱什(Judah ibn Kuraish,8—9世纪)论证希伯来语、阿拉米语和阿拉伯语具有共同来源,那么最早提出闪米特语族雏形的是德国莱布尼茨(Leibniz,1710),最早建立"东方方言"(即闪米特诸语)谱系的是尼德兰斯库尔腾(Schultens,1738)。最早推定马达加斯加、东印度群岛等南岛语同源的是尼德兰雷兰德(Reeland,1708)。(4)就"种族-语言关系"而言,凡琼斯演讲中说对了的,都是前人已经提出且研究过的;凡琼斯演讲中说错了的,都是他推测臆想的,或前人研究尚未深入,或前人研究他未曾看到的。更重要的是,就琼斯本人而言,他并不希望自己仅被视为语文学家,并且一再提及语言只是实现其意图(亚洲民族学研究)的工具。通过考察发现,将琼斯塑为"历史比较语言学创始人"的驱动来自英美某些学者的民族情结。(李葆嘉、王晓斌、邱雪玫《尘封的比较语言学史:终结琼斯神话》,北京:科学出版社,2020)

二、"相似-同源讲辞"引用线索的厘清

19世纪以来,一些语言学家推崇琼斯,反复引用琼斯的"相似-同源讲辞"。然而,除个别作者查阅《第三年纪念日演讲》原文并全引此段,绝大多数都是辗转引用、删引、摘引,甚至漏引、讹引。因此,有必要查阅文献,逐一核实,以厘清其引用线索。

《第三年纪念日演讲:关于印度人》(1786)发表于1786年,讲稿正式刊于1788年《亚洲研究》第一卷(*Asiatic Researches*, Vol. 1. Calcutta: The Bengal Asiatic Society, p. 415–431)。后收入1807年《威廉·琼斯爵士著作集》第三卷(*The Works of Sir William Jones.* Vol. Ⅲ, p. 24–46)。此讲稿的第10个自然段(1个复杂句:5个分句、141个单词),西方学者或称philologer's passage(Cannon, 1968),我们则据其要义称为"相似-同源讲辞"。《著作集》(1807)中的原文(斜体为原文标注)是:

(1) The *Sanscrit* language, whatever be its antiquity, is of a wonderful structure; (2) more perfect than the *Greek*, more copious than the *Latin*, and more exquisitely refined than either, yet bearing to both of them a stronger affinity, both in the roots of verbs and in the forms of grammar, than could possibly have been produced by accident; (3) so strong indeed, that no philologer could examine them all three, without believing them to have sprung from some common source, which, perhaps, no longer exists: (4) there is a similar reason, though not quite so forcible, for supposing that both the *Gothick* and the *Celtick*, though blended with a very different idiom, had the same origin with the *Sanscrit*; (5) and the old *Persian* might be added to the same family, if this were the place for discussing any question concerning the antiquities of *Persia*. (Jones, 1807 Ⅲ: 34–35)

为了便于识别、核实和对比,我们给讲辞中的每个分句标注了序号,即按照分号(或冒号)定为5句。

《著作集》中的Sanscrit、Gothick、Celtick,其通行词形是Sanskrit、Gothic、Celtic。今据英语词源在线(https://www.etymonline.com)查考如下:

梵语Sanskrit(n.) 也作**Sanscrit**,指印度古代的神圣语言。17世纪10年代,来自梵语的samskrtam"整理有序,符合规则,使之完美"。原形samskrta来自:sam"一起"(<印欧语词根 *sem-"一;作为整体,与之一起") +krta-"使之成为,做,执行"(<印欧语词根 *kwer-"使之成为,形成")。《世纪词典》:"因此被称为富有修养的语言或文学语言,区别于粗俗方言。或以为,故而被视为完美的语言、神明的话语,由恒常正确的规则组成。"

哥特语Gothic(adj.) "哥特人的",古代日耳曼人,"与哥特人或其语言有关的",始见

于17世纪10年代。来自晚期拉丁语的 Gothicus,来自 Gothi,即希腊语的 Gothoi。古英语有 Gotisc。作为名词,从1757年起指"哥特人的语言"。学者们从17世纪用 Gothic 意指"日耳曼人、条顿人"。

凯尔特语 Celtic(adj.) 也作 **Keltic**,17世纪50年代见于考古学和历史学,"与(古代)凯尔特人 Celts 有关"。来自法语的 Celtique 或拉丁语的 Celticus,"与 Celts 有关的事物"。从1707年起,指包括爱尔兰语、盖尔语、威尔士语、布列塔尼语等在内的语群。

《著作集》中的 Sanscrit、Gothick、Celtick 应该反映了琼斯的用词特点。我们试译(标点按原文)如下:

(1) **梵语**这种语言,无论如何古老,都是一种绝妙的结构;(2) 比**希腊语**更完善准确,比**拉丁语**更丰富能产,并比二者更精致优雅,然在动词词根和语法形态两方面与它们皆有强烈的亲和力,这种关系不可能是偶然形成的;(3) 确实显而易见,以至于审察过这三种语言的语文学家,没有不相信它们来自某个共同源头,或许,该源头已不复存在:(4) 虽然不完全有说服力,但有类似理由,可以假定**哥特语**和**凯尔特语**虽与一些迥然不同的土话混合,仍与**梵语**具有相同源头;(5) 倘若此为讨论**波斯**古代史问题的场合,古**波斯语**也可加入同一家族。

接下来,依据《著作集》(1807)的讲辞版本,审视26位语言学史家(德国、丹麦、英国、俄罗斯、美国学者14位,中国学者12位)的"相似-同源讲辞"引文(英文、丹麦语译文、俄语译文、汉语译文)。

(一) 最早的英文版引用:缪勒(1851,1864)、本费(1869)

据文献查阅,最早引用琼斯"相似-同源讲辞"的可能是葆朴的学生、英国牛津大学德裔教授缪勒(Friedrich Max Müller, 1823—1900)1851年发表的《比较语文学》(Comparative Philology. The Edinburgh Review. No. CXCII. p. 297-338)。该文即缪勒1851年在牛津大学讲授比较语言学课程的讲义。今录出并核实如下:

The close relationship which the ancient vernacular of India bears to Greek and Latin, did not escape the eye of our ingenious Oriental scholar. Sir William Jones, who was the first to point out (1) the wonderful structure of the Sanskrit [间接引用]. He said, at once, '(2) that the old Sanskrit language of India was [增加成分] more perfect than the Greek, more copious than the Latin, and more exquisitely refined than either —[原逗号] yet bearing to both of them a stronger affinity [漏逗号] both in the roots of the verbs and in the forms of grammar, than could possibly have been produced by accident; (3) so strong, [有逗号] indeed, that no philologer could examine them all three, without believing them to have sprung from some common source, which, perhaps, no longer exists. [原冒号] (4) There [首字母改大写] is a similar reason, though not quite so forcible, for supposing that both the Gothic [非 Gothick] and Celtic [非 Celtick], though blended with a very different idiom, had the same origin with the Sanskrit. ［原分号］（5） The ［改大写，漏句间连词 and］ old Persian may ［原 might］ be added to the same family. ［删 if this were the place for discussing any question concerning the antiquities of Persia.］'（Müller 1851：316）

此后，缪勒在 1861 年《语言科学讲座》（*Lectures on the Science of Language, Delivered at the Royal Institution of Great Britain in April, May & June*, 1861, London：Longman, 1864）中再次引用了这段讲辞：

Sir William Jones（died 1794）, after the first glance at Sanskrit, declared that,（1）［少 The Sanscrit language,］whatever［少 be］ its antiquity, it was［原 of］ a language of most［多出短语］ wonderful structure,（2） more perfect than the Greek, more copious than the Latin, and more exquisitely refined than either, yet bearing to both of them a strong affinity.［少 both in the roots of verbs and in the forms of grammar, than could possibly have been produced by accident;］（3）［少 so strong indeed, that］'No philologer,' he writes,［增插入语］'could examine the Sanskrit, Greek, and Latin ［原 them all three］, without believing them to have sprung from some common source, which, perhaps, no longer exists.［原冒号］（4）There［首字母改大写］ is a similar reason, though not quite so forcible, for supposing that both the Gothic［非 Gothick］ and Celtic ［非 Celtick］ ［少 though blended with a very different idiom,］ had the same origin with the Sanskrit.（5）The［首字母改大写，漏句间连词 and］ old Persian may［原 might］ be added to the same family.'［删 if this were the place for discussing any question concerning the antiquities of Persia.］（Müller, 1864：163）

缪勒采取的是摘引，也未交代出处。据其《语言科学讲座》提及"Mr. Ellis discovered the Sanskrit original at Pondichery.（*Asiatic Researches*, vol. xiv.）"（Müller, 1864：159），以及《亚洲研究》第一卷数次重印（1801，1806），推测其引文盖出于此。

作为直接引用，最早见于德国哥廷根大学梵文和比较语法教授本费（Theodor Benfey, 1809—1881）的《19 世纪初以来的德国语言学和东方语文学的历史，以及对早期的回溯》（*Geschichte der Sprachwissenschaft und Orientalischen Philologie in Deutschland seit dem Anfange des 19. Jahrhunderts mit einem Rückblick auf die früheren Zeiten*. München：Buchhandlung, 1869）。今录出并核实如下：

（1）The Sanscrit language ［漏逗号］ whatever may ［增词］ be its antiquity, is of a wonderful structure;（2） more perfect than the Greek, more copious than the Latin, and more exquisitely refined than either, yet bearing to both of them a stronger affinity, both in the roots of verbs and in the forms of grammar, than could ［漏 possibly］ have been produced by accident;（3） so strong ［漏 indeed,］ that no philologer could examine them all tree ［three 之讹并漏逗号］ without believing them to have sprung from some common source, which, perhaps, no longer exists.［原冒号］（4）There ［首字母改大写］ is a similar reason, though not quite so forcible, for supposing that both the Gothic ［非 Gothick］ and the Celtic ［非 Celtick］, though blended with a[漏very] different idiom, had the same origin with the Sanscrit. (Benfey,1869:348)

除了标出的这几处漏词和改动,本费的引文还删除或未引句(5):"and the old Persian might be added to the same family, if this were the place for discussing any question concerning the antiquities of Persia." 引文之前,本费(1869:347)说明:Diese sinden sich in den *Asiatic Researches* T. I. p. 422 (geschrieben 1786 und verösentlicht 1788)。

(二) 汤姆逊转引(1902)、波拉克英文全引(1927)、绍尔俄译(1938)、黄振华汉译(1960)

1902年,丹麦语言学家、哥本哈根大学教授汤姆逊(Ludvig Peter Vilhelm Thomsen, 1842—1927)刊行丹麦文版《语言学史:简要回顾》(*Sprogvidenskabens historie: En kortfattet Fremstilling*)。1927年,奥地利语言学家和教育家波拉克(Hans Pollak, 1885—1976)移译为德文版《十九世纪末以前的语言学史:要点简述》(*Geschichte der Sprachwissenschaft bis zum Ausgang des 19, Jahrhunderts: kurzgefasste Darstellung der Hauptpunkte*)。1910年他曾访学瑞典,1916—1918年借调到瑞典隆德大学任校长。1926—1934年再次出任隆德大学校长,由此翻译了这部语言学史。1938年,世界上第一位女语言学家、语言学史家、苏联莫斯科大学教授绍尔(Розáлия Óсиповна Шор, 1894—1939)指导其学生据德文版转译为俄文版《十九世纪末以前的语言学史》(*История языковедения до конца XIXвека*)。此为绍尔主持翻译出版的"西方语言学家"(*Языковеды Запада*)丛书的第五部。

1960年,中国民族古文字学家黄振华(1930—2003)据俄文版转译《十九世纪末以前的语言学史》(北京:科学出版社)。该引文的汉译是:

(1) 梵语尽管很古老,但它具有令人惊讶的结构,(2) 它比希腊语更完美,比拉丁语更丰富,比它们任何一种语言都更精练,它同这两种语言无论在动词根还是在语法形式上都有如此亲密的亲属关系,那不可能是偶然产生的;(3) 它们的亲属关系是那样明显,以致研究过这三种语言的语文学家没有一个不会不相信它们都是同出于一源的,这个语源可能已经不复存在了,(4) 但是也有同样的基础(虽然并不完全令人信服)可以说,哥特语和凯尔特语尽管与非常多的方言混在一起,那也都和梵语一样是同出一源;(5) 古波斯语也许可以算入这个语系,如果这里有篇幅来供我们讨论波斯语史的话。(黄振华译,1960:60-61)

此为中国学界关于琼斯"相似-同源讲辞"的第一个完整汉译版。绍尔所译俄文版的琼斯"相似-同源讲辞"如下:

(1) Санскритский язык, какова бы ни была его древность, обладает удивительной структурой, [原分号](2) более совершенной, чем греческий язык, более богатой, чем латинский, и более изысканной, чем каждый из них, но носящей в себе настолько

близкое роде во с этими двумя языками как в корнях глаголов, так и в формах грамматики, что оно не могло быть порождено случайностью;(3) родство настолько сильное[中间无逗号],что ни один филолог, который занялся бы исследованием этих трех языков, не сможет не поверить тому, что они все произошли из одного общего источника, который, быть может, уже более не существует;(4) имеется аналогичное основание, хоть и не столь убедительное, предполагать, что и готский и кельтский языки, хотя и смешанные с совершенно различными наречиями, имели то же происхождение, что и санскрит;(5) к этой же семье языков можно было бы отнести и древнеперсидский, если бы здесь было место для обсуждения вопросов о древностях персидских. (Шор,1938:57-58)

俄译本的底本是波拉克的德译本,德译本所引琼斯"相似-同源讲辞"如下:

(1) The Sanscrit language, whatever be its antiquity, is of a wonderful structure;(2) more perfect than the Greek, more copious than the Latin, and more exquisitely refined than either, yet bearning to both of them a stronger affinity, both in the roots of verbs and in the forms of grammar, than could possibly have been produced by accident;(3) so strong, [有逗号] indeed, that no philologer could examine them all three, without believing them to have sprung from some common source, which, perhaps, no longer exists:(4) there is a similar reason, though not quite so forcible, for supposing that both the Gothick[非Gothic] and the Celtick[非Celtic], though blended with a very different idiom, had the same origin with the Sanscrit;(5) and the old Persian might be added to the same family, if this were the place for discussing any question concerning the antiquities of Persia. (Pollak,1927:52)

波拉克德译本的引文是英语原文全引(比《著作集》多一逗号)。绍尔俄译本中的此段讲辞,即据此英文原文移译。与波拉克相比,俄译本句(1)末尾的分号改逗号,句(3)的 родство настолько сильное 中间无逗号。前者在黄振华汉译版中留下了痕迹。

我们进一步核查汤姆逊丹麦文版中的此段引文:

(1) The Sanscrit language, whatever may [增词] be its antiquity, is of a wonderful structure;(2) more perfect than the Greek, more copious than the Latin, and more exquisitely refined than either;[原逗号] yet bearing to both of them a stronger affinity, both in the roots of verbs and in the forms of grammar, than could [漏possibly] have been produced by accident;(3) so strong[漏indeed,] that no philologer could examine all the three[漏逗号] without believing them to have sprung from some common source which, perhaps, no longer exists;[原冒号](4) there is a similar reason, though not quite so forcible, for supposing that both the Gothic[非Gothick] and Celtic[非Celtick], though blended with a [漏very] different idiom, had the same origin with the Sanscrit. (Thomsen,1902:46)

205

与本费一样,句(5)"and the old Persian might be added to the same family, if this were the place for discussing any question concerning the antiquities of Persia."删除。汤姆逊在引文前说明,"Allerede i 1786 udtalte han sig i 1ste bind af de af dette selskab udgivne *Asiatic Researches*, s. 422",即早在 1786 年,琼斯就在该公司出版的《亚洲研究》第一卷第 422 页中表达了其看法。不过,汤姆逊没有细阅本费的说明"geschrieben 1786 und veröffentlicht 1788",即写于 1786 年,刊于 1788 年。汤姆逊的脚注是"Jf. BENFEY Gesch. d. Sprachw. s. 348",即"参见本费《语言学史》,348 页"。通过核查,该引文转引自本费(仅两处标点不同)。本费错的他也错了,本费删的他也删了,表明没有与《亚洲研究》原文核实。与本费、汤姆逊的引文不完整,且有删句、增词、漏词等不同,波拉克并非照搬汤姆逊的转引,而是第一次全引,此应查阅过琼斯原文,由此才有了绍尔的俄译全引,才有了黄振华又据俄译的汉译全引。

(三)裴特生丹译(1924)、斯帕戈英译(1931)、钱晋华汉译(1958)、徐志民转引(1990)

1924 年,丹麦语言学家、哥本哈根大学教授裴特生(Holger Pedersen, 1867—1953)刊行丹麦文《十九世纪的语言科学:方法和成果》(*Sprogvidenskabens i det nittende Aarhundrede: Metoder og Resultater*. København: Gyldendalske Boghandel)。在讲述本费观点时引用琼斯讲辞,并译为丹麦文。

Hvorledes sproget virkede på disse lærde, ses bedst av en ofte siteret udtalelse af William Jones fra 1786 om, (2) at sanskrit i forhold til latin og græsk udviste "en stærkere overensstemmelse både i udsagnsordenes rødder og i grammatikkens former, end der kunde være fremkommen ved tilfælde; (3) så stærk, at ingen filolog vilde kunne undersøge alle tre sprog uden at få den tro, at de er udsprungne fra en eller anden fælles kilde, som måske ikke længer eksisterer; (4) der er en lignende, om end ikke fuldt så tvingende grund til at antage, at både gotisk og keltisk, skønt blandede med et forskelligt sprog, har haft oprindelse tilfælles med sanskrit."(Pedersen, 1924: 17-18)

琼斯讲辞的一头一尾,即句(1)及句(5)未引。句(2)前段"more perfect than the Greek, more copious than the Latin, and more exquisitely refined than either, yet bearing to both of them a stronger affinity"删去。裴特生最先知道该段讲辞似乎应来自其师汤姆逊,但其摘引方式与缪勒类似,故其引文或许来自《语言科学讲座》。

1931 年,美国语言学家、芝加哥大学助理教授斯帕戈(Jone Webster Spargo, 1896—1956)将裴特生的这部著作译为英文版《语言的发现:十九世纪的语言科学》(*The Discovery of Language: Linguistic Science in the Nineteenth Century*. Cambridge, Massachusetts: Harvard University Press)。此节的英文是:

The impression the language made on English[裴特生丹麦文中无此限定] scholars is best seen in an often quoted statement of Sir William Jones in 1786[此句与裴特生丹麦文中的含义有差别],(2) to the effect that Sanskrit in relation to Greek and Latin "bears[原为 yet bearing to both of them] a stronger affinity, both in the roots of verbs and in the forms of grammar, than could possibly have been produced by accident;(3) so strong,[有逗号] indeed, that no philologer could examine them all three[漏逗号] without believing them to have sprung from some common source, which, perhaps, no longer exists;[原冒号](4) there is a similar reason, though not quite so forcible, for supposing that both the Gothick[非通行词形] and the Celtick[非通行词形], though blended with a very different idiom, had the same origin with the Sanskrit[用通行词形]."(Spargo,1931:17-18)

与波拉克(1927)撇开汤姆逊将英文全引不同,斯帕戈依据裴特生摘引的丹麦文对译。不过,这不代表斯帕戈没有可能参考讲辞的英文版本。

据斯帕戈移译的英文版,中国翻译家钱晋华(1910—2004)转译为《十九世纪欧洲语言学史》(北京:科学出版社,1958)。琼斯的这段话汉译如下:

这个语言(梵语)给英国学者的印象在威廉·琼斯爵士于1786年所写的一段常为人引用的叙述里看得非常清楚,大意是说:"(2)梵语的动词词根和语法形式,同希腊语和拉丁语有着十分明显的亲密关系——不可能是偶然产生的巧合。(3)的确,任何一个语文学家要是把这三种语言仔细考察一番,就会相信它们出于共同的来源,不过这个共同的来源也许不存在了。(4)同样理由,尽管证据不如上述的明显,可以假定哉特语和克尔特语虽然掺杂了很不同的语言成分,也跟梵语来自同一渊源。"(钱晋华译,1958:18)

由于裴特生是摘引,因此英译版和汉译版的这段琼斯讲辞也就并非全引。但是,钱译"这个语言(梵语)给英国学者的印象在威廉·琼斯于1786年所写的一段常为人引用的叙述里非常清楚",与斯帕戈移译的"The impression the language made on English scholars is best seen in an often quoted statement of Sir William Jones in 1786"(这种语言给英国学者留下的印象,明显见于经常被引用的威廉·琼斯爵士1786年的一段论述)已有出入,与裴特生的丹麦文"Hvorledes sproget virkede på disse lærde, ses bedst av en ofte siteret udtalelse af William Jones fra 1786 om"(该语言对这些学者的影响,可从他们经常引用威廉·琼斯1786年发表的一段论述中明显看出)的含义差别更大。

此后,徐志民(1936—2021)出《欧美语言学简史》(上海:学林出版社,1990),在中国高校语言学史教育中具有重要影响。所引琼斯"相似-同源讲辞"如下:

(2)梵语的动词词根和语法形式,同希腊语和拉丁语有着十分明显的亲密关系——不可能是偶然产生的巧合。(3)的确,任何一个语文学家要是把这三种语言仔细考察一番,就会相信它们出于共同的来源,不过这个共同的来源也许不存在了。(4)同样理由,尽管证据不如上述的明显,可以假定峨特语和克尔特语虽然掺杂了很不同的语言成分,也跟梵语来自同一渊源。(徐志民,1990:77-78)

当页有脚注"①转自裴特生《十九世纪欧洲语言学史》,商务印书馆,1958 年,第18 页"。砍头去尾,直接转引钱晋华的汉译。

(四) 康德拉绍夫俄译(1979)、杨余森转引(1985)、斯捷波纳维丘斯俄译(1973)、叶斯柏森(1922)

苏联语言学家康德拉绍夫(Николай Андреевич Кондрашов,1919—1995)的《语言学研究史:教学参考》(История лингвистических учений: учебное пособие. М.: Просвещение,1979),杨余森汉译本题名《语言学说史》(武汉:武汉大学出版社,1985)。琼斯讲辞汉译如下:

(1) 梵语尽管很古老,但它的结构是最奇特的,(2) 它比希腊语更完备,比拉丁语更丰富,并且比这两种语言都更精美,可是它们无论在动词词根方面,还是在语法形式方面,都有很显著的相同点,这不可能是出于偶然的;(3) 的确,这些相同点是这样显著,使得研究这三种语言的语文学家,没有一个能不相信它们是出于共同的来源,显然这个共同的来源现在也许不存在了;(4) 我们有同样的理由相信,虽然这理由并不那么有力,哥特语和克勒特语,虽然杂有不同语言的成分,也跟梵语有相同的来源。(5) 古波斯语也可以加入这一语系里面。(杨余森译,1985:32-33)

此汉译与岑麒祥(1958)的汉译相同(即转引),除了"峨特语"改用"哥特语",还有个别标点和语气词有别。核查康德拉绍夫的俄译引文:

(1) Санскритский язык при всей своей древности обладает изумительным строем. (2) Он совершеннее греческого,богаче латинского и утонченнее обоих,в то же время он обнаруживает столь близкое родство с греческим и латинским языками как в глагольных корнях,так и в грамматических формах,что оно не могло сложиться случайно;(3) родство это так поразительно,что ни один филолог,который желал бы эти языки исследовать[有漏译],не сможет не поверить,что все они возникли из одного общего источника[有漏译],которого,быть может,уже не существует. (4) Имеется сходное,хотя и не столь убедительное основание полагать,что готский и кельтский языки,хотя они и смешаны с совсем другими диалектами,произошли из того же источника;(5) к этой же семье языков можно было причислить и древнеперсидский язык. [未译 если бы здесь было место для обсуждения вопросов о древностях персидских.](Кондрашов,1979:30)

康德拉绍夫的俄译与英语原文有些出入。如句(3)"研究这些语言的语文学家",英文原是"philologer could examine them **all three**",俄译"что ни один филолог,который желал бы эти языки исследовать",漏掉"三种";再如,"来自……共同源头",英文原是"had the same origin **with the Sanscrit**",俄译"что все они возникли из одного общего источника", 漏掉"与梵语"。最后的"if this were the place for discussing any question concerning the antiquities of Persia"未译或删除。康德拉绍夫未注出处。其俄译与绍尔差异较大,盖另有底本。

此前,1973 年,时属苏联的立陶宛维尔纽斯大学英语史教授斯捷波纳维丘斯(Альбертас Степонавичюс,1934—2018)在《语言变化和历时音系学问题(1)》[*Языковое изменение и проблемы диахронической фонологии(I)*]中也有该讲辞的俄译。

(1) Санскритский язык, какова бы ни была его древность, отличается удивительной структурой;(2) он совершеннее греческого, богаче латинского и превосходит и тот, и другой своим изяществом;[原逗号] тем не менее сходство его с обоими — как в корнях слов[英文是 the roots of verbs], так и в формах грамматики—слишком велико, чтобы оно могло возникнуть случайно;(3) оно действительно столь велико, что ни один филолог, изучающий три этих языка, не может усомниться в том, что они возникли из общего источника, возможно уже не существующего.[原冒号](4) Можно с подсобным же основанием, хотя и с меньшей уверенностью, предполагать,[未译хотя и смешанные с совершенно различными наречиями,] что готский и кельтский суть общего происхождения с санскритом;(5) к этой же семье можно причислить и древнеперсидский.[未译 если бы здесь было место для обсуждения вопросов о древностях персидских.](Степонавичюс,1973:154)

明显的漏词是将英语的 the roots of verbs(动词词根)译为俄语的 корнях слов(词根)。作者自注:引自 O. Jespersen. *Language*, London, 1949, p. 33-34。由此需要核查丹麦语言学家叶斯柏森(Otto Jespersen, 1860—1943)《语言的本质、发展和起源》(*Language, Its Nature, Development and Origin.* London:G. Allen & Unwin,1922)中的引文。

(1) The Sanscrit language, whatever be its antiquity, is of a wonderful structure;(2) more perfect than the Greek, more copious than the Latin[漏逗号] and more exquisitely refined than either;[原逗号]yet bearing to both of them a stronger affinity, both in the roots of verbs and in the forms of grammar, than could possibly have been produced by accident;(3) so strong,[有逗号] indeed, that no philologer could examine them all three[漏逗号] without believing them to have sprung from some common source, which, perhaps, no longer exists.[原冒号](4) There is a similar reason, though not quite so forcible, for supposing that both the Gothic[非 Gothick] and the Celtic[非 Celtick] … [省略though blended with a very different idiom,] had the same origin with the Sanscrit;(5) and the old Persian might be added to the same family.[删除 if this were the place for discussing any question concerning the antiquities of Persia.](Jespersen, 1922: 33-34)

叶斯柏森的引文也未注明出处。根据其《前言》提及的参考书目:

在该书的理论章节之前,我对语言科学史进行了简短查考,以表明我关注的问题前人如何研究的。在这一部分(第一册)中,我自然使用了本费、劳默尔、戴尔布鲁克……汤姆逊、欧特尔和裴特生关于这一主题的佳作。(Jespersen,1922 Preface:4)

叶斯柏森也是汤姆逊的学生,盖基于本费或汤姆逊版本(第5句删除),又参考了其他资料(补充第5句的前半句)。康德拉绍夫的俄译引文,也许同样来自叶斯柏森。

(五) 林枞敔汉译(1943)、岑麒祥汉译(1958)、冯志伟摘引(1987)

关于琼斯"相似-同源讲辞"的汉译,最早见于林枞敔(1915—1975)编译的《语言学史》(上海:世界书局,1943)。

(1) 不论多么古老,梵语是个奇怪的语言;(2) 比希腊语更完备,比拉丁语更丰富,又比二者都更严密;但与二者有着紧紧的相似性,如在动词语根及文法形式上,这决非偶然的巧合;(3) 真是紧紧地相似,致使没有一个语言学家在考察它们三者时不会觉得它们发源于同一的源流,这一源流当然现已不再存在。(4) 因此,虽不很有力,也有理由可以假设……那哥德语与凯尔特语跟梵语是共源的;(5)古波斯语或可加入这个语族。(转录 Pedersen, *Linguistic Science*)(林枞敔,1943:55-56)

该引文接近全引,但句(4)中的"though blended with a very different idiom",句(5)中的"if this were the place for discussing any question concerning the antiquities of Persia"漏译或未引。林枞敔自注转录 Pedersen,但裴特生原著中为摘引,据其汉译没有这样完整。如果依据斯帕戈的英文版,译出的又并非如此。由此,林枞敔所译的这段当另有底本。查林枞敔的主要参考文献,列有叶斯柏森的《语言的本质、发展和起源》。经核对,林枞敔汉译与叶斯柏森书中的琼斯讲辞吻合,因此其自注转录 Pedersen 不切。

岑麒祥(1903—1989)编著的《语言学史概要》(北京:科学出版社,1958)是20世纪中国出版的第二部语言学史,作为教材影响很大。书中所引"相似-同源讲辞"如下:

(1) 无论多么古老,梵语的结构是最奇特的,(2) 它比希腊语更完备,比拉丁语更丰富,并且比这两种语言都更精美,可是它们无论在动词的词根方面,还是在语法形式方面,都有很显著的相同点,这不可能是出于偶然的;(3) 确实的,这些相同点是这样显著,使得考究这三种语言的语文学家,没有一个能不相信它们是出于共同的来源,虽然这个共同的来源现在也许已经不存在了;(4) 我们有同样的理由相信,虽然这理由并不那么有力,峨特语和克勒特语,虽然杂有不同语言的成分,也跟梵语有相同的来源。(5) 古波斯语也可以加入这一个语系里面。(岑麒祥,1958:99-100)

岑译"峨特语"即哥特语,"克勒特语"即凯尔特语。句(5)中的"if this were the place for discussing any question concerning the antiquities of Persia"漏译或不译。

《语言学史概要》中此段引文未注出处,其书后"主要参考书目"中有:Томсен: *История языковедения до конца XIXвека*, 1938; Pedersen: *Linguistic Science in the*

Nineteenth Century. 1931；Jespersen：*Language, its Nature, Development and Origin*. 1934；Müller：*The Science of Language*. 1899。经过比对，岑译最近似叶斯柏森，即删除了句(5)中的"if this were the place..."。但是岑译中有"虽然杂有不同语言的成分"，此"though blended with..."叶斯柏森用省略号表示，而裴特生的英译本却未省略。据此推知，岑译引文依据叶斯柏森，同时参考了裴特生的英译本。依据汤姆逊的俄译本似乎不可能，因为如果依据之，岑译引文又何必省略与删除。

冯志伟编著的《现代语言学流派》(西安：陕西人民出版社，1987)是20世纪80年代最富影响力的一部现代语言学史。书中所引琼斯讲辞如下：

(1) 无论多么古老，梵语的结构是最奇特的，(2) 它比希腊语更完备，比拉丁语更丰富，并且比这两种语言都更精美，可是它们无论在动词的词根方面，还是在语法的形式方面，都有很显著的相同点，这不可能出于偶然；(3) 事实上，这些相同点是这样的显著，使得研究这三种语言的语文学家，没有一个能不相信它们是出于共同的来源。(冯志伟，1987：5-6)

此摘引前三句，与其师岑麒祥译文雷同。本章参考文献中有"岑麒祥《语言学史概要》，科学出版社，1964年"(冯志伟，1987：11)。

(六) 罗宾斯(1967)、上外汉译(1987)、许德宝等汉译(1997)、桑迪斯(1921)

英国语言学史家罗宾斯(Robert Henry Robins，1921—2000)的《语言学简史》(*A Short History of Linguistics*. 1st ed. 1967, 2nd ed. 1979, 3rd ed. 1989, 4th ed. 1996)影响极大。该书有两个中文译本。上海外国语学院外国语言文学研究所翻译的第二版《语言学简史》(合肥：安徽教育出版社，1987)，其中琼斯讲辞的汉译如下：

(1) 不论梵语的古老状况如何，它的结构极为奇妙，(2) 比希腊语更完美，比拉丁语更丰富，比二者提炼得更为典雅。然而它在动词词根和语法形式上却同希腊语、拉丁语极为相似，这决不可能出于巧合。(3) 任何一个语文学家在研究梵语、希腊语和拉丁语时不可能不相信它们出自某种共同始源语，但这种共同始源语现在可能已经不复存在了。(4) 基于一种类似的，虽然可能不是那么有力的理由，还可以假定，哥特语和凯尔特语同梵语之间也有共同的起源。(上外译，1987：165)

许德宝等译第四版《简明语言学史》(北京：中国社会科学出版社，1997)，对琼斯的讲辞汉译如下：

(1) 梵语不论其过去情况如何，它的结构极为奇妙，(2) 比希腊语更完善，比拉丁语更丰富，比两者都更优美成熟。然而它在动词词根和语法形式上却同希腊语、拉丁语极为相似，这决不会是巧合。(3) 研究这三种语言的语文学家，都相信它们源于某种共同的、可能已经消失的原始语。(4) 由于类似但说服力可能弱一些的原因，我们还可以假定，哥特语和凯尔特语同梵语之间也有共同的起源。(许德宝等译，1997：164)

罗宾斯原著(4th ed. 1997;北京:外语教学与研究出版社影印,2001)中的引文是:

(1) The Sanskrit[非 Sanscrit] language, whatever be its Antiquity[原首字母小写], is of a wonderful structure;(2) more perfect than the Greek, more copious than the Latin, and more exquisitely refined than either; yet bearing to both of them a stronger affinity, both in the roots of verbs and in the forms of grammar, than could possibly have been produced by accident;(3) so strong[无逗号]indeed, that no philologer could examine them[漏词] all three[漏逗号] without believing them to have sprung from some common source, which, perhaps, no longer exists.[原冒号](4) There[原首字母小写] is a similar reason.[原逗号] though not quite so forcible, for supposing that both the Gothic[非 Gothick] and the Celtic[非 Celtick][漏though blended with a very different idiom,] had the same origin with the Sanskrit[非 Sanscrit]. (Robins, 2001:168)

除了标点有改、首字母改为大写和漏词等,罗宾斯的这段引文还有漏掉的成分。由此可见,作者未核实《第三年纪念日演讲》的原刊或重印本。

关于引文出处,罗宾斯有注:"84:Quoted, *inter alios*, by J. E. Sandys, *History of classical scholarship*(third edition), Cambridge, 1921, volume 2. 438-9; C. F. Hockett, 'Sound change', *Language* 42(1965), 185-204. For a full biography of Sir William Jones see G. Cannon. 1990."(Robins, 2001:187)其中霍凯特的《语音演变》只是赞扬琼斯,并未引用其讲辞。

英国古典学家桑迪斯(John Edwin Sandys, 1844—1922)的《古典学术史》(1921)所引琼斯讲辞如下:

(1) The Sanscrit language, whatever may[增词] be its antiquity, is of a wonderful structure;(2) more perfect than the Greek, more copious than the Latin, and more exquisitely refined than either, yet bearing to both of them a stronger affinity, both in the roots of verbs and in the forms of grammar, than could [漏possibly] have been produced by accident; (3) so strong[漏indeed,] that no philologer could examine the Sanscrit, Greek, and Latin, without believing them to have been sprung from some common source, which, perhaps, no longer exists.[原冒号](4) There[首字母改大写]is a similar reason, though not quite so forcible, for supposing that both the Gothic[非 Gothick] and Celtic[非 Celtick],[漏though blended with a very different idiom,] had the same origin with the Sanscrit.[原分号] (5) The[首字母改大写,漏掉句首and] old Persian may be added to the same family. (Sandys, 1921, 438-439)

虽然罗宾斯注明转引自此,但桑迪斯要比罗宾斯完整些。桑迪斯引文用 Sanscrit,罗宾斯用 Sanskrit。若与本费相比,除了同样的增词、漏词等,还漏掉句(4)中的"though blended with a very different idiom,"以及句(5)与句(4)的关联词 and。最后的"if this were the place for discussing any question concerning the antiquities of Persia"也未见。

桑迪斯（Sandys, 1921: 439）列出的出处：*Asiatic Researches*, i 411（1786），*Works*, iii 34（1807），duly noticed in Max Müller's *Lectures*, i 177[5]，Benfey's *Gesch. der Sprachwissenschaft*, 348, and Thomsen's *Sprogvidenskabens Historie*（Copenhagen, 1902），46。其中"*Asiatic Researches*, i 411（1786）"有误，据本费（1869: 347）说明：Diese sinden sich in den Asiatic Researches T. I. p. 422（geschrieben 1786 und veröffentlicht 1788）。琼斯演讲于1786年，但文稿刊出是1788年。此段讲辞的页码是422–423页。

缪勒、本费和汤姆逊的引文皆不完整。遗憾的是，桑迪斯列出这么多出处，还没能给出完整无误的引文。关键在于，根本的出处即琼斯的原著，桑迪斯却疏于核查。到罗宾斯书中，则依然如故。

（七）刘润清汉译（1995）、莱曼重印（1967）、刘润清等删引（2002）

刘润清编著的《西方语言学流派》（北京：外语教学与研究出版社，1995），在中国高校语言学教育尤其是外语专业中具有重要影响。所引琼斯讲辞如下：

（1）梵语，不论其历史如何，有绝妙的结构，（2）比希腊语更完善，比拉丁语更丰富，比二者提炼得更高雅，但它与二者在动词根和语法形式上都非常相似，这种相似不可能是偶然的。（3）这种相似如此明显，任何**哲学家**在研究梵语、希腊语和拉丁语时都不能不认为，这些语言来自于同一始源语，而这种始源语也许不存在了。（4）由于类似的道理——虽然不那么有说服力，可以认为哥特语和凯尔特语也与梵语同源而来。（刘润清，1995: 47）

其中，句（4）省略"though blended with a very different idiom"，句（5）未见汉译。有一处误译，即 phil**olog**er（语文学家）被译为"哲学家"（philo**soph**er）。

其师许国璋（1915—1994）所撰《中国大百科全书·语言文字》（北京：中国大百科全书出版社，1988）"琼斯"词条，也将 philologer 译为"哲学家"。

1786年他在亚细亚研究会的一次学术讲演中，指出梵语与希腊、拉丁语的联系。他说："（2）梵语……的动词词根和语法形式与希腊、拉丁语酷似，这决非偶然。（3）任何考查过这三种语言的**哲学家**，不能不认为三者同出一源。不过始源语言恐已不存于世。（4）同时也有理由假定（虽然理由还不很足），哥特语、凯尔特语与梵语虽然面目迥异，但与梵语仍属同源，（5）而波斯语也属同一语族。"这一讲演全文见 W. P. 莱曼编《19世纪历史印欧语言学资料选编》。（许国璋，1988: 324）

其中汉译"哥特语、凯尔特语与梵语虽然面目迥异，但与梵语仍属同源"，与英文"the Gothic and the Celtic, though blended with a very different idiom, had the same origin with the Sanskrit"含义不合。原文指哥特语、凯尔特语与一些迥异的土语混合，而非哥特语、凯尔特语与梵语面目迥异。再查莱曼原文（Lehmann, 1967: 18），此处单词是 philologer，译为"哲学家"（philosopher）有失准确。

刘著的引文后未注出处，但在琼斯讲辞之后有段评论，末尾注"引自 Holger Pedersen：

The Discovery of Language,1962"(刘润清,1995:47),似乎表明其引文与斯帕戈的英文版有关。但依据斯帕戈所译这段讲辞,其中没有句(1),句(4)中有"though blended with a very different idiom",因此揣测,刘著的汉译可能参考了其他资料。

2002年,刘润清、封宗信出版 *Theories and Schools of Linguistics*(《语言学理论与流派》,南京师范大学出版社)。琼斯的这段讲辞引文是:

(1) The Sanskrit[非 Sanscrit] language, whatever be its antiquity, is of a wonderful structure;(2) more perfect than the Greek, more copious than the Latin, and more exquisitely refined than either; yet bearing to both of them a stronger affinity, both in the roots of verbs and in the forms of grammar, than could possibly have been produced by accident; (3) so strong[无逗号] indeed, that no philologer could examine all three without believing them to have sprung from some common source, which, perhaps, no longer exists.[原冒号] (4) There[首字母改大写] is a similar reason, though not quite so forcible, for supposing that both the Gothic[非 Gothick] and the Celtic[非 Celtick][漏 though blended with a very different idiom,] had the same origin with the Sanskrit[非 Sanscrit];(5) and the Old[首字母改大写] Persian might be added to the same family[漏,if this were the place for discussing any question concerning the antiquities of Persia]. (in Lehmann 1967:15)(刘润清、封宗信,2002:59-60)

此引文不全且有讹。所注出处"in Lehmann 1967:15",与正文后 Bibliography 中的"Lehmann,W. P. 1962"(刘润清、封宗信 2002:441)年份不一。美国历史语言学家莱曼(Winfred Philipp Lehmann,1916—2007)的《历史语言学导论》(*Historical Linguistics, An Introduction*. 1st ed. 1962,2nd ed. 1973,3rd ed. 1992)无1967年版。1967年,莱曼编有《十九世纪历史印欧语言学读本》(*A Reader in Nineteenth-Century Historical Indo-European Linguistics*,Bloomington:Indiana University Press),其 Chapter 1. Sir William Jones:The Third Anniversary Discourse, on the Hindus(p.7-20)。该书信息在《语言学理论与流派》的 Bibliography 中阙如。

莱曼《十九世纪历史印欧语言学读本》这段讲辞中,与众不同或有误的几句是:

(1) The Sanskrit[非 Sanscrit] language,…(3) so strong[无逗号] indeed, that no philologer could examine them all three,[有逗号] without believing them to have sprung from some common source, which, perhaps, no longer exists:[未改逗号] (4) there[首字母未改大写] is a similar reason, though not quite so forcible, for supposing that both the Gothic[非 Gothick] and the Celtic[非 Celtick],[未漏] though blended with a very different idiom, had the same origin with the Sanskrit;(5) and the old[首字母未改大写] Persian might be added to the same family,[未漏] if this were the place for discussing any question concerning the antiquities of Persia. (Lehmann,1967:18)

莱曼的重印版与波拉克的引文相似,差别之处在于:Sanscrit 作 Sanskrit,so strong 后面无逗号,Gothick、Celtick 作 Gothic、Celtic。《语言学理论与流派》这段引文中的修改标点、将某些单词的首字母改为大写以及删除成分或子句,是其作者所改。

刘润清《西方语言学流派》(1995:75)本章参考文献列有:1. 莱曼《历史语言学导论》(1962);4. 罗宾斯《语言学简史》(1967);5. 裴特生著、斯帕戈译《十九世纪的语言科学》(Cambrige, Massachusetts, 1931)又称《语言的发现》(The Discovery of language, Bloomington, Indiana, 1962)。通过比对,《西方语言学流派》的琼斯讲辞汉译,与罗宾斯引文最为相似、与莱曼的重印版相似度次之,与斯帕戈所译相似度较低。

(八) 姚小平汉译(2011)、海登等重印(1967)

姚小平的《西方语言学史》(北京:外语教学与研究出版社,2011)是 21 世纪初期一部重要的语言学史,其特色是有自己的许多专题研究。书中所引琼斯讲辞如下:

(1) 梵语是一种构造精妙的语言,(2) 它比希腊语更完善,比拉丁语更丰富,比这两种语言都更为优雅。而且,梵语同这两种语言都有密切的亲缘关系(affinity),这种关系从动词的根和语法的形式两个方面均可看出,因此几乎不可能是偶然发生的。(3) 这样的亲缘关系实在太明显了,任何一个语文学家在面对这三种语言时都会深信,它们是从某个可能已经消亡的共同根源生成的。(4) 出于类似的原因,虽然理由不那么充分,我们可以认为哥特语和凯尔特语也都同源于梵语,尽管这两种语言掺杂有差异很大的方言土语。(5) 至于古波斯语,也可以归入同一个语系。(姚小平,2011:219)

脚注 3:原载 *Asiatic Researches or Transactions of the Society*, Vol. 1. 1788. Calcutta:The Bengal Asiatic Society,收于 Hayden et al., *Classics in Linguistics*(1967:58-78)。

该汉译引文的出处最为规范,分为原载和收于(海登等《语言学经典》)。汉译近似全引,句(1)中的"whatever be its antiquity",句(5)中的"if this were the place for discussing any question concerning the antiquities of Persia"未译。此外,其在下文中(姚小平,2011:220)还引用了琼斯该次演讲的结论。

(九) "亚洲研究版"(1788 初刊)和"著作集版"(1807 重印)之谜

姚小平的引文来自美国塔尔萨大学教授海登(Donald Earl Hayden, 1915—2013)、奥尔沃思(Elmer Paul Alworth, 1917—2002)和泰特(Gary Tate, 1930—2012)选编的《语言学经典》(*Classics in Linguistics*. New York:Philosophical Library, 1967)。《第三年纪念日演讲》重印弁言(Hayden et al. 1967:58)说明:"'The Third Anniversary Discourse' was published by the Bengal Asiatic Society in *Asiatic Researches or Transactions of the Society*, Volume One, Calcutta, 1788."其中"相似-同源讲辞"如下:

(1) The Sanscrit language, whatever be its antiquity, is of a wonderful structure; (2) more perfect than the Greek, more copious than the Latin, and more exquisitely refined than either, yet bearing to both of them a stronger affinity, both in the roots of verbs and in the forms

of grammar, than could possibly have been produced by accident;(3) so strong[无逗号] indeed, that no philologer could examine them all three, without believing them to have sprung from some common source, which, perhaps, no longer exists:(4) there is similar reason, though not quite so forcible, for supposing that both the Gothic [非 Gothick] and Celtic [非 Celtick], though blended with a very different idiom, had the same origin with the Sanscrit;(5) and the old Persian might be added to the same family, if this were the place for discussing any question concerning the antiquities of Persia.(Hayden et al.,1967:64)

面对160多年来所印琼斯"相似-同源讲辞"纷纭不一、讹误丛生的英文版本(引用的和重印的),是否可以理出一点头绪?

如果海登等重印的这段讲辞真的出自《第三年纪念日演讲》初刊的《亚洲研究》(1788)且无误,则可猜测,琼斯这段讲辞有两个版本,"亚洲研究版"(1788)和"著作集版"(1807)。其区别就在"哥特语"和"凯尔特语"词形微殊,前者是通行的 Gothic 和 Celtic,后者作"文雅的"Gothick 和 Celtick。据说古英语甚至不用字母 k,只用字母 c 表示[k]音,故 Gothic(始见于17世纪50年代)的词形比 Gothick(始见于18世纪)要早。进而推测,凡用 Gothic 和 Celtic 的引文都出自"亚洲研究版",而用 Gothick 和 Celtick 的引文都来自"著作集版",即第一次全引的波拉克查阅的是后者。

这一猜测需要与1788年加尔各答初刊核实,而实际上该初刊已无法寻觅。然而,可以找到1801年按照加尔各答初刊重印的《亚洲研究》第一卷(Printed verbatim from the Calcutta Edition. London:Reprinted for J. Sewell; Vernor and Hood)。该刊全名是《亚洲研究;或者,孟加拉研究会亚洲历史和文物、艺术、科学和文学汇刊》(Asiatic Researches;or, Transactions of the Society Instituted in Bengal, for Inquiring into the History and Antiquities, the Arts, Sciences and Literature of Asia)。《第三年纪念日演讲》在第一卷415-431页,这段讲辞见于422-423页。今核实,该文中的 Sanskrit、Gothic、Celtic 的词形是 Sanscrit、Gothick、Celtick,与《著作集》中的一模一样。换言之,Sanskrit、Gothic、Celtic 是后世引用者随手所改,故以此确定其版本来由流于落空。

然而,有两个版本就可能有微殊。新的发现表明,"亚洲研究版"(1788)与"著作集版"(1807)的差异就是个逗号,即前者是"so strong, indeed"(演讲时的口气,更显强调),而后者是"so strong indeed"。据此微殊,出自"亚洲研究版"(1788)的有:叶斯柏森(1922)、波拉克(1927)、斯帕戈(1931)。出自"著作集版"(1807)的是:海登等重印(1967)、莱曼重印(1967)、罗宾斯(1967)。本费(1869)的引文是"so strong[漏 indeed,]",但自注出处《亚洲研究》,汤姆逊(1902)转引自本费。桑迪斯(1921)的引文也是"so strong[漏 indeed,]",与本费同。以上三种可归入"亚洲研究版"。缪勒1851年引文中有[so strong, indeed,],1864年引文漏,据其书(1864)中出现 Asiatic Researches,可推测出处为《亚洲研究》。裴特生(1924)的摘引方式与缪勒类似,故其引文或许来自《语言科学讲座》,即属于"亚洲研究版"。

(十) 陈满华(2015)引自《著作集》的英汉对照

陈满华的《威廉·琼斯——东方学、历史比较语言学的先驱》(北京:高等教育出版社,2015)是中国学者研究琼斯的第一部专著。所引讲辞英汉对照,出处是《威廉·琼斯爵士著作集》(Jones,1807 Ⅲ:34-35)。汉译如下:

(1)梵语不管多么古老,它的结构是令人惊叹的,[分号改逗号](2)它比希腊语更完美,比拉丁语更丰富,比二者更精练,但是与它们在动词词根方面和语法形式方面都有很显著的家族相似性,这不可能是偶然出现的。[分号改句号](3)这种相似性如此显著,没有一个考察这三种语言的语文学家会不相信它们同出一源,这个源头可能已不复存在;[冒号改分号](4)同样有理由(虽然这理由的说服力不是特别强)认为,哥特语和凯尔特语尽管混杂了迥异的语言,还是与梵语同源;(5)假如这里有篇幅讨论与波斯历史有关的问题的话,或许能把古波斯语加入同一个语系。(陈满华,2015:122-123)

汉译标点与英文标点稍异。与黄振华(1960)据绍尔俄文版的汉译基本一致。

草蛇灰线,结穴于此。对琼斯"相似-同源讲辞"的辗转引用线索,可作大体梳理。

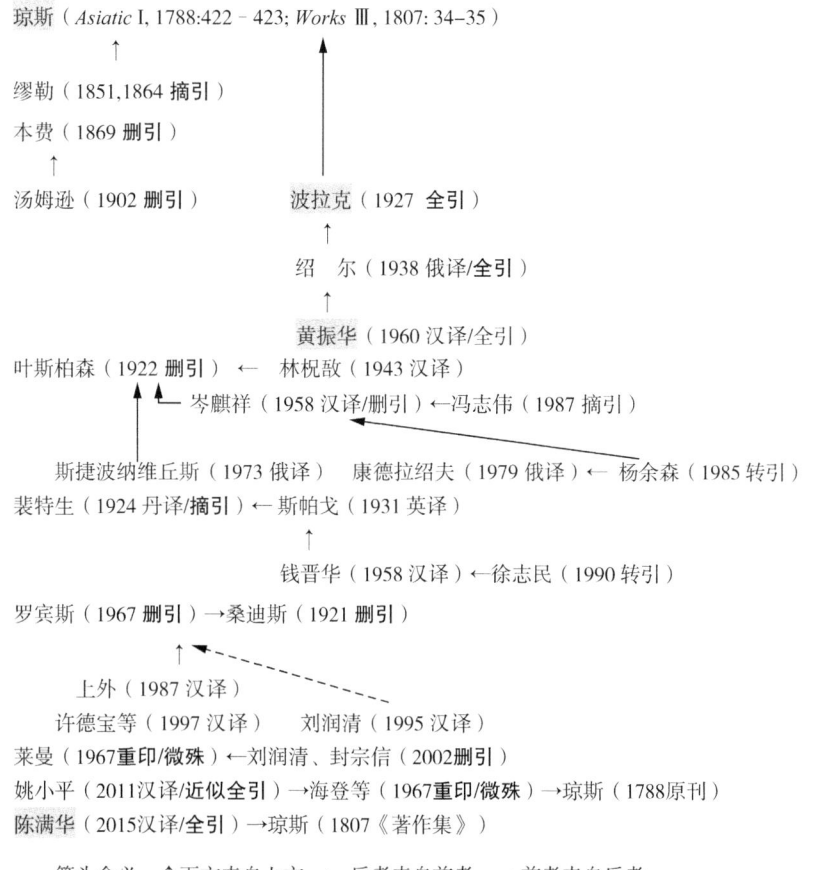

琼斯(*Asiatic* I,1788:422–423; *Works* Ⅲ,1807:34-35)
↑
缪勒(1851,1864 摘引)
本费(1869 删引)
汤姆逊(1902 删引)   波拉克(1927 全引)
              绍 尔(1938 俄译/全引)
              黄振华(1960 汉译/全引)
叶斯柏森(1922 删引) ← 林枳敔(1943 汉译)
        ↑ 岑麒祥(1958 汉译/删引)←冯志伟(1987 摘引)
  斯捷波纳维丘斯(1973 俄译) 康德拉绍夫(1979 俄译)←杨余森(1985 转引)
  裴特生(1924 丹译/摘引)←斯帕戈(1931 英译)
                ↑
              钱晋华(1958 汉译)←徐志民(1990 转引)
  罗宾斯(1967 删引)→桑迪斯(1921 删引)
              ↑
       上外(1987 汉译)
       许德宝等(1997 汉译) 刘润清(1995 汉译)
  莱曼(1967 重印/微殊)←刘润清、封宗信(2002 删引)
  姚小平(2011 汉译/近似全引)→海登等(1967 重印/微殊)→琼斯(1788 原刊)
  陈满华(2015 汉译/全引)→琼斯 1807《著作集》

箭头含义:↑下方来自上方,←后者来自前者,→前者来自后者。

图 2 "相似-同源讲辞"的辗转引用线索

在考察琼斯"相似-同源讲辞"的引用过程中,承蒙孙淑芳教授、叶其松教授提供俄文资料,承蒙顾林威、韩罡、常康杰学友提供英文资料等,在此一并致谢!

通过对琼斯"相似-同源讲辞"引用线索的梳理,可见大多数学者并未阅读《第三年纪念日演讲》原文,故难免断章取义、以偏概全。换言之,如要准确理解这段讲辞,避免郢书燕说,务必阅读全文。如要全面了解琼斯关于"种族-语言关系"的论述及其结论,更要通读 11 次演讲内容。琼斯对语言关系的看法多见于《第八年纪念日演讲》,然其内容几乎无人引用。也许没人看过,即使看过了,但因其中讲辞误说丛生而回避了。就 11 次演讲的相关内容,可以理出琼斯关于"种族-语言关系"的 37 种说法。其中说对了的 10 种,说错了的 27 种,如表 1 所示。

表 1　琼斯种族-语言关系讲辞正误统计

语系	对的	错的	合计
一、关于印欧语系	3(8%)	11(30%)	14(38%)
二、关于闪含语系	3(8%)	6(16%)	9(24%)
三、关于鞑靼语系	3(8%)	2(5%)	5(13%)
四、关于南岛语系	0(0%)	3(8%)	3(8%)
五、关于汉藏语系	0(0%)	4(11%)	4(11%)
六、关于原始语	1(3%)	1(3%)	2(6%)
合计	10(27%)	27(73%)	37(100%)

对 37 种说法的逐一辨析,详见李葆嘉、王晓斌、邱雪玫《尘封的比较语言学史:终结琼斯神话》(北京:科学出版社,2020)。

之所以一些语言学家反复引用琼斯的这段"相似-同源讲辞"(1786),是因为仅看到这段讲辞,就误以为琼斯首先发现了梵语与这些语言之间的同源关系,以至于进一步推定语言亲属关系比较肇始于此。然而,这未必是知识渊博的琼斯之本意,其讲辞意在提醒学人关注。因为此前,已有多人专门研究过梵语和欧语的关系,包括他在牛津的同学暨同事加尔各答(Halhed, 1776, 1778)先于他提出,包括富有声望的英国前辈(Wotton, 1730; Monboddo, 1774),包括此前在印度传教的学者(Schulze, 1728; Walther, 1733; Cœurdoux, 1767),包括没有去过印度但利用古希腊文献中所记印度词的尼德兰学者(Becanus, 1569; Salmasius, 1643; Boxhorn, 1647)。与之相关,早期学者关于语言亲属关系的比较并非从印欧语言,而是从东方方言即闪米特语族开始的(Postel, 1538; Bertram, 1574; Ravis, 1648; Hottinger, 1659, 1661; Ludolf, 1702; Leibniz, 1710; Schultens, 1738; Hervás y Panduro, 1784)。

三、欧洲学界的早期梵文研究和梵欧比较

琼斯的"相似-同源讲辞"有其时代思潮、学术背景或前有所因,对之进一步了解必须

重建历史语境。换言之,对欧洲学界早期梵文研究和梵欧比较进行追溯,方能深入理解或定位琼斯的"相似-同源讲辞"。

欧人对古印度的了解可以追溯到西元前。古希腊最早史家赫卡泰厄斯(Ἑκαταῖος,前550—前476)在其《大地巡游记》(Περίοδος γῆς)中已有关于印度的记载。古希腊史家克泰夏斯(Κτησίας,前444—前374)曾任波斯阿契美尼德王朝阿尔塔薛西斯二世马奈蒙(Artaxerxes II Mnemon,前404—前358年在位)的御医,著有《波斯志》(Persica)、《印度志》(Indica)。后者记录的是从到过印度河流域的波斯官员那里了解的趣闻故事,书中记有一些梵文词。此外,古希腊历史学家希罗多德(Herodotus,约前480—前425)的《历史》(Ἱστορίαι)、古罗马地理学家斯特拉波(Strabo,前64—23)的《地理志》(Γεωγραφικά)、梅拉(Pomponius Mela,1世纪)的《地理书》(De situ orbis)及托勒密(Claudius Ptolemaeus,约90—168)的《地理志》(Geographiacae Enarrationis Libri octo)都曾提到印度。

前326年,亚历山大(Alexander,前356—前323)远征印度河。古希腊哲学家卡利斯提尼斯(Callisthenes of Olynthus,前360—前327)为随行历史学家。前302年,塞琉古王朝(Seleucid Dynasty,前312—前64)与孔雀王朝缔约联姻,派遣使节驻其首都。古希腊历史学家麦加斯梯尼(Megasthenēs,前350—前290)曾居于此,可能是塞琉古一世派出的使节,著有《印度记》(Indica)。此外,被称为"希腊大师"(Yavan Achárya)的爱奥尼亚哲人,曾任宫廷占星家。

塞琉古王朝将大批希腊人和马其顿人移居帕米尔以西一带。前255年,巴克特里亚总督狄奥多图斯一世(Theodotus I)建立希腊-巴克特里亚王国。前200年,此地区进入印度希腊王国(Indogreek Kingdom)时期。当时印度称希腊人为"耶婆那"(Yavana),可能来自希腊语的"爱奥尼亚"(Ionian)。其后,阿波罗多特斯一世(Apollodotus I)统治印度希腊王国的西部和南部。欧克拉提德一世(Eucratides I)统治印度北部的一部分。米南德一世(Menander I)统治期间疆域最大,亦是皈依佛教的第一个印度希腊君主。前130年巴克特里亚亡于塞人和大月氏。前100年起塞人入侵印度希腊王国,前80年建立印度斯基泰王国(Indoscythia Kingdom)。尽管希腊人、马其顿人与印度人有这么多交往,但是正如琼斯所说:"令人遗憾的是,无论跟随亚历山大大帝远征进入印度的希腊人,还是巴克特里亚君主治下长期与印度接触的人们,都没有给我们留下任何途径,以便能够准确了解他们在抵达这个帝国时所接触的当地语言。"(《第三年纪念日演讲》)

远古的记载渐渐尘封。直到大航海时代,欧人才重新了解印度次大陆。16世纪中叶,来到远东的传教士和商人接触到印度斯坦的语言和梵文。1541年,西班牙耶稣会士沙勿略(St. Francis Xavier,1506—1552)在果阿学习婆罗门神学和哲学。1583年,任职葡属东印度公司的英国耶稣会士史蒂芬斯(Thomas Stephens,1549—1619),在给其弟理查德的信中提及梵文与希腊文、拉丁文的相似。1585年,意大利商人萨塞提(Filippo Sassetti,1540—1588)从果阿寄往佛罗伦萨学者达万扎蒂(Bernardo Davanzati,1529—1606)的信中,记有梵文与意大利语相似的词。1605年,意大利耶稣会士诺比利(Roberto de Nobili,1577—1656)到达果阿,不但学会了当地的泰米尔语、泰卢固语,而且跟婆罗门学习梵文。他因自称"罗马婆罗门"而被罗马教会视为叛教,最终客死麦拉坡。

(一) 德国学者开启的梵文研究

欧人的梵文研究始自17世纪中期。其先驱德国学者洛特(Heinrich Roth,1620—1668)1652年到达印度,在果阿、阿格拉等地传教终老。他通晓波斯语、印度的坎纳达语、乌尔都语、印地语和梵文。他用拉丁文撰写的欧洲第一部《东方印度婆罗门梵文文法》(*Grammaticca linguae Sanscretanae Brachmanum Indiae Orientalis*),1660年刊于维也纳。1698年,荷属东印度公司德国传教士凯特拉尔(Joan Josua Ketelaar,1659—1785)撰写了欧洲第一部《印地语文法》(*Hindūstānī Gramm*ar),有手稿(Den Haag MS)及其副本(Utrecht MS1700,Paris MS1714)存世。

1700年,德国汉斯雷顿(Johann Ernst Hanxleden,1681—1732)到达印度,在萨姆帕娄、帕拉尤尔等地传教终老。他通晓拉丁语、阿拉米语、葡萄牙语以及梵文、泰米尔语等。撰有《梵文-葡萄牙语词典》(*Samskrutham-Portuguese Dictionary*)等。2012年,在罗马的加尔默罗修会修道院图书馆发现了其《梵文文法》(*Grammatica Grandonica*,1707—1711)书稿。

1719年,德国传教士斯库尔策(Benjamin Schulze,1689—1760)前往丹麦东印度公司。1728年,在马德拉斯出版《东西方语言大全》(*Orientalisch und occidentalischer Sprachmeister*)、《泰卢固语文法》(*Grammatica telugica*)。1745年,在哈雷刊行《印地语文法》(*Grammatica hindostanica*)。

1776—1789年,奥地利传教士巴托洛梅奥(Paulinus a Sancto Bartholomaeo,1748—1806)在马拉巴尔一带传教。他通晓拉丁语、希腊语、希伯来语、意大利语、葡萄牙语、匈牙利语、英语、梵文以及印度的多种语言,注意到梵语和欧语的相似之处。1790年在罗马出版《梵文文法》(*Sidharubam seu Grammatica Samscrdamica*)。

(二) 未到印度的欧洲学者的梵欧比较

利用克泰夏斯《印度志》中所记梵文词,尼德兰学者开启了印欧历史比较之门。1569年,贝卡努斯(Johannes Goropius Becanus,1518—1572)出版《安特卫普语或贝尔吉卡辛梅里安语的起源》(*Origines Antwerpianae,sive Cimmeriorum Beccese lana*)。通过比较发现了拉丁语、希腊语、哥特语和"印度斯基泰语"(Indoscythica)等语言之间的亲属关系,并认为"斯基泰语"是其源头,从而形成了把印欧语言作为一个语系加以识别的观念。

1643年,莱顿大学教授萨马修斯(Claudius Salmasius,1588—1653)在《希腊语评议》(*De Hellenistica commentarius*)中,将日耳曼语、希腊语和波斯语等加以比较并尝试重建始源语,进一步把印度斯基泰语纳入斯基泰语系(即印欧语系)。

Reliquae omnes dictiones, quas pro Indicis recenset Ctesias in opere cog-nomine, in Persica hodierna lingua deprehenditur minima mutatione. Inde apparent Indica illa Ctesiæ Indoscythica esse,& Persicam proinde linguam quæ hodie viget ab illis Indoscythis manasse;

vel ab iisdem Scythis qui in Indiam descenderunt, cum in Parthicam quoque ejusdem gentis homines migrassent, originem traxisse. (Salmasius, 1643:379-380)

我们能见到的流传下来的所有印度语资料，都是克泰夏斯在《印度志》中记载的，只需稍作修改，就可在现代波斯语中发现这些词语。显而易见，克泰夏斯记载的印度语就是印度斯基泰语。由此推定，现代波斯语是印度斯基泰人所说语言的后裔，或者是克泰夏斯所记的印度人从先前进入印度的斯基泰人那里传下来的。同样，迁移到帕提亚的人们，其起源也可追溯到同一血统。

1647年，莱顿大学教授伯克斯洪（Marcus Zuerius van Boxhorn，1612—1653）新建的"斯基泰假说"（Scythian）接受了萨马修斯的看法，其斯基泰语言家族囊括了希腊语、拉丁语、日耳曼语、波斯语、波罗的语、斯拉夫语、凯尔特语和印度斯基泰语。

受斯基泰假说的影响，1713年，英国学者沃顿（William Wotton，1666—1727）在《关于巴比塔语言变乱论》（*A Discourse Concerning the Confusion of Languages at Babel*，Pub. 1730）中，对希腊语、拉丁语和梵语进行了比较研究。1774年，进化论模式的创始人蒙博多（Lord James Burnett Monboddo，1714—1799）在《语言的起源和进化》（*Of the Origin and Progress of Language*，Vol. II 1774，Vol. IV 1787）中，不但讨论了希腊语、拉丁语、日耳曼语、波斯语之间的关系，而且推定梵语与希腊语也有联系。（Monboddo，1774：530-531）1740年11月，耶稣会士庞斯（Fr J. França Pons，1698—1752）从印度写信给杜赫德（Jean-Baptiste du Halde，1674—1743），其中介绍了梵文的一些知识，蒙博多就此提出梵语和希腊语在词根和词素方面的相似性。蒙博多进一步知晓的梵文知识，来自哈尔赫德在《印度人的法典》（1776）引言中详细描述的梵文词源和屈折变化。1786年，蒙博多又到伦敦向威尔金斯学习梵文。通过希腊语pl-动词系列与梵文中相似组群的比较，以进一步支持其观点。（Monboddo，1787：25-26）年轻的琼斯在英国时，就与长辈蒙博多（琼斯岳父家中的常客）多有交往。琼斯来到印度以后，他们保持通信联系。

（三）寓居印度的欧洲学者的梵欧比较

1725年8月23日，德国传教士斯库尔策在写给哈雷大学教授弗兰克（T. A. Francke）的信中，指出梵文的1到40与拉丁文数字完全对应。该信收于《来自东印度丹麦皇家传教士提交的详细报告》（*Der Königlich-Dänischen Missionarien aus Ost-Indien eingesandte ausführliche Berichte*. 1728：696-710）。

Als ich kurz darauf Kirendum anfing zu lernen, so befand ich, dass sie in ihrer Numeration fast lauter pure lateinische Wörter hätten. Hier fragt sichs：Woher die Brahmanen diese Wörter gekriegt? Ob sie selbige von der Portugiesischen Sprache abgeborgt, die nun mehro 200 Jahr in Indien bekannt worden, oder ob sie selbige vor vielen Jahren her von den Römern und alten Lateinern bekommen?（Schulze，1728：708）

学习梵文不久，我便发现梵文中的数字几乎全是拉丁词，不免产生疑问：印度婆罗门究竟从何渠道获得这些数词？近两百来年，印度人一直熟悉的是葡萄牙语，是否使之废弃了印度的原本此类词，或者婆罗门很早以前就从罗马人或古代拉丁人那里接受了这套数词？

德国传教士沃尔特（Christoph Theodore Walther,1699—1741）长期在马拉巴尔一带传教，通晓泰米尔语、梵文等。费尔曼（Jack Fellman）在《威廉·琼斯和斯基泰语言》（On Sir William Jones and the Scythian language,1975）中提及，沃尔特在1733年"识别出梵文、希腊文、波斯文数字之间的相似性，并用斯基泰理论解释这些"。（Fellman,1975:38）

1732年，法国耶稣会会士格尔杜（Gaston-Laurent Cœurdoux,1691—1779）到印度南部的马杜赖等地传教并终老印度。法兰西铭文与美文皇家学院曾向他提出：何以梵文中有这么多与希腊语和拉丁语相同的词？1767年，格尔杜在提交的《纪事》（Mémoire）中揭示了梵语、拉丁语、希腊语，甚至与德俄语言之间的相似性。格尔杜还写道：

Ce n'est donc ni de l'Egypte, ni de l'Arabie, que je suis porté à faire venir les brahmes; je crois qu'ils sont les descendans, non de Sem, comme d'autres l'ont supposé, mais plutôt de Japhet. C'est par le Nord, selon moi, qu'ils pénétrèrent dans l'Inde; et il faut chercher le premier séjour de leurs ancêtres dans le voisinage de cette longue chaîne de montagnes connue en Europe sous le nom de Mont Caucase. (Dubois ed.,1825:130)

迁到此处的既不是埃及人，也不是阿拉伯人，我倾向于是婆罗门人；我认为他们不是其他人猜测的闪米特后裔，而是雅弗的后代。我推测他们从北方进入印度，我们必须寻找其祖先起初在欧洲称为高加索山脉附近生活的地区。

1777年，法国学者德斯沃尔克斯（Nicolas-Jacques Desvaulx,1745—1817）将格尔杜的《纪事》（未署格尔杜姓名）题名《印度人的教化和习俗》（Mœurs et coutumes des indiens）印行。1825年，杜波瓦（Jean-Antoine Dubois,1766—1848）又将格尔杜的《纪事》（署上自己的姓名）在巴黎印行，改名《印度人的习俗、制度和仪式》（Mœurs, institutions et cérémonies des peuples de l'Inde）。

（四）英国学者继起的梵文研究

1625年，英国传教士珀切斯（Samuel Purchas,1577—1626）在伦敦出版的《英国人和其他外国人通过航海和陆地旅行传播的世界史》（Contayning a History of the World in Sea Voyages and Lande Travells, by Englishmen and Others），已将印度术语Sanscretanae（梵文）转写为英语的Sanskrita。然而，英国学者的梵文研究要比德国学者晚了一个世纪。

直到18世纪80年代，琼斯的几位朋友才在印度研习梵文。在琼斯去世（1794）后，他们才出版了各自编撰的文法书。1805年，科尔布鲁克（Henry Thomas Colebrooke,1765—1837）在加尔各答出版《梵语文法》（A Grammar of the Sanskrit Language）——用英文撰写的第一部。科尔布鲁克1782年到东印度公司，曾协助琼斯创办学会。他还撰有《梵英词典》（Kosha, Or Dictionary of the Sanscrit Language,1807）。1806年，凯里（William

Carey, 1761—1834) 在塞兰坡出版《梵语文法》(*A Grammar of the Sungskirt Language*)。他还撰有《孟加拉语文法》(*A Grammar of the Bengalee Language*, 1801)、《旁遮普语文法》(*A Grammar of the Panjabi Language*, 1812) 等。1808 年，威尔金斯 (Charles Wilkins, 1749—1836) 在伦敦出版第三部用英文撰写的《梵语文法》(*A Grammar of the Sanskrita Language*)。他在 1770 年到东印度公司，很快学会了波斯语和孟加拉语。1778 年始学梵文。1784 年协办学会事务，曾指导琼斯学习梵文。(Jones, 1807 Ⅸ: 373)

此前，琼斯在牛津大学的同学哈尔赫德 (Nathaniel Brassey Halhed, 1751—1830) 在英国已学会波斯语和阿拉伯语 (当时印度上层通行的语言，琼斯在英国也已学会这两种语言)。1771 年到印度很快掌握了孟加拉语和梵文。1776 年出版《印度人的法典》(*A Code of Gentoo Laws*)，引言中详细介绍了梵文的结构。1778 年在加尔各答出版《孟加拉语文法》(*A Grammar of the Bengal Language*)，前言中写道：

I have been astonished to find the similitude of Shanscrit words with those of Persian and Arabic, and even of Latin and Greek; and these not in technical and metaphorical terms, which the mutation of refined arts and improved manner might have occasionally introduced; but in the main ground-work of language, in monosyllables, in the names of numbers, and the appellations of such things as would be first discriminated as the immediate dawn of civilisation. (Halhed, 1778 Preface: iii–iv)

我惊讶地发现，梵文的词与波斯语和阿拉伯语，甚至与拉丁语和希腊语的这些词如此相似。而且这些词语并非技艺词和比喻词，此类词才有可能随着高雅艺术的变迁和方式改进偶尔借用。然而，这些相似的词是语言的基础，出现在单音节词、数字名称以及在接近文明开端最早识别事物的名称之中。

哈尔赫德举出几组对应词，暗示梵语比希腊语、拉丁语更古老，有可能是其祖语。他与琼斯一起创办亚洲学会。琼斯准备《第三年纪念日演讲》(1786) 时看过哈尔赫德的书。琼斯的演讲内容与此学术氛围相关，而琼斯也是这批梵文研究者中的一员。

当时在印度研习梵语的学者，还有亚洲学会创会会员汉密尔顿 (Alexander Hamilton, 1762—1824)。1802—1805 年，他在巴黎国家图书馆整理梵文手稿。1803 年英法战争爆发，汉密尔顿作为敌国公民被拘，法国学者沃尔内 (Constantine Volney, 1757—1820) 出面游说得以释放。汉密尔顿住在德国弗里德里希·史勒格尔 (Friedrich von Schlegel, 1772—1829) 的巴黎寓所内。在此期间，向沃尔内、史勒格尔，还有谢齐 (Antoine-Léonard de Chézy, 1773—1832) 传授梵文。此后史勒格尔著有《论印度人的语言和智慧》(*Über die Sprache und Weisheit der Indier*, 1808)。

约在 1810 年，史勒格尔的兄长奥古斯特 (August Wilhelm von Schlegel, 1767—1845) 到巴黎向谢赛学习梵文。在巴黎期间得到一位年轻同学的帮助，他就是葆朴 (Franz Bopp, 1791—1867)。1812 年，巴伐利亚政府资助葆朴到巴黎学习梵文，1816 年他发表《论梵语动词变位体系与希腊语、拉丁语、波斯语和日耳曼语的对比》(*Über das*

Conjugationssystem der Sanskritsprache in Vergleichung mit jenem der griechischen, *lateinischen*, *persischen und germanischen Sprache*)。葆朴曾前往伦敦,拜会英国梵文学家科尔布鲁克和威尔金斯。1821年,通过洪堡特(Wilhelm von Humboldt,1767—1835)的推荐,葆朴被任命为柏林大学梵文和比较语法教授。如果仅知这些学术情节,那么把"历史比较语言学的创始人"说成是威廉·琼斯似乎顺理成章。

四、关于琼斯的语言对比工作

在《第三年纪念日演讲》中,琼斯提及梵语和希腊语、拉丁语"在动词词根和语法形态两方面"皆有强烈的相似性,但未见其举例。在其他演讲中,也从未见他列举过任何亲属语言同源形式的对应例子。甚至寻遍琼斯的所有遗稿也一无所获,即没有发现研究亲属语言同源对应的任何内容。(Garland H. Cannon, Introduction. In: Cannon ed., *The Collected Works of Sir William Jones*. Vol. I, New York: New York University. p. 19, 1993)

站在琼斯的立场,其旨趣是亚洲种族或民族学,语言关系和其他资料只是用于论证的工具,语言关系内部进一步的同源比较不在其研究旨趣之内。坎农等当代学者希望从琼斯著作中发现语言同源对应的具体工作,可能出于对其要求太高,而忘了琼斯不止一次说过,他不希望自己仅被视为语文学家,并且一再提及语言只是实现其他意图的工具。(Trautmann,1998:106)

(一) 琼斯演讲中是否有语言历史比较工作

1. 关于梵语等亲属语言与阿拉伯语的对比

琼斯反对梵语和阿拉伯语同源说,阐述了两方面的差异:一是梵语、希腊语、波斯语等多用复合词,而阿拉伯语的复合词较少;二是在动词词根的构造方面,梵语及其他同族语言一般是"双辅音的"(biliteral),阿拉伯语一般是"三辅音的"(triliteral)。琼斯总结:"无论我们从哪个角度观察,它们都显得完全不同,一定是由两个民族的人创造的。"这一工作与亲属语言的确定有关,但并不是亲属语言之间的历史比较。

琼斯在《第四年纪念日演讲》中说:

无可非议,阿拉伯语是世界上最古老的语言之一,在词汇数量和措辞精密上肯定不亚于人类的其他语言。但同样真实和令人惊奇的是,在其词汇或结构方面,它与梵语或印度方言的伟大祖先毫无相似之处。关于这两者之间的差别,我将提及两个明显的例子。首先,与希腊语、波斯语和日耳曼语一样,梵语喜欢用复合词,……然而,阿拉伯语及其姐妹语言却厌恶词语复合,总是用含蓄委婉的方式表达复杂的观念。(Jones,1807 III:52-53)

再次,梵语的天性,与具有亲缘关系的其他语言一样,其动词词根几乎普遍地由双辅音骨架组成,由此50个印度字母可以组成五百到两千个这样的词根。但是,阿拉伯语的词根基本上都是三辅音骨架,由此28个阿拉伯字母能够组成近两千到两万个语言要素,这足以显示其惊人程度。……梵语中的复合派生词明显更多,但是在此进一步比较这两种语言并无必要。因为无论我们怎么观察,它们显然完全不同,必定是两个不同种族的各自发明。我也无法记起,在它们之中有某个相同的单词,除了 Suruj,其复数 Siràj,含义是"灯"或"太阳"。在孟加拉的梵文名称中,Suruj 的发音是 Sùrja。乃至这一相似性也可能纯粹出于偶然。(Jones,1807 Ⅲ:53–54)

琼斯认为,梵语和阿拉伯语显然完全不同,在此进一步对比这两种语言并无必要。也许,此前没有欧洲学者像琼斯这样对比过梵语和阿拉伯语,但是已有许多学者确定阿拉伯语与欧洲语言没有亲属关系,并对闪米特语进行专门研究。

1538 年,法国波斯特尔(Guillaume Postel,1510—1581)发表《希伯来语和古老民族的起源,以及各种语言的亲和性》(*De originibus seu de Hebraicae linguae et gentis antiquitate, deque variarum linguarum affinitate*),此为欧人对闪米特语亲属关系的最早研究。1574 年,日内瓦大学希伯来语教授伯特伦(Bonaventure Corneille Bertram,1531—1594)出版的《希伯来语和阿拉米语比较语法》(*Comparatio Grammaticae Hebraicae et Aramicæ. Genevae:Apud Eustathium Vignon*),不仅对二者加以比较,而且在阿拉米语各方言之间展开比较,即对闪米特的所有语言及其方言,都必须从其开端到发展加以完全追溯。1648 年,德国拉维斯(Christian Ravis,1613—1677)在《希伯来语、撒玛利亚语、迦勒底语,叙利亚语、阿拉伯语和埃塞俄比亚语语法大全》(*A Generall Grammer for the Ebrew, Samaritan, Calde, Syriac, Arabic, and Ethiopic Tongue*)中提出,这六种语言不仅相关,实际上就是一种语言。1659 年、1661 年,瑞士霍廷格(Johann Heinrich Hottinger,1620—1667)在《四种语言的语法:希伯来语、迦勒底语、叙利亚语和阿拉伯语的和谐》(*Grammatica quatuor linguarum Hebraicae, Chaldaicae, Syriacae et Arabicae harmonica*)、《东方词源,即七种语言的词汇和谐》(*Etymologicon orientale, sive Lexicon harmonicum heptaglotton*)中,从语法和词汇上阐明了闪米特语的和谐关系。1702 年,德国鲁道夫(Hiob Ludolf,1624—1704)出版《埃塞俄比亚语与其他东方语言的和谐》(*Dissertatio de harmonia linguae aethiopicae cum ceteris rientalibus*)。1710 年,德国莱布尼茨(Gottfried Wilhelm Leibniz,1646—1716)在《略论基于语言证据确定种族起源》(*Brevis designatio meditationum de originibus gentium, ductis potissmum ex indicio linguarum*)中,提出闪-含语系的雏形阿拉米语群。莱布尼茨划分的雅弗语群包括斯基泰语支(希腊、拉丁、日耳曼、斯拉夫)和凯尔特语支(乌拉尔、阿尔泰),阿拉米语群则包括闪-含诸语(阿拉米语、希伯来语、阿拉伯语)。1738 年,尼德兰斯库尔腾(Avec Albert Schultens,1686—1750)在《希伯来语的起源,以及古代阿拉伯语与希伯来语的姐妹关系》(*Origines Hebraeae, Accedit gemina oratio de linguae Arabicae antiquitate et sororia cognatione cum Hebraea*)中,创立了"东方方言"亲属关系的类比研究法和谱系树模式:第一组是希伯来语,第二组包括阿拉米语、迦勒底语、叙利亚语;第三组包括阿拉伯语、埃塞俄比亚语等。1781 年,德国学者施勒策尔(August Ludwig von Schlözer,1735—1809)提出用"闪米特"(Semitic)这一术语指称希伯来语、阿拉米语、阿拉伯语以及近东的相关语言。1784 年,西班牙赫尔伐斯(Lorenzo Hervás y Panduro,1735—

1809)出版《已知语言目录及其亲属关系和异同》(*Catalogo delle lingue conosciute e notizia della loro affinità e diversità*),基于名词变格和动词变位,对希伯来语、迦太基语、叙利亚语、阿拉伯语、埃塞俄比亚语和阿姆哈拉语加以比较,证明它们是同属一种原始语的方言。

既然梵语(与希腊语、波斯语和日耳曼语存在亲属关系)和阿拉伯语并非亲属语言,那么双方之间的对比也就不属于历史比较语言学的比较。作为判定两者属于不同种族的证据,琼斯的工作就是两种语言的构词方式和词音结构的区别。因为双方是非亲属语言,所以琼斯对其举出的一个"同源的"词,也断言"这一相似性也可能纯粹出于偶然"。

2. 关于波斯语与阿拉伯语、梵语的关系

琼斯认为,在纯粹的波斯语里没有找到阿拉伯语的任何痕迹。琼斯还说,他考察后发现帕尔西语的数百个词是纯粹的梵语词,波斯语的许多祈使语气动词是梵语的动词词根。他细心研读了禅德语词表,发现表中占六七成的词是纯粹的梵语词,甚至一些屈折形式都是由梵语语法规则构成的。需要辨析的是,这些对比是否属于语言亲属比较。

琼斯《第六年纪念日演讲》提道:

自从我致力于古印度文学研究,已经把菲尔多西的著作认真阅读了两遍。我可以自信地向你保证,帕尔西语中有许多名词是纯粹的梵文词,……波斯语的许多祈使句的动词就是梵语的动词词根。甚至波斯语实义动词的情态和时态,以及所有其他的这些范式,都可以按照清晰的类比规则从梵语中轻易地类推出来。我们可以由此推定,像诸多印度方言一样,帕尔西语也源于婆罗门语。并且我必须补充,在纯正的波斯语中,我没有发现任何阿拉伯语的痕迹,……然而,无须求助于其他证据,仅凭这些作品中的词语,波斯才子对之如此喜爱,而阿拉伯人对之如此厌恶,就已经是证明帕尔西语源自印度语,并非来自阿拉伯语族的关键证据。(Jones,1807 Ⅲ:114-115)

波斯语与阿拉伯语的对比,显然不属于亲属同源比较。虽然波斯语和梵语的比照属于亲属同源比较(没有列出例子),但是琼斯的结论却是错误的——帕尔西语(中古波斯语)源于婆罗门语或印度语。

昂克蒂尔关于帕拉维语的看法无需多言,它有力地证实了我关于帕拉维语来自迦勒底语的看法。但是当我仔细研读了禅德语词表,竟发现十有六七的词是纯粹梵语的。我的惊讶实在难以言表,甚至一些屈折都是根据梵语语法规则构成的,例如梵语第二人称代词的复数形式 yushmad(你们),其复数属格是 yushmacam(你们的)。……由此可知,禅德语至少是梵语的一种方言,差不多与帕拉克里塔语或其他通行的土语一样接近梵语。……从以上种种事实可以得出必然的结论,波斯的最古老语言是迦勒底语和梵语。(Jones,1807 Ⅲ:118-119)

琼斯断言波斯语(帕拉维语)来自迦勒底语(属闪米特语族),明显错误。琼斯认定波斯语的禅德语十有六七的词是纯粹梵语的,甚至一些屈折都是根据梵语语法规则构成的,断言禅德语至少是梵语的一种方言,也是错误的。其结论——波斯的最古老语言是迦勒底语和梵语,更是错上加错。历史比较语言学的研究表明,波斯语和梵语是姊妹语言(属于伊朗-印度语族),皆来自古雅利安语。

因地理位置较近和经济文化交往频繁,西欧学者对波斯语的了解远早于梵文。主张波斯语与欧洲语言同源的有尼德兰学派的拉维林根(Ravelingen, 1584)、乌尔卡纽斯(Vulcanius, 1597)、艾利奇曼(Elichmann, 1640)、萨马修斯(Salmasius, 1643)和伯克斯洪(Boxhorn, 1647, 1654)。也正是认识到波斯语与欧洲语言的相似之处,才进一步通过波斯语把北印度语联系起来。

3. 关于琼斯所言 50 个根词的来由

琼斯进一步考察了阿拉伯语、波斯语、梵语、印度非梵语语言、希腊语、古埃及语等语言里的 50 种根词,间接表示反对设立超级语系。也许,他关于"诺亚的语言已经消失"是以涉及多种语言的根词比较结果为主要论据的,只不过演讲中没有罗列出来。

要厘清这些情况,务必回到琼斯讲辞的上下文。在《第九年纪念日演讲》中,琼斯首先批评英国文史学家布莱恩特(Jacob Bryant, 1715—1804)在《古代神话的新体系或新分析》中的同源词研究。

虽然这些主张得到重要创见和扎实功底的支持,但是对其论证却徒劳无益。而且很遗憾,也许,出于论著本身的学术声望而不得不求助于词源推测,通常没有哪种推理模式比它更为脆弱或更具迷惑性。无论谁宣称一种语言的词源于其他语言,必定使自己陷于不断出错的危险之中,除非他对这两种语言都了如指掌。(Jones, 1807 III: 198-199)

接着,就 50 个根词的来源辨析,反对这些词根是原始语的痕迹,反对所有的其他语言皆源于同一原始语。

50 个根词(包括 ma、taph 和 ram)中,有 18 个仅源于阿拉伯语,有 12 个只源于印度语,有 17 个既见于梵语又见于阿拉伯语,但是意义完全不同。还有 2 个仅见于希腊语,1 个来自埃及语或未开化部落的语言。如果竭力主张这些词根是原始语的宝贵痕迹(当然应该作出结论,但不是在分析质询之前),所有的其他语言皆源于这种原始语,或者至少随之后起,那么我只得宣布我的信奉——诺亚的语言已经不可挽回地消失了。我向诸位保证,经过仔细搜寻,在穆罕默德征战引发语言混合之前,我没有发现一个单词阿拉伯语族、印度语族和鞑靼语族共同使用的。实际上,含姆语有着非常明显的痕迹,可能有数百个单词,原来曾被该种族的大多数民族杂乱地使用。但作为一个语言学家,我恳求抛开这一做法,反对历史研究中的推测性词源,主要是反对词源学家肆意在同一位置变换或插入字母,随意用其他辅音代替相同位置的另一辅音,并且完全漠视元音。(Jones, 1807 III: 199-200)

这 50 个根词从何而来?据琼斯讲辞的上文,这 50 个根词应是布莱恩特书中加以讨论的。这一理解需要文献证据。幸好琼斯附注了三个根词(*ma*, *taph*, and *ram* being included),为查询布莱恩特《古代神话的新体系或新分析》(*A New System or an Analysis of*

Ancient Mythology, 1774 Vol. Ⅰ, 1775 Vol. Ⅱ) 留下了线索。

第一个: **ma**, 即"妈/母神", 埃及语 **Mather**

Da in Damater, which the Ionians rendered Demeter, Δημητηρ, was certainly of the same purport. The name related to the ark, and was a compound of Da Mater; the same as Mather, Methuer, Mithyr of Egypt, and other countries. The name Da Mater, or the *Mother*, was given to it, because it was esteemed the common parent, the *Mother*, of all mankind. As the Ark had manifestly a connection with floods and waters, hence it was, that Damater and Poseidon, the Deity of the sea, were often found in the same temple. As a personage she was the same as Μητηρ Θεων, *the Mother of the Gods*; to whom Orpheus gives the sovereignty of the main; and from whom he deduces the origin of all mankind. (Bryant, 1775 Ⅱ:336)

包含"达"(Da)的达妈特尔(Damater), 爱奥尼亚人变异为德梅特尔(Demeter), 当然词意相同。该名称与方舟有关, 是达+妈特尔(Da Mater)的复合词; 与埃及和其他国家的妈瑟尔(Mather)、梅土尔(Methuer)、密提尔(Mithyr)相同。该称号命名为达·妈特尔(Da Mater)或妈瑟尔(Mother), 因为被尊为共同亲本, 即全人类的母亲。由于方舟显然与洪水和海水有关, 因此达妈特尔和海神波塞冬经常被供奉于同一神庙。作为一位主神, 她与众神之母(Μητηρ Θεων)相同; 俄耳甫斯赋予她最大权力, 并将全人类的起源追溯至她。

第二个: **taph**, 即"小丘/祭台", 希腊语 τaφoς

Comah is used for a wall: but seems to be sometimes taken for those sacred inclosures, wherein they had their Puratheia: and particularly for the sacred mount, which stood in those inclosures. From Comah came the Greek χωμα, a round hill or mound of earth; called also Taph and τaφoς; and thence often mistaken for tomb: but it was originally a high altar. (Bryant, 1774 Ⅰ:94)

"科玛"(comah)被用来称呼墙: 但有时似乎被用来指宗教的院墙, 在那里有其拜火神庙(Puratheia); 尤其是耸立在这些院墙中的圣山。"科玛"来自希腊语的χωμα(土壤), 即圆形的小丘或土堆; 也叫作"塔帕"(Taph)和τaφoς(引申义"坟墓"); 因此经常被误认为指坟墓, 但它最初是指高高的祭坛。

There was another name current among the Amonians, by which they called their λoφoι, or high places: This was Taph; which at times was rendered Tuph, Toph, and Taphos. (Bryant, 1774 Ⅰ:449)

阿美尼亚人中流传着另一名称, 他们用λoφoι称高处: 这就是"塔帕"(Taph); 它有时变异为"图帕"(Tuph)、"托帕"(Toph)和"塔泊斯"(Taphos)。

第三个: **ram**, 即"公羊/公羊神潘恩", 梵语 Ram

Ram-Phan is the great Phan or Phanes, a Deity well known in Egypt. (Bryant, 1774 Ⅰ: 43)

公羊神(Ram-Phan)是伟大的潘恩或帕内斯,这位神灵在埃及很有名。

Ramis, and Ramas denoted something high and great; and was a common title of the Deity. He was called Ram, Rama, Ramas, amongst most nations in the east. It occurs in the Vedam at this day; and in most of the mythological writings, which have been transmitted from India. It was a title not unknown among the Greeks; and is accordingly by Hesychius interpreted *the most high*... Mention is made by Eustathius of the city Laodicea, being called of old Ramæthan; of which he gives this interpretation:... *Ramæthas signified God from on high: for in the language of the natives Raman was high*, *and Athan was the name of the Deity*. He is perfectly in the right. Raman did denote what he mentions: and Athan was the Deity, the great fountain of light; styled both Anath, and Athan, the same as Athana, and Athena of Greece, and Anaith of Persis. Ram signifies high, and noble in many languages. It makes a part fn Ramesses and Ramessomenes; and in the name of the Egyptian Deity Remphan, mentioned by the apostle, which signifies the great Phanes. (Bryant, 1775 Ⅱ:302)

拉米斯(Ramis)和拉玛斯(Ramas)代表着崇高而伟大的事物,而且是神的一个共同头衔。在东方的大多数国家中,他被称为拉姆(Ram)、拉玛(Rama)、拉玛斯(Ramas)。至今仍见于吠陀经以及从印度流传而来的大多数神话作品中。这是一个希腊人并不陌生的头衔,因此赫西丘斯词典释义为"最崇高的"……尤斯塔修斯提到劳迪西亚城,被称为古老的拉玛善(Ramæthan);对此他的解释是:……"Ramæthas 象征来自高处的上帝:因为在当地语言中,Raman 是高处,而 Athan 是神的称号"。尤斯塔修斯绝对正确。Raman 的含义确实如其所指:亚善(Athan)是神,是光明之伟大源泉;既称为亚那(Anath),又叫作 Athan,与亚善那(Athana)以及希腊的亚申那(Athena)和波斯的亚奈(Anaith)相同。拉姆(Ram)在许多语言中意味着崇高而尊贵。它是拉姆斯赛斯(Ramesses)和拉姆斯索梅内斯(Ramessomenes)的一部分;以使徒所言埃及神"拉姆潘恩/公羊潘恩"(Remphan)的名义,象征着伟大的潘恩(Phanes)。

这三个根词既是常用词(妈妈、小丘、公羊),也是宗教神话的专有名词(母神、祭台、公羊神)。由此可见,对若干根词试加对比研究的是布莱恩特,琼斯阅读其书从中挑选了这些根词。至于"诺亚的语言",是依据圣经故事相传的人类共同始源语。琼斯认为,由于年代过于久远,现有的根词辨析无法证明人类语言的共同源头。此属人类始源语研究,与超级语系假说有别(传统语系假说→超级语系假说→人类始源语假说)。

(二) 琼斯《波斯语文法》中的波英对比

既然琼斯演讲中未见语言历史比较的具体工作,即没有列举对应的同源要素,没有讨论历史比较方法论,那么琼斯的其他语言论著中有没有类似研究呢?

1.《波斯语文法》的早期版本查考

1771 年,25 岁的琼斯出版《波斯语文法》(*A Grammar of the Persian Language*,

London:W. & J. Richardson)。据温莎乔治三世图书馆(the library of George Ⅲ at Windsor)藏本,全书156页,但网络上无法获取。此后有多个版本行世,现存最常见的是第九版。1828年,尼科尔印行剑桥大学阿拉伯语教授塞缪尔·李(Samuel Lee,783—1852)的增订版或改编版(London:Printed by W. Nicol,for Allen Parbury & Co. ,9th ed.)。其中作者前言 i-xiii,编辑前言 xiv-xx 页,正文 1-132 页,附录包括四部分(Appendix Ⅰ,133-191 页;Ⅱ,192-201 页;Ⅲ,202-232 页;Ⅳ,233-281 页)。在1823年,尼科尔印行的第八版(London:Printed by W. Nicol,for Mavor Harding & Lepard,8th ed)已经塞缪尔初步修订。其中前言 i-xiii,第八版说明 xiv-xviii,正文 1-173 页,索引 174-212 页(计 39 页)。

我们继续查找更早的版本。1775 年 J. 理查森(London:J. Richardson)印行第二版(2nd ed. ,with an index),其中前言 i-xix,正文 149 页,增索引 151-192 页(计 42 页)。1783 年 W. 理查森(London:Printed W. Richardson,for J. Murray,3rd ed.)刊行第三版,内容同第二版。1797 年、1801 年又为默雷和海利刊行(London:Printed for J. Murray & J. Sewell Highley)第四版、第五版。此后有尼科尔印行的第六版(London:W. Nicol,其编辑说明附于第八版)。1804 年、1809 年,布尔默公司印行第七版(London:Printed by W. Bulmer & Co. for Allen Lackington & Co. ,7th ed.)。

除了原版、第二版,此后版本封面上多标注为默雷、默雷和海利、拉金顿、帕布利、哈丁等众多公司定制,可能提供给因某种需要(到东印度公司工作)学习波斯语的人员。除了这九版单行本,1807 年,《波斯语文法》收入《威廉·琼斯爵士著作集》第 5 卷(*The Works of Sir William Jones. Vol.* Ⅴ. ,London:J. Stockdale and J. Walker,p. 165-446,共 282 页)。其中前言 165-183 页,正文 185-336 页(计 152 页),附录波斯语法索引 337-405 页(计 69 页),最后附上长文《波斯语历史》(*The History of the Persian Language*,409-446 页,计 38 页)。

通过查考,《波斯语文法》可分为四类:(1) 原版(1771);(2) 索引版(第二版到第七版);(3) 塞缪尔增订版(第八、九版);(4)《著作集》版(附《波斯语历史》)。塞缪尔增订版改动较多,不能作为原刊核查。我们依据最接近原刊的《著作集》版,以及第二和第三版(皆无目录)。《著作集》版本的目录(黑体标题是目录上遗漏的)如次:论字母(Of Letters)、论辅音(Of Consonants)、论元音(Of Vowels)、论名词先论性别(Of Nouns; and first of Genders)、论格(Of Cases)、论冠词(Of the Article)、论数词(Of Numbers)、论形容词(Of Adjectives)、论代词(Of Pronouns)、论动词(Of Verbs)、论时态(Of Tenses)、**论不规则动词**(Of Irregular Verbs)、论词的构成与派生(Of the Composition and Derivation of Words)、论波斯数字(Of Persian Numbers)、序数(Ordinals)、副词(Adverbs)、连词(Conjunctions)、介词(Prepositions)、感叹词(Interjections)、论波斯语句法(Of the Persian Syntax)、**波斯寓言**(A Persian Fable)、论诗律(Of Versification)、波斯语最有价值书目(A Catalogue of the most valuable Books in the Persian Language)。

2.《波斯语文法》的语言对比工作

《波斯语文法》是琼斯基于学习波斯语和翻译其作品的经验体会,写成的一本旨在帮助英国人学习波斯语的文法书(要前往印度的,务必学会当时印度上层通行的波斯语)。书中体现了外语学习过程中常用而有效的对比方法。我们关注的是,这些对比论述是否属于语言的历史比较研究。

在讲语音时,琼斯先列出波斯语的字母表,然后按照顺序说解各个字母的发音特点,并将所有字母音都与英语中可对应的音进行对比。如果英语里缺少与之对应的音,则与法语、意大利语等进行对比。如果没有完全对应的音,也找欧洲某语言里相对接近的音,说明可在此音基础上加以调整,掌握波斯语的特殊字母音。

在介绍波斯语辅音字母时,琼斯说明:

波斯语最先的3个辅音就不必赘述了,因为辅音[b][p][t]的发音,与我们的单词 *bar*、*peer* 和 *too* 中的 b、p 和 t 完全一样,这三个词在波斯语中写作 بار、پیر 和 تو。(Jones, 1807 Ⅴ:188)

在介绍波斯语元音字母时,琼斯说明:

波斯语的长元音[a][o][i]可以发为英语 *call*、*stole*、*feed* 中的 a、o、ee。例如:波斯语 *khán*(琼斯原文的罗马字转写——引注)的含义 *a lord*(一位领主), *ora* 的含义 *to him*(走向他), *neez* 的含义 *also*(也);但短元音用小标记表示,其中两个标记位于字母上方,一个标记位于其下方,例如:بَ 读 ba 或 be,بِ 读 be 或 bi,بُ 读 bo 或 bu。(Jones, 1807 Ⅴ:195)

显然,基于其学习经验,琼斯的这些辨析属于不同语言的发音对比,其目的就是帮助英语人尽快掌握波斯语的各个字母音。

在《波斯语文法》的语法部分,琼斯也很注意将波斯语的语法现象或规则与英语(偶尔也与其他欧洲语言)进行对比。例如在介绍波斯语名词的"性"时,琼斯说明:

读者立刻就会愉快地发现,波斯语和英语在其形式和结构的便利性和简洁性方面存在很大的相似之处——前者与后者都不用词尾的区别来标记"性",无论在实体词还是形容词中;所有无生命事物都是中性的,不同性别的动物或者有各自的名称,例如,波斯语的 *puser* 指 *a boy*(男孩), *keneez* 指 *a girl*(女孩);或者用词来区别,波斯语的 *ner* 表示 *male*(公的),而 *madé* 表示 *female*(母的);例如,波斯语的 *sheeri ner* 指 *a lion*(公狮), *sheeri madé* 指 *a lioness*(母狮)。(Jones, 1807 Ⅴ:199—200)

波斯语与英语语法手段的这些对比,并非比较语言学的亲属关系比较。可以认为,《波斯语文法》是一部具有"波英对比"性质的教材,但不能证明它具有"比较语法"的性质或内容。

3.《波斯语文法》的索引及其编者

《波斯语文法》所附索引,即一份用英语加注的波斯语词表(1 696个)。词前标记 A

的(表示源于阿拉伯语)共有 398 个。这些工作是否属于间接的比较研究呢?索引的一开始如次:

آب Water, fountain: lustre.

ابر upon: a cloud.

A ابرار *pl. of* بر the just.

آبرنگ colour, paint, *comp. of* آب water *and* رنگ colour.

A ابسال Absal, *proper name*.

A ابوفضل Abusazel(father of virtue), *proper name*.

A ابوليث Abuleis(father of the lion), *proper name*. (Jones,1807 V:337)

首先波斯语和阿拉伯语并非亲属语言,不好说这种标识是历史比较工作。其次此项工作是为了注明波斯语中有大量来自阿拉伯语的借词,似乎可以归于语言接触研究。

在《著作集》版本(1807),以及第二版(with an index,1775)、第三版(with an index,1783)中,琼斯在其前言最后加有附言:

*我的专业研究已经完全吸引了我的注意力,不仅促使我放弃了东方文学,甚至尽可能抹去我记忆中的痕迹。我委托理查森先生负责修订该版《文法》并撰写"索引",我对其水平信心十足,通过他对东方语言的运用,我希望学界获益匪浅。(Jones,1775:xix,1783:xix,1807 V:183)

据琼斯说明,第二版所增索引非琼斯所为,而是委托出版商理查森先生撰写。第三版、《著作集》版在"索引"前皆保留了出版商的编辑说明(Advertisement):

希望以下索引对于学习者,特别是那些未备词典者大有用处;因为它不仅是对散见于《文法》中不同作家的选文和名作的词,按字母顺序排列加以解释和分析,而且作为一份词汇表,它可以借助铭记于心的若干有用单词发挥优势。(Jones,1775:154,Jones 1783:151,1807 V:333)

据此说明,这份索引或对照词表,意在有助于英国人掌握波斯语的词汇。编者既无历史比较之旨趣,读者亦无历史比较之受益。

4.《波斯语历史》实论波斯文学史

与此前各种单行本有别,《著作集》版本(1807)后附长文《波斯语历史》(*The History of the Persian language*,409-446)。该文前也有编辑说明(Advertisement):

以下该文的大部分内容的片段已被精心编排,见于 1771 年印行的《波斯语文法》。通过增加更多波斯作家的散文和诗歌选录,它可能很容易被扩充成一篇更大的论文;但是由于文体的变化在十行和千行中看到的可能一样,因此仅呈示从最优秀作家,主要从诗人中挑选的一小部分样品,似乎同样有效,也不至于炫耀。在所有国家,诗人都会尽最大的努力来协调和改进他们的语言。(Jones,1807 V:407)

该文名为《波斯语历史》，实论述的是波斯文学史（主要是文学作品，并非语言结构的变化发展史）。虽然涉及历史上的波斯语与其他语言的接触或融合情况，可视为历史语言学（historical linguistics）中的语言接触研究，但不宜归入比较语言学研究。

总而言之，上面列举的这些工作，并非亲属语言的同源比较，而是一般语言之间的要素异同对比。与此前学者专门的亲属同源比较及其明晰表达，难以等而视之。在语言研究中务必分清：亲属语言的同源比较，即比较语言学（comparative linguistics）；一般语言的异同对比，即对比语言学（contrastive linguistics）。前者的对象是亲属语言，研究目标是同源关系对应（语音、词语、形态、结构）。后者的对象更多的是非亲属关系的语言，当然也包括存在亲属关系的语言，但是这种对比不是为了寻找语言同源，而是为了揭示语言要素的异同，以服务于外语学习或语言接触、语言类型研究。

五、琼斯演讲翻译的版本及其进度

从20世纪90年代起，我开始关注历史比较语言学史。翻译琼斯亚洲学会演讲的念头产生于2013年。2013年春撰成《近现代欧美语言学史的三张图》。其中第一张图"比较语言学的形成和发展"，包括：语言历史比较的先声；历史比较语言学孕育于16世纪；历史比较语言学成熟于17世纪；历史比较语言学的鼎盛。2013年秋梳理早期比较语言学文献及梵文研究传统，又撰成《历史比较语言学的形成和发展线索：破除"奠基者琼斯神话"》，进一步的研究必须通读琼斯的11次演讲。首先是寻找英文版。起初通过网络下载过几次演讲的电子版，后来又网购印刷本（错误太多而不能使用）。2016年初获得泰因默斯勋爵（Lord Teignmouth, 1751—1834）编辑的《威廉·琼斯爵士著作集》第三卷（*The Works of Sir William Jones*. Vol. Ⅲ, London: J. Stockdale and J. Walker, 1807），"这是从图书馆复制的书，谷歌使之数字化，作为长期努力保存书籍资料的一部分，使人人皆可访问"。

作为兴趣研究，翻译工作由李葆嘉邀请合作者，王晓斌协助并负责聊奉润笔。2016年下半年正式投入，在6月、8月、10月三次邀约合作者。具体分工如下：

第一讲、第三讲，南京师范大学外国语学院副教授孙晓霞博士

第二讲、第十讲，南京财经大学外国语学院教授张高远博士

第四讲，南京审计大学文学院副教授颜明博士

第五讲、第八讲，南京师范大学外国语学院教授司联合博士

第六讲、第九讲，南京邮电大学外国语学院教授袁周敏博士

第七讲，南京师范大学国际文化教育学院副教授刘林博士

第十一讲，南京师范大学外国语学院副教授殷红伶博士

我们先将英文印刷本转为word文本，在上面一段一段地翻译。英汉对照以便核实修改。第一步，各位合作者初译，由李葆嘉核校，部分改译或重译并增加译注。第二步，返给各位合作者审读并提出意见，由李葆嘉再修改。以上两步进度如下：

序号	初译者	发来初稿	核校返回	再行修改
第一讲	孙晓霞	2016-11-16	2016-11-23	2016-12-25
第二讲	张高远	2016-09-17	2016-10-29	2016-12-28
第三讲	孙晓霞	2016-12-14	2016-12-21	2017-01-03
第四讲	颜　明	2016-08-01	2016-08-05	2016-08-16
第五讲	司联合	2016-10-27	2016-11-14	2016-12-25
第六讲	袁周敏	2016-08-17	2016-10-23	2016-12-06
第七讲	刘　林	2016-09-09	2016-10-06	2016-10-28
第八讲	司联合	2016-11-02	2016-11-20	2016-11-23
第九讲	袁周敏	2016-08-25	2016-10-31	2016-12-06
第十讲	张高远	2016-09-17	2016-10-29	2016-12-05
第十一讲	殷红伶	2016-11-10	2016-12-08	2016-12-09

第三步,李葆嘉通读全稿,反复核实修改并增加备查,2017年2月完成全书译稿。

虽然此后陆陆续续有所打磨,但觉得如要出版务必继续磨光——从"旧石器"成为"新石器"。2022年,李葆嘉投入4个月时间。2022年7月25日到8月7日,再次通读全部译文并修稿。8月8日到8月27日,核对英文和汉译版式(保持一致),核对英文行文(发现所转word文本中有个别错误,由此影响译文的准确)。8月27日到10月10日,对译文中的疑难之处进行考辨,逐一修改注释和备查。10月20日完成译序。此后删去全部英文,补充"附录:琼斯演讲所引论著钩沉",再用 Microsoft Word 朗读工具通读全稿,2022年11月4日完成。

此后承蒙黑龙江大学惠助,2023年10月签署出版合同。为尽量减少译稿错误或不当,我再次反复修改,直至2024年2月交稿,深感改不胜改。排印稿中仍有若干瑕疵,在责编的提醒下,又四次通盘核校。一路走来,从最初的工作到如今的付梓已经八年,电脑文件夹中保存的修改稿已有30多份。作为合作的产物,书稿原署"主译",现署"译著"是因申请书号模板无"主译"选项。在此,对张高远、袁周敏、司联合、孙晓霞、颜明、殷红伶、刘林博士的贡献再表彰显!

面对18世纪的琼斯讲辞,我才感受到英语的灵动和力度。与以往翻译的那些当代学者的著作不同,虽然其中也有一些复杂句,但主干清晰、枝叶可理,总体上一目了然。孙晓霞博士曾说,琼斯的行文大气磅礴,译成汉语不易。我的感觉是,琼斯行文恣意汪洋。许多复杂的长句,就是一个自然段(或半页一页),由主干、若干子句、插入语块等一气呵成。仿佛乱石铺街,全凭意义关联;又如重峦叠嶂,令人目不暇接。要译为合适的汉语,既须前后关照,又要背景知识,而后才能译成语义衔接、语气连贯的几个子句或语块,组合成汉语句子或句群。

由于琼斯的演讲年代久远(作者以为当时听众应知的许多知识,后世读者可能不知),并且涉及学科众多(种族与民族、语言文字、碑铭、生态、地理、天文、神话传说、宗教礼仪、考古、典籍、历史、民事、文学、哲学、科学、医学、艺术、技艺、经济、博物),其地域(亚洲,涉及北非、西欧,甚至美洲)广袤,又未列参考书目。因此在翻译过程中,我需要不断地增加译注(原著无注),将之作为理解原文的必修课。译注主要包括两类:一类是知识性的,以免读者翻检之劳;一类是评议性的,以说明不同看法。埃及学、亚述学、两河流域考古文化以及文字的起源和传播研究要到19世纪才陆续兴起,以现有知识背景观之,18世纪晚期的琼斯对一些问题的讲述不免陈旧、含混不清,甚至误说臆断。除了译注,在每篇演讲后还附上若干备查(知识背景),以供读者查阅。

琼斯强调,研究某个民族的历史文化务必精通该民族语言。琼斯通晓波斯语、阿拉伯语、梵语等,但对鞑靼语一无所知,汉语和日本语了解有限。关于印度人、波斯人、阿拉伯人、鞑靼人(突厥人、斯拉夫人等)的演讲内容,需要研究这些专门史的专家给出总评。而琼斯关于中国人(及日本人)的演讲内容,我的总评是"琼斯对中国历史和文化知之甚少,只是通过主观臆想推定中国和印度、日本和印度的关系"。正如琼斯所言:"欧洲作者运用亚洲文献的疏漏讹误,一直使我确信,我们对其语言若不充分精通,也就不可能对这些民族作出令人满意的描述"(《第五年纪念日演讲》)。总体而言,这百科全书式的11次演讲,除了在语言学史上具有一定价值,更是亚洲学史上的一座里程碑。至于何时能够出现一部建立在琼斯之后250年间的一系列重大发现和研究基础之上的百科全书式的亚洲学概观,也就不得而知了。

遥思洪水后,种族大迁移。
橘枳缘生态,文明显异歧。
幼蚕钻故纸,老蠹觅新知。
俯瞰全球史,其愚谁解痴。

本书的出版获得教育部人文社会科学重点研究基地黑龙江大学俄罗斯语言文学与文化研究中心学术丛书的资助,得到河海大学出版社的支持,谨表谢忱!

东 亭 李葆嘉 谨 识
2017年12月草撰、2022年11月修改
2023年1月杀青